Liza Marklund

Die Perlenfarm

Liza Marklund

Die Perlenfarm

Roman

Aus dem Schwedischen
von Katrin Frey

List

Die Originalausgabe erschien 2019
unter dem Titel *Pärlfarmen*
bei Piratförlaget, Stockholm

List ist ein Verlag
der Ullstein Buchverlage GmbH

ISBN: 978-3-471-36015-6

Gesetzt aus der Dante MT Pro
Satz: Pinkuin Satz und Datentechnik, Berlin
Druck und Bindearbeiten: GGP Media GmbH, Pößneck
Printed in Germany

PROLOG

Niemand weiß, dass ich hier bin. Niemand wird es je erfahren.

Ich bin vor siebeneinhalb Monaten vor der Küste Tansanias ertrunken.

Nein, ich schreibe nicht von der anderen Seite, obwohl ich immer noch überzeugt bin, dass es eine gibt. Egal, was Logik und Wissenschaft sagen. Wir Menschen glauben von Natur aus an etwas.

Meine Kinder fehlen mir. Die Sehnsucht nach ihnen ist ein physischer Schmerz, ein dunkles Loch in der Brust.

Es ist schön hier, nehme ich an. Mittlerweile weiß ich, dass man eine vertraute Umgebung nicht unbedingt zu schätzen weiß.

Manchmal tut die Einsamkeit so weh, dass sie alles andere betäubt, aber der Wind leistet mir Gesellschaft, und hinter dem Palmenwald kann ich die Wellen erahnen. Die Bücher, die ich dabeihatte (außer der Bibel), »Die Säulen der Erde« von Ken Follett und »Unter Null« von Bret Easton Ellis, habe ich so oft gelesen, dass sie mich nur noch mit Rastlosigkeit erfüllen.

Ich habe nie selbst geschrieben, sondern mich immer aufs Lesen beschränkt, aber seit einiger Zeit fürchte ich um meinen Verstand. Mein Körper kann jahrzehntelang hier überleben, aber die Seele beginnt in der Abgeschiedenheit, die Sterne anzuheulen.

Ich weiß, dass sie mich suchen. Sie werden niemals damit

aufhören. Was ich getan habe, ist nicht wiedergutzumachen. Mein Todesurteil betrifft nicht nur mich, sondern alle, die mir nahestehen, Papa Tane und Nikau und Amiria und ihre Kinder, falls sie welche bekommt, und natürlich Johan und Iva.

Vielleicht wird mich irgendwann jemand hier finden, meine ausgeblichenen Überreste inmitten von *makatea*.

Und das ist passiert.

MANIHIKI

Als die Jacht auf das Riff krachte, herrschte bereits seit sechs Monaten Verdunkelung.

Es war gegen Ende der Orkansaison 1990, wir hatten gerade mit der Perlenernte begonnen.

Papa Tane hatte zwei Männer von Tauhunu angeheuert, die mit uns tauchen sollten (Riki und Panako Brown, sie waren auf der väterlichen Seite mit Oma Vaine verwandt, der Mutter meines Vaters), und wir fuhren vor Morgengrauen mit dem großen Kanu raus. Es lag gespannte Erwartung in der feuchten Morgenluft, ich glaube, die Brüder Brown empfanden es genauso. Wir hatten eine endlose Zeit damit verbracht, die Ankerleinen und die aneinandergeknoteten Taue zu überprüfen und gegebenenfalls neu zu justieren, jahrelang hatten wir regelmäßig die Perlmuscheln, die Strömung und den Sauerstoffgehalt, die Ablagerungen und die Bojen kontrolliert: Alles war auf die Ernte ausgerichtet.

In der Nacht hatte es kräftig geweht, es war vor einem Zyklon gewarnt worden, aber Manihiki lag so nah am Äquator, dass wir meistens ungeschoren davonkamen. Die Lagune war noch aufgewühlt, die Sicht nicht optimal, aber das machte nichts, die Magie war da. Die Welt unter der Oberfläche war anders, das Licht durchflutete andere Wirklichkeiten und zog in die Tiefe und in die Ferne.

Wir tauchten mit Lampen und Körben und sammelten je zehn, zwölf Taue ein, insgesamt an die fünfhundert Perlmuscheln, sodass Papa Tane mit der Ernte beginnen konnte, das dauerte nicht lange. Unsere Familie hüllte die Muscheln nicht, wie viele andere, in schützende Netze, die zwar das teure Kernmaterial auffingen, falls die Muscheln es abstießen, aber es kostete zu viel Zeit, fand Papa Tane.

Die Männer paddelten, ich saß ganz vorne und brauchte nichts zu tun. Die schimmernden Muscheln lagen schwer im Bug und Heck des großen Kanus, in meinem Bauch kribbelte es vor Aufregung. Von außen konnte man nicht erkennen, in welcher Muschel eine *pinctada margaritifera* gewachsen war. Wenn wir Glück hatten, enthielten siebzig Prozent von ihnen eine Perle. Die Schalen sahen so schön aus, jede war einzigartig. Im Moment konnten wir nichts tun. Ich streifte die Schwimmflossen ab, hielt die geschlossenen Augen in den Wind und spürte, wie meine salzgetränkte Kleidung am Körper antrocknete.

Wir hatten schon fast den Strand erreicht, als die Sonne über den Horizont stieg und mein Bruder Nikau als Erster die Rufe von *tua*, der Riffseite, bemerkte.

»Erwarten wir heute ein Boot aus Rakahanga?«, fragte er.

Jetzt hörten wir die Rufe auch. Nicht die einzelnen Worte, sondern nur einen Chor aufgeregter Stimmen. Alle reckten wir den Hals, als könnten wir über die Palmen hinweg zur anderen Seite schauen. Als wir den Strand erreichten, machten wir uns nicht die Mühe, das Kanu raufzuziehen.

»Was ist da los?«, rief Nikau in die Perlenwerkstatt.

Papa Tane, der das Mantelgewebe für die Operation der Muscheln vorbereitete, blickte verwundert von seiner Arbeit auf. Mir fiel wieder ein, dass Mama Evelyn gesagt hatte, Papa Tane werde langsam schwerhörig.

Riki und Panako Brown waren bereits auf dem Weg zur Kirche, und ich folgte ihnen. Sogar Papa Tane riss sich von der Arbeit los und rannte schwerfällig hinterher. Die Rufe wurden immer lauter, ich konnte jetzt einzelne Worte verstehen.

»Los, in die Boote, die Jacht zerbricht!«

Zuerst sah ich nur die Wellen, die mit der Wucht des sterbenden Zyklons weiß und schäumend ans Riff schlugen. Vom Rennen über die Insel war ich außer Atem. Ich hielt mir die Hand an die Stirn, weil das Licht mich blendete, und blinzelte angestrengt ins Glitzern der Wellen, konnte aber trotzdem nichts erkennen.

»Es ist eine 35-Fuß-Santana.« Tanga zeigte in die Richtung, in die ich gucken sollte.

Und jetzt sah ich sie.

Sie war lang und schmal und schneeweiß, eine große Jacht mit zerrissenen Segeln und gebrochenem Mast. Der Rumpf hatte sich im Riff verkeilt, der Bug war auf die Insel gerichtet, das Boot war frontal auf das Korallenriff gekracht und steckte fest, das Meer rüttelte mit zunehmender Kraft am Heck.

»Beeilt euch!«, rief jemand hinter mir.

»Wo bleibt Police Officer Everest? Jetzt holt ihn doch!«

»Der Rumpf bricht hinten durch!«

Die Stimmen wurden lauter und wieder leiser. Tanga hielt sich erneut sein großes Fernglas vors Gesicht. Er kannte sich mit Segeljachten aus und träumte davon, selbst eine zu besitzen.

»Ein amerikanisches Boot«, sagte er, ohne das Fernglas abzusetzen. »Einrumpfer. Nicht übermäßig teuer, ziemlich schnell. Der niedrige Baum könnte ein Problem sein.«

Mehrere kleine Boote waren bereits unterwegs zum Wrack. Zum Glück war Captain Mareko darunter, er hatte als Einziger auf der Insel noch Diesel im Tank.

»Sie werden es nicht schaffen«, sagte Nikau zu mir.

Ich betrachtete das Boot, während meine Augen von der glitzernden Sonne tränten, nein, wahrscheinlich hatte Nikau recht, der Rumpf war zu lang und zu schmal, um noch eine Minute den Wellen standzuhalten. Mitten im Getöse des Meers meinte ich das Knirschen von berstenden Glasfasern zu hören, aber das musste ich mir eingebildet haben.

»Haben wir Taue und Leinen?«

»Wozu?«

»Es ist aus!«

»Jetzt hol sie schon, los!«

Captain Mareko und seine beiden Söhne hatten die Jacht

erreicht, die Jungs kletterten rasch auf das schaukelnde Deck, ich hörte, wie sie sich gegenseitig etwas zuriefen, konnte aber nichts verstehen.

»Da ist jemand! Da liegt einer im Cockpit.«

Ich ging einen Schritt näher ans Wasser heran, blinzelte ins Licht. Marekos Jungs hoben etwas Farbloses und Unförmiges an; was es war, konnte ich nicht erkennen, aber Tanga hatte vermutlich recht, es war anscheinend ein menschlicher Körper. Sie hievten die Person über die Reling und ins Boot des Captains. Einer der Jungs stieg zurück unter Deck, eine siebte Welle schlug ans Riff und kippte die Jacht vornüber. Captain Mareko schrie, weitere Boote kamen dazu, aber Captain Mareko scheuchte sie weg, die Jacht war kurz davor auseinanderzubrechen. Der Junge erschien mit einer Tasche wieder an Deck, sprang über die Reling und ins Boot, und dann bretterte der Captain mit Vollgas an Land. Sie hatten noch nicht den Strand erreicht, als der weiße Schiffsrumpf mit einem letzten Knirschen barst und langsam und unausweichlich hinter dem Riff in der Tiefe versank.

»Kiona«, sagte Papa Tane, der sich unbemerkt hinter mich gestellt hatte. »Hol Mama Evelyn.«

Ich drehte mich um und rannte nach Hause, wo Amiria in ihrer Schuluniform am Tisch saß und mit Kopfhörern eine Kassette hörte.

»Wo ist Mama?«

Sie zuckte mit den Schultern, während sie weiter mit dem Kopf zur Musik wippte, aus den Kopfhörern drang leise »Es gibt keine Katzen in Amerika«, der Titelsong aus »Feivel der Mauswanderer«.

Ich raste zur Klinik. Mama Evelyn war mit der Inventur der Bestände beschäftigt, als ich hereinstürmte.

»Wir haben kaum noch Mullbinden«, sagte sie. »Kannst du heute Nachmittag nach Tauhunu rüberfahren und …?«

Als ich angehetzt kam, ließ sie das Verbandszeug fallen.

»Unfall?«

»Schiffbruch«, sagte ich. »Jacht auf dem Riff, eine Person geborgen.«

Schnell ging sie ins Behandlungszimmer.

»Lebend?«

»Weiß nicht.«

Sie schnappte sich Stethoskop und Blutdruckmesser, dann rannten wir los.

Es war ein Mann. Sie hatten ihn auf den Rücken gelegt. Ein Bein stand in einem unnatürlichen Winkel vom Körper ab, und an der Stirn hatte er eine große Wunde. Die Lippen waren weiß und rissig, das Gesicht von der Sonne verbrannt. Mama Evelyn stieß die Kerle zur Seite, steckte sich das Stethoskop in die Ohren und beugte sich über den Mann. Nachdem sie kurz den Herzschlag und den Atem des Mannes geprüft hatte, rief sie hinter sich: »Haben wir eine Art Trage?«

Ewan Jensen, der Neffe von Fete, holte ein Bodyboard, von dem die Beine des Mannes runterhingen, weil es etwas zu kurz war, das aber seinen Zweck erfüllte. Vier Männer trugen ihn mit vereinten Kräften in die Klinik, die übrige Menschenmenge folgte wie eine rauschende Flutwelle.

In der Klinik legten wir ihn ins Zimmer Nummer eins, Mama Evelyn wies alle knapp an, den Raum zu verlassen, während sie arbeitete. Rasch füllten sich Fenster und Türöffnung mit neugierigen Gesichtern.

»Mach die Wunde sauber, damit ich sehen kann, wie tief sie ist«, sagte sie zu mir. Ich wusch mir die Hände, holte Jod und Kompressen und reinigte zuerst die Haut um die Wunde und dann die Platzwunde selbst. Die halbe Stirn war angeschwollen und blau, sie hatte einen kräftigen Schlag abbekommen, aber so tief war die Wunde nun auch wieder nicht.

»Schädelfraktur?«, fragte ich.

»Läuft eine klare Flüssigkeit aus Nase oder Ohren?«, fragte sie, während sie versuchte, dem Mann eine Infusion zu legen, aber die Venen des Mannes fielen in sich zusammen, er war dehydriert.

Ich leuchtete mit einer kleinen Lampe in seine Ohren und in sein Gesicht.

»Nein.«

Schließlich fand sie am gesunden Bein des Mannes ein geeignetes Blutgefäß.

»Chirurgietape«, sagte sie, und ich holte es rasch.

Nachdem sie den Tropf gelegt hatte, ging sie ans Kopfende des Betts und leuchtete um seine Augen herum.

Alle Kinder in Tukao schienen die Schule verlassen zu haben und sich die Nase am Fenster platt zu drücken.

»Wonach suchst du?«, rief eine Kinderstimme.

»Brillenhämatom«, sagte Mama Evelyn.

»Was ist das?«

»Falls er einen Schädelbruch hat, ist dieser linear und möglicherweise verunreinigt«, erklärte sie, und daraufhin fragte das Kind nicht weiter.

Ich maß den kaum vorhandenen Blutdruck des Mannes.

»Er muss schon eine ganze Weile im Boot gelegen haben«, sagte ich.

Mama Evelyn antwortete nicht, hörte sein Herz erneut ab und schrieb »Puls 140«, »Acidos« und »Organversagen« in die Akte.

Ich vernähte die Wunde an der Stirn mit groben Stichen und versuchte dann, das getrocknete Blut aus dem Haar auszuwaschen, bevor ich seinen Kopf mit der letzten Mullbinde der Klinik verband.

»Wird er es schaffen?«, fragte Tanga.

»Hol Papa Tane«, erwiderte Mama Evelyn.

Tanga schickte eins der Kinder zu ihm.

Das rechte Bein war an mindestens zwei Stellen gebrochen, Papa Tane wurde gebraucht, um den Knochen zu richten, bevor Mama Evelyn das Bein eingipsen konnte. Da der Mann bewusstlos war, machten wir uns nicht die Mühe, ihm ein Schmerzmittel zu geben. Mit vereinten Kräften zogen wir am Knochen, bis Mama Evelyn der Meinung war, dass der Bruch einigermaßen gut lag. Das rechte Handgelenk war dick und vermutlich schwer beschädigt. Mama Evelyn drückte so fest, wie sie konnte, darauf herum, um die einzelnen Teile im Innern an der richtigen Stelle zu platzieren, ich half ihr, den Arm einzugipsen, und anschließend legten wir einen Katheter.

Dann lag er da, mit Schläuchen an mehreren Stellen seines Körpers und einem bandagierten Kopf, das eingegipste Bein mit einem Gurt in Richtung Zimmerdecke gezogen. Allmählich trollten sich die Leute, die Aufregung hatte sie hungrig gemacht. Nikau und Papa Tane kehrten zur Perlenernte zurück, sie mussten sich um die Muscheln kümmern.

Mama Evelyn und ich setzten uns an sein Bett, teilten uns ein Glas Wasser und betrachteten den Mann. Er lag mit geöffnetem Mund und geschlossenen Augen still da, unter dem dünnen Laken hob und senkte sich kaum merklich der Brustkorb. Die Wangen waren schuppig und rot, seine ungleichmäßig verteilten Bartstoppeln einen halben Zentimeter lang.

»Wer mag das sein?«, fragte ich.

»Er ist jünger, als er aussieht«, sagte Mama Evelyn. »Vierzig vielleicht. Amerikaner. Europäer. Oder ein Kiwi. Jedenfalls kein besonders erfahrener Segler.«

»Wie kommst du darauf?«

Sie stand auf.

»Er ist trotz Zyklonwarnung allein aufs Meer rausgefahren. Da kann man nicht segeln.«

Als Mama Evelyn nach Oma Metua schauen ging, die hinter dem Flugfeld wohnte, blieb ich mit dem Patienten allein zurück. Ich befeuchtete seine Lippen mit Süßwasser, maß alle dreißig Minuten seinen Blutdruck, der von Mal zu Mal ein wenig stieg. Als die Nährlösung im Tropf verbraucht war, wechselte ich den Infusionsbeutel.

Ich fragte mich, woher er kam und wohin er unterwegs gewesen war. Erinnerte mich an das flaumige und farblose Kinderhaar unter meinen Fingern, als ich die Kopfwunde nähte. Die Frage, die ich Mama Evelyn gestellt hatte, stand noch immer unbeantwortet im Raum: »Warum ist er während eines Zyklons auf den Stillen Ozean rausgefahren?«

Bevor Mama Evelyn zurückkehrte, war es dunkel geworden.

»Ich bleibe heute Nacht hier«, sagte sie. »Ich habe mit Papa Tane gesprochen, du löst mich morgen früh ab.«

Der bandagierte Patient lag reglos da und erinnerte an eine Mumie.

»Glaubst du, er wird überleben?«

Mama Evelyn kontrollierte den Katheter, antwortete aber nicht.

Ich ging durch die Dunkelheit nach Hause. Der Wind strich mir über Arme und Beine, das Salz vom morgendlichen Tauchgang war in meine Haut eingezogen. Ich roch nach Meer.

Die Luft war gesättigt von den vielen kleinen Feuern, die in der Dunkelheit leuchteten wie Glühwürmchen.

Dass das Schiff aus Rarotonga seit zwei Jahren nicht gekommen war, brachte Unannehmlichkeiten mit sich, richtete aber keinen unmittelbaren Schaden an. Der Diesel für den Generator, der die Insel mit Strom versorgte, war längst verbraucht. Meer und Land ernährten uns Menschen auf die gleiche Weise wie seit Jahrtausenden, wir hatten den Fisch, die Kokosnüsse und nachts das Sternenlicht. (Eigentlich waren wir neumodischem Kram wie Konservendosen, Spülmittel und Kühltruhen gegenüber immer argwöhnisch gewesen.) Unter meinen Füßen knirschte der Korallensand, es war nicht leicht, hier etwas anzubauen. Unmengen von glücklichen Hühnern und Wildschweinen rannten auf der Insel herum und fraßen das bisschen, was wuchs, ich hörte die Schweine im Gebüsch quieken. Einige Familien, darunter unsere, hatten Limettenbäume dazu gebracht, hier Wurzeln zu schlagen, und wir teilten die Früchte, so wie wir von alters her alles geteilt hatten. Der Fisch wurde getrocknet und nicht eingefroren, das Rascheln der Schnüre, die sich im Wind bewegten, vermischte sich mit dem Zirpen der Grillen. Wir putzten uns die Zähne auf herkömmliche Weise im Meer und nicht mit Zahnpasta. Als wir keine Tampons und Binden mehr hatten, benutzten wir Streifen alter *pareus* (dieser Tücher, die uns als Röcke, Kleider, Umhänge und Universalwerkzeuge dienten). Anfangs warfen wir sie weg, aber nach einiger Zeit mussten wir sie waschen und wiederverwenden. In einer Nacht, nachdem der Dieselkraftstoff im Generator aufgebraucht war, entband Mama Evelyn unter einem Mahagonibaum eine Frau im Schein einer Öllampe. Die Entbindung verlief gut, aber das Baby wurde nach einiger Zeit krank und starb, bevor es ein Jahr alt wurde.

In der Dunkelheit wirbelten meine Gedanken durcheinander, kehrten aber immer wieder zum Patienten in der Klinik zurück. Die Dehydrierung war vermutlich verringert, die Nieren des Mannes produzierten wieder Urin. Die Frage war, wie schwer seine Kopfverletzung war. Bei einer linearen Schädelfraktur bestand die Chance, dass sie ohne bleibende Schäden verheilte, aber wenn er im Inneren des Schädels eine Blutung hatte, stieg eventuell der Druck im Gehirn, und wir hatten in der Klinik keine Möglichkeit zu operieren. Wie lange er bewusstlos gewesen war, spielte auch eine Rolle. Wahrscheinlich würde er hinken, ich hatte nicht den Eindruck, dass wir das verletzte Bein in die gleiche Länge wie das andere gezogen hatten. Außerdem war er hoffentlich kein Rechtshänder, denn es war höchst fraglich, ob seine Hand wieder voll funktionstüchtig werden würde.

Die Männer hatten sich vor unserer Perlenwerkstatt am Strand versammelt und ein großes Lagerfeuer entzündet. Tanga saß mit einer Flasche Selbstgebranntem in der Mitte der Gruppe und hatte eine leere Sporttasche vor sich, die ähnlich wie die aussah, in der Nikau seine Tennissachen aufbewahrte. Der Inhalt der Tasche lag ringsherum verstreut: Kleidungsstücke, Bücher, ein Paar Turnschuhe, einige Hygieneartikel. Neben Tanga stand ein geschlossener Aktenkoffer aus Metall. Als ich Ngaru entdeckte, spürte ich ein Ziehen im Unterleib, das dramatische Ereignis heute hatte ihn von Tauhunu herübergelockt. Die Stimmen der Männer klangen aufgeregt.

»Erik Bergman.« Barbie blätterte in einem Büchlein, das vermutlich ein Pass war, seine langen lackierten Nägel blitzten im Schein des Feuers auf. »Wo liegt Schweden?«

»Was für ein Stümper«, sagte Ewan Jensen. »Die Jacht auf das Riff zu setzen.«

»Der Wind frischte auf, und er hat den Baum an den Kopf bekommen«, sagte Tanga. »Dieser Bootstyp hat niedrige Bäume. Er muss völlig vom Kurs abgekommen sein.«

Ich setzte mich zu den Leuten am Feuer und merkte plötzlich, wie müde ich war. Ngarus Anwesenheit flößte mir Lust und Unbehagen zugleich ein, aber niemand schenkte mir viel Beachtung. Ich nahm mir einen gegrillten Papageienfisch und eine *nimata* (Kokoswasser), schaute mir die Bücher aus der Reisetasche des Mannes an. Sie waren in einer Sprache geschrieben, die ich nicht verstand, sie hatte sogar Buchstaben, die ich nicht kannte.

»Was macht ihr denn da?«, brüllte Papa Tane, der in diesem

Augenblick aus der Perlenwerkstatt kam. »Packt sofort seine Sachen wieder ein, wie alt seid ihr eigentlich?«

Lachend untersuchten und kommentierten die Männer ein letztes Mal die persönlichen Gegenstände des Mannes, bevor Papa Tane die Kleider einsammelte und den Reißverschluss der Sporttasche zuzog. Dann trug er sie und den merkwürdigen Aktenkoffer ins Große Haus.

Police Officer Everest kam von der Funkstation herüber.

»Was hat Rarotonga gesagt?«, rief Tanga.

Police Officer Everest hatte der Verwaltung auf der Hauptinsel die Havarie gemeldet.

»Er hatte keine Genehmigung.« Police Officer Everest setzte sich neben Barbie und trank einen Schluck *nimata*.

Wer Manihiki anlaufen wollte, musste vorher eine Erlaubnis bei der Zoll- und Immigrationsbehörde in Avarua beantragen, aber das war offenbar nicht passiert.

Ich schaute ins Feuer, während die Männer eine ganze Weile die Konsequenzen des Vorfalls diskutierten (mit dem Ergebnis, dass er keine haben würde, da die Jacht den Hafen ja nicht erreicht hatte, sondern gesunken war und somit kein Problem mehr darstellte).

Ngaru setzte sich neben mich. Ich wollte mich zurückziehen, blieb aber.

Man kam überein, dass es keinen Sinn hatte, das Schiff zu bergen. Der Rumpf war in mindestens zwei Teile zerbrochen und hinter dem Riff in die Tiefe gestürzt. Jedenfalls hatte Police Officer Everest, wie es sich gehörte, dem Mann (oder besser gesagt seinem Pass) ein Touristenvisum für einunddreißig Tage ausgestellt, und somit waren die Formalitäten erledigt.

Man sprach über Segelboote und über das, was dem Mann auf See zugestoßen sein mochte (der Wind hatte aus Südost geweht, dieser Dummkopf musste also von Tahiti gekommen und geradewegs in den Wirbelsturm gefahren sein), erörterte, welche Jachten stabil und welche schnell waren, und verstrickte sich schließlich (wie üblich) in eine Diskussion über verschiedene Fische und ihre Vorzüge, die Frage, in welcher Jahreszeit sie am fettesten waren, und ob sie besser schmeckten, wenn man sie grillte oder roh als *ika mata* aß.

Ich ging, ohne dass jemand Notiz davon nahm.

Als ich über der Werkstatt eingeschlafen war, kam Ngaru zu mir. Zum ersten Mal drehte ich mich weg, als er die Hand zwischen meine Beine schob.

Am nächsten Tag vertrat mich Ngaru bei der Perlenernte, damit ich Mama Evelyn in der Klinik helfen konnte. Als ich zum Krankenzimmer rüberging, nahm ich die beiden Gepäckstücke mit, die Marekos Jungs von der Jacht gerettet hatten, die Sporttasche und den glänzenden Aktenkoffer.

Verwirrt und mit starken Kopfschmerzen war der Patient im Morgengrauen aufgewacht. Er hatte nichts Sinnvolles von sich gegeben, hatte in der Nacht aber auch nicht gekrampft. Das war ein gutes Zeichen und deutete darauf hin, dass die Kopfverletzung nicht schwer war. Jetzt schlief er mit geschlossenem Mund. Seine Lippen sahen nicht mehr ganz so aufgesprungen aus, die Haut im Gesicht war weniger rot. Den Katheter hatten wir ausgewechselt, und der Tropf war nicht mehr am Bein, sondern in der Armbeuge befestigt.

»Ich komme nach dem Mittagessen zurück.« Mama Evelyn ging mit roten Augen nach Hause.

Ich setzte mich neben den schlafenden Patienten, sah mich im Zimmer um. Eigentlich fehlte mir nichts. Es war alles hier. Zugang zur Welt hatte ich dank der Romane, die Tante Doris aus Neuseeland mit jedem Schiff aus Rarotonga speziell für mich mitschickte: Abenteuer- und tragische Liebesgeschichten, Kriminalromane und ungewöhnliche Sachbücher. Am liebsten hatte ich die historischen Romane, die davon erzählten, wie Menschen einst gelebt hatten (oder hätten leben können): »Der Name der Rose« von Umberto Eco, »Das Geisterhaus« von Isabel Allende, »Kinder der Erde«. In meiner Vorstellung nahmen die Geschichten Form und Farbe und Klang an. Der Gedanke an all die Menschen, die auf der Erde gelebt hatten, erfüllte mich mit Ehrfurcht und Melancholie. Ich sprach allerdings nicht darüber, denn sonst hätte sich Nikau bis ans Ende meines Lebens über mich lustig gemacht.

An diesem Tag hatte ich »Der Alchimist« vom brasilianischen Autor Paulo Coelho dabei. Das Buch handelt von dem armen Hirtenjungen Santiago, der sich auf eine lange Reise begibt, um am Fuß der ägyptischen Pyramiden nach einem Schatz zu suchen. Ein weiser Mann sagt zu Santiago: »Wenn du etwas ganz fest willst, wird das ganze Universum darauf hinwirken, dass du es erreichen kannst.« Das war ein schöner Gedanke, aber ich war mir nicht sicher, ob er stimmte. Reichte es wirklich, etwas zu wollen? Würde mir tatsächlich das ganze Universum helfen, den Studienplatz meiner Schwester zu bekommen?

Ein Stöhnen des Patienten riss mich aus meinen Gedanken. Wegen seines starken Sonnenbrands hatte der Mann Schwierigkeiten, die Augen zu öffnen. Ich stand auf und beugte mich über ihn.

»Erik Bergman?«, fragte ich.

Ich hatte seinen Pass durchgeblättert und mir das Foto des hellhäutigen Mannes mit den wasserfarbenen Augen und dem traurigen Mund angesehen. Der Patient starrte wortlos an die Decke. Er war vierunddreißig Jahre alt.

»Sie sind auf Manihiki«, sagte ich. »In der Klinik in Tukao. Möchten Sie etwas trinken?«

Er hustete trocken und gab ein unverständliches Krächzen von sich. Ich hielt ihm einen Becher mit Strohhalm hin. Er saugte gierig daran.

»Haben Sie Hunger?«, fragte ich. »Mama Evelyn, die Krankenschwester, kommt gegen Mittag zurück und bringt Fischsuppe mit. Mögen Sie Fischsuppe? Sie ist mit Limette und Kokosmilch zubereitet.«

Er schloss die Augen und schlief sofort wieder ein, vielleicht hatte Mama Evelyn ihm etwas Morphium verabreicht.

»Wir essen fast alles mit Limette und Kokosmilch«, sagte ich zu dem schlafenden Mann.

Ich wechselte die Infusion, aber nicht den Urinbeutel, denn er war noch nicht voll. Der Blutdruck hatte sich normalisiert, der Puls war immer noch erhöht.

Ich las weiter im »Alchimisten«. Santiago hält um die Hand der schönen Fatima an, aber sie antwortet, sie könne ihn erst heiraten, wenn er das Ziel seiner Reise erreicht und den Schatz gefunden habe, was ich ziemlich hartherzig fand.

Dann war Mama Evelyn wieder da, sie sah nicht mehr ganz so hohläugig aus. Ich aß ein paar *uto* (Kokosnüsse), die ich mir hinter der Klinik holte, und ging zurück in die Perlenwerkstatt. Dort war die Stimmung gedrückt. Mein Bruder hatte für mich die Arbeit mit dem Spatel übernommen, die er nicht mochte, und Papa Tane schimpfte mit ihm, wenn er mit dem Spatel ausrutschte und die Perlmuschel verletzte. Jetzt machte Nikau sich aus dem Staub und überließ den Arbeitsplatz in der Werkstatt mir.

Wie immer bei der Perlenernte verging der Nachmittag wie im Flug. Die Brüder Brown holten aus der Lagune erntereife Schnüre herauf, Nikau und Ngaru bereiteten draußen auf dem Steg die Perlmuscheln vor, während ich sie in der Werkstatt mit dem Spatel ein kleines Stück öffnete. Ngaru war sauer und sah nicht in meine Richtung, er war es nicht gewohnt, abgewiesen zu werden. Das Wasser klatschte an den Steg, der abgezogene Wirbelsturm wirkte noch nach.

Ich dachte an den Mann in der Klinik, an seine Augen, die so hell waren wie der Himmel an einem diesigen Morgen. Aus Schweden stammte er, ich wusste nicht, wo das lag, aber es musste weit weg sein. Hatte das Universum ihn hierhergeführt, oder war das Leben nur eine Reihe zufälliger Ereignisse ohne tiefere Bedeutung?

Ich platzierte eine Perlmuschel nach der anderen in einem Gestell auf Papa Tanes Tisch. Mit seiner Zange öffnete er sie noch ein bisschen weiter, reinigte die Öffnung, entfernte einige der Fasern, mit denen sich die Muschel ans Tau geheftet hatte, drückte die Kiemen auseinander und schnitt vorsichtig in die Keimdrüse. Im sanften Nachmittagslicht kam die neugeborene Perle heraus. Ich hielt jedes Mal den Atem an. Sie war ein eigenartig lebendiges Juwel. Papa Tane legte sie zu den anderen auf das Tablett. Wenn die Perle groß und schön war, wurde die Muschel noch einmal verwendet. Papa Tane führte wieder Mantelgewebe und einen Kern in die Keimdrüse ein, sie mussten sich berühren, damit der Nukleus von Perlmutt überzogen und zu einer Kostbarkeit wurde. Die besten Perlmuscheln brachten drei- oder sogar viermal Perlen hervor. Sie wurden von Mal zu Mal größer und wertvoller.

Er verschloss die Muschel, und ich fixierte die nächste im Gestell. Die Sonne sank.

Ich betrachtete die Platte mit den Perlen, die golden, silbern, lila und grün schimmerten, die aufgereihten Quadrate aus Mantelgewebe, die ihnen Farbe und Glanz verliehen. In einem Jahr, vielleicht in anderthalb, würden diese Perlmuscheln wieder Früchte tragen. Zum Glück war Ngaru hier, er konnte die Empfängermuscheln wieder an den Tauen befestigen, und die Brüder Brown transportierten sie zurück in die Lagune. Aber als wir fertig waren, stieg Ngaru ins Kanu und paddelte ohne ein Wort nach Tauhunu. Nach dem Tod meiner Schwester war er bei mir geblieben, weil er mich nehmen durfte, sooft und wie er wollte, meistens hart und von hinten, ich ließ es zu, um mir wenigstens etwas zu bewahren.

An diesem Abend kam die Krankenschwester aus Tauhunu und wachte bei dem Patienten, damit Mama Evelyn schlafen konnte. Die Schwester brachte Mullbinden mit.

Und ich war allein im Zimmer über der Perlenwerkstatt, das ich mit Moana geteilt hatte. Ich horchte in der Dunkelheit nach ihr, aber im Plätschern der Wellen war sie nicht zu finden. Stattdessen machte ich die Lampe mit Schweinefett an und holte mir ihr Erdkundebuch und Collins Weltatlas.

Schweden war das drittgrößte Land Europas und lag weit oben im Norden, in Skandinavien, ein Königreich, das seit dem Mittelalter unabhängig war. Ich war verblüfft, als ich auf der Karte las, dass es am nördlichen Polarkreis lag. Auf dem entsprechenden Breitengrad auf der Südhalbkugel befand sich die Antarktis. Es musste grauenhaft kalt dort sein. Insgesamt hatte das Land acht Millionen Einwohner, was bedeutete, dass es dünn besiedelt war (kein Wunder bei dem Klima). Schweden hatte sich weder am Ersten noch am Zweiten Weltkrieg beteiligt, ein friedfertiges Volk also. In den vergangenen sechzig Jahren war die Regierungspolitik fast durchgehend von derselben politischen Bewegung geprägt worden, der Sozialdemokratischen Arbeiterpartei (für meinen Geschmack klang das etwas zu kommunistisch). Man hatte einen gerechten Wohlfahrtsstaat mit kostenlosen Schulen und medizinischer Versorgung für alle, Arbeitslosenunterstützung und Krankengeld, kommunaler Kinderbetreuung und Altenpflege aufgebaut, was dazu geführt hatte, dass die Bürger sehr hohe Steuern zahlen mussten, egal ob die Sozialdemokraten die Wahlen gewannen oder nicht.

Ich pustete die Schweinelampe aus, sah aus dem Fenster und betrachtete das Mondlicht, das sich wie flüssiges Silber über die Lagune ergoss.

Alle Weltmeere hingen zusammen. Eine merkwürdige Vorstellung.

Oma Vaine war misstrauisch gegenüber der Natur, Fremden im Allgemeinen und *papa'as* (Weißen) im Besonderen. (Dass sie auf Maori *papa'a* genannt werden, hat nichts mit Vätern zu tun, sondern bedeutet mündlicher Überlieferung zufolge »vier Lagen Kleidung«, was auf die ersten Missionare zurückging, die unbegreiflicherweise so viel angehabt hatten.) Oma Vaine war auf Rakahanga geboren, aber früh als *tamariki angai*, Adoptivkind, zu einer kinderlosen Tante nach Rarotonga geschickt worden. Dort lernte sie irgendwann Opa Tane kennen, der aus dem Dorf Matavera stammte (daher unser Nachname), und als sie Tane, ihren dritten Sohn, bekamen, beschlossen sie, nach Manihiki zurückzukehren. Der Grund lag noch immer im Dunkeln, auch für uns engste Verwandte, aber es hatte etwas mit einem Kanu zu tun, wahlweise auch einer kleinen Geldsumme, um die Opa Tane von einem weißen Australier betrogen worden war. Seitdem war Oma Vaine felsenfest überzeugt, dass die Welt schlecht und Weiße extrem unzuverlässig waren (möglicherweise mit Ausnahme von Mama Evelyn, aber nur vielleicht). Die älteren Söhne, Tom und Matini, wurden als *tamariki angai* bei der mittlerweile ziemlich betagten Tante zurückgelassen.

Oma Vaine war alles andere als erfreut über den Patienten, der drüben in der Klinik im Krankenzimmer Nummer eins allmählich genas.

»*E vaka putaputa*«, sagte sie, was »ein Kanu mit vielen Löchern« bedeutete.

Großes Problem also.

Wie es bei uns Brauch war, hatte sie meinen Namen ausgesucht. Ich muss zugeben, dass ich ihr das übel nahm. Kiona war eine Art Nachtfalter, eine hässliche Motte, die nicht gut fliegen konnte und sich oft in Spinnennetzen verfing.

»Unsinn«, sagte Oma Vaine, wenn ich mich beklagte. »Kiona steht für Unabhängigkeit und Ansehen, dort, wo ich herkomme, ist es ein schöner und vielsagender Name.«

Ich wusste nicht, ob sie Rarotonga oder Rakahanga meinte, nahm aber an, dass der Name auf keiner der beiden Inseln diese Bedeutung hatte.

In jenen Tagen war Oma Vaine mürrischer als sonst. Es missfiel ihr, dass ich »die Lagune vernachlässigte« und mich stattdessen um den Patienten in der Klinik kümmerte.

Personen, auf die man sich verlassen konnte, bezeichnete sie manchmal als *e maro ma'ana*, einen warmen Lendenschurz. Weiße Männer, die es unter undurchsichtigen Umständen auf abgelegene Inseln verschlug, gehörten nicht dazu.

Als wir in Tukao keine Schmerzmittel mehr hatten, musste ich über die Lagune paddeln und aus der Klinik in Tauhunu neue holen. Schwester Vioora stammte von Atiu, einer Insel der südlichen Gruppe der Cookinseln, und sie war trotz der Sache, die Moana zugestoßen war, ziemlich nett zu mir. Nun erkundigte sie sich ausführlich nach dem Patienten. Sie wollte wissen, ob seine Genesung voranschritt, wo er herkam und wie er überhaupt auf das Riff geraten war. Aus irgendeinem Grund machte mich ihre Neugier verlegen.

»Er sagt nicht viel«, antwortete ich ausweichend.

»Aber er spricht doch Englisch?«

Als Police Officer Everest ihn zur Havarie befragte, hatte ich im Behandlungszimmer gesessen und alles mit angehört, der Patient sprach gut Englisch, sogar ausgezeichnet, und es war ungefähr so, wie die Männer in der ersten Nacht vermutet hatten: Erik Bergman war ein Abenteurer, ein Alleinsegler. Er hatte sich die Jacht auf Tahiti gekauft und war auf dem Weg nach Westen gewesen, als der Wirbelsturm ihn vom Kurs abbrachte. Beim Versuch, das Segel zu reffen, hatte er den Baum auf den Kopf bekommen und war ins Cockpit gestürzt und dort liegen geblieben. Dass das Boot zwei Tage später auf das Riff von Manihiki lief, war ein Wunder.

Ich machte, dass ich so schnell wie möglich aus Tauhunu wegkam.

Auf dem Weg zum Hafen kam ich am unbewohnten Palast vorbei, der ziemlich verfallen war. Ngaru saß auf der Veranda vor dem Haus seines Onkels und tat, als würde er mich nicht bemerken (oder sah mich wirklich nicht). Wie ich vermutet hatte, war er aus Tukao weggegangen, entweder um sich vor der Perlenernte zu drücken, oder weil er die Nase voll von mir hatte. Beschämt lief ich zum Hafen.

Was ich zu Schwester Vioora gesagt hatte, stimmte vollkommen, der Patient sprach wirklich nicht viel. Manchmal bat er um Wasser oder die Bettpfanne, das war im Grunde alles. Ich ließ ihn in Ruhe und saß meistens draußen im Behandlungszimmer und las, während ich wachte.

»Schwester«, rief er eines Abends, als Mama Evelyn zu Hause bei Oma Metua war (der es immer schlechter ging, die alte Dame hatte nur noch Wochen zu leben). Ich legte das Buch weg (»Die Säulen der Erde« von Ken Follett, mein absolutes Lieblingsbuch) und ging in Zimmer Nummer eins. Er saß halb aufgerichtet im Bett, ich hatte ihn rasiert. Die Verbrennungen im Gesicht verheilten allmählich, und die Schwellung an seiner Stirn war zurückgegangen.

»Ich möchte Sie etwas fragen«, sagte er. »Wo bin ich genau?«

»In Tukao«, sagte ich. »Auf Manihiki. Cookinseln, nördliche Inselgruppe. Wir gehören zu Neuseeland, sind aber ein unabhängiger Inselstaat.«

Er blinzelte verwirrt.

»Wo?«

»Südpazifik«, sagte ich. »In jeder Richtung weit und breit nur Wasser.«

Das stimmte nicht ganz, im Nordwesten verbarg sich Rakahanga hinter dem Horizont.

Der Patient schloss für einige Momente die Augen, dann sah er in die Dämmerung hinaus, die sich rasch senkte.

»Ein Polizist war hier und hat mich vernommen«, sagte er.

»Police Officer Everest«, sagte ich.

Er streckte die linke Hand nach dem Wasserbecher auf dem Nachttisch aus und trank mit dem Strohhalm. Stellte den Becher zurück, räusperte sich.

»Habe ich … etwas Verbotenes getan, als ich hier ankam? Gegen ein Gesetz verstoßen?«

Ich schob einen Stuhl ans Bett und setzte mich zu ihm.

»Eigentlich braucht man eine Genehmigung aus Rarotonga, um Manihiki anzulaufen, aber da Ihr Boot gesunken ist, bevor Sie an Land kamen, wurde beschlossen, dass Sie keine Erlaubnis brauchten.«

Ich lächelte.

»Sie haben ein Touristenvisum für einen Monat.«

»Und seit wann bin ich hier?«

Ich rechnete mit den Fingern nach.

»Seit elf Tagen.«

Er schwieg eine Weile.

»Manihiki, sagen Sie?«

»Wir sind ein Atoll«, sagte ich, »eine Lagune mit dreiundvierzig *motus*, kleinen Inseln. Die Lagune ist neun Kilometer breit. Zwei Dörfer, Tauhunu und Tukao, jeweils auf einer Insel. In Collins Weltatlas sind wir nicht verzeichnet.«

»Und es gibt keinen Strom?«

»Momentan nicht. Der Diesel für den Generator ist alle.«

Er sah mich an. Ein besonders schöner Mann war er nicht, sein Haar war zwar hell, aber nicht blond, und irgendwie auch dunkel, aber nicht braun, sein Kiefer war etwas zu kantig und seine Ohren zu klein.

»Und Sie arbeiten hier als Krankenschwester?«

Ich blickte auf meine Hände.

»Mama Evelyn ist die Krankenschwester, meine Mutter. Ich helfe nur aus. Meistens arbeite ich auf der Perlenfarm.«

Er zog die Augenbrauen auf eine Weise hoch, die sich als typisch für ihn erweisen sollte.

»Perlenfarm?«

»Sie gehört unserer Familie. Wir haben eine schwarze Perlenfarm, in der Lagune kommt *pinctada margaritifera* natürlich vor, man braucht nur zusammengeknotete Taue ins Wasser zu hängen, und nach drei Jahren sind sie voller Perlmuscheln. Ich bin Freitaucherin draußen auf der Farm, arbeite aber auch in der Werkstatt. Vielleicht werde ich mal Perlentechnikerin …«

Das stimmte, Papa Tane hatte gesagt, ich dürfte vielleicht einen Lehrgang besuchen und ein Zertifikat erwerben, wenn auf der Insel einer stattfand (falls der Schiffsverkehr jemals wieder in Gang kam).

»Die Perlenfarm ist schwarz?«, fragte er.

»Die Perlen«, sagte ich. »Man nennt sie so, aber sie können viele verschiedene Farben haben. Knapp die Hälfte ist nicht kategorisierbar, low grade, die übrigen werden nach Farbe, Form und Größe in die Kategorien A bis D eingeteilt.«

Erik Bergman sah wieder zum Fenster, draußen war es fast dunkel geworden. Der Mond nahm ab, und die Sterne wurden von Wolken verdeckt, es würde eine stockdunkle Nacht werden.

»Der Polizist sagte, mein Boot sei gesunken. Kann man es bergen?«

Ich schüttelte den Kopf.

»Es ist durchgebrochen und in der Tiefe verschwunden. Captain Mareko und seine Jungs haben Sie in letzter Minute rausgeholt.«

Er versuchte, sich ganz aufzusetzen.

»Könnte ich Sie um einen Gefallen bitten?«

»Natürlich.« Ich stand auf, um ihm ein Kissen in den Rücken zu stopfen.

»Mein Aktenkoffer.« Er deutete mit einer Kopfbewegung in die Ecke, wo sein Gepäck stand. »Können Sie ihn irgendwo aufbewahren? An einem trockenen Ort?«

Er bemerkte, dass ich ihn fragend ansah.

»Ich brauche ihn hier nicht«, sagte er, »es sind nur Papiere und Kleinkram drin.«

»Die Schlüssel sind leider weg«, sagte ich.

Er schloss die Augen und sank zurück ins Kissen.

»Hat jemand nach mir gesucht?«

Ich musste fast lachen, weil die Frage so absurd war.

»Es ist seit zwei Jahren kein Schiff mit dem Nötigsten mehr gekommen. Vor acht Monaten waren Perlengroßhändler mit einem gecharterten Flugzeug hier, aber abgesehen davon hatten wir seit 1988 keinen Besuch aus der Außenwelt. Abgesehen von Ihnen.«

»Wenn jemand nach mir fragt, bringen Sie ihn einfach hierher. Sagen Sie nicht, dass Sie mich kennen.«

»Wer sollte denn nach Ihnen suchen?«

Er legte den Kopf in den Nacken, murmelte etwas Unverständliches, oder vielleicht sagte er es auch in einer Sprache, die ich nicht kannte.

Ich wandte mich wieder meinem Buch zu. »Die Säulen der Erde« handelte vom Bau einer Kathedrale im zwölften Jahrhundert im englischen Kingsbridge. In diesem Jahr las ich es immer wieder. Es enthielt unheimlich viele Verschwörungen zwischen mächtigen Männern, die mich überhaupt nicht interessierten, aber das Gebäude! Oh, ich sah es vor mir, die schwebenden Gewölbe, das funkelnde Licht, die Pfeiler, die sich vom Himmel in die Erde bohrten. Ich war dort, ich befand mich fast immer an der Seite von Baumeister Tom, vor allem beim Tauchen.

Als Mama Evelyn mich ablöste, nahm ich den glänzenden Metallkoffer des Patienten mit, und nachdem ich eine Weile überlegt hatte, verstaute ich ihn in derselben Kiste wie Moanas alte Schulbücher, ganz oben im Regal im Vorratsschuppen hinter dem Wassertank. Ein trockener und guter Platz, das wusste ich.

Papa Tane hatte in der Funkstation neben dem Rathaus ein Gespräch mit Onkel Matini auf Rarotonga angemeldet, das noch an diesem Abend durchgestellt werden konnte (das Rathaus war nicht weit von der Klinik entfernt). Onkel Vaine und Amiria hatten gekocht (im Gegensatz zu mir hatte Amiria nicht nur Talent dafür, sondern auch Interesse am Kochen), an diesem Abend drehten sie Perlmuscheln durch den Fleischwolf und brieten sie, und dazu gab es Pfannkuchen aus *uto*, die mit Kokosmilch gegessen wurden.

Ich brachte Mama Evelyn und dem Patienten etwas zu essen und setzte mich dann vor dem Funkraum zu Papa Tane auf die Erde und wartete mit ihm, während es dunkel wurde, auf die Verbindung. Mehrere andere Familien hatten hier etwas zu erledigen, der Abend war heiß und feucht.

»Ich habe über eine Sache nachgedacht«, sagte ich. »Moanas Studienplatz …«

Meine Schwester war im Studiengang Politik und Internationale Beziehungen an der Universität in Auckland angenommen worden, sie wäre mit dem nächsten Schiff nach Rarotonga gefahren und von dort aus nach Neuseeland geflogen.

»Da rückt jemand nach«, sagte Papa Tane. »Sie haben genug Bewerber.«

»Vielleicht kann ich den Studienplatz übernehmen.«

Papa Tane wandte sich dem Riff zu.

»Kiona«, sagte er, »das würde nicht zu dir passen.«

»Ich kann auch studieren.«

Den Blick abgewandt, sagte er es zum ersten Mal: »Deine Universität ist die Lagune.«

Vaitomo, der Funker, kam raus und teilte mit, dass die Verbindung stand. Papa Tane ging ans Funkgerät, während ich in der Tür stehen blieb. Da Onkel Matini sich unten in Rarotonga um die Finanzen kümmerte, berichtete Papa Tane von der Situation auf der Perlenfarm, er gab die Zahlen, den Ertrag und die notwendigen Investitionen durch und beendete jeden Satz mit »kommen«. Wir lebten seit ewigen Zeiten mit den Perlen in der Lagune, aber die industrielle Herstellung, die Farmen und die Zucht waren moderne Errungenschaften. Ich verstand nicht genau, worüber sie sprachen, ihre langen Erörterungen des Budgets und der Bilanzen waren mir ein Rätsel. Ich hatte tatsächlich nicht so gute Noten wie Moana, vor allem nicht in Mathematik, aber ich las gerne und sprach fließend Englisch und Maori. Moana hatte sich mit Mathematik und Politik ausgekannt und konnte nicht nur Maori, Englisch und Französisch lesen, sondern verstand auch ein bisschen Chinesisch (die Mutter ihrer besten Freundin Reo Cheval kam aus Tahiti und war französisch-chinesischer Herkunft, sie hatte es Moana und Reo von klein auf beigebracht), aber ich wusste viel über Kathedralen und die mittelalterliche Geschichte Europas und kannte die Namen der meisten Länder und Hauptstädte der Erde. Ich mochte Gott und die Bibel, aber für Politik hatte ich überhaupt nichts übrig, mich interessierten nur die Lebensbedingungen der Menschen. Wenn Moana darauf beharrte, dass genau das Politik war, verstand ich nicht, was sie damit meinte.

Onkel Matini erzählte, dass in den Cook Island News über Moanas Tod berichtet worden war. Er und Tante Ama hatten der Redaktion ein Foto von Moana geliehen, das zwar in Schwarz-Weiß abgedruckt worden und auf dem sie vierzehn Jahre alt war, aber man konnte sie trotzdem erkennen, er hatte die Zeitung aufbewahrt.

Wir ließen Grüße an die ganze Familie ausrichten, ich durfte am Ende kurz mit meiner Cousine Vaiana sprechen, aber wir hatten uns nicht viel zu sagen, da wir uns erst einmal bei einem Begräbnisritual in Rakahanga begegnet waren. Wir sagten »Ende«, und dann gingen Papa Tane und ich nach Hause.

Ich dachte an die Zeitung, die Cook Island News, und daran, dass Moana nach ihrem Tod darin abgebildet gewesen war. Es war seltsam, dass jeder sie darin als Vierzehnjährige sehen konnte, obwohl sie nicht mehr existierte. Ein eingefrorener Ausschnitt der Zeit war übrig geblieben. Die Cook Island News ist eine Tageszeitung, die über Ereignisse auf den Cookinseln, in Polynesien und dem Rest der Welt berichtet. Onkel Matini schickte uns wichtige Ausgaben der Zeitung mit dem Schiff (wenn es denn fuhr), meistens waren dann Artikel über die Perlenindustrie darin, Papa Tane bewahrte sie in einer Schachtel aus Palmplättern unter dem Bett auf. Manchmal ging es in den Zeitungen jedoch auch um andere Dinge, wie damals, als der Sänger David Bowie in dem Film »Merry Christmas, Mr. Lawrence« mitspielte, der teilweise auf Rarotonga gedreht worden war, wo sich jemand aus dem Filmteam verlief und im Dschungel auf dem Vulkan im Inneren von Rarotonga verschwand. Obwohl die Insel nur zehn Kilometer breit ist, hat man den Mann nie gefunden. Noch heute liegen seine sterblichen Überreste irgendwo im Dschungel. Das Exemplar der Zeitung wurde auf einem Bord im Großen Zimmer aufbewahrt.

Ich fragte mich, wo Papa Tane die Zeitung mit dem Foto von Moana aufbewahrte. Sicher auch auf dem Regalbrett.

In dieser Zeit kam von Süden ein Unwetter auf, das Manihiki tagelang mit Stürmen und Blitzen überzog. Oma Vaine hatte keinen Zweifel: Hikahara grollte auf diese Weise über den Patienten in der Klinik. Hikahara, vor dem Christentum die Göttin auf Manihiki, war halb Frau, halb Mann. Sie herrschte über das Wetter, ob Regen oder Donner, ihr Körper war oben weiblich und unten männlich. Oma Vaine erzählte gerne von den Missionaren, die sich mit Hikahara angelegt hatten, mit den Jahren wurde ihre Geschichte immer besser, und schließlich klang sie, als wäre sie selbst dabei gewesen. Alle Menschen auf Manihiki hatten sich im Dorf Tukao bei den Steinen von Hikahara versammelt und die Göttin vom frühen Morgen bis zum Sonnenuntergang um Regen angefleht, aber aus den Wolken kam kein Zeichen. Am zweiten Tag forderten die Missionare die Menschen zum Weitermachen auf, wieder ohne Erfolg. Dann baten die Missionare ihren Jehova um Regen, der daraufhin prompt einsetzte, und da merkten alle auf Manihiki, dass Jehova der wahre Gott war.

Die Perlenernte ruhte in diesen Tagen, bei Gewitter war es nicht ratsam, mit den Booten rauszufahren. Stattdessen sprach Papa Tane mehrmals über Funk mit Onkel Matini auf Rarotonga.

Onkel Matini hatte alle Hände voll mit seiner eigenen Firma und deren Vergrößerung zu tun (eine Baufirma, die sich auf den Import von Stahlprodukten spezialisiert hatte). Obwohl das Geschäft florierte, bereiteten die Finanzen Papa Tane Kopfzerbrechen. Alles, was mit Buchführung und Quittungen, mit Gewinnen und Steuern und Unkosten und Auslagen und Rechnungen zu tun hatte, überforderte Papa Tane.

Bisher war die Ernte dieses Jahres extrem gut, fast achtzig Prozent unserer *pinctada margaritifera* enthielten Perlen. Noch dazu waren viele rund und weitgehend makellos, B- und C-Qualität-Klasse, und sogar einige Perlen der Klasse A waren darunter. Fünfunddreißig Prozent der Perlmuscheln war wieder ein Kern implantiert worden, auch das übertraf die Erwartungen, und daher hätte das Leben im Großen und Ganzen gut sein müssen.

Als sich der Zustand des Patienten allmählich gebessert hatte, konnte ich tagsüber wieder auf der Farm arbeiten. Nikau und ich setzten die Ernte fort, überprüften die Tiefe von Tauen und Ankerleinen, und ich befand mich bei Baumeister Tom im Kingsbridge des zwölften Jahrhunderts. Die Lagune, die mich umgab, war das Kirchenschiff, die Korallen verwandelten sich in kunstvoll gemeißelte Pfeiler, die Meeresströmung war von mehrstimmigem Gesang erfüllt, und die Wasseroberfläche weit über mir wurde zu einem Himmelsgewölbe für Marmorengel. Ich wirbelte durch eine Finsternis aus Seligkeit, der Sauerstoffmangel in meiner Lunge erstickte jeden anderen Schmerz.

Abends half ich Mama Evelyn und löste sie in der Klinik ab, damit sie sich um andere Dinge kümmern konnte. Wir gipsten das linke Bein und das rechte Handgelenk des Patienten neu ein. Erik Bergman war, Gott sei Dank, Linkshänder. Das Bein sah nicht gut aus, es war wirklich ein Stück kürzer geworden. Ich fragte mich, wie das sein konnte, wo war das fehlende Stück Knochen abgeblieben?

Auf das lange Gewitter folgten Feuchtigkeit und ungewöhnlich intensive Hitze. Der Patient schwitzte so stark, dass ich an einem Abend zweimal sein Laken wechseln musste.

»Sind Sie nicht daran gewöhnt?«, fragte ich.

Erik Bergman stand nackt bis auf eine der Unterhosen, die er in seiner Sporttasche gehabt hatte, und mit einer Krücke in der linken Hand da, während ich das Bett frisch bezog.

»Nein, wirklich nicht«, sagte er. »Schweden liegt im hohen Norden, wir haben ein halbes Jahr Schnee und Minusgrade.«

»Am Polarkreis«, sagte ich.

Im Schatten der Schweinelampe sah ich, wie er wieder auf diese typische Art die Augenbrauen hochzog.

»In der Tat«, sagte er nachdenklich. »Waren Sie schon mal dort?«

Jetzt musste ich richtig lachen.

»Nein, wirklich nicht«, ahmte ich ihn nach. »Aber ich war schon einige Male auf Rakahanga.«

Ich ging mit den Laken zum Waschzuber und weichte sie ein. Der Regen hatte den Vorteil, dass alle Zisternen und Tanks mit Frischwasser gefüllt waren.

Als ich zurückkam, hatte er sich wieder ins Bett gelegt, die Hitze und die Schmerzen machten ihn offenbar müde.

»Darf ich Ihnen eine Frage über Schweden stellen?«

Wieder zog er die Augenbrauen hoch. Ich holte Luft.

»Gibt es dort Kathedralen?«

»Kathedralen?«

Er sah richtig verwundert aus und überlegte eine Weile.

»Wenn überhaupt, dann sind es Domkirchen«, sagte er schließlich. »Die in Lund und Uppsala könnte man vielleicht so bezeichnen und die in Skara und Linköping.«

»Sie wissen es nicht genau? Sind Sie kein Christ?«

»Wir nennen unsere Domkirchen nicht Kathedralen, aber ich nehme an, dass sie seinerzeit als solche galten. Ehrlich gesagt, habe ich noch nie darüber nachgedacht. Warum fragen Sie?«

Ich weiß nicht, warum ich darauf antwortete, aber ich tat es. Zum ersten Mal erzählte ich jemandem, dass die Lagune ein Kirchenschiff für mich war, die Korallenbänke waren Säulen und Altäre, die Schwärme von Schmetterlingsfischen schwindelerregende Lobgesänge, und ohne zu begreifen, warum, fing ich an zu weinen.

Er sagte nichts, und ich hörte ziemlich bald wieder auf.

Dann sprachen wir nicht mehr darüber.

Mittwochs und freitags ging Oma Vaine vor Tau und Tag zu den Morgenandachten der Cook Island Christian Church und sonntags in den Abendmahlsgottesdienst um zehn und zum Nachmittagsgebet um vier Uhr.

»Der Herr hat die Welt nach seinem Bilde und seinem Wohlgefallen erschaffen«, sagte sie, wenn sie im Morgengrauen zur Kirche taperte. (Sie hatte auch andere Sprüche auf Lager, »ihr werdet alle in der Hölle schmoren« war nur einer davon.)

Ich hätte sie gerne in die Kirche begleitet, aber dafür war keine Zeit. Allerdings ging ich jeden Sonntag zum Gottesdienst und manchmal auch zum Nachmittagsgebet. Der Kirchenraum war zwar keine Kathedrale, aber es herrschte dort ein Frieden, den ich nirgendwo sonst fand.

Die Frauen mit ihren schönen Hüten und den verhüllten Schultern, die Männer in Hosen, die die Knie bedeckten. Die hellen Stimmchen der Kinder wie eine Wand hinter dem dröhnenden Organ von Pastor Boyd.

Seit Erik Bergman auf Manihiki war, betete die Gemeinde besonders für ihn. Pastor Boyd rief den Herrn an, er möge dem Fremden Gnade und Genesung schenken, und dann bat er ihn, sein Angesicht über uns leuchten zu lassen und uns Frieden zu geben. Der fette Jensen blieb während der Lobgesänge wie üblich mit offenem Mund in der Kirchenbank sitzen und starrte auf meine Beine. Der Husten des alten Tupu war schlimmer denn je, Mama Evelyn schaute besorgt in seine Richtung. Zwei Reihen vor mir weinte Witwe Paetu mit bebenden Schultern, ihr Mann war im vergangenen Jahr verstorben, und das Grab vor ihrem Haus hatte noch immer kein Dach.

Die Predigt donnerte wie Gewitter und Geröll über die Gemeinde hinweg, sie peitschte ordentlich ein und verlockte zugleich. Das Licht, das durch die bunten Fensterscheiben drang, färbte Boden und Wände rot, blau, grün und gelb. Ein paar

Wespen umkreisten verwirrt die Blumen auf den Hüten der Frauen. Der Lobgesang hallte von den Wänden wider und gab mir das Gefühl zu fliegen.

Hinterher versammelten wir uns unter dem Blechdach auf der Riffseite, und während die Katholiken in der Kirche nebenan weitersangen, tischten wir auf – gegrillten Papageienfisch und gekochten Lederjackenfisch, Brotfrucht und kalten Reis, ein frisch geschlachtetes Ferkel, in Meerwasser gekocht, Papa Tanes *umustek*, in Meerwasser notdürftig gekühlte *nimata*, Wasser in Plastikbehältern, Colaflaschen voller Kokosmilch, mehr Brotfrucht, mehr gekochten Fisch und einen Salat aus Makkaroni und Dosenmakrele, Kokospfannkuchen vom Vortag und Hefebrötchen aus dem letzten gesiebten Mehl auf der Insel. Ich aß ein Stück Brotfrucht. Barbie schleuderte die Pumps von den Füßen, ich half ihm, die Tischdecke mit Korallensteinen zu befestigen. Pastor Boyd betete ein *pure*, und dann aßen wir. Die Gespräche übers Essen plätscherten leise und langsam dahin, sogar die Kleinkinder bewegten sich weniger stürmisch und mit gedämpfter Lautstärke.

»Wir danken dem Herrn für seine Wunder«, sagte Pastor Boyd und setzte sich neben Mama Evelyn. »Wann dürfen wir den Fremden im Gottesdienst erwarten?«

Ich dachte bei mir, dass Mama Evelyn zur Genesung des Mannes mindestens so viel beigetragen hatte wie der Herrgott.

»Wunder brauchen Zeit«, sagte Mama Evelyn milde. »Die Wege des Herrn sind unergründlich, und wir können nicht von ihm verlangen, sich zu beeilen, nur weil seine Diener ungeduldig sind.«

Der Pastor stand auf und ging an den Nebentisch. Ich wusste, dass die Antwort ihm missfiel und er sich zurechtgewiesen fühlte. Mama Evelyn neigte dazu, unterschwellig vorwurfsvolle Bemerkungen zu machen.

Sie stocherte nun mit demütig gesenktem Blick in ihrem Papageienfisch.

Mama Evelyn kam in den Sechzigerjahren als frisch examinierte Krankenschwester aus Auckland nach Manihiki und blieb (einen Arzt haben wir hier meines Wissens nie gehabt). In all den Jahren kehrte sie nur einmal nach Neuseeland zurück, damals war ich noch ein Baby. Ohne Vorwarnung bestieg sie das Schiff nach Rarotonga und ließ Papa Tane mit der vierjährigen Moana, Nikau, der fast drei war, und dem wenige Monate alten Baby, also mir, allein. Ein gutes Jahr später kam sie mit gesenktem Blick und blassen Wangen, einem Kassettenspieler mit separatem Lautsprecher und einem Kühlschrank zurück, der von Anfang an nicht funktionierte. Ich hätte Angst vor ihr gehabt, wurde mir erzählt, ich hatte noch nie jemanden mit gelbem Haar und wasserfarbenen Augen gesehen. Tarita, die Frau, die in Papa Tanes Leben und Bett eingezogen war, musste ihre Siebensachen packen und zurück nach Tauhunu paddeln. Ich war offenbar verzweifelt, hatte die einzige Mutter verloren, die ich kannte, und musste von nun an mit einem wasseräugigen Monster zusammenleben. Mit fest angespannten Kinderarmen klammerte ich mich an Papa Tane und Oma Vaine (Opa Tane war während Mama Evelyns Abwesenheit gestorben), und ein Teil von Mama Evelyn verzieh mir das nie.

Diejenigen, die Mama Evelyn schon vorher gekannt hatten, sagten, sie sei nach dem Jahr in Neuseeland stiller geworden. Sie diskutierte nicht mehr lautstark mit den Leuten auf der Insel, sondern war stolz darauf, sich um ihren eigenen Kram zu kümmern und die Inselbewohner zu verarzten. Amiria wurde an meinem fünften Geburtstag geboren.

Nach vier Wochen konnte der Patient noch immer nicht mehr als ein, zwei Schritte gehen (da er sich nicht nur ein Bein, sondern auch einen Arm gebrochen hatte, nützten ihm Krücken nicht viel).

Police Officer Everest verlängerte das Touristenvisum um drei Monate, dann würde Erik Bergman mobil sein, und so Gott und die Regierung wollten, wäre bis dahin auch der Schiffsverkehr wieder angelaufen.

Das rechte Handgelenk heilte schlecht, der Mediannerv (von dem der Tastsinn des Daumens, des Zeigefingers, des Mittel- und des halben Ringfingers abhing) war entweder zerstört oder eingeklemmt. Erik fühlte nichts. Als nach acht Wochen der Gips abgenommen wurde, sollte er die Hand allmählich wieder bewegen, aber auch das ging nur schwer. Ein Bein war, wie gesagt, deutlich kürzer als das andere. Papa Tane stellte eine Spezialkrücke her, auf der er sich mit dem Ellbogen anstelle der Handfläche abstützen konnte, und dann schwankte er auf seinen Krücken zwischen Behandlungsraum und Krankenzimmer Nummer eins auf und ab, bis Mama Evelyn entschied, dass er die Klinik verlassen dürfe. Es war mühsam und zeitaufwendig, Lebensmittel zum Krankenhaus zu bringen und ständig Pflegepersonal bereitzuhalten, das ihm bei Toilettengängen und Körperpflege behilflich war. Stattdessen wurde er in die Honigfresserhütte bei der Dieselzapfsäule neben der Perlenwerkstatt verlegt. Er kam zum Frühstück und aß mit uns zu Mittag, abends saß er stumm und zurückhaltend am Rand des Feuerkreises. Tagsüber humpelte er immer größere Runden auf den Korallenwegen von Tukao, bis er sich an seinen ungleichen Krücken den Ellbogen aufgescheuert hatte.

Wir ernteten unsere letzten Perlmuscheln (das letzte Viertel war nicht mehr ganz so ertragreich wie die ersten drei, aber qualitativ vollkommen ausreichend).

Zum Dank für gute Arbeit durften Nikau und ich uns wie üblich je eine Perle aussuchen.

Und auf der Insel blieb es dunkel.

Der Schiffsverkehr nach Manihiki endete an dem Tag, als die Manuvai im Dezember 1988 auf das Riff vor Nassau lief (nicht die Hauptstadt der Bahamas, sondern eine kleinere Insel südöstlich von Pukapuka). Die Nachricht verbreitete sich wie ein Lauffeuer, wir kannten die Namen und die Lebensgeschichten der Schiffe, die uns mit dem Nötigsten versorgten, wie Kinder die Namen ihrer Eltern kennen.

Die Manuvai war in Dänemark gebaut worden (das genau wie Schweden in Skandinavien liegt). Das Schiff war im Jahr 1960 vom Stapel gelassen worden und bereits gut eingefahren, als es Anfang der Siebzigerjahre von der Reederei Silk & Boyd (die nichts mit dem hiesigen Pastor Boyd zu tun hatte) übernommen wurde. Die Manuvai hatte ein Jahrzehnt lang in Europa als Frachter gedient und war in keinerlei Hinsicht für die Nutzung als Passagierschiff in den Tropen geeignet, aber für die nördlichen Cookinseln war sie gegenüber früheren Schiffen trotzdem eine erhebliche Verbesserung. (Übrigens war Moana im Alter von vierzehn Jahren mit der Manuvai nach Rarotonga gefahren.) Nach fast zwanzig Jahren in der Südsee war sie allerdings reif für den Schiffsfriedhof, ein Umstand, der früher als erwartet eintrat. Nach drei harten Tagen bei miserablem Wetter vor Pukapuka war die Manuvai auf dem Weg nach Nassau, als der Steuermann auf seinem Posten einschlief und das Schiff direkt auf das Riff fuhr (dem Schweden und seiner Jacht nicht ganz unähnlich). Danach wurde nichts mehr nach Manihiki befördert. Die Reedereien konnten sich mit der Regierung nicht über Subventionen und Frachtlizenzen einigen, die Männer waren einstimmig der Meinung, die Regierung unten in Rarotonga sei unfähig, eine Lösung zu finden. Onkel Matini informierte Papa Tane per Funkgerät darüber, wie sich die Situation entwickelte (beziehungsweise dies vielmehr nicht tat). Manihiki verfügte zwar über ein Flugfeld (es war am 10. Oktober 1988, dem Tag, als das erste Flugzeug landete, ordnungsgemäß gesegnet worden), aber kommerzieller Flugverkehr war nicht zustande gekommen. Die Einzigen, die den Flugplatz (äußerst sporadisch) nutzten, waren die Perlenhändler mit ihren Privatflugzeugen.

Einige Wochen nach der Perlenernte war es jedoch an der Zeit, das Flugfeld wieder zu benutzen.

Die Großhändler waren im Morgengrauen in Rarotonga gestartet, hatten auf Aitutaki einen Zwischenstopp eingelegt und die Tanks bis zum Bersten gefüllt und wurden um halb zwölf vormittags auf dem Korallensand erwartet. Fast alle aus Tukao und auch viele aus Tauhunu hatten sich am neuen Terminal (einer Pfahlbaracke mit Blechdach und acht Sitzbänken) versammelt, um sie in Empfang zu nehmen. Sie mussten lange warten, ohne Wind und mit wenig Schatten. Nikau hörte das Geräusch über den Wolken als Allererster, am Himmel wurde der weiße Fleck sichtbar, ich spürte ein Ziehen im Bauch, und dann setzte das Flugzeug auf wie ein überdimensionierter Grashüpfer. Mit dröhnendem Motor fuhr es zu den Kerosintanks und blieb stehen. Das Motorgeräusch wurde leiser und erstarb, die Tür ging auf, und die Perlenkäufer stiegen mit steifen Rücken und Beinen und einem breiten Grinsen im Gesicht aus. Es waren sechs Leute, die aus Japan und Australien stammten, und der Pilot (er war aus Rarotonga). Sie begrüßten Papa Tane und Captain Mareko und Herrn und Frau Erlandsen und einige andere große Farmer. Pastor Boyd sprach ein *pure*, segnete das Flugzeug, den Piloten und die Passagiere, und dann war es Zeit für ein üppiges Mittagessen bei der Kirche. Unsere ganze Familie war dort (außer Amiria, die Schule hatte, und Erik Bergman, der in seiner Hütte lag und sich ausruhte, weil es ihm nicht gut ging).

Papa Tane sprach ein paar kurze Begrüßungsworte, und dann hielt Herr Erlandsen (der seine eigene Stimme liebte) eine äußerst lange und inhaltslose Rede, die vor allem von seiner eigenen Wichtigkeit handelte.

Noch am selben Tag fuhren vier der Käufer und der Pilot nach Tauhunu hinüber. Die beiden anderen, ein Australier und ein Japaner, blieben in Tukao, um bei uns im Dorf die Ware zu kategorisieren und die Preise festzulegen. Die Luft schwirrte von den vielen Stimmen und Erwartungen, ein Wirbelsturm aus Dollarscheinen würde Manihiki in die Zukunft fegen. Ich blieb im Hintergrund, aber die Spannung kribbelte auch in meinem Magen. Die Käufer wurden bei Erlandsens einquartiert, an ihrer Verpflegung beteiligten sich alle Familien, und am Abend versammelten sich die Männer am Feuer vor unserer Perlenwerkstatt. Tangas Selbstgebrannter war gelungen, Barbie sang im Falsett, der Wind in der Lagune war so kühl wie schon lange nicht mehr.

»Komm zum Essen«, rief man vorbeikommenden Schatten zu. »Wir haben *taro* und *ika mata*!«

Ich saß, an die Perlenwerkstatt gelehnt, außerhalb des Kreises und lauschte den Stimmen und den Wellen. Moana hockte neben mir, ich spürte, dass sie zufrieden war. Der Schwede kam aus seiner Hütte und ließ sich, wie üblich, im äußeren Kreis nieder.

Es gab eigentlich nur eine Wolke an unserem Horizont, den Mangel an ökonomisch bewanderten Personen, die den Käufern assistieren konnten. Man beleuchtete die Frage von allen Seiten, zog die Eröffnung einer Bankfiliale auf der Insel in Erwägung, um kompetente Leute zu bekommen (falls denn das elende Schiff mal wieder fahren würde).

»Was ist mit dir?« Captain Marekos Frage war an Nikau gerichtet. »Kannst du nicht mit Zahlen umgehen?«

Es stimmte, Nikau war genauso ein Ass in Mathe wie Moana.

»Ich verstehe aber nichts von Buchführung«, sagte er.

Ohne Vorwarnung erhob sich der Schwede und stand mit der Krücke in der Linken wankend da. »Vielleicht kann ich weiterhelfen. Ich habe wirtschaftliche Erfahrung.«

Ein kurzes erstauntes Schweigen entstand, verblüffte Münder wandten sich dem Ausländer zu. Die Narbe auf seiner Stirn glühte im Feuerschein.

»Können Sie Rechnungen schreiben und Mehrwertsteuer berechnen und Buchführung machen?«, fragte Papa Tane.

Der Mann nickte.

»Aber kennen Sie auch die Regeln und Tarife, die für die neuseeländische Wirtschaft gelten?«

»Die unterscheiden sich wahrscheinlich nicht nennenswert von der übrigen internationalen Praxis. Ich brauche nur die Steuersätze und die restlichen Spezialvorschriften, und die kann ich mir per Funk aus Rarotonga beschaffen.«

Die Männer rings um das Feuer sahen einander an, so viele Worte hatte der Ausländer in den vergangenen drei Monaten zusammen nicht öffentlich geäußert.

»Na dann«, sagte Papa Tane. »Können Sie morgen anfangen?«

Erik Bergman ging ebenso ambitioniert wie effektiv ans Werk. In alten Schreibheften aus den Schulbeständen entwickelte er eine Buchführung, er erklärte den Männern, wie sie bei der ARB-Bank unten in Rarotonga Konten eröffnen konnten, und brachte ihnen bei, worauf es bei der Buchführung ankam. Ich sah ihn mit ausgestrecktem Bein im Schatten sitzen und Instruktionen erteilen, das Haar fiel ihm immer wieder ins Gesicht. Die Männer hörten geradezu andächtig zu und gaben mit stummem Kopfnicken ihre Zustimmung zu Worten, die ich nicht verstand.

Nikau und ich waren wieder draußen auf der Farm beschäftigt, wir arbeiteten in einem Abschnitt der Lagune, wo ein Teil der Perlmuscheln hing, denen erneut ein Kern implantiert worden war. Wir setzten große Hoffnung in diese Ernte.

Die Käufer bekamen wir nur sonntags zu Gesicht, weil sie dann nicht arbeiten durften, sondern mit Familie Erlandsen in die Kirche gingen (so wie ich Herrn Erlandsen kannte, blieb ihnen gar nichts anderes übrig).

Eines Sonntags, beim Mittagessen nach dem Gottesdienst, fasste ich mir ein Herz und suchte den einen australischen Großhändler auf. Ich sagte, wessen Tochter ich war, und dann fragte ich den Mann, wie man nach Australien gelange. Er sah verwundert aus. »Man nimmt in Raro den Flieger«, sagte er. »In Auckland muss man umsteigen.«

»Von Auckland kann man also überallhin fliegen?«

Er rümpfte die Nase. »Wieso fragst du?«

In Moanas Erdkundebuch stand, dass es ein Abkommen zwischen den Regierungen von Neuseeland und Australien gab: Einwohner Neuseelands durften ohne Visum in Australien leben und studieren und arbeiten, solange sie wollten. Ich hatte von Leuten aus Manihiki gehört, die zum Arbeiten nach Australien gegangen waren, aber ich hätte nicht gedacht, dass jeder das tun durfte (oder besser gesagt, dass *ich* es durfte).

»Wie ist es, in Australien zu leben?«, fragte ich.

Er war ein ziemlich kräftiger Mann um die fünfzig mit Brille und langen Fingern, wischte sich mit einem Taschentuch den Schweiß von der Stirn und blinzelte zum Riff hinüber.

»Sydney ist eine richtige Stadt«, sagte er, »aber der Rest ist in meinen Augen Outback. Rote Erde und unerträgliche Hitze. Den können die Aborigines behalten.«

Obwohl ich nicht verstanden hatte, was er meinte, entfernte ich mich wieder. Er war kein freundlicher Mann. War er repräsentativ für den Rest der Bevölkerung? Mir waren nicht viele Australier begegnet, eigentlich nur die Frau, die den Kurs abgehalten hatte, mit dem Papa Tane sich zum zertifizierten Perlentechniker ausgebildet hatte, und sie war ganz nett gewesen (aber um ehrlich zu sein, ich hatte kaum mit ihr geredet).

An einem späten Nachmittag zweieinhalb Wochen nach ihrer Ankunft hatten die Käufer ihre Geschäfte in Tauhunu abgeschlossen und kehrten gemeinsam mit dem Piloten nach Tukao zurück. Einem von ihnen, der ebenfalls aus Australien stammte, stellte ich dieselbe Frage wie dem Mann mit den langen Fingern. Wie es sei, in seinem Land zu leben.

»Kommt darauf an, was du wissen willst«, antwortete er.

»Ist es sehr anders als Manihiki?«

Er grinste, aber nicht gemein.

»Oben in Queensland vielleicht nicht«, sagte er. »Das Klima dort ist recht ähnlich, das ganze Jahr über warm und feucht, im Great Barrier Reef gibt es fantastische Korallen. Sydney dagegen, wo ich wohne, ist sehr anders.«

»Inwiefern?«

Er dachte nach. »Auf einer Fläche, die so groß ist wie diese Lagune hier, wohnen Millionen von Menschen. Die Gesellschaft basiert auf Konsum und nicht auf Selbstversorgung. Man guckt Fernsehen, anstatt miteinander zu reden.«

»Beten sie zu Gott?«

Er nickte.

»Viele tun es.«

»Und gibt es Kathedralen?«

»Zumindest eine«, sagte er. »Saint Mary's.«

»Ist sie groß und alt?«

»Riesig«, sagte er. »Sie ist im gotischen Stil erbaut, aber besonders alt ist sie nicht. Sie steht mitten in der Stadt, man sieht sie von überall.«

Ich wandte das Gesicht zum Himmel und versuchte, mir das Bauwerk vorzustellen, es nahm die Form von Toms Kathedrale in Kingsbridge an.

»Ich würde gerne nach Sydney fahren«, sagte ich, und genau in diesem Moment kamen die Käufer von Captain Mareko zurück, der letzten Perlenfarm auf ihrer Liste, und alle Männer gingen hinüber zum Verwaltungshaus, um sich einen Überblick über die Rechnungen zu verschaffen und die Ernte auszuwerten.

An diesem Abend wurde am Feuer nach Erik Bergman gefragt (er selbst saß oben in der Küche des Großen Hauses und schrieb die letzten Berichte). Man diskutierte, ob für den schiffbrüchigen Schweden Platz im Flugzeug zurück nach Rarotonga geschaffen werden sollte, aber die Perlengrossisten waren dagegen. Die Maschine war eigens gechartert worden und bis auf den letzten Platz besetzt. Am Ende sollte der Pilot den Fall entscheiden, aber der sagte im Hinblick auf den Treibstoff Nein. Der Trottel (Wirtschaftskenntnisse hin oder her) könne ruhig bleiben und so wie alle anderen auf das Schiff warten. Police Officer Everest erteilte ihm eigenmächtig ein Visum für weitere drei Monate.

Früh am Morgen darauf versammelte sich das ganze Dorf am Flugplatz (auch die Schulkinder), Police Officer Everest ging das Gepäck der Reisenden durch, um zu überprüfen, ob sie keine verbotenen Gegenstände wie unter Naturschutz stehende Schnecken oder andere Dinge mit sich führten (aber das taten sie nicht). Pastor Boyd sprach das *pure*, und die sechs Passagiere und der Pilot gingen an Bord des Flugzeugs, mit einem Husten sprang der Motor an, steigerte seine Umdrehungen, bis er jaulte wie eine große Wespe, das Flugzeug fuhr hinüber zur Landebahn und machte kehrt (drüben bei Oma Metua, die übrigens auf dem Weg der Besserung war). Anschließend wurde das Motorgeräusch noch lauter, das Flugzeug raste an uns vorbei, alle riefen Abschiedsworte und winkten, und dann ergriff eine unsichtbare Hand die kleine Maschine und hob sie hoch, hoch, hoch in die Wolken.

Unser Lampenöl ging zur Neige, wir mussten das Fettschwein schlachten. Opa Vaine hatte den Eber kastriert, als er noch ein Ferkel war, und ihn mit Unmengen von Kokosnüssen gemästet. Jetzt war er so groß wie ein kleiner Wal und konnte nur mit Mühe aufrecht stehen, es war also wirklich höchste Zeit für die Schlachtung. Wir töteten das Tier an einem Samstagmorgen, um die Arbeit vor dem Gottesdienst am Sonntag zu schaffen und das Fleisch bei einer daran anschließenden *umu* zu verwenden.

Die Fettschicht war beeindruckend, mehr als zwölf Zentimeter dick. Wir schnitten sie in zehn Zentimeter lange Streifen, die mit der Haut gekocht wurden, bis wir das gesamte Öl extrahiert hatten.

Erik Bergman half beim Schneiden des Fetts, er war unter dem Sonnenbrand etwas blass. »Soll die Haut hier wirklich so herumschwimmen?« Er blickte in den großen Topf.

»Sie wird gekocht, bis sie knusprig ist«, sagte ich. »Das schmeckt unheimlich gut, die Kinder lieben es.«

Ich deutete mit einer Kopfbewegung auf die Lagune, wo eine Gruppe von Kleinkindern mit Kokosnüssen unter den Achseln schwimmen lernte. (Kokosnüsse gehen nicht unter und werden in der Perlenindustrie daher als Schwimmer verwendet.)

Langsam rührte er im Topf und kratzte sich unbewusst am Kopf. Obwohl er nicht besonders geschickt war (das verletzte Bein und die entstellte Hand machten die Sache nicht besser), beteiligte sich der Schwede oft an den praktischen Tätigkeiten auf der Insel. Er sagte nicht viel, blieb immer im Hintergrund.

Evelyn war der Meinung, er sollte mehr essen, sein Körper war immer noch schmal und knochig, Hüftknochen und Schultergelenke zeichneten sich deutlich unter T-Shirt und Shorts ab. Wenn mich niemand sah, betrachtete ich ihn manchmal und versuchte, die Wehmut zu verstehen, die ihn umgab.

Schwimmen konnte er auch nicht sonderlich gut, es machte ihm keinen Spaß, aber er wusste, wie es ging. An richtig heißen Tagen sprang er manchmal vom Steg vor der Perlenwerkstatt und planschte eine Weile herum, aber lieber saß er im Schatten und genoss die frische Brise, die vom Wasser herüberwehte.

Hin und wieder half er Amiria bei den Mathehausaufgaben, was mich mit unerklärlicher Wut erfüllte.

Und er kannte sich mit Wirtschaft aus. Er erledigte mittlerweile die Buchführung mehrerer Perlenfarmen im Dorf Tukao und auch die von einigen in Tauhunu. Meistens arbeitete er an unserem Küchentisch. Jetzt saß er mit einem Taschenrechner vor mehreren Papierstapeln und reihenweise Quittungen.

»Ich werde nicht schlau aus eurem Dorf«, sagte er einmal, als ich gerade von einem Arbeitstag nach Hause kam, zu dem tiefe Tauchgänge (Ankerleinen) gehört hatten. »Ihr seid gebildet und habt Krankenschwestern, Polizisten, Lehrer, Kapitäne und Pastoren auf der Insel, warum kennt sich fast niemand mit Betriebswirtschaft aus?«

Ich sank auf einen Stuhl, mir schwirrte der Kopf (seine Nähe und zu viele Tauchgänge).

»Wir haben keine Tradition«, sagte ich.

»Was meinst du damit?«

»Bevor die *papa'as* kamen, gab es bei uns kein Geld«, sagte ich.

»Und was habt ihr dann als Zahlungsmittel verwendet?«, fragte er, während er etwas in ein Matheheft voller Zahlenkolonnen schrieb.

»Nichts. Wir haben nicht so gedacht. Wir haben nichts gekauft oder verkauft.«

Er ließ den Stift fallen und blickte auf.

»Es gab auch keinen Tauschhandel«, sagte ich. »Niemand besaß irgendetwas, oder alle besaßen alles. Alle bekamen, was sie brauchten.«

Eine Weile saß er schweigend da.

»Aber jetzt habt ihr Geld«, sagte er. »Alle Perlenfarmen auf der Insel haben ein Bankkonto. Ihr könnt die Infrastruktur verbessern, in den Tourismus investieren, Hotels oder Bungalows am Strand bauen …«

Ich schüttelte den Kopf.

»Auf den Cookinseln kann man kein Land kaufen oder verkaufen«, sagte ich. »Das Land gehört den Familien. Wo du ein Grundstück bekommst, um zu bauen, entscheidet *ariki*.«

»Tatsächlich«, sagte er. »Praktizierter Kommunismus.«

Ich erstarrte. »Wie meinst du das?«

»Ich meine, dass ihr ursprünglich eine sozialistische Idealgesellschaft wart.«

Hastig stand ich auf. »Wir sind keine Kommunisten!«

Er zog die Augenbrauen hoch. »Aber eure Art und Weise …«

»Wehe, du bezeichnest uns als Kommunisten oder Sozialisten! Wir haben hier Meinungsfreiheit und Menschenrechte!«

Ich schrie ihm beinahe ins Gesicht. Er wirkte erschrocken.

»Oje«, sagte er. »Entschuldige, es war absolut nicht meine Absicht …«

Blind vor Tränen raste ich hinaus zur Perlenwerkstatt. Noch bevor ich oben in meinem Zimmer angekommen war, schämte ich mich für mein Benehmen.

Er wusste natürlich nichts von Moana, ihren Gedanken und Ansichten, sie war schließlich tot, wie hätte er davon wissen sollen?

Samstags füllten Moana und ich immer die Vorräte für den Sonntag (und den Rest der Woche) auf. Wir ernteten Kokosnüsse, grüne zum Trinken und andere zum Essen. Draußen auf der *enake*, der Allmende, pflückten wir *rau kotaha*, einen Farn, der in Dampf gekocht und mit Kokosmilch gegessen wird. Wir sprachen oft über die Sowjetunion und den Kommunismus und den Eisernen Vorhang (oder besser gesagt: Moana erzählte, und ich hörte zu; wenn ich meinen Ärger runterschluckte, waren die Geschichten ziemlich spannend), über die vielen Menschen in Europa, die Gefangene ihrer eigenen Länder gewesen und unter Einsatz ihres Lebens über die Grenze nach Westen geflohen waren. Michail Gorbatschow, der Präsident der Sowjetunion, war ein hellsichtiger Mann, er hatte die Perestroika eingeleitet, wirtschaftliche Reformen, die die Menschen befreien sollten (glaube ich jedenfalls), und Moana war enttäuscht, dass sie den Verlauf der Ereignisse nicht weiterverfolgen konnte, solange das Schiff nicht kommen wollte. Moana mochte den Kommunismus nicht, in dem es weder das Recht auf freie Meinungsäußerung noch andere menschliche Grundrechte gab, und ich beschloss, den Kommunismus auch nicht zu mögen.

»Am Ende zählt nicht, was man sagt, sondern was man den Leuten vorlebt«, sagte sie immer. »Das gilt zwar auch für Politiker, aber die scheinen es gerne zu vergessen.«

Manchmal plapperte sie über alte Philosophen und deren Theorien, Nietzsches »Zarathustra« oder Simone de Beauvoir, die behauptet, man werde nicht als Frau geboren, sondern dazu gemacht, aber da reichte es mir. Heute bereue ich zutiefst, dass ich sie zum Schweigen gebracht und nicht besser zugehört habe.

Und es sollte niemand wagen, uns Kommunisten zu nennen.

Für den Rest des Tages hielt ich mich von Erik Bergman fern.

Am Abend saßen die Männer an der Lagune ums Feuer herum und diskutierten, wie üblich, wesentliche Dinge, diesmal ging es um eine Haiattacke draußen beim Riff, bei der eine Frau einen Fuß verloren hatte.

»Wann soll das gewesen sein?«, fragte Barbie. »Davon habe ich noch nie gehört …«

»Bist du denn der Allwissende? Willst du behaupten, es wäre nie passiert?«

»Hüte deine Zunge, Bruder, für wen hältst du mich?«

»Sie heißt Anna Hill, meine Tante kennt sie.«

»Anna Hill soll vor dem Riff ihren Fuß verloren haben? Wann war Anna Hill jemals außerhalb des Riffs? Kannst du mir das sagen?«

»Vielleicht war es ja nicht hier, vielleicht war es vor Penhryn, hat sie nicht Familie auf Penhryn?«

»Wer schwimmt jemals hinter das Riff vor Penhryn? Dort haben sie ja sogar in der Lagune Haie.«

»Anna Hill hat doch keine Verwandten auf Penhryn, ihr Vater stammt aus Atiu …«

»Das ist alles nur Gerede, es war kein Haiangriff, höchstens eine Schramme, die sich entzündet hat, eine schlecht versorgte Wunde, die zur Amputation geführt hat …«

»Wer ist Anna Hill? Ist es diese Kleine aus Tauhunu?«

»So klein ist sie ja nun auch wieder nicht.«

»Die mit dem einen Fuß.«

»Wer?«

Erik Bergman kam angehumpelt und ließ sich außerhalb des Sitzkreises nieder, und ich verfolgte das Gespräch plötzlich mit seinen Ohren, hörte die Absurditäten und das Sinnlose, und plötzlich wurde mir alles zu viel.

Ich stand hastig auf, ging zur unbrauchbaren Dieselzapfsäule hinüber und setzte mich dort auf die Bank. Wir hatten abnehmenden Mond, aber das Kreuz des Südens leuchtete hell und klar über der Lagune. Der helle Bogen der Milchstraße hing am Himmel, Milliarden von Sternen in einer einzigen Galaxie. Die Wirklichkeit auf Manihiki war furchtbar begrenzt, aber das Universum unendlich.

»Worüber denkst du nach?« Erik Bergman setzte sich neben mich.

Ich blickte verlegen zu Boden. »Nichts Besonderes.«

»Es tut mir leid, dass ich dich vorhin verärgert habe. Das wollte ich nicht.«

Ich nickte und zwang mich zu einem Lächeln.

»Ich habe überreagiert. Ich bin diejenige, die sich entschuldigen muss.«

»Ich wusste nicht, dass es ein heikles Thema ist.«

»Das ist es auch nicht.«

Ich spürte die Wärme seines nackten Beins wie ein Kitzeln an der Haut. Eine Weile saßen wir schweigend da. Die Männer am Feuer lachten. Der Schwede wandte seine wasserblauen Augen zum Himmel.

»Der Sternenhimmel ist hier wirklich makellos. Es gibt ja im Umkreis von Tausenden von Meilen keine Lichtverschmutzung.«

Ich wusste nicht, was Lichtverschmutzung ist, sagte aber nichts.

»Du bist sehr gläubig, oder?«, fragte er.

Da er inzwischen sonntags mit uns in die Kirche ging, wusste er, dass ich betete.

Ich senkte den Blick.

»So wie wir alle mehr oder weniger.«

»Glaubst du, dass wir im Universum allein sind?«

Ich sah ihn an. Wusste er, woran ich gedacht hatte?

»Pastor Boyd sagt es jedenfalls.«

Der Schwede lächelte fast unmerklich.

»Die Wissenschaft glaubt, dass Leben sehr viel leichter entsteht, als man bisher dachte. Unter den richtigen Voraussetzungen entsteht es vermutlich ständig und überall.«

Er deutete mit einem Kopfnicken auf die Lagune, die frische Brise vom Wasser wühlte in seinem Haar. Ich erinnerte mich daran, dass es weich war wie das eines Babys.

»Einer Theorie nach«, sagte er, »hat das Leben an den Rändern der Ozeane begonnen, an Stränden wie diesem.«

Ich sah zum flachen Wasser am Ufer hinüber und betrachtete dessen sanfte Bewegungen. War das die Wiege des Lebens?

»Und wie?«

Sein Haar war lang geworden und verdeckte die hässliche Narbe auf der Stirn.

»Der Wind wehte schon immer über das Wasser und trieb Dinge schon immer aufs Land zu. An den Küsten sammelten sich organische Moleküle an. Die Bläschen, die sich an den Stränden bildeten, bestanden aus verschiedenen Substanzen und waren die Vorgänger von Zellmembranen.«

Sein Fuß streifte mein Bein, ich rückte von ihm ab, als ob ich mich verbrannt hätte.

»Du weißt doch«, sagte er, »dass das Universum überall aus denselben Elementen besteht. Alles, was existiert, ist beim Big Bang entstanden, alle Moleküle, aus denen du bist, alles, was uns umgibt. Die Sterne da oben sind aus Kohlenwasserstoff, das Licht ist überall dasselbe.«

Er hatte sich in Begeisterung geredet, seine schmalen Hände gestikulierten und zeichneten sich vor dem Feuerschein ab.

»Falls es da draußen zivilisierte Wesen gibt, intelligente Individuen mit der Fähigkeit, komplizierte Gesellschaftsstrukturen aufzubauen, sind sie uns wahrscheinlich ziemlich ähnlich. Sie müssen aus organischem Material bestehen, Licht und Geräusche wahrnehmen und sich bewegen und fortbewegen können, und sie müssen kommunizieren, gestalten und argumentieren können. Sie verfügen also über eine Form von Augen und Ohren und Armen und Beinen, vermutlich jeweils zwei. Das Universum scheint symmetrisch aufgebaut zu sein. Sie müssen Dinge essen können, die es auf ihrem Planeten gibt …«

»Stell dir vor, sie hätten Kokosnüsse.« Ich lachte laut auf.

»Wasser haben sie, und darin lebt garantiert etwas Essbares.«

»Fisch!«, rief ich. »Und vielleicht Kokoskrabben.«

»Sie können sich fortpflanzen«, sagte der Schwede, »sie kümmern sich umeinander, vielleicht können sie lieben und trauern …«

Er verstummte, aber die nachhallenden Worte schwebten wie ein helles Licht um ihn herum, lieben und trauern. Ich blickte auf und merkte, dass die Männer am Feuer aufgehört hatten zu reden und uns ansahen.

»Ich sollte mich an den Abwasch machen.« Plötzlich außer Atem stand ich auf.

Nikau und ich befestigten Schwimmer an den abgesunkenen Hauptleinen (das Wasser weiter unten ist sauerstoffärmer, und das schadet den Perlmuscheln). Wegen der Strömungen dürfen die Seile aber auch nicht zu hoch hängen. Ich dachte nie über das ungeheure Spezialwissen nach, über das wir verfügten, und noch dazu auf einem Gebiet, das so eng begrenzt war, dass es praktisch nicht existierte. Für mich war es die Welt, so sah sie aus. Ich war nur froh, dass wir die Taue nicht in die Werkstatt bringen und reinigen mussten.

Ich wusste allerdings auch einiges über andere Dinge. Über Prinzessin Diana aus Großbritannien zum Beispiel wusste ich fast alles. Tante Doris hatte *Woman's Weekly* abonniert, und immer wenn ein Schiff kam, erhielten wir die Ausgaben des

Vorjahres. Die Zeitschrift berichtete in fast jedem Heft über das britische Königshaus, vor allem über die schöne junge Prinzessin. Sie wirkte auf eine Art so traurig, fand ich, die Wehmut in ihren Augen stand im Gegensatz zu ihrer schicken Kleidung und dem teuren Schmuck (von Schmuck verstanden wir einiges, das war schließlich unsere Branche).

Wir sammelten die zusammengeknoteten Taue mit Keschern ein und konnten viertausend neue Perlmuscheln durchbohren. Anschließend durften sie sich etwa einen Monat in der Lagune erholen, und wenn der Regen dann wie ein Gewittergott auf das Blechdach prasselte, implantierte Papa Tane ihnen einen Kern. Anschließend begleitete uns Ngaru, um mit uns neue Hauptleinen zu spannen. Ich schaffte es nicht bis auf fünfzig Meter hinunter, was jedoch manchmal nötig war, um die Ankerleinen an Steinen auf dem Grund zu vertäuen. Dreißig Meter schaffte ich problemlos, ich nahm einen Stein in die Hand und ließ mich runterziehen. Es war ein schwindelerregendes Gefühl, in die Dunkelheit gerissen zu werden, durch einen Wasserfall zu rasen, während der Druck auf den Körper zunahm und das Licht verschwand: Ein Teil von mir wollte weiter nach unten, für immer, aber wenn ich mich dreißig Metern Tiefe näherte, bremste ich, indem ich den Stein los- und die Leine laufen ließ.

Wenn die Hauptleine dann an Ort und Stelle war, befestigte ich die oben zusammengeknoteten Taue mit je zehn halben Schlägen daran.

Es war märchenhaft schön, und ich fühlte mich nicht mehr allein. Die Taue mit den Perlmuscheln hingen da wie Säulen aus Perlmutt in einer Kathedrale, und ich, umgeben vom Glitzern tausendarmiger Kronleuchter, Kaskaden von Farben und Formen, deren ohrenbetäubende Stille mit rhythmischem Dröhnen meinen Herzschlag begleitete, schwebte schwerelos zwischen ihnen. Fische strichen an meinen Waden entlang. Die

Männer ruhten sich von den tiefen Tauchgängen aus, während ich einige *mahimahi* für das Abendessen schoss.

Und irgendwo saß Erik Bergman mit dem langen Haar vorm Gesicht über Zahlenkolonnen gebeugt.

Der nächste Tag war ein Samstag, und als ich draußen auf der *enake* genug *uto* und *nimata* gesammelt hatte, ging ich in die Küche, wo Erik Bergman vor seinen Papierstapeln hockte. Oma Vaine stand am Spülbecken und wusch Farnknospen, ohne dem Schweden Beachtung zu schenken.

»Ich habe über das nachgedacht, was du gesagt hast.« Ich setzte mich gegenüber von ihm hin. »Dass wir hier gebildete Leute, aber fast niemanden haben, der sich mit Geld auskennt. Muss man für Buchführung gut in Kopfrechnen sein?«

Die Augenbrauen.

»Nicht unbedingt, man benutzt ja einen Taschenrechner. Allerdings muss man sehr gewissenhaft sein, das ist wichtig.«

»Wie lernt man Wirtschaft? Studiert man an der Universität?«

»Wenn man einen Abschluss in Betriebswirtschaft anstrebt, schon …«

»Warst du auf einer Universität?«

Er legte den Stift weg und sah auf die Tischplatte, auf der seine schmale Hand lag.

»Ich habe an der Universität Lund promoviert«, sagte er. »Meine Doktorarbeit behandelte das Federal Reserve System.«

Mir stand der Mund offen.

»Aber … das ist ja …«

»Die amerikanische Zentralbank«, sagte er.

» … ein wahnsinnig hoher Abschluss«, sagte ich.

Oma Vaine gab ein Schnauben von sich.

»Hast du in Schweden bei einer Bank gearbeitet?«, fragte ich.

»In London.«

Er nahm wieder den Stift zur Hand und schrieb weiter Zahlen in das Heft.

Ich wusste, dass London, die Hauptstadt von Großbritannien, eine der größten Städte der Welt war und es dort eine riesige Kathedrale gab (Prinzessin Diana hat dort geheiratet). Es erschien mir unbegreiflich, dass er dort durch die Straßen gegangen war und gelebt hatte.

»Hat es Spaß gemacht? Bei einer Bank in London zu arbeiten?«

Er warf mir einen kurzen Blick zu.

»Spaß ist vielleicht der falsche Ausdruck.«

»Wir brauchen mehr *nimata*«, sagte Oma Vaine. »Beeil dich, gleich fängt es an zu regnen.«

Eigentlich hatten wir genug, aber ich gehorchte ohne Protest.

Der Regen kam am späten Abend mit Blitz und Donner. Am Sonntag schüttete es so, dass die Blechdächer dröhnten. Nach dem Gottesdienst forderte Papa Tane den Schweden auf, seine Matratze aus der Palmwedelhütte zu holen und sich in unser Wohnzimmer zu legen, wir wollten ja nicht, dass er da unten bei der Tankstelle wegschwamm. Das Wasser hinter den Fenstern war dicht wie eine Wand, in einer Lampe auf dem Herd brannte das Schweineöl, obwohl es erst Nachmittag war. Papa Tane und Mama Evelyn machten ein Nickerchen, Amiria war bei Erlandsens, Oma Vaine noch in der Kirche. Nikau und Barbie hatten drüben am Flugfeld bei Tanga neuen Selbstgebrannten angesetzt (was sonntags verboten war, aber was niemand weiß, macht auch niemanden heiß). Ich saß mit einem Buch (wie gesagt, was niemand weiß und so weiter) in der Küche, während sich das Unwetter steigerte. Der Schwede schlug auf seinen Taschenrechner, bis die Flamme in der Lampe ein letztes Mal aufflackerte und ausging. Die anschließende Dunkelheit war grau und konturlos.

Ich starrte auf die dunkle Seite in dem Buch vor mir, »Sophies Entscheidung« von William Styron. Es handelt von einer Frau, die sich zwischen ihren Kindern entscheiden muss, als sie in ein Konzentrationslager der Nazis kommt.

»Hast du Kinder?«, fragte ich. Das Böse im Buch klebte an meinen Fingern.

»Nein«, sagte er. »Leider nicht.«

Ich dachte an Sophie, sah sie auf dem Bahnsteig in Auschwitz vor mir, wo die Wächter ihre kleine Tochter direkt zu den Gaskammern schleppten. Ich konnte mir leicht vorstellen, wie Mama Evelyn gehandelt hätte, wenn sie die Wahl zwischen mir und Moana gehabt hätte.

Beklommen legte ich das Buch zur Seite.

»Gibt es in Schweden auch Gewitter?«, fragte ich stattdessen.

Er klappte das Rechnungsbuch zu.

»Nicht solche wie hier, aber manchmal gewittert es schon.«

Seine Art zu sprechen, melodisch und nachdenklich.

»Vor dem Christentum hattet ihr auch einen Donnergott, genau wie wir«, sagte ich. »Thor mit seinem Hammer Mjölnir.«

Er lachte leise, aber es war ein freundliches Lachen. Erik verströmte Wärme, wie ein Ölfass voll glühender Kohle.

»Du versetzt mich immer wieder in Erstaunen«, sagte er.

Ich schloss die Augen und ließ Sophie in den hintersten Winkel meines Bewusstseins zurückweichen, spürte seinen Atemhauch in der Luft.

»Eines Morgens, als Thor erwachte, war Mjölnir weg«, sagte ich. »Der Riese Thrym hatte ihn gestohlen und weigerte sich, ihn zurückzugeben, solange er nicht die Göttin Freya heiraten durfte. Freya weigerte sich jedoch, sich mit Thrym zu vermählen, und deshalb verkleidete sich Thor als Braut und heiratete Thrym, und als er seinen Hammer wiederhatte, erschlug er sowohl Thrym als auch dessen Schwester.«

»Unglaublich«, sagte Erik. »Ich hatte ja keine Ahnung.«

»Kennst du eure eigene Geschichte nicht?«

»Offensichtlich nicht. Woher weißt du das?«

»Ich bin neugierig«, sagte ich.

Dass ich in einem von Moanas Schulbüchern einen kleinen Text über vorgeschichtliche Religionen entdeckt hatte, sagte ich nicht.

»Was weißt du über unsere Geschichte?«, fragte ich stattdessen.

»Nicht viel.«

»Bevor die *papa'as* kamen, waren wir Kannibalen.«

»Ja, davon habe ich gehört.«

»Am schlimmsten war es auf Atiu, das liegt in der südlichen Gruppe. Sie überfielen ihre Feinde auf Mauke und Mitiaro und aßen sie auf.«

»Das klingt sehr unangenehm.«

»Atiu ist eine richtige Horrorinsel, Oma Vaine ist mal dort gewesen. Da der gesamte Strand mit *makatea* bedeckt ist, spitzen Korallenformationen, gelangen die Inselbewohner nur an wenigen Stellen ans Meer. Überall auf der Insel gibt es Trichter, tiefe Schlammlöcher, in denen Tiere und Menschen verschwinden können, und sie haben Grotten voller Überreste von Hunderten von Leichen, vermutlich die Knochen der Feinde, die sie aufgegessen haben …«

Ich merkte selbst, dass ich zu quasseln begonnen hatte, und verstummte beschämt. Es klang, als ob der Regen möglicherweise etwas nachgelassen hatte.

»Darf ich eine persönliche Frage stellen?«, fragte der Schwede.

»Klar.« Ich bekam Herzklopfen.

»Dein Haar.«

Meine Hände fuhren zum Kopf und strichen über die dicken Strähnen, die kräftig nach allen Seiten abstanden. Ich hatte mein Haar seit der Nacht, in der Moana starb und ich mir das Haar mit einer Machete abhackte, wachsen lassen, und nun war es sieben oder acht Zentimeter lang und sah aus wie ein Besen.

»Was ist damit?«

Er schwieg eine Weile.

»Fast alle Frauen hier haben langes Haar«, sagte er. »Du bist … anders.«

Dunkelheit durchströmte den Raum, ich erahnte ihn mehr, als dass ich ihn zwischen all den Schatten sah.

»Ich bin auch nicht so dick«, sagte ich.

Ngaru bekam das oft unter die Nase gerieben. Ein echter Kerl gibt seiner Frau gut zu essen, damit der Wind sie nicht wegpustet.

»Du tauchst ja auch den ganzen Tag«, sagte Erik Bergman. »Kein Wunder, dass du kein Unterhautfettgewebe hast.«

Die Luft war zum Schneiden.

»Haben die Frauen in Schweden lange Haare?«, fragte ich lautlos.

»Manche«, sagte er.

Prinzessin Diana hatte kurzes blondes Haar und war sehr schlank, genauso schlank wie ich.

»Darf ich es anfassen?«, fragte er.

Ich hörte meinen eigenen Herzschlag wummern.

»Mein Haar?«

»Falls du nichts dagegen hast.«

Ich stand auf, ging zum Tisch rüber und setzte mich neben sein schlimmes Bein. Er strich mir übers Haar, ließ die Spitzen an seine Handflächen stoßen.

»Kannst du mit der Hand irgendetwas fühlen?«, flüsterte ich.

»Nein.« Sein Gesicht war ganz nah an meinem, und ich

beugte mich vor und küsste ihn. Seine Lippen waren schmal und ziemlich hart, ich ließ meine Zunge auf seiner Unterlippe liegen, während ich seinen Atem einsog. Er schmeckte frisch nach Meer und Limonen. Seine Hände glitten über meinen Nacken und Rücken, er rückte den Stuhl vom Tisch, und ich setzte mich rittlings auf ihn, ohne seinen Mund loszulassen. Er stöhnte vor Schmerz, als ich sein Bein berührte (die Brüche waren nicht gut verheilt, wir hätten ein Röntgengerät und vermutlich mindestens eine Operation gebraucht, um ihm chronische Schmerzen zu ersparen). Ich öffnete meinen *pareu* und ließ ihn mir um die Hüften hängen. Die Shorts spannte über seinem Glied, ich konnte es durch den Stoff fühlen. Seine Hände liebkosten mein Rückgrat, er keuchte, als ich den Reißverschluss öffnete. Ich stand auf und zog das Unterhöschen aus, jetzt war ich nass und so bereit, dass er sofort in mich hineinglitt. Ich ritt ihn schnell, aber er bremste mich, packte meine Hüften und hielt mich fest. Verwirrt blieb ich auf ihm sitzen, spürte, wie er mich ausfüllte, hatte ich etwas falsch gemacht? Dann löste er langsam eine Hand, zog mir das Unterhemd über den Kopf, ließ es zu Boden fallen, beugte sich nach vorn und nahm meine Brustwarze in den Mund. In meinem Kopf drehte es sich, ich hörte mich selbst stöhnen, mein Schädel wurde von innen so blutrot wie ein Sonnenaufgang, und ich ritt und ritt und ritt ihn, bis eine warme Welle vom Bauch bis zu den Haarspitzen aufstieg.

Hinterher sanken wir auf den Boden, und ich lag, umschlossen von einer Nähe, die ich noch nie erlebt hatte, in seinen Armen. Sein Körper war fest und weich, sein Atem eine Brise auf meinem Rücken. Er strich mir übers Haar.

»Ich würde dich gerne etwas fragen«, sagte er leise. »Wieso bist du immer für dich?«

Ich schloss die Augen, seine Haut roch nach Salz und Mandeln.

»Die anderen reden selten mit dir«, sagte er. »Hat das einen Grund?«

Die Stille hämmerte gegen meine Trommelfelle, Scham und Schuld schnürten mir die Luft ab.

Und dann erzählte ich von Moana.

An dem Tag, als meine große Schwester ertrank, kontrollierten wir die Hauptleinen, an denen die zusammengeknoteten Taue befestigt sind. Normalerweise fuhren wir schon vor Morgengrauen raus, aber an diesem Morgen war so ein Regen gefallen, der Wasser und Land mit Kaskaden von Nägeln aufpeitscht, und Papa Tane war sich nicht sicher gewesen, ob wir überhaupt ins Boot steigen sollten. Moana war schlecht gelaunt und zickig, sie hatte gerade ihre Tage bekommen und daher Bauchschmerzen, und aufgrund ihrer Haiphobie hatte sie an solchen Tagen besonders wenig Lust zum Tauchen. Ihr Gejammer erfüllte mich mit einer gewissen Schadenfreude. Ich war stolz darauf, dass ich mich nie über die Arbeit in der Lagune beklagte (was möglicherweise Schaden anrichten würde). Meine Überlegenheit im Wasser erfüllte mich mit dümmlichem Stolz und einer kräftigen Prise Verachtung: immerhin etwas, was ich besser konnte als sie.

Ich weiß noch, dass wir gemeinsam in unserem Zimmer über der Perlenwerkstatt warteten und die Regenwolken tanzen sahen. Sie fuhren wie Vorhänge übers Wasser und klatschten mit ohrenbetäubendem Grollen auf das Blechdach. Der Tag war grau und massig, Rastlosigkeit zuckte in meinen Beinen. Ich las »Die Säulen der Erde«, um zur Ruhe zu kommen, Moana legte sich aufs Bett und versuchte, den Schmerz mit Entspannung zu vertreiben. Wo Nikau steckte, weiß ich nicht mehr.

Gegen neun ließ der Niederschlag nach, und Papa Tane

entschied, wir könnten uns auf den Weg machen. (Manchmal war er mit uns zusammen draußen auf der Farm, aber an diesem Tag blieb er an Land, um sich mit den Rechnungen abzumühen, ein Entschluss, den er sich niemals verzieh.)

Wir nahmen das Aluminiumboot und keins der Kanus (nicht, dass dies den Ausgang der Geschichte in irgendeiner Weise verändert hätte).

Als wir uns auf den Weg gemacht hatten, ging es Moana etwas besser, sie sang, während wir auf unseren Bereich draußen in der Lagune zupaddelten. Im Gegensatz zu meiner war ihre Stimme glasklar, auch auf diesem Gebiet war sie besser.

Mittags aßen wir im Boot ein wenig *uto* und gegrillten Fisch, Nikau erzählte den neuesten Klatsch von einem jungen Kerl aus Tauhunu, der zur falschen Insel zurückgepaddelt war, nachdem er zu viel Selbstgebrannten getrunken hatte, und Moana lachte, es war das letzte Mal, dass ich sie lachen hörte. Dann arbeiteten wir weiter. Ich kontrollierte die Tiefe der Leinen, während um mich herum die Kathedrale in die Höhe wuchs und der Kirchenchor sang, und das Wasser, das auf dem Weg zur Oberfläche meinen Körper umströmte, stellte die Steine dar, als das Dach einstürzte.

Es war ein ziemlich schwerer Arbeitstag. Mehrere Leinen hingen viel zu tief, weil sich Unmengen von Muscheln, Meeresschnecken und Dreck an die Perlmuscheln geheftet hatten, es waren zusätzliche Schwimmer und eventuell auch eine gründliche Reinigung nötig (Gott, ich hoffte von Herzen, dass wir darum herumkommen würden). Weitere Schwimmer anzubringen, war ein Kinderspiel. Die Taue in die Werkstatt an Land zu schleppen und von nutzlosen Muscheln und Rückständen zu befreien, war Knochenarbeit.

Meine Geschwister und ich tauchten nebeneinander, jeder von uns überprüfte seine eigene Reihe, und daher waren wir höchstens zehn Meter voneinander entfernt. Wir hatten auch die Vorgabe, uns gegenseitig im Auge zu behalten, wir mussten einander immer so nah bleiben, dass wir Kontakt aufnehmen konnten, aber durch den Regen und den Wind war die Sicht schlecht, die voll beladenen Seile dicht an dicht, Erklärungen gab es hinterher zuhauf, jedenfalls sahen weder Nikau noch ich, wie Moana hängen blieb.

Nikau war auf dreißig Metern Tiefe, um nach einer Ankerleine zu schauen, die schon einmal abzusinken gedroht hatte, und deshalb lag die Verantwortung voll und ganz bei mir. Ich war genau daneben, ich hätte es sehen müssen, hätte es sehen müssen, hätte es sehen müssen. Als ich sie zum letzten Mal erahnte, war sie direkt hinter mir, zumindest glaube ich das, eine dunkle Bewegung im Wasser. Ich weiß, dass mir schwindlig war und mein Puls zu hoch, ich war ein wenig zu lange unter Wasser gewesen und machte Moana ein Zeichen, wartete aber nicht, wie ich gesollt hätte, auf ihre Bestätigung, sondern ließ mich hinauf zum Licht und der Wasseroberfläche (dem Himmelsgewölbe der Kathedrale in Kingsbridge) treiben.

Obwohl mittlerweile Flaute herrschte, wogte das Meer, es war spät geworden, und ich war müde. Ich schob die Taucherbrille hoch, sah mich um, nahm den Schnorchel aus dem Mund und trat Wasser, während ich auf die anderen wartete. Das Salzwasser brannte auf den Lippen und umschloss meinen Körper wie warme und massive Seide. Die Sonne war rausgekommen, ich erahnte das rhythmische Donnern des Meers drüben am Riff wie einen Pulsschlag der Erde. Das Licht war so intensiv, vielleicht weil die Dunkelheit nachts so tief war. (Es war kurz nachdem der Diesel auf der Insel ausgegangen war.)

Rechts von mir kam Nikau an die Oberfläche, sein Brustkorb hob sich aus dem Wasser, als er seine Lungen mit Luft füllte und sich hintenüberwarf.

»So viele Papageienfische, hast du das gesehen?«, rief er, als er wieder oben war.

»Wir hätten die Harpunengewehre mitnehmen sollen.«

»Hast du den Riffhai gesehen? Direkt hinter dir.«

»Da hat Moana Schiss gekriegt!«

Ich weiß noch, dass ich höchst belustigt über meine Schwester und ihre alberne Phobie lachte.

»Wo ist sie?«, fragte Nikau.

Ich schaute nach Westen, das türkise Glitzern der Wellen schmerzte in den Augen. Am Rand schwebten grün und makellos die Palmen.

Wie lange war ich unter Wasser gewesen? Vier Minuten? Fünf? Das dürfte kein Problem gewesen sein, sowohl Moana als auch ich konnten die Luft länger anhalten. Oder waren es sieben Minuten gewesen? Acht?

Das gellende Geheul in meinem Kopf kam aus dem Nichts und überlagerte alle Geräusche, ich setzte die Taucherbrille auf, nahm den Schnorchel in den Mund und sank. Das Wasser zischte und kochte, in meinen Fingerspitzen kribbelte das Adrenalin, ich rauschte in die Tiefe, einen Augenblick lang blendete mich ein Sonnenstrahl.

Moana hing auf zehn Metern Tiefe, ihr Hinterkopf hatte sich komplett in den zusammengeknoteten Tauen verfangen, ihr langes Haar sich zwischen Seilen, Perlmuscheln und Draht verheddert. Taucherbrille und Schnorchel hingen ihr um den Hals, sie hatte sie im Versuch, sich zu befreien, heruntergerissen. Augen und Mund waren zu einem lautlosen Schrei aufgerissen.

Meine Hände kamen mir so groß wie Rochen vor. Zuerst zerrte ich an Moanas Haar, bis ich begriff, dass es sich dadurch nur noch mehr verhedderte, dann versuchte ich es mit Fingern, die vor Panik gefühllos waren, zu entwirren. Ihr Körper bewegte sich langsam hin und her, während ich an den Tauen riss, ihre Hände schwangen über ihrem Kopf und schlugen mir, kalt wie Fische, ins Gesicht. Die Hauptleine war viel zu tief abgesunken, und zwei der Taue hatten sich verknotet, Moana hatte wahrscheinlich versucht, sie voneinander zu lösen, als irgendetwas passiert war, etwas, was sie eine unvorsichtige und irrationale Bewegung machen ließ. Es verging eine Minute, dann eine zweite, ich begann unter der Taucherbrille zu weinen. Moana war mindestens acht Minuten unten gewesen, vielleicht neun. Nikau kam zu mir runter, gemeinsam zogen wir an Haar und Tauen (elf, zwölf Minuten), bis wir nach oben mussten.

»Haben wir im Boot ein Messer?«, fragte Nikau.

Ich wusste, dass wir keins dabeihatten, es lag in der Perlenwerkstatt neben der Harpune. Nikau schwang sich ins Boot und wühlte in dem Krempel darin herum. Ein Messer war nicht dabei.

Wir tauchten wieder hinunter, und Nikau riss ein paar Perlmuscheln ab und versuchte, das Haar mit den Kanten abzuschneiden, aber im nassen Zustand war es zäh und dick (fünfzehn, sechzehn Minuten), der Draht, mit dem die Perlmuscheln am Tau befestigt waren, war zu hart für die Perlmuschelschalen.

Mir wurde schwarz vor Augen, ich schwamm an die Oberfläche.

Die Sonne hatte die Wolkendecke nun vollständig durchbrochen, die Welt war in klares Blau getaucht. Die Erkenntnis breitete sich unter meiner Haut aus wie Eis.

Moana war seit mehr als zwanzig Minuten unter Wasser. Niemand auf Manihiki konnte so lange ohne Sauerstoffgerät tauchen, nicht einmal Papa Tane.

Als Nikau heraufkam, weinten wir. Tränen im Salzwasser.

Wir ließen sie dort unten, zehn Meter unter der Wasseroberfläche, wo sie sich sachte in der Strömung hin- und herbewegte.

Der Schrei in Mama Evelyns Augen. Papa Tanes weißes Gesicht, als er sich ins Boot stürzte und zu unserer Farm hinauspaddelte, er hörte mich nicht, als ich ihm hinterherrief, er müsse das Messer mitnehmen. Auch er konnte sie nicht befreien, sondern kam zurück und rannte zu Police Officer Everest hinüber, und dann tauchten sie gemeinsam und durchtrennten mit ihren Macheten die Taue.

Seit ich denken konnte, hatte ich jede Nacht mit Moana in einem Zimmer geschlafen, und als das Boot an den Strand kam, wusste ich sofort, dass dies hier etwas anderes war, dieser Körper ruhte nicht, er enthielt kein Leben mehr. Ihr Haar, lang und pechschwarz, klebte an Brust und Schultern, als ob sie von einem großen Tintenfisch erwürgt worden wäre. Irgendwie war sie geschrumpft.

Ich hatte bereits Tote gesehen, meistens oben in der Klinik, aber noch nie einen toten Menschen, den ich geliebt hatte. Das Gefühl zog mir den Boden unter den Füßen weg, ich schrie tonlos, bis ich keine Luft mehr bekam. Ich spürte, dass die Blicke aller Menschen im Dorf Tukao an mir hafteten wie Quallen. Niemand sprach es aus, aber alle wussten, dass es meine Schuld war.

Ngaru kam von Tauhunu herüber. Er hatte ein zwölf Fuß langes Aluminiumboot älteren Modells und noch vier Liter Diesel im Tank. Ich sah ihn schon von Weitem wie in einem Tunnel, mein Gesichtsfeld war seltsam eingeschränkt. Er bewegte sich vorwärts, ohne den Boden zu berühren, kam direkt auf mich zu und hielt mich fest, ohne ein Wort zu sagen, zumindest hörte ich keins. Ich wollte weinen, bekam aber keine Luft. Vor Scham war mein Gesicht heiß und trocken. Mama Evelyns Augen waren leer, die Lippen bleich, und ich wusste, was sie dachte (ich hätte es sehen müssen, hätte es sehen müssen).

Wir begraben unsere Toten innerhalb von vierundzwanzig Stunden, Moana war bereits gewaschen und fertig angekleidet. Oma Vaine sang für sie auf Maori Sagen und Märchen, die ihr auf die andere Seite hinüberhelfen sollten. Amiria saß daneben und weinte Tränen, die genauso klein und schön waren wie sie selbst. Ich wollte sie in den Arm nehmen und trösten, aber meine Arme waren zu schwer, um sie zu heben. Pastor Boyd sprach das *pure*.

Otarikura, Moanas Verlobter (der Schönste auf der ganzen Insel), ging an mir vorbei, blieb aber nicht stehen, er sah mich nicht einmal an. Schweigen schwebte über meinem Kopf. Er half mit, das Grab auszuheben und den Sarg zu zimmern, das machten alle Männer gemeinsam. Hinterher versammelten sie sich bei Police Officer Everest, Nikau war auch mit dabei. Der Todesfall war bereits per Funk nach Rarotonga gemeldet worden. Von polizeilichen Ermittlungen war nicht die Rede. Police Officer Everest hatte sofort festgestellt, dass es sich um einen Unfall handelte. Einen Schuldigen gab es nicht. Allem Anschein nach hatte sich niemand etwas vorzuwerfen, aber ich wusste es besser. Der Name Moana bedeutet Meer und Ewigkeit, in Ewigkeit, Amen.

Die Frauen weinten und unterhielten sich leise in der Küche des Großen Hauses (das eigentlich gar nicht besonders groß war), ihre Stimmen waren wie ein Windhauch. Sie servierten allen, die es wollten, Getränke, Essen und Trost.

Wir aßen auf einem Bett aus Kokosnussblättern gegrillte *mahimahi* und *ika mata* mit Limette und Kokosmilch.

Der Platz neben mir, wo sonst Moana saß, blieb leer, das abgesägte Ölfass verströmte Hitze.

»Würdest du gern ewig leben?«, hatte mich Moana einmal gefragt, als wir hier saßen, es war gar nicht so lange her, erst wenige Monate.

»Und du?«, fragte ich.

Es war ein Abend wie dieser hier gewesen, tagsüber hatte es geregnet, und abends hatte der Himmel aufgeklart. Ich weiß noch, dass sie zum Grill hinüberblickte, auf dem unter dem Rost noch die Kokosnussschalen glühten, was ihr Profil blutrot aufleuchten ließ.

»Ich habe mal etwas über eine Familie gelesen, die die Quelle der Jugend gefunden hatte«, sagte sie. »Sie tranken daraus und alterten von da an nicht mehr und konnten nicht sterben. Was immer sie taten, sie lebten einfach weiter. Schwammen geradewegs ins Meer hinaus. Sprangen von hohen Klippen. Der Sohn der Familie war neunzehn Jahre alt, als sie aus der Quelle tranken. Eines Tages lernte er ein Mädchen kennen, das ein paar Jahre jünger war. Sie verguckten sich ineinander und liebten sich heiß und innig, konnten nicht ohneeinander leben. Doch die Familie konnte nicht lange an einem Ort bleiben, andere Menschen wurden misstrauisch, weil sie nicht älter wurden und starben, und eines Tages mussten sie weiterziehen. Da nahmen sie das Mädchen mit zur Quelle und erzählten ihm ihr Geheimnis. Sie war verzweifelt, als sie begriff, dass er sie zurücklassen wollte, aber sie schloss einen Pakt mit ihrem Freund: An ihrem neunzehnten Geburtstag würde sie ebenfalls von dem Wasser trinken, und dann würden sie in ewiger Jugend für immer zusammenleben …«

Ich hatte beinahe das Atmen vergessen.

»Was ist passiert? Haben sie sich gekriegt?«

Moana stand auf und ging zur Veranda.

»Möchtest du noch was?«

»Erzähl erst weiter!«

Sie blieb stehen.

»Viel später fand der Junge ihren Grabstein. Sie war dreiundneunzig Jahre alt geworden und hatte Enkelkinder und Urenkel bekommen. Er weinte vor Freude, weil sie die richtige Entscheidung getroffen hatte. Möchtest du noch Fisch oder nicht?«

Moana aß gern, aber sie nahm davon nicht zu. Sie tauchte fast genauso viel wie ich, doch im Gegensatz zu mir fand sie keinen Gefallen daran.

Als die Dunkelheit so dick wie Erde geworden war, zog Ngaru mich durch das Dorf und am Flugfeld vorbei zur Riffseite. Der morgendliche Wind war zurückgekehrt und riss an den Palmkronen, der Ozean grollte dumpf und schwer. Hühner und Schweine waren im Gebüsch eingeschlafen, wenn ich die Augen schloss, fühlte ich sie atmen. Wir legten uns auf ein Bett aus *kikau*, braunen Palmblättern, er drang schnell und ziemlich rücksichtslos in mich ein, ich war trocken und musste vor Schmerz die Zähne zusammenbeißen. Danach war die Leere noch größer.

Als Ngaru neben mir über der Perlenwerkstatt eingeschlafen war, lag ich mit pochendem Schmerz in der Brust und zwischen den Beinen wach. Moanas leeres Bett auf der anderen Seite des Raums wirkte riesig. Vor den Fenstern flüsterte die Lagune, die Gardinen flatterten im Luftzug. Der Wind fühlte sich fast kühl an, als wäre er voller Tränen. Ich glaube, ich hörte Moana lachen, aber das war wohl nur das raschelnde Gras.

Schließlich ging ich runter und holte das Messer hervor, das neben dem Harpunengewehr lag. Im Schein einer Öllampe schnitt ich mir dicht am Kopf das Haar ab.

Die Arme des Tintenfischs ringelten sich über meine Füße, und ich steckte sie auf der Glut, die noch im Ölfass glomm, in Brand.

Den Tag nach Moanas Tod habe ich nur bruchstückhaft in Erinnerung, wie einzelne Splitter, die nichts miteinander zu tun haben. Vermutlich erwachte Manihiki, wie an allen anderen Morgen auch, mit einem scharf abgegrenzten rosa Band am

Horizont, das allmählich anstieg und sich vergrößerte. Die Hähne krähten, und der Ozean brüllte.

Als Ngaru aufwachte, fragte er erschrocken, was ich mit meinem Kopf gemacht hätte, und ich wusste nicht, was er meinte (ich hatte mich versehentlich ein wenig verletzt, als ich mir das Haar abgeschnitten hatte, und in der Nacht geblutet). Er sagte, ich solle mich anziehen und hübsch machen, dann ging er zur Kirche. Ich gehorchte, aß ein wenig, ging draußen in der Lagune zur Toilette und wusch mir das Blut ab, so gut es ging. Dem Wind erzählte ich, zu welchem Entschluss ich gekommen war.

»Ich glaube, es war der Hai«, sagte ich. »Sie hat Angst vor dem Hai bekommen.«

»Welcher Hai?«, fragte der Wind.

Ich wollte es ihm erklären, hatte aber meine Stimme verloren. Moana hatte den Riffhai bemerkt, ein vollkommen ungefährliches Tier, das Nikau in der Tiefe gesehen und das ich übersehen hatte, sie war zurückgeschreckt und panisch zwischen die Ankerleinen und Muscheltaue und Drähte geraten, und ich hätte es sehen müssen, hätte es sehen müssen, hätte es sehen müssen.

Die Zeremonie in der Kirche habe ich wie einen endlosen Tauchgang in Erinnerung. Das Wasser drückte meinen Körper von allen Seiten zusammen, vom Sauerstoffmangel rauschte es in meinen Ohren, alles, was ich sah, wirkte verzerrt. Die Leute schwammen mit trüben Augen um mich herum, die mitgebrachten Speisen und Matten waren Schwimmer und Riffhaie, Worte hallten von den Mauern der Kathedrale wider. Alle waren da (nehme ich zumindest an), ich glaube, mich an Barbie zu erinnern, der eine seiner ausgefalleneren Kreationen mit Punkten und Volants und viel zu viel verheulten Lidschatten trug, an Tanga, der relativ nüchtern wirkte, was aber auch eine Täuschung gewesen sein könnte, Familie Erlandsen samt behinderter Tante, Moanas beste Freundin Reo Cheval und Fete Jensen und Captain Mareko und alle seine Söhne.

Niemand fragte nach meinem Haar, jedenfalls nicht, soweit ich mich erinnere.

Eigentlich wurde mein Kopf erst in der Abenddämmerung klar, als alle Taucher der Insel sich in den Booten versammelten, um *pokuru* abzuhalten. Unsere Familie fuhr mit dem größten der alten Holzkanus hinaus, die Opa Tane gebaut hatte, ich saß in der Mitte zwischen Papa Tane und Nikau (Amiria war zu klein zum Tauchen, und Mama Evelyn konnte es nicht). Mit einer Hand hielt ich krampfhaft drei Blumen umklammert, hellrote Hibiskusblüten von dem Busch auf Opa Tanes Grab.

Die Boote, etwa vierzig an der Zahl, versammelten sich im Kreis dort, wo Moana ertrunken war. Der Wind erstarb mit ihr, und das Wasser klatschte sinnlos gegen den Rumpf, ansonsten war alles still. Pastor Boyds Boot glitt in die Mitte des Kreises, und er sprach das *pure*, das Gebet schwebte stark und klar über die Wasseroberfläche, legte sich wie eine Decke auf die Wellen und hallte in meinem Kopf wider. Als er verstummt war, nickte Papa Tane mir und Nikau zu, ich reichte beiden eine Blume. Ich ließ mich, wie immer, rückwärts ins Wasser fallen, die Ellbogen über dem Kopf und die Knie am Kinn, wir schwammen hinunter bis auf zehn Meter, wo die ausgefransten Taue hingen. Sie waren von Machetenhieben zerfetzt, ein paar Strähnen von Moanas Haar hingen noch zwischen den Drähten. Obwohl ich normalerweise sehr lange unter Wasser sein kann, bekam ich rasch keine Luft mehr. Papa Tane nahm mich und Nikau an der Hand, so standen wir eine gute Minute vor Moanas Haar, und dann ließen wir unsere Blumen los. Weitere Taucher kamen runter, mehr Blumen schwammen im Wasser. Ich sah sie langsam zur Wasseroberfläche aufsteigen, es war ein ganzer Wald aus roten, rosafarbenen und weißen Blüten. Sie strebten hinauf ans Licht, mischten sich mit den Luftblasen, die um die Körper der Taucher sprudelten.

Papa Tane zog mich nach oben.

An der Oberfläche war das Leben weitergegangen. Police Officer Everest fing an zu singen, wir sangen gemeinsam (obwohl ich nicht glaube, dass meine Stimme zu hören war) und trommelten mit den Handflächen auf das Wasser, wir klatschten und klatschten und klatschten, *pokuru, pokuru, pokuru*, wir segneten die Stelle, an der Moana gestorben war, damit ihre Seele das Wasser verlassen und zum Himmel aufsteigen konnte, wo sie hingehörte.

Auf dem Weg nach Hause weinte ich ins Kanu.

Die Lücke, die Moana hinterließ, war ein reales Loch in der Zeit, das ich spürte wie einen dreidimensionalen Schatten, eine Form von Schwärze, die tiefer als die dichteste Dunkelheit war. Sie begleitete mich Tag und Nacht, war an meiner Seite, wenn ich mit Mama Evelyn in der Klinik Schnittwunden zusammennähte oder unter Wasser die Ankerleinen kontrollierte. Alle sahen es, alle wussten Bescheid. Ich schleppte Moanas Schatten mit mir herum, trug die Schuld wie eine zweite Haut.

Wenn mich niemand hörte, redete ich manchmal mit ihr. Wir hatten oft zusammen die Bibel gelesen und über die Wunderwerke Jesu und die Wege des Herrn gesprochen. Moana sah das Alte Testament kritisch, sie fand es reaktionär und rückwärtsgewandt, während mir die Geschichten darin gefielen, ich mochte Lots Frau, die zur Salzsäule erstarrt war, weil sie sich umgedreht und einen verbotenen Blick auf Feuer und Schwefel geworfen hatte, die auf Sodom und Gomorrha hinabregten, ich mochte die Sintflut und die Arche Noah, den kleinen David, der fünf glatte Steine in seiner Tasche sammelte und den Riesen Goliath mit seiner Schleuder an der Stirn traf. Moana hingegen mochte am liebsten die Bergpredigt im Matthäusevangelium, aber in gewissem Maß auch die Feldrede im Lukasevangelium.

»Jesus sprach schon zweitausend Jahre, bevor die Vereinten Nationen ihre Allgemeine Erklärung der Menschenrechte verkündeten, von Menschenwürde«, sagte sie manchmal.

Ich wurde jedes Mal wütend, wenn sie über Dinge sprach, von denen ich keine Ahnung hatte. Die Vereinten Nationen waren Moana wichtig, sie erwähnte die Institution oft. Sie wollte Politikwissenschaft studieren und später bei Unicef arbeiten, um sich für Kinderrechte einzusetzen.

Moana redete ununterbrochen über Dinge, die sie beschäftigten oder die ihr wichtig waren, aber auch Dinge, vor denen sie Angst hatte: zum Beispiel Haie. Die Schwarzspitzen-Riffhaie in der Lagune waren für Menschen vollkommen ungefährlich, Moana wusste, dass ihre Angst irrational war.

»An dem Tag war ein Riffhai hinter uns«, sagte ich zu ihr. »Ich habe ihn nicht gesehen, aber du. Die Taue hatten sich verheddert, und du hast den Hai gesehen und Angst bekommen, du bist einfach rückwärtsgeschwommen, ohne aufzupassen, und an den Tauen hängen geblieben. Ich hätte es sehen müssen, ich hätte dir helfen sollen.«

Da wurde Moana dunkel und still und löste sich in den Schatten auf.

»Ich habe ihn nicht gesehen«, rief ich ihr hinterher. »Verzeih mir, aber ich habe es nicht gewusst.«

Ich las Mama Evelyns Zeitschriften immer wieder. Im Schein der Schweinelampe stellte ich fest, dass die Frauen in den Artikeln entweder sehr erfolgreich oder einer schlimmen Tragödie zum Opfer gefallen waren (oder beides), in elegant eingerichteten Zimmern oder schönen Gärten sitzend berichteten sie von ihrem Leid (oder ihrem Triumph). Alle arbeiteten sie als Schauspielerin oder Fernsehmoderatorin oder Künstlerin oder Fotomodell. Einige waren mit mächtigen Männern verheiratet, und alle schienen in Häusern mit Tapeten zu wohnen. Eine hatte früher zu viel Alkohol getrunken, sich aber mittlerweile ihr Leben zurückerobert, andere waren in bestimmten Fernsehsendungen groß herausgekommen. Es gab eine Rubrik mit dem Titel »Hollywood, Stadt der Träume«. In einem Artikel dieser Serie wurde Jennifer Grey porträtiert, die das junge Mädchen Baby in »Dirty Dancing« gespielt hatte. Ein Reporter hatte sie in Los Angeles besucht, um sie zu interviewen, es gab Fotos von ihr mit Autos und großen Häusern im Hintergrund. Sie lächelte ganz anders als in dem Film in die Kamera. In dem Artikel stand, dass ihre Karriere mit einem Werbespot für Limonade begonnen hatte.

Auf Manihiki gab es keine Werbung (und bevor das Schiff gekommen war, auch keine Softdrinks). (Zeitungen, Radio und Fernsehen hatten wir übrigens auch nicht. Und keine Autos, nur einen Traktor, der die Waren, die wir vom Schiff heruntergeschleppt hatten, zu den jeweiligen Haushalten transportierte.)

Obwohl es spät geworden war, holte ich Moanas Erdkundebuch hervor und suchte nach Informationen über die Stadt Los Angeles. Es war die zweitgrößte Stadt der USA, und sie lag im südwestlichen Teil des Landes an der Pazifikküste. Im gesamten Stadtgebiet wohnten mehr als fünfzehn Millionen Menschen.

Ich ließ das Buch sinken, richtete mich im Bett auf und sah hinaus auf die Lagune. Es war Vollmond, und die Wasseroberfläche glitzerte.

Wie war es möglich, dass wir am selben Meer lebten?

Meine eigenen Bücher hatte ich zu dem Zeitpunkt so oft gelesen, dass ich sie fast auswendig konnte, und die aller anderen im Dorf Tukao auch. Die Heftklammern an den Rücken von Woman's Weekly lösten sich, und Mama Evelyn wurde sauer. Schließlich lieh ich mir einen Stapel Pornos von Tanga aus, um mal etwas Neues zu sehen. Sie enthielten nicht viel Text, und mehrere Seiten klebten zusammen, aber zumindest erfuhr ich von Männern mit Riesenpenissen, die Frauen die Vulven leckten, bis diese mehrere Springbrunnenorgasmen hintereinander bekamen, was als äußerst ungewöhnlich dargestellt wurde. Die Geschichten ließen mich mit einem pochenden Unbehagen zwischen den Beinen zurück.

Alle in der Familie gingen auf unterschiedliche Art mit der Situation um. Amiria weinte manchmal vor aller Augen und stumm um Moana. Sie hörte auf dem Kassettenspieler mit dem separaten Lautsprecher Musik, bis ich das Gefühl hatte, verrückt zu werden: »The Way You Make Me Feel« von Michael Jackson, »Never Gonna Give You Up« von Rick Astley und Lieder wie »Heaven Is a Place on Earth« oder »Where Do Broken Hearts Go« von Frauen, deren Namen ich nicht kannte. Manchmal fuhr ich mit dem Kanu hinaus, nur um nicht zuhören zu müssen. Sie jammerte noch mehr als sonst herum, meistens beklagte sie sich über das langweilige Schulessen. (Man ging mit seiner Machete in den Palmenwald hinter dem Schulgebäude und schlug ein paar *uto*, die fleischige und besonders nahrhafte Variante der Kokosnuss. Viele Leute würzten sie mit Brühe oder Kräutern oder vereinzelt sogar mit Zahnpasta, aber ich hatte sie immer nur roh gegessen.)

Nikau trank mehr als früher. Im Laden von Tante Kai gab es natürlich schon lange keinen Alkohol mehr, aber das spielte keine Rolle, die meisten brannten sowieso zu Hause. Den besten Schnaps stellte Tanga her, vielleicht weil er ihn auch so gerne mochte. Er machte gemeinsame Sache mit Nikau und trank das Gebräu mit großer Ernsthaftigkeit. Die beiden saßen in der frischen Brise vor der Perlenwerkstatt; worüber sie sich unterhielten, weiß niemand. Wenn Tanga sich zu viel genehmigt hatte und es nicht nach Hause schaffte, zog er eine Schwimmweste an, vertäute sich selbst am Steg und schlief auf dem Rücken im Wasser.

Otarikura, Moanas Verlobter, behandelte mich offen feindselig und machte mir lautstark die Vorwürfe, die alle im Kopf hatten. Ich war erleichtert, als er zu Verwandten nach Rakahanga fuhr, aber ein Schatten blieb von ihm zurück.

Mama Evelyn wurde immer stiller. Sie ging noch immer jeden Tag zur Krankenstation, maß Leuten den Blutdruck und entlauste Schulkinder, gab Medikamente aus und schiente Armbrüche, so gut das ohne Röntgengerät eben ging.

Papa Tane arbeitete so hart wie nie zuvor und nahm ab, was an und für sich nicht schlecht war.

Oma Vaine, die in ihrem Leben schon viel Elend gesehen hatte (oder das zumindest behauptete), war die Einzige, die von Moanas Tod ziemlich unberührt wirkte.

»*E'enua te po, e takaroronga te ao*«, sagte sie.

Unser wahres Zuhause ist die Geisterwelt, auf der Erde legen wir nur eine Rast ein.

Sie fuhr allerdings zum ersten Mal seit zehn Jahren mit dem Boot nach Rakahanga hinüber, um ihre toten Verwandten in der Stadt der Toten vor Matara zu ehren, vollkommen kalt ließ Moanas Tod sie also anscheinend doch nicht.

Wir räumten Moanas Bett aus meinem Zimmer, das hinterher so groß wie ein Weltmeer war.

Ngaru blieb bei mir, ich klammerte mich an ihn und hatte noch intensiveren Sex mit ihm als vorher, obwohl ich kein bisschen feucht war, ich wollte, dass es wehtat. Ich versuchte, dabei an Tangas Heftchen zu denken, aber es nützte nichts. Wenn er eingeschlafen war, lag ich mit brennendem Unterleib und weit geöffneten Augen wach. (Ich muss hinzufügen, dass nicht jede Familie es gutgeheißen hätte, dass ein Mann bei einer jungen Frau übernachtete, wie Ngaru bei mir. Manche fanden es wünschenswert, wenn junge Paare heirateten, bevor sie Sex hatten, ein Gedanke, der mit dem Christentum gekommen war. Traditionell waren in unserer Kultur sexuelle Vorlieben vollkommen unproblematisch.)

Ngaru war ein schöner Mann mit weißen Zähnen und kraftvollen Lungen, er konnte ohne Sauerstoffgerät sechzig Meter tief tauchen und kam aus Rakahanga. Das machte ihn ein wenig spannend, er verströmte einen Hauch von weiter Welt. Manchmal kniff er mich in meine knochigen Oberschenkel, ein richtiger Mann sollte seine Frau schließlich gut füttern, und ihm misslang das offensichtlich. Nach Moanas Tod wurde ich rastlos und mürrisch, ich weinte und bettelte und bat, er solle bleiben, aber sein letzter Diesel ging für die Rückkehr zu seinem Onkel in Tauhunu drauf. Er kam zwar noch ab und zu herüber, um Sex zu haben, aber oft kam das nicht vor, wahrscheinlich war ihm das Paddeln zu anstrengend.

Samstags wurden draußen auf der *enake* immer noch Kokosnüsse gepflückt, aber jetzt musste mich Amiria begleiten. Ich versuchte, mit ihr über die Sowjetunion und die Situation hinter dem Eisernen Vorhang zu sprechen, ich beschrieb, wie sehr die Menschen unter den Tyrannen litten, und wollte ihr erklären, dass wirtschaftliche Freiheit auch menschliche Freiheit beinhaltet, aber Amiria hörte nicht zu. Sie wollte über Musik und Filme reden, die sie auf Video gesehen hatte, als wir noch Diesel im Generator gehabt hatten, vor allem über »Dirty Dancing«. Der Film handelte von dem jungen Mittelschichtmädchen Baby, das einen armen, aber hübschen Kerl kennenlernt, der gut tanzen kann, und Amiria, die ebenfalls Baby genannt wurde, identifizierte sich in einem geradezu lächerlichen Ausmaß mit dem Mädchen im Film. (Das musste ich, die ich in meinen Tagträumen Baumeister Toms Ehefrau Ellen war, gerade sagen.)

Eines Samstags, nachdem wir fast den ganzen Tag auf der Allmende gewesen waren, reichte es mir. Amiria hatte mich ununterbrochen mit einem Film über eine Maus, die nach Amerika auswanderte und während der Schiffsreise ihre Familie verlor, vollgequasselt, sie sang den Titelsong »Es gibt keine Katzen in Amerika«, bis ich sie am liebsten erwürgt hätte. Sie wollte genau wie Feivel (so hieß die Maus) übers Meer fahren und eine Universität besuchen, so wie Moana es getan hätte, allerdings in Auckland und nicht wie Feivel in Amerika. Irgendwann sagte ich, sie solle die Klappe halten, und da weinte sie und schrie, ich sei blöd und hässlich und gemein, und rannte nach Hause. Ich pflückte die letzten Farnknospen und blieb bis zur Abenddämmerung.

Papa Tane und Nikau hatten ein Schwein geschlachtet und ein *umu* angezündet, der Rauch stach mir schon von Weitem in die Nase. Normalerweise mochte ich den Geruch von *umu*, aber an diesem Abend schien er nichts Gutes zu verheißen.

Als ich in die Küche kam, sah mich Oma Vaine streng an. Durch die Tür zum Großen Zimmer sah ich, dass Mama Evelyn Amiria auf dem Schoß hielt und wiegte, obwohl sie schon ein großes Mädchen war (fast zwölf). Ich legte die Knospen auf die Arbeitsfläche und machte kehrt. Ich hatte einen Kloß im Hals, schluckte meine Tränen aber runter.

Tanga und Barbie und Nikau und ein paar andere Männer saßen auf dem Steg bei der Perlenwerkstatt und tranken Selbstgebrannten, als ich an ihnen vorbeiging und nach oben in mein Zimmer wollte.

»Willst du einen Schnaps, Kiona?«, rief Tanga wie immer, und ich blieb ausnahmsweise an der Treppe stehen.

Ich hatte schon ein paarmal Alkohol getrunken, hatte sowohl Tangas Hexentrank als auch das Bier in Tante Kais Laden probiert und gefunden, dass beides so ähnlich wie das Schweinefett in der Lampe schmeckte. Trotzdem blieb ich an diesem Abend zögerlich stehen.

Was Schnaps mit Leuten machte, wusste ich sehr genau. Als ich dreizehn war, hatten einige Männer *mótoro* mit mir praktizieren wollen.

Mit *mótoro* ist das Verführen, In-sie-Eindringen oder schlichtweg Vergewaltigen von jungen Frauen gemeint. Zu der Zeit hatten wir die Perlenwerkstatt noch nicht gebaut, und Moana wohnte normalerweise im Großen Haus, aber in dieser Nacht war es so wahnsinnig heiß, dass ich nicht schlafen konnte. Ich ging also hinunter und legte mich in unser Kikauhaus neben der Dieseltankstelle, eine mit Palmwedeln gedeckte Hütte ohne Wände, und schlief in der frischen Brise von der Lagune fast sofort ein.

Ich wurde wach, als ein Mann seine Zunge in meinen Mund steckte. Andere Männer hielten mich an Armen und Beinen fest, und ich biss dem Mann so fest, wie ich konnte, in die Zunge, und dann schrie ich. Ich heulte und strampelte und brüllte, bis ich halb Tukao aufgeweckt hatte, Papa Tane und Nikau kamen in der Dunkelheit angestürzt, und die Männer, die mich angefasst hatten, nahmen die Beine in die Hand und rannten zum Strand. Papa Tane holte einen von ihnen ein, es war der Betrunkenste, und schlug ihn, bis er ihm die Namen der anderen verriet. Im Morgengrauen fuhr Papa Tane hinüber nach Tauhunu und verpasste ihnen der Reihe nach eine Tracht Prügel. Soweit ich weiß, wendete Papa Tane sonst nie Gewalt an.

Mótoro war in früheren Zeiten eine Art Unsitte auf Manihiki gewesen, über die zwar nicht laut gesprochen wurde, die aber durchaus vorkam, doch nach Papa Tanes Gewaltausbruch gab es, glaube ich, nicht mehr solche Vorfälle. (Die Mütter der jungen Kerle verziehen Papa Tane nie, aber das nahmen wir uns nicht zu Herzen.)

Wie auch immer: Die Kerle rechtfertigten sich mit ihrem betrunkenen Zustand, sie hätten nicht gewusst, was sie taten, es müsse doch jeder verstehen, dass sie zu viel Schnaps intus gehabt hätten und daher nicht zur Rechenschaft gezogen werden könnten.

Die Vorstellung, nicht zu wissen, was ich tat, und die Kontrolle über meine Handlungen zu verlieren, ängstigte mich unendlich. Trotzdem ging ich zu Tanga hinüber, nahm ihm die Kokosnuss aus der Hand und schluckte das entsetzliche Gebräu runter. Ein Brennen fuhr mir bis in den Magen, ich musste husten und spuckte den Rest aus. Die jungen Männer lachten. Ich trank noch einen Schluck und dann noch einen.

»Immer mit der Ruhe, Schätzchen«, sagte Barbie.

»Jetzt reicht es«, sagte Nikau.

Ich trank noch einen Schluck.

»Selber schuld.« Nikau stand auf und ging hoch zum Großen Haus. Ich setzte mich auf seinen Platz neben Tanga.

Eine knappe Stunde später fing ich an zu kotzen.

Barbie saß die ganze Nacht neben mir und wischte mir den Mund und die Tränen ab.

Seitdem habe ich keinen Tropfen Alkohol getrunken.

Der Sonntag nach meinem Abend mit Tangas Hexengebräu war fürchterlich. Der Kirchenfußboden schwankte unter meinen Füßen wie ein Kanu auf dem Weg durchs Riff. Die Witwe Paetu konnte nicht aufhören zu weinen. Fete Jensen warf mir so stechende Blicke zu, dass ich beinahe noch einmal kotzen musste. Der alte Tupu hustete und hustete und hustete die ganze Zeit. Die intensiven Farben, das Rot-Blau-Grün-Gelb, das über Boden und Wände flimmerte, brannte in meinen Augen, ich wusste nicht, wie ich es aushalten sollte. Reihenweise stieg Gesang zur Decke auf, ich ließ los und ließ mich treiben und ins Weltall schleudern, du großer Gott, wenn ich die Welt betrachte, die du geschaffen durch dein Allmachtswort. Meine Seele brach in Lobgesang aus, und ich wollte weinen, trockene Tränen, die niemand sah, denn dass ich während des Loblieds in den Himmel aufstieg, war mein Geheimnis, das wussten nur der himmlische Vater und ich.

Beim Mittagessen nach dem Gottesdienst zogen sich die Schmerzen langsam vom Haaransatz zurück. Es war, trotz allem, ein geeigneter Tag für einen Kater, und in der angekränkelten Fahlheit sah ich die Welt in gewisser Weise etwas klarer. Die Wirklichkeit erschien mir kleiner, vielleicht greifbarer. Insel und Erde waren so wie immer, das Meer schlug gegen *tua* und *tai*, Riff und Strand.

Am Abend ging ich zu Papa Tane hinüber, der sich auf Opas Grab ausruhte.

»Ich will nach Porea fahren«, sagte ich. »Ich nehme das kleine Kanu und bleibe ein paar Tage weg.«

Porea ist eine der kleinen Insel auf der anderen Seite der Lagune.

Papa Tane warf mir einen missbilligenden Blick zu.

»Die Perlenernte«, sagte er.

»Wir fangen doch erst nächste Woche an«, sagte ich.

»Warum Porea? Wozu?«

»Ich kann dort Kokoskrabben fangen«, sagte ich.

Er strich mit der flachen Hand über den Granit auf Opa Tanes Grab.

»Ich verstehe nicht, was das bringen soll«, sagte er.

Direkt neben der Perlenwerkstatt lagen unsere Holzkanus, eigenhändig hergestellt von Opa Tane. Beide waren schlicht und nicht besonders elegant, aber von höchster Qualität und aus steinhartem *tamanu* (dem Mahagoni der Südsee). Das größere Boot maß achtzehn Fuß und war zum Fischen ideal, das kleinere war nur zwölf Fuß lang und so leicht, dass ich es allein an Land ziehen konnte. (Wenn man die Boote immer im Wasser liegen lässt, faulen sie schon nach drei, vier Jahren, aber wenn man sie rausholt, abdeckt und pfleglich behandelt, halten sie bis zu vierzig Jahre.)

Früh am nächsten Morgen packte ich die Schnorchelausrüstung und die kurze Harpune ein, mit der ich im Wasser beweglicher war, nahm ein kleines Fischmesser mit, die Machete, mit der ich mir auf *motu*, der kleinen Insel, einen Weg durchs Gestrüpp bahnen konnte, eine Plane zum Abdecken des Kanus und zum Sammeln von Tau und Regenwasser, ein paar Limonen zum Beträufeln des Fischs und eine Schachtel Streichhölzer, eine mit neuen Batterien ausgestattete Taschenlampe, die man unter Wasser verwenden konnte, einige Körbe, in denen ich die Kokoskrabben aufbewahren konnte, und schließlich eine kleine Kiste Bücher. Dann ging ich hinauf zum Großen Haus. Mama Evelyn trank im Stehen eine Tasse Kaffee und war offensichtlich auf dem Weg zur Klinik. Amiria saß in ihrer Schuluniform am Küchentisch, aß kalte Brotfrucht und trat dabei zerstreut, aber gleichmäßig gegen ein Stuhlbein.

»Ich fahre jetzt los«, sagte ich.

Mama Evelyn stellte die Kaffeetasse ab.

»Was hat das zu bedeuten?«, fragte sie.

Ein leichtes Unbehagen rumorte in meinem Magen, ich streckte den Rücken, um es wegzudrücken.

»Ich habe Papa Tane gestern gefragt.«

»Und ich sage Nein, du fährst nirgendwohin.«

Ich holte tief Luft, wie vor einem Tauchgang.

»Bin ich eure Gefangene?«

Der Fuß hörte auf zu treten. Mamas Stimme verwandelte sich in ein Schnauben.

»Was ist das für dummes Zeug?«

Ich hatte mir überlegt, was ich sagen wollte, aber als die Worte herauskamen, waren sie zu groß und unförmig.

»Ist das hier eine Perlenfarm oder eine kommunistische Diktatur?«

Amiria fing an zu kichern. Ich hätte ihr wirklich gerne eine Backpfeife verpasst.

Mama Evelyn griff wieder zur Kaffeetasse und wendete mir den Rücken zu.

»Na, dann fahr eben.« Sie trank den letzten Schluck. War wieder an diesem normalen Donnerstag angekommen, der Jüngste von Erlandsens brauchte einen neuen Gips.

Meine *vaka* lag schwer im Wasser und war nicht leicht zu steuern, aber ich war geübt im Paddeln und hatte es nicht weit. Porea war die am weitesten entfernte Insel auf der gegenüberliegenden Seite, es waren etwa neun Kilometer bis dorthin. Ich paddelte im selben Tempo, in dem ich spazieren ging, fünf Kilometer in der Stunde. Knapp zwei Stunden würde ich brauchen.

Das Gefühl, mit dem ich das Kanu in die Lagune hinausschob, war alles andere als triumphierend.

Porea war einige Hundert Meter breit und einen halben Kilometer lang. Der Ozean knallte steinhart gegen die Korallenformationen auf der *tua*, aber entlang der *tai* war der Sand in der Lagune schneeweiß.

Als ich endlich ankam, stand die Sonne hoch am Himmel (der Weg war mir weiter vorgekommen, als ich erwartet hatte, früher war ich immer mit anderen zusammen dorthin gefahren und hatte nicht die ganze Zeit paddeln müssen). Meine Arme waren taub vor Müdigkeit, als ich das Kanu zumindest so hoch auf den Strand zog, dass die Flut nicht herankam, ich schob ein paar Steine unter den Rumpf, damit er trocknen konnte. Ich drehte das Kanu nicht um, wie wir es zu Hause immer machten, sondern wollte es stattdessen mit Hilfe der Plane zum Wassersammeln verwenden.

Es war ein schwindelerregendes Gefühl, von hier aus nach Tukao hinüberzuschauen. Das Dorf konnte ich überhaupt nicht erkennen, die Landmasse schwebte wie eine flimmernde Kante über dem Horizont.

Als mir bewusst wurde, dass ich noch nie auf eigene Faust so weit von zu Hause weggefahren war, wurde mir noch schwindliger.

Ich bereitete mir ein Lager aus einigen *kikau*, machte mir aber nicht die Mühe, ein Dach zu bauen. Sollte es in Strömen regnen, konnte ich ja unter die Plane kriechen. Ich kletterte auf eine Palme und pflückte ein paar Kokosnüsse, *nimata* zum Trinken, *uto* zum Essen. Dann setzte ich mich am Strand mit der Bücherkiste in den Schatten eines Hibiskusbaums (nie unter eine Kokospalme, denn wenn man eine Nuss auf den Kopf bekommt, stirbt man) und blickte nach Tukao hinüber.

Auf eine fremdartige und ziemlich angenehme Weise fühlte ich mich tatsächlich heimisch. Da ich schon einige Male mit Nikau und Papa Tane hier gewesen war, um Kokoskrabben zu fangen, war mir der Ort nicht völlig unbekannt, obwohl ich mich hier leider nicht so genau auskannte wie rings um Tukao.

Moana hatte mich nie begleitet, sie mochte Wasser eigentlich nicht besonders. Sie kam nach Mama Evelyn, war eine Theoretikerin.

»Ist die Lagune wirklich meine Universität?«, flüsterte ich.

Dann weinte ich und suchte mir ein Buch aus meiner Kiste aus: »Es« von Stephen King, eine extrem unheimliche Geschichte über etwas unfassbar Böses, das kleine Kinder heimsuchte und nur überwunden werden konnte, wenn die Opfer wirklich zusammenhielten und einander vertrauten und bereit waren, alles aufs Spiel zu setzen. Ein Mädchen namens Beverly verletzte das Böse, indem es Es, das die Gestalt eines Werwolfs angenommen hatte, mit einer Steinschleuder anschoss, woraufhin Es sich ins Abwassersystem flüchtete und verschwand.

War Gewalt das Gleiche wie das Böse?

Ich dachte über Beverly nach, die ja nicht mit einer Steinschleuder auf Es geschossen hatte, weil sie böse war, sondern weil sie gut war. Doch was hielt Es davon?

»Jesus vertreibt böse Geister«, sagte ich zu Moana.

Sie wusste, dass ich die Erzählung im fünften Kapitel des Markusevangeliums im Kopf hatte, in der Jesus in der Gegend der Gerasener zu Besuch ist und dort einen Mann trifft, der in den Grabhöhlen lebt. Die Leute haben ihn mehrmals gefesselt und angekettet, aber er hat sich immer wieder losgerissen. Jesus sieht sofort, was das Problem ist, und sagt: »Fahre aus, du unreiner Geist, von dem Menschen!« Die unreinen Geister verlassen den Körper des Mannes und fahren in eine Herde Säue, die auf den Bergen weiden, und da stürmt die Herde den Hang runter und ertrinkt im See.

Ich legte das Buch mit quälendem Unbehagen weg.

Wusste Es, dass es böse war? Wusste der Mann in Gerasa, dass böse Geister in ihn gefahren waren? Konnte man leben, ohne sich dessen bewusst zu sein?

Ich machte ein Feuer aus Kokosnussschalen. Nachdem die Sonne untergegangen war, wartete ich noch eine Stunde, bevor ich auf *tua* ins Wasser ging. Trotz absoluter Windstille schlug das Meer mit Wucht gegen die Korallen. Manihiki befand sich auf der Spitze eines viertausend Meter hohen Unterwasserbergs, das Riff fiel praktisch senkrecht in die Dunkelheit ab.

»Du wartest besser hier«, sagte ich zu Moana.

Ich hielt Lampe und Seil mit der linken Hand und die Harpune in der rechten. Die Fische waren bereits eingeschlafen und lagen still im Lichtkegel, ich konnte bis zu ihnen schwimmen und aus nächster Nähe auf sie schießen. Ihre letzten Zuckungen weckten die Riffhaie, die planlos vor der Felsplatte rumschwammen, sie blieben immer in Bewegung, damit Sauerstoff durch ihre Kiemen strömte. Ich schoss rasch vier Fische und hatte sie gerade auf das Seil gefädelt, als der erste Hai kam. Schnell drehte ich mich um und ließ mich von dem dummen großen Fisch in den Rücken stupsen. Ich machte die Taschenlampe aus und schwamm mit langen Zügen zum Strand. Dort legte ich ein paar Schalen auf die Glut und hatte bald wieder ein hübsches kleines Feuer zustande gebracht, auf dem ich meinen Fisch grillen konnte. Ich aß ihn mit Limone und ein wenig gekochtem Meerwasser, kaute ein *uto* und trank *nimata*. Satt und innerlich so ruhig wie schon lange nicht mehr, schlief ich anschließend sofort ein.

Der Tag darauf war schwül und warm. Im Morgengrauen saß ich still da und betrachtete den Himmel anstelle der Küchenfenster zu Hause in Tukao, ließ das Licht durch die farbigen Glasscheiben in meinem Innern strömen, hörte den mehrstimmigen Gesang. Zum Frühstück aß ich die Reste der Fische auf (da die Ameisen sie auch gefunden hatten, verleibte ich mir dabei auch verschiedene Arten von Proteinen ein). Es erschien mir unwirklich, an einem Dienstag ganz still am Strand zu sitzen und nichts zu tun zu haben. Moana war direkt hinter mir, ich spürte ihren Atem im Nacken. Lange saßen wir gemeinsam schweigend so da, meine Gedanken gingen auf Wanderschaft. Ich dachte darüber nach, dass der Herr die ganze Welt nach seinem Abbild und zu seinem Wohlgefallen erschaffen hat.

Als die Vormittagshitze einsetzte, ließ ich mich ins Wasser gleiten, das wie weiche Schleier um mich herumwirbelte. Ich schwamm in Richtung Tauhunu, sah in weiter Ferne einige

Kanus, winkte aber nicht und glaubte auch nicht, dass sie mich gesehen hatten. Als ich müde wurde, legte ich mich auf den Rücken und ruhte mich aus, die Wellen wiegten mich, und die Strömungen trugen mich davon. Einfach nur zum Spaß war ich seit frühester Kindheit nicht geschwommen (ich hatte schon mit acht Jahren begonnen, nach Schneckengehäusen zu tauchen, die man verkaufen konnte; warum Amiria so glimpflich davonkam, war mir ein Rätsel). Unter der Woche arbeiteten wir immer, und sonntags war das Schwimmen zum Vergnügen verboten.

Am Nachmittag kehrte ich mit schweren Gliedern, aber leerem und zufriedenem Kopf zurück. Den Rest des Tages verbrachte ich liegend unter dem Hibiskus und las »Es« zu Ende. Moana war an meiner Seite, ich nahm die Konturen ihres Schattens wahr, der das Gefühl von Stille verstärkte.

In der Abenddämmerung fing ich einige Kokoskrabben, die ich mit Schnüren zusammenband und in den Korb legte. Ich grillte einige der kleineren Krabben und aß reichlich *uto*, ein königliches Abendessen. Kokoskrabben klettern auf Bäume und können gigantisch groß werden, Oma Vaine behauptet, sie hätte einmal eine gesehen, die fast einen halben Meter lang war und fünf Kilo wog, aber ich weiß nicht, ob ich das glauben soll. Da sie sich vor allem von Kokosnüssen ernähren, schmeckt ihr Fleisch danach, süß und saftig, ich kenne nichts Köstlicheres.

In dieser Nacht regnete es, und ich stillte meinen Durst an dem herunterströmenden Süßwasser. In meinen Träumen verwandelte sich der Regen in das Abwassersystem unter der kleinen Stadt in Maine, in dem Es verschwunden war. Ich wurde von unreinen Geistern verfolgt.

»Bin ich böse?«, rief ich Moana durch den Regen zu. »Bin ich ein schlechter Mensch?«

Am Morgen hatte der Himmel aufgeklart. Als ich aufwachte, fühlte ich mich kühl und leer. Die Bücher waren ein wenig nass geworden, obwohl sie unter der Plane gelegen hatten.

Ich ging zur *tua* hinunter und schoss mit der Harpune ein paar große Papageienfische, aber dann sah ich unter mir einen riesigen Grauhai, von der Nase bis zur Schwanzflosse sicher drei Meter lang (eigentlich nennt man sie wohl Graue Riffhaie), und ich beschloss, an Land zu schwimmen. Ich habe keine Phobie, aber Respekt vor ihnen.

Dann packte ich meine Sachen zusammen, die Plane und den Korb mit den Kokoskrabben, die frischen Fische in einen anderen Korb, die Machete und die Limonen, die noch übrig waren, die Bücherkiste und die Machete, das Messer und die Taschenlampe. Es war Hochwasser, und ich brauchte das Kanu nicht weit zu schleppen, darüber war ich froh, ich hatte müde Arme und Beine. Als ich ins Kanu gestiegen war und die Wellen freundlich und heiter an den Rumpf gluckern hörte, fing ich laut an zu heulen. Ich weinte und weinte, bis das Paddel ins Wasser fiel und ich hinterherspringen musste, um es zu holen. Dann ließ ich die *vaka* mit der Strömung treiben, bis in mir alles stumm und still wurde und ich mir sicher war.

Es war nicht meine Schuld.

Am Abend kamen Tanga und Barbie und die gesamte Familie Erlandsen herüber und aßen mit uns die Kokoskrabben. Oma Vaine hatte sie mit Salz und Kräutern gekocht, und alle waren sich einig, dass es auf der Erde nichts Köstlicheres zu essen gibt.

Am Tag darauf legten wir Mea Erlandsen einen neuen Gips an. Mama Evelyn ging zu Oma Metua ans Flugfeld hinüber, und ich beschloss, Moanas alte Schulbücher hervorzuholen. Vielleicht war etwas dabei, was ich noch nicht gelesen hatte. Ich fand die Bücher in einer Kiste auf dem obersten Bord im Vorratsschrank hinter dem Frischwassertank. Dort waren sie vor Feuchtigkeit und Insektenattacken gut geschützt gewesen. Ich stellte die Kiste zurück, nahm aber Moanas Erdkundebuch mit in mein Zimmer über der Perlenwerkstatt, außerdem auch Collins Weltatlas. Als Erstes schlug ich die Karte von Neuseeland auf und ließ den Zeigefinger auf dem Wort AUCKLAND im Norden ruhen. Dort befand sich Moanas Schule. Ihr Maori-Academic-Excellence-Stipendium. Tante Doris wohnte dort, Mama Evelyn war ganz in der Nähe geboren und aufgewachsen und hatte an der Krankenschwesternschule der Universität ihre Ausbildung gemacht. Es gab eine Kathedrale dort, Saint Patrick's, aber es war kein so richtig großes und altes Bauwerk wie Toms Kathedrale in Kingsbridge. Ich war natürlich noch nie dort gewesen. Moana auch nicht, aber sie war im Alter von vierzehn Jahren einmal mit ihrer Tanzgruppe nach Rarotonga runtergefahren (damals hatte Onkel Matini das Foto von ihr gemacht, das in den Cook Island News abgedruckt worden war). Da ich weder tanzen noch singen konnte, war ich nie als Teilnehmerin einer Zeremonie auf der Hauptinsel infrage gekommen. Und nachdem Moana zurückgekehrt war und von der Reise berichtet hatte, legte ich auch keinen besonderen Wert mehr darauf. Möglicherweise übertrieb sie, als sie die Unannehmlichkeiten beschrieb, aber ihre Schilderungen des wochenlangen Aufenthalts an Deck des Frachters, bei Sturm und Regen und in sengender Sonne, mit nichts als einer ausgefransten Plane zum Schutz, Wellen so hoch wie Kokospalmen und dem ständigen Gestank der Dieselmotoren, ließen den Neid meines zehnjährigen Ichs verfliegen wie morgendlichen Nebel.

Heute dagegen hätte ich alles getan, um hinfahren zu dürfen, es war ein Traum, der genauso wenig greifbar war wie die Wolken am Horizont: eines Tages Manihiki zu verlassen.

Am nächsten Morgen fuhr die Jacht auf das Riff, und Erik kam.

Ich erzählte wochen- und monate-, wenn nicht sogar jahrelang von Moana. Immer wenn ich Zeit hatte, erzählte ich von ihr. Erik hielt mich fest und hörte zu.

Oma Vaine wusste genau, was sie von meinem »neuesten Einfall« hielt.

»*Kare te to'ora e 'ongi i te puaka*«, sagte sie immer wieder.

Der Wal küsst nicht das Schwein.

Sie ging so weit, mich *e maroro* zu nennen, Fliegender Fisch (eine Person, die häufig den Partner wechselt).

Ngaru blieb drüben in Tauhunu, war aber nicht erfreut, sagte man.

Tagsüber kümmerte sich Erik weiter von unserem Küchentisch aus um die Buchhaltung der Inselbewohner.

Abends lag ich nicht mehr in meinem Bett und las im Schein der Schweineöllampe, sondern schlief und redete mit Erik. Seine Geduld mit mir war groß und überraschend, er lachte sein warmes Lachen, strich mir übers Haar und sah mich mit so etwas wie Wehmut an. Einige Male nannte er mich sein Mirakel. Als ich fragte, was er damit meine, zog er mich fest an sich, und es fühlte sich an, als weinte er.

Wenn wir uns liebten, ging er langsam und behutsam vor. Anfangs war ich rastlos und wollte ihn zur Eile antreiben, aber er brachte mich dazu, sehnsüchtig abzuwarten, und es eröffneten sich mir neue Welten. Er lehrte mich, zu *fühlen* und in der Empfindung zu verweilen, und ich schwebte und löste mich auf. Er benutzte seine Hände und seine Zunge, ließ sich von meinem Körper berauschen, er war überall zugleich, und ich musste die Zähne zusammenbeißen, damit meine Schreie nicht die Leute in der Umgebung beunruhigten.

Wir sprachen über Europa und Länder, die er bereist hatte, Orte, die sich auch in anderen Galaxien hätten befinden können: Neapel, New York, Marbella, Peking und Moskau. Er beschrieb sie urkomisch und dramatisch, witzig und bedrohlich zugleich:

die Menschen, die wie Insekten durch unterirdische Tunnel strömten, die Luft, die dank zivilisatorischen Fortschritts so giftig war, dass sie uns auszuradieren drohte, die Frauen, die ein Vermögen dafür ausgaben, nicht alt auszusehen.

Einmal sprach er vorsichtig das Thema Kommunismus wieder an.

»Ich habe es nicht böse gemeint«, sagte er, und ich versicherte rasch, das hätte ich verstanden.

»Wem unsere Ressourcen gehören, und wer über sie bestimmen darf, ist eine weitreichende Frage.« Er blickte auf die Lagune. »Besitz kann Gift sein, er macht Menschen verrückt. Manche bekommen einfach nie genug, es gibt keine Grenzen.«

»Was kann man denn eigentlich alles besitzen?«, wollte ich wissen.

Sein Gesicht war im Mondlicht todernst geworden.

»Die ganze Welt«, sagte er, »oder, besser gesagt, die Weltwirtschaft.«

Manchmal sang er ein schwedisches Lied für mich:

»Wenn du ein Meer wärst, wär ich eine Welle, wenn du der Himmel wärst, hätte ich Flügel. Wenn du ein Regen wärst, wär ich Meer und Land. Wenn du Musik wärst, wär ich ein Lied, wenn du eine Ebene wärst, wär ich der Wind. Aber ich wäre nichts, wenn es dich nicht gäbe …«

Er erklärte mir, was das Lied bedeutete. Es war ein beliebter Song von einem schwedischen Popstar. Der Text klang so schön. »Komm, meine Geliebte, der Mond ist groß. Alle Fenster sind offen heut Nacht. Offen für die Welt, in der die Liebe wohnt. Komm einfach her und halt mich heut Nacht wach. Wir sind noch da. Du und ich, wir sind die Zeit, die vergeht. Wenn der Morgen kommt, tun wir's noch mal …«

So war es, er und ich, wir zwei waren in einem Zimmer, in dem die Fenster (buchstäblich) immer offen standen.

Erik war kein religiöser Mann, zu Hause in Schweden ging

er fast nie in die Kirche (nur zu Hochzeiten und Beerdigungen). Ganz Skandinavien war säkularisiert, die Menschen dort vertrauten aufeinander und auf ihr Sozialsystem und nicht auf Gott, was in meinen Ohren etwas gefährlich klang. Auf Manihiki ging er jeden Sonntag in den Gottesdienst, und genau wie ich mochte er sehr den Lobgesang. Wir hatten keine Orgel und auch kein anderes Instrument in der Kirche, aber die verschiedenen Stimmen erhoben sich zur Decke wie ein rauschender und schwebender Engelschor und vermischten sich mit den Farben der Fensterscheiben.

»Erstaunlich, dass es ›Du großer Gott‹ auf Maori gibt«, sagte er eines Nachmittags, als wir pappsatt und ziemlich müde vom Sonntagsessen in die Kirche kamen.

»Wie meinst du das?«, fragte ich. »Das ist doch ein maorisches Lied. *E Tapuhā, e te nui Atua* …«

Er lachte sein leises Lachen, und zwar nicht nur, weil ich überhaupt nicht singen konnte.

»Die Melodie stammt von einem schwedischen Volkslied, und der Text wurde Ende des neunzehnten Jahrhunderts von Carl Boberg verfasst. ›Du großer Gott, wenn ich die Welt betrachte, die du geschaffen durch dein Allmachtswort …‹«

»Daran glaubst du ja gar nicht«, sagte ich schnippisch, denn obwohl er auf Schwedisch sang, wusste ich, worum es in der ersten Strophe ging.

»Dich muss er erschaffen haben.« Erik zog mich an sich. »Denn etwas so überirdisch Perfektes wie dich bringt kein menschliches Wesen zustande.«

Und dann sang er ein anderes Lied von dem schwedischen Musiker, der über die Welle und das Meer geschrieben hatte: »Als der Frühling am schönsten war, kamst du zu mir … Wir fuhren raus nach Lidingö und wieder heim …«

Nach zwei Monaten stellte Mama Evelyn fest, was ich inzwischen auch begriffen hatte: Ich war schwanger.

Fremde waren auf Manihiki eine Seltenheit, um es milde auszudrücken, und dass sie blieben und Kinder zeugten, passierte im Laufe eines Menschenlebens nur wenige Male (Mama Evelyn war bei uns tatsächlich die Letzte gewesen). *Papa'as*, die sich zum Bleiben entschieden, wurden zwar akzeptiert, aber *manihiki* wurden sie nie. Mama Evelyn blieb immer Schwester Evelyn. Ein richtiges Mitglied der Frauengemeinschaft, zu der Oma Vaine ganz selbstverständlich gehörte, wurde sie nie (was allerdings teilweise ihre eigene Schuld war und an ihren bissigen Bemerkungen und ihrer ausweichenden Art lag). Erik wurde während seiner Zeit auf der Insel auch nicht vollständig integriert, er blieb der Kauz, der nicht segeln konnte, aber ein Ass in Mathe war.

Für die Farm war meine Schwangerschaft ein großer Nachteil. Mama Evelyn verbot mir das Tieftauchen, weil man zu wenig über den Einfluss der veränderten Druckverhältnisse unter Wasser auf den Fötus wusste, und falls Luftbläschen in mein Blut gelangten (was passieren konnte, wenn man zu schnell nach oben schwamm), konnten sie (aufgrund des offenen *Foramen ovale* bei Ungeborenen) von der Mutter auf das Kind übergehen und beim Kind, unter anderem, Hirnschäden verursachen. Außerdem bestand natürlich die Gefahr von Sauerstoffmangel. Tagelöhner (wie die Brüder Brown) anzuheuern, die meine Arbeit in der Lagune übernahmen, war teuer und mühsam, weil sie mit unseren Abläufen und unserem Abschnitt der Lagune nicht vertraut waren.

»Amiria könnte doch mit dem Tauchen anfangen«, schlug ich eines Abends vor, als wir am Benzinfass Papageienfisch aßen, aber da wurde Mama Evelyns Mund wieder so blutleer.

»Amiria soll studieren«, sagte sie, und ich weiß nicht, ob es an den Hormonen oder an der lähmenden Müdigkeit lag, unter der ich in diesen Monaten ständig litt, aber jedenfalls heulte ich vor Wut. Ich ließ den Fisch auf die Erde fallen, sprang auf und rannte zur Perlenwerkstatt hinüber, sah aber im Dunkeln und in meiner Aufregung den Schwimmer nicht, den der Wind auf den Hof geweht hatte, stolperte und schlug lang hin. Jetzt rannten sie alle hinter mir her, Erik mit seinem zu kurzen rechten Bein kam als Letzter, Nikau und Papa Tane trugen mich zurück in den Lichtkegel am Benzinfass, und Mama Evelyn untersuchte mich eilig.

»Ihr wollt, dass mein Kind stirbt!«, rief ich melodramatisch in die dunkle Nacht. »Es wird für alle das Beste sein!«

»Halt den Mund«, sagte Papa Tane, und da er etwas Derartiges noch nie zu mir gesagt hatte, war ich still.

Das Baby hatte bei dem Sturz keinen Schaden genommen, und ich musste von nun an in der Perlenwerkstatt, bei Oma Vaine oben im Großen Haus und bei Mama Evelyn in der Klinik mitarbeiten.

Eines Nachmittags, als mir fast so schlecht war wie nach dieser Nacht mit Tangas Hexengebräu, nahm Nikau mich hinter dem Frischwassertank beiseite.

»Ngaru hat erfahren, dass du ein Kind bekommst«, sagte er leise.

Ich zog die Augenbrauen auf die gleiche Weise wie Erik hoch.

»Er ist anscheinend durchgedreht und hat das Kanu seines Onkels kaputt geschlagen«, sagte Nikau.

Ich war nicht erschrocken, nur verblüfft.

»Ist er nicht bei Trost?«

Und dann, mein zweiter Gedanke: »Welches Kanu denn? Doch nicht etwa das schöne alte aus *tamanu*?«

Nikau biss die Zähne zusammen und ging zur Perlenwerkstatt hinunter.

Er war zu jener Zeit oft schlecht gelaunt, weil er keine Zeit hatte, so wie sonst bei Tanga rumzuhängen.

Am Tag darauf kam über Funk die Nachricht aus Rarotonga: Eine neue Reederei hatte bekannt gegeben, man werde einen einheimischen Fährbetrieb zwischen den Cookinseln aufnehmen. Eine Zeit lang hatten entsprechende Gerüchte kursiert, aber nun war es also beschlossene Sache. Das Schiff Lady Moana, das Manihiki, Rakahanga und Pukapuka anfahren sollte, würde bereits in der kommenden Woche in Avatiu beladen werden.

An diesem Abend feierte das ganze Dorf eine gigantische *umukai*. Achtzehn Schweine wurden geschlachtet, auf der Allmende wurde jede Farnknospe geerntet, die Schulkinder holten von der Riffseite über hundert *nimata*. Die Perlenfarmen schnitten die Perlmuscheln von den Tauen und legten stattdessen Netze aus. Sowohl aus Tauhunu als auch aus dem Dorf Tukao stieg an diesem Abend dichter Grillrauch zum Himmel auf.

Es war seit fast zehn Monaten dunkel, doch diese Zeit würde bald vorbei sein.

Einige Abende später (an einem Samstag) kam Nikau mit einem blauen Auge und zwei lockeren Zähnen im Unterkiefer nach Hause. Ngaru war bei Tanga zu Hause aufgetaucht und hatte die Hure (mich) und ihren Bruder (Nikau) aufs Übelste beleidigt, woraufhin es zu Handgreiflichkeiten gekommen war. Mama Evelyn überzeugte sich davon, dass das Auge nicht verletzt war, drückte die losen Zähne, so gut es ging, wieder im Kiefer fest, untersagte Nikau für eine Woche zu kauen und fand, es sei alles meine Schuld.

Normalerweise implantierte Papa Tane auf mehreren Farmen auf Tukao Kerne in die Perlmuscheln und erhielt als Gegenleistung einen Teil des Ertrags, er hatte diese Tätigkeit aus Zeitmangel jedoch reduzieren müssen. Einer, für den er immer noch arbeitete, war Police Officer Everest (nicht nur, weil Police Officer Everest kraft seines Amtes einer der mächtigsten Männer im Dorf war, sondern auch, weil sie im Abstand von nur drei Tagen zur Welt gekommen und zusammen aufgewachsen waren). Eines Nachmittags, als sie mit der Arbeit fertig waren, sprach Papa Tane im Hinblick auf die Tatsache, dass nun endlich ein Schiff unterwegs war, Eriks formalen Status auf der Insel an. Ich reinigte auf der anderen Seite der Wand Perlmuscheln und hörte alles.

»Tja, er braucht eine Aufenthalts- und Arbeitsgenehmigung«, sagte Police Officer Everest.

Papa Tane fragte vorsichtig, was man dafür benötige.

»Besondere berufliche Fähigkeiten und eine Person oder Organisation, die ihn sponsert. Die Stelle muss vorher zwölfmal in den Cook Island News inseriert gewesen sein, und der Betreffende muss sich von seinem Heimatland aus oder zumindest von außerhalb der Cookinseln bewerben. Ein ärztliches Attest und ein polizeiliches Führungszeugnis müssen beigefügt werden.«

»Ach, ojemine«, erwiderte Papa Tane leicht schockiert. »Und das muss er alles an dich schicken?«

»Nein, ans Außenministerium und an die Einwanderungsbehörde unten in Raro.«

(Niemand in unserer Familie hatte sich je Gedanken darüber gemacht, dass Mama Evelyn sich all diese Papiere offenbar beschafft hatte, bevor sie nach Manihiki kam.)

Ich stand mit einer Perlmuschel in jeder Hand auf dem Steg und hielt unwillkürlich die Luft an.

»Wie lange dauert denn so ein Prozess?«, fragte Papa Tane.

»Schwer zu sagen«, antwortete Police Officer Everest (der wahrscheinlich auch keine Ahnung hatte).

»Ein Jahr?«

»Wie gesagt, schwer zu …«

»Aber Kiona bekommt ein Kind!«, sagte Papa Tane. »Von Schweden aus soll er sich bewerben, sagst du? Da geht das Kind ja zur Schule, bevor er wieder da ist! Und wie sollen wir es in der Zwischenzeit mit der Buchhaltung machen? Um deine kümmert er sich doch auch.«

Es klang, als würde Police Officer Everest aus einer *nimata* trinken.

»In diesem Fall«, sagte er dann, »liegen also besondere Umstände vor. Rein theoretisch arbeitet Erik nicht, oder? Er bekommt doch kein Gehalt.«

Nein, das bekam in der Familie Matavera niemand.

»Dann könnte man seine Buchführungstätigkeit wohl eher als … tja, Urlaubsbeschäftigung bezeichnen?«

Sie einigten sich darauf, dass dies der Fall war.

»Und da er mit einer Einwohnerin der Cookinseln verheiratet ist oder zumindest fast, müsste er doch aufgrund von familiärer Bindung ein Bleiberecht haben«, sagte Papa Tane.

Und so war es ja auch.

Das mit dem Gesundheitszeugnis konnte auch kein Problem sein, da er über Monate gründlich von Mama Evelyn untersucht worden war. Der Auszug aus dem schwedischen Strafregister hingegen war kniffliger, wie kam man an so was dran? Die beiden Männer beschlossen, sich zu gegebener Zeit mit dieser Frage auseinanderzusetzen.

Sie vereinbarten gemeinsam und in trauter Einigkeit, dass Erik Bergman sich bis auf Weiteres mit einem Touristenvisum auf Manihiki aufhalten dürfe.

Ich musste mich auf den Steg setzen, so sehr zitterten meine Beine.

Von dem Gedanken, ich könnte Erik verlieren, war mir schwindlig geworden.

Als ich ihm am Abend von dem belauschten Gespräch erzählte, wurde er kreidebleich. Nachdem ich ihm rasch erklärt hatte, zu welchem Schluss sie gekommen waren, dass er nämlich vorerst mit einem Touristenvisum auf Manihiki bleiben könne, lag er reglos auf dem Rücken und sah an die Decke.

Ich legte mich auf ihn und küsste seinen Hals und seinen Brustkorb, strich mit den Fingernägeln an seinen Armen entlang, streichelte Rücken und Nacken, nahm sein Glied in den Mund, wie er es mir beigebracht hatte, und blies ihn tief und langsam, ließ ihn sehnsüchtig warten, bis ich mich rittlings auf ihn setzte und er fast sofort explodierte, mich ganz fest hielt und wieder sagte: »Mein Mirakel.«

Das neue Schiff, die Lady Moana, hatte eine Tragfähigkeit von 163 Tonnen (und war somit sehr viel kleiner als die von uns gegangene Manuvai, die über 400 verfügt hatte).

Der kleine blaue Kasten mit dem weißen Aufbau und dem Achterdeck lief das Riff vor Tukao an und ankerte dort am frühen Nachmittag. Jede Menschenseele im Dorf war dort, auch Oma Metua und Fete Jensen und sämtliche Kleinkinder, die Frauen kamen in Kleidern, die sie sonst nur zum Gottesdienst trugen, hatten sich mit Spitze und eleganten Hüten geschmückt, während die Männer, die die Ladung löschen sollten, praktischer angezogen waren. Es war ein windiger Tag mit hohen Wellen und Wolken, die über den Himmel fegten. Der Traktor war mit den letzten Hundert Millilitern Diesel zum Hafen runtergerollt und war mit seiner großen Ladefläche bereit für die Waren. Alle wussten, dass ein Großteil der Ladung unten in Avatiu geblieben war, es waren per Funk so viele Bestellungen aufgegeben worden, dass mehrere Touren nötig sein würden, um alle Lieferungen auszuführen. Wir wussten nicht, wer Pakete bekommen würde, es war wie eine Lotterie und Weihnachten auf einmal. (Tante Kais Bestellungen gingen allerdings vor, da es im Interesse aller lag, dass sie die Regale des Ladens auffüllte.)

Das kleine Schiff schaukelte auf den Wellen wie ein Ferkel im Galopp. Die Kanus, die über das Riff fuhren, um die Ladung zu löschen, hatten ernstliche Probleme, sie fuhren seitlich heran und versuchten, ganz ruhig im Wasser zu liegen, während die Kisten mit Seilwinden runtergelassen wurden, aber die Wellen schlugen hoch, die Kanus knallten gegen das Schiff, Taue spannten sich und hingen im nächsten Augenblick durch, die Männer brüllten Anweisungen und fuchtelten mit den Armen. Sie mussten mehrmals mit kleiner Ladung hin- und herfahren, anstatt die Kanus vollzupacken. Ich merkte plötzlich, dass ich die Luft angehalten hatte, die Durchfahrt durchs Riff zum Hafen war ein Nadelöhr, aber es kam nicht zu Zwischenfällen. Nach einer guten Stunde war die Ladefläche zum ersten Mal voll, vor allem mit Diesel, und der Traktor fuhr weg. Kreischend rannten die Kinder wie ein langer Meeraal hinterher. Zum zweiten Mal innerhalb von wenigen Wochen wurde eine üppige *umukai* vorbereitet (wenn auch nicht ganz so groß wie beim Eintreffen der Neuigkeit, dass das Schiff wieder fahren würde, denn die Männer waren ja mit dem Löschen der Ladung beschäftigt), Oma Vaine und viele andere Frauen tischten oben unter dem Blechdach bei der Kirche reihenweise Essen auf. Ich hätte eigentlich mithelfen sollen, aber ich konnte mich nicht vom Hafen und dem Anblick der Waren losreißen, die an Land transportiert wurden.

Als es dämmerte, war die Ladung für Tukao gelöscht, die Schiffsbesatzung holte sofort den Anker ein und nahm Kurs auf Rakahanga, sie wollten wohl dort ankommen, bevor es dunkel war.

Unsere Familie hatte Glück, wir konnten mehrere Sendungen entgegennehmen. Papa Tane hatte im Dive Shop in Rarotonga neue Spanngummis für die Harpune bestellt (abgesehen von diesen Gummibändern hielten Harpunengewehre ewig), und das Paket voller Bücher, Zeitschriften und Videokassetten von Tante Doris war auch dabei. Amiria bejubelte jeden einzelnen Film (wir hatten weder einen Fernseher noch einen Videorekorder, aber Erlandsens besaßen beides). Besonders begeistert war sie von Disneys »Arielle, die Meerjungfrau«, und mir schwante, dass mir die Lieder schon bald zum Hals heraushängen würden. Nikau bekam eine CD von Queen und einen Film, der »Stirb langsam« hieß und den er sich bei Tanga anschauen würde. Es waren auch Bücher für mich dabei, »Die unerträgliche Leichtigkeit des Seins« von Milan Kundera und »La Storia« von Elsa Morante und ein Taschenbuch mit dem Titel »Unter Null« von Bret Easton Ellis. Da ich keinen der Autoren kannte, war ich ein wenig enttäuscht.

Schließlich war auch noch ein Briefumschlag von Onkel Matini dabei, in dem die Ausgabe der Cook Island News steckte, in der über Moanas Tod berichtet worden war. Ich nahm die Zeitung mit zitternden Fingern in die Hand und wappnete mich innerlich. Der Artikel war kurz und berichtete sachlich, dass die einundzwanzigjährige Moana Matavera bei der Arbeit auf der familieneigenen Perlenfarm in der Lagune von Manihiki verunglückt sei. Es stand darin, sie sei vom Police Officer der Insel gefunden worden, was an sich nicht ganz korrekt war, mich aber auf merkwürdige Weise erleichterte. Das Foto von ihr war, genau wie Onkel Matini gesagt hatte, schwarz-weiß, aber es sah ihr sehr ähnlich. Es war während einer Tanzvorführung aufgenommen worden, sie trägt einen traditionellen Rock aus schwingenden Gräsern und eine Kette aus Gardenien um den Hals, ihr Haar ist mit Hibiskusblüten geschmückt. Sie lächelt ihr funkensprühendes Lächeln und sieht mich direkt an, ich schloss die Augen, legte die Hand auf ihr vierzehnjähriges Ich und fühlte ihre Freude, ihr Licht, ihre kurze Zukunft.

Oma Vaine grummelte natürlich über alles, was nicht gekommen war, für sie war das Glas nicht nur halb leer, sondern immer schon fast ausgetrunken.

Erik bekam natürlich nichts, beteiligte sich aber enthusiastisch beim Auspacken.

Police Officer Everest kam mit seiner Frau vorbei. Als wir zusammen zur *umukai* unter dem Blechdach bei der Kirche rübergingen, war es dunkel geworden. Es war die letzte Nacht mit flackernden Feuern als einziger Lichtquelle. Spätestens am nächsten Tag würde der Generator wieder funktionieren. Die Pumpen würden laufen, und man musste nicht mehr Wasser schleppen, sondern konnte die Wasserklosetts benutzen und das Licht genauso einschalten wie Herde, Kühlschränke und Ventilatoren. Wenn wir Diesel für die Motorboote hatten, brauchten wir nicht zu den Perlmuscheln in der Lagune rauszupaddeln, und das würde die Arbeit ungeheuer erleichtern. Die Leute würden nicht mehr radeln oder spazieren gehen, sondern Moped fahren, was den Insulinverbrauch (der während der Verdunkelung kräftig gesunken war) vermutlich wieder in die Höhe schießen lassen würde.

Herr Erlandsen hielt gerade eine Rede, als wir eintrafen, er schwadronierte über den Fortbestand der Dorfgemeinschaft und die Bedeutung unseres Zusammenhalts und der gemeinsamen Werte (was eigentlich nur bedeutete, dass ihm am besten immer alle recht geben sollten). Die Leute standen auf und holten sich noch mehr zu essen, obwohl er noch nicht fertig war (woraus wir schlossen, dass er schon seit geraumer Zeit sprach), und daher machten wir es genauso. Als wir unsere Teller mit Bergen von Fisch und *taro* und Spanferkel vollgeladen hatten, setzten wir uns ein Stück in Richtung *tua* auf die Erde.

Obwohl dort dichtes Gedränge herrschte und er fast dreißig Meter von mir entfernt war, sah ich Ngaru, sobald er unter das Blechdach getreten war. Er stellte sich an das große Feuer und schwankte bedenklich, offenbar war er sturzbetrunken. Herr Erlandsens Rede nahm kein Ende, die Leute unterhielten sich mittlerweile und lachten, ihre leisen Stimmen lagen wie Wind über der Insel. Ngaru stolperte, blickte sich verschwitzt und atemlos um, offenbar suchte er etwas.

In diesem Moment sah ich das Harpunengewehr noch nicht.

Dann entdeckte er mich, gab sich einen Ruck und kam auf uns zu. Die Leute wichen zur Seite, ohne nachzudenken, sie aßen und tranken und lachten, Ngaru bahnte sich mit dem Harpunengewehr in der einen und einer Schnapsflasche in der anderen Hand einen Weg durch die Menge. Ich weiß nicht, warum, aber ich stand auf.

»Wo willst du hin?«, fragte Erik, und im nächsten Augenblick hob Ngaru den Arm über den Kopf und gab ein mörderisches Gebrüll von sich.

Herr Erlandsen verstummte mitten im Satz, die Leute drehten sich verwundert um. Ngaru raste mit erhobener Harpune auf uns zu, ich stellte mich instinktiv vor Erik, Ngaru schlug mir mit der Flasche so fest auf die Schulter, dass ich schwankte und hinfiel, dann schoss Ngaru direkt auf Eriks Kopf. Ich schrie gellend, aber eher vor Schreck als vor Schmerz. Erik duckte sich, die Harpune versetzte ihm einen Kratzer am Kopf und landete hinter ihm auf dem Boden, er drehte sich um, hob sie auf und hielt sie sich vor den Körper. Ich lag daneben, sah, dass es passieren würde, und wollte schreien, schaffte es aber wohl nicht, keine Ahnung, aber als Ngaru sich auf Erik stürzte, bekam er die scharfe Pfeilspitze in den Bauch, sie durchstieß das Zwerchfell und bohrte sich mitten ins Herz.

Er war tot, bevor er zu Boden stürzte.

Der dumpfe Aufprall hallt noch immer in mir wider.

Um uns herum wurde es still, nicht einmal das Feuer knisterte. Die Münder der Dorfbewohner standen offen, und die Augen waren weit aufgerissen.

Und dann die Schreie, alle auf einmal.

Mama Evelyn vernähte Eriks Wunden mit wenigen Stichen, dann brachten sie ihn zum Verwaltungshaus und sperrten ihn ein (als ob er irgendwohin hätte fliehen können). (Außerdem ließen sich alle Fenster von innen öffnen.)

Und bei Ngaru konnte Mama Evelyn nur feststellen, was ich sofort gesehen hatte: Ngaru war tot. Es war nicht einmal ein Blutfleck an der Stelle, wo es passiert war, weil das Herz, eine Sekunde nachdem die Haut durchstochen worden war, aufgehört hatte zu schlagen.

Der Onkel in Tauhunu wurde in derselben Nacht informiert, aber die Geschwister und Eltern in Rakahanga erhielten die Nachricht erst am nächsten Morgen über Funk.

In dieser Nacht schlief ich nicht. Ich lag auf meinem Bett über der Perlenwerkstatt und spürte das Gewicht des Kindes in meinem Körper, es spannte und zog im Rücken und in den Bauchmuskeln.

Meine Seele war seltsam leer, nur ein großes Schweigen war darin. Nicht einmal Moana war bei mir. Irgendwie war sie in das Zeitungsfoto auf dem Regal im Wohnzimmer geschlüpft, in diesen festgehaltenen Moment und dieses ewige Lächeln.

Captain Mareko und der Onkel aus Tauhunu brachten Ngarus Leiche bereits im Morgengrauen nach Rakahanga, er sollte noch vor Anbruch der Dunkelheit begraben werden. Ich wartete, bis das Boot abgefahren war, bevor ich durcheinander und verheult hinauf zum Großen Haus ging. Alle waren auf den

Beinen, Amiria in höchster Aufregung, Oma Vaine in Tränen aufgelöst und Mama Evelyn mit weißen Lippen.

Ich zog Papa Tane zur Seite und fragte ihn, was nun passieren würde. Er antwortete so laut, dass alle ihn hören konnten.

»Der Todesfall wird nach Rarotonga gemeldet, aber nicht die Umstände des Todes«, sagte er. »*Ariki* und *rangatira* werden die Sache besprechen und eine Entscheidung fällen.«

Dann kehrte er mir den Rücken zu.

Offiziell hatten wir keine Häuptlinge und Unterhäuptlinge mehr, aber in Ermangelung anderer Autoritäten wandte man sich manchmal doch an sie. (*Ariki* war eine Stellung, die man erbte, aber da man sich mittlerweile nicht mehr ganz sicher war, wer am meisten Anspruch auf diesen Titel hatte, gab es unter bestimmten Nachbarn ständig Unfrieden. Der unbewohnte Palast in Tauhunu war nur eine der Folgen. Die Leute konnten sich einfach nicht einigen, wer das Recht hatte, dort zu wohnen.)

Nikau kam zu mir und legte mir die Hand auf den Arm.

»Alle haben gesehen, was passiert ist«, flüsterte er. »Police Officer Everest saß direkt daneben. Und viele wissen, wie aggressiv Ngaru sein konnte.«

Ich nickte mit trockenem Mund, überhaupt nicht überzeugt.

Als es hell war, versammelte sich das ganze Dorf Tukao am Verwaltungshaus. Mehr oder weniger selbst ernannte Häuptlinge und Unterhäuptlinge gingen mit Police Officer Everest und Herrn Erlandsen an der Spitze ins Gebäude, die restlichen Einwohner drängten sich vor den Fenstern. Mit einem Verband am Kopf saß Erik ganz vorne und starrte zu Boden, ich versuchte, seine Aufmerksamkeit zu erregen, aber er sah mich nicht. Pastor Boyd eröffnete die Verhandlung, indem er ein *pure* sprach, und dann ging es los.

»Ein so schweres Verbrechen wie einen Mord haben wir

auf Manihiki seit vielen Jahren nicht erlebt«, begann Herr Erlandsen, und sofort brach Chaos aus.

»Mord?«, brüllte Nikau durchs Fenster. »Wenn gestern jemand ein Verbrechen begangen hat, dann war es Ngaru! Das war versuchter Mord! Alle haben es gesehen!«

Alle potenziellen *ariki* und *rangatira* standen gleichzeitig auf und krakeelten los, die meisten plädierten dafür, dass die Schaulustigen die Schnauze halten oder in die Lagune springen sollten. Pastor Boyd gebrauchte nun die dröhnende Stimme, mit der er am Karfreitag die Gemeinde zum Schweigen brachte.

Den Leuten vor den Fenstern wurde untersagt, sich in die Verhandlung einzumischen. Falls es noch einmal vorkomme, müssten sich alle entfernen. Leise Zustimmung wurde gemurmelt.

Dann stellte Pastor Boyd eine Rednerliste zusammen und klärte Herrn Erlandsen in scharfem Ton darüber auf, dass sich auch andere äußern dürften. Es war jedoch unumgänglich, dass Herr Erlandsen wie selbstverständlich das Recht für sich in Anspruch nahm, als Erster zu sprechen. Kurz zusammengefasst hieß es in seiner langen Erörterung, Erik Bergman sei ein rücksichtsloser Mörder, der einen der Söhne Manihikis (oder besser gesagt, Rakahangas, wenn wir es ganz genau nehmen wollten) getötet habe, und es gebe nur eine Strafe: lebenslänglich ins Gefängnis unten in Rarotonga.

Pastor Boyd dankte ihm für seinen Beitrag und erteilte Take Cheval, dem Vater von Reo, das Wort.

»Wir wissen alle, wie in solchen Fällen üblicherweise vorgegangen wird«, sagte der. »Wir informieren Rarotonga über die Umstände und überlassen ihnen die Entscheidung, ob sie *Te Kukupa* schicken wollen.«

Ein Raunen drang durch die offenen Fenster.

Te Kukupa war das berüchtigte Polizeiboot der Cookinseln,

finanziert und unterhalten vom australischen Staat. Wir hatten es noch nie gesehen (außer auf Fotos in den Cook Island News), aber alle hatten die legendären Erzählungen gehört. Ich stand ganz hinten und schaute über Oma Vaines Kopf hinweg durchs Fenster, aber beim Gedanken an *Te Kukupa* musste ich mich auf die Erde setzen.

Drinnen ergriff Police Officer Everest wieder das Wort.

»Ich frage mich, ob wir es wirklich verantworten können, Rarotonga die Entscheidung zu überlassen«, sagte er. »Die haben keine Möglichkeit, Zeugen zu befragen, den Ort in Augenschein zu nehmen, wo sich das Unglück ereignet hat …«

»Das Unglück? Der Mord!«, schrie Erlandsen, und Pastor Boyd musste ihn auffordern, sich zu setzen und abzuwarten, bis er an der Reihe war. Anschließend fuhr Police Officer Everest fort.

»Rarotonga kann sich, wie gesagt, nicht den Ort des Geschehens ansehen, kann keine Zeugenbefragungen durchführen und kennt sich hier nicht aus. Außerdem wissen wir, wie die Gefangenen von der Nördlichen Inselgruppe behandelt wurden, die man nach Avarua gebracht hat.«

Jetzt redeten sowohl im Saal als auch draußen alle durcheinander. Die Geschichte von dem jungen Mann auf Penhryn, der einige Gleichaltrige mit einer Pistole bedroht hatte, war allgemein bekannt. Nachdem der Täter vom Polizisten vor Ort verhaftet worden war, hatte man zur Unterstützung *Te Kukupa* angefordert. Die Besatzung des Schiffs steuerte sofort Omoka an, wo der festgenommene junge Mann auf dem Vordeck eines Boots der Küstenwache an die Reling gekettet wurde. Dort saß er dann während der gesamten Rückfahrt nach Rarotonga, die mehr als eine Woche dauerte, in sengender Sonne und stürmischem Regen. Am Ende verklagte der Täter die Regierung der Cookinseln wegen unmenschlicher Behandlung, der Fall war noch nicht entschieden.

»Wollt ihr das wirklich?« Police Officer Everests Frage war rhetorisch. »Dass Rarotonga hierherkommt und einen von uns an die Reling kettet und dann ein kostspieliges Gerichtsverfahren gegen ihn führt, um zu einem Ergebnis zu kommen, das uns allen längst bekannt ist. Wir alle kannten Ngaru, Gott sei seiner Seele gnädig. Er war ein junger Mann mit Problemen, das lässt sich nicht leugnen, und wir haben alle gesehen, was er getan hat. Wir waren dabei. Wir alle sind Zeugen. Ich selbst war nur zwei Meter entfernt. Kraft meines Amtes und als Augenzeuge kann ich aussprechen, was alle wissen: Ngaru hat versucht, Erik Bergman zu töten. Er hat mit einem dieser langen Harpunengewehre direkt auf Bergmans Kopf geschossen und hat ihn so stark verletzt, dass er medizinisch behandelt werden musste. Es ist in mehrerlei Hinsicht purer Zufall, dass Bergman auf der Anklagebank sitzt und Ngaru Lewis bestattet wird, es hätte genauso gut umgekehrt sein können. Erik Bergman hat sich gewehrt. Er kam nicht einmal dazu aufzustehen, sondern saß reglos auf der Erde und hielt nur die Waffe fest, mit der Ngaru Lewis direkt zuvor auf seinen Kopf geschossen hatte. Das ist passiert. Ngaru Lewis warf sich auf ihn, und die Harpune durchbohrte seinen Rumpf …«

Nach diesem Redebeitrag brach eine Diskussion über Ngarus Verletzungen aus, und Mama Evelyn (die erst aus der Klinik geholt werden musste) gab eine kurze Zeugenaussage ab, die Police Officer Everests Darstellung bestätigte. Ngaru war sofort tot, als sich eine Harpunenspitze in sein Herz bohrte.

An dieser Stelle ging ich auf wackligen Beinen zur Perlenwerkstatt zurück. Mit einer Angst, die mich wie ein Mühlstein runterzog, rollte ich mich auf dem Bett zusammen und schlief ein.

Als ich aufwachte, schien der Vollmond auf mein Gesicht. Das Licht, das durchs Fenster drang, war so blau wie Eriks Augen, und deshalb schrie ich.

»Ganz ruhig.« Erik strich mir übers Haar.

Ich drehte mich um und sah in sein Gesicht, sah das Haar, das ihm bis auf die Wangen fiel, die Narbe auf seiner Stirn.

»Sie haben dich gehen lassen?«

Er nickte.

»Im Bericht für Rarotonga ist von einem Angriff und Notwehr die Rede«, sagte er.

Ich setzte mich auf und legte die Arme um ihn.

»Verlass mich nie«, sagte ich.

Er antwortete nicht.

»Die unerträgliche Leichtigkeit des Seins« von Milan Kundera haute mich um. Ich war überhaupt nicht vorbereitet auf die Kraft dieses Romans, dieser Darstellung des Lebens und der Liebe. Die Beschreibung der Gräueltaten, die Sowjetunion und Kommunismus im Frühjahr 1969 verübten, der Kampf der jungen Tereza um ihren Mann und ihren Hund (wir hatten keine Hunde auf Manihiki, nur Katzen, die als Folge jahrzehntelanger Inzucht größtenteils keine Schwänze mehr hatten).

Je schwerer mein Körper wurde, desto dünnhäutiger wurde ich. Weinend las ich das Buch wieder und wieder, Erik nahm es mir weg und erzählte mir Geschichten aus Schweden, bis ich nicht mehr weinte, sondern lachte.

»In meinem Land können Märchenerzählerinnen Regierungen stürzen«, sagte er einmal.

Ich wischte mir die Tränen ab und sah ihn an.

»Hast du mal von Pippi Langstrumpf gehört? Nein? Wie auch immer: Schwedens bekannteste Geschichtenerzählerin, eine höchst angesehene Dame namens Astrid Lindgren, veröffentlichte einige Monate vor einer Reichstagswahl in einer Tageszeitung ein Märchen, und heute sind viele der Ansicht, dass sie die schwedische Politik damit für immer verändert hat.«

»Wie denn?«, fragte ich.

»Sie stellte Schwedens absurdes Steuersystem in den Siebzigerjahren in Form eines Märchens dar, in dem eine Frau, die Pomperipossa heißt, fleißig schuftet und arbeitet und dem König auch gerne ihr ganzes Geld gibt, aber als er eines Tages mehr Geld verlangt, als sie verdient, erhebt sie Einspruch.«

»Mehr Steuern, als sie verdient?«, fragte ich. »Das geht doch nicht.«

»Das hat der Finanzminister in einem Interview im Radio auch gesagt, er äußerte sich herablassend über Astrid Lindgren und sagte, von einer Märchentante könne man auch nicht verlangen, dass sie sich mit Finanzen auskenne, aber es stellte sich heraus, dass er sich irrte. Und weißt du, was Astrid Lindgren geantwortet hat? ›Der Minister kann Märchen erzählen, aber rechnen kann er offensichtlich nicht. Vielleicht sollten wir beide den Arbeitsplatz tauschen.‹«

Und da musste ich lachen.

»Und der Minister hat die Wahl verloren?«

»Seine Partei verlor zum ersten Mal seit vierzig Jahren.«

Er erzählte mir noch mehr Geschichten, von berühmten Popstars (ich hatte nicht gewusst, dass Abba eine schwedische Band ist), einem armen Jungen aus Småland, der ein Versandhaus für Möbel eröffnete, die zerlegt in flache Pakete verpackt waren, und das Unternehmen nach den Initialen seines Namens und des Ortes benannte, an dem er in seiner frühen Kindheit gelebt hatte: Ingvar Kamprad, Elmtaryd, Agunnaryd, und nun ist es das berühmteste Möbelhaus der Welt. Der Katalog, den er jedes Jahr drucken lässt, ist die Publikation mit der größten Auflage weltweit.

»Und die Leute kaufen seine Sachen?«

»In immer größerem Umfang.«

»Was machen sie denn damit?«

»Sie stellen sie in ihre Wohnungen«, sagte Erik.

Die Gesellschaft seines Landes sei vollkommen transparent, sagte er, alles sei öffentlich: Was die Politiker mit den Geldern der Bürger machen, lasse sich bis auf die Quittungen ihrer Restaurantbesuche nachverfolgen, genau wie alle Angaben über alle Einzelpersonen und Unternehmen, ihr Einkommen und die Steuern, die sie zahlen, sogar ihre Schulzeugnisse könne man einsehen.

Manchmal las er die Bücher aus seiner Sporttasche, sie waren auf Schwedisch geschrieben, ich verstand wirklich kein Wort.

»Obwohl es gar nicht so schwer ist«, sagte er. »Vor tausend Jahren waren Schwedisch und Englisch ein und dasselbe, die Sprache, die die Wikinger gesprochen haben. Die Dinge, die es vor tausend Jahren schon gab, heißen heute noch genauso.«

Er zeigte auf eine der schwanzlosen Katzen, die in diesem Moment wie ein Schatten in der Dämmerung vorüberstreifte.

»Cat, katt«, sagte er. »Das gilt für viele Tiere: cow, ko, hound, hund, fish, fisk …«

Er bewegte verschiedene Körperteile.

»Arm auf Schwedisch, arm auf Englisch. Fot, foot. Hand, hand.«

Und dann zeigte er auf das Fenster.

»Window, auf Schwedisch vindöga, wie Windauge. Allerdings nennt man es im Schwedischen heutzutage fönster, wir haben im Laufe des Mittelalters das deutsche Fenster übernommen, und das stammt ursprünglich vom lateinischen fenestra ab.«

»Woher weißt du das alles?«

»Meine Mutter war Sprachlehrerin. Und weißt du, dass die

Wochentage, deren Namen du ständig benutzt, nach den Göttern der Wikinger benannt sind? Tuesday ist der Tag von Tyr, dem Kriegsgott. Wednesday heißt Day of Woden, Odins Tag. Thursday ist natürlich der Tag von Thor, dem Donnergott, den kennst du ja, und dann haben wir noch den Tag von Freya, der Fruchtbarkeitsgöttin: Friday.«

Er umarmte mich von hinten und legte die Hände auf meinen Bauch. Seine Haut roch nach gebrannten Mandeln.

»Danke, Freya«, flüsterte er mir ins Ohr.

»Dummkopf«, sagte ich.

Und er atmete an meinem Hals.

»Als der Frühling am schönsten war, kamst du zu mir. Ich seh dich noch am Fenster stehen, nach unserer letzten Nacht. Es war etwas passiert, und am Morgen war alles vorbei ...«

Der Generator machte an diesem Abend schlapp, und wir zündeten wieder die Schweinelampen an. Seit es auf der Insel nicht mehr dunkel war, funktionierte die Elektrizität nach Lust und Laune, aber wir hatten gelernt, uns nicht auf sie zu verlassen.

»Deine Mutter hat also als Sprachlehrerin gearbeitet«, sagte ich, als wir nebeneinanderlagen und im schwachen Licht lasen. »Ist sie im Ruhestand?«

Ich merkte, dass er erstarrte.

»Sie ist tot«, sagte er.

»Wie traurig«, sagte ich. »Woran ist sie gestorben?«

»Es war ein Unfall«, sagte er.

Er schlug sein Buch zu, legte es auf den Fußboden und wandte mir den Rücken zu. Eine Minute später atmete er tief und regelmäßig, ich pustete die Lampe aus und schlief ein.

Wir sprachen nie wieder über seine Mutter. Seinen Vater erwähnte er überhaupt nicht.

Die Lady Moana kam mit neuer Fracht und auch ein paar Passagieren nach Manihiki, Leuten, die für einige Jahre auf Rarotonga hängen geblieben waren, nachdem die Manuvai auf das Riff gelaufen war. Als man die Ladung gelöscht hatte, gingen Reo Cheval und einige andere Jugendliche an Bord, um bis zur Hauptinsel mitzufahren. Es waren diejenigen, die es geschafft hatten, einen Studienplatz an der Universität unten in Auckland zu bekommen. (Reo wollte nicht die gleiche Ausbildung machen wie Moana, sondern Krankenschwester werden, so wie Mama Evelyn.) Ihre Mutter und ihre Tante weinten auf dem Steg, Reo aber weinte nicht.

Von Tante Doris kam diesmal kein Paket. Erik und ich waren bei der *umukai* nach dem Löschen der Ladung nicht dabei.

In einer verregneten Nacht Ende April weckten mich Wehen. Die ganze Familie stand auf, Nikau rannte hinüber zu Take Cheval, damit er den Generator anwarf, Mama Evelyn eilte in die Klinik, um die Instrumente bereitzulegen. Oma Vaine und Amiria schmierten Brote und machten Limonade. Papa Tane fuhr mit dem Lastenmoped vor, um mich zur Klinik zu bringen, aber ich wollte lieber zu Fuß gehen. Bei der Vorstellung, im strömenden Regen auf den glitschigen Korallenwegen durchgeschüttelt zu werden, musste ich mich beinahe übergeben. Er und Erik begleiteten mich und hielten mir je einen Regenschirm über den Kopf (was sinnlos war, weil ich genau in der Mitte landete und doppelt so nass wurde, wie ich ohne Schirm geworden wäre). Wir mussten unterwegs zweimal anhalten, weil ich Wehen hatte, aber wir kamen ohne Probleme an.

»Danke für eure Hilfe«, sagte Mama Evelyn zu den Männern, als ich auf die Liege im Krankenzimmer Nummer drei gesunken war. »Ihr könnt jetzt gehen.«

Papa Tane ging, aber Erik setzte sich auf einen Stuhl in der Ecke. Mama Evelyn hielt mitten in einer Bewegung inne.

»Was machst du da?«, fragte sie.

»Ich möchte hierbleiben«, sagte Erik.

»Kommt nicht infrage«, sagte Mama Evelyn. »Ich kann keine Fremden im Raum brauchen, wenn ich meine Arbeit mache.«

»Ich kann verstehen, dass es ungewohnt für dich ist«, sagte Erik, »aber in Schweden sind die Väter bei der Entbindung traditionell dabei. Ich kann versuchen zu helfen, falls es nötig ist, aber ich werde nicht im Weg sein.«

»So machen wir das hier nicht.«

»Aber ich mache es so.«

Mama Evelyn biss die Zähne zusammen, sie konnte ihn schließlich nicht eigenhändig raustragen. Außerdem setzte bei mir wieder eine Wehe ein.

Ich hatte Mama Evelyn bei vielen Geburten assistiert, aber selbst eine zu erleben, war natürlich eine ganz andere Erfahrung. Der Schmerz war nicht so übermächtig, wie ich erwartet hatte. Ich atmete mich auf die gleiche Weise hindurch, wie die Frauen im Dorf mit meiner Hilfe durch die Qualen getaucht waren. Völlig unvorbereitet jedoch war ich auf die Kraft, auf die Reserven, die in meinem Körper verborgen waren. Sie schleuderten mich an die Decke und zerfetzten meine Eingeweide, hielten mir die Hand und wischten mir den Schweiß von der Stirn, es war, als müsste ich nach Rakahanga und zurück schwimmen. Ich kämpfte nicht dagegen an, sondern ließ mich mitreißen, hinauf und fort, und als die Nacht am schwärzesten war, eine gute Stunde vor Morgengrauen, wurde er geboren. Die Euphorie, als ich ihn im Arm hielt, ist unbeschreiblich. Erik weinte vor Erschöpfung.

Er bekam den Namen Johan Geronimo, so hatte auf den Cookinseln noch niemand geheißen.

Namen sind auf Manihiki (und dem Rest der Cookinseln) ein außerordentlich wichtiges und aufgeladenes Thema. Bei der Geburt bekommt man einen Namen, der eine Verbindung zur Vergangenheit, den Vorfahren und Ereignissen in der Familiengeschichte herstellt. Mit den Jahren können neue Namen hinzukommen, und wenn man stirbt, erhält man einen Todesnamen. (Auf Tauhunu gab es einmal einen Mann, der – ich weiß nicht, warum – Nutzloser Reretaki hieß.)

Wenn in einer Familie das erste Kind geboren wird, dürfen die Großeltern väterlicherseits den Namen aussuchen. Beim zweiten Kind bestimmt die Familie der Mutter, und dann wird immer abwechselnd entschieden. (Da ich das dritte Kind war, durfte Oma Vaine bestimmen, daher Kiona. Leider.)

Da unser Sohn väterlicherseits keine Großeltern hatte, durfte Erik seinen Namen aussuchen. Papa Tane erklärte ihm vorher ausführlich unsere Sitten und betonte, dass der Name in der väterlichen Linie von Eriks Vorfahren vorkommen musste und mit Stolz und Traditionsverbundenheit getragen werden sollte. Erik dachte einen Tag lang nach und teilte am Abend den Namen des Jungen mit.

»Nach meinem Bruder«, sagte er, als Amiria nachfragte.

Er war ein dunkler und robuster kleiner Junge, der früh krabbelte und laut lachte.

Ich war davon ausgegangen, dass ich sofort nach der Geburt wieder tauchen müsste, aber niemand verlangte das von mir. Außerdem hatte ich unterschätzt, wie viel Zeit es in Anspruch nehmen würde, sich um den Kleinen zu kümmern. Er musste gestillt und gewickelt und getröstet und unterhalten werden. Erik machte inzwischen die Buchhaltung für alle Perlenfarmen in Tukao (außer für Erlandsens, die an ihrer Überzeugung festhielten, Erik wäre ein Mörder), aber er verbrachte jeden Nachmittag mit uns, spielte und tobte mit dem Jungen, sprach Schwedisch mit ihm und sang ihm Lieder vor, die ich nicht kannte.

Oh, diese Tage in der gleißenden Sonne.

Oma Vaine erzählte dem Jungen Sagen vom Anfang aller Dinge, er saß fasziniert auf ihrem Schoß und lauschte stundenlang ihrem monotonen Maori:

»Am Tag, als Rongo die Erde und das Meer erschuf, blickte er auf die Cookinseln hinunter und staunte über ihre Schönheit. Den ganzen Tag lang bewunderte er die tiefen Täler, die kristallklaren blauen Lagunen und den Reichtum an farbenfrohen tropischen Blüten. Als der Abend kam, wurde die Welt jedoch in Dunkelheit gehüllt, und Rongo konnte die schönen Inseln nicht mehr sehen. Rongo wurde so traurig, dass er anfing zu weinen. Seine Tränen tropften vom Himmel in die Lagunen, und als sie auf die Wasseroberfläche prallten, wurden sie zu Perlen. Der Mondschein ergoss sich über das ruhige Wasser in den Lagunen und traf auf die schimmernden Perlen, und dank ihres Glitzerns konnte Rongo die schönen Inseln nun Tag und Nacht sehen.«

Sie nickte nachdenklich.

»Die Perlen sind ein Geschenk von Rangi, dem Himmel, an Moana, das Meer.«

Irgendwann fing Johan an zu maunzen, und ich holte ihn mir und legte ihn an die Brust.

Manchmal erzählte sie auch schreckliche Geschichten von der Horrorinsel Atiu und den Kannibalen dort, von Menschen, die auf *makatea* in Streifen geschnitten worden waren, von den Schlammlöchern, die Tiere und Kinder und *ariki* gleichermaßen verschlangen, und obwohl Johan kein Wort verstand, fand ich immer einen Grund, ihn auf den Arm zu nehmen und den Raum zu verlassen.

Oft ging ich hinunter zur Lagune und ließ ihn im warmen

Wasser planschen. Der Junge liebte das und schlug, fast wie ein *pokuru*, juchzend vor Freude mit beiden Händen auf die Wasseroberfläche. Erik war oft dabei, aber er saß am liebsten am Strand und sah zu.

»Feigling«, rief ich und bespritzte ihn mit Wasser. »Komm jetzt!«

Erik war wasserscheu. Nachdem ich ihn lange genug gedrängt hatte, erzählte er mir den Grund.

»In meiner Kindheit hatten wir ein Haus in Mölle«, sagte er, »direkt am Strand. Ich war erst vier oder fünf Jahre alt. Eines Abends, als meine Eltern ein Krebsfest veranstalteten, ging ich auf den Steg, um den Ball zu holen, den ich dort vergessen hatte, rutschte aus und fiel ins Wasser. Ich erinnere mich noch immer an den Schreck, als ich nach Luft schnappte und meine Lungen sich mit Salzwasser füllten.«

»Wie hast du überlebt?«

»Ein älterer Junge zog mich raus, ein Freund der Familie. Er brachte mir das Schwimmen bei.«

Ich fand es spannend, dass seine Familie Krebse aß, genau wie wir manchmal.

Es war die einzige Kindheitserinnerung, an der er mich jemals teilhaben ließ.

Und dann war die Lady Moana wieder da. Papa Tane hatte eine neue Pumpe für die Perlenwerkstatt und neue Schnorchelutensilien für Nikau und mich bestellt.

»Für dich wird es Zeit, wieder zu tauchen«, sagte er. Seine Worte lösten in mir einen nicht verstummenden Schrei aus.

Blitzartig wurde mir klar, dass ich nicht mehr in der Lagune arbeiten wollte. Sie war nie meine Universität gewesen. Die Stimmen meiner Familie prasselten auf mich ein wie ein Sturzregen, ich musste die Küche verlassen. Während die anderen bestellte Waren auspackten, setzte ich mich mit Johan ins Wohnzimmer, wo der Junge singend auf meinem Schoß herumhüpfte und versuchte, sich loszureißen.

Ich wollte nicht wollte nicht wollte nicht in der Lagune arbeiten.

Aus der Küche hörte ich Bemerkungen über Reis und Speiseöl und Dosenfleisch, Salz und Zucker und schwarzen Pfeffer in Tüten und über neue Notizbücher für Eriks Buchhaltungsarbeit.

»Oh, Mama, schau mal, so viele Zeitschriften«, rief Amiria.

Ich nahm an, dass sie beim Paket von Tante Doris angelangt waren.

Erik kam ins Zimmer und reichte mir ein Buch: »Garp und wie er die Welt sah« von John Irving.

»Ein guter Roman, ich habe ihn auf Schwedisch gelesen«, sagte Erik.

Er setzte sich mit einer Ausgabe der Cook Island News neben mich. Auf der Rückseite des Buches stand etwas von »ausschweifender Sexualität, Trauer und Wahnsinn … düster und grausam …«.

Erik nahm mir Johan ab und reichte mir die Tageszeitung. Auf Seite sieben war ein kurzer Artikel über den Tod von Ngaru Lewis, der sich, so stand dort, während einer *umukai* im Dorf Tukao auf Manihiki ereignet habe. Der Text beschrieb in groben Zügen, was passiert war. Ngaru Lewis habe sich im Rausch auf den schwedischen Touristen Erik Bergman gestürzt und sei im daraufhin entstandenen Handgemenge verunglückt. Der Artikel war ohne Bild publiziert worden, weil die Redaktion weder von Ngaru noch von Erik ein Foto besaß.

»Ich will nicht auf der Perlenfarm arbeiten«, sagte ich zu Erik, aber ich glaube, er hörte mich nicht.

Ich begann noch am selben Abend, »Garp und wie er die Welt sah« zu lesen, es war in vieler Hinsicht eine schreckliche

Geschichte, halsbrecherisch und widerwärtig, liebevoll und traurig. Erik und Johan schliefen neben mir ein, aber ich las die ganze Nacht. Bevor ich das Buch kurz vorm Morgengrauen weglegte, schlug ich die letzte Seite auf und las den Schluss: »In Garps Welt sind wir alle zum Tode verurteilt.«

Da musste ich plötzlich kotzen und begriff, dass ich wieder schwanger war.

Unsere Tochter Iva kam einen Monat zu früh zur Welt. Sie war blond und hellhäutig und ganz anders als ihr Bruder. In den ersten Wochen musste sie immer am Fenster liegen, damit das Licht das überschüssige Bilirubin in ihrem Blut umwandeln konnte, weil ihre Leber es aus eigener Kraft nicht schaffte. Ich wusste, dass das nicht gefährlich war, weil die Werte nicht so hoch waren, dass sie einen Hirnschaden hätten verursachen können, aber ich hatte trotzdem panische Angst.

Ihren Namen hatte Papa Tane ausgesucht. Iva stand für die Zahl Neun, aber auch für Eleganz, verwandtschaftliche Beziehungen und Zusammengehörigkeit. Es war ein schöner Name, fand ich, und es rührte mich, dass Papa Tane sich für ihn entschieden hatte. Er wollte unsere Familie wirklich zusammenhalten und mein blondes wasseräugiges Kind der Gemeinschaft einverleiben. Bei dem Gedanken kamen mir die Tränen.

»Ich will nach Schweden fahren«, flüsterte ich eines Nachts, als die Kinder endlich zwischen Erik und mir eingeschlafen waren. (Wir hatten Moanas altes Bett wieder raufgeschleppt und neben meins gestellt.)

Der abnehmende Mond und die Sterne leuchteten vor den Fenstern. Erik lag ganz still da.

»Warum?«, fragte er leise. »Du hast hier alles, was du brauchst.«

»Ich will mit Kindern arbeiten«, sagte ich. »Vielleicht mit kranken Kindern. Ich habe geschickte Hände und kann besser nähen als Mama Evelyn und Schwester Vioora, ich könnte in Schweden Krankenschwester werden.«

»Kiona …«

»Du hast gesagt, in Schweden ist die Berufsausbildung kostenlos. Wir könnten heiraten, offiziell, meine ich, und dann kann ich dich begleiten.«

»Ich habe nichts mehr in Schweden«, sagte er. »Keine Familie, nichts.«

»Du hast deinen Bruder«, sagte ich. »Johan.«

Er blickte mich an, und ich schwöre, dass seine Augen im Dunkeln glühten.

»Wie kommst du darauf?«, sagte er. »Ich habe keinen Bruder.«

Ich sah ihn an, und hinter seinem ausdruckslosen Gesicht kam ein anderer Mensch zum Vorschein, einer, den ich nicht kannte.

»Hier haben wir alles«, flüsterte er gepresst. »*Alles*. Alles, was du im Leben jemals brauchen wirst, gibt es auf dieser Farm, in diesem Haus hier.«

Ich schluckte hörbar.

»Du hast so einen hohen Abschluss«, sagte ich. »Du hast jahrelang studiert. Wieso gestehst du mir nicht das Gleiche zu?«

Er schwieg eine Weile.

»Was wir hier haben«, sagte er, »unser Leben hier, mit den Kindern und der Lagune … Das ist einzigartig. Menschen rackern sich ihr Leben lang mit ihrem Studium und ihrer Arbeit ab und kommen nie auch nur in die Nähe von so etwas.«

Er gab mir einen Kuss, aber ich erwiderte ihn nicht.

»Ich liebe dich«, flüsterte er. »Für mich ist unser Leben hier vollkommen.«

Da wandte ich ihm den Rücken zu und sagte nichts mehr.

Als Iva ein halbes Jahr alt war, gab es keinen Ausweg mehr, ich musste wieder tauchen. Tüchtige Tagelöhner waren teuer und schwer zu bekommen, die Brüder Brown waren die besten, aber sie hatten mittlerweile eine eigene Farm gegründet. Ich konnte mich nicht länger vor der Verantwortung drücken.

Und überraschenderweise ging es leichter, als ich es in Erinnerung hatte, vielleicht hatte sich mein Körper weiterentwickelt und war während der Schwangerschaften gereift. Wenn ich auch nicht oft so tief hinuntermusste, schafften es meine Lungen jetzt bis auf vierzig Meter, aber die Magie war weg. Die Kathedrale, die mich umgab, sang nicht mehr.

Amiria hatte lange Schultage und kochte oft für die ganze Familie, während sich Oma Vaine um die Kinder kümmerte. Sie fand Johan entzückend, aber Iva war etwas ganz Besonderes für sie.

Eines Nachmittags, als ich aus der Lagune kam, ging sie mit dem Kind auf dem Arm im schattigen Hinterhof auf und ab.

»Ati war Bauer in Arorangi auf Rarotonga.« Sie strich dem Mädchen über den Kopf. »Er hatte einen groooßen Garten voller *taro*, *kumara*, *kuru* und *kapati* und stieg jeden Tag auf den Berg, um sich um sein Gemüse zu kümmern. Er zupfte das Unkraut mit der Hand heraus, und er goss die Pflanzen mit dem Wasser aus einem nahe gelegenen See. Doch eines Morgens war die Hälfte seiner Feldfrüchte aufgegessen. Er beschloss, in der nächsten Nacht unter dem Sternenhimmel zu schlafen und den Dieb zu schnappen. Als der Mond hoch am Nachthimmel stand, wurde er von Gesang und Stimmen im Garten geweckt. Auf allen vieren krabbelte er durch das Gebüsch und sah eine Gruppe von nackten Frauen, die um sein Gemüse herumtanzten. Ihre Haut war weiß, und ihre Haare waren rot, blond oder braun. *Momoke*, sagte Ati leise zu sich, denn er wusste, dass es Elfen waren. Im Morgengrauen verschwanden sie im See, aber als sie am nächsten Abend wieder im Mondschein tanzten, schnappte sich Ati die Hellste von ihnen und fragte sie, ob sie seine Frau werden wolle. Das wollte sie, und sie hieß Vaine, so wie ich, und sie bekamen einen Sohn, der Tau hieß, und der hatte helles Haar und helle Haut, so wie du. Ati und Tau und Vaine lebten glücklich in Arorangi, aber mit der Zeit bekam Vaine Sehnsucht nach ihrem eigenen Volk. Sie vermisste ihre eigene Welt, und obwohl sie Ati liebte, bat sie ihn, zu ihresgleichen zurückkehren zu dürfen. Ati und Tau begleiteten Vaine bis zum Grund des Sees, aber sie konnten unter Wasser nicht leben. Sie gehörten nicht dorthin und mussten zurück. Eng umschlungen saß die Familie zusammen am Ufer des Sees, und Ati wusste, dass sie Vaine nie wiedersehen würden, aber dass sie nie aufhören würde, sie zu lieben. Noch heute leben Vaines Nachkommen auf den Cookinseln, denn manchmal werden auf unseren Inseln blonde Kinder mit hellen Augen geboren, und du bist eins von ihnen.«

Dann küsste sie das Kind auf die Stirn. Ich stand im Schatten des Wassertanks und bekam alles mit. Die Geschichte jagte mir einen eisigen Schauer über den Rücken und schnürte mir die Luft ab.

Iva war fast ein Jahr alt, als wir zur Enthüllung von Ngarus Grab nach Rakahanga eingeladen wurden.

»Ich fahre nicht hin«, sagte ich sofort. »Nie im Leben.«

»Nicht hinzugehen, wäre eine ungeheure Beleidigung«, sagte Papa Tane.

»Er wollte Erik umbringen«, sagte ich.

»Ein Fehler, der ihn das Leben gekostet hat. Du warst seine Verlobte, seine Familie möchte, dass du sein Andenken in Ehren hältst.«

»Wir waren nie richtig verlobt. Ist Erik eingeladen?«

»Natürlich nicht.«

»Du kommst mit«, sagte Mama Evelyn, und natürlich wurde es auch so gemacht.

Wir verließen Tukao im Morgengrauen im Aluminiumboot von Captain Mareko. Es hatte einen flachen Rumpf und war offen, acht Meter lang und knapp zwei Meter breit, als Sonnenschutz war eine kratzige Plane an einem Gestell festgeknotet. Die Männer trugen laut rufend und wild gestikulierend die Ladung an Bord, Gasflaschen und Körbe voll *taro*, Kokosnüsse zum Trinken während der Überfahrt, braune Kartons mit abgestoßenen Ecken und zugeklappten Deckeln, eine Wasserpumpe, Seile und Angelschnüre, eine kleine Ziege. Wir bekamen Schwimmwesten, obwohl das eigentlich nicht nötig war (wir konnten alle mehr oder weniger endlos schwimmen oder uns auf dem Wasser treiben lassen). Papa Tane sprach ein kurzes *pure*, bevor wir in Richtung Riff fuhren. Ich winkte Erik, Oma Vaine und den Kindern zu, die auf dem Steg zurückblieben.

»Jetzt haltet euch fest«, rief Captain Mareko.

Mit leise tuckerndem Bootsmotor näherten wir uns dem Spalt im Riff, alle zählten bis sieben, *jetzt*, und dann das Aufjaulen des Motors, der Rumpf richtete sich beim Durchqueren des Riffspalts auf und stand für einige Augenblicke senkrecht wie ein Leuchtturm, bevor er ins Wellental dahinter krachte.

Ich hielt mich mit aller Kraft an der Holzbank fest und wurde nach vorn geschleudert – wir waren draußen. Die Anspannung löste sich, still erleichterte Gesichter und schließlich der lange lange lange Aufstieg nach Rakahanga (so fühlte es sich zumindest an, als ob wir uns die ganze Zeit bergauf kämpfen müssten).

Die Überfahrt war immer eintönig und laut zugleich, der kleine Bootsmotor schrie wütend gegen die Wellen an. Die Holzbänke waren hart wie Kalkstein. Wenn ich wieder an

Land war, hatte ich immer noch stundenlang das Gefühl, die ganze Welt würde schwanken.

Die Einfahrt durchs Riff verlief gut, es war eine große Erleichterung, endlich anzukommen.

Rakahanga war so anders. Trockener und heißer. Die Lagune war sehr viel kleiner, aber die Landmasse größer, hier gab es richtigen Wald, der sich bis zum Himmel erstreckte, sodass die Sonne nicht den Boden erreichte. Unter den Bäumen war es dunkel und seltsam. Der Korallensand war mit *kikau* bedeckt, herabgefallenen braunen Palmblättern, die einen feuchten Teppich bildeten, der Wind und Schritte schluckte.

Ich hatte Ngarus Familie seit seinem Tod nicht getroffen, vor Unbehagen wurde mir noch heißer, obwohl ich mir keine Sorgen hätte machen müssen. Meine Anwesenheit war erforderlich, aber es wurde keine aktive Teilnahme von mir erwartet. Seine Eltern begrüßten mich hastig, aber seine Geschwister ignorierten mich, ich saß während der Zeremonie ganz hinten und weinte ziemlich viel.

Die Enthüllung eines Grabsteins ist eine größere und wichtigere Zeremonie als das Begräbnis selbst. Mittlerweile weiß ich, dass es in anderen Kulturen nicht so ist. Und sogar zwischen Manihiki und Rakahanga unterschieden sich die Traditionen.

Bei uns bekamen die Toten eine Ruhestätte neben dem Haus, in dem sie gelebt hatten. Opa Tane und Moana lagen unter einer Granitplatte neben dem Eingang des Großen Hauses.

Auf Rakahanga machte man es anders. Es gab dort hinter der Kirche ein Gräberfeld, das größer als ganz Tukao war. Ich nannte es im Geist »Die Stadt der Toten«, weil es so beeindruckend, dicht bevölkert und eigenartig war. Es gab dort große Familiengräber mit schneeweißen Steinen und hübsch gemusterten Vorhängen, uralte graue Grabsteine mit verwitterten Namen und Daten und dazwischen Straßen, verwahrloste

Mausoleen und liebevoll geschmückte Kindergräber. Große Bäume warfen tanzende Schatten über den Korallensand, der Wind raschelte andächtig in den Kronen der Palmen.

Nach der Enthüllung versammelten sich die Gäste zum Essen bei der Kirche in Matara, aber ich hielt mich fern und ging in den Schatten spazieren.

Hinter der Schule, wo der Wald am dichtesten war, gab es eine Stelle, die flüsterte und rauschte. Ich war als Kind mit Moana, Nikau und meiner Cousine Vaiana (Onkel Matinis Tochter) hier gewesen und wusste noch, wie wir unbemerkt durch den Dschungel ans Meer gelangt waren.

Meine Erinnerung an diesen Ort war gestochen scharf.

Am Strand gab es zwei Gräber für zwei Verdammte, die nicht in gesegneter Erde ruhen durften. Beide Männer waren Diebe gewesen, sie hatten dem Pastor *taro* gestohlen und waren zur Strafe vom Blitz getroffen worden, als sie zum Fischen hinausfuhren. Deshalb hatte man sie hier beerdigt, auf einer kleinen Lichtung direkt am tosenden Ozean, unter zwei grauen Grabsteinen, deren Inschriften mit den Jahren abgeschliffen worden waren. Nur die Verdammnis war geblieben.

Ich fand die Gräber ziemlich schnell, das Gefühl war noch genau so, wie ich es in Erinnerung hatte. Es war kühler hier, trockener, knisternder, herber, und das Unbehagen rieselte mir noch wie damals über den Rücken. Der Wind riss und zerrte an den verwitterten Palmblättern, die Erde war bedeckt mit den Schalen toter Kokosnüsse.

»Es gibt noch ein Grab«, hatte Vaiana geflüstert, »von einem Mann, der versucht hat, eine Schildkröte zu fangen, aber ins Meer runtergezogen und nie wiedergefunden wurde …«

Diese im Dschungel versteckten Gräber, eine Stätte, wo die Verdammten bis in alle Ewigkeit ruhten.

»War er auch ein Dieb?«, fragte ich atemlos.

»Woher soll ich das wissen«, antwortete sie.

Mama Evelyn war damals böse geworden, weil wir uns davongeschlichen hatten, und heute wäre sie auch böse. Ich wusste noch, dass sie diesen harten Zug um den Mund bekam, als ich sie nach den Gräbern am Meer fragte.

»Das sind keine Gräber, sondern nur Gedenkstätten«, sagte sie.

Und dann wandte sie sich ab und räumte mit ihren rastlosen Händen Gegenstände von einer Stelle zur anderen, während ich nur ihren breiten abweisenden Rücken zu sehen bekam.

Ich saß an den Gräbern (oder meinetwegen Gedenkstätten) der Verdammten, bis es an der Zeit war, zurück nach Manihiki zu fahren.

Und ich wollte eigentlich nicht denken, dass es meine Schuld war (ich wollte nicht auch noch daran schuld sein!), aber die Verdammnis, die von den Gräbern am Meer ausging, schien mich für den Rest dieses Tages zu verfolgen.

Als wir nach Hause fuhren, war das Boot schwer beladen. Die Familie Cheval, die einige Wochen auf Rakahanga verbracht hatte, kam mit uns zurück. Papa Tane stand vorne am Bug, wir anderen quetschten uns auf die Holzbänke, ich saß neben Amiria. Captain Mareko ließ den Motor an, noch lagen wir windgeschützt am Pier und zählten die Wellen, irgendjemand rief übermütig: »Alles klar«, aber die betreffende Person musste sich entweder verzählt oder die Riesenwelle übersehen haben. Wir hatten den Hafen beinahe verlassen, als sie sich schimmernd und tödlich wie eine türkise Betonwand vor uns auftürmte und ich instinktiv meine Lungen mit so viel Luft wie möglich vollpumpte. Amiria schrie wie am Spieß, das Boot fiel senkrecht ins Wellental und drohte zu kentern, meine Hände verloren den Halt, und über uns war das Boot. Ich sah Papa Tane wie einen Fisch an der Angel durch die Luft fliegen, er überschlug sich und landete kopfüber im Bootsrumpf, und dann hatten wir das Riff hinter uns. Die Welle war verschwunden, als ob sie nie da gewesen wäre, aber Papa Tane lag regungslos auf dem flachen Boden des Boots, und aus zwei großen Platzwunden an der Stirn und einer Wunde im Mund strömte stoßweise Blut. Mama Evelyn raste zu ihm, riss sich ihren *pareu* ab und wickelte ihn um seinen Kopf.

»Wenden!«, schrie Captain Mareko. »Zurück durchs Riff, sofort!«

Captain Mareko, der normalerweise gute Nerven hatte, war kreidebleich im Gesicht.

»Es tut mir leid, es tut mir leid«, murmelte er, »ich hab sie nicht gesehen, ich hab sie einfach nicht gesehen.«

Ich hatte merkwürdigerweise keine Angst. In meiner Welt konnte Papa Tane nichts zustoßen, nicht wirklich.

Wir fuhren ohne Probleme wieder in den Hafen ein, Leute kamen angerast, und gemeinsam hievten die Männer Papa Tane auf den Kai (ich sah, dass sein Kopf eine große Delle im Aluminiumrumpf hinterlassen hatte). Der alte Nimo kam mit dem Lastenmoped angefahren, Papa Tane wurde ins Krankenhaus gebracht, und Mama Evelyn half mit, die Platzwunden am Kopf zu vernähen. Gegen die Verletzung am Mund konnten sie nichts machen. Papa Tane hatte sich ein Stück Unterlippe abgebissen, das natürlich nie wiedergefunden wurde, die Wunde musste von allein verheilen.

Erst als ich auf dem Weg zurück zum Boot sah, wie sehr Mama Evelyns Hände zitterten, wurde mir klar, was für ein schlimmes Ende das Ganze hätte nehmen können.

Als wir endlich loskamen, war es später Nachmittag geworden. Die Durchfahrt durchs Riff verlief diesmal ohne Zwischenfälle, und wir nahmen Kurs auf Manihiki. Mir war ein wenig übel von den Wellen und allem, was Papa Tane hätte passieren können. Jetzt saß er mit bandagiertem Kopf und daher verbundenen Augen an Mama Evelyns Schulter gelehnt auf der Holzbank mir gegenüber.

Amiria hörte auf Kopfhörern das Lied »Unter dem Meer«.

Nikau saß da und starrte zum Horizont.

Ich konzentrierte mich darauf, dass die Übelkeit nicht stärker wurde.

Mitten zwischen Manihiki und Rakahanga sah man keine der beiden Inseln, nur Fragmente flimmernder Luftspiegelungen am Horizont.

Nikau entdeckte die Jacht in der Ferne als Erster.

»Erwarten wir heute Abend ein Boot?«

»Soweit ich weiß, nicht«, sagte Take Cheval. »Police Officer Everest ist wegen eines Grundstücksstreits in Tauhunu, und diese Verhandlung wäre nicht heute angesetzt worden, wenn wir mit Besuch rechnen würden.«

Ich schirmte mit der Hand das Licht ab und blinzelte in die Wellen.

»Bist du sicher, dass das ein Boot ist? Könnte es nicht ein Wal sein?«

Captain Mareko, der das Boot mithilfe eines Kompasses in einem seiner Badelatschen übers offene Meer steuerte, holte das Fernglas hervor und spähte in Richtung Sonnenuntergang.

»Doch«, sagte er, »es ist eine Jacht, Motorboot aus Aluminium.«

»Es ist auf dem Weg nach Tukao«, sagte Nikau.

Genau in diesem Moment wurde mein Zwerchfell von eisiger Kälte gepackt.

»Glaubst du?«, fragte ich.

Ich weiß nicht, warum, aber mein Brustkorb wurde zusammengedrückt, und das Atmen fiel mir schwer. Ich bat Captain Mareko, durch das Fernglas schauen zu dürfen, und betrachtete das Boot, doch, natürlich war es eine Motorjacht, und zwar eine ozeantaugliche. Ich sah drei Männer an Deck.

»Sie kommt von Südwesten«, sagte ich.

»Samoa?«, fragte Nikau.

»Weltumsegler«, sagte Captain Mareko.

»Ohne Ankererlaubnis?«, warf Take Cheval ein.

»Wir wissen doch gar nicht, ob die Jacht nach Tukao kommt«, sagte Mama Evelyn.

Einer der Männer betrachtete uns durch ein großes Fernglas. Amiria winkte dem Boot zu, der Mann mit dem Fernglas winkte zurück.

»Können wir ein bisschen schneller fahren?«, bat ich.

Und obwohl Captain Mareko bekannt dafür ist, mit dem Diesel zu geizen, gab er mit beiden Außenbordern Vollgas.

Eine halbe Stunde vor Anbruch der Dunkelheit erreichten wir den Hafen von Tukao. Die große graue Jacht war hinter uns und steuerte eindeutig unser Dorf an. Sobald Captain Mareko am Steg angelegt hatte, sprang ich an Land und raste, ohne Take Chevals *pure* abzuwarten, zu unserer Farm. Ich flog praktisch an der Kirche und dem Blechdach vorbei, unter dem wir sonntags zu Mittag aßen, rannte um einen Haufen Taue und Schwimmer herum, schreckte ein Grüppchen von Ferkeln auf und stieß mit Schwung die Tür zum Großen Haus auf, wo Erik am Küchentisch über der Buchführung saß.

»Eine Jacht«, sagte ich. »Sie kommt hierher.«

Er blickte erschrocken auf.

»Ozeantauglich, ohne Ankererlaubnis«, sagte ich.

Erik stand auf, das Blut war vollständig aus seinem Gesicht gewichen. Er hielt sich am Tisch fest.

Oma Vaine saß mit den Kindern auf dem Wohnzimmerfußboden.

»Willkommen zu Hause«, rief sie. »Wie war die Zeremonie?«

Erik nahm meine Hand, und zusammen stürzten wir runter zur Perlenwerkstatt und, so schnell Eriks schlimmes Bein es erlaubte, hinauf in unser Zimmer.

»Jetzt kommen sie, oder?«, fragte ich. »Diejenigen, die nach dir suchen.«

Sein Gesicht war aschfahl.

»Du darfst nicht sagen, dass du mich kennst«, sagte er.

»Aber du bist hier nicht registriert, niemand weiß …«

»Der Artikel in den Cook Island News.« Er schnappte sich seine Sporttasche.

Er warf seine Sachen in die Tasche, die drei Romane auf Schwedisch, seine Kleidung, den Pass, die Turnschuhe, seine Zahnbürste.

»Wer sind sie? Wer sind diese Männer auf dem Boot?«

»Sie sind von meinem Arbeitgeber geschickt worden«, sagte er.

»Was hast du gemacht?«

Er hängte sich die Tasche über die Schulter und packte mit erstaunlich kräftigen Händen meine Schultern.

»Kiona«, sagte er, »was auch immer sie tun oder sagen, du darfst *auf keinen Fall* zugeben, dass du mich kennst. Versteck die Kinder, vor allem Iva.«

Er ließ mich los und humpelte zur Treppe, ich konnte vor Panik nichts mehr sehen, und der Boden rutschte mir unter den Füßen weg.

»Erik«, schrie ich, »was passiert hier?«

Er blieb stehen, ich sah, dass er tief Luft holte. Er drehte sich um und legte mir eine Hand auf die Wange.

»Du hast recht.« Es klang wie ein Keuchen. »Sie kommen, um mich zu holen, ich muss zurück nach London.«

»Aber warum?«

»Ich muss etwas abschließen.«

»Wann kommst du wieder?«

Er ließ mich los.

»Ich muss zu ihnen, sie dürfen hier nicht überall nach mir fragen. Falls sie es doch tun, sagst du, ich wohne in der Kikauhütte. Papa Tane und die anderen dürfen auch nicht zugeben, dass sie mich kennen.«

»Sag ihnen, dass du nicht mitwillst. Sag, du willst bleiben.«

»Sie sind bewaffnet, Kiona. Bitte, Liebling …«

Jetzt weinte er. Er ließ die Sporttasche fallen, nahm mich in die Arme und drückte mich so fest, dass ich keine Luft mehr bekam. Ich glaube, ich schrie auf.

»Geh rauf zu den Kindern«, flüsterte er mir ins Ohr. »Hol Iva und versteck dich.«

Dann hastete er die Treppe runter und zur Hütte neben der Dieselzapfsäule, wo er seine Sachen auf dem Fußboden verstreute. Die Schatten waren lang geworden, der Himmel glühte. Er ging zur *tua* runter, blieb stehen, als ihm Papa Tane und der Rest der Familie auf dem Heimweg entgegenkamen, und sprach mit ihnen, ohne dass ich die Worte verstand, aber ich wusste ja Bescheid.

Ich raste hinauf zum Haus und ins Wohnzimmer, nahm Iva auf den Arm und rannte in Richtung Allmende.

»Kiona«, rief Amiria mir hinterher, »wo willst du hin?«

Einen halben Kilometer entfernt vom Flugfeld versteckte ich mich mit meiner Tochter auf dem Schoß an einer Stelle, von der aus ich den Hafen im Blick hatte, im Gebüsch. Schweine und Hühner sahen mich an und fragten mich, was ich dort machte, und ich antwortete, indem ich weinte.

Ich sah, wie die Jacht den Anker setzte und eine Jolle mit drei dunkel gekleideten Männern zu Wasser gelassen wurde. Erik erwartete sie allein auf dem Steg, am Horizont funkelte die Sonne. Sie sprachen ein paar Minuten lang miteinander, ich hörte die Satzmelodie ihrer Stimmen, verstand aber keine einzelnen Wörter, Erik zeigte auf die Dieseltankstelle. Dann stieg einer der Männer gemeinsam mit Erik ins Boot und fuhr durchs Riff. Erik musste als Erster einsteigen. Die anderen Männer gingen zur Kirche hinauf, sie knipsten ihre Taschenlampen an, weil es mittlerweile dunkel war. Das Mädchen begann in meinen Armen zu wimmern, aber ich wiegte es in den Schlaf. Reglos saß ich im Gestrüpp, während mir Ameisen am Nacken hochkrabbelten. Nach einer gewissen Zeit (eine Viertelstunde? eine halbe?) näherte ich mich unserem Haus. Die Männer sprachen gebrochenes Englisch mit Papa Tane, diesen Akzent hatte ich noch nie gehört. Sie gingen ums Haus herum, ich sah im Dunkeln die Lichtkegel ihrer Taschenlampen. Schließlich entfernten sie sich, ich folgte ihnen in sicherer Entfernung. Das Boot holte sie am Kai ab, sie hatten etwas bei sich, es musste Eriks Sporttasche sein. Sobald sie an Bord der Jacht waren, wurde der Anker hochgezogen, und mit brummendem Motor verschwanden sie in südwestlicher Richtung.

Erst als das Meer ganz still war und sich das Mondlicht ohne Brechung bis zum Horizont ergoss, ging ich ins Große Haus.

Alle erwarteten mich im Wohnzimmer, Papa Tanes Gesicht war schwarz vor Erschöpfung und Sorge.

Die Männer von der Jacht waren, genau wie ich vermutet hatte, zur Kikauhütte gegangen und hatten dort Eriks Sachen gefunden. Sie waren ins Große Haus gekommen, der eine hatte sich nach dem Schweden erkundigt, der andere war mit seiner Taschenlampe von Raum zu Raum gegangen und hatte in jeden Winkel geleuchtet. Papa Tane hatte wahrheitsgetreu geantwortet, die Familie sei den ganzen Tag in Rakahanga gewesen und habe den Schweden erst am Abend gesehen. Der Mann nickte, vielleicht weil er den Kopf mit dem Verband schon mit seinem Fernglas gesehen hatte. Er fragte, ob der Schwede auf der Insel irgendwelche Beziehungen aufgebaut habe, aber Papa Tane hatte geantwortet, der Ausländer sei lieber für sich geblieben, sei arm wie eine Kirchenmaus und außerdem als Segler eine Niete gewesen. Der einzige Grund, warum er noch hier gewesen sei, liege in seiner völligen Mittellosigkeit, und daher sei er sicher froh, dass seine Freunde ihn jetzt endlich abholten.

In der Zwischenzeit hatte der andere Mann das ganze Haus abgesucht. Die beiden dunkel gekleideten Männer sprachen leise in einer Sprache, die niemand verstand, miteinander und verließen anschließend das Große Haus und gingen wieder runter zum Hafen.

Als Papa Tane mir das alles erzählte, war ich zuerst unangenehm berührt, weil es sich so anfühlte, als ob Papa Tane Erik verleugnet hätte, so wie Petrus Jesus verleugnet hatte (dreimal, bevor der Hahn krähte), obwohl ich wusste, dass es nicht so war. Ich hätte froh sein sollen, dass Papa Tane Eriks Anweisungen so schnell begriffen hatte.

»Erzähl uns alles«, sagte er. »Wer waren die Männer? Was hat Erik getan?«

Ich blickte zu Boden.

»Das waren seine Arbeitgeber«, sagte ich. »Was er getan hat, weiß ich nicht.«

»Wieso durften wir nicht sagen, dass wir ihn kennen?«

»Weiß ich nicht«, sagte ich erneut. »Er hat es gesagt, um uns zu schützen.«

»Wovor?«

»Falls sie zurückkommen«, sagte ich. »Niemand darf sagen, dass er ihn kennt, keiner im Dorf.«

»Aber wie haben sie ihn gefunden?«

»Erik glaubt, sie haben den Artikel in den Cook Island News gelesen.«

»Welchen Artikel?«, fragte Nikau.

»Den über Ngaru«, sagte ich.

Es wurde still im Raum. Mama Evelyn stand als Erste auf und ging in ihr Schlafzimmer, Amiria und Oma Vaine folgten ihr.

Nikau half mir, die Kinder in das Zimmer über der Perlenwerkstatt raufzutragen, in das Bett, das die ganze Welt ausfüllte.

Ich hatte das Gefühl zu ertrinken. Und für Trauer war kein Platz.

Die Männer redeten über Fisch, wie man ihn fing und wie man ihn zubereitete. Was war besser: ihn mit Netzen vom Strand aus zu fangen, mit Netzen vom Boot aus, mit der Harpune am Tag oder in der Nacht, bei Vollmond oder abnehmendem Mond, wenn es regnete oder wenn es nicht regnete. Welche Schalentiere am besten schmeckten (man einigte sich auf die, die bei Regen von selbst aus ihren Verstecken unter Steinen hervorkrochen).

Die Kokoskrabbe stellte ein Diskussionsthema für sich dar, welcher Teil der Krabbe und welche Zubereitungsart am wohlschmeckendsten waren (man kam schließlich zu dem Schluss, dass es am köstlichsten war, gekochte Brotfrucht in die cremige braune Masse in ihrem Innern zu tauchen) (aber natürlich erst, nachdem man den langen schwarzen Darm entfernt hatte).

Dann wurden die Vor- und Nachteile verschiedener Harpunengewehre erörtert, waren die kürzeren wegen größerer Bewegungsfreiheit oder die längeren wegen ihrer höheren Reichweite vorzuziehen? Und dann kehrte man wieder zurück zu der Frage, welche Fische man vorzugsweise grillte, welche man kochen oder frittieren sollte und was am besten dazu schmeckte. Limone und Kokosmilch schmeckte immer, gut durchgekochte *kuru* (Brotfrucht) und vielleicht *taro*, und dann unterhielt man sich über die Namen diverser Fische auf

Manihiki, Rarotonga und Englisch. (Bei Männern, die von Rarotonga oder anderen Inseln stammten, war die Verwirrung mitunter groß, weil die Fische auf Manihiki ihre Namen je nach Größe wechseln.)

Niemand sprach über Erik, zumindest nicht mit mir. Er war ein *papa'a*, der einige Jahre hier gewesen war, ein paar Kinder hinterlassen hatte und dann weitergezogen war. Schade um seine buchhalterischen Fähigkeiten, aber er hatte sowohl Nikau als auch den Jüngsten der Chevals in die Buchführung und Abrechnung eingewiesen, und daher würde Tukao auch ohne ihn ausgezeichnet zurechtkommen.

Tagsüber tauchte ich, kontrollierte Ankerleinen und holte schwere Bündel von zusammengeknoteten Tauen hoch, die vor implantationsbereiten Perlmuscheln nur so strotzten. Am Abend kümmerte ich mich um meine Kinder, samstags waren sie mit Amiria und mir draußen auf der *enake* und pflückten für die kommende Woche *nimata*.

Nachts schrie ich innerlich, bis ich keine Stimme mehr hatte.

Um Moana durfte ich trauern, aber um Erik nicht.

Die Tage vergingen, die Nächte auch.

Police Officer Everest meldete in einem seiner wöchentlichen Berichte an Rarotonga kurz, der schwedische Tourist Erik Bergman habe Manihiki verlassen, niemand fragte, wie lange er hier gewesen war. Er war in den Geburtsurkunden meiner Kinder nicht als Vater eingetragen (da wir nicht verheiratet waren, hätten wir beide persönlich auf dem Amt in Rarotonga erscheinen müssen, und das war natürlich nicht möglich gewesen).

Es war, als ob es ihn nie gegeben hätte.

Oma Vaine passte auf die Kinder auf, während Nikau mich

mit zu Tanga nahm, der jetzt einen Videorekorder besaß. Wir sahen einen Film mit dem Titel »The Killing Fields« über einen Journalisten, der Zeuge des Völkermords im Kambodscha der Siebzigerjahre wurde. Der Beginn einer neuen Zeitrechnung wurde verkündet, Millionen von Menschen wurden ermordet. Ihre Schädel füllten weiße Felder des Terrors.

Sonntags ging ich in die Kirche und suchte im Lobgesang nach Antworten auf meine Fragen; wieso hatte der Herr das zugelassen? Was bezweckte er? Warum hatte die Enthüllung des Grabes auf Rakahanga *ausgerechnet an diesem Tag* stattgefunden? Wieso verletzte sich Papa Tane so schwer, dass wir uns verspäteten und die Jacht am Horizont bemerkten, sodass ich *Erik rechtzeitig warnen* konnte? Wieso wurden so viele Menschen umgebracht, dass ihre Schädel riesige weiße Felder des Todes bildeten? Es musste doch alles einen Sinn haben, o Herr, sag mir, dass es einen Grund gibt!

Dort oben verstehen wir seine Wege besser.

Und wer waren die dunkel gekleideten Männer? Welche Sprache hatten sie gesprochen?

Wohin brachten sie Erik?

Er hätte genauso gut tot sein können, aber ich wusste, dass er lebte. Moana war ein schwarzes Loch in der Zeit, aber Erik atmete an meiner Seite.

Eines Sonntagnachmittags, als ich mit Johan am Strand war und weiße Muscheln sammelte, kam Amiria zu mir. Iva schlief im Schatten auf Moanas Grab, und Nikau war bei Aniva (seinem neuen Augenstern), sogar die Lagune war glatt und völlig still.

»Hast du ein Buch über politische Geschichte?«, fragte sie leise, damit niemand sie hörte (es war ja Sonntag).

»Soweit ich mich entsinne, nein.« Ich richtete mich auf. »Aber ich glaube, Moana hatte eins.«

Amiria spielte mit Johan weiter, während ich in den Schuppen hinter dem Frischwassertank ging. Ich holte die Kiste mit Moanas Büchern herunter, sie war bleischwer.

Zuerst begriff ich nicht, was ich mit eigenen Augen sah. Was war das? Eine Metallkiste zwischen den Schulbüchern.

Ich schnappte nach Luft, Himmel, das war ja Eriks Aktenkoffer! Den hatte ich ja an einem seiner ersten Abende auf der Insel hier verstaut und anschließend vollkommen vergessen.

Ich nahm ihn aus der Bücherkiste, er war überhaupt nicht feucht geworden. Ich untersuchte den Verschluss, er war noch intakt.

Außerdem befand sich in der Kiste tatsächlich ein Buch mit dem Titel »World Politics« (ich hatte es nie gelesen). Unschlüssig stand ich mit dem Buch in der einen und dem Aktenkoffer in der anderen Hand da, dann legte ich den Koffer wieder in die Kiste und steckte mir das Buch unters Top (wie gesagt, es war Sonntag).

Am Abend begann es in Strömen zu regnen. Während der Regen auf das Blechdach hämmerte, lag ich wach und wartete, bis ganz Tukao schlief. Auf bloßen Füßen rutschte ich durch die pechschwarze Nacht zum Schuppen hinter dem Wassertank und holte Eriks Koffer. Ich hatte mir bis dahin keine Gedanken über sein Gewicht gemacht, aber er war ziemlich schwer. So leise wie möglich stellte ich die Kiste wieder an ihren Platz und ging zurück zur Perlenwerkstatt. Dort holte ich mir einen Hammer und einen Meißel und ging damit, nass wie eine Katze, zurück in mein Zimmer. Wie so oft, wenn ich nachts wach lag und las, zündete ich die Schweinelampe an. Ich setzte mich neben dem Bett auf den Fußboden, und dank des trommelnden Regens hörte niemand, wie ich den Verschluss des Koffers kaputt schlug. Johan wälzte sich im Schlaf auf die andere Seite, wachte aber nicht auf. Als ich den Koffer öffnete, war ich außer Atem wie nach einem tiefen Tauchgang.

Er war fast randvoll mit grauen und grünen Geldscheinen.

Ich nahm einen in die Hand. Bargeld hatte ich schon gesehen, aber nicht dieses (unsere Währung war der neuseeländische Dollar). Ganz oben stand Federal Reserve Note, darunter United States of America, in der Mitte war die Zeichnung eines langhaarigen Manns abgebildet, und in jeder Ecke stand die Zahl 100. Auf der grünen Rückseite war ein Haus oder vielleicht eine kleine Kirche zu sehen, das Gebäude hatte jedenfalls einen Glockenturm.

Ich nahm den ganzen Stoß Geldscheine heraus, er war mit einem Papierstreifen umwickelt gewesen, der sich gelöst hatte. Alle anderen Geldscheine waren zu großen Bündeln verpackt, es mussten je hundert Scheine darin sein, und es waren mindestens zwanzig Bündel. Die Ziffern kreiselten in meinem Kopf, meine Fingerkuppen kribbelten wie bei extremem Sauerstoffmangel, o mein Gott, hundert mal hundert ist zehntausend, mal zwanzig ist zweihunderttausend. Dollar. Amerikanische Dollar. O Herr, mein Schöpfer.

Ich musste mich eine Weile aufs Bett setzen und das Geld anstarren, als ob es aus einem gewissen Abstand weniger unbegreiflich wäre. Iva wachte weinend auf, ich legte mich zu ihr und strich ihr über den Rücken, bis sie wieder eingeschlafen war.

Dann setzte ich mich wieder auf den Fußboden und zählte die Geldscheinbündel. Es waren zweiundzwanzig Stück, ich stapelte sie neben mir auf.

Unter dem ganzen Geld lagen ein Dokument und einige kleine Dinge. Eine auf den Namen Erik Bergman ausgestellte Bordkarte für den Air-New-Zealands-Flug von Los Angeles nach Papeete am 7. März 1990. Ein Kaufvertrag über eine Schock Santana 35, Jahrgang 1980, gekauft am 9. März 1990 in Papeete, Tahiti, und vom neuen Besitzer Erik Bergman bar bezahlt.

Die weiße, längliche Jacht, die auf das Riff gelaufen und gesunken war.

Er war also mit dem Flugzeug aus Los Angeles gekommen, hatte in Papeete das Boot gekauft, war Richtung Westen gesegelt und wegen des Wirbelsturms in Tukao auf Grund gelaufen. Wohin hatte er eigentlich gewollt?

Warum hatte ich ihn nie gefragt?

Unter dem Kaufvertrag lag ein versiegelter Umschlag ohne Adressat. Als ich mit den Fingern über das Kuvert strich, bemerkte ich in der linken unteren Ecke ein Firmenlogo. Es war so dezent, dass ich die Augen zusammenkneifen musste, um den Text zu erkennen.

Yinhang Dengi Finance
71 Lombard Street
London EC 3V 9AY
Great Britain

Ich wog den Umschlag in der Hand, der einen kleinen Gegenstand von einigem Gewicht zu enthalten schien, und zögerte nur eine Sekunde, bevor ich ihn aufriss.

Ein Schlüssel lag darin. Ich nahm ihn heraus und legte ihn mir auf die Handfläche. Mattes dunkelgraues Metall mit vielen Zacken, etwas Derartiges hatte ich noch nie gesehen. Ich drehte den Umschlag um und schüttelte ihn, aber sonst war nichts drin. Ich steckte den Schlüssel wieder hinein, faltete den Umschlag zusammen, so gut es ging, legte ihn auf einen Turm aus Dollarscheinen und nahm den letzten Gegenstand aus dem Koffer: eine rosa Plastikkarte mit Eriks Gesicht darauf. Er hatte kurz geschnittenes Haar auf dem Foto, man konnte am Hals einen Krawattenknoten erahnen, er war jung und hatte strahlende Augen.

Ein schwedischer Führerschein, ausgestellt auf den Namen Sebastian Andersson.

Ich starrte die Buchstaben an, es bestand kein Zweifel.

Sebastian Andersson, geboren am selben Tag wie Erik.

Dann sah ich wieder das Bild an, sah meine Kinder in seinem Gesicht.

Es war Erntezeit, und ich arbeitete doppelt so viel wie sonst. Ich tauchte, holte die Leinen mit den Perlmuscheln herauf und bereitete sie für Papa Tanes Arbeit in der Werkstatt vor, anschließend brachte ich die Muscheln, denen erneut ein Kern implantiert worden war, in die Lagune zurück und holte die nächste Fuhre. Diesmal suchte ich mir als Lohn eine Perle aus, die vollkommen rund war, achtzehn Millimeter und Klasse A, und grün-lila schimmerte.

Nachts las ich »Unter Null« von Bret Easton Ellis. Die Handlung spielt in Los Angeles, der Stadt an der amerikanischen Westküste, die am selben Ozean liegt wie wir. Der reiche Clay kehrt nach dem Studium an der Ostküste zu seiner Familie zurück und sucht nach seinem besten Freund Julius. Er geht auf eine Party nach der anderen, wo sich junge Menschen gegenseitig fotografieren, während sie sich Heroin spritzen, es werden Filme gezeigt, in denen Menschen umgebracht werden, und die Partygäste sind davon erregt. Clay und seine Freunde schauen sich fasziniert die Leiche eines jungen Mannes auf der Straße an, vielleicht ist er an einer Überdosis gestorben. Eine Figur in dem Roman hält ein zwölfjähriges Mädchen als Sexsklavin gefangen und bietet sie anderen an, wenn er sie nicht selbst vergewaltigt. Am Ende findet Clay seinen Freund Julius, der sich als Heroinabhängiger und Prostituierter erweist. Clay sieht zu, während sein Freund stundenlang Sex mit einem Freier hat.

Ich erzählte niemandem von dem Geld oder von Sebastian Andersson. Der metallisch schimmernde Aktenkoffer mit dem kaputten Verschluss lag in derselben Kiste wie Moanas Schulbücher.

Erik kam nicht zurück.

Und es war abnehmender Mond.

Eines Montags meldete ich an, dass ich über Funk mit Onkel Matini in Rarotonga sprechen wollte. Vaitomo, der Funker, äußerte sich verwundert über meine Bitte, aber ich war schließlich eine erwachsene Frau (Mutter von zwei Kindern, sitzen gelassen, aber immerhin) und hatte das gleiche Recht wie alle anderen, seine Dienste in Anspruch zu nehmen, und daher versprach er, am Abend die Verbindung herzustellen.

Vor dem Abendessen verließ ich unter einem Vorwand, an den ich mich nicht mehr erinnere, das Große Haus und lief zur Funkstation neben dem Verwaltungshaus. Ich brauchte nicht lange zu warten.

Auch Onkel Matini war überrascht, von mir zu hören, und fragte als Erstes, ob Papa Tane etwas zugestoßen sei. Ich versicherte ihm, das sei keineswegs der Fall, ich wolle nur wissen, wie man an ein Ticket für die Überfahrt von Manihiki nach Rarotonga komme. Onkel Matini verstummte, ich dachte schon, die Verbindung sei unterbrochen, aber dann sagte er, normalerweise erledige er solche Dinge für die Verwandtschaft in Manihiki, warum ich frage?

Da sprach ich es aus, und eigentlich wurde es erst in diesem Moment Realität:

»Ich werde die Insel verlassen.«

Mama Evelyn kochte vor Wut. Sie bezeichnete mich als selbstsüchtig und verwöhnt und rücksichtslos, habe man zwei Kinder in die Welt gesetzt, dann müsse man sich gefälligst um sie kümmern und dürfe die Verantwortung nicht auf andere abwälzen.

»So wie du, als ich klein war, meinst du?«, erwiderte ich, und ihre Miene versteinerte sich. »Am Ende zählt nicht, was man sagt, sondern was man den Leuten vorlebt«, fügte ich hinzu, und da ging sie wortlos hinaus und übernachtete in der Klinik.

Oma Vaine rang weinend die Hände, Amiria schmollte und wollte mit.

Papa Tane trug es mit Fassung, er nahm mich beiseite und fragte, was los sei.

»Ich muss wissen, was passiert ist«, sagte ich. »Ich kann hier nicht leben, solange ich es nicht weiß. Ich muss es wenigstens versuchen.«

»Du lässt mich im Stich«, sagte er, »und die Farm und die Kinder auch.«

Ich wandte mich ab. Als ob mir das nicht bewusst gewesen wäre.

Zwei Wochen später war die Lady Moana wieder da. Am selben Morgen in Rakahanga abgefahren, würde sie auf dem Weg nach Rarotonga in Aitutaki und Atiu anlegen. Mama Evelyns alter Koffer war randvoll mit *nimata*, Fleischkonserven, *uto* und Limonen für die acht Tage, die die Reise dauern würde. Ich hatte auch ein wenig Kleidung eingepackt, ein paar Shorts und T-Shirts und eine Art Strohhut aus *rito* (den hellen Fasern im Innern von Palmblättern), und ganz unten im Koffer lagen, in einen *pareu* gewickelt, die zweiundzwanzig Bündel Hundertdollarscheine aus Eriks Koffer. Amiria hatte mir eine kleine Schachtel aus Palmblättern geschenkt, sie hatte sie selbst geflochten, sie war ein wenig schief, aber trotzdem hübsch, und da hinein legte ich die Perlen, die ich mir nach jeder Ernte hatte aussuchen dürfen, es waren insgesamt elf Stück. Papa Tane suchte die dazugehörigen Zertifikate heraus, er hatte ja die entsprechende Ausbildung, um Perlen zu klassifizieren. In meiner Schultasche hatte ich genug *uto* für den Tag, ein kleines Messer, eine *nimata* und ein Stück Brot, den Umschlag mit dem Schlüssel, die Geburtsurkunden der Kinder und den schwedischen Führerschein von Sebastian Andersson.

Captain Mareko fuhr mich hinüber zum Schiff, die Wellen klatschten ans Boot, und mir wurde sofort schlecht, die Männer halfen mir mit Koffer und Schultasche an Bord, ich blickte zurück zum Kai, wo Oma Vaine mit Iva auf dem Arm und Johan neben sich stand, ich glaube, Johan winkte, aber ich bin mir nicht sicher.

An Deck war es eng. Eine große Familie aus Rakahanga (ich kannte die Leute nicht, bekam aber heraus, dass sie mit Nachnamen Katai hießen) war zur Enthüllung eines Grabes auf Atiu unterwegs und hatte bereits alle einigermaßen bequemen Plätze reserviert. Mir wurde ein Platz ganz hinten an der Reling zugewiesen, wo ich alle Abgase aus dem Maschinenraum abbekam. Es war heiß wie in einem Backofen und stank nach Diesel, genau wie Moana es beschrieben hatte. Schon in der ersten Nacht dachte ich, ich würde sterben.

Ich hätte mir keine Sorgen zu machen brauchen, dass mein Proviant nicht reichen würde, denn ich bekam keine einzige Dose Fleisch runter.

Als wir nach fünf Tagen auf See Aitutaki anliefen, konnte ich mich nicht mehr auf den Beinen halten. Eins der Besatzungsmitglieder (er stammte von den Fidschi-Inseln und hieß John) erbarmte sich meiner, gab mir ein wenig Wasser aus dem Vorrat der Besatzung zu trinken und brachte mich dazu, etwas Banane zu essen.

»Wie weit ist es noch?«, flüsterte ich.

»Nur noch Atiu«, sagte er. »Dort ankern wir über Nacht, du kannst an Land gehen.«

Auf die Horrorinsel, von der Oma Vaine immer erzählte, zu der nadelspitzen *makatea* und den tiefen Schlammlöchern? Nein danke.

Zwei Tage später sah ich die Insel am Horizont.

»Atiu?«, fragte ich John.

»Nein«, sagte er, »das da ist Takutea. Die Insel ist unbewohnt, es ist verboten, dort an Land zu gehen. Es gibt dort sowieso nichts, nur Vögel. Früher fuhren Leute von Atiu einmal im Jahr hin, um *kopra* zu sammeln, aber ich glaube, damit haben sie aufgehört.«

Die einsame Insel glitt vorüber, sie war von Korallenriffen und *makatea* umgeben und wirkte ungewöhnlich flach und ungastlich.

Auf Atiu ging die Familie aus Rakahanga von Bord, und ich blieb allein zurück. Ich durfte unter der Plane hinter dem Laderaum liegen, wo ich vor Wind und Regen geschützt war und mich fühlte wie in einem Palast.

Nach drei weiteren Tagen erreichten wir Avatiu.

RAROTONGA

Der Hafen von Rarotonga, es war ein Mittwoch. Dass mir niemand, nicht einmal der Seemann John, Beachtung schenkte, als ich an Land ging, erfüllte mich mit einem vagen Gefühl von Enttäuschung. Hier wurde kein Freudenfest veranstaltet, wenn das Schiff eintraf, niemand feierte und tanzte.

Während die Ladung gelöscht wurde, stand ich in einer gewissen Entfernung am Kai und wartete. Eine gute Stunde später kam Onkel Matini in seinem gelben Auto mit der kleinen Ladefläche aufs Hafengelände gefahren. Er war ziemlich alt und unheimlich dick geworden und hatte es eilig. Mama Evelyns Koffer warf er auf die Ladefläche, die Schultasche nahm ich auf den Schoß. Ich war noch nie in einem Auto mitgefahren. Es war so ähnlich wie Mopedfahren, nur langweiliger. Er setzte mich vor seinem Haus in Matavera ab und fuhr zurück zu seiner Firma am Flughafen.

Das Haus war still und groß. Da Tante Ama bei ihrem Bruder in Wellington und Vaiana mit einer Tanzgruppe auf Reisen war, war ich allein. Ich packte meinen Proviant aus und verstaute ihn im Vorratsschrank, ich weiß noch, dass ich ein bisschen *taro* aß.

Dann steckte ich Eriks Geld, meine eigene und die Geburtsurkunden der Kinder, ein *uto* und eine Sternfrucht in meine Schultasche und ging nach Avarua. Es war ein ziemlich weiter Weg, ich brauchte fast eine Stunde. Beim High Commissioner Neuseelands beantragte ich einen Pass. Nach all den Tagen auf dem Schiff schwankte der Boden unter meinen Füßen sogar, als ich auf einem Stuhl saß und darauf wartete, dass der Beamte alle Papiere ausfüllte. Für das Passbild musste ich mich in einen Schrank zwängen und in einen Spiegel schauen, der Beamte drückte für mich auf den Auslöser, und dann blitzte es (um ehrlich zu sein, sah ich auf dem Bild ziemlich müde und schlecht gelaunt aus). Ich war zum ersten Mal fotografiert worden.

Avarua hatte mehr Häuser, war aber von der Fläche her kaum größer als Tauhunu. Es war interessant, durch die Stadt zu spazieren. Hier gab es all die Orte und Dinge, von denen ich mein Leben lang gehört hatte, abstrakte Begriffe, die nun konkrete und physische Formen annahmen. CITC, die Cook Island Trading Corporation, wo Papa Tane über Funk alles bestellte, was uns dann mit dem Schiff nach Manihiki geliefert wurde. Hier gab es mitten in der Stadt einen großen CICT-Supermarkt, wo man zwischen den Waren herumlaufen und sich in Ruhe aussuchen konnte, was man haben wollte, ohne es vorher bestellen zu müssen.

Ein Stück vom CITC-Supermarkt entfernt entdeckte ich die ARB, die Bank, auf der alle in der Familie Matavera ihr Geld hatten (die Abkürzung stand für Avarua Rarotonga Bank). Wegen der Klimaanlage war es eiskalt dort drinnen, ich bekam an den Armen Gänsehaut. Ich hatte oft zugehört, wenn Erik den Perlfarmern erklärte, wie man neue Konten eröffnet, und machte es, als ich der Bankangestellten hinter dem Schreibtisch gegenübersaß, genauso. Ich eröffnete zwei Konten, eins für Johan und eins für Iva, und dann hob ich die Schultasche vom Boden auf und zahlte auf jedes Konto hunderttausend Dollar ein. Zwanzigtausend Dollar ließ ich in der Tasche.

Die Bankangestellte wollte wissen, wo das Geld herkam.

»Manihiki«, sagte ich. »Schwarze Perlenfarm.«

Da sagte sie nichts mehr, sondern zählte nur die Scheine und gab mir zwei Einzahlquittungen.

Draußen in der Sonne war mir auf einmal viel leichter zumute, nicht zuletzt, weil das Geld ziemlich schwer gewesen war.

Nicht weit von der Bank entfernt lag der Dive Shop, der Laden, bei dem Papa Tane Schnorchel, Taucherbrillen und die Gummibänder für die Harpunengewehre bestellte. Das Schaufenster war mit moderner Surferkleidung dekoriert, wie ich sie in Woman's Weekly gesehen hatte. Ich hatte eigentlich nicht hineingehen wollen, aber irgendetwas veranlasste mich dazu, vor der geöffneten Tür stehen zu bleiben. Kühle Luft aus einer Klimaanlage strömte heraus und kroch an meinen Beinen hoch. Hinter dem Tresen im dunklen Laden stand ein blonder Mann und sortierte Ware in einen großen Karton. Ohne zu wissen, warum, atmete ich plötzlich schneller. Erst nach einigen Sekunden erkannte ich die Melodie, die leise im Hintergrund lief. Zusammen mit der Kälte drang Musik aus dem Laden, prallte auf die Hitze von der Sonne und dem glühenden Asphalt und löste sich auf wie Nebelschwaden. Obwohl ich die Worte nicht verstand, wusste ich sie auswendig.

Wenn du ein Meer wärst, wär ich eine Welle
Wenn du der Himmel wärst, hätte ich Flügel
Wenn du ein Regen wärst, wär ich Meer und Land
Wenn du Musik wärst, wär ich ein Lied
Wenn du eine Ebene wärst, wär ich der Wind
Aber ich wäre nichts, wenn es dich nicht gäbe

Komm, meine Geliebte, der Mond ist groß
Alle Fenster sind offen heut Nacht
Offen für die Welt, in der die Liebe wohnt
Komm einfach her und halt mich heut Nacht wach
Wir sind noch da, du und ich
Wir sind die Zeit, die vergeht
Wenn der Morgen kommt, tun wir's noch mal

Ich hatte den Song noch nie mit instrumentaler Begleitung gehört, sie klang ein wenig scheppernd, und die Basstrommel war zu dominant. Der Gesang klang heiser und flehentlich.

Der Mann hinter dem Tresen hatte mich bemerkt und hob den Kopf.

»Kann ich dir helfen?« Er sprach die Worte genauso aus wie Erik, hatte die gleiche Satzmelodie, den gleichen Akzent. Er war Schwede.

Ich drehte mich um und ging weg.

Wenn in Rarotonga Schweden arbeiten und Läden betreiben konnten, konnte ich überall leben. Ich bin zwar nicht der Typ, der nach Omen Ausschau hält, aber in dem Moment war ich vollkommen überzeugt, dass ich das Richtige tat.

Mittlerweile war es später Nachmittag. Ich ging in ein Reisebüro, wartete ziemlich lange, bis ich an der Reihe war, und sagte der Frau hinter dem Tresen, ich wolle ein Flugticket nach London kaufen. Das war nicht möglich, erfuhr ich, man musste in Los Angeles umsteigen, für einen Direktflug war es nach Großbritannien zu weit. Weil die Flüge so ausgebucht waren, hätte ich in Los Angeles fünf Tage Aufenthalt. Ich bräuchte ein Hotel, weil man ohne Adresse in den USA nicht ins Land gelassen wurde.

»Gibt es auch billige?«, fragte ich, denn ich hatte zwar zwanzigtausend US-Dollar in der Tasche, wusste aber nicht, wie lange ich damit auskommen musste.

Die Frau hinter dem Tresen sah seufzend auf ihre Armbanduhr.

»Wir schließen jetzt«, sagte sie. »Sie müssen morgen wiederkommen, um ein Hotel zu buchen.«

Am Abend war ich so müde, dass ich einschlief, bevor Onkel Matini nach Hause kam. Als er mich am nächsten Morgen weckte, machte er mir unmissverständlich klar, dass ich fürs Kochen zuständig sei, solange ich bei ihm wohnte. Ich entschuldigte mich und gelobte Besserung.

Von da an stand das Essen also auf dem Tisch, wenn Onkel Matini abends aus seiner Firma kam (meine Kochkünste beeindruckten ihn jedoch nicht sonderlich). Wenn es stockdunkel geworden war, kamen Männer, die ich nicht kannte, bis an die

Veranda und sprachen mit ihm über Fische und Harpunengewehre, aber auch über Menschen, von denen ich noch nie gehört hatte, über Steuersätze, die Infrastruktur und die medizinische Versorgung (einige Leute auf Manihiki raunten sich zu, Onkel Matini habe politische Ambitionen). An manchen Abenden schickte er mich ins Haus und sagte, ich solle Türen und Fenster schließen, obwohl es dort drinnen unangenehm warm und stickig war, ihre Stimmen hörte ich durch die Mauern trotzdem.

In einem Bücherregal aus dunklem Holz gab es massenweise Bücher. Ich ließ meine Handfläche über die Buchrücken gleiten und wunderte mich: dass es so viele Geschichten auf der Welt gab. Ich las fast jeden Abend eine. Am meisten beeindruckte mich ein Buch von Andrew Morton über Prinzessin Diana. Sie wurde darin als eine zutiefst unglückliche Frau beschrieben, krank und einsam, von Reportern verfolgt, vom Hof gedemütigt und von ihrem Mann betrogen. Sie hatte sogar versucht, sich das Leben zu nehmen. Alles zu haben, war nicht genug.

Rarotonga war in vielerlei Hinsicht anders als Manihiki, aber nicht so anders, wie ich erwartet hatte. Die Insel war natürlich größer, es war eine Vulkaninsel und kein Atoll. Die Spitze des toten Vulkans erhob sich siebenhundert Meter über den Meeresspiegel, der höchste Punkt auf Manihiki war vier Meter hoch. Ich lieh mir Vaianas Fahrrad aus und radelte auf der Insel herum, zuerst auf dem tausend Jahre alten Wanderweg quer über die Insel und dann auf der Küstenstraße, die auf Drängen der Missionare gebaut worden war. Kam an Ngatangiia und Muri Beach vorbei und machte vor der Residenz, in der der Repräsentant der Königin wohnte, halt und ruhte mich ein wenig aus. Die Residenz lag ziemlich einsam auf der Südseite der

Insel und versteckte sich hinter geschlossenen Toren mit einem hübschen Schild zur Straße hin. Onkel Matini und Tante Ama und Vaiana waren mal dort gewesen, ich glaube, anlässlich einer Kindstaufe. Ich trank ein wenig Wasser aus einer Plastikflasche und fuhr dann weiter und an Takituma und Vaimaanga vorbei. Es war heiß. Die Feuchtigkeit aus dem Regenwald floss in unzähligen Bächen den Berg herunter, der Ozean donnerte gegen den Straßendamm. Ich blinzelte zum Horizont, bis zur Antarktis gab es kein Land, und kam an einem kleinen Hotel namens Moana Sands Beachfront Villas vorbei. Es war ein schönes Gefühl, dass sie auf Rarotonga ein eigenes Hotel hatten.

Hinter dem Restaurant Vaimas tauchte rechts von mir eine so gespenstische Ruine auf, dass ich anhalten musste.

Am Fuß des Berges reihten sich mehrere von der Feuchtigkeit angegriffene Betonskelette aneinander, riesige halbfertige Gebäude, die teilweise vom Regenwald überwuchert waren. Etwas Derartiges hatte ich noch nie gesehen.

Am Abend fragte ich Onkel Matini, was für ein Spukhaus ich da entdeckt hatte.

»Das ist das Sheraton.« Er griff zur Zeitung, als ob damit alles gesagt wäre.

»Sheraton?«

Seufzend faltete er die Zeitung zusammen.

»Eine der größten Hotelketten der Welt. Sie wollten ein Fünfsternehotel mit Hunderten von Suiten und eigenem Golfplatz bauen, und unsere inkompetente Regierung hat Millionen investiert.«

Es regnete an diesem Abend, und Onkel Matini und ich saßen zusammen auf der Veranda. Er legte die Zeitung weg, zündete sich stattdessen eine Zigarette an und blies den Rauch in die Dunkelheit.

»Die Bauarbeiten begannen, aber nach einer Weile stellte

sich heraus, dass die Steuergelder der Cookinseln verschwunden waren. In Millionenhöhe.«

»Verschwunden? Wie denn das?«

Er zuckte mit den Schultern.

»Für Geld tun die Leute alles. Wir waren von Anfang an gegen diesen Bau gewesen, und zwar nicht nur, weil diese idiotische Investition nicht in unserer Kultur verwurzelt ist.«

Er beugte sich vor, aschte auf den Steinfußboden und senkte die Stimme.

»Auf dem Ort liegt seit 1911 ein Fluch. Damals gab es einen Streit darüber, wer der Eigentümer des Grundstücks ist, und dieser Streit endete mit Mord. Ein europäischer Siedler erschoss einen Mann, und dessen Tochter, Metua, schwor, dass an diesem Ort nichts mehr gedeihen würde, weder Pflanzen noch Unternehmen, bevor das Land nicht den rechtmäßigen Eigentümern zurückgegeben wäre.«

Er inhalierte tief.

»Vor einigen Jahren tauchte bei einer Zeremonie auf dem Hotelgelände Metuas Enkelsohn in der Kleidung eines Hohepriesters auf und erneuerte den Fluch, den einst seine Großmutter ausgesprochen hatte. Hunderte von Menschen sahen, wie er einen Speer warf und damit die schicke Plakette zerstörte, die der Premierminister soeben enthüllt hatte.«

Er unterstrich seine Worte mit einem bedeutungsvollen Nicken und lehnte sich zurück.

»Niemand weiß genau, wie viel Geld aus der Staatskasse verschwand. Den dramatischsten Schätzungen zufolge waren es an die einhundertzwanzig Millionen Dollar. Unsere ganze Nation wäre beinahe bankrottgegangen. Um zu überleben, mussten wir sehr erfinderisch sein. Auf einem internationalen Markt gibt es da ja die verschiedensten Möglichkeiten, aber es ist nicht leicht, gar nicht leicht …«

Er stand auf und schaute in den Regen.

Ich legte mich in Vaianas Bett.

Durch den Regen war es in dieser Nacht beinahe kühl. Ich zog das Laken über mich und fühlte mich so einsam wie noch nie.

Für Geld tun die Leute alles.

Wahrscheinlich schlief Amiria jetzt bei meinen Kindern. Ich nahm an, dass sie mein Bett in ihr Zimmer im Großen Haus getragen hatten und die beiden Kleinen Kopf an Fuß mit offenen Mündern und schwitzigen Haaransätzen darin lagen.

Ich weinte ins Kissen, damit man mich nicht hörte.

Am Tag darauf probierte ich die Busse auf der Insel aus. Einer fuhr im Uhrzeigersinn und einer dagegen, und auf halber Strecke trafen sie sich. Jede Runde dauerte eine Stunde.

Am Nachmittag war mein Pass fertig.

Zwei Tage später reiste ich ab.

Onkel Matini setzte mich auf dem Weg zur Arbeit am Flughafen ab. Wir sagten kurz und trocken Auf Wiedersehen, der Abschied war nichts Besonderes. Onkel Matinis Familie verreiste ständig, und ich wollte in drei Wochen wieder da sein. Es kam anders.

Die Bordkarte besitze ich immer noch.

Air-New-Zealand-Flug NZ 18 von RAR nach LAX, Platz 48A.

Ich landete am Samstag, den 9. April 1994.

LOS ANGELES

Samstag, 9. April 1994

Heute ist der Geizkragen endlich abgereist. Allein der Name, Tukkuttok, ich fass es nicht. C hat ihn zum Flughafen gefahren. Bloß kein Taxi; no, no, no. C ist immer noch nicht nach Hause gekommen.

Am Nachmittag Richard Dawkins über Darwins Evolutionstheorie: Kimuras These, nur ein geringer Teil der evolutionären Veränderungen sei adaptiv = sicher richtig. Dawkins trifft den Nagel auf den Kopf: Auf die Minderheiten kommt es an!

Russenschwuli hat Borschtsch gekocht (Überraschung!!!). Einfach widerlich. Eliteschwuli meinte, es liege an meinem Soor.

Zwei von den B-Tussen haben abgewaschen.

Scheißabend.

***

Sonntag, 10. April 1994

Frieden in der Bude, wenn der Inuit weg ist??

Fehlanzeige!!

C hat eine grün und blau geschlagene Vogelscheuche aufgegabelt. Im Straßengraben der Auffahrt der 405. Vogelscheuche: zusammengeflickt und bandagiert. Durfte auf dem Geizkragensofa schlafen (das FOTOMODELL busy, busy = wieder keine Wäsche gewaschen).

Bei Dawkins interessanten Gedanken entdeckt: Füße, die barfuß gehen, bekommen dicke Haut / mechanisch hergestellte Maschinen nutzen sich ab. Das heißt?
Darwin: Anpassung.

Witz des Tages: Vogelscheuche glaubt an Gott!!!

Lachkrampf bekommen.

C = Inbegriff der politischen Korrektheit. Es brach Streit über den Herrn aus, ich musste ins Badezimmer flüchten und unter die Dusche (kaltes Wasser, Baby, auch wenn ich kein Geizhals bin, aber nun ja). Hatte meine Ruhe, bis B pinkeln musste. Wollte mit C über Darwin reden, aber sie war sauer. Sie hatte die ganze Nacht und den halben Tag mit der Vogelscheuche im Krankenhaus gesessen. Die Braut ist unglaublich beschränkt. Kommt direkt aus dem Urwald. Am Flughafen irgendwelchen Typen in die Arme gelaufen. Ist ihr Geld losgeworden und ordentlich verdroschen worden. Hat ihre Kinder auf einer Südseeinsel zurückgelassen und sucht einen Kerl, der sie sitzen gelassen hat. Viel Glück, Baby! Schaff dir Titten an, dann hast du vielleicht eine Chance.

Zum Abendessen tauchte das Fotomodell auf, wieder keine Waschmaschine reserviert. War auf Entzug und schloss sich mit einer Flasche Schnaps in der Garderobe ein.

Eine B hat Linsensuppe gekocht, absolut obereklig.

Die Vogelscheuche lag mit ihren bandagierten Knochen auf dem Sofa und heulte die ganze Zeit.

Beschissener Abend = gar kein Ausdruck.

***

Montag, 11. April 1994

Das eine B paukt, das Fotomodell hat ein Casting, ich lach mich tot. Die Schwulen sind mit ihren Handtüchern zum Will-Rogers-Schwulenstrand. C in die Bibliothek. Nur die Vogelscheuche zu Hause. Verbat mir ihre Schleimerei, und sie hatte zumindest genug Grips, die Schnauze zu halten.

Die zufällige Evolution: de Vries, W. Bateson und andere Mutationisten, die der Meinung sind, Selektion diene nur dazu, schädliche Abweichungen zu eliminieren, und die wirklich treibende Kraft …

Verzeih mir, King, dass ich diese Seiten aus deinem Tagebuch rausgerissen habe. Ich konnte sie nicht bei Clay zurücklassen, sie kennen ihre Adresse und haben die Wohnung sicher längst durchsucht. Ich nehme an, du warst noch im Pflegeheim, als sie kamen (ich hoffe es für dich, aber ehrlich gesagt vor allem für meine Kinder), hoffentlich haben sie dich nicht gekriegt. Clay hat nichts gesagt, das weiß ich, ich war dabei.

King, ich will nicht heucheln: Du warst keine angenehme Bekanntschaft. Ich verstehe deine Gründe, aber man muss trotzdem nicht jedem negativen Gedanken oder Gefühl nachgeben, das den Körper erfüllt, egal, wie deformiert dieser ist. Als ich an jenem Nachmittag zum ersten Mal in Clays Wohnung war, habe ich dich im Schatten gar nicht genau erkannt, ein Rumpf mit einem Arm und Kopf in einem elektrischen Rollstuhl (ich hatte solche Hilfsmittel auf Fotos, aber noch nie in Wirklichkeit gesehen). Ich weiß, dass du der Erste warst, dass du Clay als dein Eigentum und die anderen als Eindringlinge betrachtet hast, und ich nehme an, du hast ein Recht, es so zu sehen, aber dennoch irrst du dich. Clay hat dir nie gehört. Sie gehörte nicht einmal sich selbst. (Ja, ich verwende das Personalpronomen »sie«, obwohl es formal nicht korrekt ist. Ich weiß kein besseres Wort. Sie »es« zu nennen, würde sie zu einer Sache machen, einem Gegenstand, einem Monsterclown, und nichts könnte der Wahrheit weniger entsprechen.)

Der Air-New-Zealand-Flug NZ18 von Rarotonga nach Los Angeles war pünktlich.

Für Oma Vaine war Fliegen Gotteslästerung (wenn er gewollt hätte, dass wir fliegen, hätte er uns mit Flügeln ausgestattet). Ich empfand es jedoch genau umgekehrt, nämlich als ob ich dem Herrn so nah wie nie zuvor gekommen wäre. Ich hatte einen Fensterplatz und schaute fast während des gesamten Flugs raus. Über den Wolken zu sein, war schwindelerregend einzigartig, wie ein tiefer Tauchgang, nur in die andere Richtung. Die Sonne war greller, der Himmel tiefblau. Tief unten zwischen den Schäfchenwolken lag der Stille Ozean, dessen klares Blau noch intensiver wirkte. Wir flogen nach Osten, direkt in die nahende Abenddämmerung.

Als es ganz dunkel geworden war, teilte der Pilot über Lautsprecher mit, wir sollten uns für die Landung anschnallen. Wir erreichten die Küste, mir blieb die Luft weg. Die Lichter dort unten hörten nicht mehr auf. Sie erstreckten sich vom einen Horizont bis zum anderen, wie ein endloser Sternenhimmel auf der Erde. Ich war froh, das zu erleben.

Nach der Landung war ich schwerhörig, und mir war übel.

Die Schlange vor der Passkontrolle war fast genauso endlos wie die Stadt von oben. Ich stand über eine Stunde an, bevor ich an der Reihe war.

»Geschäftlich oder zum Vergnügen?«, fragte der Zollbeamte.

»Eigentlich weder noch«, antwortete ich. »Ich bin auf dem Weg nach London.«

Mit leicht zitternden Fingern legte ich das Flugticket von British Airways auf den Tresen, Abflug nach Heathrow in fünf Tagen.

Der Beamte nahm das Ticket in die Hand und studierte es, dann las er das Formular, das ich ausgefüllt hatte, um ein Visum zu bekommen.

»Sie haben keinen Aufenthaltsort in den USA eingetragen.«

Ich öffnete den Mund, um ihm zu sagen, dass ich auch keine Adresse hier hätte, aber dann fiel mir auf einmal die unfreundliche Frau im Reisebüro in Avarua ein, bei der ich das Ticket gekauft hatte. Wie hatte ich nur vergessen können, noch einmal hinzugehen, um ein Hotel zu buchen. Würde ich jetzt nicht ins Land gelassen? Würden sie mich zurückschicken?

»Ui«, hörte ich mich sagen. »Habe ich vergessen, die Zeile auszufüllen? Ich wohne … im Hotel.«

»In welchem?«

O Gott, ich war noch nie in einem Hotel gewesen und hatte keine Ahnung, was für Hotels es gab, abgesehen von einer der größten Hotelketten der Welt, die im Regenwald verwitterte Betonpfeiler hinterlassen hatte.

»Sheraton«, sagte ich. »Ich wohne im Sheraton.«

»Downtown oder hier draußen am Flughafen?«

»Hier … draußen.« Ich schluckte.

Der Beamte trug etwas in mein Formular ein.

»Haben Sie etwas zu verzollen?«

»Ich weiß nicht, was zum Beispiel?«

»Geld, Warenmuster, landwirtschaftliche Produkte …«

Ich dachte an die Perlen in meiner Schultasche und die achtzehntausend Dollar im Koffer, schüttelte aber den Kopf.

»Und warum reisen Sie nach London?«

Ich hatte in irgendeinem Buch gelesen, in welchem, wusste ich nicht mehr, dass man so nah wie möglich an der Wahrheit bleiben sollte, wenn man log.

»Mein Mann arbeitet zurzeit dort«, sagte ich. »Ich möchte ihn besuchen.«

Er stempelte meinen Pass mit einem lauten Knall. Mir war ein dreimonatiges Touristenvisum bewilligt worden.

Viele der Koffer auf dem Gepäckband waren modern, aber einige sahen ähnlich aus wie der von Mama Evelyn. Einige waren aus Metall, wie der von Erik, aber viel größer. Meiner war unter den letzten (so kam es mir zumindest vor), und als ich ihn endlich hatte, ging ich durch den Zoll und trat hinaus in die Wirklichkeit.

»Brauchen Sie ein Taxi, Miss?«

Ein Mann schnappte sich meinen Koffer und zeigte auf ein wartendes Auto, ich riss ihm den Koffer aus der Hand. Der Straßenverkehr dröhnte wie ein schweres Gewitter. Die Dunkelheit war kalt und roch unangenehm nach Abgasen und Zucker und Frittierfett.

»Taxi, Miss?«

Ich hängte mir die Schultasche schräg über die Brust und hielt den Koffer mit beiden Händen fest. Menschen unterwegs in alle Richtungen überholten sich gegenseitig mit schnellen Schritten und schienen von einer alles beherrschenden Eile getrieben zu sein. Ich sah mich nach jemandem um, den ich nach dem Sheraton hätte fragen können.

Es gab eins auf dem West Century Boulevard, erfuhr ich von einer gestressten Dame, die bei einem Autoverleih arbeitete und mir eine Karte des Flughafens gab. Angeblich fuhr ein Shuttlebus zwischen Hotel und Terminals hin und her, aber da ich die Haltestelle nicht fand, ging ich zu Fuß.

Auf dem Gehweg war es kalt und feucht, ich bekam Gänsehaut an den Armen. Die Straßenlaternen leuchteten rötlich, spendeten aber kein Licht. An den Gebäuden prangten Schilder in grellen Farben, manche Marken glaubte ich aus Woman's Weekly zu kennen, aber sicher war ich mir nicht. In der Ferne sah ich das Hotel Sheraton, das Gebäude war hoch, und der Name leuchtete im Dunkeln. Der Weg war weiter, als ich gedacht hatte, und der Koffer war schwer, ich musste am Straßenrand stehen bleiben.

Schließlich kam ich müde und durchgefroren an. Die Lobby war voller Leute, eine große Gruppe aus Asien war soeben angekommen, auch hier musste ich lange anstehen.

»Womit kann ich Ihnen dienen, Miss?«, fragte mich endlich ein Mann, der auch ziemlich erschöpft wirkte.

»Ich hätte gerne ein Zimmer.« Auf einmal war mir vollkommen egal, was es kostete.

»Auf welchen Namen haben Sie reserviert?«, fragte mich der Mann, der, ohne mich anzusehen, auf einer Tastatur tippte.

»Für fünf Nächte«, sagte ich.

Der Mann blickte auf.

»Sie haben keine Reservierung?«

Hatte ich ja nicht.

»Tut mir leid«, sagte der Mann. »Wir sind heute Nacht ausgebucht. Morgen und den Rest der Woche gibt es freie Zimmer, aber heute Nacht leider nicht.«

Ich sah mich in der riesigen Lobby um.

»Aber irgendeinen Schlafplatz müssen Sie doch haben.«

»Bedaure.« Er sah über meine Schulter hinweg das Paar hinter mir an.

Die Geräuschkulisse klang plötzlich anders, in meinem Kopf begann ein hoher Stresston zu piepen.

»Aber wo soll ich dann hin?«

»Möchten Sie für morgen ein Zimmer reservieren?«

»Kann ich denn heute Nacht hierbleiben?«

Seine Verärgerung nahm zu.

»Miss«, sagte er, »wenn Sie keine Reservierung haben, muss

ich Sie bitten, zur Seite zu treten und Platz für unsere Gäste zu machen. Versuchen Sie es woanders, es gibt mehrere Hotels in der Gegend.«

Ich murmelte ein Okay und eine Entschuldigung, nahm meinen Koffer und ging zurück zum Ausgang. Er hatte automatische Glastüren, die jedes Mal kalte schwarze Winde hereinließen, wenn sie sich öffneten. Mit dem Koffer vor meinen Füßen und einem Gefühl von Unwirklichkeit, das wie ein Nebel meinen Kopf umhüllte, blieb ich seitlich vom Luftstrom stehen. Langsam faltete ich die Hände und schloss die Augen, sperrte Licht und Lärm aus, du großer Gott, wenn ich die Welt betrachte, die du geschaffen durch dein Allmachtswort …

Ich schluckte mühevoll und trat hinaus in die Dunkelheit. Wenn das Sheraton mein Geld nicht wollte, würden es mit Sicherheit andere haben wollen. Einige der Gebäude in der Nähe waren bestimmt Hotels, aber ich wusste nicht, welche.

»Hey, Mädchen, wohin unterwegs?«

Das Auto, das auf dem Boulevard neben mir herfuhr, war lang und dunkel, der Mann, der sich aus dem hinteren Fenster lehnte, hatte rote Haare und sehr weiße Zähne. Ich hielt meinen Koffer noch fester und ging etwas schneller. Das Auto beschleunigte ein wenig und fuhr nun vor mir her. An der Heckscheibe klebte ein hellblauer Aufkleber mit der Aufschrift Unicef in weißen Buchstaben.

»Hör mal, Mädchen, mir gefällt dein Outfit. Kommst du direkt aus Hawaii?«

Ich bewegte mich nicht mehr und starrte das Logo an, Unicef war doch das Kinderhilfswerk der Vereinten Nationen.

»Hey, hulahula, warum redest du nicht mit mir?«

Ich wendete mich von dem Sticker ab und ging weiter.

»Ich bin auf dem Weg zu meinem Hotel«, sagte ich, ein beleuchteter Parkplatz war nicht mehr weit entfernt.

»In welchem Hotel wohnst du denn, Mädchen?«

Als ich immer noch nicht antwortete, fuhr der Wagen an den Straßenrand, der Mann mit den Zähnen öffnete schwungvoll die Tür und stieg vor mir aus. Ich blieb stehen, das Herz schlug mir bis zum Hals.

»Entschuldige«, sagte er in sanfterem Ton, »ich wollte dich nicht erschrecken.«

Ich holte tief Luft und warf einen verstohlenen Blick auf den Sticker.

»Engagieren Sie sich für Kinderrechte?«

Die Zähne nickten.

»Selbstverständlich! Wo willst du hin?«

Ich deutete mit einem unbestimmten Nicken die Straße runter. Autos fuhren in hohem Tempo an uns vorüber, ein großes Passagierflugzeug im Landeanflug glitt über unsere Köpfe.

»Dieser Koffer da sieht schwer aus, wir können dich ein Stück mitnehmen, wenn du möchtest.«

Ich versuchte zu lächeln.

»Danke«, sagte ich, »aber das ist nicht nötig. Ich bin fast da.«

Der Mann drehte sich um, und ein Lastwagen fuhr so dicht an uns vorbei, dass ich vom Luftzug stolperte.

»Wohnst du im Marriott? Da drüben? Das ist ein richtiger Scheißladen, da kannst du nicht hin!«

Er grinste mich mit seinen blendend weißen Zähnen breit an, das rote Haar lag in sorgfältig gekämmten Wellen auf seinem Kopf.

»Ich kenne ein viel besseres Hotel.«

Nun ging auch die Beifahrertür auf, und ein Mann, der viel kleiner als der erste war, stieg aus dem Wagen. Ich wich einen Schritt zurück und blickte mich im Dunkeln um.

»Also, ganz im Ernst«, sagte Weiße Zähne, »bist du gerade aus dem Flieger aus Hawaii gestiegen?«

»Rarotonga«, sagte ich.

»Tonga?«, fragte der Kleinere. »Wo sie diesen superfetten König haben?«

»Da bist du aber wirklich weit weg von zu Hause«, sagten die Zähne und kamen ein paar Schritte auf mich zu. »Erwarten dich dort Freunde? Im Marriott?«

Ich nickte und schluckte, sprechen konnte ich nicht. Der Mann seufzte erleichtert.

»Gott sei Dank, ich dachte schon, du wärst allein unterwegs. Ganz im Ernst, ich kann dich fahren, es ist fast noch ein Kilometer bis dorthin. Ich sehe doch, dass du frierst.«

»Der Koffer sieht wirklich schwer aus«, sagte der Kurze.

»Normalerweise ist es im April nicht so kalt, aber du weißt ja, was man über das Aprilwetter sagt.«

Die Zähne lachten. Ich hatte noch nie von Aprilwetter gehört und wusste auch nicht, ob es ein Scherz war. Der Wind zerrte an meinem *pareu* und entblößte meine Beine. Der Mann kam mit schnellen Schritten auf mich zu, grinste breit.

»Warst du schon mal in den USA?«

Ich weiß noch, dass ich dachte, ich sollte mich lieber selbstbewusst und weltgewandt geben, aber stattdessen schüttelte ich den Kopf.

»Die Ärmste«, sagte er mitleidig. »Kommt direkt aus dem Urwald.«

Er warf einen Blick über seine Schulter und lachte dem Auto zu. Zwei Männer stiegen aus und kamen zu uns. Weiße Zähne gab mir die Hand.

»Verzeihung«, sagte er. »Ich wollte wirklich nicht unhöflich sein. Ich heiße Clark Kent, und das hier ist mein Kollege Bruce Wayne.«

Er zeigte auf den Kurzen und winkte dann den Männern zu, die gerade aus dem Auto gestiegen waren.

»Das hier sind Dr. Robert Bruce Banner und Peter Parker, und wir sind alle sehr erfreut, dich kennenzulernen.«

Beide Männer hoben kurz die Hand. Ich starrte Robert Bruce Banner an, er schwankte, als wäre er betrunken, und sah überhaupt nicht wie ein Doktor aus, aber auf der anderen Seite hatte ich ja auch noch nie einen richtigen Arzt gesehen.

»Freut mich«, murmelte ich.

»Wir bemühen uns, Touristen, die in unser Land kommen, gastfreundlich zu behandeln.« Clark Kent klang ein wenig gekränkt. »Wenn wir einer frierenden jungen Dame nicht helfen würden, wären wir wirklich Mistkerle, und das kannst du doch nicht wollen? Dass wir uns wie Mistkerle benehmen?«

Die beiden anderen Männer, der Doktor und derjenige, der Peter Parker hieß, waren um uns herumgegangen und standen nun hinter mir.

»Die Hotels hier am Flughafen sind alle schlecht und sauteuer, wir können dich zu einem bringen, das viel besser und billiger ist, aber wenn du unbedingt ins Marriott willst, fahren wir dich dorthin. Wirklich kein Problem.«

»Komm, ich trag deinen Koffer«, sagte Bruce Wayne, und irgendwie schaffte ich es nicht, ihn festzuhalten, sondern musste mit ansehen, wie er ihn in den Kofferraum des langen Autos legte.

»Braves Mädchen«, sagte Clark Kent mit blitzenden Zähnen und hielt mir die Wagentür auf. Dr. Robert Bruce Banner legte mir eine Hand zwischen die Schulterblätter und schob mich freundlich, aber bestimmt auf das Auto zu. Bruce Wayne setzte sich auf den Beifahrersitz, Peter Parker ging um das Auto herum und ließ sich hinter das Lenkrad fallen, die beiden anderen stiegen hinten ein.

»In zwei Minuten bist du in deinem warmen Hotel«, sagte Clark Kent aus dem Auto, und da setzte ich mich auf die Rückbank, meine Füße landeten auf einem Berg aus Müll und leeren Flaschen. Mit quietschenden Reifen fädelte sich der Wagen in den Verkehr ein, ich schlug mit dem Kopf gegen das Seitenfenster.

»Wie schön, dass wir dich ein Stück mitnehmen dürfen.« Clark Kent versenkte einen länglichen Knopf in der Beifahrertür, es klickte.

Er legte den Arm um mich.

»Sag mir, wie du heißt.«

»Kiona«, flüsterte ich.

»Was hast du gesagt? Key Houna?«

Die Männer lachten ausgelassen. Das Auto fuhr schneller. Ich hatte immer noch die Schultasche schräg vor dem Bauch hängen, Clark Kent griff danach und klappte sie auf.

»Sieh mal an«, er zog mein Flugticket nach London heraus, »was haben wir denn da?«

Er reichte es Bruce Wayne auf dem Vordersitz, ich wollte danach greifen, kam aber nicht dran.

»Bist du auf dem Weg nach Großbritannien?«, fragte Bruce Wayne. »Was willst du denn dort?«

»Mein Mann arbeitet dort«, sagte ich etwas kecker. »Ich will ihn besuchen.«

»Ah«, sagte Clark Kent. »Du bist eine verheiratete Frau, mit anderen Worten, sexuell erfahren.«

Er legte mir eine Hand auf den Oberschenkel. Ich versuchte zu erkennen, was Bruce Wayne mit meinem Flugticket machte, und gleichzeitig meine Schultasche zu schließen, aber Clark Kent hielt meine Hand fest. Dann nahm er mein Portemonnaie aus der Tasche und reichte es Peter Parker. Ich hatte kaum Luft geholt, um zu protestieren, da öffnete er es bereits und zählte die Geldscheine (nur die neuseeländischen, die amerikanischen Dollar waren im Koffer).

»Oh, was haben wir denn da?«

Clark Kent hielt Amirias Schachtel hoch, der Deckel war ein wenig kaputtgegangen, und nun riss er ihn ganz ab, betrachtete meine Perlen und schüttelte mitleidig den Kopf. Nahm die große grüne heraus, die ich mir nach der letzten Ernte ausgesucht hatte, und legte den Kopf schief.

»Bist du nicht schon zu groß für Toys "R" Us?«

Er ließ die Perle und die Schachtel auf den Fußboden fallen und stampfte sie in den restlichen Müll.

Auf der anderen Straßenseite sah ich das leuchtende Schild des Marriotts vorbeiflimmern. Clark Kent legte mir wieder eine Hand auf den Oberschenkel, ich versuchte, sie wegzuschieben, aber da packte er mich an der Schulter und drückte mir die andere Hand zwischen die Beine. Die Männer johlten. Clark riss meinen *pareu* zur Seite und griff nach meinem Höschen. Er versuchte, den dünnen Stoff mit einem festen Ruck zu zerreißen, und als das nicht ging, bohrte er mir seine Finger in die Scheide.

Das Wasser umschloss mich mit so viel Druck wie in vierzig Metern Tiefe. Hier gab es keinen Papa Tane, den ich rufen konnte, keine Messer, mit denen ich mein Haar hätte losschneiden können. Das Auto fuhr immer schneller. Die Männer grölten vor Vergnügen, das gefällt dir, was, Mädchen, finger sie, los, finger sie, seine Finger drangen immer tiefer in mich ein, er bewegte sie, so gut es ging, hin und her und dann rein und raus. Ich spürte den kalten Metallgriff der Wagentür an den Rippen und griff danach, aber die Tür war abgeschlossen. Wir näherten uns einer gigantischen Autobahn, Scheinwerfer von Millionen von Autos rasten dort oben vorbei, wir erreichten die Auffahrt, und da bekam ich den kleinen Türknopf zu fassen, zog ihn hoch und warf mich auf die Seite. Mit aller Kraft stieß ich mich mit beiden Beinen ab und ließ mich rückwärts aus dem Auto fallen, wie immer mit dem Rücken zuerst, den Ellbogen über dem Kopf und den Knien am Kinn landete ich auf der Seite und spürte, wie meine Rippen nachgaben. Die Bremslichter des Autos leuchteten in zornigem Rot auf, die Bremsen quietschten, und dann umfing mich gnädige Stille.

Am Nachthimmel waren keine Sterne. Ich blickte hinauf in endlose Leere, grau-rot und fleckig, und konnte mich nicht bewegen. Auf mir lag eine Wolldecke, die warm war und kratzte.

»Ein Krankenwagen ist unterwegs«, sagte eine Stimme von irgendwo hinter dem Weltraum.

Ich wollte sagen, dass ich Schmerzen hatte, aber ich weiß nicht, ob man mich hörte. Eine Hand legte etwas Weiches unter meinen Hinterkopf.

»Das wird wieder«, sagte die Stimme. »Wenn die Wunden verheilt sind, bist du wie neu.«

Ich erwachte in einem Krankenhausbett mit gestärkten Laken und fühlte mich ungemein wohl. Alle Engel des Himmels sangen für mich, und das Licht strahlte hell, ich wollte über den Wolken schweben, aber eine strenge Stimme holte mich zurück in die Wirklichkeit.

»Reiß dich zusammen, Miss! Du musst wach bleiben.«

Eine Frau mit Mundschutz beugte sich über mich, während sie meinen Blutdruck maß.

Ich drehte mich zur Seite und spürte, wie mein Gehirn von spitzen Messern durchbohrt wurde. Ein ovales Gesicht mit kleinen schwarzen Augen und großer Nase lächelte mich an.

»Schön, dich zu sehen«, sagte das Gesicht. »Wie geht es dir?«

»Super.« Ich schloss die Augen.

»Genieß es, solange es anhält. Bald wirst du dich scheiße fühlen. Wo wohnst du?«

»In Tukao«, sagte ich.

»Wo?«

»Auf Manihiki.«

»In Neuseeland?«

Manihiki in Neuseeland? Der Gedanke war so verrückt, dass ich lachen musste, aber als ich meine schmerzenden Rippen spürte, hörte ich sofort auf.

»Hier sind so viele Lampen.« Ich sah zur Zimmerdecke.

»Ich heiße Clay«, sagte Ovales Gesicht. »Ich habe dich neben der Auffahrt zur 405 gefunden und dafür gesorgt, dass du ins Krankenhaus kamst. Wo wohnst du hier in Los Angeles?«

War ich in Los Angeles? Ach ja, die Lichter, die sich über den Erdball erstreckten.

»Das Sheraton war voll«, sagte ich. »Es gab kein freies Zimmer im Sheraton.«

»Du entschuldigst hoffentlich, dass wir deine Handtasche durchwühlt haben. Hast du keine Kreditkarte? Um die Krankenhausrechnung zu bezahlen?«

»Wieso Rechnung?«

In unserer Klinik musste niemand bezahlen. Mama Evelyn bekam ein Gehalt vom Staat, und ich, tja, ich half ja nur mit.

»Oder hast du Bargeld?«

Natürlich, Eriks Geld!

»Im Koffer«, sagte ich. »Das Geld ist im Koffer.«

»In welchem Koffer?«

An dieser Stelle dämmerte ich weg, und als ich wieder aufwachte, tat mir alles weh. Ich übergab mich und wollte aufstehen, aber da mein Brustkorb mit Bandagen umwickelt und die Arme verbunden waren, konnte ich mich nicht bewegen. Die Person namens Clay saß noch immer auf einem Stuhl neben meinem Bett. Auf der anderen Seite des Bettes stand ein bärtiger Mann im weißen Kittel.

»Kiona«, sagte der Mann, »ich bin Dr. Lewis. Sie haben eine Gehirnerschütterung und eine ordentliche Platzwunde am Hinterkopf. Ihr Becken hat einen Riss und wird eine Weile wehtun, aber das ist nicht gefährlich. Wir haben Ihnen eine Titanplatte mit sieben Schrauben in den rechten Unterarm implantiert, machen Sie nicht so ein entsetztes Gesicht, das kommt alles wieder in Ordnung. Die Schulter war ausgekugelt, aber nun ist sie wieder an Ort und Stelle, und außerdem haben Sie sich zwei Rippen gebrochen. Ich verschreibe Ihnen ein Schmerzmittel für den Fall, dass die Schmerzen zu stark werden.«

Dann verschwand er aus meinem Gesichtsfeld. Diese Person namens Clay beugte sich über mich.

»Falls du nicht über unerschöpfliche Mittel verfügst, würde ich dir empfehlen, dich jetzt zu verabschieden«, sagte sie. »Es kostet ein Vermögen, hier zu liegen.«

Mit den Augen suchte ich das grellweiße Licht vom Fenster, als ob es ein Fluchtweg wäre.

»Wo bin ich?«

»Im Aufwachraum vom Los Angeles County General. Ich muss langsam nach Hause. Gibt es jemanden, der sich um dich kümmert?«

Schmerzen wüteten im ganzen Körper. Alles tat weh: denken, atmen, reden.

»Nur Gott«, flüsterte ich.

Clay stand auf und legte mir einen Zettel auf die Brust.

»Meine Adresse und die Telefonnummer«, sagte sie. »Ich habe das Geld für die Behandlung ausgelegt und erwarte, dass du es mir bei Gelegenheit zurückzahlst. Und nun viel Glück!«

Dann ging sie durch die Tür, eine große, kräftige Person mit einem rotbraunen Besen aus Haar auf dem Kopf. Unsicher tastete ich mit der linken Hand nach dem Zettel: 1336 North Citrus Avenue » 7, Hollywood, CA 90 028 und daran anschließend eine lange Telefonnummer.

»Haben Sie jemanden, der Sie abholen könnte, oder soll ich

Ihnen ein Taxi rufen?«, fragte die Schwester mit dem Mundschutz.

Da ich nicht laufen konnte, brachten sie mich in einem Rollstuhl ins Foyer runter. Dort blieb ich sitzen und sah einen endlosen Strom von Menschen reinkommen und rausgehen, die genau wie die Fische hinter dem Riff ebenso unzählbar wie unberechenbar in ihren Bewegungen waren, allein oder zu mehreren wuselten sie hierhin und dorthin, und fast alle aßen irgendetwas aus den verschiedensten Verpackungen. Es war meine eigene Schuld, dass ich dort saß, ich hatte der Schwester gesagt, ich würde abgeholt, aber wer sollte das tun? Wie um alles auf der Welt war ich hier gelandet?

Mama Evelyns Koffer war weg, samt all meinen Sachen und Eriks Geld. Auf meinem Schoß lag die Schultasche, die ich mit der linken Hand durchsuchte. Dass das Flugticket nicht mehr da war, wusste ich bereits, das hatte Bruce Wayne. Das Portemonnaie hatte Peter Parker. Die Perlen aus Amirias Schachtel lagen im Müll unter dem Beifahrersitz des langen dunklen Autos mit dem Unicef-Aufkleber auf der Heckscheibe. Meinen neuseeländischen Pass und die Bordkarte vom Flug nach Los Angeles, ein Sandwich mit Dosen-Schweinefleisch, das ich mir aus dem Flugzeug mitgenommen hatte, den Umschlag mit Eriks merkwürdigem Schlüssel und »Die Säulen der Erde« hatte ich jedoch noch.

Ich schlug das Buch auf, die Buchstaben tanzten über die Seiten, *der Herr ist mein Hirte, mir wird nichts mangeln*, nein, es war ein anderes Buch.

»Warten Sie auf jemanden, Miss?«

Ein kräftiger Mann in einer Uniform und mit Gummiknüppel beugte sich über mich, auf seine Brusttasche war SECURITY gestickt, um mich herum schwankte alles.

»Ich weiß nicht«, sagte ich.

»Hier können Sie nicht bleiben«, sagte er.

Mir tat alles weh.

»Ein Taxi«, sagte ich. »Ich brauche ein Taxi.«

»Okay«, sagte er. »Ich kümmere mich darum.«

Er entfernte sich ein paar Schritte, sagte etwas, das ich nicht verstand, in ein Funkgerät, das an seinem Gürtel gehangen hatte, und erhielt eine knisternde Antwort.

»Würden Sie mir bitte helfen, ich kann nicht gut laufen«, sagte ich.

Er rollte den Stuhl zum Taxi und verfrachtete mich mit der Hilfe des Taxifahrers auf den Beifahrersitz.

»Wo soll's hingehen?«, fragte der Fahrer, ein junger Mann asiatischer Herkunft.

»1336 North Citrus Avenue in Hollywood«, antwortete ich. »Apartment Nummer sieben.«

•

Das Haus war aus hellgelbem Beton und nur zum Teil gestrichen, ein zweistöckiges Mehrfamilienhaus mit Giebel zur Straße und seitlichem Laubengang entlang einer schmaleren Querstraße. Eine der Ziffern, die zweite Drei in 1336, hatte sich von der Wand gelöst und hing auf halb acht. Rechts und links standen identische Gebäude, dazwischen wuchsen staubige Bäume und welke Palmen. Die Landschaft war nicht völlig anders als auf Manihiki, nur trockener. Asphalt und Rasenflächen. Hollywood, die Stadt der Träume.

»Das macht zweiundvierzig Dollar und zwanzig Cent«, sagte der Taxifahrer.

Mir wurde übel, und das lag nicht nur an den Tabletten und den Schmerzen.

»Ich habe kein Geld«, sagte ich. »Bitte klingeln Sie für mich an der Tür dort, dann kann ich vielleicht bezahlen.«

»Ja, aber, was zum Teufel …«

Der Mann stöhnte laut.

»Ich werde Sie anzeigen, das ist so sicher wie das Amen in der Kirche.«

Vielleicht merkte er, dass ich den Tränen nahe war, denn nachdem er mit beiden Händen auf das Lenkrad geklopft hatte, schaltete er den Motor aus.

»Okay«, sagte er. »Welche verdammte Wohnung?«

»Nummer sieben«, flüsterte ich.

Mit einem zornigen Ruck öffnete er die Tür und stapfte zum Haus, sah sich die Nummern an den Apartments an und ging die Treppe rauf. Ich sah ihn an die dritte Tür im oberen Stock klopfen, über seinem Kopf brannte eine gelbe Lampe. Nach ziemlich langer Zeit wurde die Tür einen Spalt geöffnet. Der Taxifahrer redete mit jemandem dahinter und zeigte auf das Auto und mich. Jemand schaute durch den Spalt, es war nicht Clay, sondern ein blonder Mann mit breiten Schultern, der nicht erfreut wirkte. Ich winkte zaghaft mit der linken Hand. Der Mann verschwand in der Wohnung, und der Taxifahrer trat verärgert von einem Bein aufs andere. Dann kam Clay raus, stieg geradewegs die Treppe runter und öffnete die Autotür.

»Tatsächlich«, sagte sie. »Bist du gekommen, um deine Krankenhausrechnung zu begleichen?«

Ich legte den Kopf schief.

»Wohnst du hier in der Straße?«

Ich blickte auf meine Hände, Clay gluckste.

»Wladi, mein Süßer«, rief sie dem Mann mit den breiten Schultern zu. »Wir brauchen mal ein bisschen Hilfe.«

Clay zog ein abgewetztes Portemonnaie aus der Hosentasche und bezahlte den Taxifahrer, während der blonde Mann einen Arm in meine Kniekehlen und einen hinter meinen Rücken klemmte und mich schwungvoll die Treppe zum Laubengang rauftrug. Ich kam mir vor wie Treibholz, das an einen Strand gespült wird, als ich auf ein mit einem gelb gefleckten Laken bedecktes Sofa gelegt wurde und eindöste.

Meine Schlafstatt war zuvor von einem Mann aus Grönland benutzt worden, der Tukkuttok hieß, was auf Inuktitut, der Sprache der Inuit, »großzügig« bedeutet, worauf er offenbar gerne hinwies. An dem Abend, als ich in den USA angekommen war, flog er zurück nach Kangerlussuaq (ich weiß, dass der Ort so heißt, weil ich die Buchungsbestätigung zwischen den Sofakissen fand).

Als ich aufwachte, war es später Nachmittag. Irgendwo stand eine kleine Lampe, die ein diffuses Licht im Raum verbreitete, der Schmerz färbte alles blutrot. Die Geräusche aus einem Fernseher bohrten sich in meinen Kopf, aus einer anderen Richtung kam monotone Musik. Ich musste unheimlich dringend pinkeln. Mein Hals war trocken, ich krächzte nach Wasser. Mehrere Personen erschienen an meinem Sofa: Außer Clay waren da noch der Blonde mit den breiten Schultern und ein Mann in einem elektrischen Rollstuhl, der nur einen Arm und keine Beine hatte. Ich bekam ein Glas Wasser in die linke Hand gedrückt und trank gierig.

»Toilette?«, fragte Clay. »Wladi?«

Der breitschultrige Mann packte mich und stellte mich auf die Füße.

»Die Rippen werden noch einige Tage wehtun«, sagte Clay. »Beim Becken wird es etwas länger dauern. Kopf und Arm können mit gewöhnlichen Schmerzmitteln behandelt werden. Das Bad ist da drüben.«

Sie zeigte in einen dunklen Teil der Wohnung hinter einer Küche. Beim ersten Schritt drohte ich zu stürzen. Clay fing mich gerade noch auf, stützte mich und setzte mich auf die

Kloschüssel. Die Erleichterung, als ich endlich meine Blase entleeren konnte, entschädigte ein wenig für den Schmerz.

»Der Arzt hat mir Tabletten mitgegeben«, sagte ich, als ich wieder auf dem Sofa lag. »Sie sind in meiner Tasche.«

Clay nahm die Schultasche auf den Schoß, wühlte darin und fand nach einer Weile die bräunliche Dose.

»Opiate sind scheiße.« Sie legte das Medikament irgendwohin, wo ich es nicht sehen konnte.

Ich hielt meinen verbundenen rechten Unterarm hoch und drehte ihn vorsichtig.

»Was ist damit passiert?«, fragte ich. »Ist er gebrochen?«

Clay beugte sich über mich.

»Du hast so viele Brüche, dass man sie nicht zählen konnte.«

»Aber warum habe ich dann keinen Gips?«

»Süße, sie haben dir vom Handgelenk bis zum Ellbogen eine fest verschraubte Titanplatte in den Arm implantiert, du brauchst keinen Gips. Dein Knochen sitzt so fest wie in einem Schraubstock. Im wahrsten Sinne des Wortes.«

Der blonde Mann, der Wladimir hieß, verschwand in einem der angrenzenden Zimmer und machte lautlos die Tür hinter sich zu. Der Mann im Rollstuhl fuhr zu einem großen Esstisch, wandte uns den Rücken zu und las ein Buch. Ich sah mich vorsichtig um, hinter geschlossenen Türen gab es drei weitere Räume außer dem, in dem ich lag, sowie eine Küche und ein Badezimmer.

Clay kam aus der Küche und setzte sich auf einen Stuhl neben dem Sofa.

»Kiona Matavera aus Tukao«, sagte sie. »Würdest du mir bitte erzählen, wieso du hier bist?«

»Ich bin auf dem Weg nach London«, sagte ich mit dünner Stimme. »Ich suche meinen Mann.«

»Und was machst du dann hier bei mir?«

Ich blickte auf meinen verbundenen Arm und den bandagierten Brustkorb hinunter, wie um alles in der Welt sollte ich jetzt nach London kommen? Gott hatte einen Plan, aber was hatte das hier zu bedeuten?

»Wie hast du mich gefunden?«, fragte ich.

Clay berichtete, sie habe Tukkuttok am internationalen Flughafen von Los Angeles abgesetzt und sei auf dem Heimweg gewesen. Sie fuhr die Auffahrt zur Autobahn 405 hinauf, als am Wagen vor ihr (laut Clay einem Cadillac) eine der hinteren Türen geöffnet wurde und etwas rausfiel.

»Zuerst dachte ich, es wäre eine geblümte Reisetasche, aber dann sah ich die Beine. Du hast mir einen irrsinnigen Schreck eingejagt, ich dachte, du wärst tot.«

Sie hielt an und rannte zu mir, der Cadillac gab Gas und verschwand auf der Autobahn, die Autonummer konnte sie nicht mehr lesen. Dann rief sie mit ihrem tragbaren Telefon einen Krankenwagen.

Ich richtete mich mühsam auf und trank mehr Wasser.

Der Mensch neben mir war eigentlich alterslos, die Haut am Hals war schlaff, aber das Gesicht war glatt wie das eines Babys und schimmerte dunkel. Die Gesichtszüge waren neutral, aber nicht schön. Sie hatte riesige Hände, mit denen sie nun den Verband an meinem Hinterkopf betastete.

»Dein Mann ist also verschwunden. Wieso?«

Clay hatte höchstwahrscheinlich nichts mit Eriks Arbeitgeber zu tun, aber ich antwortete trotzdem nicht.

»Glaubst du an Gott?«, fragte ich stattdessen.

Der Mann im Rollstuhl schnaubte laut.

»An welchen von ihnen?«, fragte Clay und befühlte nun auch den Verband um meinen Brustkorb.

»Unseren Vater, den Herrn«, sagte ich. »Seinen Sohn Jesus Christus und den Heiligen Geist.«

»Du meinst, ob ich glaube, dass es ihn gibt? Natürlich gibt es ihn. Unzählige Menschen sprechen täglich mit ihm.«

Sie stand auf und ging zu einer Art Anrichte hinüber, auf der verschiedene Utensilien für medizinische Versorgung lagen, ich sah unter anderem ein Blutdruckmessgerät und eine Schachtel Einwegspritzen.

»Real ist er also«, sagte sie über die Schulter, »und zwar in höchstem Maße. Die Frage ist nur, *was* er ist und wer ihn erschaffen hat, warum es ihn gibt und warum er gebraucht wird. Falls es überhaupt ein Er ist.«

Sie zog eine Spritze mit einer Flüssigkeit auf, ging zu dem Mann im Rollstuhl und injizierte ihm die Flüssigkeit am unteren Rücken. Vielleicht war es Insulin? Dann wechselte sie seinen Stomabeutel (in Tukao hatte niemand einen, aber in Tauhunu gab es einen Mann mit künstlichem Ausgang, er hieß Patuki). Sie machte es mit geübten Handgriffen, ohne dass der Mann irgendeine Reaktion zeigte, und ich begriff, dass der Vorgang für beide Routine war, aber ich wandte trotzdem den Blick ab und schloss die Augen, um mich von der ganzen übel riechenden Wohnung (vielleicht stank auch nur meine Bettwäsche), dem Fernseher und der monotonen Musik abzuwenden.

Stattdessen träumte ich mich in die Kirche im Dorf Tukao, wo die Sonne, die durch die farbigen Scheiben schien, meine Füße wärmte, Pastor Boyds dröhnende Stimme mich bis ins Mark erschütterte, Fete Jensens klebrige Blicke ignoriert werden mussten und der Lobgesang mich durch die Decke in den Himmel hob. Ich atmete mit offenem Mund, damit man mein Weinen nicht hörte.

Ich spürte, wie sich die Frau (oder die Person, wenn man so will) neben mich auf das Sofa setzte und mir vorsichtig über den Kopf strich. Die Geste war so freundlich, dass ich die Augen noch fester zusammenkneifen musste.

»Schon gut«, flüsterte sie. »Das geht vorbei.«

Ich wusste, dass sie sich irrte. Gott hatte sich von mir abgewandt. Ich konnte nicht nach London fliegen. Mein ganzes Geld war weg, der Arm gebrochen, der Kopf geflickt.

»Gott hat mich verlassen«, flüsterte ich.

»Ich finde, du solltest dir nicht so viele Gedanken über Gott machen«, sagte sie. »Ich glaube, mit deinem schrecklichen Erlebnis hat er nichts zu tun.«

Ich holte tief Luft, nahm das Taschentuch, das sie mir hinhielt, und putzte mir die Nase.

»Er hat mit allem zu tun«, sagte ich. »Er hat die ganze Welt nach seinem Abbild und zu seinem Wohlgefallen erschaffen.«

King gab einen kehligen Laut von sich, ich hörte das Surren seines Rollstuhls, als er zum Badezimmer fuhr. Clay griff nach meiner gesunden Hand.

»Vielleicht ist es aber auch umgekehrt«, sagte sie. »Der Mensch hat Gott erschaffen, um das Leben oder, besser gesagt, den Gedanken an den Tod erträglicher zu machen. Wir können nicht aushalten, dass wir nur hier sind, um zu leben, wir brauchen einen höheren Sinn, sonst werden wir verrückt. Hast du Hunger?«

Ich schüttelte den Kopf. Clay stand auf und verschwand in der Küche.

»Beverly! Bianca! Britney! Abwaschen!«, brüllte sie.

Die monotone Musik verstummte, und der Fernseher wirkte dadurch noch lauter.

»Jetzt macht schon, Ladys«, schrie Clay. »Ihr wisst, was ansteht.«

Mit einer Schale Cornflakes in der einen und einer Packung Sojamilch in der anderen Hand kam sie zurück ins Wohnzimmer. Sie hatte sich gerade zum Essen an den Tisch gesetzt, als eine der Schlafzimmertüren schwungvoll geöffnet wurde und ein etwa vierzehnjähriges Mädchen mit großen Schritten in die Küche stapfte. Sie erinnerte mich an Amiria, obwohl dieses Mädchen silberblondes Haar hatte. Sie war das schönste Mädchen, das ich je gesehen hatte, sie sah aus wie eine Porzellanpuppe.

»Danke, Bianca«, rief Clay ihr hinterher und steckte sich einen Löffel Cornflakes in den Mund.

Der Teenager klapperte demonstrativ mit dem Geschirr.

»Wie viele Menschen wohnen hier?«, fragte ich.

Clay deutete mit dem Löffel auf die Tür, aus der das Mädchen gekommen war.

»Drei Mädchen«, sagte sie. »Britney, Beverly und Bianca. Sie gehen noch zur Schule, Junior High.«

Nun zeigte der Löffel auf die Tür nebenan.

»William und Wladimir. Sie sind beide HIV-infiziert.«

Sie nickte zum Badezimmer, in dem der Mann im Rollstuhl verschwunden war.

»King«, sagte sie. »Er wohnt schon am längsten bei mir. Laura ist noch nicht zu Hause, sie hat das kleine Zimmer. Ich schlafe in der Küche.«

Ich lag eine Weile schweigend da, während Clay kaute.

»Glaubst du, ich bekomme meinen Koffer zurück?«, fragte ich. »Er war im Kofferraum des Autos.«

»Tut mir leid«, sagte Clay, »ich habe das Nummernschild nicht so schnell erkannt.«

»Vielleicht kann die Polizei mir helfen«, sagte ich.

Sie fragte mich, warum der Koffer so wichtig sei, und ich sagte ihr die Wahrheit: weil ich viel Geld in dem Koffer hatte.

»Alles über zehntausend Dollar muss beim Zoll deklariert werden«, sagte Clay. »Hast du ein Formular ausgefüllt, CF 4 709?«

Nein, das hatte ich nicht.

»Dann darfst du der Polizei auch nicht sagen, dass dir das Geld gestohlen wurde«, sagte Clay. »Sonst machst du dich der illegalen Einfuhr von Bargeld schuldig, und die ist strafbar.«

Ich schluckte.

»Ich weiß aber, wie die Männer heißen«, sagte ich. »Sie haben sich vorgestellt. Clark Kent, Bruce Wayne, Dr. Robert Bruce Banner und Peter Parker.«

Clay hörte auf zu kauen.

»Ach, Süße«, sagte sie. »Die Namen sagten dir nichts?«

Ich verstand nicht, was sie meinte.

»Superman, Batman, Hulk und Spider-Man«, sagte sie.

Mir schoss das Blut ins Gesicht, o Gott, Nikau hatte Comics. Die Männer hatten mich auf den Arm genommen. Kein Wunder, dass sie die ganze Zeit gelacht hatten. Ich starrte meine Hände an, meine Wangen glühten. Clay stellte die Cornflakes zur Seite, stand auf und kam mit sorgenvollem Blick zu mir.

»Was haben sie mit dir gemacht?«, fragte sie leise.

Ich biss die Zähne zusammen.

»Du brauchst es mir nicht zu erzählen, wenn du nicht willst«, sagte sie.

»Ich bin freiwillig in dieses Auto gestiegen«, sagte ich. »Ich bin der größte Vollidiot auf Erden.«

»Kiona«, sagte Clay, »gibt es niemanden, den du anrufen kannst?«

Ich schüttelte den Kopf. Onkel Matini hatte zwar ein Telefon in seiner Firma, aber am Sonntagabend war dort niemand, und außerdem sollte niemand etwas erfahren.

»Habt ihr auf deiner Insel keine Möglichkeit, mit der Außenwelt zu kommunizieren?«

Aus ihrem Mund klang es, als lebten wir am Ende der Welt in der Steinzeit.

»Wir haben natürlich ein Funkgerät«, sagte ich.

»Ah, ich kenne einen Typen, der einen Kurzwellenempfänger hat, ich rufe ihn an und frage, ob wir …«

»Danke«, sagte ich, »aber ich … nein danke.«

Ich spürte ihren Blick, obwohl ich die Augen schloss.

»Und du suchst also deinen Mann?«

»Eigentlich sind wir nicht verheiratet«, flüsterte ich.

»Was macht er denn in London?«

»Er sagte, er müsse zurück. Irgendetwas abschließen. Ich habe die Adresse seines Büros.«

»Glaubst du, er möchte gefunden werden?«

Ich atmete mehrmals ein und aus. Er wollte mich nicht verlassen, so viel wusste ich. Wenn er gekonnt hätte, wäre er zurückgekommen.

Die Tür des nächstgelegenen Schlafzimmers öffnete sich erneut, und ein anderes junges Mädchen mit dunkler Haut und Rastas kam heraus. Sie ging direkt auf das Sofa zu und gab mir die Hand.

»Hallo«, sagte sie. »Ich bin Beverly.«

»Hallo!« Ich reichte ihr die linke Hand. »Kiona.«

Ihr Blick wanderte von meinem Kopfverband zu dem eingepackten Arm.

»Was für ein Scheiß ist dir denn passiert?«

»Deine Ausdrucksweise, Bev«, sagte Clay.

»Ich bin aus einem fahrenden Auto gesprungen«, sagte ich.

Sie schnalzte anerkennend und nickte.

»Wer ist auf dem Klo?«

»King«, sagte Clay, »er ist sauer.«

Das Rastamädchen ging zur Badezimmertür und hämmerte dagegen.

»Am Ende zählt nicht, was man sagt, sondern was man den Leuten vorlebt«, sagte ich. Clay sah mich fragend an.

»Deine Ausdrucksweise, Bev«, wiederholte ich.

Sie lachte aus vollem Hals.

»Du bist gar nicht so blöd, wie du aussiehst.« Sie stand vom Sofa auf.

Das Scheppern von Töpfen riss mich aus dem Schlaf, oder vielleicht war es auch die Wohnungstür, die plötzlich aufgerissen wurde. Draußen vor den Fenstern war es schwarz, kühle Luft wehte ins Zimmer, und ich zog schnell die Wolldecke über das Laken. Bei der hastigen Bewegung durchbohrten mich die Schmerzen in Brustkorb und Becken wie Messer.

»Hast du die Waschmaschine reserviert?«, fragte King die Frau, die reinrauschte.

Die Frau knallte die Tür genauso heftig zu, wie sie diese aufgerissen hatte, und stellte sich breitbeinig vor den behinderten Mann. Sie war mager wie ich, hatte aber große Brüste, die aussahen, als ob sie sich Kokosnüsse in den Ausschnitt gesteckt hätte.

»Hallo, Laura«, sagte er, »willkommen zu Hause! Schön, dich zu sehen! Wie war dein Abend?«

Ihr Englisch klang anders als das der anderen, sie zog die As und die Os in die Länge.

»Das Bettlaken stinkt«, sagte King. »Du denkst, du kannst dich einfach drücken, oder?«

»Und was machst du?«, fragte sie heiser, dann fiel ihr Blick auf mich. »Wer ist denn das da?«

Ich räusperte mich aus dem Schlaf, aber King kam mir zuvor.

»Das da hat C an der Autobahn aufgesammelt.«

Die Frau, die also Laura hieß, stöhnte laut und ging mit klirrenden Tüten zu einer Tür, hinter der ich einen Abstellraum oder einen Wandschrank vermutet hatte.

»Hallo, Laura«, rief Clay aus der Küche. »Willkommen zu Hause! Du kommst genau im richtigen Moment, in fünf Minuten gibt es Essen.«

Ein weiteres junges Mädchen tauchte auf, ihr Kopf war kahl rasiert, und im Gesicht hatte sie lauter Ringe und kleine Metallstacheln, und sie stellte einen Stapel Teller mit einem Haufen Besteck auf den Tisch.

Sie nickte mir kurz zu und deckte dann sorgfältig den Tisch.

Clay kam mit einem großen dampfenden Topf ins Wohnzimmer. »Kiona, das ist Britney. Britney, das ist Kiona. Freut mich, dass ihr euch kennenlernt.«

Ich stützte mich auf ein Sofakissen und reichte ihr die gesunde Hand. Das Mädchen sah Clay skeptisch an.

»Hat sie Aids?«

»Soweit ich weiß, nicht«, sagte Clay, und da ergriff das Mädchen meine ausgestreckte Hand, ihre Hände waren voller Narben.

»Man nennt mich Bongo«, sagte sie.

»Bongo«, wiederholte ich und kam mir lächerlich vor.

Sie wendete sich ab und ging Gläser holen.

»Jungs, Bianca«, rief Clay in Richtung Schlafzimmer. »Essen!«

Eine der Türen ging auf, und das dumpfe Wummern ertönte in voller Lautstärke, ich hörte einen Mann zu einer Hintergrundmusik rhythmisch über »bitches in the living room« sprechen.

»Mach Snoop aus«, schrie Clay, das Wummern verstummte. »Kiona, da du nicht mit am Tisch sitzen kannst, isst du auf dem Sofa, okay? Musst du noch mal aufs Klo?«

Ich nickte zaghaft.

»Wladi?«, fragte Clay.

»Sie hat kein Aids«, erklärte das Mädchen mit den Narben, das Bongo genannt werden wollte.

Der Mann mit den breiten Schultern half mir wieder von dem niedrigen Sofa auf, es tat so weh, dass ich beinahe ohnmächtig wurde.

»Versuch zu laufen, auch wenn es schwerfällt«, sagte Clay. »Nimm den Rollator.«

Das Mädchen mit dem silberblonden Haar ging an mir vorbei, ihre Lippen waren rot und glänzend und rochen stark nach Erdbeeren. Sie schob mir ein Gestell mit Rollen hin, auf dem ich mich abstützen und mit dem ich mich gleichzeitig vorwärtsbewegen konnte, so etwas hatten wir auf Manihiki nicht. Der Boden schwankte unter mir wie in den Tagen der Überfahrt nach Rarotonga mit der Lady Moana, ich schluckte mühevoll und tippelte mit winzigen Schritten zum Badezimmer. Wladimir ging neben mir her und wartete, bis ich rauskam. Danach steckte mir Wladimir ein Kissen in den Rücken, damit ich wenigstens halbwegs aufrecht sitzen konnte, und servierte mir einen Teller voller gelber Pampe und warmes Brot mit Butter.

Als sich alle an den Tisch setzten, wurde es eng. Kings Rollstuhl nahm viel Raum ein. Die drei jungen Mädchen saßen nebeneinander, Clay hatte den Platz am Kopfende, die Frau mit den Kokosnussbrüsten, Wladimir und ein extrem schmaler Mann mit roten Haaren, den ich noch gar nicht gesehen hatte, saßen an der anderen Längsseite.

»Das hier ist William.« Clay zeigte mit der Gabel auf den rothaarigen Mann. »Er gibt niemandem die Hand, er hat Aids. Ich glaube zwar nicht, dass wir uns anstecken würden, aber Britney hat Angst vor Krankenhäusern und Krankheiten, deshalb halten wir uns daran.«

Der Mann winkte mir lächelnd zu.

»Willkommen!«, sagte er.

Ich zwang mich zu einem Lächeln.

»Stimmt es, dass Clay dich an der 405 gefunden hat?« Bongo kaute mit offenem Mund.

»An einer Autobahnauffahrt.« Ich aß einen Löffel.

»Gibst du mir bitte mal das Brot, Britney«, sagte Clay. »Danke! Hört mal, Kiona stammt von den Cookinseln, sie ist auf dem Weg nach London, und sie wird hierbleiben, bis ihre Verletzungen geheilt sind.«

Die Worte erfüllten mich mit solcher Erleichterung, dass

ich mir beinahe in die Hose gemacht hätte; Clay würde mich nicht hinauswerfen.

»Gehören die Kokosinseln nicht zu Hawaii?«, fragte Bianca, die ich zum ersten Mal sprechen hörte.

»Kannst du Hula-Hula tanzen?«, fragte Bongo.

»Nicht besonders gut«, sagte ich. »Aber meine Cousine Vaiana ist sehr gut darin, sie ist gerade auf Tournee in Australien …«

Ich verstummte, es hatte geklungen, als würde ich angeben, aber das war nicht meine Absicht gewesen.

»Wann kann sie anfangen zu verkaufen?«

»Sobald sie wieder laufen kann.« Clay wandte sich an King. »Was hast du heute über Darwin herausgefunden?«

»Kein Tier betet.« Er warf mir einen Seitenblick zu. »Alle menschlichen Kulturen haben es getan, obwohl der Scheiß überhaupt nichts bringt. Aus darwinistischer Sicht unbegreiflich.«

»In der Tat«, sagte Clay. »Ich nehme an, du hast eine Antwort auf deine Frage gefunden?«

»Dawkins spricht von Dominanzhierarchie«, sagte er. »Da geht es um Aggression und Unterwerfung. Eine Epidemie, die nichts mit Genen zu tun hat.«

Ich kaute auf meinem Essen herum, einem pflanzlichen Produkt (klein, rund, bissfest), das mich an rohes *taro* erinnerte.

»Welchen Aufgabenbereich bekommt sie?«, fragte Laura, die alle Vokale in die Länge zog, mit Blick in meine Richtung.

»Sie könnte doch den von Tukkuttok übernehmen«, schlug jemand vor.

»Kannst du Autos reparieren?«, fragte William.

»Ich … nein«, sagte ich.

»Vielleicht könnte sie die Wäsche waschen«, sagte Laura hoffnungsvoll. Sie sah kränklich aus, hatte dunkle Ringe unter den Augen und Schweißperlen auf der Stirn.

»Worin bist du gut?«, fragte William.

Ich schluckte hörbar, tja, was konnte ich eigentlich? Ich hätte Kerne in Perlmuscheln implantieren können, wenn ich zertifiziert gewesen wäre, aber das war ich nicht. Ich konnte den Sauerstoffgehalt von Wasser feststellen, indem ich darin schwamm, und unter Wasser konnte ich mit bloßem Auge Entfernungen messen.

»Freitauchen.« Ich legte mein Besteck auf den Teller.

Alle hatten aufgehört zu essen, acht Augenpaare waren auf mich gerichtet.

»Du kannst tauchen?«, fragte Bianca. »Bist du Froschmann? So mit Luftblasen und Schwimmflossen?«

»So ungefähr«, sagte ich, »allerdings ohne Luftblasen. Ich komme auf gut dreißig Meter runter. Natürlich nicht so lange, aber in zehn Metern Tiefe halte ich es mindestens sieben Minuten aus …«

»Bewundernswert«, sagte Clay, »aber in unserem Haushalt eher nicht besonders nützlich. Kannst du kochen?«

Ich dachte angestrengt nach.

»Ich kann gut Fische ausnehmen«, sagte ich, »und außerdem habe ich gelernt, Infusionen und Katheter zu legen, Wunden zu nähen, Blutdruck zu messen …«

»Ausgezeichnet!«, sagte Clay. »Sobald du wieder auf den Beinen bist, kümmerst du dich um King, wenn ich an der Uni bin.«

Der Mann im Rollstuhl schnappte nach Luft.

»Mann, C!«

»Wieso bist du eigentlich so ramponiert?« Bongos Augen leuchteten vor Neugier.

»Ich bin aus einem Auto gesprungen«, sagte ich.

»Wisst ihr was«, sagte Bianca. »Es war einmal ein Backpacker, der war in Brasilien unterwegs, und da hatte er eine ganze Nacht lang Sex mit einer superschönen Frau, oral, anal, das ganze Paket, aber als er am nächsten Morgen aufwachte, war sie weg, und als er ins Badezimmer ging, hatte sie auf den Spiegel geschrieben, na, ratet mal?«

King stöhnte laut.

»Süße«, sagte Clay, »das ist eine Wandersage.«

»Willkommen im Aidsclub!« Bianca erschauerte vor Behagen.

»Ist das wahr?«, fragte Bongo baff.

Beverly verdrehte die Augen.

»Britney«, sagte sie. »Du bist mit Abwaschen dran.«

Alle außer mir trugen ihren Teller in die Küche, William nahm meinen mit.

Die Erinnerung an die Lagune von Manihiki schnürte mir die Kehle zu, ich konnte kaum schlucken. Ich drückte mein Gesicht ins Kissen und sperrte die Außenwelt aus.

Kalte Nächte voller bunter Träume ohne Türen. Vor grellviolettem Hintergrund zischten grüne Spiralen vorüber, Schreie hallten durch Ozeane ohne Sauerstoff. Hände bohrten sich in all meine Öffnungen. Ich fand keinen Halt und fiel.

»Schon gut«, sagte Clay mit leiser Stimme.

Sie saß neben mir auf der Sofakante, ihre Hand lag auf meiner Stirn, ich musste sie geweckt haben.

»Mach dir keine Sorgen«, sagte sie, »du wirst wieder ganz gesund werden.«

Ich antwortete nicht.

»Es war großes Pech, dass du an diese Männer geraten bist.«

Da ich wusste, dass es nichts mit Glück oder Pech zu tun hatte, wendete ich mich ab.

»Gott straft dich nicht«, sagte Clay. »Das musst du mir glauben.«

»Warum sollte ich dir glauben und nicht Gott?«, murmelte ich ins Sofakissen.

Sie setzte sich gerade hin.

»Es ist großartig, dass du gläubig bist, dass du diese Fähigkeit besitzt, genau wie wir alle. Ohne sie wären wir heute nicht hier. Wir können aus den Erkenntnissen anderer Menschen lernen, wir können auf dem, was sie zustande gebracht haben, aufbauen, weil wir *glauben*, wir vertrauen auf das, was uns andere erzählen, wir brauchen nicht alle früheren Erfahrungen selbst zu machen. Das ist maßgeblich für unsere Entwicklung, und es unterscheidet uns von allen anderen Arten.«

Ich antwortete nicht.

»Die Wissenschaft zum Beispiel«, fuhr sie fort, »basiert auf dieser Fähigkeit. Wir akzeptieren die Ergebnisse früherer Forscher und müssen nicht all ihre Experimente wiederholen. Wir halten ihre Worte für wahr und bauen darauf auf. Jemand sagt etwas, und wir glauben daran. Religion ist ein Nebeneffekt dieser Fähigkeit.«

Ich schloss die Augen.

»Du hast als Kind gelernt, dass es Gott gibt, stimmt's?«, fragte Clay. »Jedenfalls war es bei mir so. Tückisch, denn es wurde genauso verpackt wie eine Menge wirklich wahrer Dinge, wie zum Beispiel, dass man aufpassen muss, nicht von einem Auto überfahren zu werden, oder dass Eis gut schmeckt. Ich kaufte meinen Eltern natürlich alles ab, das tut jedes Kind.«

»Vielleicht irrst du dich«, sagte ich ins Sofakissen. »Vielleicht gibt es Gott doch. Vielleicht glaubst du an die falschen Menschen.«

»Durchaus möglich«, sagte Clay.

Ich drehte mich nach ihr um, sie lächelte.

»Die Personen, an die ich glaube«, sagte sie, »sind Wissenschaftler, und sie sagen, dass das Christentum das Resultat einer ganzen Reihe von älteren religiösen Vorstellungen ist.«

Da ich nicht verstand, wovon sie sprach, sagte ich nichts.

»Das ist die wichtigste Voraussetzung für logisches Denken«, sagte Clay. »Geh von dem aus, was du weißt.«

Sie streckte sich genüsslich, ihr langer Körper wirkte stabil und war überall gleich dick.

»Am Anfang, als wir noch Jäger und Sammler waren, glaubten wir, Orte, Tiere und Pflanzen hätten Bewusstsein und Gefühle, und wir könnten durch Gesang und Tanz und Zeremonien mit ihnen kommunizieren. Niemand bestimmte über andere, wir lebten gemeinsam und im Einklang miteinander. Heute sind davon Geister und Engel, Elfen und Dämonen übrig geblieben.«

Ich dachte an den Erzengel Gabriel, an die unreinen Geister, die Besitz von dem Mann ergriffen hatten, der in den Grabhöhlen von Gerasa lebte, und an die himmlischen Heerscharen, die zum Lob des Herrn sangen.

»Und der Heilige Geist?«, fragte ich. »Soll der etwa auch ein Überbleibsel eines vorgeschichtlichen Rituals sein?«

Ich hörte selbst, wie skeptisch ich klang.

»Ein hervorragendes Beispiel«, sagte Clay. »Als wir sesshaft wurden, veränderten sich unsere äußeren Bedingungen und unsere Bedürfnisse. Wir wurden zu Besitzern von Land und Tieren und Pflanzen, und was man besitzt, betet man nicht an. Stattdessen sollten Tiere und Pflanzen uns *gehorchen*, und dafür sorgte man mithilfe von verschiedenen lokalen Göttern. Es gab Regengötter und Kriegsgötter und Wettergötter und Fruchtbarkeitsgötter … Hast du eigentlich Hunger? Möchtest du ein Sandwich?«

Ich schüttelte den Kopf, sie stand auf.

»Ich mache mir eins.«

»In der Mythologie der Wikinger heißen sie Thor und Freya und Odin«, sagte ich.

Sie blieb in der Küchentür stehen.

»Genau. Wir opferten den Göttern Tiere und Gegenstände und schworen ihnen als Gegenleistung für gewonnene Schlachten und reiche Ernten ewige Treue, und das Ganze wurde von einem Obergott gelenkt, der der Vater aller anderen Götter war.«

Sie verschwand in der Küche und kam nach wenigen Minuten mit zwei weißen Brotscheiben zurück, die mit einer braunen Schmiere zusammengeklebt waren, vielleicht war es Erdnussbutter.

»In großen Teilen des Christentums lebt diese Struktur weiter«, sagte sie, »auch wenn wir die kleinen Götter mittlerweile als Heilige bezeichnen. Vor ungefähr dreitausend Jahren lebte ein Prophet namens Zarathustra, schon mal von ihm gehört?«

»Hat Nietzsche nicht etwas über ihn geschrieben?«

»Stimmt, aber Nietzsches Zarathustra war eine fiktive Figur in einem philosophischen Werk. Der Mann, den ich im Kopf habe, behauptete, die Welt sei Schauplatz eines Kampfes zwischen einem guten und einem bösen Gott. Die Menschen hätten die Aufgabe, dem guten Gott zu helfen, den Fight zu gewinnen.«

Sie biss ein großes Stück von ihrem Brot ab und schmatzte genüsslich.

»Dieser Mythos war übrigens in Persien zur Zeit des Untergangs des Römischen Reichs Staatsreligion. Und der Kampf zwischen Gut und Böse war so spannend, dass wir ihn in unsere eigene Religion integrierten.«

Ich begriff, dass sie sich auf Gott und den Teufel bezog.

Die gelbe Lampe draußen auf dem Laubengang warf farbige Lichtflecken auf die Wände, fast so wie in der Kirche im Dorf Tukao. King saß in seinem Rollstuhl neben der Wohnungstür und schlief. Eine Weile aß Clay schweigend.

»Die Christen waren bei Weitem nicht die Ersten mit einem einzigen wahren Gott.« Sie leckte sich die Finger ab. »Im Jahr 1350 beschloss zum Beispiel ein ägyptischer Pharao, der Gott Aton würde über das gesamte Universum herrschen. Leider starb Aton zusammen mit seinem Pharao, seine PR-Abteilung hat nicht gut gearbeitet. Das Judentum war ebenfalls früh dran. Eigentlich ist es überraschend, dass ausgerechnet das Christentum, das ja als obskure jüdische und esoterische Sekte begann, Erfolg hatte. Dafür können wir uns bei Saul aus Tarsus bedanken.«

Sie meinte Paulus.

»Und dieses Konzept, also die Theorie vom einzigen Gott, der von allen Menschen auf der Erde totale Unterwerfung verlangt, hat so gut funktioniert, dass sie ein paar Hundert Jahre später von einer anderen Gruppe nachgemacht wurde, willkommen, Islam ...«

Gähnend stand sie auf.

»Wie auch immer, du betest jedenfalls einen Gott an, der auf dem heiligen Geist der Urmenschen, den Heiligen der Polytheisten, dem Teufel der Dualisten und dem Jahwe der Juden basiert.«

»Ich bin aber nicht katholisch«, rief ich Clay hinterher, als sie in die Küche ging.

Ich lag lange wach.

Die Sonne brannte durch das Fenster zum Laubengang, die Luft im Zimmer war zum Schneiden.

»Laura«, sagte Clay, »du musst heute die Bettwäsche waschen, sie stinkt erbärmlich.«

»Ich habe einen Vorsprechtermin.« Laura saß am Frühstückstisch und tuschte sich die Wimpern.

King rümpfte die Nase.

»Das kann ich machen«, sagte Beverly.

»Du hast andere Dinge zu tun«, sagte Clay. »Zieht jetzt Leine, sonst kommt ihr wieder zu spät.«

Die Teenager grunzten unisono, brachten aber trotzdem ihre Teller in die Küche, eine Szene, die sich auch in unserer Küche in Tukao hätte abspielen können. Eine Minute später hatten sie mit ihren Rucksäcken und, in Bongos Fall, einem schwarzen Stoffbeutel die Wohnung verlassen.

»Musst du nicht auch los?«, fragte Clay Laura, die daraufhin ihre Schminksachen in ein Necessaire packte und in ihr Zimmer ging.

»Beeil dich, die Kokshandlung hat geöffnet!«, rief King ihr hinterher.

Clay und King saßen am Tisch und lasen gemeinsam eine große Tageszeitung, sie ließen sich viel Zeit und kommentierten die Artikel auf vertraute und eingespielte Weise. Ich schloss daraus, dass sie es schon oft und ausgiebig getan hatten. An diesem Morgen diskutierten sie unter anderem ein neues Buch über einen Künstler namens Francis Bacon, der violette Päpste gemalt hatte, die sich in goldenen Käfigen die Seele aus dem Leib schrien, was King sehr lustig fand. Eine Weile später rief Clay zur Tür des schwulen Paars hinüber:

»Wladi, Gretzky ist verletzt. Hat sich am Samstag gegen die Jets das Knie verdreht.«

Die Tür ging auf, und die Männer kamen mit Badetaschen ins Wohnzimmer.

»Ich weiß«, sagte der blonde Mann mit einem starken Akzent, den ich noch nie gehört hatte. »Wayne hat versucht, einem Angriff auszuweichen, und ist auf Shannons Schläger gelandet.«

»Sie haben vier zu drei verloren«, sagte Clay.

Die Männer verließen die Wohnung. Was Aids war, wusste ich genau; als die Epidemie Neuseeland erreichte, erhielt Mama Evelyn Broschüren vom Gesundheitsministerium in

Wellington, aber auf Manihiki hatten wir noch keinen Fall gehabt.

»Werden sie behandelt?«, fragte ich.

»Jetzt nicht mehr«, sagte Clay. »Eine Zeit lang haben sie AZT bekommen, aber davon sind sie noch kränker geworden. William hat kaum noch Helferzellen, es sieht überhaupt nicht gut aus. Er hatte schon zwei Lungenentzündungen, und jetzt hat er auch noch eine Pilzinfektion in der Speiseröhre. Wladi ist robuster, ehemaliger NHL-Profi, aber er macht sich tierische Sorgen um William.«

Ich dachte über die Situation der jungen Männer nach. Lungenentzündungen waren immer eine ernste Sache, aber bei verminderter Immunabwehr waren sie lebensgefährlich. Ich wusste, dass Freddie Mercury, der Sänger von Nikaus Lieblingsband Queen, in Zusammenhang mit Aids an einer Lungenentzündung gestorben war.

Clay stand auf und kam zu mir herüber.

»Kiona«, sagte sie, »ich muss dich um etwas bitten.«

Ich versuchte, mich aufzusetzen.

»Wir helfen uns hier im Haus gegenseitig«, sagte Clay. »Wir verkaufen Zeitungen oder, besser gesagt, Zeitungsabonnements in ganz Los Angeles. Jeder von uns muss eine Quote erfüllen, damit das Ganze funktioniert. Verstehst du, was ich damit sagen will?«

»Haushaltsgeld?«

»Wenn du hierbleiben möchtest, musst du dich so bald wie möglich mit einem bestimmten Betrag beteiligen. Du schuldest mir ja auch noch die Krankenhausrechnung, und die war nicht von Pappe.«

Ich schluckte und nickte. Sie tätschelte meinen Arm und stand auf.

»Den verbinden wir heute Abend neu. Du wirst eine unübersehbare Narbe zurückbehalten. Ich gehe jetzt studieren, du hast dein Antibiotikum genommen? King, du kommst zurecht?«

Nachdem die Tür hinter ihr ins Schloss gefallen war, breitete sich im Wohnzimmer eine Stille aus, die so kompakt war wie Zement. Ich trank einen Schluck aus einem Wasserglas, das Clay neben das eine Sofabein gestellt hatte, strich mein Laken glatt, schüttelte das Kissen unter mir aus. Draußen auf der Straße fuhren Autos vorüber. Ein Hund bellte, jemand lachte.

»Wie lange wohnst du schon hier bei Clay?«, fragte ich etwas zu munter.

»Geht dich einen Scheiß an.« King blätterte mit seiner einen Hand in der Tageszeitung.

Verzagt lag ich auf dem Sofa. Außerdem musste ich dringend kacken. King hätte mir vermutlich noch nicht einmal geholfen, wenn er die Möglichkeit dazu gehabt hätte, also brachte ich mir lieber schleunigst bei, aus eigener Kraft auf die Beine zu kommen. In der Klinik hatte ich Patienten mit Hexenschuss dazu angeleitet, sich auf die Seite zu legen, die Beine über die Bettkante zu schwingen und auf dem Fußboden abzustellen und sich dann mit den Armen in die Sitzposition hochzudrücken. Nun probierte ich das Manöver auf dem Sofa aus. Es dauerte seine Zeit. Immer wieder musste ich mich ausruhen, um die Schmerzen im Becken auszuhalten, und nach einigen gescheiterten Versuchen und einer höllischen Schmerzattacke stand ich tatsächlich aufrecht. Mithilfe des Rollators schaffte ich es bis zum Badezimmer.

»Weißt du, wo Clay meine Medikamente hingelegt hat?«, fragte ich King, als ich wieder im Wohnzimmer war.

»Opiate sind scheiße«, sagte er, ohne aufzublicken (die Zeitung war durch Schreibheft und Stift ersetzt worden).

»Sag mir, wo meine Scheißmedikamente sind«, sagte ich.

Er löste den Blick tatsächlich von seinem Heft und deutete

mit dem Kopf auf ein Bücherregal, das aus lose aufeinandergestapelten Brettern und Betonklötzen gebaut war.

»In der grünen Kiste«, sagte er.

Sie stand weit oben, aber ich bin ziemlich groß. Es waren mehrere Pillendosen aus braunem Kunststoff darin, verschiedene Brillen und ein Stoß amerikanischer Pässe. Ich stellte die Kiste auf die kleine Ablagefläche der Gehhilfe, bewegte mich im Schneckentempo zum Sofa, suchte die Dose mit meinem Namen raus und spülte eine ganze Handvoll Tabletten mit dem Rest aus meinem Wasserglas runter. King ignorierte mich demonstrativ und schrieb eifrig in sein Heft. Ich legte mich wieder hin, Sitzen tat im Becken zu weh, und nahm den ersten Pass raus. Er gehörte Clay oder zumindest einer Person, deren Passbild Ähnlichkeit mit ihr hatte, wobei sie auf diesem Foto kurzes schwarzes Haar hatte und laut Pass Frank Hollingworth hieß, geboren 1932. Ich legte ihn zurück und schlug den nächsten auf, auch er gehörte Clay, aber jetzt hieß sie Rita Miller und war zwar am selben Tag geboren, hatte aber lange blonde Locken und eine dicke Brille (ähnlich wie die, die in der Kiste lag). Im dritten Pass hieß sie Frank Miller und im vierten Rita Hollingworth.

Ein warmer Nebel breitete sich in meinem Körper aus. Ich ließ die Pässe in die Kiste fallen, die neben mir auf dem Boden stand, und bemerkte an der Decke einen Wasserfleck, der mir bisher nicht aufgefallen war. Er sah aus wie eine Faustskizze von Manihiki. Ich fragte mich, was Amiria gerade machte, sie war wahrscheinlich in der Schule, Oma Vaine kümmerte sich um die Kinder, erzählte ihnen Sagen und Legenden aus der Vorzeit, sprach über den Bauern Ati, der am Hang oberhalb von Arorangi sein Gemüse anbaute, über die Perlen, die ein Geschenk von Rangi, dem Himmel, an Moana, das Meer, waren, und ich bekam kaum Luft. Es ging nicht, ich durfte nicht an Johan und Iva denken, sonst war ich verloren.

Umgeben von fremden Körpergerüchen schlief ich an dieser Stelle ein.

Ich träumte von Hikahara. Es regnete und donnerte, aber ich hatte keine Angst. Wie Jesus einst über den See Genezareth gewandelt war, ging ich zu Fuß über die Lagune von Manihiki, es war warm und nass, und ich lachte dem Wind entgegen. In weiter Ferne rief jemand meinen Namen, ich wollte antworten, sang aber stattdessen, ich rannte auf Hikahara zu, die, halb Frau, halb Mann, mitten in der Lagune stand, und pries sie dabei mit meinem Gesang.

»Kiona! Kiona, verdammt noch mal, wie viele Tabletten hast du genommen?«

Takutea, die verbotene Insel vor Atiu, alle Farben waren verschwunden, *makatea* und ein unfruchtbarer Himmel, ins Höllenfeuer mit ihnen.

»Scheiße, Wladi, mach schnell, haben wir noch Adrenalin?«

Ich öffnete die Augen, Clays Gesicht schwebte über meinem, nichts tat mehr weh, o wie schön, ich war wieder gesund!

»Bist du eine Göttin, Clay?«, fragte ich.

»Zähl die restlichen Tabletten«, sagte sie zu jemandem. »Und jetzt müssen wir wirklich waschen, sie hat ins Bett gepinkelt.«

»Hikahara«, sagte ich. »Bist du es? Bist du diejenige, die …«

Im nächsten Augenblick musste ich mich übergeben. Aus dem Nichts kam ein Eimer, in den ich kotzte. Dann trank ich einen Schluck Wasser, alles auf der Welt war wunderschön, und fiel in einen traumlosen Schlaf.

Als ich das nächste Mal aufwachte, war es stockdunkel in der Wohnung, und ich fror, wie ich noch nie im Leben gefroren hatte. Ich zitterte am ganzen Körper, von den Haarwurzeln an tat mir alles weh, ich wollte schreien, aber ich konnte nicht. Die Bettwäsche war sauber, aber nass geschwitzt. Die Schreie meines Körpers hallten im Kopf wider.

So lag ich da, die ganze Nacht, lauschte dem endlosen Echo und begriff, dass Einsamkeit überall gleich ist.

Niemand kümmerte sich um mich. Sie ließen mich auf dem Sofa liegen, während sie ihren morgendlichen Verrichtungen nachgingen, die Mädchen mussten zur Schule, Clay und King lasen Zeitung, Wladimir wollte an die frische Luft, und William schloss sich in ihrem gemeinsamen Zimmer ein.

Anschließend kam Clay zu mir und setzte sich auf die Sofakante. Sie sah müde und ernst aus.

»Nur damit du es weißt«, sagte sie, »ich habe die restlichen Tabletten weggeworfen. Gegen die körperlichen Schmerzen bekommst du Aspirin und Paracetamol, aber die anderen musst du aushalten.«

Dann stand sie auf, holte ein paar Tabletten, die sie zu dem Wasserglas neben dem Sofabein legte, nahm ihre Handtasche und ging.

King blieb am Tisch sitzen und las ein Buch, ich hatte den Eindruck, dass er ungewöhnlich zufrieden aussah, aber ich kann mich auch getäuscht haben.

An diesem Tag regnete und stürmte es, und die Faustskizze von Manihiki wurde vor meinen Augen immer detaillierter.

Ich ließ schwarze Wolken durch meine Brust ziehen, ohne dagegen anzugehen, ich schaffte es zur Toilette, und vielleicht war es sogar etwas leichter als am Vortag, heute war heute, und weitere Tage würden diesen Tag ablösen.

Am Nachmittag döste ich ein, und als ich aufwachte, saß Bongo neben mir auf dem Fußboden.

»Kennst du Paul Cook?«, fragte sie.

Meine Zunge war staubtrocken und doppelt so groß wie der Mund.

»Gibt es noch Wasser?«, fragte ich heiser, sie reichte mir das Glas.

»Hast du ihn getroffen? Auf den Cookinseln?«

Die Augen des Mädchens funkelten mit dem Metall in ihrem Gesicht um die Wette.

»Wen?«

Mit weit gespreizten Fingern machte sie eine Geste, die keinen Zweifel daran ließ, dass ich eine hoffnungslose Idiotin war.

»Cookie! Den Drummer der Sex Pistols! Fliegst du wirklich nach London?«

Sie schloss die Augen und seufzte sehnsüchtig, dabei stellte ich fest, dass sie auch auf dem Kopf mehrere Narben und einige im Gesicht hatte.

»Eines Tages werde ich auch nach London fahren, The Marquee Club, Saint Martin's College, 100 Club, all diese Läden, weißt du …«

Dann riss sie die Augen auf und sagte: »Ich habe einen Stadtplan von London, willst du mal sehen?«

Bevor ich antworten konnte, war sie auf den Beinen und kehrte wenige Sekunden später mit einem esstischgroßen Bogen Papier zurück.

»Schau mal!« Sie tippte darauf. »430 King's Road. Die Boutique von Vivianne Westwood und Malcolm McLaren gibt es immer noch!«

Stumm ließ ich den Blick über die riesige Karte schweifen. O mein Gott, die Stadt war unermesslich groß, wo sollte ich anfangen zu suchen?

»Lombard Street«, sagte ich. »Weißt du, wo die ist?«

»Und guck mal da, Charing Cross Pier.« Bongo zeigte auf einen anderen Teil der Karte. »In der Nähe der Underground-

Station Embankment. Die Sex Pistols hatten ein Schiff gemietet und spielten genau in dem Moment ›Anarchy in the UK‹, als sie an dem Gebäude vorbeifuhren, wo die ganzen Politiker hocken.«

»Supercool«, bestätigte ich.

»Und Laura kommt von dort, also warum um alles in der Welt ist sie in den USA, verstehst du das?«

Es erklärte zumindest Lauras Akzent. Bongo faltete sorgfältig die Karte zusammen.

»Wie lange wohnst du schon bei Clay, Bongo?«

»Schon ewig, seit ich klein war. King war schon da und die Schwulen auch, sie kamen, als Wladi aus der Hockeymannschaft flog. Die Familie von William ist stinkreich, aber als sie spitzgekriegt haben, dass er schwul ist, haben sie ihn rausgeworfen. Laura ist vor einem halben Jahr dazugekommen, sie hat einen widerlichen Freund. Er schlägt sie.«

»Was ist mit King?« Obwohl er mich hören konnte, deutete ich auf den deformierten Mann.

»Er ist an seinem ersten Tag in Vietnam auf eine Landmine getreten. Mit achtzehn.«

»Neunzehn«, rief King vom Esstisch.

»Tuttie war nur ein paar Monate hier, er stammt vom Nordpol und hat die Hitze nicht vertragen. Außerdem war er ein miserabler Verkäufer. Aber jetzt ist er ja wieder zu Hause.«

In Kangerlussuaq, das wusste ich, wie gesagt.

»Verkäufer?«, fragte ich. »Hat er auch Zeitungen verkauft?«

»Zeitschriften«, sagte Bongo. »Bev und Bi und ich verkaufen Jugendmagazine, aber nur samstags, wir müssen ja auch Hausaufgaben machen. Clay und King sind die Besten, sie gewinnen immer.«

Ich sah zu dem behinderten Mann rüber, der nicht direkt wie der Inbegriff des erfolgreichen Verkäufers aussah.

»Wir behandeln unsere Veteranen wie Dreck, alle haben

ein schlechtes Gewissen.« Er blätterte eine Seite in seinem Buch um.

»Was macht Clay in der Bibliothek?«, fragte ich.

Das Mädchen verdrehte stöhnend die Augen.

»Wo, glaubst du, hat sie ihr ganzes Wissen her?«

»Ist sie eine Verwandte von dir?«

Sie sah mich fragend an.

»Wie meinst du das?«

Ich wusste nicht, ob es hier eine Entsprechung für unseren Begriff *tamariki* gab, der den Vorgang beschreibt, dass ein Kind weggeschickt und von nahen Angehörigen großgezogen wird (so wie Oma Vaine).

»Deine Familie«, sagte ich, »wo ist die?«

Bongo stand hastig auf, klemmte sich den Stadtplan unter den Arm und verschwand in ihrem Zimmer. King schnaubte. Ich begriff, dass ich mich lächerlich gemacht hatte.

Während die anderen lärmend und laut palavernd nach Hause kamen, lag ich mit dem Rücken zum Wohnzimmer da und fühlte die Scham in meiner Brust sprudeln: weil ich nichts kapierte, keine Menschenkenntnis hatte, Platz wegnahm und nicht mithelfen konnte.

»Komm schon!« Als das Abendessen auf dem Tisch stand, zog Clay mich hoch. »Schluss mit dem Selbstmitleid.«

King sprach unaufhörlich über schwarze Löcher, ein Weltraumphänomen, von dem ich noch nie gehört hatte. Er dozierte über Paralleluniversen und behauptete, wir alle würden in diesem Moment in einem anderen Los Angeles in einem anderen Universum an einem anderen Tisch sitzen und uns aufgrund anderer Lebensentscheidungen in anderen Situationen befinden. Sein Vortrag wurde im Laufe des Essens immer krampfhafter und wirrer, er schwitzte im Gesicht und am Oberkörper, Clay rutschte nervös auf ihrem Stuhl hin und her und versuchte, ihn zu unterbrechen, aber es ging nicht.

Schließlich schleppten Wladimir und Clay ihn gemeinsam zu einem Auto, und Clay fuhr ihn in ein Veteranenpflegeheim in Santa Monica. Zwei der Mädchen machten den Abwasch. Laura, Wladimir und William fuhren rauf in die Hollywood Hills und verkauften Zeitschriftenabos.

Ich lag im Dunkeln wach und wartete auf Clay. Als sie endlich zur Tür reinkam, sagte ich ihr, ich wolle mit ihr sprechen. Sie ließ sich wie ein Sack auf die Sofakante fallen, die gelbe Lampe betonte die Sorgenfurchen in ihrem Gesicht.

»Kann das nicht bis morgen warten?«, fragte sie.

»Ich will so bald wie möglich mitarbeiten«, sagte ich. »Muss Geld verdienen, damit ich nach London fliegen kann. Außerdem will ich draußen in Flughafennähe verkaufen.«

Einige Sekunden lang betrachtete sie mich schweigend.

»Ist dir bewusst, wie du aussiehst?«

Ich verstand nicht, was sie meinte.

»Niemand kauft Zeitschriften bei einer Mumie. Am Sonntag kann ich die Fäden am Kopf ziehen, dann ist eine Woche um. Du bekommst eine Kappe, um den Fleck zu verstecken.«

»Welchen Fleck?«

»Am Hinterkopf bist du rings um die Platzwunde rasiert. Vielleicht überschätzt du auch unsere Einnahmen, sie decken mit Müh und Not unsere Unkosten.«

Sie stand auf.

»Und wieso ausgerechnet am Flughafen?«

Ich holte tief Luft.

»Es war kein Zufall, dass diese Typen angehalten haben«, sagte ich. »Und ich war auch nicht die Erste, die so blöd war, in ihr Auto einzusteigen. Die lauern dort abends auf Beute.«

»Und?«, fragte Clay. »Willst du etwa am Flughafen rumstreunen, bis sie dich noch einmal in die Fänge bekommen?«

»Ich möchte nach dem Auto Ausschau halten«, sagte ich.

»Nach einem dunklen Cadillac? Weißt du, wie viele es davon in Los Angeles gibt?«

»Ich muss den Wagen finden«, sagte ich. »Im hinteren Fußraum liegen die Perlen.«

Clay stand auf und ging in die Küche, ich hörte, wie sie ihr Feldbett aufstellte. Ich schaute in das gelbe Licht auf dem Laubengang und wusste, dass sich keiner der vier Superhelden für Kinderrechte engagierte, aber ihr Auto einen blau-weißen Aufkleber mit dem Symbol von Unicef auf der Heckscheibe hatte.

Clay bestimmte, dass Laura meine Mentorin wurde, was Laura ungemein anstrengend fand. Sie biss jedoch die Zähne zusammen und ging mit mir das Arbeitsmaterial durch, Listen von Zeitschriften, die man abonnieren konnte, ich hatte keine Ahnung gehabt, dass es so viele verschiedene gab (Woman's Weekly war nicht darunter).

»Du darfst nicht sagen, dass du eine abgebrannte Touristin von den Kokosinseln bist«, sagte Laura, »das verkauft sich nicht. Du brauchst eine herzergreifende Geschichte, zum Beispiel, du seist Studentin und sammelst Geld für einen wohltätigen Zweck, arme Kinder in Biafra oder so was. Und sag niemals deinen richtigen Namen, denk dir einen Decknamen aus, der zur Umgebung passt.«

Sie selbst nannte sich im Latinoviertel Juanita, oder Judith, wenn eine offensichtlich jüdische Person die Tür öffnete, und Jacqueline in wohlhabenden Gegenden oder wenn die potenzielle Kundin einen Hang zu teuren Statussymbolen hatte.

»Protzige Handtasche, egal, ob Fake oder nicht: Jacqueline«, sagte ich, um unter Beweis zu stellen, dass ich es verstanden hatte.

Laura seufzte.

»Du kannst dich nicht auch Jacqueline nennen, sondern

musst dir was anderes ausdenken. Zieh dir was Richtiges an und nimm dieses Mumiending ab, dann fahren wir los.«

Ich schlüpfte in eine Jeans, die Clay aus einem Schrank rausgesucht hatte, und in ein langärmliges Unterhemd, das ich im Krankenhaus bekommen hatte, es verdeckte den Verband am Unterarm. Dann schnürte ich die Turnschuhe, die Beverly nicht mehr haben wollte (sie waren rosa und viel zu kindlich). Ich wickelte den Kopfverband ab, der an der Wunde klebte, sodass diese ein wenig zu bluten anfing, als ich die Mullbinde abriss, aber dank der schwarzen Schirmmütze, die mir Wladimir auslieh, war es nicht zu sehen. Laura wartete nicht auf mich, als ich mich die Treppe hinunter- und über die Straße schleppte, sondern saß bereits in Clays kleinem rotem Auto und trat ungeduldig auf das Gaspedal. Der Wind war kühl und vor lauter Abgasen grau.

Laura schlingerte nervös auf der Fahrbahn hin und her (sie behauptete, die Amerikaner benutzten eigentlich die falsche Straßenseite). Es war bewölkt, der Wind zerrte an trockenen Palmblättern. Wir fuhren nicht weit und parkten in einer schattigen Straße mit Einfamilienhäusern.

»Halt einfach die Klappe und hör zu«, sagte sie. »Und der Erlös geht an mich, okay?«

Ich murmelte zustimmend. Sie stieg aus, griff nach ihrer Tasche mit den Arbeitsmaterialien, ging geradewegs auf das nächste Gebäude zu und klingelte. Der Rasen war sehr grün. Ich stolperte ihr hinterher. Es tat scheußlich weh. In dem Moment, als ich das Haus erreichte, wurde die Tür geöffnet, und eine ältere Dame schaute heraus.

»Ja?«, fragte die Dame besorgt, und Laura setzte ein strahlendes Lächeln auf.

»Guten Tag«, zwitscherte sie mit kristallklarer Stimme. »Wie schön, dass Sie zu Hause sind. Wissen Sie, ich habe ein fantastisches Angebot für Sie ...«

»Ich brauche nichts.« Die Frau knallte die Tür zu. Laura bekam wieder ihren normalen unzufriedenen Gesichtsausdruck, aber sie sagte nichts, sondern rauschte weiter zum nächsten Haus.

»Was für eine miesgelaunte Tante …«, begann ich, aber Laura fiel mir sofort ins Wort.

»Keine negativen Gedanken«, sagte sie. »Das steckt an. Loslassen, niemals grübeln. Los, komm!«

Wir legten etwa zehn Meter auf dem Bürgersteig aus Beton zurück. Laura klingelte, und ich hechelte ihr hinterher, möglicherweise ließen die Schmerzen ein wenig nach, nachdem mir warm geworden war. Da niemand aufmachte, gingen wir weiter. Beim zehnten Haus oder vielleicht dem elften durften wir zu einem alten Ehepaar und einem struppigen Hund reinkommen.

»Oh, so ein süßes Schätzchen«, flötete Laura, setzte sich auf den Fußboden zu dem Hund, der ihr das Gesicht abschleckte, kraulte ihn ausgiebig, lachte ihr perlendes Lachen, und beide Rentner grinsten über das ganze Gesicht. Als der Hund seinen Unterleib an ihrer Hüfte zu reiben begann, schob sie ihn scherzend von sich und holte ihr Material hervor. Sie war wirklich eine gute Verkäuferin. Anfangs konzentrierte sie sich auf Zeitschriften über Hunde, aber dann merkte sie, dass die Frau gerne strickte und der Mann sich für Motorräder interessierte. Bevor wir das Haus verließen, hatten beide ein Abonnement unterschrieben. Sobald sich die Tür hinter uns geschlossen hatte, verschwand ihr gutmütiges Lächeln, und sie hakte die Straße auf ihrem Stadtplan ab.

»In der Richtung sind Wladi und Will schon gewesen«, sagte sie. »Wir fahren nach Crescent Heights.«

Mit Lauras Stadtplan in der Hand klapperten wir systematisch die Straßen ab. Viele Leute machten nicht auf, wenn wir klingelten, obwohl wir sie hinter den Vorhängen sahen. Die meisten, die ihre Tür öffneten, ließen uns nicht rein.

»Guten Tag, ich heiße Sarah und habe heute ein supertolles Angebot für Sie, einen außerordentlich günstigen Vertrag, weil mein Auftraggeber bis heute um Mitternacht sein zehnjähriges Jubiläum feiert, und daher dachte ich, Sie möchten vielleicht die Gelegenheit nutzen …«

Es gab natürlich kein besonders günstiges Angebot, doch obwohl ich das wusste, war ich beinahe versucht, ein oder zwei Zeitschriften zu abonnieren.

»Okay.« Schließlich sah Laura auf ihre Armbanduhr. »Du darfst die letzten Häuser hier übernehmen, und dann fahren wir nach Hause.«

Sie hängte mir die Tasche mit den Listen und Broschüren über die linke Schulter.

»Ich warte hier.«

Ich ging zum Haus am Ende der Straße. Nachdem ich geklingelt hatte, schlug mein Herz in der Brust so wild wie die Wellen bei einem Wirbelsturm gegen das Riff, die Tür war grün und ein wenig verwittert. Ich betete zu Gott, es möge niemand aufmachen, aber an diesem Tag hatte Gott beschlossen, keine Gebete zu erhören. Der Mann in der Tür hatte eine Zigarette im Mundwinkel und eine Bierdose in der Hand.

»Was willst du?«, fragte er.

Ich lächelte.

»Hallo!«, sagte ich. »Ich heiße Bianca! Haben Sie einen Moment Zeit?«

In den Augen des Mannes blitzte etwas auf.

»Kommt drauf an.« Er lehnte sich an den Türrahmen. »Was verkaufst du?«

Er musterte mich von Kopf bis Fuß. Ich ging einen Schritt auf ihn zu.

»Ich mache eine Ausbildung zur Krankenschwester«, sagte ich. »Heute beteilige ich mich ausnahmsweise am Zeitschriftenverkauf zugunsten eines Pflegeheims in Santa Monica,

Sie kennen es vielleicht. Ich kann Ihnen ein unheimlich gutes Angebot machen und hätte unter anderem ein Magazin über Sportwagen für Sie ...«

»Die Veteranen?«, fragte er.

Ich sah ihn mit großen Augen an und nickte. Dann machte ich noch einen Schritt auf ihn zu.

»Es ist furchtbar, wie wir mit ihnen umgehen«, sagte ich. »Eine Schande, dass wir auf diese Weise Geld für sie beschaffen müssen, aber ich tue zumindest, was ich kann. Darf ich reinkommen und Ihnen zeigen, welche Zeitschriften ich im Angebot habe?«

Der Mann trat einen Schritt zurück und hielt mir die Tür auf. Einen Augenblick lang war ich wieder auf der Straße in der Nähe des Flughafens, wo mir ein Superheld eine Autotür aufhielt, aber irgendwo da draußen war Laura und wusste wenigstens, wo ich verschwunden war, falls ich nicht wiederkam.

Das Haus war unaufgeräumt. Ein großer Fernseher dominierte das Wohnzimmer. Der Mann sagte, er heiße Jim, sank auf das Sofa und drückte seine Zigarette im Aschenbecher aus. Ich zeigte ihm, welche Zeitschriften ich anzubieten hatte, und er war ernsthaft an den Magazinen über Sportwagen interessiert. Er schloss ein Abonnement für sechs Monate ab.

»Wie heißt das Pflegeheim«, fragte er, als wir uns die Hand gegeben hatten und ich meine Unterlagen einpackte.

»Das Pflegeheim?«, wiederholte ich.

»Ja, für die Veteranen.«

Eine halbe Sekunde lang atmete ich mit offenem Mund.

»Tukaoklinik«, sagte ich. »Sie ist nach King Tukao benannt, einem Kriegshelden aus Vietnam. Er ist an seinem ersten Tag dort auf eine Landmine getreten, hat aber überlebt und jede Menge Feinde getötet.«

»Alle Achtung.« Jim brachte mich zur Tür.

Laura war nicht beeindruckt.

»Nur ein Halbjahresabo?«, fragte sie.

Meine Hände zitterten vor Aufregung, ich warf einen Blick auf den blitzblanken Sportwagen des Mannes mit dem Aufkleber auf der Heckscheibe: Unterstützt unsere Veteranen.

»Nur damit du es weißt, der Erlös geht an mich«, sagte Laura. Und da klang sie doch ein wenig erfreut.

Clay und die anderen boten halbtags Zeitschriften an. Die restliche Zeit hatte man für sich, da konnte man studieren oder sich ausruhen oder eine andere Arbeit machen (sie betonte, sie seien keine Drückerkolonne, die schlecht behandelt und ausgebeutet wird). Es war inzwischen Donnerstag, der Tag, an dem ich eigentlich mit achtzehntausend Dollar in der Tasche nach London hatte fliegen wollen. Stattdessen hatte ich einen Unterarm voller Titanschrauben und studierte das Material aus Lauras Tasche (sie selbst hatte ein Casting für einen Spielfilm). Ich versuchte, mir zu merken, worum es in den verschiedenen Publikationen ging, und prägte mir Preise und Vertragsbedingungen ein, damit ich jedem Kunden die passende Zeitschrift empfehlen konnte. In der Wohnung war es vollkommen still. Alle anderen waren unterwegs. Schweigen hallte von den Wänden wider. Ich hörte in der Ferne den Hund, der immer bellte, einen brummenden Ventilator.

Ich ging in die Küche und trank ein Glas Wasser. An der Wand lehnte das Feldbett, Clays Schlafplatz. In einem Gestell aus Kunststoff trocknete abgewaschenes Geschirr. Auf der Fensterbank standen mehrere große Töpfe mit grünblättrigen Pflanzen, die Früchte in verschiedenen Farbnuancen von Dunkelgrün bis Hellrot hatten. Ich ging ans Fenster und sah sie mir genau an. Es waren Tomatenpflanzen. Ich pflückte eine der unzähligen Tomaten und biss hinein, sie schmeckte fad und ein wenig süß.

Clays Wohnung war nichts Besonderes. Verglichen mit den meisten anderen Häusern, in denen Laura und ich gewesen waren, war das Wohnzimmer bescheiden eingerichtet. Auf dem Fußboden lag fusselige Auslegeware, die einst weiß oder vielleicht hellgrau gewesen sein musste. Das Mobiliar bestand aus einem Esstisch mit Stühlen, dem Sofa und dem kleinen Tisch davor, einem Bücherregal und der Anrichte, in der das Verbandszeug, das Blutdruckmessgerät und so weiter waren. Die Decke war niedrig. Vor den Fenstern hingen schmutzige Jalousien, die man schräg stellen konnte. Ich schaute zwischen den Lamellen durch nach draußen. Wenige Meter entfernt befand sich ein hellgelbes Haus, das genauso aussah wie unseres. Zwischen den Häusern verlief ein schmaler Gehweg mit einem Zaun in der Mitte. Am anderen Ende des Zimmers war der Ausgang zum Laubengang, vor der Wohnungstür hing ein Mückennetz, und dahinter war ein großer Baum, dessen Art ich nicht bestimmen konnte.

Die Stadt der Träume.

Im Bücherregal standen die Bücher und Gegenstände ohne erkennbare Ordnung (zumindest konnte ich sie nicht erkennen). Als Erstes fielen mir die Bibel und, direkt daneben, eine Schmuckausgabe des Korans auf. Andächtig zog ich die heilige Schrift des Islams, die ich noch nie mit eigenen Augen gesehen hatte, aus dem Regal und blätterte darin.

Herabgesandt hat Er auf dich das Buch in Wahrheit ... als eine Leitung für die Menschen ... Siehe die, welche Allahs Zeichen verleugnen, für sie ist strenge Strafe. Und Allah ist mächtig, ein Rächer.

Mir lief ein Schauer über den Rücken, dieser Gott war anscheinend genauso allmächtig und von sich überzeugt wie meiner. Rasch klappte ich das Buch zu und stellte es wieder ins Regal. Ansonsten standen dort sowohl Romane als auch Sachbücher (mehrere von dem Wissenschaftler namens Richard Dawkins und einige von dem Physiker Stephen Hawking), auf einem Bord lag ein Stapel Wohnzeitschriften, und dann gab es noch ein vierbändiges Lexikon. Einen der Romane kannte ich: »Unter Null« von Bret Easton Ellis (die beklemmende Schilderung der Weihnachtsferien, die ein junger Mann in Los Angeles verbringt, merkwürdigerweise hieß die Hauptfigur Clay). Und daneben lag Kings Schreibheft.

Ich starrte es an, wirklich keine gute Idee. Dann nahm ich es in die Hand und fing an zu lesen.

Es war ein Tagebuch.

Der behinderte Mann trug darin Dinge ein, die er an seinen Mitbewohnern beobachtet hatte, er machte Aufzeichnungen über Mahlzeiten, das Wetter und über wissenschaftliche Thesen. Auf den letzten Seiten hatte er mich mehrmals erwähnt, er bezeichnete mich als »Vogelscheuche«, was wahrscheinlich ziemlich passend war.

Ich legte das Heft genauso hin, wie ich es vorgefunden hatte, obwohl mir klar war, dass er es nicht selbst dort hingelegt hatte (er kam gar nicht an die oberen Regalbretter heran, jemand anders musste es weggeräumt haben, als er ins Krankenhaus gebracht wurde). Ich zog stattdessen »Die Brücken am Fluss« von Robert James Waller heraus und legte mich damit auf das Sofa, fand aber nicht die Ruhe zum Lesen.

In Manihiki war jetzt Mittagszeit. Amiria wartete vermutlich auf jemanden, der ihr hinter der Schule *uto* holte (sie hatte ein Talent, andere für sich arbeiten zu lassen). Johan und Iva saßen draußen auf dem Grab und bekamen von Oma Vaine die Reste vom Vortag, Iva würde anschließend Mittagsschlaf halten. Ich überlegte, ob sie sich noch an mich erinnerte. Vermisste sie mich? Fragte sie sich, wo ich abgeblieben war? (Nicht an sie denken, nicht denken.)

Normalerweise schlief King mit zurückgelegter Rückenlehne hier im Wohnzimmer in seinem Rollstuhl. Beschämt musste ich mir eingestehen, dass seine Abwesenheit eine Befreiung war. Ich atmete auf.

Nach kurzem Zögern, das Herz schlug mir bis zum Hals, ging ich zum Zimmer der jungen Mädchen hinüber. Einmal tief Luft holen, dann öffnete ich die Tür. Betten, Schreibtisch, Kommode und Kleiderschrank. Auf einem Bord lag Bongos Stadtplan von London. Die Wände waren tapeziert mit Postern von jungen Männern mit kunstvoll verstrubbeltem Haar und Nietenhalsbändern, von Pferden und Hunden, schönen Frauen und Männern, die vermutlich Schauspieler waren, weil auf zwei der Plakate Jennifer Grey zu sehen war (Baby aus »Dirty Dancing«). Ich ging nicht ins Zimmer hinein, sondern sah es mir nur von der Schwelle aus an. Mit einer Hand auf der Klinke begriff ich allmählich: Genauso hätte Amirias Zimmer ausgesehen, wenn sie in Los Angeles gelebt hätte. Kinder, die einen Blick in die Erwachsenenwelt geworfen hatten, aber noch nicht eingetreten waren. Die bodenlose Ahnungslosigkeit, die unerreichbaren Träume hatten etwas Tröstliches. Sie glaubten noch, alles wäre möglich. Ich schloss die Tür so vorsichtig und leise, wie ich konnte, und hatte Herzklopfen.

Da ich schon einmal damit angefangen hatte, konnte ich auch weitermachen. Hastig humpelte ich zum Zimmer der Männer und machte die Tür auf. Ein großes Doppelbett mit einem Farbfernseher davor, auf jeder Seite des Betts ein Nachttisch mit haufenweise Pillendosen darauf und eine weitere Tür zu einem kleinen Bad. In Woman's Weekly wurden solche Schlafzimmer »Master Bedroom en suite« genannt, also mit Bad, das waren die luxuriösesten Zimmer. Hier wohnten die beiden Liebenden also. Ich weiß nicht, ob ich es mir einbildete, aber in dem Raum herrschte eine friedliche Atmosphäre, vielleicht verspürte ich auch einen Hauch von Liebe (aber möglicherweise lag es auch nur an der ordentlich gebügelten Tagesdecke und den dazu passenden Zierkissen).

Lauras Zimmer war sehr klein, ein schmales Bett und ein kleines Dachfenster zum Lüften, eigentlich eine Abstellkammer. Neben dem Bett lag ein Taschenspiegel mit einem zusammengerollten Dollarschein darauf und ein paar weißen Krümeln. Der winzige Raum jagte mir einen unangenehmen Schauer über den Rücken, als hätte ich mich in zusammengeknoteten Muschelseilen verheddert.

Das Becken tat mir mittlerweile so weh, dass ich alle Tabletten auf einmal nahm, die Clay mir hingelegt hatte, und bereits auf Seite sieben des Buches löste sich die Welt außerhalb von mir auf, und ich schlief ein.

Als die Mädchen in ihr Zimmer gegangen waren und Laura mit knallrotem Lippenstift und einem Ausschnitt bis zum Bauchnabel in die Nacht verschwunden war, rief ich nach Clay. Sie setzte sich auf die Sofakante, müde sah sie aus.

»Ich will nur sagen, dass ich für alles, was du für mich tust, unendlich dankbar bin.«

Sie lächelte matt.

»Da du dir meine alten Pässe angeschaut hast, weißt du ja wahrscheinlich, dass ich mehrere verschiedene Leben gelebt habe«, sagte sie, »und dabei habe ich eins gelernt: Wir sind hier, um uns und anderen das Leben so erträglich wie möglich zu machen.«

Wie üblich verstand ich nicht genau, wovon sie sprach, aber ich musste an Eriks verschiedene Identitäten, seine verschiedenen Leben denken.

»Überleg mal«, sagte Clay, »was für einem unglaublich herzlosen Experiment wir ausgesetzt sind. Alle Lebewesen auf der Erde sind darauf programmiert, um jeden Preis zu überleben, koste es, was es wolle, und alle werden wir scheitern. Jeder von uns, ob Tier oder Pflanze oder Mensch. Während unserer gesamten Existenz kämpfen wir wie die Irren gegen den Tod an, und wir haben nicht die geringste Chance. Ist das nicht unglaublich zynisch?«

»Hast du Kinder?«, fragte ich.

»Ich weiß, worauf du hinauswillst«, sagte sie, »und du hast recht. Der Fortpflanzungstrieb ist stark, und er sichert das Überleben unserer Art, aber unser individuelles Streben nach Unsterblichkeit ist dennoch zum Scheitern verurteilt. Alles, was ich tun kann, ist, den Menschen, die mir auf meinem Weg begegnen, zu helfen.«

Sie ging in die Küche, ich knipste eine Taschenlampe an, die ich mir geliehen hatte, und las »Die Brücken am Fluss« zu Ende, ein bewegendes und sehr trauriges Buch. Es handelte von dem Fotografen Robert Kincaid, der in den Sechzigerjahren in Iowa die Bauersfrau Francesca Johnson kennenlernt. Während Francescas Familie auf einer Art Landwirtschaftsmesse ist, erleben sie und Robert vier Tage lang eine Liebe, die groß genug für ihr ganzes Leben ist. Sie sehen sich nie wieder.

Ich hatte ganze vier Jahre mit Erik gehabt.

Danach fing ich ein anderes Buch an, »Die Firma« von John Grisham, es war ziemlich seltsam, und ich wurde müde und schlief ein.

Mitten in der Nacht weckte mich ein Geräusch, das ich nicht einordnen konnte. Es klang, als würde jemand am Fenster oder, besser gesagt, am Mauerwerk unterhalb des Fensters zum Laubengang kratzen. Ich legte mich auf die Seite, schwang die Beine über die Sofakante und drückte mich mit den Armen in eine aufrechte Position, tastete im Dunkeln nach dem Rollator und stemmte mich hoch. Auf das Scharren folgte ein leises

Rumsen. Dann fühlte ich einen kalten Luftzug. Das Fenster war geöffnet worden. Jemand kletterte in die Wohnung.

Mein Körper erstarrte. Ich war unfähig zu schreien. Plötzlich waren die Hände wieder auf mir, sie packten meine Schultern und bohrten sich in mich.

Es war Laura.

»O mein Gott«, sagte sie, als sie mich mitten im Zimmer stehen sah. »Du erschreckst mich ja zu Tode!«

Ich holte tief Luft.

»Ich dachte … jemand …«

Sie lachte angestrengt.

»Oh«, sagte sie, »ich habe meinen Schlüssel nicht gefunden. Verloren habe ich ihn nicht, er war nur nicht in meiner Tasche.«

Sie winkte mit ihrer kleinen Handtasche, stolperte und fing an zu kichern.

»Wusstest du, dass man das Fenster von außen öffnen kann? Man drückt gegen den Fensterrahmen und schiebt gleichzeitig die Scheibe zur Seite …«

In diesem Moment tauchte Clay im Durchgang zur Küche auf.

»Schon wieder den Schlüssel verschlampt?« Sie klang ziemlich müde.

Laura kniff die Augen zusammen und schwankte.

»Nee«, sagte sie. »Ich habe ihn nur …«

Clay machte seufzend das Licht wieder aus.

»Geht ins Bett, ihr beiden«, sagte sie. »Und macht das Fenster zu.«

Laura verschwand in ihrer Abstellkammer, kurze Zeit später hörte ich sie schnarchen.

Ich selbst blieb noch lange im Zimmer stehen und fühlte die Hände überall.

Laura kam nicht zum Frühstück, angeblich hatte sie Migräne. Ich fasste mir ein Herz und fragte, wie es King gehe.

»Nicht besonders«, sagte Clay. »Er hat nicht nur die Kriegsverletzungen, sondern auch Diabetes. Sein Zustand ist problematisch.«

Ich wartete auf die Fortsetzung, aber es kam keine. Alle frühstückten schweigend.

»Wann kommt er zurück?«

»Übrigens«, sagte Clay, »ich habe gehört, dein erster Verkaufstag mit Laura ist gut gelaufen. Könntest du dir vorstellen, morgen mit Wladimir zu gehen?«

»Klar«, sagte ich.

Die Mädchen und Wladimir gingen raus, als sie fertig waren, William legte sich wieder hin.

Clay klopfte an Lauras Zimmertür, bekam aber keine Antwort. Nach einigen Sekunden ging sie ins Zimmer und machte die Tür hinter sich zu. Es nützte jedoch nicht viel, ich hörte alles, was dort drinnen abging.

»Jetzt hör mir mal zu, Laura.«

»Ich habe ihn wirklich nicht verloren, er muss …«

»Es geht nicht um den Schlüssel, wir bräuchten eigentlich kein Schloss, hier gibt es nichts zu holen. Laura, es geht um viel wichtigere Dinge. Du bringst uns mit deinem Lebenswandel alle in Gefahr.«

»Jetzt klingst du wie mein Mann!«

»Lass mich ausreden. Du weißt, wie prekär unsere Lage ist. Ich verurteile dich nicht …«

»Es hört sich aber so an!«

»… du sollst dein Leben so leben, wie du möchtest, das ist ganz allein deine Sache, aber du setzt uns alle großen Risiken aus.«

»Willst du, dass ich ausziehe?«

»Ich muss im Blick behalten, was das Beste für alle ist.

Wenn du nicht in der Lage bist, drogenfrei zu leben, solltest du dir besser einen anderen Schlafplatz suchen.«

Laura fing offenbar an zu weinen, und Clay sprach leiser. Eine Weile später kam Clay heraus, nahm ihre Handtasche und verließ die Wohnung.

Ich blieb auf dem Sofa sitzen, hörte Laura bald weiterschnarchen.

Im Zimmer der jungen Männer war der Fernseher angemacht worden, Applaus und Gelächter drangen heraus. Ich rappelte mich auf, ging zu ihrer Tür und klopfte sehr, sehr vorsichtig an.

»Ja?«, rief William verwundert.

Ich öffnete die Tür einen Spaltbreit. Er lag im Schlafanzug, aber ordentlich gekämmt auf dem gemachten Bett und hatte die Fernbedienung und ein Glas Wasser in Reichweite.

»Entschuldigung«, sagte ich. »Kann ich reinkommen?«

Er stellte den Fernseher leiser.

»Komm rein.« Er klopfte neben sich auf die Tagesdecke.

Ich schlurfte ans Bett und setzte mich neben den kranken Mann. Er war sehr dünn, seine Haut war durchsichtig, die Augen so blau wie Eriks, aber stumpfer. Wenn er atmete, rasselte es in seiner Brust.

»Wie geht es dir?«, fragte ich.

»Über so was sprechen wir nicht«, sagte er leise.

»Warum nicht?«

Eine Weile lag er schweigend da. Auf dem Bildschirm schlug eine junge Frau ein großes Rad, das Publikum klatschte kreischend Beifall.

»Wir haben eine Art Abmachung«, sagte er. »Wir reden nicht über Tod und Krankheit und Leiden. Vielleicht haben wir Angst, darin zu ertrinken, wenn wir erst einmal angefangen haben. Die Götter wissen, dass wir von alldem mehr als genug unter diesem Dach haben.«

Er lachte auf, aber das Lachen ging in einen heftigen Hustenanfall über. Ich wartete, bis der vorüber war, und versuchte, neutrales Terrain zu erreichen.

»Woher kennst du Clay?«, fragte ich.

»Von der Wall Street«, sagte William. »Börse. Clay arbeitete für die Konkurrenz, war damals allerdings noch ein Mann und hieß Frank. Sie war clever, aber nicht rücksichtslos genug, um erfolgreich zu sein.«

Er lachte.

»Letzteres trifft wahrscheinlich auch auf mich zu«, sagte er. »Und im Gegensatz zu Clay war ich nicht einmal mit Leidenschaft dabei. Man konnte damals in Manhattan so viel schönere Dinge tun …«

Ich schwieg, während er in Gedanken versank.

»Damals war sie nicht alters- und geschlechtslos«, sagte William.

Beim nächsten Hustenanfall wurde er beinahe bewusstlos.

»Müsstest du damit nicht zum Arzt gehen?«, fragte ich, nachdem der Anfall vorüber war.

Blass lächelte er mich an.

»Ich habe keinen Arzt.«

»Aber ich war am Samstag im Krankenhaus und bin operiert und zusammengenäht worden, und da waren jede Menge …«

»Clay hat mir versprochen, dass ich in diesem Bett sterben darf.«

Ich sah ihn prüfend einen Augenblick an, er wirkte ruhig und gefasst.

»An einer Lungenentzündung?«

»Vermutlich.«

William schloss für einen Moment die Augen.

»Wenn ich es richtig verstanden habe, glaubst du an Gott.« Er blickte mich an.

Ich nickte, kam mir ziemlich albern vor. Vielleicht hielt er mich, genau wie King, für beschränkt.

»Ich habe meinen eigenen Glauben«, sagte er, »auch wenn ich nicht an einen Vater im Himmel glaube. Ich glaube, wir sind aus einem bestimmten Grund hier, erfahren ihn aber nicht. Und da wir nicht wissen, wieso wir hier sind, sollen wir es anscheinend auch nicht wissen. Und deshalb hat es auch keinen Sinn, darüber nachzudenken.«

Das klang an und für sich einleuchtend.

»Vielleicht«, seine Stimme verlor an Kraft, »sind wir nur hier, um Erfahrungen zu sammeln. Die Erde ist ein Seminarhaus oder ein Campus. Wir lernen Dinge, und wenn wir auf die andere Seite heimgegangen sind, dann werten wir aus, was wir erlebt haben. Geboren zu sein, ist eine wichtige Erfahrung. Das Einzige, was noch wichtiger sein dürfte, ist das Sterben.«

Schweigend dachte ich eine Weile über seine Gedanken nach und fand sie ziemlich traurig.

William lächelte.

»Mein Leben war voller Liebe«, sagte er. »Wie viele Menschen können das wirklich von sich behaupten? Es kommt nicht auf die Länge des Lebens an. Ich konnte mir meine Träume erfüllen, und nun darf ich umgeben von Menschen, die mich lieben, sterben.«

Ich blieb neben ihm sitzen, bis seine Atmung ruhig und gleichmäßig geworden und sein Kinn heruntergefallen war.

Während ich leise rausging und die Tür hinter mir zumachte, spürte ich die Leere, die Erik hinterlassen hatte, wie einen schwarzen Schatten in meinem Inneren.

Nach dem Abendessen (Laura hatte aus zähen Nudelplatten und fettigen Soßen ein Gericht zubereitet, das man Lasagne nennt) gingen die Mädchen und Clay ins Kino.

Danach setzten wir vier, Laura und William, Wladi und ich, uns zusammen ins Zimmer der Jungs und sahen eine Sendung, die »Alle unter einem Dach« hieß und von den Winslows handelte, einer Familie, die fast so chaotisch war wie unsere (oder was auch immer wir für eine Gemeinschaft waren). Die Sendung wurde mehrmals von Werbung für Softdrinks oder Cremes unterbrochen, die Frauen jünger, schlanker oder schöner (oder alles auf einmal) machen sollten. Junge Mädchen stolzierten über den Bildschirm und schmierten sich dabei die Wangen mit angeblichen Wundercremes ein, aber keine von ihnen war so schön wie Bianca.

Nachdem Laura die Wohnung verlassen hatte (sie hatte gesagt, sie würde kein Kokain kaufen), Clay und die Mädchen nach Hause gekommen waren und die Männer den Fernseher ausgeschaltet hatten, setzte sich Clay zu mir auf die Sofakante. Bevor sie auch nur Luft geholt hatte, um etwas zu sagen, fiel ich ihr ins Wort.

»Ich weiß, dass du nicht über Tod und Leiden sprechen willst«, sagte ich, »aber ich habe seit meinem zwölften Lebensjahr Mama Evelyn in der Klinik assistiert, und ich sehe, dass William bald ein Beatmungsgerät brauchen wird. Können wir eins beschaffen?«

Sie schwieg ein paar Sekunden.

»Ich weiß, was du meinst«, sagte sie, »aber William und ich haben das alles besprochen. Er wohnt hier seit fast acht Jahren, und er wird hier sterben dürfen. Wladi und ich werden bei ihm sein, wenn er geht, das haben wir ihm versprochen.«

Eine tödliche Lungenentzündung war an und für sich nicht die schlechteste Art zu sterben (ich hatte in der Klinik zwei Menschen daran sterben sehen, allerdings hatten wir da ein Beatmungsgerät gehabt). Manchmal wird die Krankheit als »Freund des alten Mannes« bezeichnet. Die Lungen füllen sich mit Wasser und können immer weniger Sauerstoff aufnehmen, sodass der Patient allmählich das Bewusstsein verliert und schließlich für immer einschläft.

»Er wird innerlich ertrinken«, sagte ich.

»Vielleicht ist der Tod von allem, was er mitnimmt, die wichtigste Erfahrung«, sagte Clay.

»Was passiert nach seinem Tod mit seinem Körper?«

»Nichts Spektakuläres. William Rockford ist hier polizeilich gemeldet. Die Behörden sind über seine Krankheit informiert. Sie werden ihn abholen.«

»Wo wird er begraben?«

»Seine Familie will ihn bei sich zu Hause haben, sie wohnen in Manhattan, New York. Wahrscheinlich werden sie sagen, er ist an Krebs gestorben.«

Ich traute meinen Ohren nicht.

»Wirklich? Solange er lebt, wollen sie nichts mit ihm zu tun haben, aber wenn er tot ist, kein Problem?«

»Eigentlich wollte ich mit dir übers Loslassen reden, Kiona«, sagte Clay. »Manchmal muss man Dinge akzeptieren, wie sie sind. Die Welt ist voll von Bosheit und Ungerechtigkeit, und das können wir nicht immer ändern. Es wird dir besser gehen, wenn du damit umzugehen lernst, glaub mir.«

»Sag mir, was du damit meinst«, sagte ich.

»Süße, ich denke, du solltest dir das mit dem Auto am Flughafen aus dem Kopf schlagen. Wenn du morgen mit Wladi Abos verkauft, würde ich an eurer Stelle in die Hills hinauffahren, dort ist der Absatz viel besser als rund um den LAX und in El Segundo.«

Ich antwortete nicht. Clay tätschelte meinen Arm, ging in die Küche und machte das Licht aus.

Die Mädchen prügelten sich in ihrem Zimmer. Sie schrien, warfen sich gegenseitig Worte an den Kopf, die ich bis auf das eine oder andere »fuck« oder »bitch« nicht verstand. Clay ging rein, um zu vermitteln, und am Ende stürmte Bianca aus der Wohnung und knallte die Tür mit solcher Wucht zu, dass alle Lamellen vor den Fenstern zitterten. Wladimir holte King vom Pflegeheim ab. William sorgte dafür, dass sich die Mädchen auf den Weg zum Zeitschriftenverkauf machten (es war ja Samstag), und legte sich anschließend wieder hin. Laura fuhr in die Hills, und kurz darauf kam Wladimir zurück.

»Wir müssen King etwas Langärmliges anziehen.« Clay wühlte in einem Kleidersack neben dem Medikamentenschrank. (Von den Untersuchungen war sein Arm vollkommen zerstochen, und man verkaufte keine Abos, wenn man wie ein Junkie aussah.)

Als wir endlich losfuhren, stand die Sonne schon ziemlich hoch am Himmel, Wladimir saß am Steuer und King neben ihm.

»Können wir zum Flughafen fahren?«, bat ich.

Wladimir warf Clay einen Blick zu.

»Wir machen einen Kompromiss«, sagte sie. »Venice Beach.«

Im Radio lief ein Popsong, eine weibliche Stimme sang: »Life is demanding without understanding.« Das Lied handelte von einer Frau, die ein Zeichen gesehen hatte, das ihr die Augen öffnete. Sie war jetzt glücklicher, weil sie etwas hinter sich gelassen hatte, ich fragte mich, ob sie vielleicht Gott meinte. Clay sang leise mit: »I saw the sign, and it opened up my mind, and I am happy now living without you, I've left you. Oh, oh-oh-oh …«

Ich hatte noch nie eine so breite Straße gesehen wie die, auf der wir fuhren, und sie war von riesigen Reklameschildern gesäumt. Allmählich wurde es grüner und die Straße kurviger und schmaler.

Dann sahen wir das Meer, dieses unfassbare Mysterium.

Dasselbe Meer, mein Meer. Ich erinnerte mich daran, wie ich über der Perlenwerkstatt gestanden und von der anderen Seite auf die Lagune geschaut hatte, hier war es, das unendliche Blau.

Wir blieben eine Weile auf der Küstenstraße und parkten in der Nähe vom Strand. Clay und Wladimir stellten als Erstes den Rollstuhl auf den Gehweg, dann setzte sich King hinein. Ich war froh über meine lange Hose, weil es ziemlich kalt war. Gemeinsam spazierten wir eine Strandpromenade voller seltsamer Menschen entlang. Ich sah Unmengen von muskelbepackten Männern, die Gewichte stemmten, Jongleure und einen Feuerschlucker und einen Mann mit großem Turban, der Rollschuh fuhr und dabei Gitarre spielte. Überall wurden Badesachen, Sonnenbrillen und aufblasbares Spielzeug verkauft.

Wir setzten uns zur Feier von Kings Entlassung in ein Restaurant und bestellten bei einer jungen Frau Kaffee. Als wir ihn ausgetrunken hatten, ging ich allein ans Wasser, während die anderen sitzen blieben. Ich zog die Schuhe aus, spürte den nassen Sand unter den Füßen und ließ die Knöchel von der Brandung umspielen.

Das Wasser war kalt, viel kälter als in der Lagune, aber es roch genauso wie bei uns. Das Wasser umschmeichelte meine Haut wie weiche Schleier, ich erahnte seine Tiefe und Kraft. Genau wie auf Manihiki warf die Sonne grelle Reflexe auf die Oberfläche, der Wind sang das gleiche Lied, nur in einer anderen Tonart.

»Komm jetzt, Kiona«, rief Clay. »Wir müssen loslegen.«

Immer wenn große dunkle Autos an uns vorüberfuhren, hielt ich Ausschau nach Aufklebern auf der Heckscheibe.

SHIT HAPPENS sah ich häufiger, manche hatten den Sticker hinten drauf, manche vorne. Auf einem stand: WETTEN,

JESUS BENUTZT SEINEN BLINKER, ein anderer hatte die Aufschrift: MEIN ANDERES SPIELZEUG HAT TITTEN.

Niemand hatte das blau-weiße Unicef-Symbol auf der Heckscheibe.

Wladimir und ich gingen zusammen, er trug die Tasche, und ich dackelte neben ihm her. Wladi war kein besonders guter Verkäufer, muss ich zugeben, er schien sich zu genieren und stammelte, und daher redete ich.

»Hallo! Ich heiße Bianca, und das hier ist Jimmy, mein Mann. Wir studieren beide an der UCLA und haben heute ein fantastisches Angebot für Sie ...«

Viele schlugen die Tür zu, aber einige baten uns herein. Wladimir packte die Unterlagen aus, ich erzählte, wie viel Geld man sparen könnte, wenn man *heute* ein Abonnement abschloss. Nur wenn irgendein Mann an Sportmagazinen interessiert war, übernahm Wladimir.

»Habe ich Sie nicht schon mal gesehen?«, fragte ein langhaariger Mann mit Bart und Brille, der in einem rosa Haus in Strandnähe wohnte. »Haben Sie nicht mal bei den Anaheim Mighty Ducks gespielt?«

Wladimir wurde bleich.

»Sie verwechseln mich.« Hastig kramte er die Unterlagen zusammen und ging raus.

Von Südwesten zogen Wolken herüber, es lag Kälte in der Luft. Um fünf wollten wir nach Hause fahren, wir hatten nur noch drei Häuser vor uns, bevor wir zum Auto zurückkehren würden. Wladimir klingelte, und als niemand aufmachte, klingelte er erneut. Ich trat ein paar Schritte zurück und betrachtete die Fenster.

»Drinnen ist jemand«, sagte ich. »Versuch es noch mal.«

Im selben Moment wurde die Tür aufgerissen, und ein Mann mit einer großen Waffe in beiden Händen kam heraus.

»Runter von meinem Grundstück!«, brüllte er Wladimir

zu. »Wenn Sie nicht tun, was ich sage, schieße ich Ihnen in den Bauch.«

Ich drehte mich um und rannte weg, Wladimir zog sich etwas beherrschter zurück.

»Wenn jemand mit einer Waffe herumfuchtelt oder auch nur erwähnt, dass er eine besitzt, gehorcht man einfach«, sagte er, als wir außer Sichtweite waren. »Clay gegenüber erwähnen wir den Vorfall besser nicht.«

Ich nickte, konnte vor Herzklopfen kaum sprechen. Abhaken und nach vorne schauen.

Wladimir und ich hatten vier Abonnements zusammenbekommen. Clay und King achtzehn.

Beverly fuhr mit dem Bus zu ihrer Mutter, sie hatte einen Rucksack mit Wechselwäsche dabei, weil sie dort übernachten wollte (»Ruf *sofort* an, wenn die Situation aus dem Ruder läuft«, hatte Clay zu ihr gesagt, bevor sie losgesaust war).

Der Rest des Abends verlief extrem ruhig. Draußen gewitterte es. Laura und die Jungs waren in ihren Zimmern, Bongo hörte Musik (*God save the Queen, the fascist regime*). Clay war in der Küche, kümmerte sich um ihre Tomatenpflanzen und erzählte mir, wie sie sie aus Samen gezogen hatte. Alle Pflanzen brachten neue Triebe hervor, man musste sie nur in die Erde stecken und Wasser und Dünger hinzufügen. Sie telefonierte ziemlich viel, teilweise in einer Sprache, die ich nicht verstand.

Ich dachte an Erik, seine warmen Hände und sein kantiges Gesicht. Mit der Zeit waren seine Konturen verschwommener geworden, war es möglich, dass man vergaß, wie jemand aussah? Jemand, den man liebte?

Unbemerkt wischte ich mir Tränen aus dem Gesicht und griff nach meinem Buch, »Die Firma«, es handelte von einem jungen Anwalt, der in einem sehr korrupten Unternehmen mit kriminellen Vorgesetzten zu arbeiten anfängt. War Erik das Gleiche passiert? In dem Buch wird es als unheimlich bedeutungsvoll dargestellt, ein bestimmtes Auto zu fahren, in einem großen Haus zu wohnen und sehr viel Geld zu verdienen. Waren Erik diese Dinge auch wichtig gewesen?

»Kann so was wie in ›Die Firma‹ wirklich passieren?«, fragte ich Clay.

Sie setzte sich mit einem Becher Kaffee an den Tisch, trank einen Schluck und dachte kurz nach.

»Grisham schreibt Fiktion«, sagte sie, »aber die Phänomene, die er schildert, gibt es wirklich: den Ehrgeiz, die Gier, die Steueroasen …«

»Bevor der weiße Mann kam, hatten wir auf den Cookinseln kein Geld«, sagte ich.

Clay machte ein genauso erstauntes Gesicht wie Erik damals.

»Und was habt ihr als Tauschmittel verwendet?«

Die gleiche Frage. Für Menschen aus der westlichen Welt war es offenbar unbegreiflich, dass es Gesellschaftssysteme gab, die nicht von Geld besessen waren.

»Allen gehörte alles, oder niemandem gehörte irgendetwas. Man bekam, was man brauchte.«

»Wie originell.« Sie trank ihren Kaffee.

Ich war froh, dass sie uns nicht als Kommunisten bezeichnete.

»Erik hatte beruflich mit Geld zu tun«, sagte ich. »Er war Banker.«

Ich merkte, dass ich in der Vergangenheit von ihm sprach, als ob er tot wäre, aber das war er nicht, er lebte. Clay sagte nichts, sah mich nur an und wartete.

»Er hatte einen Hochschulabschluss«, sagte ich. »Er hatte sogar promoviert. Seine Doktorarbeit hat er über die amerikanische Zentralbank geschrieben.«

Clay stellte ihren Becher ab.

»Er kannte sich mit dem Federal Reserve System aus?«

Ach ja, so hieß die Zentralbank.

»Unglaublich interessantes Thema«, sagte Clay. »Das Wort ›federal‹ verleitet zu der Annahme, unsere Zentralbank sei eine Bundesbank, also staatlich, aber das ist sie nicht. Die amerikanische Notenbank ist in Privatbesitz.«

Wie üblich kam ich nicht mit, wenn Clay mit ihren Ausführungen begann, die ich allmählich ein wenig überhatte.

»Er hat nie über seine Arbeit gesprochen«, sagte ich.

»Aber er hat in London und nicht in den USA gearbeitet. Bist du dir da sicher?«

»Ich weiß, wo er gearbeitet hat, Yinhang Dengi Finance in London.«

»Yinhang Dengi Finance? Was soll denn das für eine Firma sein? *Geldfinanzbank*? Nie gehört.«

Ich ärgerte mich immer mehr. Als ob Clay jedes Unternehmen auf der Welt kennen würde.

»Bist du sicher, dass die Firma so hieß?«, fragte sie. »Yinhang Dengi Finance?«

Ich stemmte mich vom Sofa hoch, zog meine Schultasche darunter raus, kramte den Umschlag mit dem Logo hervor und reichte ihn Clay.

Yinhang Dengi Finance
71 Lombard Street
London EC 3V 9AY
Great Britain

»Unglaublich merkwürdig.« Sie musterte den Umschlag von beiden Seiten.

Ich verkniff mir einen Kommentar.

»Der Name ist russisch-chinesisch«, sagte sie. »Yinhang

bedeutet Bank auf Chinesisch, und Dengi heißt auf Russisch Geld. Wann hat dein Mann dort gearbeitet?«

»Er war dort angestellt, bevor er nach Manihiki kam«, sagte ich. »Ende der Achtziger, nehme ich an.«

Clay fuhr sich durchs braune Haar.

»Vor dem Mauerfall? Ein russisch-chinesisches Finanzinstitut? Das klingt vollkommen absurd. Was hat er dort gemacht? Welche Aufgaben hatte er?«

Ich wischte meine schweißnassen Hände an den Hosenbeinen ab.

»Weiß ich nicht genau«, sagte ich. »Und er heißt wahrscheinlich gar nicht Erik Bergman. Er heißt Sebastian Andersson.«

Ich holte Eriks schwedischen Führerschein hervor und gab ihn Clay.

Sie schaute ihn sich lange an.

»Und du hast zwei Kinder mit diesem Mann?«

»Iva und Johan.«

(*Nicht an sie denken!*)

»Hattest du jemals das Gefühl, er wäre dir gegenüber nicht aufrichtig?«

Ich schloss die Augen und spürte die frische Brise von der Lagune durch die offenen Fenster über der Perlenwerkstatt wehen, *wenn du ein Meer wärst, wär ich eine Welle, wenn du der Himmel wärst, hätte ich Flügel.*

»Er war ein aufrichtiger Mensch«, sagte ich. »Mir gegenüber war er immer ehrlich.«

»Und als du eines Tages aufgewacht bist, war er nicht mehr da, oder …?«

»Sie haben ihn abgeholt«, sagte ich.

»Abgeholt?«

»Seine Chefs.«

»Yinhang Dengi Finance?«

»Sie kamen mit einer großen Jacht nach Manihiki.«

»Hatten sie sich angekündigt?«

Ich konnte die Tränen nicht länger zurückhalten.

»Nein«, sagte ich. »Er war erschrocken, als sie kamen. Er sagte, ich dürfe niemandem verraten, dass ich ihn kenne, ich solle mich und die Kinder verstecken, vor allem Iva. Sie ist blond und blauäugig.«

»Und er ist einfach so mitgegangen?«

»Sie hatten Maschinengewehre.«

Clay sah mich eine Weile schweigend an. Dann holte sie mir ein Taschentuch.

»Woher hast du die Adresse?«, fragte sie.

Ich putzte mir die Nase.

»Aus seinem Koffer. Den hatte ich zwischen Moanas Schulbüchern versteckt. Das Geld und der Führerschein waren auch darin.«

»Das Geld? Die achtzehntausend Dollar, die dir die Männer weggenommen haben?«

»Es waren zweihundertzwanzigtausend Dollar«, sagte ich. »Einen Großteil habe ich auf zwei Bankkonten für die Kinder eingezahlt, und dann habe ich mir noch ein Hin-und-Rückflug-Ticket nach London gekauft.«

Clay stand auf.

»Die Sache mit Yinhang Dengi Finance macht mich wirklich nachdenklich.«

Ich blieb noch ein bisschen sitzen, aber sie kam nicht zurück. Deshalb holte ich mir »Fräulein Smillas Gespür für Schnee« von Peter Høeg aus dem Regal. Wie sich herausstellte, spielte das Buch in Skandinavien und Grönland, was mir ziemlich schicksalhaft erschien (ich suchte meinen skandinavischen Mann und schlief im Bettzeug eines Grönländers) (oder zumindest fast, denn inzwischen war es ja gewaschen worden).

Ich träumte von Venice Beach und Waffen in dunklen Hauseingängen.

Ostern war in diesem Jahr auf Anfang April gefallen, und mittlerweile hatten wir den zweiten Sonntag nach Jesu Auferstehung erreicht. Ich wusste das, weil der Psalm für den sogenannten Hirtensonntag mein absoluter Lieblingstext war:

Der Herr ist mein Hirte, mir wird nichts mangeln.
Er weidet mich auf einer grünen Aue
und führet mich zum frischen Wasser.
Er erquicket meine Seele.
Er führet mich auf rechter Straße
um seines Namens willen.
Und ob ich schon wanderte im finstern Tal,
fürchte ich kein Unglück;
denn du bist bei mir,
dein Stecken und Stab trösten mich.

Während die anderen frühstückten, las ich im Buch der Psalmen und betete allein zum Herrn, Pastor Boyd war schließlich nicht verfügbar.

Sonntags verkauften wir keine Abos, sondern hatten alle frei. Bongo und Bianca, die sich anscheinend wieder vertrugen, wollten nach dem Frühstück in einem Einkaufszentrum, das Beverly Center hieß, shoppen gehen. Mir wurde klar, dass auch am Sonntag alle Geschäfte offen waren. Was die beiden kaufen wollten, wussten sie zwar nicht, aber Laura begleitete sie.

Ich las das Buch über Fräulein Smilla, genoss die Beschreibungen von Eriks Heimat. Meine Sehnsucht nach ihm nahm körperliche Formen an, ich bekam Bauchschmerzen davon.

Am Abend kehrte Beverly zurück.

Clay zog die Fäden an meinem Hinterkopf und am Arm. Es war alles gut verheilt, aber die lange Narbe an der Innenseite des rechten Unterarms leuchtete in zornigem Violett. Es sah aus, als ob jemand versucht hätte, mich umzubringen.

»Du wirst langärmlige Sachen tragen müssen«, stellte Clay fest.

Für die Mädchen rückte das Ende des Schuljahrs näher, und sie schrieben mehrere Klassenarbeiten in der Woche, was zu Geschrei und an mehreren Abenden nacheinander auch zu Weinkrämpfen führte. Ich bot meine Hilfe an, aber da Mathematik das Problem war, konnte ich nicht helfen. Wenn Laura keine Abos verkaufte, ging sie zu Castings und zum Vorsprechen. Wladimir und ich waren vormittags zusammen auf Verkaufstour, und nach dem Mittagessen nahm ich den Bus zum Flughafen. Wenn ich aus Los Angeles wegwollte, um Erik in London zu suchen, waren die Perlen meine einzige Hoffnung, und ich musste sie schnell finden. Die Straßen von Los Angeles sind von Autowaschanlagen gesäumt, und die Superhelden konnten jederzeit auf die Idee kommen, ihren Wagen dort zur Reinigung abzugeben. Dann würde der ganze Müll, der im Fußraum lag, weggeworfen werden, und meine Perlen wären für immer verloren. Noch größere Sorgen machte ich mir jedoch um Erik. Yinhang Dengi Finance musste ihn aus einem bestimmten Grund abgeholt haben. Ich hatte keine Ahnung, welcher es sein könnte, aber die Uhr tickte.

Clay hatte recht, in Los Angeles gab es tatsächlich Millionen von Autos, und die meisten waren groß und dunkel (»Und du kannst ja noch nicht mal einen Cadillac von einem Opel unterscheiden«, sagte Clay, und ich wusste nicht, was sie damit meinte). Die Aufkleber auf den Heckscheiben und Kofferraumhauben hingegen waren fast alle verschieden. Manche, wie BABY AN BORD und HOLLYWOOD TENNISCLUB, klangen freundlich und informativ, andere waren witzig oder versuchten zumindest, es zu sein.

WAS, WENN DIE GANZE WELT AUF EINMAL FURZT?, stand auf einem rostigen Transporter.

ICH KACKE IN DEINEN MUND, verkündete ein hellroter Sportwagen.

Wenn ich durch die Gegend gelaufen war, bis die Schmerzen im Becken unerträglich wurden, setzte ich mich auf eine Bank vor dem Sheraton, dem Hotel, das am ersten Abend kein Zimmer für mich frei gehabt hatte. Menschen strömten in allen Richtungen über den Asphalt. Über mir flogen Flugzeuge, ich zog mehrmals instinktiv den Kopf ein. Hier waren die Superhelden erwiesenermaßen gewesen. Vielleicht waren sie Gewohnheitstiere und kehrten immer wieder zu dem Riff zurück, an dem sie beim letzten Mal den fettesten Fisch erwischt hatten (vermutlich fanden sie nicht oft achtzehntausend Dollar im Koffer ihres Opfers). Alle vier waren gut angezogen und ordentlich frisiert gewesen, sie hatten wahrscheinlich alle ein schönes Zuhause und eine richtige Arbeit, vielleicht studierten sie ein wichtiges Fach und …

Ich setzte mich aufrecht hin.

Mich hatten sie an einem Samstagabend aufgegabelt. Was, wenn sie tagsüber arbeiteten oder studierten und nur abends und am Wochenende ihrer Beute auflauerten? Tagsüber waren sie vielleicht höflich und nett zu den Frauen in ihrer Umgebung, und nachts schnappten sie sich die naiven Neuankömmlinge, raubten sie aus und vergingen sich an ihnen. An einem Donnerstagabend wie diesem hatten sie anderes zu tun.

Aber warum waren sie ausgerechnet hier entlanggefahren? Es gab massenhaft Orte, an denen Reisende ankamen, andere Flughäfen und Bahnhöfe und Busterminals, sie mussten doch irgendeinen bestimmten Grund gehabt haben, ausgerechnet hier ihr Unwesen zu treiben. Wohnten sie in der Nähe? Oder war ich auf dem Holzweg? Vielleicht gingen sie dort, wo sie lebten, gar nicht auf Jagd.

Der Bus zurück nach Hollywood fuhr an der Haltestelle vor dem Terminal 1 ab. Ich brauchte nicht lange zu warten, es ging alle zehn Minuten ein Bus. Während der gesamten Fahrt hielt ich Ausschau nach Autos mit blau-weißen Aufklebern. Ich sah keine.

An diesem Abend kam Laura selig nach Hause, sie hatte eine Sprechrolle in einem Werbefilm für Zahnpasta bekommen (sie hatte wirklich superweiße Zähne, sie sahen aus wie Tafelkreide). King konnte seine Verachtung nicht verbergen.

Am Freitag wurde William krank.

Clay und Wladimir saßen die ganze Nacht hinter geschlossener Tür an seinem Bett. Niemand verkaufte Abos. Alle sprachen leise und bewegten sich langsam. Die Mädchen hatten den Kassettenrekorder abgeschaltet.

Am Sonntag betete ich so intensiv für William, dass meine Knöchel weiß hervortraten. Das Bibelthema des Tages war der Weg zum Leben, was ich als Zeichen betrachtete. Langsam und konzentriert las ich Jesaja, Kapitel 54, die Verse sieben bis zehn.

Ich habe dich einen kleinen Augenblick verlassen, aber mit großer Barmherzigkeit will ich dich sammeln.

Ich habe mein Angesicht im Augenblick des Zorns ein wenig vor dir verborgen, aber mit ewiger Gnade will ich mich deiner erbarmen, spricht der Herr, dein Erlöser.

Ich halte es wie zur Zeit Noahs, als ich schwor, dass die Wasser Noahs nicht mehr über die Erde gehen sollten. So habe ich geschworen, dass ich nicht mehr über dich zürnen und dich nicht mehr schelten will.

Denn es sollen wohl Berge weichen und Hügel hinfallen, aber meine Gnade soll nicht von dir weichen, und der Bund meines Friedens soll nicht hinfallen, spricht der Herr, dein Erbarmer.

William starb am Montagmorgen, kurz vor Sonnenaufgang. Clay zündete Kerzen im Zimmer an, ich half ihr, ihn zu waschen und zurechtzumachen. Wir zogen ihm einen sauberen Pyjama an, ich kämmte sein Haar und küsste ihn auf die kühle Stirn. Dann nahmen wir der Reihe nach Abschied von ihm. Wladimir saß neben ihm und hielt seine Hand, ohne aufzublicken.

»Einen Toten zu lieben, ist im Hinblick auf die Evolution völlig irrational und sinnlos«, sagte King.

»Du kapierst einfach nicht, wann man besser die Klappe hält«, sagte Clay, und King wurde sauer.

Die Mädchen gingen zur Schule, Bongos Gesicht war rot geweint. Dann rief Clay die zuständige Behörde an und teilte den Todesfall mit.

»Wladi, Lieber«, sagte sie, »es wird Zeit, ein Weilchen zu verschwinden. Ihr auch, Ladys, verzieht euch lieber. Los, Laura, ab mit dir!«

»Wieso darf King bleiben?«, brummte Laura.

»Weil er hier gemeldet ist. Geht jetzt, bevor sie euch entdecken.«

(Erst in diesem Moment ging mir auf, dass sich Wladimir illegal in den USA aufhielt, seit er aus der Eishockeymannschaft geflogen war, ich hatte zugegebenermaßen eine ziemlich lange Leitung.)

Wladimirs Auto parkte nicht weit vom Haus, ich musste hinten sitzen.

»Wo fahren wir hin?«, fragte Laura, die sich auf den Beifahrersitz gesetzt hatte, in einem Ton, als planten wir ein Picknick auf dem Land.

Wladimir sah wortlos zur Eingangstür von Apartment Nr. 7, 1336 North Citrus Avenue hinüber. Er wollte nirgendwohin fahren, er wollte Abschied von seinem Mann nehmen. Laura zog seufzend einen Discman aus der Tasche, setzte Kopfhörer auf und nickte dann im Rhythmus der Musik, die ich nicht hörte.

Nach kurzer Zeit war es extrem stickig im Auto, ich kurbelte die Scheibe ein wenig runter. Drückende Stille wehte herein.

»Mal im Ernst«, sagte Laura, »sollen wir hier ewig sitzen?«

»Verdammt, nichts währt ewig«, erwiderte Wladimir.

Nach ziemlich langer Zeit fuhr ein länglicher Wagen mit großer Heckklappe vor das Tor. Wladimir erstarrte und setzte sich kerzengerade auf. Zwei Männer in hellblauer Kleidung stiegen aus, holten hinten eine Bahre raus und gingen damit die Treppe hoch. Eine endlos scheinende Viertelstunde später kamen sie mit Williams Leiche unter einem weißen Laken wieder runter. Wladimirs Schultern zitterten lautlos. Laura kaute intensiv auf einem Kaugummi herum, das einen unangenehmen Geruch von Früchten verströmte. Aus einigen umliegenden Häusern (darunter nicht nur Apartments, sondern auch Einfamilienhäuser) waren Nachbarn getreten, die sich neugierig erkundigten, was los war.

Das Auto fuhr ab. Es fuhr dicht an uns vorbei, aber durch die getönten Scheiben konnte man die Bahre nicht sehen. Wladimir schien nicht zu atmen.

Wir blieben sitzen, bis Clay ans Fenster klopfte und uns zum Essen rief.

Die Dynamik in Clays Wohngemeinschaft veränderte sich. Der Ton unter den Mädchen wurde schärfer. Ich begriff, dass William eine beruhigende Wirkung auf sie gehabt hatte, bevor er richtig krank geworden war, unter anderem hatte er ihnen bei den Mathehausaufgaben geholfen (er war ja, genau wie Clay, an der Wall Street gewesen). Wladimir, ohnehin ein schweigsamer Typ, teilte Clay mit, er habe die Miete für das nächste Vierteljahr bezahlt, und schloss sich in seinem Zimmer ein. Er verkaufte nichts und kam nicht einmal zu den Mahlzeiten raus. King machte die ganze Zeit eine Gewittermiene. Clay trauerte. Die Einzige, die unverändert wirkte, war Laura. Sie malte sich das Gesicht an und rannte zu ihren Terminen, um endlich von der Filmindustrie entdeckt zu werden.

Beverly, das afroamerikanische Mädchen, suchte meine Nähe. Sie fragte, ob sie neben mir auf dem Sofa sitzen dürfe, sie zeigte mir Zeichnungen, die sie gemacht hatte, und erzählte von ihrer Mutter.

»Sie säuft«, sagte Beverly. »Also, nicht nur. Sie nimmt auch Drogen, vor allem Crystal Meth. Manchmal ist sie aber auch nüchtern, jedenfalls wenn sie einen netten Mann kennengelernt oder einen neuen Job hat. Ich hatte einen kleinen Bruder, der gestorben ist, er ist in der Badewanne ertrunken. Ich habe ihn gefunden, als ich von der Schule nach Hause kam. Es war aber nicht Mamas Schuld, sie hat gearbeitet, als es passierte, Papa sollte auf ihn aufpassen, aber er ist vor dem Fernseher eingeschlafen. Danach ist mein Vater verschwunden, ich habe ihn seit meinem elften Lebensjahr nicht mehr gesehen.«

Was sie erzählte, erzeugte für ein paar Sekunden völlige Leere in meinem Kopf, dann holte ich tief Luft und sagte, dass meine große Schwester ertrunken war. Dass ich versucht hatte, sie zu retten, aber daran gescheitert war, weil wir kein Messer im Boot hatten und ich die Seile nicht durchtrennen konnte. Beverly sah mich aufmerksam an.

»Wer sollte auf sie aufpassen?«, fragte sie.

»Ich«, antwortete ich. »Ich sollte auf sie aufpassen. Wir sollten gegenseitig aufeinander aufpassen.«

»Warst du besoffen?«, fragte Bongo.

»Nein«, sagte ich leise. »Nur müde. Wir waren den ganzen Tag getaucht, ich brauchte Sauerstoff. Ich habe nicht gesehen, dass sie sich in den Tauen verheddert hatte, obwohl ich es hätte sehen müssen.«

»Habt ihr keine Eltern?«

Ich erklärte ihr, dass diese an dem Tag an Land gearbeitet hatten.

»Ich finde, dass die Eltern auf ihre Kinder aufpassen müssen«, sagte Beverly. »Wobei Bongos Mutter total psycho ist, hast du ihre Narben gesehen?«

Doch, Bongos Narben, auf dem Kopf, im Gesicht und an den Händen, waren mir aufgefallen.

»Das hat ihre Mutter gemacht. Sie hatte Spaß daran, Bongo ins Krankenhaus zu bringen, sie hat dann immer gesagt, Bongo sei hingefallen oder so. Clay hat damals in der Notaufnahme gearbeitet und irgendwann gemerkt, dass etwas nicht stimmte, sie hat versucht, die Behörden einzuschalten, aber niemand hat ihr zugehört, und schließlich hat sie Bongo mit nach Hause genommen.«

Ich wusste von dem Syndrom, das nach Aufmerksamkeit lechzende Eltern dazu trieb, ihren Kindern Schaden zuzufügen. Ich wusste zwar nicht mehr, wie es hieß, aber auf Pukapuka hatte es einmal einen solchen Fall gegeben (falls es nicht nur üble Nachrede gewesen war).

»Bongos Mutter hat ihr mit verschiedenen Nägeln die Trommelfelle durchbohrt, vollkommen gestört«, sagte Beverly. »Und weißt du, was total krank war? Als Clay Bongo gerettet hatte, war die Mutter wieder schwanger, und was meinst du, was sie mit dem neuen Kind angestellt hat? Die Leute ändern sich nicht, sie machen immer weiter.«

Sie stand auf und ging wieder in ihr Zimmer. Ich blieb außergewöhnlich unangenehm berührt auf dem Sofa sitzen. Der

Gedanke an eine Mutter, die ihren eigenen Kindern absichtlich Schaden zufügt, um Aufmerksamkeit zu erlangen und ihre eigenen Bedürfnisse zu befriedigen, traf mich härter, als ich erwartet hätte.

Die Gegend in der Nähe des internationalen Flughafens von Los Angeles heißt El Segundo. Ich stieg an der Kreuzung von Hollywood Boulevard und Orange Drove in den Bus, die Haltestelle war genau vor einem Kino, vor dessen Eingang Hand- und Fußabdrücke im Zement verewigt waren. Die Fahrt zum Terminal 1 dauerte mindestens anderthalb Stunden. Ich verkaufte dort auf eigene Faust so oft wie möglich Zeitschriftenabos, samstags immer, aber manchmal auch am Sonntag und an vielen Abenden. Nach Anbruch der Dunkelheit lief ich am West Century Boulevard auf und ab, das war die Straße, in der ich den Supermännern begegnet war, ich ging aber nicht auf dem Bürgersteig, sondern über Parkplätze und die Einfahrten von Hotels. Im Dunkeln stolperte ich über lockere Pflastersteine und Betonklötze. Jetzt ging mir auf, dass fast alle Gebäude an dieser Straße Hotelketten gehörten, ich hätte in jedem ein Zimmer für die Nacht bekommen können.

Dort oben verstehen wir seine Wege besser.

Bevor ich nach Hause fuhr, setzte ich mich manchmal vor Denny's Diner und aß mein mitgebrachtes Butterbrot (Clay lieh mir Geld für den Bus, aber im Restaurant zu essen, konnte ich mir nicht leisten). Arm in Arm mit ihren Männern oder Freunden traten Frauen mit schwingenden Röcken und hohen Absätzen lachend in das warme Licht. Es sah so gemütlich dort drinnen aus, die freundlichen Bedienungen in den schicken Uniformen, das Gläserklirren, das blitzende Besteck. So wurde Geld gemacht, unbeschwerter gelebt, hier hatte man Raum für größere Gedanken.

Ich sah zum Schriftzug des SHERATON hinüber, der vor dem Nachthimmel leuchtete. Es war kalt und windig.

Eigentlich hätte ich mittlerweile wieder in Rarotonga sein sollen. Onkel Matini kannte das Datum meines Rückflugtickets, wir hatten vereinbart, dass ich mich melden würde, wenn ich auf dem Rückweg war. Ich fragte mich, ab wann sie sich auf Manihiki Sorgen machen würden. Jetzt auf jeden Fall noch nicht. Leute, die mit dem Boot wegfahren, können monatelang weg sein, das ist nichts Ungewöhnliches. Die Frage war nur, wie lange ich hier in Los Angeles hängen bleiben würde, wenn ich das Auto und die Perlen nicht fand, wie viele Abonnements ich verkaufen musste, um es bis nach London und zurück zu schaffen.

Ich warf die Tüte weg, in der ich mein Butterbrot aufbewahrt hatte, stand auf und ging zurück zum Terminal 1.

Es war egal, wie lange es dauern würde. Kommt Zeit, kommt Rat. Ich konnte froh sein, dass ich einen Job hatte. Und eine Unterkunft.

Im Bus schlief ich ein.

Nach dem Abendessen wuschen Clay und King gemeinsam ab (wobei ich, ehrlich gesagt, nicht ganz begriff, worin Kings Beitrag bestand), als Laura nach Hause kam. Sie war gut gelaunt und aufgedreht und hatte mehrere Einkaufstüten dabei, offenbar hatte sie einen Produzenten kennengelernt, der ihr eine Chance gab, in der Filmbranche »einen Fuß in die Tür« zu bekommen. Nicht als Schauspielerin, sondern als Castingassistentin. In dieser Funktion musste sie für verschiedene Filmrollen die passenden Personen finden, und sie hatte noch am selben Tag den ersten Auftrag bekommen. Sie summte vor sich hin, während sie in ihrer kleinen Abstellkammer Sachen auspackte, und dann rannte sie durchs Wohnzimmer, riss die

Zimmertür der Mädchen auf, ohne anzuklopfen, und postierte sich breitbeinig davor.

»Mädels!«, sagte sie energisch. »Möchte hier jemand Filmstar werden?«

Bianca setzte sich im Bett auf (sie schlief ganz hinten). Beverly konnte ich nicht sehen, aber ich hörte sie schmatzen.

»Hör auf, Laura, was soll der Mist? In einem Porno oder was?«

Laura verschränkte die Arme.

»Klappe halten, Bev. Bianca, was sagst du?«

Das Mädchen mit dem silbernen Haar war aufgestanden und sah sie mit großen Augen misstrauisch an.

»Was soll das heißen, Filmstar?«

»Ich habe heute einen Produzenten kennengelernt, der mir einen Auftrag gegeben hat. Er sucht Mädchen im frühen Teenageralter für einen Schulfilm.«

»Wie, Schulfilm?«, fragte Bianca.

Laura trat von einem Bein aufs andere. Clay kam mit einem Teller in der Hand aus der Küche und stellte sich neben mein Sofa, King hörte aus der Küche zu.

»Also«, sagte Laura, »die Geschichte spielt in einer Schule. Oder besser gesagt, sie fängt dort an. Die Schauspielerinnen sollen Schuluniform tragen, mit Kniestrümpfen und Schleifen im Haar. Sie haben Schultaschen in der Hand und sollen im Hüpfschritt auf die Kamera zulaufen. Und dann kommen Jungs, und die …«

»Ein Porno, ich sag's ja.« Beverly verdrehte die Augen.

»Wofür hältst du mich?«, fragte Laura gekränkt. »Das ist kein Porno, es geht überhaupt nicht um Sex, sondern um Spanking. Die Mädchen sollen kreischen, als ob sie Schmerzen hätten, aber eigentlich tut es überhaupt nicht weh, ihr wisst schon, im Film …«

Clay ließ den Teller auf das Sofa fallen, marschierte mit

drei großen Schritten zum Mädchenzimmer und riss Laura an ihrem Haarschopf.

»Du verdammtes Ungeheuer!«, brüllte sie ihr ins Gesicht. »Hast du denn gar keinen Verstand?«

Laura schrie, Beverly und Bianca schrien, King lachte. Clay packte Laura an den Schultern und warf sie aufs Sofa, sie landete auf dem Teller und meinem titanverstärkten Arm. Ich hatte Clay noch nie so schnell gesehen, ihr massiger Körper bewegte sich erstaunlich gelenkig, wenn es darauf ankam. Mit einer einzigen Bewegung war sie über Laura, zerrte sie an den Schultern hoch und drückte sie so ruckartig an die Wand, dass mehrere Bücher vom Regal fielen. Wladimir kam aus seinem Zimmer, um zu sehen, was los war. Laura schrie hemmungslos, und Clay brüllte Dinge, die ich nicht verstand, nie im Leben hätte ich vermutet, dass Clay so wütend werden könnte. Am Ende taumelte Laura mit ihrem Koffer und einer Jacke, die sie auf dem Weg zur Tür aus einer der Einkaufstüten angelte, aus der Wohnung.

Dann nahm Clay das Mädchen mit den silbernen Haaren mit in die Küche und sprach so leise mit ihr, dass ich sie nicht hören konnte.

Laura kam in dieser Nacht nicht nach Hause.

»Auf Bianca muss man wahnsinnig aufpassen«, sagte Beverly (die ich, ehrlich gesagt, für die intelligenteste der drei hielt). »Clay hat sich abgerackert wie eine Verrückte, um sie von der Straße wegzubekommen. Es hat fast ein Jahr gedauert, bis sie den Job ganz aufgegeben hat.«

»Welchen Job?«

Beverly schnalzte mit der Zunge und schüttelte den Kopf auf eine Art, die zum Ausdruck brachte, dass etwas zu blöd war, um es zu kommentieren.

»Ah«, sagte ich, denn eigentlich wusste ich ja, worum es ging.

»Ihre Mutter war Schauspielerin und ist an einer Überdosis gestorben, als Bi klein war. Ihr Vater hatte sich schon lange aus dem Staub gemacht. Mit neun Jahren ist sie aus der Pflegefamilie abgehauen.«

Ich dachte an die Poster im Mädchenzimmer und daran, wie sehr Bianca Schauspieler bewunderte. Schön wie die Sonne zu sein, garantierte überhaupt nichts.

»Meine Mutter ist jetzt seit vier Monaten clean«, sagte Beverly.

»Überlegst du, ob du wieder nach Hause ziehst?«, fragte ich.

Das Mädchen nickte.

»Vielleicht, wenn das Schuljahr zu Ende ist«, sagte sie.

King kam aus dem Badezimmer, wo Clay ihm beim Duschen geholfen hatte, Beverly ging in ihr eigenes.

Ich war seit einem Monat in Los Angeles, aber es kam mir vor wie ein Jahr.

Am Wochenende darauf war Christi Himmelfahrt (Tanga sagte immer Christi Himmelsflug). Vierzig Tage lang war Jesus nach seiner Hinrichtung (oder nach der Auferstehung, da war ich mir nicht sicher) auf der Erde gewandelt und hatte über Gottes Reich gesprochen, aber jetzt war es Zeit für ihn, in den Himmel aufzusteigen und sich auf der rechten Seite Gottes, des allmächtigen Vaters, niederzulassen, um von dort wiederzukommen und die Lebenden und die Toten zu richten.

»Aber du glaubst doch gar nicht an Jesus«, sagte ich zu Clay.

Es war später Nachmittag, und in der Wohnung war es stickig und ruhig. Die Sonne schien durch die Schlitze zwischen den Lamellen, Staub wirbelte durch die Luft, das sah schön aus. Clay saß am Tisch und füllte einen Stapel offiziell aussehender Dokumente aus, King saß neben ihr. Alle anderen waren unterwegs, Beverly besuchte ihre Mutter, die beiden anderen Mädchen waren Eis essen gegangen, und Wladimir sagte nie, wo er hinwollte. Laura bekamen wir fast gar nicht zu Gesicht, und Zeitschriftenabonnements verkaufte sie auch nicht.

»Jesus von Nazareth könnte durchaus eine historische Person gewesen sein, möglicherweise auch eine Kombination aus mehreren.« Clay klang ein wenig zerstreut. Sie reichte King ein Blatt Papier, er unterschrieb es.

»Aber dass er Gottes Sohn war, beruht auf reiner Erfindung und alten Mythen?«

Sie begann das nächste Formular auszufüllen.

»Es ist ein tröstlicher Gedanke, dass Jesus für unsere Sünden gestorben ist, aber wahrscheinlicher ist, dass er hingerichtet wurde, weil er den Handel vor den Osterfeierlichkeiten in Jerusalem behindert hat.«

Ich erinnerte mich gut an die Geschichte, auf die sie sich bezog, in der Jesus den Tempel von den Händlern gereinigt hatte.

»Aha!« Ich versuchte, sie zu provozieren. »Dann glaubst du also doch, dass manches in der Bibel wahr ist!«

»Da das Ereignis in allen vier Evangelien beschrieben wird«, sagte Clay, ohne mit dem Schreiben aufzuhören, »hat vermutlich tatsächlich etwas Derartiges stattgefunden.«

Sie legte den Kugelschreiber auf den Tisch und sah mich an.

»Die Bibel ist eine Anthologie oder eine Sammlung von Essays, wenn man so will. Als historisches Dokument ist sie sehr interessant. Sie beschreibt eine Zeit und eine Art zu denken, die uns sonst vollkommen verborgen geblieben wäre. Wir müssen das Geschehen aber interpretieren und zu verstehen versuchen, was hinter den Worten steckt, wenn wir tiefere Wahrheiten darin finden wollen …«

Und dann entspann sich eine lange Diskussion über die Frage, ob es Jesus wirklich gegeben hatte oder nicht. Die beiden Mädchen kamen mit Eiswaffeln in den Händen zurück, sie mischten sich ins Gespräch ein und stellten nebensächliche Fragen, und die ganze Situation vermittelte mir das starke Gefühl, sie schon einmal erlebt zu haben: Ich saß wieder am Feuer auf Manihiki und hörte den Männern zu, die sich über die Frau unterhielten, die bei einem Haiangriff draußen auf dem Riff einen Fuß verloren hatte, die Vorteile und Nachteile verschiedener Zubereitungsarten von Kokoskrabben erörterten und sich fragten, wann Papageienfische eigentlich am fettesten sind. Clays Wohnung war das Dorf Tukao, und alles auf der Welt immer und überall gleich.

An diesem Abend kam Laura krank von zu vielen Drogen nach Hause. Clay war wütend auf sie, aber nicht so wütend wie an dem Tag, als sie Bianca überreden wollte, in einem Film mitzuspielen, in dem Schulmädchen auf den Po geschlagen wurden. Sie sprachen lange in der Abstellkammer miteinander, Laura heulte laut, und dann holte Clay einen Eimer, und Laura kotzte.

Am Tag darauf verließ Laura die Wohnung, bevor irgendjemand aufgestanden war, und machte sehr behutsam die Tür hinter sich zu (sie blieb mehr als eine Woche weg).

Am nächsten Abend teilte Wladimir beim Essen mit, er würde nach Nowosibirsk zurückkehren. Es wurde mucksmäuschenstill am Tisch, alle saßen reglos da und sahen Wladimir beim Essen zu. Da er HIV-infiziert war, würde er sich niemals legal in den Vereinigten Staaten aufhalten können, so viel hatte ich begriffen.

»Wann reist du ab?«, fragte Beverly schließlich.

»Sobald ich das Auto verkauft habe.« Er stand vom Tisch auf.

»Wenigstens haben sie in Russland jetzt eine Demokratie«, sagte ich, aber niemand antwortete.

Beverly zog wieder zu ihrer Mutter. Das Schuljahr war vorbei (jedenfalls mehr oder weniger, es standen nur noch Formalitäten und Rituale aus), und Beverly hatte sich sehr gut geschlagen. Ab Herbst würde sie die Crenshaw High School besuchen, die nicht weit von der Wohnung ihrer Mutter entfernt war.

»Da ist Ice-T zur Schule gegangen«, sagte Bianca beeindruckt. Ice-T war ein Sänger, den sie mochte.

»Und Johnny Gray«, sagte King.

Ein berühmter Sportler, der bei den Olympischen Spielen in Barcelona im 800-Meterlauf eine Bronzemedaille gewonnen hatte.

Es war jedenfalls bei Weitem nicht so traurig wie bei Wladimir, als Beverly auszog.

Am Montag nach Beverlys Auszug trat King eine sechswöchige Reha in einem Pflegeheim in Santa Monica an. Man wollte seinen Diabetes genau untersuchen, um zu entscheiden, ob weitere Amputationen nötig sein würden (obwohl ich, ehrlich gesagt, nicht wusste, was sie ihm noch abschneiden wollten, er hatte ja nur noch den Rumpf, den Kopf und einen Arm übrig).

Nachdem King weg war, verteilten wir die Zimmer neu. Bongo wollte nicht im ehemaligen Jungszimmer wohnen (sie hatte Angst vor Aids), und deshalb musste Laura dort einziehen (das eigene Bad gefiel ihr). Mir wurde Lauras Abstellkammer angeboten, aber ich lehnte das Angebot ab, ich war mit meinem Sofa zufrieden. Wir stellten den Fernseher ins Wohnzimmer. Clay nahm die Abstellkammer.

Eigentlich hätte die Atmosphäre entspannter sein müssen,

nachdem Leute ausgezogen waren und wir anderen mehr Platz hatten, aber so war es nicht. Die gesunkenen Einnahmen durch den Abovertrieb waren deutlich zu spüren. Wladimir hatte zwar ordentlich zu kämpfen gehabt, hatte sein Pensum aber auch ohne William meistens erfüllt. Beverly hatte im Grunde nur Jugendzeitschriften verkauft, aber King war ein richtig herber Verlust.

»Mit King ist der Verkauf ein Kinderspiel«, sagte Laura eines Nachmittags grimmig, nachdem Clay sie zusammengestaucht hatte, weil sie schon wieder eine ganze Woche lang kein einziges Abo verkauft hatte. »Die Leute sind von seinem Anblick so geschockt, dass sie nur bezahlen, um ihn loszuwerden.«

Clay fand es nicht gut, dass ich dauernd zum Flughafen rausfuhr, es dauerte jedes Mal Stunden hin und zurück, und die Busfahrkarten gingen auch ins Geld.

»Es gibt sehr viel bessere Gegenden, die nicht so weit weg sind«, sagte sie. Natürlich hatte sie recht.

»Ich muss doch das Auto finden«, sagte ich.

»Vergiss es«, sagte sie. »Das Geld ist weg.«

»Aber die Perlen vielleicht nicht«, sagte ich.

Clay begriff nicht, wie wertvoll sie waren, vor allem die große grüne. Deswegen saß ich weiter im Bus und zuckelte an den Luxusanwesen in Beverly Hills, den Filmproduktionsfirmen in Culver City und den unzähligen Discountern vorbei in Richtung Süden.

Bald hatte ich jede Straße in El Segundo auf Lauras Karte abgehakt und musste nach Westchester ausweichen. Oft fuhr ich früh am Morgen los und erwischte die Kunden manchmal sogar vor der Arbeit. Ich verkaufte mehr, wenn ich mich der Sprechweise von Clay annäherte, indem ich die Worte in die Länge zog und beim Sprechen die Zähne zeigte. Hin und wieder fragten mich die Leute, wo ich herkomme, und dann sagte ich Hawaii, das fanden sie exotisch. (Außerdem war es beinahe wahr, die hawaiianischen Ureinwohner waren Polynesier, genau wie wir.)

An einem windigen und kalten Nachmittag ging ich mit bohrenden Beckenschmerzen und kaputten Schnürsenkeln eine der anonymen, durchnummerierten Straßen in Westchester entlang. Es war wirklich keine geeignete Gegend, um Zeitschriftenabos zu vertreiben. Wer Arbeit hatte, war nicht zu Hause, und diejenigen, die zu Hause waren, hatten keine Arbeit und somit kein Geld. Ich kam zu einem Haus, vor dem nackte Betonblöcke zur Straße hin eine Mauer bildeten, stieß ein quietschendes Tor auf und ging zur Haustür. Da es keine Klingel gab, klopfte ich. Sofort wurde die Tür von einer älteren Dame geöffnet. Ich lächelte freundlich.

»Guten Tag, Gnädigste«, sagte ich. »Mein Name ist Bianca, und ich bin heute zu Ihnen gekommen, um Ihnen ein richtig gutes Angebot zu unterbreiten. Sind Sie mit Reader's Digest vertraut?«

Graues, sorgfältig frisiertes Haar, Brille, gebügelte Bluse. Sie trat einen Schritt zurück.

»Kommen Sie rein.«

Die Frau machte die Tür hinter mir zu und schloss ab.

»Es ist nämlich so«, sagte ich, »dass ich Ihnen mehrere ausgezeichnete Qualitätszeitschriften im Abonnement empfehlen kann …«

Wir waren im Wohnzimmer der Frau angekommen, wo es dunkel und stickig war. Sie drehte sich um und stierte mich an.

»Wie heißen Sie?«, fragte sie.

Ich lächelte.

»Bianca«, sagte ich (nach dem hübschesten Mädchen, das ich je gesehen hatte).

»Und wie heißen Sie wirklich?«

Ich lächelte noch immer, die Spiegelreflexe auf ihrer Brille verbargen ihren Gesichtsausdruck.

»Rockford«, sagte ich. »Bianca Rockford« (nach William, der von Liebe umgeben an Aids gestorben war).

»Wo kommen Sie her?«

Aus dem Nichts tauchte eine Katze auf, die mir plötzlich um die Beine strich und einen Schauer über den Rücken jagte.

»Hawaii«, sagte ich. »Ein wunderbarer Ort. Sind Sie schon mal dort gewesen?«

»Welche Insel?«

O nein, wie hießen die Inseln von Hawaii? Keine Ahnung, aber die Hauptstadt wusste ich.

»Ich bin in Honolulu geboren und aufgewachsen.« Angestrengt lächelte ich weiter.

»Zeigen Sie mir Ihre Genehmigung.«

Mein Kopf stand still, was für eine Genehmigung?

»Die hat mein Chef«, sagte ich.

Irgendwo außerhalb meines Blickfelds tickte eine Uhr, ein Wasserhahn tropfte.

»Und wo ist Ihr Chef?«

Ich sah mich um, als würde ich meinen Vorgesetzten suchen.

»Er ist hier irgendwo in der Gegend.«

Die Frau kam einen Schritt auf mich zu, sie war viel kleiner als ich.

»Ich will Ihre Genehmigung sehen«, sagte sie. »Jetzt. Sonst rufe ich sofort die Polizei und zeige Sie an. Ich habe mein ganzes Leben lang bei der Staatsanwaltschaft gearbeitet, glauben Sie nicht, dass Sie ungeschoren davonkommen.«

War sie im Recht? Gab es einen Grund, mich anzuzeigen? Abgesehen davon, dass ich in den Vereinigten Staaten überhaupt keine Arbeitserlaubnis hatte?

»Ich weiß genau, was Sie machen.« Die Frau wurde lauter. »Drückerkolonnen überfallen die Städte wie Heuschreckenschwärme und ziehen einen Sumpf aus Dreck und Drogen hinter sich her. Die hauen die Leute übers Ohr, bestehlen und betrügen sie, und nachts rammeln sie wie die Karnickel, diese Schweine!«

Sie schrie jetzt, und ich wich einen Schritt zurück. Sie folgte mir und hielt mir einen gekrümmten Zeigefinger unter die Nase.

»Verschwinden Sie«, sagte sie. »Ich werde die Polizei rufen, und ich sorge dafür, dass Sie und Ihresgleichen geschnappt und abtransportiert werden, sobald Sie auch nur einen Fuß hierhersetzen, verstanden?«

Ich ging rückwärts zur Tür (*wenn jemand mit Gewalt droht, sollte man tun, was er sagt*).

Sie schloss die Tür auf und knallte sie hinter mir zu. Ich ging auf direktem Weg zum Terminal 1 und zur Bushaltestelle. Mein Herz klopfte wie wild.

»Du bist früh zu Hause«, stellte Clay fest. »Da kannst du vielleicht das Abendessen machen?«

Ich kochte eine Suppe aus Linsen und Kokosmilch (aus der Dose, andere gab es nicht), die allerdings nicht besonders gut schmeckte.

In dieser Nacht schlief ich unruhig und wurde wach, weil mir kotzübel war, und das lag nicht nur an meinen miserablen Kochkünsten. Lange starrte ich im Dunkeln an die Decke und versuchte, die Feuchtigkeitsflecken zu erkennen.

Ich hätte einfach umkehren können. Hätte auf Clays Rat hören und mit dem Grübeln aufhören können. Mich abfinden und loslassen. Abwarten, bis mein Arm mit all den Schrauben und Titanplatten darin verheilt war, zu Gott beten, dass ich keine chronischen Beschwerden zurückbehalten würde, und Onkel Matini um Geld für die Rückreise nach Manihiki bitten. Ich hätte Erik in London in Ruhe lassen und mein eigenes Leben mit meinen Kindern leben können. Hätte sie das Apnoetauchen lehren und ihnen beibringen können, die Qualität schwarzer Perlen zu beurteilen, und samstags hätte ich sie auf die Allmende mitgenommen und mit ihnen Farnknospen gepflückt. Hätte dafür gesorgt, dass der Herr am Sonntag ihr Innerstes erfüllte, und sie vor Oma Vaines verbohrtesten Indoktrinierungen in Schutz genommen. Ein Dasein wie die Wasseroberfläche in der Lagune bei einem windstillen Sonnenuntergang. Kein schlechtes Leben.

Trotzdem war es unmöglich. Ich konnte es nicht. Die Oberfläche hatte einen Riss, genau wie der Stacheldraht auf Bongos T-Shirt. Einen Tsunami kann man nicht wegwünschen.

Am Tag darauf fuhr ich nicht zum Flughafen, sondern stieg schon in View Heights aus. In Westchester wagte ich keine Abos mehr zu verkaufen. Ich hatte überlegt, Clay zu fragen, ob die Drohung der Frau berechtigt war, aber im Grunde war es egal. Genehmigung hin oder her, ich hatte keine Arbeitserlaubnis. Vielleicht rief sie die Polizei, vielleicht nicht, aber ich wollte kein Risiko eingehen. Beim Gedanken an das, was passieren würde, falls ich verhaftet wurde, trat mir kalter Schweiß auf die Stirn.

Ich arbeitete eine Straße nach der anderen ab und markierte sie auf Lauras Karte. Es lief nicht gut. Ich war hektisch und unkonzentriert, mein Lächeln war nicht herzlich genug. Im Laufe des gesamten Tages verkaufte ich zwei Abonnements, ein rekordverdächtiger Tiefpunkt. Als die Straßenlaternen angingen, fuhr ich weiter zum Flughafen und lief in die Viertel am West Century Boulevard. Hier waren die Superhelden garantiert gewesen. Hier jagten sie ihre Beute.

Der Abend war windig und feucht. In rosa Turnschuhen ging ich lautlos über dunkle Parkplätze, stromerte an unbeleuchteten Schaufensterscheiben vorbei. Die Autos bildeten Meeresströmungen aus Stahl und Lärm, was hatte ich hier eigentlich verloren? Ich war hungrig und verfroren und würde die Männer niemals finden. Erik hätte nicht gewollt, dass ich hier draußen zwischen den dunklen Schatten rumirrte, er hätte sich gewünscht, dass ich mit unseren Kindern am Lagerfeuer saß; was ich hier trieb, war vollkommen sinnlos. Das Rauschen des Verkehrs wurde in meinem Kopf immer lauter und vermischte sich mit dem Jaulen der Flugzeugmotoren bei Start und Landung. Vor einer chemischen Reinigung am Sepulveda Boulevard sank ich auf einen Betonsockel, was sollte das alles? So konnte ich nicht weitermachen. Aber was hatte ich für Alternativen?

Etwa zwanzig Meter weiter sah ich eine junge Frau in einem sehr kurzen Rock vor einem Sexclub stehen und eine Zigarette rauchen. Sie sprach die Männer an, die in den Club reingingen oder rauskamen, und stöckelte schwankend auf ihren hohen Absätzen zu den Autofahrern, die davor anhielten. Der Rock war etwas zu eng, sie zog ihn jedes Mal runter, wenn er ihr am Po hochgerutscht war. Sie verkaufte keine Abos, sondern sich selbst. So jung, fast noch ein Teenager, hatte sie sich freiwillig dafür entschieden? Was brachte einen Menschen zu einem solchen Entschluss?

Ein Auto blieb stehen, und ein Mann stieg bei laufendem Motor aus, ging zu ihr und sagte etwas in einer Sprache, die ich nicht verstand, vermutlich Spanisch, die Frau öffnete ihre kleine Handtasche und nahm ein Bündel Scheine heraus. Der Mann zählte die Scheine und wurde wütend, er brüllte sie an und schnappte sich ihre Tasche, fand noch mehr Geldscheine und schlug ihr heftig ins Gesicht. Die junge Frau schrie auf und wankte, der Mann stieß sie brüllend auf die Fahrbahn, ein Auto machte eine Vollbremsung und hupte. Der Mann riss die Frau am Haar und zog sie zurück auf den Gehweg, ich sah, dass sie sich dabei ein Bein aufschürfte und zu bluten anfing. Er trat ihr fest in den Bauch, beugte sich über sie und spuckte sie an, dann stieg er hastig in sein Auto und fuhr davon.

Ich war aufgestanden und hatte das Ganze wie gelähmt verfolgt, was hätte ich tun sollen? Die Frau lag noch immer auf dem Boden, einige Männer, die aus dem Sexclub kamen, wichen ihr aus. Zögerlich ging ich zu der Frau, blickte mich um, nur Autos, keine Menschen.

»Miss.« Ich beugte mich über sie. »Wie geht es Ihnen? Brauchen Sie Hilfe?«

Misstrauisch sah sie zu mir hoch, aus einer Platzwunde an ihrer Unterlippe lief Blut. Ihre Augen schienen nicht nur vom Schmerz vernebelt zu sein.

»Schon okay.« Sie betastete ihre Lippe.

Mühsam setzte sie sich auf, stieß die hilfsbereiten Hände weg, die ich ihr reichen wollte.

»Das hier ist meine Ecke«, sagte sie in aggressivem Ton, während sie versuchte, auf die Beine zu kommen.

»Soll ich jemanden anrufen?«, fragte ich.

»Verpiss dich, bevor ich dir den Schädel einschlage, Bitch!«

Ich drehte mich um und ging denselben Weg zurück, den ich gekommen war. Das Adrenalin, das durch meine Adern rauschte, dämpfte den Hunger, so eine Scheiße, dass ich nicht wie Wladimir ein Auto zu verkaufen hatte, sondern Onkel Matini um Almosen bitten musste. Wie ein bläulich schimmerndes Raumschiff in der Wüste tauchte vor mir plötzlich ein hell erleuchtetes Fastfood-Restaurant auf und brachte mich auf die Idee, mir einen Burger zu kaufen, die sich jedoch innerhalb von Sekunden verflüchtigte, als ich am Tresen zwei Männer sah. Der eine war groß und rothaarig, der andere sehr viel kleiner. Der Rothaarige sagte etwas zu dem Kleinen und lachte, seine Zähne blitzten.

Clark Kent und Bruce Wayne.

Ich bekam weiche Knie.

Die beiden waren es wirklich, sie standen in der Schlange und warteten darauf, ihre Bestellung aufzugeben. Übelkeit schnürte mir den Hals zu, Finger bohrten sich in mich hinein, *lass es sein, lass los, jetzt mach schon, denk nach*!

Sie waren nicht wie ich zu Fuß gekommen. Ihr Auto musste in der Nähe sein.

Atemlos wirbelte ich herum. Sah ungefähr zweihundert Millionen dunkle Autos. Wo konnten sie geparkt haben? Logisch betrachtet?

Sie wollten nur ein möglichst kurzes Stück gehen.

Plötzlich gehorchten mir meine Beine, ich rannte zum Eingang. An die zwanzig Fahrzeuge standen auf dem beleuchteten Parkplatz vor dem Restaurant, den ich rasch überquerte, Motorräder, Pick-ups und normale Autos, und da war er: der Unicef-Aufkleber. Er war im Dunkeln kaum zu erkennen, aber ich wusste, dass er da war. Ich konnte nicht mehr atmen und schlich zu dem dunklen Auto, zog am Griff der hinteren Seitentür.

Abgeschlossen.

Scheiße, Scheiße, Scheiße!

Ich versuchte es vorne, aber dort war auch abgeschlossen. Spähte zum Restaurant, Clark Kent und Bruce Wayne hatten jetzt die Theke erreicht und gaben ihre Bestellung auf. Ich suchte den Boden ab und entdeckte neben einer erloschenen Straßenlaterne ein paar lose Pflastersteine. Ich rannte hin, packte den größten und knallte ihn gegen die hintere Türscheibe. Das Glas zersplitterte zu einer Million scharfkantiger Kristallwürfel, und aus dem Inneren ertönte Gebrüll.

»Was zum Teufel …?«

Auf dem Beifahrersitz richtete sich ein wütender Doktor Robert Bruce Banner auf. Ich zog den kleinen Hebel hoch, riss die Tür auf und setzte mich auf die Rückbank, unter meinem Hintern knirschte Glas.

»Keinen Ton«, sagte ich. »Ich bin bewaffnet. Wenn Sie nicht tun, was ich sage, schieße ich Ihnen in den Bauch.«

»Was zum Teufel …?«, wiederholte er.

Er stank wie Tanga nach einer durchzechten Nacht.

»Schnauze!« Ich spähte in den Fußraum. Sie hatten nicht sauber gemacht, Gott sei Dank! Ich fuhr mit den Händen unter den Vordersitz, wo unter leeren Schnapsflaschen und Bierdosen und Gegenständen, die sich wie benutzte Kondome anfühlten, Tausende von kleinen Glassplittern lagen, und schnitt mir sofort alle Fingerkuppen auf.

Doktor Robert Bruce Banner sah mich verschlafen an, dann hob er den Kopf und schaute zu dem bläulich schimmernden Raumschiff. Ich folgte seinem Blick, Clark Kent und Bruce Wayne hatten ihr Essen bekommen und näherten sich mit ihren Tabletts dem Ausgang, o nein, o nein, Herr, mach bitte, dass sie noch bleiben und da drin essen!

Doktor Robert Bruce Banner starrte die offene Seitentür und die Glassplitter auf seinen Schultern an.

»Was zum Teufel …?«, sagte er. »Was ist mit der Scheibe passiert?«

Ich wühlte im Unrat und warf Müll und Flaschen aus dem Auto, während Doktor Robert mich anglotzte, als hätte er mich soeben erst bemerkt.

»Wer zum Teufel sind Sie?«

»Eins von euren Spielzeugen?« Ich warf einen Blick zum Restaurant. Clark Kent und Bruce Wayne hatten sich an einen Fenstertisch gesetzt und verschlangen geradezu ihre Hamburger.

»Hör mal, du kleines Miststück.« Doktor Robert packte mich am Schopf, und meine Finger stießen auf den Pflasterstein, den ich durch die Scheibe geworfen hatte, ich umfasste ihn mit der titanverstärkten rechten Hand und haute ihn dem Kerl auf dem Beifahrersitz so fest auf den Kopf, dass er mit den Augen rollte. Er wollte etwas sagen, sank aber zurück in den Sitz, nicht bewusstlos, aber fast.

»Ihr werdet in der Hölle schmoren«, sagte ich, aber ich glaube nicht, dass er mich hörte. Drin schlürften Clark Kent und Bruce Wayne gerade die letzten Schlucke aus ihren Pappbechern, schnappten sich ihre Siebensachen und standen auf. Ich warf systematisch jede Kippe und jeden Kronkorken aus dem Auto, fand aber weder die Perle noch Amirias Schachtel, Scheiße, Scheiße, Scheiße, wo waren sie? Hatten sie das Auto doch geputzt und es schon wieder so vollgemüllt? Ich steckte den Arm, so weit ich konnte, unter den Vordersitz und holte mir weitere Schnittwunden, hatte ich die Perle und die Schachtel versehentlich selbst entsorgt? Sollte ich lieber den Müll neben dem Auto durchwühlen? Scheiße, Scheiße, Scheiße! O doch! Da waren sie! Ja, das musste die grüne Perle sein, kalt, rund, hart. Meine Finger waren vom Blut so glitschig, dass ich sie kaum zu fassen bekam, aber sie war es. Clark Kent und Bruce Wayne waren kurz vor der Tür stehen geblieben und unterhielten sich mit zwei jungen Frauen, ich sah sie die weißen Zähne blecken. Ich brauchte jedoch auch die Schachtel, in der die Zertifikate waren, ohne diese waren die Perlen nichts wert. Ich schaute auf den Boden neben dem Auto, fegte alte Pornohefte und Hamburgerpapier zur Seite, und da war sie! Da lag sie: Amirias Schachtel. Platt gedrückt und verdreckt, der Deckel war kaputt, aber er war noch drauf. Ich schüttelte sie, hörte die Perlen darin leise klackern. Machte mir nicht die Mühe, sie zu zählen oder nachzuschauen, ob die Zertifikate drin waren, sondern steckte die Schachtel nur in meine Schultertasche. Kletterte rasch aus dem Auto, drehte mich um und sah in Robert Bruce Banners trübe Augen. Beugte mich über den Vordersitz und wischte meine blutigen Hände an seinem Haar und seinem Gesicht ab.

»Willkommen im Aidsclub«, flüsterte ich.

Mit seinem gellenden Schrei im Ohr raste ich davon und suchte mir zwischen Autowaschanlagen, Kurierdiensten und

Tankstellen hindurch meinen Weg zum Terminal 1, wo ich in den Bus stieg, der mich zurück nach Hollywood brachte.

Hatte Doktor Robert Bruce Banner mich wiedererkannt? Äußerst fraglich. Würden sie nach mir suchen? Bestimmt, aber es spielte keine Rolle.

Mit der Umgebung des internationalen Flughafens von Los Angeles war ich fertig.

Ungläubig starrte Clay die elf Perlen an.

»Und mit denen willst du die Krankenhausrechnung und das Flugticket nach London bezahlen?«

Mit verbundenen Fingern zeigte ich ihr Papa Tanes Zertifikate, die auf dem Boden der Schachtel gelegen hatten. Sie waren zerknittert, und einige waren auf der Rückseite etwas schmutzig geworden, aber ich glaubte nicht, dass das schlimm war.

»Die Perlen sind von herausragender Qualität«, sagte ich. »Es sind aus unseren Ernten jeweils die besten. Allein mit der großen grünen kann ich das Krankenhaus und noch mehr bezahlen.«

Die makellose Perle mit den achtzehn Millimetern Durchmesser auf meiner Handfläche stammte aus einer Muschel, der mehrmals ein Kern implantiert worden war. Perfekte Perlen dieser Größe waren äußerst selten, normalerweise verschlechterten sich der Glanz und die Oberfläche mit jeder Implantation. Erstaunlicherweise wusste ich genau, wo diese Perle gewachsen war.

Clay stand auf.

»Dann musst du morgen ins Juwelierviertel downtown. Ich werde King besuchen, sorgst du dafür, dass die Mädchen rechtzeitig ins Bett kommen?«

Ich sammelte meine Perlen wieder ein und wickelte sie in

ein Papiertaschentuch. Bis heute kann ich mich an die Stimmung erinnern, das warme Gefühl, das von der Linsensuppe in meinem Bauch und meiner Erleichterung ausging, an die Mädchen, die sich in ihrem Zimmer freundschaftlich zankten, und die endlosen Werbejingles im Fernsehen. Nachdem ich meine Schulden beglichen hatte, konnte Clay nicht nur im nächsten, sondern auch im übernächsten Quartal die Miete zahlen. Die Sommerferien rückten näher, die Mädchen würden ein paar Tage in der Woche mehr verkaufen können, King würde nach Hause kommen, und alle zusammen würden wir mit dem Auto nach Venice Beach fahren, um dort in den Wellen (meinen Wellen) herumzutollen.

»Mädels«, rief ich. »Schlafanzüge anziehen.«

»Dürfen wir dann noch ein bisschen fernsehen?«, fragte Bongo.

Ich schaute auf die Uhr an der Wand.

»Na gut, aber nur kurz.«

Und genauso hätte das Ganze ablaufen können, es hätte Fernsehabende und Verkaufstage und Ausflüge an den Strand gegeben, wenn Laura nicht gewesen wäre.

Kurz nachdem die Mädchen sich umgezogen hatten, kam die Polizei. Wir sahen gerade eine Serie, die von Jugendlichen in Beverly Hills handelte, einem Stadtteil, der nicht weit von Hollywood entfernt ist (und die Postleitzahl 90 210 hat, was offenbar so bemerkenswert ist, dass sie im Titel erwähnt wird).

Die Polizei klopfte an und trat ein, bevor jemand aufgemacht hatte, die Tür war anscheinend nicht abgeschlossen gewesen. Ich war nicht erschrocken, nur verwundert, stand auf und fragte, wer sie seien und was sie wollten. Sie stellten sich vor, James Galway und Emma Lance (ich hatte noch nie eine Polizistin gesehen) von der Drogenfahndung des LAPD, sie hatten Waffen und Funkgeräte bei sich, trugen aber keine Uniformen. Die Mädchen auf dem Sofa sahen so klein aus.

»Ist etwas passiert?«, fragte ich.

»Setzen Sie sich«, sagte die Frau in unfreundlichem Ton zu mir. Ich setzte mich. Die Frau zeigte mir die Anordnung einer Hausdurchsuchung und sagte, sie wollten »sich umschauen«.

»Wir haben gehört, dass hier eine britische Staatsbürgerin mit Namen Laura Branningham wohnt. Welches ist ihr Zimmer?«

Ich zeigte auf die Tür, beide Polizisten guckten in das Zimmer. Bongo stand auf, der Polizist zeigte mit dem Finger auf sie und sagte:

»Du setzt dich hin.«

Während wir wie verschreckte Mäuschen auf dem Sofa saßen, stapften die Polizisten durch die Wohnung. Im Fernsehen lief eine ohrenbetäubende Waschmittelwerbung, Bongo griff nach der Fernbedienung und schaltete ab. Die Stille, die darauf folgte, war massiv.

»Was sollen wir tun?«, flüsterte Bongo.

»Einfach das, was sie sagen«, antwortete ich leise.

Ich wusste nicht, was ich mit meinen Händen machen sollte, die so groß wie Klodeckel zu werden schienen. Die Mädchen hielten die Luft an.

»Wonach suchen die?«, wisperte Bongo.

»Koks natürlich«, sagte Bianca.

Die Polizisten machten alle Türen auf, schauten in Schränke und Schubladen, durchsuchten Klamottenstapel und blätterten in Büchern. Was auch immer sie suchten, sie fanden es offenbar nicht.

»Können wir mal ein paar Ausweispapiere sehen«, sagte der Polizist schließlich.

»Ich bin nur zu Besuch«, sagte ich.

»Was ist mit Ihren Händen passiert?« Er deutete auf meine verbundenen Finger.

»Autounfall«, sagte ich, was im Grunde ja auch stimmte.

»Haben Sie einen Ausweis?«, wiederholte er.

Ich holte meine Schultasche hervor und kramte den Pass heraus.

»Neuseeland?«

»Ich bin auf dem Weg nach London«, sagte ich (mein Visum für die Vereinigten Staaten hatte noch fünf Wochen Gültigkeit).

»Und wie sind Sie hier gelandet?«

»Ich bin eine Cousine von Clay.«

Ich hatte einen Moment überlegt, wie ich Clays Geschlecht umschiffen sollte.

»Und ihr zwei?«

Die Mädchen sahen erst mich und dann einander an. Die Polizistin, die mit der Küche fertig war, kam wieder ins Wohnzimmer.

»Es sind hier drei Personen gemeldet.« Sie las von einem Blatt Papier ab. »William Rockford, King Smith und Frank Hollingworth. Wo sind sie?«

»William ist tot«, sagte ich. »Er ist vor ein paar Wochen an Aids gestorben. King ist wegen seines Diabetes in der Klinik, und Clay … oder besser gesagt, Frank besucht ihn gerade.«

»Wer ist Clay?«

»Sie … Er wird so genannt. Frank.«

»Werden in dieser Wohnung Drogen verkauft?«, fragte der Mann.

»Soweit ich weiß, nicht«, sagte ich.

»Es kommen nicht zufällig zu merkwürdigen Zeiten Leute vorbei?«

»Wir haben generell sehr wenig Besuch«, sagte ich.

»Wie gut kennen Sie Laura Branningham?«

Die Mädchen starrten auf ihre Hände.

»Ich wusste nicht, dass sie mit Nachnamen Branningham heißt«, sagte ich.

»Aber Ihnen ist bewusst, dass ihr Ehemann sie als vermisst gemeldet hat?«

Da ich noch nicht einmal gewusst hatte, dass sie verheiratet war, gab ich keine Antwort.

»Und was macht ihr zwei hier?«, fragte die Frau.

»Wir wohnen hier«, sagte Bongo leise.

»Könnt ihr euch ausweisen?«

Beide Mädchen schüttelten den Kopf.

»Wie alt seid ihr?«

»Vierzehn«, sagte Bongo.

»Dreizehn«, flüsterte Bianca.

»Wer sind eure Erziehungsberechtigten?«

Keins der Mädchen antwortete.

»Ist in diesem Haushalt irgendjemand formal sorgeberechtigt?«

Bianca schielte in Bongos Richtung, aber keine von beiden sagte etwas.

»Und ihr wohnt also hier?«

Die Mädchen nickten, die Frau seufzte tief.

»Okay.« Sie steckte das Blatt Papier in die Hosentasche. »Ihr müsst mitkommen, damit wir eure Identität feststellen können. Packt eure Zahnbürsten ein.«

»Moment mal«, sagte ich.

»Ich habe meine Hausaufgaben noch nicht gemacht«, sagte Bongo.

»Nimm deine Schulbücher mit.« Der Mann klang um einiges freundlicher als die Frau.

Die Frau ging mit Bongo und Bianca in deren Zimmer, Schubladen wurden rauszogen, Stuhlbeine scharrten.

»Was haben Sie vor?«, rief ich in Richtung Mädchenzimmer, bekam aber keine Antwort.

»Bleiben Sie sitzen«, sagte der Mann.

Einige Minuten später kam die Polizistin raus, die zwei Mädchen schob sie vor sich her. Beide hatten eine kleine Tasche gepackt (Bianca ihren Rucksack, Bongo den schwarzen Stoffbeutel) und über den Schlafanzug eine Jacke angezogen.

Ich stand auf und stellte mich ihnen in den Weg.

»Die Kinder wohnen hier«, sagte ich. »Sie gehen zur Schule und bekommen hier Essen, Kleidung und Fürsorge. Sind Sie wirklich befugt, sie abzuholen?«

»Gehen Sie zur Seite«, sagte die Polizistin.

»Wohin bringen Sie die Mädchen? Wo werden sie übernachten? Woher weiß ich, dass Sie gut für sie sorgen?«

Die Polizistin machte einen großen Schritt auf mich zu.

»Ich warne Sie noch einmal. Gehen Sie sofort zur Seite, oder wir legen Ihnen Handschellen an und nehmen Sie auch mit.«

Ruckartig zog sie ein Paar Handschellen aus einem Futteral an ihrem Gürtel, und ich wich vor Schreck zurück. Der Polizist hielt mich an den Schultern fest und drückte mich wieder auf das Sofa, wobei er mir am Arm wehtat. Bongo begann zu weinen.

»Wann kommen sie zurück?«, rief ich den Polizisten hinterher.

Der Polizist schloss die Tür, und während in meinem Kopf ein panischer Heulton einsetzte, sah ich hinter der schmalen Gardine am Fenster zum Laubengang Bongos verzerrtes Gesicht vorbeihuschen.

Mit erstickter Stimme erzählte ich Clay, was passiert war.

Sie wurde nicht wütend.

Stattdessen setzte sie sich an den Esstisch. Es war dunkel im Wohnzimmer, aus der Küche fiel nur ein schmaler Streifen

Licht auf den Medikamentenschrank und die Eingangstür, ich konnte Clays Gesicht nicht erkennen. Sie schwieg eine ganze Weile.

»Wie viel sind deine Perlen wert?«, fragte sie dann mit leiser Stimme.

Ich nannte ihr den Großhandelspreis.

»Für die große grüne bekommt man fünftausend«, sagte ich, »für die anderen tausend. Ist Bongo das große Problem?«

Sie stand auf, stellte sich ans Fenster zum Laubengang und sah durch die Gardine auf die Straße.

»Pack deine Sachen«, sagte sie. »Nimm alle Klamotten mit, die passen. Laura hat einen Koffer unter ihrem Bett, den kannst du nehmen.«

»Glaubst du denn wirklich …«

»Jetzt.« Sie ging in ihr kleines Zimmer.

Ich stand auf und tat, was sie gesagt hatte. Clay kam mit einer Sporttasche zurück, packte einige Bücher ein und nahm einen ihrer Pässe aus der grünen Kiste.

Laura hatte jede Menge Kleidung, zum Teil in meiner Größe (Hosen und Röcke passten, die Blusen und T-Shirts waren alle zu groß).

»Und die Sachen der Mädchen?«, fragte ich. »Was machen wir damit?«

»Die brauchen sie nicht mehr.« Clay ging zu dem anderen Fenster rüber und schaute nach draußen.

Ich packte Lauras Tasche randvoll. Bongos T-Shirt mit dem Stacheldraht nahm ich mit, ihren Stadtplan von London steckte ich in meine Schultasche.

Als ich wieder ins Wohnzimmer kam, stand Clay an der Tür und sah sich in der dunklen Wohnung um. Sie hatte sich eine Handtasche umgehängt und hielt die Sporttasche in der Hand.

»Wo gehen wir hin?«, fragte ich.

»Wir übernachten heute in einem Motel.« Clays massige Silhouette hob sich schwarz vom Fenster zum Laubengang ab. »Ich hebe das bisschen ab, was ich noch auf dem Konto habe, und wir verkaufen deine Perlen.«

»Und dann?«

Sie öffnete die Tür einen Spaltbreit und lauschte. Nur Wind und Stille. Dann öffnete sie die Tür ganz und drehte sich nach mir um.

»Wolltest du nicht nach London?«

LONDON

Die Decke der Kathedrale wölbte sich über mir wie die Meeresoberfläche. Die Sonne brach sich in Prismen und Glasscheiben und ließ die Halle erzittern. Als würde ich gleichzeitig schweben und sinken, schaute ich in einem Zustand völliger Schwerelosigkeit nach oben. Mühelos konnte ich mich bewegen und atmen, wie Wellen, die gegen das Riff schlugen, hallten meine Schritte von den Wänden wider.

Es war so, wie ich es mir vorgestellt hatte, nur größer. Leichter. Gewaltiger. Die Luft rauschte um mich herum und in mir und erfüllte mich mit Klarheit.

Ich war hier. Ich war hier. Ich war hier.

Als ich die Glocken der Kathedrale zum ersten Mal hörte, saß ich in der Jugendherberge auf der Toilette. Wie ein entferntes Echo drangen die Glockenschläge dumpf und zart zugleich durch tausendjährige Mauern, der unverkennbare Klang der Lagune. Ich schloss die Augen und ließ mich von den Schlägen treffen, ließ sie mich durchdringen, atmete sie ein und füllte meinen Bauch mit ihnen. Ich wusste es, genauso klang er: der Gesang der schwarzen Perlen. Ich war mittendrin, war in der Musik, war zum ersten Mal daheim an dem Ort, wo ich aufgewachsen war: umgeben vom Dröhnen des Doms.

Diesmal hatte ich im Voraus ein Zimmer reserviert (es wäre ja auch idiotisch gewesen, den Fehler von Los Angeles noch einmal zu machen). Die Jugendherberge hieß YHA, und ich hatte sie aus einem einzigen Grund gewählt: Sie lag nur eine Straße von der St. Paul's Cathedral entfernt in der Carter Lane in London und hatte die Postleitzahl EC 4V 5AB. Das Gebäude war sehr alt und prächtig verziert, ein Teil davon war schon im zwölften Jahrhundert erbaut worden. Es hatte ursprünglich als Schule für Chorknaben gedient, deren Gekritzel an einigen holzverkleideten Wänden noch erhalten war. Clay und ich hatten ein Zimmer für uns. Das Bad teilten wir mit den anderen auf dem Flur. Die Bettwäsche war im Preis inbegriffen, aber die Handtücher mussten wir gegen eine Gebühr leihen. Furcht einflößend und elektrisierend zugleich, wachte die Kathedrale über uns wie ein riesiger Schatten.

In London unterwegs zu sein, war, als würde man in einem eiskalten Strom schwimmen, es war ein anderes Meer als Los Angeles. Die Welle aus Menschen riss mich mit, der Druck auf der Brust war genauso stark wie bei einem langen Tauchgang.

»Es ist doch nicht kalt«, behauptete Clay, »es ist schließlich Juni. Und übermäßig voll ist es auch nicht, die Rushhour ist vorbei.«

Sie war müde und ziemlich schlecht gelaunt. Ich hatte im Flugzeug geschlafen, aber Clay war angeblich die ganze Nacht wach gewesen. Wir waren Zug, Bus und U-Bahn gefahren, um vom Flughafen zur Jugendherberge zu kommen. Hatten eingecheckt und unsere Pässe gezeigt (Rita Hollingworth hatte sich auf die Reise gemacht, nicht Frank).

Unser Zimmer war im ersten Stock. Clay streckte sich auf ihrem Bett aus und sah schweigend an die Decke. Ich legte Lauras Koffer auf mein Bett, ging pinkeln und spazierte dann zur Kirche hinüber. In der ersten halben Stunde stand ich schwankend und vom Jetlag benebelt in der Mitte, ließ mich umfangen und hob ab. Dann zündete ich eine Kerze an und betete zum Herrn, er möge meine Kinder beschützen und Beverly und Bongo und Bianca auch, und er möge den Behörden in Los Angeles die Augen für das öffnen, was Clay getan hatte. Ich betete dafür, dass Moana Frieden fand und Erik auch, falls er tot war, und falls er es nicht war, bat ich Gott um Barmherzigkeit, wer auch immer Erik sein mochte und was auch immer er getan hatte.

Als die Glocken zum dritten Mal geschlagen hatten und wieder verklungen waren, ging ich zurück in die Jugendherberge. Clay lag noch immer auf dem Bett, hellwach und mit weit geöffneten Augen. Sie sagte kein Wort, als ich reinkam. Im Grunde hatte sie fast gar nichts gesagt, seit wir die Wohnung in der Citrus Avenue verlassen hatten. Ich setzte mich auf mein Bett und holte Bongos Stadtplan hervor, der breiter als das Bett war. Während die Gewaltigkeit der Kathedrale noch immer wie ein tiefer Ton in meinem Zwerchfell vibrierte, ließ ich den Blick über Straßen und Viertel schweifen.

Eriks Stadt, seine Welt.

Ich hatte die Lombard Street Nr. 71 gefunden. Sie lag direkt neben einem U-Bahnhof namens Bank, was ja passte. Ich hielt den Finger auf die Kreuzung und die umliegenden Straßen.

Clay wandte den Kopf in meine Richtung, sah mich und die Karte an und fragte:

»Warum hat Erik hier gearbeitet? Hat er je darüber gesprochen?«

Ich schüttelte den Kopf und faltete die Karte zusammen.

»Das ist äußerst merkwürdig«, sagte Clay. »Er darf hier eigentlich nicht arbeiten, Schweden ist nicht in der Europäischen Union. Sie führen Beitrittsverhandlungen, sind aber noch nicht so weit, also wie ist er hier gelandet?«

Sie setzte sich auf und stellte ihre großen Füße auf den Holzfußboden.

»Er hat für eine russisch-chinesische Bank in Großbritannien gearbeitet. Hat er denn Russisch gesprochen? Oder Chinesisch?«

»Ich glaube nicht«, sagte ich, »aber ich weiß es nicht.«

»Er muss über irgendeine Form von Fachwissen verfügt haben«, stellte sie fest. »Etwas, das mit seiner Dissertation über die amerikanische Zentralbank zusammenhängt.«

Sie stand auf.

»Jetzt brauche ich was zu essen.«

In der Jugendherberge gab es Frühstück und Abendessen, aber jetzt war es in London mitten am Tag und in unseren

Körpern mitten in der Nacht, und so machten wir uns auf den Weg.

Es gab unheimlich viel Auswahl.

Da Clay Fish and Chips wollte (sie aß hin und wieder Fisch), gingen wir in einen ziemlich dunklen Pub, wo es frittierten Fisch mit frittierten Kartoffelstäbchen und einer dickflüssigen Soße gab, die ein wenig säuerlich schmeckte. Clay trank ein großes Glas Bier, weil es angeblich dazugehörte. Hinterher wirkte sie nicht mehr ganz so bedrückt.

»Wohin wollte Erik?«, fragte Clay. »Als er auf Manihiki strandete?«

Meine Unwissenheit lachte mir höhnisch ins Gesicht; wenn ich jemals einen Schritt weiterkommen wollte, musste ich diese Tatsache akzeptieren.

»Er hat sich die Jacht in Papeete auf Tahiti gekauft und ist nach Westen gesegelt. Es gibt ziemlich viele Orte, die er angesteuert haben könnte, je nachdem, wie lange er unterwegs sein wollte. Tonga oder Rarotonga, Amerikanisch-Samoa oder die Fidschi-Inseln, Niue oder Neukaledonien oder auch die Salomon-Inseln.«

»Und er hat gesagt, er sei Alleinsegler? Ein Abenteurer?«

»Ja, das hat er zu Police Officer Everest gesagt.«

»Und was denkst du?«

Ich sah auf meinen Teller.

»Er wollte irgendwohin, ist aber versehentlich auf unser Riff gelaufen.«

Clay kaute hingebungsvoll, ihre Augen leuchteten.

»Heutzutage gibt es doch in jedem Nest einen Flugplatz.« Sie schluckte. »Wieso ist er nicht geflogen? Wieso hat er es sich mit diesem dämlichen Boot so schwer gemacht?«

Sie sah mich an, als wüsste ich die Antwort.

»Er muss geglaubt haben, dass diejenigen, die hinter ihm her waren, Zugang zu den Passagierlisten der Fluggesellschaften haben. Er wollte ungesehen reisen. Hat er jemals eine Neigung zu Gewalt offenbart?«

Ich hatte eigentlich mit Nein antworten wollen, aber das Wort blieb mir im Hals stecken wie eine Gräte.

»Er hat auf Manihiki einen Mann getötet«, sagte ich. »Wahrscheinlich haben sie ihn deswegen schließlich gefunden. Es stand in der Zeitung.«

Clay, die gerade das Bierglas zum Mund führen wollte, hielt mitten in der Bewegung inne.

»Er hat einen Mann getötet?«, fragte sie. »Er hat auf Manihiki *einen Mann getötet*?«

Mit einem Knall stellte sie ihr Glas auf den Tisch.

»Sag bitte, dass das ein Witz ist.«

»Es war eigentlich ganz anders«, sagte ich. »Es war keine Absicht, das weiß ich.«

Clay schloss die Augen und bedeckte das Gesicht mit der Hand.

»Es ist nicht so, wie du denkst«, sagte ich.

Sie atmete schnaufend aus und sah mich mit einer Müdigkeit an, die nicht nur am Jetlag lag.

»Ich bin keine gutgläubige Idiotin«, sagte ich. »Nicht nur.«

»O mein Gott«, sagte Clay.

Schweigend tranken wir unseren Kaffee.

»Was passiert jetzt wohl mit Bongo und Bianca?«, fragte ich, nachdem Clay ihre Tasse weggeschoben hatte.

Sie fegte einige Krümel vom Tisch und sah aus dem Pubfenster. Es hatte zu regnen begonnen, ein schmutzig weißer Dunst hing in der Luft.

»Ich kann nicht zurück in die USA«, sagte sie. »Die Mädchen sind beide seit Jahren als vermisst gemeldet. Britney habe ich aus dem Krankenhaus mitgenommen, als sie sieben war. Frank Hollingworth wird mittlerweile in sämtlichen Bundesstaaten wegen Kindesentführung gesucht.«

Ihre Worte machten mich stumm und kraftlos, sie sah mich mit einem müden Lächeln an.

»Es ist schon okay, Kiona. Wir sind nicht für die Ewigkeit gemacht.«

Sie stand auf.

»In Aldermanbury gibt es eine Bibliothek. Gegen sechs bin ich zurück.«

Ich blieb sitzen und faltete meine (oder besser gesagt Bongos) Karte auseinander. Fand die Straße mit dem düsteren Pub, in dem ich mich befand. Fuhr mit dem Zeigefinger über das Papier.

Die Lombard Street war nur fünf Zentimeter weit weg. Das musste zu Fuß zu schaffen sein.

Es war, als würde ich zwischen toten Korallenriffen tauchen. Graue Hochhäuser erstreckten sich bis zur Wasseroberfläche und schluckten das Licht. Auf dem schlammigen Grund wuselten Autos und Menschen, Hunde und Motorräder herum. Der Regen hing schwerelos in der Luft.

Ich musste ein wenig suchen. Mit einem seltsam eingeschränkten Gesichtsfeld näherte ich mich Nr. 71.

Das Gebäude war groß und massig. Eine nichtssagende Fassade mit symmetrischen Fenstern und nüchternen Formen. Kein elektrisches Licht drang nach draußen. Kein Ton.

Ich hielt den Kopf gesenkt, warf nur einen verstohlenen Blick zur Seite.

Keine Bank.

Ich war an einigen vorbeigekommen, sie sahen alle aus wie die ARB in Avarua, daher wusste ich, wonach ich Ausschau halten musste.

In der Londoner Lombard Street Nr. 71 gab es überhaupt keine Dienstleistungsfirmen.

Ich blieb ein paar Häuser weiter vor einem Restaurant stehen und las die Speisekarte, auf der Schnecken in Knoblauchbutter und gebratene Froschschenkel standen. Ich machte kehrt und ging langsam zurück.

Nein, keine Bank, wirklich nicht. Nur eine schwere dunkle Holztür mit einigen dezenten Schildern. Zögernd blieb ich stehen und versuchte, mein klopfendes Herz zur Ruhe zu bringen. Ging zur Tür, las die Gravuren im Messing. Eine Anwaltskanzlei, ein Reeder. Keine Yinhang Dengi Finance. Dafür eine Kamera an der Fassade, die mich von oben links ins Visier nahm. Ich starrte ein paar Sekunden lang in die Linse, dann senkte ich den Blick und ging rasch weg.

Auf dem Rückweg zur Jugendherberge verlief ich mich. Ich folgte dem Klang einer Glocke, landete aber vor einer ganz kleinen Kirche namens St. Margaret's.

Es war verwirrend, sich ohne Richtung oder Ziel zwischen den steinernen Palästen zu bewegen. Schließlich hielt ich ein Taxi an und ließ mich in die Carter Lane bringen, denn Geld hatte ich. Einen Perlengroßhändler im Juwelierviertel zu finden, war, als wollte man im Riff einen Papageienfisch schießen, hinter jeder Koralle war einer. Die ersten beiden versuchten, mich übers Ohr zu hauen, aber der dritte sah sich meine Perlen ernsthaft an und begriff, was sie wert waren. Während der Großhändler mit seinen Kontakten verhandelte, mussten wir eine Nacht länger in Los Angeles bleiben, aber dann kaufte er das ganze Paket.

»Es war mir ein Vergnügen«, sagte er, als wir das Geschäft mit einem Handschlag besiegelten.

»Wer kauft die große grüne?«, fragte ich (es ging mich zwar nichts an, aber ich konnte es mir nicht verkneifen).

Er gluckste.

»Die geht dahin, wo mittlerweile das Geld ist«, sagte er. »Nach Russland.«

Als ich in der Jugendherberge ankam, war das Zimmer leer. Clay war nicht zurückgekommen.

Ich legte mich auf das Bett und schlief wie ein Stein.

Die Dunkelheit war kompakt und grau. In unregelmäßigen Abständen strichen Lichtkegel über Dächer und Mauern, wahrscheinlich vorbeifahrende Autos. Im Bett neben mir schlief Clay tief und fest, sie hatte die Decke bis unter die Nase gezogen. Es war eiskalt im Raum, vom Fenster zog es. Bibbernd ging ich auf bloßen Füßen zur Toilette auf dem Gang. Im Stockwerk über mir lachten und krakeelten einige junge Männer, deren Stimmen mir eine irrationale Angst einflößten. Als ich zurück im Zimmer war, blieb ich vor einem länglichen Spiegel stehen, aber ich begriff nicht, was ich sah.

Mein Körper schimmerte schneeweiß in der Dunkelheit. Ich bewegte die Arme, um mich davon zu überzeugen, dass die Gestalt im Spiegel wirklich ich war. Das Haar war wieder lang (abgesehen von der Stelle am Hinterkopf), immer noch schwarz, aber meine Haut war nach zwei Monaten in Hosen und langärmligen Pullis so hell wie die von Mama Evelyn.

Ich war keine *manihiki* mehr, vielleicht war ich es nie gewesen. Die Erkenntnis erfüllte mich mit einer Traurigkeit, auf die ich nicht im Geringsten vorbereitet war.

»Ich habe Yinhang Dengi Finance im britischen Firmenregister gefunden«, sagte Clay hinter mir.

Ich biss die Zähne zusammen und schlüpfte schnell wieder unter die Decke.

»Was hast du herausgefunden?«

»Die Informationen sind auf Mikrofiches gespeichert, ich habe alles bestellt, was sie haben. Es dauert ein paar Tage, aber die Firma existiert, und sie hat ihren Sitz hier in London.«

»Ich war dort«, sagte ich. »Sie haben keine Filiale in der 71 Lombard Street.«

»Doch«, sagte Clay, »sie tun es nur nicht öffentlich kund. Yinhang Dengi Finance ist vermutlich keine traditionelle Bank, bei der man ein Konto eröffnet oder einen Kredit aufnimmt. Vielleicht sollte man das Unternehmen eher als Finanzinstitut oder Investmentfirma bezeichnen.«

Ich betrachtete das Spiel der Lichtflecken an der Decke, irgendwo über uns lachten die jungen Männer. Clay setzte sich auf und trank Wasser aus einer Plastikflasche.

»Yinhang Dengi Finance«, sagte sie. »Offenbar waren sie an der Federal Reserve interessiert, sonst hätten sie Erik nicht eingestellt. Ich frage mich, was sie ausgerechnet hier in London machen.«

Ich schloss die Augen und schluckte meine Tränen runter.

»Wieso sollten sie denn nicht hier sein?«

In der kalten Luft klang meine Stimme kraftlos.

»Vielleicht haben sie es auf den Dollarhandel abgesehen.«

»Und?«

»Das ist die globale Währung. Der gesamte Welthandel basiert darauf.«

»Und warum sollten …?«

»Weder russische noch chinesische Unternehmen dürfen mit amerikanischen Aktien handeln, aber für britische Firmen gilt dieses Verbot nicht. Vielleicht sind sie deshalb hier.«

Stöhnend fuhr sie sich über die Stirn.

»Ich müsste eigentlich an Jetlag gewöhnt sein.« Sie stellte die Wasserflasche auf den Fußboden. Als sie mein fragendes Gesicht sah, räusperte sie sich und stand auf.

»Ich habe fast zehn Jahre als Stewardess auf Interkontinentalflügen von United Airlines gearbeitet.« Sie ging auf die Toilette.

Ich dachte an den amerikanischen Dollar, an all die Geldscheine, die ich in Eriks Aktenkoffer gefunden hatte. Die globale Währung.

»Zuerst Stewardess«, sagte ich zu Clay, als sie wieder im Zimmer war. »Dann Börsenmakler. Und dann Krankenschwester in der Notaufnahme.«

»Stimmt nicht ganz«, sagte Clay. »Als Erstes kam die Armee.«

»Oh«, sagte ich. »Vietnam?«

»Korea. Kavallerie-Regiment 8.«

»Wirklich? Hast du jemanden getötet?«

»Wir haben fünfhundertneunundvierzig Tage am Stück gekämpft«, antwortete sie nur.

Hellwach wie Adler, lagen wir eine Weile schweigend im Dunkeln. Clay hatte die Hände hinter dem Kopf verschränkt und sah aus dem Fenster. Es war halb drei am Morgen, aber in Los Angeles war es halb sieben am Abend. In meinem Kopf tuckerten die Gedanken wie Außenborder, verschiedene Fische und ihre Zubereitungsarten, Dollarscheine und schwarze Perlen, Bruchstücke von Liedern, wenn du eine Welle wärst, du großer Gott und I saw a sign.

»Wozu?«, fragte ich. »All diese Menschenleben?«

Clay seufzte unendlich tief.

»Ich habe mit aller Kraft gekämpft«, sagte sie. »Ewig lang und eisern, aber der Männerkörper hat nie gepasst.«

Sie schwieg lange Zeit, als ob sie zögern würde, aber dann fing sie an zu erzählen. Von ihrer ersten geschlechtsangleichenden Operation in Kopenhagen, die jedoch »ein Riesenfehler« gewesen sei.

»Es ist die Hölle, eine Frau zu sein. Da ich von Geburt an schwarz bin, dachte ich, ich wäre darauf vorbereitet, ein Mensch zweiter Klasse zu sein. Ein Mensch, der weniger wert ist.«

Sie lachte bitter.

»Eine sagenhafte Fehleinschätzung«, sagte sie. »Menschen redeten über meinen Kopf hinweg und an mir vorbei, als ob ich dumm wäre. Fielen mir ins Wort, überhörten meine Argumente. Bezahlten mich schlechter und gingen davon aus, dass ich jederzeit gefickt werden könnte.«

Ich blinzelte an die Decke.

»Unser wertvollstes Gut ist unsere Jungfräulichkeit«, fuhr Clay fort. »Jugend und Frische. Männer sammeln Erfahrung, Frauen nutzen sich ab. Trotzdem habe ich es lange ausgehalten und die Welt gesehen. Dann habe ich erneut die Seite gewechselt und beschlossen, unabhängig zu sein.«

Als Börsenmakler an der Wall Street.

»Und was ist dann passiert?«

Mühsames Ausatmen. Williams Worte fielen mir ein: *Sie war clever, aber nicht rücksichtslos genug, um erfolgreich zu sein.*

»Warst du froh, wieder ein Mann zu sein, nachdem du eine Frau gewesen warst?«, fragte ich.

Sie dachte eine Weile über die Frage nach.

»Nach dem Börsenmakler habe ich mich von Geschlecht und Alter ganz verabschiedet«, sagte sie. »Ich entschied mich, nur noch nützliche Dinge zu tun. Mit dem restlichen Geld machte ich eine Ausbildung zur Krankenschwester. Aber nachdem ich Britney mitgenommen hatte, konnte ich natürlich nicht mehr zur Arbeit gehen.«

»War das nicht in Los Angeles?«

»Hoboken, New Jersey.«

Ich wusste nicht, wo das war.

»Dort beginnt übrigens die Geschichte des Federal Reserve System«, sagte Clay. »Auf einem Bahnhof in New Jersey an einem Novemberabend im Jahre 1910. Es war der 22. November, um ganz genau zu sein, dasselbe Datum, an dem JFK ermordet wurde …«

Sie warf mir einen Blick zu.

»Kennst du die Entstehungsgeschichte der Fed?«

Ich schüttelte den Kopf und schlang unter der Bettdecke die Arme um die Knie.

Sie legte sich gemütlich hin und erzählte von einem dunklen Abend im Spätherbst 1910, als ein privater Eisenbahnwaggon auf einem Nebengleis außerhalb von Hoboken stand, einer Stadt am Hudson, wo sie siebzig Jahre später als Krankenschwester gearbeitet hatte. Der Waggon gehörte einem amerikanischen Senator namens Nelson Aldrich, dem Schwiegervater von John D. Rockefeller Jr. Im Schutz der Dunkelheit schlichen sich einige Männer einzeln hinein, so geheim war das Treffen der Gruppe. Es waren die Direktoren und Eigentümer von großen amerikanischen Banken und extrem einflussreichen Unternehmen: der Chef der National City Bank, einer der Besitzer von J. P. Morgan, der Vizepräsident des Bankers Trust und der stellvertretende Finanzminister. Sie fuhren nach Jekyll Island vor der Küste Georgias und gingen dort in das Stammhaus eines Clubs, das so vornehme Mitglieder wie die Morgans, die Rockefellers, die Warburgs und die Rothschilds hatte.

Ein paar Namen kannte ich, ich wusste aber nicht, wer diese Leute waren.

»Wir sprechen also von den reichsten und mächtigsten Menschen der Erde«, sagte Clay. »Sie hatten beschlossen, ein Kartell zu bilden und die amerikanische Wirtschaft zu kapern. Neun Tage lange beratschlagten sie, wie sie es anstellen sollten, und verfassten am Ende den sogenannten Federal Reserve Act, ein Dokument, das die Regeln und Verordnungen des Finanzmarkts definiert.«

Sie trank einen Schluck Wasser, ich wartete gespannt.

»Und stell dir vor«, fuhr sie fort, »sie schafften es, sowohl das Repräsentantenhaus als auch den Senat von diesem Regelwerk zu überzeugen. Am Weihnachtsabend 1914 wurde es amerikanisches Gesetz.«

»Gesetz?«, fragte ich. »Du meinst also …«

»Die reichsten Unternehmer der Vereinigten Staaten haben die Regeln ihrer eigenen Industrie festgelegt, aber damit nicht genug. Das Gesetz ermächtigte sie auch zur Kontrolle und Herrschaft über die amerikanische Währung.«

»Wie bitte?«, fragte ich skeptisch. »Den amerikanischen Dollar?«

»Ganz genau. Offiziell würden mir die Leute an der Macht wahrscheinlich widersprechen, aber letztendlich befindet sich die amerikanische Währung in Privatbesitz.«

Ich konnte nicht fassen, wie so etwas möglich war. Wie konnte es sein, dass die globale Währung einigen, ganz bestimmten Personen gehörte?

»Aber wieso«, fragte ich, »haben die Politiker denn ihre Zustimmung gegeben?«

»In der Wirtschaft herrschte Chaos. Man brauchte tatsächlich Vorschriften und Reformen, um den Finanzmarkt zu regulieren, und die Unternehmer hängten den Hinweis, dass sie den Federal Reserve Act selbst verfasst hatten, nicht gerade an die große Glocke. Das Treffen auf Jekyll Island wurde jahrzehntelang geheim gehalten. Und es kamen auch nicht alle Vorschläge durch, aber die meisten. Einige Leute behaupten, Präsident Woodrow Wilson, der das Gesetz unterschrieben hat, hätte es später bereut, aber ich bin mir nicht sicher, ob das stimmt.«

Sie setzte sich auf und knipste die Nachttischlampe an.

»Das Federal Reserve System oder auch die US-Notenbank, kurz Fed, ist absichtlich unübersichtlich aufgebaut, aber wenn man die Struktur aufdröselt, stellt man fest, dass sie auf drei Säulen ruht: einem Vorstand mit sieben Mitgliedern, zwölf Regionalbanken und einem Komitee, das für die Währung zuständig ist. Das Ganze ist ein Wust aus Interessenkonflikten und Eigeninteressen …«

Ich merkte, dass mir allmählich die Augen zufielen, und Clay sah es auch.

»Ich glaube, ich lese ein bisschen«, sagte sie.

Ich drehte mich zur Wand und schlief sofort ein.

Clay schlief geräuschlos mit offenem Mund. Ich zog mich leise an, um sie nicht zu wecken.

In der Jugendherberge gab es ein Frühstück, das als »kontinental« bezeichnet wurde (Weißbrot mit farbigem Gelee drauf, das wie Pappe mit Biancas Lipgloss schmeckte).

Ich fragte an der Rezeption nach der Telefonnummer der Jugendherberge. Die Frau hinter dem Tresen schob mir eine kleine Visitenkarte rüber.

»Brauchen Sie auch einen Stadtplan?«, fragte sie.

»Nein danke«, sagte ich, »den habe ich. Sind alle Telefonnummern in London neunstellig?«

Im selben Augenblick klingelte besagtes Telefon, und die Frau nahm den Hörer ab.

Ich kaufte mir draußen auf der Straße einen Kaffee in einem Pappbecher und ging eine Runde um die Kathedrale. Im Grunde war ich erleichtert, dass sie von außen so stumm und unförmig wie jedes x-beliebige Korallenriff war.

Vor einer Apotheke stand eine rote Telefonzelle. Ich steckte eine Münze in den Schlitz und wählte die Nummer der Jugendherberge, ließ aber die letzte Ziffer weg. Die Verbindung konnte nicht hergestellt werden, ich bekam mein Geld zurück. Ich ging weiter zur Wood Street, weil es dort laut Stadtplan eine Polizeidienststelle gab. Das stimmte, aber sie war am Wochenende geschlossen (ich merkte erst, als ich davorstand, dass Samstag war). Ich marschierte also zur nächsten Wache, die ziemlich weit entfernt in Snow Hill war, aber auch sie war nur von Montag bis Freitag zwischen 7:30 Uhr und 19:30 Uhr geöffnet. Mittlerweile hatte ich Hunger und kaufte mir ein Sandwich in Klarsichtfolie, das ich auf einer Parkbank aß. Die Sonne schien, und es war ziemlich heiß. Ein nicht versiegender Strom von Menschen rauschte an mir vorüber. Die Leute redeten und lachten, sie joggten oder fuhren Fahrrad, manche hatten Kopfhörer auf und hörten Musik, sie aßen und tranken: das Leben.

Ich versuchte es bei einer letzten Polizeidienststelle, die ein paar Kilometer in der anderen Richtung am Bishopsgate lag.

Sie war geöffnet.

Ich musste eine Nummer ziehen und eine Weile warten, bis ich an der Reihe war. Der Polizeibeamte saß hinter einer Scheibe, die vermutlich aus Panzerglas war.

»Möchten Sie eine Vermisstenanzeige aufgeben?«, fragte der Mann, nachdem ich mein Anliegen vorgetragen hatte (und durch die Scheibe vermutlich nicht leicht zu verstehen gewesen war).

»Nein«, sagte ich. »Ich wollte fragen, ob eine verschwundene Person als vermisst gemeldet wurde. Hier bei Ihnen. Ein Sebastian Andersson.«

Der Polizist sah mich an. Dann zog er die Tastatur eines Computers zu sich heran und tippte etwas.

»Sind Sie mit ihm verwandt?«

»Nein«, sagte ich. »Nur befreundet.«

»Wann ist er verschwunden?«

»Ich glaube 1989«, sagte ich. »Oder Anfang 1990.«

Der Polizist hielt inne und blickte auf.

»Das ist ja über vier Jahre her.«

Ja, das war mir bekannt.

»An so alte Akten komme ich von hier aus nicht ran. Falls es eine Vermisstenanzeige gibt, ist sie im Police National Missing Persons Bureau archiviert, das dem Metropolitan Police Service unterstellt ist. Hat er denn hier in der Gegend gewohnt? In der Nähe von St. Paul's?«

Wieder überkam mich die Scham über meine Ahnungslosigkeit. Ich schluckte die Scham hinunter und fragte, wo das zuständige Büro sei. Er riet mir, es oben in Mayfair in der 27 Savile Row zu versuchen.

»Aber heute hat es keinen Zweck, warten Sie bis Montag. Falls ›Ihr Freund‹ bis dahin nicht wieder aufgetaucht ist.«

»Sehr witzig«, sagte ich zum Abschied.

Als ich wieder in die Jugendherberge kam, saß Clay unten an der Rezeption und las ein Buch. Wir gingen raus und aßen noch etwas, ich war trotz des Sandwichs immer noch hungrig. Diesmal suchten wir uns ein indisches Restaurant aus, in dem die Luft vom Duft starker Gewürze erfüllt war. Das Essen brannte am Gaumen und auf der Zunge.

Hinterher fuhren wir mit der zentralen U-Bahn-Linie nach Queensway und sahen uns den Kensington Palace an, den Wohnsitz von Prinzessin Diana. Er war von einem Zaun geschützt, man kam nicht besonders nah heran. Die Fassade wirkte graubraun und solide, die Vorhänge waren zugezogen. Wolken verdeckten die Sonne. Viele Menschen blickten neugierig herum, streckten Finger aus und redeten leise miteinander. Es machte mich nachdenklich, dass man nur deshalb an einen Ort fuhr, weil sich ein bestimmter Mensch dort für gewöhnlich aufhielt. Ich war ja in die 71 Lombard Street gefahren, weil Erik dort gearbeitet hatte. Oder war er jetzt wieder dort? War Prinzessin Diana irgendwo hinter diesen Vorhängen? Wie war es, in so einem Aquarium zu leben?

»Seltsamer Gedanke«, sagte ich, während ich versuchte, durch die Fenster zu schauen, »dass sie versucht hat, sich das Leben zu nehmen.«

»Jedenfalls laut Andrew Morton«, sagte Clay. »Wir wissen ja nicht, woher die Informationen in diesem Buch wirklich stammen.«

Ich ärgerte mich ein wenig, immer musste sie alles hinterfragen.

Am Abend gingen wir ins Kino und sahen einen Film mit dem Titel »Vier Hochzeiten und ein Todesfall«, und er handelt tatsächlich von vier Hochzeiten und einem Todesfall. In einer Szene liest ein Mann ein Gedicht von W. H. Auden für seinen toten Geliebten vor, die Worte gingen mir durch Mark und Bein:

He was my North, my South, my East and West.
My working week and my Sunday rest,
My noon, my midnight, my talk, my song;
I thought that love would last forever: I was wrong.

(Wladimir im Auto: Verdammt, nichts währt ewig.)

Die Hauptfiguren des Films kriegen sich am Ende, aber anstatt zu heiraten, schwören sie sich, einander zu lieben, bis dass der Tod sie scheidet, und im letzten Bild sieht man sie mit einem kleinen Kind.

Und dann war es so weit.

Ich ging in die St. Paul's Cathedral, um am Abendmahl teilzunehmen.

Es war ungefähr so, wie ich es mir vorgestellt hatte, nur ein wenig kälter vielleicht. Der Gesang stieg von den Kirchenbänken hinauf ins Gewölbe, Christi Leib für mich gegeben, Christi Blut für mich vergossen, und ich bat den Herrn um seinen Segen und seine Barmherzigkeit und Frieden auf Erden bei den Menschen seines Wohlgefallens.

Und ich bekannte gemeinsam mit den anderen meinen Glauben: Wir glauben an Gott, den Vater, den Allmächtigen, den Schöpfer des Himmels und der Erde. Und an Jesus Christus, seinen eingeborenen Sohn, unseren Herrn, empfangen durch den Heiligen Geist, geboren von der Jungfrau Maria, gelitten unter Pontius Pilatus, gekreuzigt, gestorben und begraben, hinabgestiegen in das Reich des Todes, am dritten Tage auferstanden, aufgefahren in den Himmel, er sitzt zur Rechten Gottes, des allmächtigen Vaters, von dort wird er kommen, zu richten die Lebenden und die Toten. Wir glauben an den Heiligen Geist, eine heilige allgemeine Kirche, Gemeinschaft der Heiligen, Vergebung der Sünden, Auferstehung der Toten und das ewige Leben, Amen.

Als ich zurück in die Jugendherberge kam, war Clay wach. Wir frühstückten: Brot und Hummus, Orangensaft und Kaffee.

Den Rest des Tages verbrachten wir damit, durch die Stadt zu streifen. Da Clay während ihrer Zeit bei United Airlines öfter in London gewesen war, fand sie sich auch ohne Karte ganz gut zurecht. Wir spazierten am Buckingham Palace vorüber, dem Schloss, in dem Königin Elizabeth wohnt, sahen sie aber nicht. Dafür waren vor dem Schloss so viele andere Menschen, dass man kaum durchkam. Und dann standen wir vor 10 Downing Street, wo der Premierminister wohnt, aber sein Haus war nicht annähernd so groß wie der Palast. Auch ihn bekamen wir nicht zu Gesicht.

An diesem Abend schauten wir uns wieder einen Film an, einen Zeichentrickfilm, der erst kurz zuvor in die Kinos gekommen war (Clay mochte Zeichentrickfilme). Er handelt von einem kleinen Löwen in Afrika, der König seiner Herde wird, und es wird darin ein Lied über den Kreislauf des Lebens gesungen, das Amiria geliebt hätte.

Am Montagmorgen ging ich zur Metropolitan Police Station in Mayfair, und danach gab es kein Zurück mehr.

Vielleicht hätte mir sofort auffallen müssen, dass etwas nicht stimmte, aber so war es nicht. Ich brachte einfach mein Anliegen vor und tat, wie mir gesagt wurde. Die uniformierte Frau am Tresen starrte lange auf einen Computerbildschirm, dann stand sie auf und sprach in einem Hinterzimmer mit einem Kollegen. Alle beide kamen zu mir an den Tresen und forderten mich auf, sie ins Innere der Wache zu begleiten, hinter die geschlossenen Türen. Sie waren nicht unfreundlich.

Ich wurde in einen fensterlosen Raum im dritten Stock gebracht. Draußen regnete es, ich war auf dem Hinweg nass geworden und fror. Als mich eine andere Frau fragte, ob ich etwas trinken wolle, bat ich um einen Kaffee, woraufhin sie verschwand. Der Kaffee kam nie.

Ich wartete und wartete. Das Unbehagen, das mir den Rücken hochkroch, wurde immer stärker. Irgendetwas stimmte nicht.

Nach einer Stunde, vielleicht waren es auch zwei, kam ein großer Mann mit einem Hefter in der einen und einem Becher Kaffee in der anderen Hand. Ich stand auf, um ihn zu begrüßen, aber er ignorierte meine ausgestreckte Hand, zeigte barsch auf meinen Stuhl und sagte, ich solle mich setzen. Ich zog den Kopf ein.

»Ich bin Inspektor Steve Hammond.« Der Mann beugte sich über den Tisch zwischen uns und blätterte in einem Stoß Papier. »Sie heißen Bianca Rockford?«

Ich nickte und lächelte mit trockenem Hals.

»Können Sie sich ausweisen?«

Ich nahm meine Schultasche auf den Schoß und wollte hineingreifen, hielt aber mitten in der Bewegung inne.

»Mein Pass ist im Tresor in meinem Hotelzimmer.«

Er trank einen Schluck aus seinem Kaffeebecher.

»Und Sie sind *Aussie*?«, fragte er.

»*Kiwi*«, sagte ich. »Ursprünglich stamme ich aus Auckland, aber ich wohne in Los Angeles.«

Ich musste meine Heimatadresse angeben: 1336 North Citrus Avenue, Los Angeles, California 90 028.

»Wie lange wohnen Sie dort schon?«

Ich musste die Finger zu Hilfe nehmen.

»Fast fünf Jahre.«

»Und was führt Sie nach London?«

»Ich besichtige Kathedralen«, sagte ich. »St. Paul's ist einzigartig, die schönste Kirche, die ich je gesehen habe.«

»Haben Sie denn viele gesehen?«

»Ich habe Kathedralen besichtigt, seit ich denken kann«, sagte ich.

Er trank seinen Kaffee aus, schob den Becher weg und sah mir in die Augen.

»Und welche war die schönste?«

Ich hängte meine Schultasche wieder über die Rückenlehne und dachte angestrengt nach, denn es gab ja so viele.

»St. Mary's«, sagte ich schließlich, »in Sydney. Gotisch, nicht besonders alt, aber wirklich riesengroß. Sie liegt mitten in der Stadt, man kann sie von überallher sehen.«

»Hm.« Er warf einen Blick auf seine Unterlagen.

Es war unheimlich still im Raum. Eine Lüftung rauschte leise, der Inspektor raschelte beim Umblättern.

»Sie haben sich heute Morgen nach Sebastian Andersson erkundigt?« Er klappte seinen Hefter zu.

»Ich habe gefragt, ob er möglicherweise als vermisst gemeldet wurde.« Ich sprach mit heller Stimme.

»Wieso?«, fragte der Inspektor.

»Ich habe ihn vor gut vier Jahren in Los Angeles kennengelernt«, sagte ich. »Er sagte, er wohne in London und arbeite bei einer Bank. Wir wollten uns hier treffen, aber die Telefonnummer, die er mir gegeben hat, funktioniert nicht.«

Der Kripoinspektor lehnte sich zurück.

»Und deshalb glauben Sie, er wäre verschwunden?«

»Er hat gesagt, er würde möglicherweise gezwungen sein unterzutauchen«, sagte ich. »Jemand würde nach ihm suchen. Ich dachte, er würde übertreiben, um sich interessant zu machen, aber dann konnte ich ihn nie wieder erreichen.«

»Haben Sie die Telefonnummer noch?«

Ich zog einen Zettel aus der Tasche, auf der eine, abgesehen von der Londoner Vorwahl, achtstellige Telefonnummer stand.

»Hm«, machte er wieder.

»Ist er es nun?«, fragte ich.

»Was meinen Sie?«

»Verschwunden«, sagte ich.

Er gab mir den Zettel mit der falschen Nummer zurück und beugte sich mit durchdringendem Blick vor.

»In höchstem Maße. Wir sind sogar äußerst interessiert daran, ihn zu finden. Wir möchten nämlich wissen, was er über ein Verbrechen weiß, das hier vor gut vier Jahren begangen wurde.«

»Ein Verbrechen?«, wiederholte ich.

»Ein Doppelmord mit sadistischen Zügen.«

Mir wurde schwindlig.

»Dann erzählen Sie mal, Bianca Rockford.« Der Inspektor lehnte sich wieder zurück. »Woher kennen Sie Sebastian Andersson?«

Ich holte einige Male tief Luft.

»Doppelmord? Zwei Morde?«

»Hat er davon nichts erzählt?«

Ich schüttelte den Kopf (der dumpfe Aufprall, mit dem Ngaru auf dem Boden aufschlug).

»Hat er jemals Isabel Sotnikova erwähnt? Oder Ivan Grankin?«

»Er hat gesagt, er würde bei einer Bank in London arbeiten,

mehr hat er mir über seinen Beruf nicht erzählt. Wird er wegen irgendwas verdächtigt?«

»Hatte er viel Geld?«

Ich dachte nach.

»Ja, das würde ich schon sagen. Wieso?«

»Wo haben Sie sich kennengelernt?«

Ich erzählte ihm, wie wir uns im Winter 1990 in einem Restaurant an der Strandpromenade in Venice zum ersten Mal begegnet waren. Ich hätte damals in einem Altersheim für Kriegsveteranen in Santa Monica gearbeitet. Wir hätten uns einige Male verabredet und wären zusammen ins Kino gegangen (»Dirty Dancing« und »Stirb langsam«, wobei ich den ersten und er den zweiten Film ausgesucht hatte), redeten über Bücher (»Die unerträgliche Leichtigkeit des Seins« und »Unter Null«, hier sei es genauso gewesen). Ich war auf dem Weg nach London, weil ich die St. Paul's Cathedral besichtigen wollte, und wir verabredeten, uns dort zu treffen, ich sollte vorher anrufen und ihm mitteilen, wann ich ankommen würde. Ich hätte es mehrmals versucht, sei aber nie durchgekommen, und da ich nun endlich hier sei, wollte ich mich erkundigen, ob ihm etwas zugestoßen sei …

»Er hat also zu Ihnen gesagt, er würde verfolgt?«

»Es würde jemand nach ihm suchen«, sagte ich.

»Hat er gesagt, wer?«

»Es hatte mit seiner Arbeit zu tun. Mit etwas, das er dort gemacht hatte. Aber er hat mir nie erzählt, was es war.«

Der Inspektor nahm einen Stift und seinen Hefter zur Hand und schrieb eine ganze Weile.

»Sie waren also befreundet.« Er schlug den Hefter zu. »Wie eng?«

Ich senkte den Blick.

»Er war nicht mein fester Freund«, sagte ich, »das kann ich leider nicht behaupten, aber … ich mochte ihn sehr …«

Der Inspektor seufzte lautstark.

»Wann haben Sie zum letzten Mal von ihm gehört?«

Die Jacht hatte er sich am 9. März in Papeete gekauft.

»Anfang Februar.« Ich blickte auf. »An einem Samstag. Wir waren verabredet, aber er kam nicht …«

»Wissen Sie noch das Datum?«

Wieder sah ich auf meine Hände.

»Es war der dritte Februar«, sagte ich leise (an dem Abend hatte ich mich mit Tangas Hexentrank volllaufen lassen, das werde ich nie vergessen).

Der Inspektor fuhr sich durchs Haar.

»Sebastian Andersson war also am 3. Februar 1990 in Los Angeles?«

Ich ließ die Schultern sinken.

»Eigentlich weiß ich es nicht genau, vielleicht war er da auch schon weg. Wir waren verabredet, aber er ist nicht gekommen …«

»Wie lange hat Ihre Freundschaft gedauert?«

»Wie sind sie zu Tode gekommen? Die Mordopfer?«

»Wann sind Sie sich zum ersten Mal begegnet?«

Ich bedeckte das Gesicht mit den Händen.

»Zwei Wochen davor«, sagte ich. »An einem Samstagabend.«

»Am zwanzigsten Januar?«

Ich zuckte mit den Schultern.

»Ja, das stimmt wahrscheinlich …«

»Wie hieß das Restaurant?«

Ich richtete mich auf und holte Luft.

»Das weiß ich nicht genau. Es ist an der Strandpromenade, direkt beim Fitnesspark. Gegenüber ist ein Laden, wo man T-Shirts kaufen kann …«

Die Fragen hörten nicht auf. Mit wem ich dort gewesen war? Mit meinen Freunden Laura Smith und King Branningham, Sebastian war allein unterwegs. Was wir gemacht hatten.

Worüber wir geredet hatten. Wo er wohnte. Wo wir uns das nächste Mal getroffen hatten. Was wir da unternommen hatten. Wie ihm »Unter Null« gefallen hatte. Schließlich sah ich Inspektor Steve Hammond durchdringend an und sagte:

»Seb hat so unglaublich gut geleckt. Ich hatte mehrere nasse Orgasmen hintereinander. Ist das nicht irre?«

Danach ließ man mich gehen. Als ich auf die Straße raustrat, zitterten meine Hände, aber geweint habe ich erst in der Jugendherberge.

Clay war nicht so erschrocken, wie man hätte denken können. Wortlos holte sie Notizbuch und Stift hervor und schrieb alles auf, was ich berichtete, insbesondere die Namen, die der Inspektor erwähnt hatte.

»Es muss also vor dem 9. März 1990 gewesen sein, denn da war Erik bereits auf Tahiti und hat sich ein Boot gekauft«, stellte sie fest, klappte das Notizbuch zu und ging zur Tür.

»Wo willst du hin?«

Meine Panik war unbegründet, aber sie hatte mich im Griff.

»Die Bibliothek ist bis acht geöffnet«, sagte sie.

Da ich es in dem kalten Zimmer nicht aushielt, ging ich zur Kathedrale hinüber, wo soeben der Evensong begonnen hatte. Es waren viele Menschen gekommen, ich setzte mich ganz nach hinten und ließ mich von den himmlischen Klängen zur goldenen Decke emportragen, der Mensch ist von Natur aus ein gläubiges Wesen, ohne unsere Fähigkeit zum Glauben wären wir heute nicht da, wo wir sind, wir vertrauen auf das, was andere uns erzählen. Der Pfarrer las das Kapitel über Kain und Abel aus dem Ersten Buch Mose, die Geschichte vom Brudermord, dem ersten Verbrechen in der Geschichte der Menschheit. Moana und ich hatten oft darüber gesprochen, denn Moana hatte an der Universität auch Management studieren wollen und fand Gott als Führungsperson grauenhaft. Kain und Abel schufteten von früh bis spät, Kain auf dem Acker und Abel als Schafhirte, und als sie Gott ein Opfer bringen wollten, hatte Gott nur Augen für Abel.

»Unglaublich ungeschickt und ungerecht«, sagte sie. »Kain hat gepflügt und gesät und im Schweiße seines Angesichts geerntet, während Abel nur auf einem Stein gesessen und den Schafen zugesehen hat, aber Gott fand Lämmer eben niedlicher als Getreideähren, und deswegen ließ er Kain links liegen und lobte nur Abel.«

Normalerweise widersprach ich ihr und sagte, dort oben verstehen wir seine Wege besser, aber Moana schnaubte nur. Der mehrstimmige Chor pries mit seinem Lobgesang den Herrn. *Und die Gnade des Herrn sei mit allen, die Ihn fürchten, geheiligt sei der Vater und der Sohn und der Heilige Geist, wie es war im Anfang, jetzt und immerdar und in Ewigkeit, Amen.*

Der Küster weckte mich, als er das Licht ausmachen und abschließen wollte.

»Die sterblichen Überreste von Isabel Sotnikova und Ivan Grankin schwammen am 31. Dezember 1989 in der Themse.« Clay ließ sich aufs Bett fallen und schnappte sich ihr Notizbuch. Die Leichen wiesen Spuren von Folter auf, aber aus den Zeitungsmeldungen ging nicht hervor, warum oder auf welche Weise sie gefoltert worden waren, aber als Todesursache wurde die Einwirkung von stumpfen Gegenständen auf den Kopf angegeben. Sie waren erschlagen und anschließend einfach ins Wasser geworfen worden.

Draußen war es ziemlich dunkel geworden; was vom Tageslicht übrig war, erreichte uns nicht. Ich war durcheinander, und mir war übel, die Zeitumstellung machte mir immer noch zu schaffen.

»Stand in der Zeitung, ob Erik der Täter war?«

»Mehr oder weniger. Die Polizei gab bekannt, ein Bekannter des Paares werde des Doppelmords und des Betrugs verdächtigt.«

Ich atmete mit offenem Mund und konzentrierte mich darauf, mich nicht zu übergeben. Clay schaute zum Fenster.

»Anfangs machte der Doppelmord Schlagzeilen«, sagte sie, »aber das Medieninteresse legte sich schnell. Das ist ein bisschen merkwürdig, normalerweise ernten spektakuläre Verbrechen mehr Aufmerksamkeit.«

Ich schluckte und schlug meine Bettdecke zur Seite.

»Britisch klingen die Namen nicht«, sagte ich. Plötzlich kam mir das Zimmer stickig vor.

»Nein, sie stammen wahrscheinlich aus Russland, aber sie sind keine abtrünnigen Spione oder so was, sonst hätte es ein Riesenbohei gegeben. Ich nehme an, die Polizei geht von einer Abrechnung innerhalb eines bestimmten kriminellen Milieus aus, solche Verbrechen bekommen wenig mediale Aufmerksamkeit.«

»Erik hat es nicht getan«, sagte ich.

»Die Polizei glaubt es aber«, sagte Clay. »Ich würde sogar sagen, sie sind fest davon überzeugt.«

Ich schloss die Augen.

»Was glaubst du?«, fragte ich.

»Nicht viel.«

»Im Allgemeinen?«

»Doch«, sagte Clay. »Ich glaube, dass man Fakten braucht, um sich eine Meinung zu bilden.«

In dieser Nacht war ich wieder mit Erik und den Kindern im Zimmer über der Perlenwerkstatt. Erik hielt ein Maschinengewehr in der Hand, und die Lagune war voller toter Fische.

Ich wachte mit Herzklopfen auf.

Zum ersten Mal fragte ich Clay, ob ich ihre Tageszeitungen auch lesen dürfe. Sie stellte ihre Teetasse ab und überreichte mir einen dicken Stoß eng bedrucktes Papier. Ich weiß nicht, was ich erwartet hatte, vielleicht einen Artikel über Erik oder etwas über Yinhang Dengi Finance oder über Morde und Doppelmorde mit sadistischen Zügen, aber ich hielt zahllose Seiten voller Informationen in den Händen, für die ich nicht das geringste Interesse aufbringen konnte.

»Wer kann das alles aushalten?« Ich blätterte um.

In England schien es unendlich viele verschiedene Zeitungen zu geben. Die Leute lasen sie in Cafés und auf Parkbänken, sie trugen sie unter dem Arm, das gräuliche Papier lugte aus allen möglichen Taschen hervor oder wurde als Regenschirm benutzt.

»Printmedien erfüllen verschiedene Funktionen.« Clay fächerte den Zeitungsstapel ein wenig auf. »Manche sehen ihre Aufgabe darin, die ganze Welt zu beobachten, ihre Leser über die wichtigsten Ereignisse auf dem Laufenden zu halten und sie sowohl umfassend als auch tiefgehend zu informieren. Diese Zeitungen werden üblicherweise abonniert und nach Hause geliefert.«

Sie hielt eine Zeitung mit massenhaft Text und schmalen Spalten hoch.

»Die japanischen Sozialisten verhandeln erneut mit Premierminister Tsutomu Hata, Israel und die PLO führen Gespräche über eine palästinensische Selbstverwaltung in der Westbank, und in der Ukraine wird der Präsident gewählt, entweder der amtierende Präsident Leonid Krawtschuk oder der ehemalige Premierminister Leonid Kutschma … Aber sieh mal hier.« Sie hielt zwei andere Zeitungen hoch. »Das sind Boulevardzeitungen. Sie haben überhaupt nicht den Anspruch, von der politischen Lage in komischen Ländern zu berichten, sie treffen eine Auswahl und schreiben nur über solche Dinge, die

Kunden möglicherweise zum spontanen Kauf einer Zeitung am Kiosk veranlassen.«

Mein Blick blieb an einer fetten Überschrift hängen.

CHARLES: ICH HABE DIANA BETROGEN

Darunter ein Foto von Prinz Charles und einer traurigen Prinzessin Diana. Ich ließ die Zeitung fallen, die ich in der Hand gehalten hatte, und schnappte mir das Boulevardblatt.

Darin stand, dass am selben Abend eine Dokumentation im britischen Fernsehen laufen würde, in der er gefragt wurde, ob er zu Beginn seiner Ehe versucht habe, ehrlich und treu zu sein. »Auf jeden Fall«, antwortete der Prinz. »Und ist es Ihnen gelungen?«, fragte der Journalist namens Jonathan Dimbleby. Der Prinz antwortete mit Ja, fügte aber nach einigem Zögern hinzu: »Bis es trotz unserer gemeinsamen Versuche unwiderruflich vorbei war.«

Clay trank ihren Tee aus und machte sich auf den Weg in die Bibliothek.

Ich bezahlte unser Frühstück, faltete das Boulevardblatt zusammen und steckte es ein. Dann streifte ich wachsam durch die Stadt. Seit dem Besuch der Wache in der Savile Row ging ich Polizisten und Streifenwagen aus dem Weg, und bei den Menschenmassen, dem Verkehr und den vielen Läden war das ziemlich anstrengend. Wer sollte all diese Waren kaufen? Kleidung, Schuhe, Hausrat, Möbel, Lampen, elektronische Geräte, wie war dieser Überfluss überhaupt möglich?

Ich ging zum Kensington Palace, dem Haus, in dem Prinzessin Diana wohnte. Es gab in fußläufiger Entfernung alle Produkte der Welt zu kaufen, und doch lagen sie außerhalb von Dianas Reichweite. Ich blieb stehen und schaute zu den zugezogenen Vorhängen hinüber. Natürlich war mir bewusst, wie seltsam, wenn nicht sogar banal es war, dass mich das

Schicksal dieser schönen Prinzessin (mit dem kurzen Haar und der schmalen Figur) so berührte.

Ich ging in den großen Park hinter dem Palast und erreichte nach einer Weile Speaker's Corner. Man konnte sich dort einfach hinstellen und sagen, was man wollte, und andere Menschen hörten zu. Es hätte Moana gefallen. In diesem Moment stand ein Mann dort und sprach mit viel Nachdruck über die Rechte von Kohlebergarbeitern. Eine ältere Dame stellte sich neben mich und hörte ihm zu.

»Er war nicht besonders witzig, oder was meinen Sie?«, sagte die Dame, als der Mann fertig war.

Da ich nicht den Eindruck hatte, dass dies die Absicht des Mannes gewesen war, wusste ich nicht, was ich darauf erwidern sollte.

»Wissen Sie«, fuhr die Dame fort, die aussah wie eine Katze, die einen ganzen Papageienfisch verschluckt hat, »ich habe hier Tony Allen gesehen. Schon zweimal!«

Ich murmelte irgendetwas und ging weg. Vielleicht hatte Erik hier oft gestanden und den Rednern gelauscht, aber vielleicht hatte er vor lauter Arbeit auch gar keine Zeit dafür gehabt. Und erfüllte der Ort eigentlich irgendeinen Zweck? Spielte die Rede des Grubenarbeiters eine Rolle? Drückte seine Leidenschaft der Welt irgendeinen Stempel auf? Oder war sie nur im Hier und Jetzt spürbar? Vielleicht war die Tatsache, dass ich ihn gesehen und ihm zugehört hatte, die einzige Wirkung, die seine Rede jemals haben würde, und das machte mich eigenartig verzagt.

In einer großen Straße am Park gab es eine Buchhandlung. Erst nachdem ich mir die Räumlichkeiten im Erdgeschoss genau angesehen hatte, merkte ich, dass der Laden zwei weitere Stockwerke hatte. Ich war fast so beeindruckt wie von

St. Paul's, ich hatte nicht gewusst, dass es so viele Bücher auf der Welt gibt. Extrem viele handeln von Gewalt und Mord, von Menschen, die Gott gespielt und sich als Herren über Leben und Tod gebärdet hatten, aber Erik war nicht so einer.

Stundenlang hielt ich mich zwischen den Regalen auf. Mehrmals stand ich vor Verblüffung mit offenem Mund da, all diese Worte und Charaktere und Geschichten! Manche Titel erkannte ich natürlich wieder, wie alte Freunde, mit denen ich auf Manihiki mein Leben verbracht hatte. Es war, als würde ich meiner verstorbenen Familie auf dem Friedhof wiederbegegnen. Anfangs packte ich alle Bücher, die ich haben wollte, in einen Einkaufswagen, aber bald war er voll, und was hätte ich mit all diesen Büchern machen sollen? Wo sollte ich sie aufbewahren?

Ich ging, ohne etwas zu kaufen, »Die Säulen der Erde« hatte ich sowieso in der Tasche.

Anschließend setzte ich mich auf eine Bank an einem kleinen See im Park und las über Tom. Es hatte einige Tage lang gestürmt und geregnet, jetzt war die Luft lau und klar. Ich blieb dort sitzen, bis die Schatten länger wurden, und fragte mich, ob Erik hier manchmal spazieren gegangen war.

Ganz in der Nähe war eine Kunstgalerie. Ich hatte die Idee gehabt hineinzugehen, aber da ich angesichts der Plakate und Skulpturen am Eingang das Gefühl hatte, ein wenig beschränkt zu sein, ließ ich es sein. Im Laufe des Nachmittags hatten sich einige Menschen davor versammelt, man errichtete rings um das Gebäude einen Zaun und andere Absperrungen, schließlich kam ein Wächter zu mir und sagte, ich müsse die Bank räumen. Ein Teil des Parks würde für die Öffentlichkeit gesperrt werden.

»Eine Wohltätigkeitsveranstaltung von Vanity Fair zugunsten der Serpentine Gardens«, erklärte er mir. »Prinzessin Diana wird erwartet, sie ist die Schirmherrin.«

Gehorsam stieg ich auf einen Hügel hinter der Absperrung. Rund um die Galerie herrschte erhöhte Geschäftigkeit. Blumen wurden arrangiert und Tische gedeckt, es war genau wie bei den Sonntagsessen im Dorf Tukao. Die Sehnsucht durchdrang mich mit solcher Schärfe, dass mir die Luft wegblieb. Auf einmal hatte ich den Geschmack von gekochtem Lederjackenfisch auf der Zunge, und dann schmeckte ich plötzlich auch Brotfrucht mit gegrilltem Papageienfisch, in Meerwasser gekochtes Spanferkel, *nimata* und Kokospfannkuchen mit Makkaroni.

Und dann kamen die Gäste.

Auf dem Hügel versammelten sich Leute, die den Menschen da unten zuschauen wollten. Die Leute hier oben hatten Picknickkörbe und Campingstühle dabei, sie redeten und lachten und aßen und tranken genau wie die Menschen rings um die Galerie, und als es unten proppenvoll war, kam sie. Ich sah sie deutlich, trotz der Entfernung. Sie stieg aus einem glänzenden schwarzen Auto, ging schnell und leichtfüßig auf einen Mann zu, der kleiner war als sie, gab ihm die Hand und küsste ihn auf beide Wangen. Ihr Kleid war kurz und schwarz und schulterfrei, um den Hals trug sie ein weißes Collier, ich fragte mich, wo die Perlen gezüchtet worden waren. Sowohl unten vor der Galerie als auch rings um mich herum wurde applaudiert. Sie hatte eine kleine schwarze Tasche in der linken Hand und begrüßte mehrere Menschen, ich sah sie reden und lachen. Die Frauen, denen sie die Hand gab, machten einen Knicks, aber sie knickste nicht. Nachdem ihr ein Kind einen weißen Blumenstrauß überreicht hatte, sah sie aus wie eine schwarz gekleidete Braut, und dann ging sie in das Gebäude. Die Leute in meiner Umgebung begannen sich laut zu unterhalten, *hast* du gesehen, wie sie … und *meine Güte*, was für ein Kleid, Charles ist ein Flegel, aber dieses Kleid, Hut ab, das perfekte Rachekleid!

Überall packten die Leute nach und nach ihre Sachen ein

und machten sich auf den Heimweg, aber ich blieb stehen, bis es dunkel wurde.

Die ganze Welt kniete vor diesem selbstmordgefährdeten, essgestörten Superstar nieder, aber ihre Kinder durfte die Prinzessin nur ein paarmal im Monat sehen. Während sie sich hier mit nackten Schultern und schlanken Beinen den Menschen widmete, beichtete ihr Ehemann im Fernsehen, dass er sie betrogen hatte. Die Dinge waren wahrhaftig nicht so, wie sie aussahen. Wir wussten nie, was eigentlich die Wirklichkeit war.

Als ich zurück in die Jugendherberge kam, schlief Clay.

Am nächsten Morgen wurde ich wach, weil sie sich über mich beugte. Ihr Gesicht war ganz dicht über meinem.

»Ich weiß, wo Erik gewohnt hat.«

45 Wilson Road, Camberwell, London SE5 8PE.

Die Kirche war keine Kathedrale, aber sie war alt und sehr schön. Sie hieß St. Giles und lag an der Ecke Wilson Road, genau an der Stelle, wo die Camberwell Church Road den Namen Peckham Road annimmt. Die Häuser an der Wilson Road waren alt und verziert wie Hochzeitstorten.

»Camberwell kommt in den ›Canterbury Tales‹ vor.« Clay hatte die Nase in einen Reiseführer gesteckt. »Es war also ursprünglich ein Dorf, das es schon vor tausend Jahren gab. Heute liegt es mitten in London.«

Sie blickte auf und schaute sich um, als ob ihr nicht ganz klar wäre, wie wir hierhergelangt waren. Wir waren bei der Jugendherberge in einen roten Doppeldeckerbus gestiegen und durch diese Stadt gefahren, die seit Jahrtausenden lebte. Von dem Gedanken wurde mir schwindlig, ich war geradezu berauscht.

Clay war fleißig gewesen. Im Companies House in der 4 Abby Orchard Street, in dem sich unter anderem das britische Handelsregister befand, hatte sie alle verfügbaren Informationen über Yinhang Dengi Finance angefordert (aber die entsprechenden Mikrofiches waren noch nicht herausgesucht worden), und in der Bibliothek hatte sie jede Menge Telefonbücher aus den Achtzigern und einige andere Dokumente bestellt. Ich weiß noch immer nicht, wie sie es geschafft hat, aber irgendwie war es ihr gelungen, einen S. Andersson herauszufiltern, der hier angeblich einmal gewohnt hatte. Wir waren nicht sicher, ob es die richtige Person war, aber wir hatten nichts zu verlieren.

Die Menschen waren auf dem Weg zur Arbeit und zur Schule, es war noch früh am Morgen. In den Hauptstraßen herrschte Gedränge, aber in der Wilson Road schien die Zeit stillzustehen, über den Dächern lag Stille.

Die Nr. 45 war ein Stück von der Straße zurückgesetzt, sie hatte wie alle anderen Häuser drei Stockwerke und einen Keller, einen schmiedeeisernen Zaun und einen Erker. Im ersten Obergeschoss stand ein Fenster offen, im Radio lief Musik. Ich hörte drinnen eine Frau reden, konnte aber kein Wort verstehen.

»Willst du klingeln?«

Mein Herzschlag dröhnte mir so laut in den Ohren, dass ich meine eigene Stimme nicht hörte.

»Mach du das«, stammelte ich.

Clay drückte auf den Klingelknopf. Hinter der Tür bewegte sich etwas. Es dauerte etwa eine Minute. Dann ging die Tür auf. Vor uns stand eine Frau im Krankenschwesternkittel. Sie sah nicht freundlich aus. Hinter ihr sah ich einen elektrischen Rollstuhl, wie King ihn gehabt hatte. Ein Junge mit verrenkten Händen und Füßen saß darin.

»Worum geht es?«, fragte die Frau.

»Verzeihen Sie die Störung am frühen Morgen«, sagte Clay, »aber wir suchen einen Mann, der vor fünf Jahren hier gewohnt hat. Wir wollten fragen, ob Sie uns vielleicht helfen könnten …«

»Und wer sind Sie?«

Die Frau hatte eine Hand auf den Türrahmen und die andere auf die Klinke gelegt, als wollte sie uns davon abhalten, ins Haus einzudringen.

»Ich heiße Bianca Rockford«, sagte ich so laut, wie ich konnte. Clay warf mir einen verwunderten Blick zu, ich hatte ihr gar nicht die ganze Geschichte aus der Polizeidienststelle erzählt.

»Und ich bin Rita Hollingworth«, sagte Clay. »Nett, Sie kennenzulernen.«

»Ich bin Christina Andersson.« Zögerlich ergriff die Frau Clays ausgestreckte Hand. »Wen suchen Sie?«

»Einen Mann namens Sebastian Andersson«, sagte Clay. »Er arbeitet bei einer Bank in der Lombard Street.«

Die Frau zog die Hand zurück, als ob sie sich verbrannt hätte.

»Ach so«, sagte sie. »Willkommen im Club! Wenn Sie ihn finden, können Sie ihn gerne an uns erinnern.«

Sie deutete mit einer Kopfbewegung auf den behinderten Jungen.

Ich musste mich am Treppengeländer festhalten.

»Was wollen Sie von ihm?«, fragte Christina Andersson.

Mein Hals hatte sich zu einem Strohhalm zusammengezogen, ich bekam kaum Luft.

»Oh«, sagte Clay, »wir machen Urlaub in London und wollten nur mal Hallo sagen.«

Die Frau umklammerte Türrahmen und Klinke noch fester. Der Junge im Rollstuhl quengelte.

»Ach, wirklich«, sagte Christina Andersson. »Tja, hier ist er seit Silvester 1989 nicht gewesen. Woher kennen Sie Seb?«

»Wir haben uns in Los Angeles kennengelernt«, sagte ich,

bevor Clay die Frage beantworten konnte. »Es ist lange her, aber da wir schon mal hier sind, dachten wir …«

»Warum wollen Sie ihn sprechen? Wer sind Sie überhaupt?« Ihre Stimme überschlug sich, sie schien Angst zu haben.

»Wir wollten wirklich nicht stören.« Clay wich einen Schritt zurück.

Die Frau sah auf ihre Armbanduhr.

»Es tut mir leid«, sagte sie, »aber ich muss los.«

An ihrer Kleidung und der Handtasche auf dem Schoß des Jungen sah ich, dass sie tatsächlich auf dem Sprung war.

»Sind Sie Krankenschwester?«, hörte ich mich selbst fragen.

Sie wandte den Kopf ein wenig ab und blickte die Straße hinunter. Strich sich mit zitternder Hand eine Strähne aus der Stirn.

»King's College Hospital«, sagte sie. »Falls das alles ist …«

Sie wollte die Tür schließen, ich machte einen Schritt auf sie zu.

»Wenn du ein Meer wärst, wär ich eine Welle, wenn du der Himmel wärst, hätte ich Flügel«, sagte ich.

Die Frau blinzelte verwirrt.

»Wie bitte?«

»Als der Frühling am schönsten war«, sagte ich, »kamst du zu mir. Wir fuhren raus nach Lidingö und wieder heim …«

»Sie müssen mich entschuldigen, ich habe es eilig.« Dann machte sie die Tür zu.

Clay fuhr mit dem Bus zurück zur Bibliothek, aber ich blieb noch in Camberwell. Hinter ein paar Autos stand ich zwischen einigen Bäumen und sah die Frau mit dem Jungen im Rollstuhl kommen. Sie schob ihn die Straße runter, bog rechts und dann links ab. Ich folgte den beiden in großem Abstand. Vor einem modernen Gebäude rollte die Frau den Rollstuhl eine Rampe hoch, wahrscheinlich war es eine Schule oder eine Art Tagesbetreuung. Gemeinsam verschwanden sie im Gebäude. Nach ungefähr fünf Minuten kam die Frau allein raus. Sie ging an einem Bahnhof namens Denmark Hill vorbei, dann verlor ich sie in der Menschenmenge, die in ein riesiges Krankenhaus strömte: das King's College Hospital.

Ich blieb lange dort stehen.

Ein Universitätskrankenhaus.

Hier wurden Krankenschwestern, Laborassistenten und Kinderärzte ausgebildet. Ich hätte hier in Camberwell in London studieren und einen richtigen Beruf ergreifen können, dann hätte ich von den Besten gelernt und anschließend wirklich etwas Sinnvolles tun können.

»Wie geht es dir?«, fragte Clay, als ich wieder in der Jugendherberge war.

»Ganz okay«, sagte ich. »Am Ende zählt nicht, was man sagt, sondern was man den Leuten vorlebt. Mir hat er es vorgesungen, und ihr hätte er es auch vorsingen sollen.«

Sie sah mich an, stellte aber keine weiteren Fragen.

Am Tag darauf bekam Clay die Mikrofiches mit den Informationen über Yinhang Dengi Finance. Es stand weniger darin, als Clay gehofft hatte, es gab keine Angaben über Umsatz oder Eigentümer, aber die jüngste Änderung der Unternehmenssatzung änderte alles.

Clay nahm meine Hände in ihre und sah mir in die Augen.

»Erster Grundsatz des logischen Denkens«, sagte sie. »Geh von dem aus, was du weißt. Fakten!«

Ich nickte.

»Bisher haben wir in Erfahrung gebracht«, fuhr sie fort, »dass Erik Bergman eigentlich Sebastian Andersson heißt. Wir wissen, er ist auf der Flucht, er hat auf Manihiki einen Mann getötet, und er hatte extrem viel Geld. Die Londoner Polizei geht davon aus, dass er darüber hinaus zwei sadistische Morde begangen und seinem Arbeitgeber Hunderttausende von Dollars gestohlen hat. Seine Ehefrau und sein behinderter Sohn wohnen immer noch in seinem Haus, aber du beharrst darauf, ihm weiterhin zu vertrauen?«

Ich schluckte, denn mir war klar, dass meine Antwort nicht Clays erstes Kriterium erfüllen würde. Sie war nicht logisch.

»Erik lügt nicht«, sagte ich. »Er sagt vielleicht nicht die ganze Wahrheit, aber er hat mich nicht angelogen.«

Clay musterte mich eine Weile, dann erzählte sie.

Einen Monat zuvor hatte Yinhang Dengi Finance eine Tochterfirma im ostafrikanischen Tansania registrieren lassen.

Der Firmensitz lag in Daressalam, und der Geschäftsführer war Sebastian Andersson.

DARESSALAM

Ich war nicht im Geringsten auf das alles hier vorbereitet: den Staub, die Leute, die Farben, die Gewürze, die Autos, die Eselskarren, den Rhythmus, den der Herzschlag dieser Menschen auf die Erde trommelte. Rechts zischte die sprühende Meeresoberfläche, von oben brannte die weiße Hitze der Sonne wie eine Gasflamme auf das Autodach.

»Es ist wie nach Hause kommen.« Clay drehte sich zu mir um. »Spürst du es? Hier sind wir entstanden, es ist die Wiege des Homo sapiens.«

Das Taxi rumpelte unbarmherzig die buckelige Hauptstraße entlang, vorbei an Straßenverkäufern mit rostigen Waagen und zottigen Hunden, Frauen unter Stoffbahnen, die nur die Augen freiließen, hippen jungen Männern in Flipflops mit schwungvollem Schritt und einem ganzen Leben vor sich. Aus überfüllten Kleinbussen auf dem Weg nach nah und fern schallte jaulende Musik, in Ölfässern wurden Esskastanien geröstet. Im Autoradio ereiferte sich eine kratzige Stimme in einer Sprache, die ich noch nie gehört hatte. Im Grunde war ich noch nie irgendwo gewesen, wo nicht alle Englisch (oder Maori) sprachen. Clay schaute versonnen aus dem geöffneten Fenster.

»Das Klima der ostafrikanischen Savanne«, sagte sie. »Dafür sind wir gemacht. Wo auch immer auf der Welt wir uns ansiedeln, wir nehmen es überallhin mit und nennen es ›Raumtemperatur‹.«

Das bisschen, was ich auf dem Weg vom Gate zum Taxi mitbekommen hatte, erschien mir so ähnlich wie auf Manihiki, aber mir war ein wenig zu übel, um ihr zu widersprechen.

Moana hatte ziemlich oft über Afrika gesprochen. Sie sorgte sich um den Kontinent, seine Armut und die Bevölkerungsexplosion dort, die Kindersterblichkeit und die Unterdrückung der Frau, den europäischen Kolonialismus und die Diktatoren, die darauf folgten. Die Vereinten Nationen engagierten sich sehr in der Entwicklungshilfe, und Moana verfolgte die Aktionen, so gut es ging. Samstags auf der *enake* erzählte sie mir immer von den Friedenstruppen, die bei fast jedem Konflikt vor Ort waren. Moana hätte überall auf diesem Kontinent gerne gearbeitet (um ehrlich zu sein, ging mir an ihrem Engagement vor allem auf die Nerven, dass sie so ein guter Mensch war). Ich selbst hatte von diesem Erdteil gar keine Ahnung. Eigentlich kannte ich nur die Bilder aus den Schulbüchern und der ein oder anderen Tageszeitung: Frauen mit Kindern auf dem Rücken und Wasserkrügen auf dem Kopf, staubige Blechhütten und runde Hütten mit Strohdach, hungernde Kinder mit Fliegen im Gesicht und Disneylöwen.

»Wir Schwarzen kommen von hier.« Clay schloss die Augen und hielt das Gesicht in den Wind. »Ihr anderen stammt alle von denen ab, die weitergezogen sind.«

Etwa eine Minute rumpelten wir schweigend weiter, dann musste ich sie einfach fragen, wen sie mit »ihr anderen alle« meinte. Sie drehte sich zu mir um.

»Vor 60.000 Jahren haben dreihundert Individuen den Kontinent verlassen«, sagte sie. »Sie haben vom Horn von Afrika aus den Jemen auf der Arabischen Halbinsel erreicht. Von dort aus haben sie sich auf dem gesamten Planeten verbreitet.«

»Dreihundert?«, fragte ich skeptisch. »Alle Menschen, die nicht schwarz sind, stammen von dreihundert Personen ab?«

»Es existierten zu der Zeit mehrere Menschenarten. Wir waren ihnen genetisch so ähnlich, dass wir fruchtbare Nachkommen mit ihnen zeugen konnten. Die Neandertaler in Europa, die Denisova-Menschen in Asien und vielleicht noch ein paar andere, ihr seid eine Mischung aus ihnen. Vielleicht nicht alle, aber viele.«

»Der Homo sapiens hat Kinder mit anderen Menschenrassen bekommen?«

»Nicht in großem Umfang«, sagte Clay. »Aber die eine oder

andere Homo-sapiens-Frau wurde von einem Neandertaler vergewaltigt, wurde schwanger und bekam eine fruchtbare Tochter. Auf diese Weise hat ein gewisser Prozentsatz der Neandertalergene bis heute überdauert.«

»Wieso sollte sie vergewaltigt worden sein?«, fragte ich.

Clay sah mich mit leerem Gesichtsausdruck an.

»Glaubst du, sie hat sich in ihn verliebt?«

Der Wal küsst nicht das Schwein.

»Natürlich könnten sie verliebt gewesen sein«, sagte ich. »Und vielleicht hat sie einen Sohn bekommen.«

»Keine Chance«, sagte Clay. »Ein männlicher Nachkomme hätte sich nicht paaren dürfen. Frauen dagegen sind nie ein Problem, selbst wenn sie drei Köpfe haben. Hier muss es sein.«

Der Wagen war vor einem Haus mit abblätternder rosa Fassade stehen geblieben, das offenbar unser Hotel war. Clay bezahlte den Taxifahrer mit dem Geld, das sie am Flughafen gewechselt hatte. Ich griff nach meiner Schultasche und stieg aus, der Taxifahrer holte das restliche Gepäck aus dem Kofferraum. Die Feuchtigkeit, die mich umfing, war vertraut und fremdartig zugleich: heiß und duftgeschwängert wie zu Hause, aber auch scharf und herb wie in London. Clay ging mit schnellen Schritten und einem Koffer in jeder Hand auf die Rezeption zu, sie war von der Reise belebt und bewegte sich kraftvoll. Ich folgte ihr in einen schmalen Gang, braun gestrichene Wände und keine Beleuchtung, es war so dunkel, dass ich über eine Schwelle stolperte, die ich nicht gesehen hatte.

Der Mann hinter dem Tresen verlangte, dass wir für eine Woche im Voraus bezahlten, Clay fing an, mit ihm zu diskutieren, ließ die Sache aber auf sich beruhen, als ich plötzlich in einen Papierkorb kotzte. Danach ging es mir viel besser.

Wir bekamen ein Zimmer ganz oben unterm Dach.

»Hast du was Schlechtes gegessen?«, fragte Clay, als wir im Zimmer waren. »Oder bist du schwanger?«

Ich erwartete kein Kind, hatte mehrmals meine Tage gehabt, seit ich Rarotonga verlassen hatte, aber nun fragte ich mich, wie lange ich eigentlich schon aus Manihiki weg war.

Als wir rausgingen, um uns etwas zu essen und zu trinken zu besorgen (in Afrika durfte man kein Leitungswasser trinken, sonst drohe »die Rache des Pharaos«, sagte Clay, und die sei viel schlimmer, als sich nur in einen Papierkorb zu erbrechen), kaufte ich eine Ansichtskarte. Da es wenig Sinn hatte, Post nach Manihiki zu schicken, man wusste nie, wann sie ankam, adressierte ich die Karte an Onkel Matini auf Rarotonga.

»Lieber Onkel Matini«, schrieb ich, »es tut mir leid, dass ich mich nicht eher gemeldet habe. Jetzt schicke ich dir diesen Gruß, um dir zu sagen, dass es mir gut geht. Ich bin in Daressalam in Ostafrika und suche nach Erik, angeblich soll er hier arbeiten. Ich weiß noch immer nicht, wann ich zurückkomme, es kann noch einige Wochen dauern. Grüß die Familie von mir. Kiona«.

»Da drüben ist ein Briefkasten.« Clay zeigte in die Richtung.

»Ich glaube, ich warte noch ein bisschen«, sagte ich.

Die Postkarte habe ich nie abgeschickt. Sie ist immer noch in meiner Schultasche.

Dem britischen Firmenregister zufolge lag der Hauptsitz von Yinhang Dengi Finance in der 102 Mali Street in Daressalam. Nachdem wir Essen und Wasser gekauft hatten, wollte ich sofort dorthin gehen, aber Clay hielt mich zurück. Sie schlug vor, ich solle im Hotelzimmer warten, während sie »ein paar Dinge erledige«. Da ich annahm, dass es auch in Tansania Bibliotheken gab, hörte ich auf sie (am Ende zählt nicht, was man sagt, sondern was man den Leuten vorlebt).

Im Zimmer war es so heiß und stickig, wie ich es auf Manihiki nie erlebt hatte. Vielleicht zog die Masse dicht aneinandergebauter Steinhäuser die Hitze an und brachte sie zum Gären und Kochen. Eine Klimaanlage gab es nicht, aber dafür einen müden Ventilator unter der Decke, der die Luft sinnlos herumwirbelte.

Ich musste einen Moment eingenickt sein, denn als ich aufwachte, beugte sich ein fremder Mann über mich. Ich schrie aus Leibeskräften, aber Clay lachte entzückt.

»Funktioniert also«, sagte sie.

Ihr schwarzes Haar war kurz geschoren. Sie trug einen Nadelstreifenanzug mit breitem Revers und eine Brille mit dickem gelbem Gestell, kurz gesagt, sie sah aus, als ob sie nicht ganz dicht wäre. Sprachlos starrte ich sie an.

»Wir müssen uns frei bewegen können.« Clay überreichte mir eine Papiertüte voller Kleidung, »Yinhang Dengi Finance liegt in einer Nebenstraße des Bankenviertels, und es gibt ganz in der Nähe ein Café, aber zwei Frauen können sich dort nicht einfach den ganzen Tag lang aufhalten, es ist nicht üblich. Ein Mann und seine junge Ehefrau hingegen werden nicht so schamlos angeglotzt, vor allem nicht, wenn sie Muslima ist.«

Ich kippte den Inhalt der Tüte auf das Bett, einen langen schwarzen Rock, ein langärmliges schwarzes Oberteil und ein schwarzes Kopftuch.

»Aber darunter kriege ich einen Hitzschlag«, protestierte ich.

»Das ist in diesem Teil der Welt durchaus ein Problem«, gab Clay zu. »Wenn du dich beeilst, können wir noch eine Runde spazieren gehen, bevor es dunkel wird.«

Ich zog die unbequeme Kleidung an und folgte Clay durch den Flur. Der Typ an der Rezeption war auf seinem Stuhl eingeschlafen und schnarchte leise, Clay legte unseren Zimmerschlüssel in das richtige Fach hinter ihm.

Die Sonne stand tief, und ich nahm an, dass die Dunkelheit genauso plötzlich eintreten würde wie auf Manihiki. Clay ging schnellen Schrittes die Straße runter, und ich tippelte in meinem etwas zu engen Rock hinterher.

»Es könnte schwierig werden«, sagte Clay. »Mein Suaheli ist wirklich nicht toll, und Englisch ist hier nicht so verbreitet wie in anderen Teilen Afrikas. Französisch sprechen sie auch nicht.«

Sie hatte einen Stadtplan besorgt und zeigte mir darauf die 102 Mali Street, es war wirklich nicht weit. Der Stadtkern von Daressalam war kleiner, als ich gedacht hatte, geradezu winzig.

»Ich habe kein offizielles Verzeichnis gefunden, in dem ausländische Firmen registriert sind«, sagte sie. »Es ist durchaus möglich, dass es so etwas gibt, aber es zu finden, wird viel Zeit in Anspruch nehmen und Geld kosten.«

Wir gingen um eine Ecke und standen direkt vor Yinhang Dengi Finance. Das Gebäude hatte zwei Stockwerke und wirkte recht bescheiden. Im Erdgeschoss schien die Bank untergebracht zu sein, der obere Stock wirkte leer. Am Eingang hing ein protziges Messingschild mit dem Namen der Bank, daneben war ein großes Schaufenster und dahinter eine schöne Frau an einem Schreibtisch mit Computer. Sie hatte ein bisschen Ähnlichkeit mit Beverly und die gleichen dicken Rastas. Meine Hände pikten und brannten, wie wenn ich zu lange getaucht und anschließend zu hastig Sauerstoff eingeatmet hatte. Clay legte mir den Arm um die Schulter.

»Wir gehen einfach dran vorbei und setzen uns da drüben ins Café.«

Sie zeigte auf ein Lokal mit Coca-Cola-Tischen und weißen Plastikstühlen, das ein Stück weiter auf der anderen Straßenseite lag. Mit wummerndem Pulsschlag in den Ohren ging ich an der Bank vorbei und gab mir Mühe, nicht ins Fenster zu starren. Yinhang Dengi Finance hatte keinen offiziellen Sitz in London, aber hier?

Clay bestellte Tee und Coca-Cola und rückte mir einen Stuhl zurecht.

Von meinem Platz unter einem dicht belaubten Baum aus, den wir auf Manihiki nicht hatten, hatte ich sowohl den Eingang als auch das Schaufenster im Blick.

»Hinter dem Haus ist eine Gasse«, sagte Clay. »Sobald es dunkel ist, gehe ich dorthin. Hast du Hunger?«

Clay hatte fast immer Hunger. Ich schüttelte den Kopf, sie bestellte einen Teller Spaghetti. Ich saß schweigend neben ihr, während sie aß, und betrachtete die Passanten. Das Tempo war hier viel geruhsamer als in den Gegenden, durch die wir auf dem Weg vom Flughafen gekommen waren. Ein sehr kranker Mann lief langsam an uns vorüber, er hatte hässliche Wunden an den Beinen und einen bellenden Husten.

»In Afrika gehört der Frau die eigene Sexualität nicht«, sagte Clay mit vollem Mund. »Sie ist nur für die Männer da. Deswegen ist Aids so verbreitet. Frauen müssen mit vielen Männern schlafen, obwohl sie es nicht wollen. Um in den Bus einsteigen zu dürfen, müssen sie mit dem Fahrer schlafen. Schulmädchen müssen mit dem Lehrer schlafen, um gute Noten zu bekommen. Wenn ein Mann stirbt, kann ein naher Verwandter seine Ehefrau erben.«

»Wie kommst du jetzt darauf?«, fragte ich.

Clay sah dem kranken Mann hinterher, winkte dem Kellner und legte Geld auf den Tisch.

»Wenn die Frauen in Afrika selbst entscheiden dürften, mit wem sie Sex haben, wäre die Aidsepidemie auf diesem Kontinent Geschichte.«

Mit einer diskreten Kopfbewegung lenkte sie meine Aufmerksamkeit zu Yinhang Dengi Finance hinüber. Die junge Frau, die an dem Schreibtisch gesessen hatte, kam mit einer Schultertasche heraus, zog einen Rollladen aus Aluminium vor das Schaufenster und verriegelte ihn unten mit einem

Vorhängeschloss. Dann schloss sie zwei verschiedene Schlösser an der Eingangstür ab, ging die Straße runter und verschwand aus unserem Blickfeld.

»Offenbar machen sie um sechs zu«, sagte Clay.

»Wieso haben sie eine Filiale hier?«, fragte ich.

»Verdammt gute Frage«, sagte Clay.

Die Frau saß am Schreibtisch und tat gar nichts. Sie kam morgens, schloss das Vorhängeschloss unten am Boden und die Eingangstür auf, zog den Rollladen rauf und setzte sich. Es kamen keine Kunden und auch keine anderen Bankangestellten. Um eins ging sie raus und schloss die Tür ab, ließ aber den Rollladen oben und kehrte fünfundvierzig Minuten später wieder, um genau da weiterzumachen, wo sie aufgehört hatte. Zweimal entdeckte ich im Schaufenster andere Personen, ohne dass ich gesehen hätte, wie jemand reinging. Beide Männer hätten durchaus Tansanier sein können, sie trugen Basecaps und Kleidung in Tarnfarben.

»Es gibt eine Hintertür zu dieser Gasse«, sagte Clay, die auch die Nebenstraßen erforscht hatte.

Dass es ihr nicht gelungen war, irgendeine Behörde zu finden, bei der in Tansania angesiedelte Tochterfirmen offiziell registriert waren, frustrierte mich mehr als sie.

»Wir haben die Bank«, sagte sie, als ich mich darüber beklagte. »Sie ist zwar offensichtlich nur eine Fassade, aber irgendeine Funktion muss sie ja erfüllen. Geduld!«

Manchmal fuhren Autos in die Gasse rein und wieder raus, aber die Fahrer konnten natürlich auch in den anderen Gebäuden in der schmalen Straße etwas zu erledigen haben. Oft saßen zwei oder drei Männer in den Autos, alle mit finsteren Mienen und Basecaps auf dem Kopf, und ich glaube, sie trugen immer olivgrüne Hemden.

In den langen Klamotten, die Clay mir gekauft hatte, war es ungeheuer heiß, wenn ich mich bewegte, aber sobald ich auf einem Plastikstuhl im Schatten des großen Baums (einem *Flamboyant*) im Café in der Nähe von Yinhang Dengi Finance saß, störten sie mich nicht mehr. Stundenlang durchbohrte ich die junge Frau hinter dem Schaufenster mit Blicken.

»Wie hält sie das aus?«, fragte ich schließlich eines späten Nachmittags. »Wird sie wirklich dafür bezahlt, dass sie da sitzt?«

»Anders kann ich es mir kaum erklären«, sagte Clay. »Sie sitzt da ja bestimmt nicht zum Vergnügen.«

»Aber warum dann?«

»Ehrlich gesagt, verstehe ich auch nicht, was hier los ist.« Clay wischte sich den Schweiß von der Stirn. »In Ostafrika eine Bankfiliale eröffnen, meinetwegen, aber warum ausgerechnet in Tansania? Kenia hätte ich eventuell verstanden, in Nairobi sind alle internationalen Organisationen vertreten, und es gibt seit Jahrzehnten Marktwirtschaft, aber hier? In einem alten sozialistischen Ein-Parteien-Staat, der vor weniger als zehn Jahren total bankrott war?«

»Vielleicht gerade deswegen.« Ich sah hinüber zu der Frau. »Banken leben doch davon, dass sie armen Menschen, die es nicht besser wissen, Schulden aufbürden.«

Frustriert stand ich auf.

»Ich gehe jetzt zu ihr und frage sie, was sie da macht.«

Clay hielt mich am Handgelenk fest.

»Du hast doch sonst so viel für Toleranz übrig«, sagte sie, »eigentlich müsstest du Banken lieben.«

Zwei junge Männer am Nebentisch sahen neugierig zu uns rüber, ich setzte mich wieder. Was meine Kleidung betraf, hatte Clay recht gehabt. Wenn wir durch die Straßen gingen, sie im Nadelstreifenanzug und ich immer einen halben Schritt hinter ihr, schauten Männer nie in meine Richtung.

»Ich hasse Banken«, sagte ich mit Nachdruck.

»Dein Zorn trifft den Falschen«, sagte Clay. »Nichts in der Weltgeschichte hat so effektiv für Toleranz gesorgt wie Geld.«

»Jetzt täuschst du dich«, sagte ich entschieden. »Geld ist die Wurzel allen Übels.«

»In Wahrheit verhält es sich genau umgekehrt«, sagte Clay. »Aber es ist kein Wunder, dass du es so siehst, große Denker haben das Geld jahrhundertelang verurteilt. Dabei ist Geld völlig vorurteilsfrei, das einzige vom Homo sapiens erschaffene Phänomen, das alle kulturellen Gegensätze überbrückt.«

»Was heißt hier ›vorurteilsfrei‹? Für Geld tun die Leute alles«, sagte ich, weil ich es aus Erfahrung wusste.

»Geld diskriminiert nicht«, sagte Clay. »Geld scheißt drauf, ob du schwul oder eine Nutte bist, schwarz oder weiß, ein Kind oder uralt. Was ist Geld überhaupt? Denk mal nach!«

»Papier?«, schlug ich zögernd vor.

»Geld ist eine Übereinkunft«, sagte Clay. »Geld hat einen bestimmten Wert, weil wir *glauben*, dass es ihn hat, und weil wir es gemeinsam *beschlossen* haben. Das Papier ist ja eigentlich wertlos. Was meinst du wohl, warum wir in dieser Bar in Dar sitzen und essen und trinken können? Weil der Besitzer uns vertraut? Natürlich tut er das nicht, aber er vertraut unserem Geld …«

Clay setzte sich aufrechter hin und blinzelte zur Bank hinüber.

»Das ist doch völlig verkehrt«, sagte ich. »Als die, die wir wirklich sind, hätten wir hier niemals sitzen dürfen. Du musstest das Geschlecht wechseln und ich meine Religion, um hier überhaupt …«

Clay stand auf und schirmte mit der Hand die Sonne ab, ich folgte ihrem Blick. Ein Auto rollte in diesem Moment in die Gasse, am Steuer saß ein verbissener Mann und neben ihm auf dem Beifahrersitz eine Frau mit gelbem Haar.

»Da ist jemand auf der Rückbank«, sagte sie.

Bevor ich aufstehen konnte, hatte Clay ein paar Geldscheine (tolerantes Geld? vorurteilsfreies?) auf den Tisch gelegt und war bereits auf dem Weg zur Bank. Ich tippelte so schnell wie möglich hinter ihr her. Das Auto bog links ab und entfernte sich von uns, Clay marschierte zielstrebig hinterher und blieb erst stehen, als es wieder in die Hauptstraße eingebogen war.

»Auf der Rückbank saßen mehrere Personen«, sagte sie. »In der Mitte ein Weißer.«

Ich hatte ja kein Foto von Erik, aber ich hatte ihn Clay beschrieben, so gut ich konnte: fast einen Meter neunzig groß und schlank, schmale Schultern. Aschblonder Pferdeschwanz, das rechte Bein deutlich kürzer als das linke, sodass er humpelte. Linkshänder. Die rechte Hand nur eingeschränkt funktionsfähig. Seine Augen hatten die gleiche Farbe wie das Meer bei Sonnenuntergang.

»Wir müssen abwarten, ob sie zurückkommen«, sagte Clay.

Sie suchte ein anderes Lokal an der Hauptstraße aus, wo wir uns hinsetzten und etwas zu essen bestellten. Ich wusste die Küche in Daressalam mittlerweile zu schätzen. Es gab jede Menge Fisch, den ich bis dahin nicht gekannt hatte, meistens in Kokosmilch zubereitet, aber an diesem Abend bekam ich keinen Bissen runter. Es wurde schlagartig dunkel, und überall gingen die Lampen an, die entweder ein kaltes blaues oder undefinierbares schmutzig gelbes Licht verbreiteten. Nach zwei Stunden kam das Auto zurück. Die Frau mit dem gelben Haar saß vorne, aber wer hinten saß, konnten wir nicht erkennen.

Clay hatte sich die Autonummer eingeprägt, aber sie fand niemanden, der ihr hätte sagen können, wer der Besitzer des Fahrzeugs war. Vermutlich gab es irgendwo ein entsprechendes Register, aber sie kam nicht dran.

»Es war jedenfalls ein Mercedes W140«, sagte sie, »nagelneu. S-Klasse, ein 500er, glaube ich. Der wird von der Fabrik bei Bedarf auch gepanzert hergestellt.«

Wir hatten für den gesamten Tag einen Wagen mit Chauffeur gemietet. Unser Fahrer hatte nichts dagegen, um die Ecke von 102 Mali Street zu parken (er wurde auch bezahlt, wenn er nicht fuhr, und sparte auf diese Weise Benzin). Wir saßen nebeneinander auf der Rückbank, Clay schwitzte mächtig in ihrem Anzug.

Kurz vor elf am Vormittag sahen wir das Auto wieder. Es kam genauso wie am Vortag aus der Gasse, die Frau vorne, mehrere Personen hinten.

»Heute haben sie Begleitung«, sagte Clay.

Dem Mercedes folgte ein Militärfahrzeug, in dem mehrere Männer in olivgrüner Kleidung saßen.

»Ein Jeep«, sagte Clay. »Guck dir den Mann auf dem Vordersitz an!«

Ich beugte mich vor. Auf dem Beifahrersitz des Jeeps saß ein älterer Mann mit Schirmmütze und einem Hemd mit Schulterklappen, der unglaublich grimmig aussah.

»Da hast du den Kommandanten«, sagte Clay, »er ist der Befehlshaber des Wachtrupps. Erkennst du ihn wieder? War er dabei, als Erik abgeholt wurde?«

»Nein«, sagte ich. »Die Männer auf der Jacht waren weiß, ich glaube, es waren Russen.«

»Russen?«

»Ihr Englisch klang wie das von Wladimir.«

Clay sagte etwas auf Suaheli zu unserem Chauffeur, er ließ den Motor an und fuhr den Autos in sicherem Abstand hinterher. Wir kurvten auf immer größere Straßen hinaus, und dann sahen wir das Meer. Es war nicht meins, aber es hatte den gleichen intensiven Farbton. Im nächsten Augenblick bogen der Mercedes und der Jeep ab und blieben vor einem riesigen Hotel, das Kilimandscharo hieß, stehen.

Unser Wagen hielt am Straßenrand.

Aus der Entfernung sahen wir die Frau und den Kommandanten aus ihren jeweiligen Autos steigen, der Mann war groß und grobschlächtig, sie trug ein dunkles Kostüm und hatte eine Hochsteckfrisur. Die hinteren Türen des Mercedes wurden geöffnet, auf beiden Seiten kam ein Mann in Olivgrün raus, die beiden sahen sich um, und dann zerrten sie einen weißen Mann von der Rückbank. Sein Haar war aschblond und kurz, er trug einen dunklen Anzug und hatte eine braune Aktentasche bei sich. Nachdem er sich aufgerichtet hatte, blinzelte er in die Sonne, als ob er sie lange nicht gesehen hätte. Er knöpfte sich das Jackett zu, nahm die Aktentasche in die linke Hand und ging langsam auf den breiten Hoteleingang zu, das rechte Bein zog er ein wenig nach.

Es war, als würden meine Muskeln keine Befehle vom Gehirn entgegennehmen. Ich konnte mich nicht bewegen.

»Ist er das?«, fragte Clay leise. »Kiona, ist er das?«

Ich versuchte zu schlucken. Tränen stiegen mir in die Augen.

»Sie haben ihm die Haare geschnitten. Sie haben ihn als Banker verkleidet.«

Ich holte tief Luft und spürte, wie das Adrenalin wieder in meinen Blutkreislauf strömte und ihn mit Stacheldraht füllte. Ich streckte die Hand nach dem Türgriff aus, Clay hielt sie fest.

»Denk nach, Kiona«, sagte sie. »Sie wissen, dass du nach ihm suchst, und sie wissen, wie du aussiehst.«

»Woher sollen sie das wissen?«, fragte ich schrill.

»Süße«, sagte sie, »du hast dich bei der Kripoabteilung, die

die Morde an den Angestellten von Yinhang Dengi Finance aufklärt, nach ihm erkundigt. Glaubst du, die würden nicht mit der Bank in Kontakt stehen? Außerdem hast du bei ihm geklingelt und mit seiner Frau gesprochen ...«

»Das war nicht seine Frau«, sagte ich. »Sie haben sie aus irgendeinem Grund dazu gebracht, so zu tun, aber sie ist es nicht. Das war nicht sein Kind.«

»Das weißt du nicht«, sagte Clay.

»Doch«, sagte ich, »das weiß ich.«

»Und du hast in die Überwachungskamera über dem Eingang ihrer Firmenzentrale geguckt. Sie wissen, wie du aussiehst.«

»Aber sie wissen nicht, wie ich heiße«, sagte ich. »Sie wissen nicht, dass ich aus Manihiki stamme. Sie haben mich nicht gesehen, als sie ihn abgeholt haben. Ich habe sie gehört, aber sie haben mich nicht gesehen, das weiß ich.«

»Jedenfalls kannst du jetzt nicht in das Hotel gehen«, sagte sie. »Streng deinen Grips an! Sie wissen, dass du mehr weißt, als du dir anmerken lässt. Warum hättest du dich sonst, wenige Monate nachdem sie Erik abgeholt haben, in London nach ihm erkundigt? Du bist aus Los Angeles gekommen und in London genau zu der Adresse gegangen, wo er gearbeitet hat. Ihnen ist bestimmt schon der Gedanke gekommen, dass du auch hier auftauchen könntest, selbst wenn sie das vermutlich nicht für übermäßig wahrscheinlich halten.«

»Heißt das, ich soll einfach aufgeben? Nachdem ich endlich weiß, wo er ist?«

Das schrie ich.

»Beruhige dich«, sagte sie. »Du darfst dich nicht zeigen, aber ich mich schon.«

Ich hielt einige Sekunden inne.

»Dich haben sie auch gesehen«, sagte ich. »Die falsche Ehefrau hat dich gesehen. Sie hat ihnen alles erzählt.«

»Sie haben Clay gesehen«, sagte Clay. »Nicht Frank.«

Mit diesen Worten öffnete sie die Tür und trat auf den kochenden Asphalt hinaus.

Die Stunden in dem heißen Auto vor dem Kilimandscharo wollten nicht enden. Der Fahrer schlief ein und schnarchte mit offenem Mund. Ich starrte ununterbrochen auf den Eingang und versuchte, Erik hinter den Glastüren zu erkennen. Menschen kamen und gingen durch den langen Eingangsbereich des gigantischen Glaskomplexes mit seinen Türmen und Fahnen, wo vor dem großen Rondell ständig Fahrgäste abgesetzt wurden. Sowohl Eriks großer Mercedes als auch der etwas kleinere Jeep waren weggefahren, um woanders zu parken, ich wusste jedoch nicht, wo. Jeder weiße Mann, der das Gebäude verließ, war er, jede Frau war seine gelbhaarige Wärterin. Irgendwann musste ich so dringend pinkeln, dass mir nichts anderes übrig blieb, als in ein Café zu gehen und zu fragen, ob ich die Toilette benutzen dürfe (wofür ich der Bedienung einen Geldschein in die Hand drückte, dessen Wert ich nicht kannte), und als ich zurückkam, war ich mir ganz sicher, dass ich ihn für immer verloren hatte.

Das hatte ich nicht, stellte sich heraus, als Clay noch einmal eine Stunde später zurück zum Auto kam.

»Wo warst du?«, jaulte ich. »Was hast du so lange gemacht?«

Der Fahrer erwachte mit einem Grunzen, startete den Motor und legte den ersten Gang ein. Clay sagte etwas auf Suaheli zu ihm, und er machte den Motor wieder aus.

»Sie haben eine Suite im Konferenztrakt«, sagte sie. »Der Saal wird von verschiedenen Sicherheitsleuten bewacht, zum einen den Banktypen mit den Basecaps und den olivgrünen Uniformen und zum anderen einer Gruppe von Männern in dunklen Anzügen mit Funkgeräten.«

»Was bedeutet das?«

»Sie verhandeln über irgendetwas«, sagte Clay. »Mit wem, weiß ich nicht.«

»Und wer verhandelt?«

»Erik, nehme ich an. Soweit ich es erkennen konnte, ist er immer im Mittelpunkt.«

»Hast du ihn gesehen?«

»Nicht mehr, seit sie in der Suite im Konferenztrakt sind.«

Bei dem Gedanken, dass er wirklich da drinnen war, hinter dieser Glaswand, wurde mir schwindlig. Ich sah vor mir, wie er mit anderen Männern an einem Tisch saß.

»Kannst du mit ihm reden, Clay? Kannst du ihn irgendwie unter vier Augen erwischen?«

Sie dachte einen Augenblick nach.

»Höchstens auf der Toilette, aber warum sollte er mir vertrauen?«

»Ich kann es selbst machen!«, sagte ich. »Ich kann mit ihm reden, ich verstecke mich in einer Herrentoilette!«

Oh, was würde er überrascht sein, es war so wunderbar, dass ich laut auflachte.

»Da drin wimmelt es von Personal«, sagte Clay. »Vor den Toiletten stehen Angestellte, die saubere Handtücher austeilen. Da kommst du nicht rein.«

Ich ballte die Fäuste vor Enttäuschung.

»Ich gehe jetzt rein und versuche rauszubekommen, mit wem sie verhandeln«, sagte Clay. »Und du gehst nirgendwohin, du wartest hier.«

Ich versprach es.

Der Wind zerzauste mir das Haar wie auf Manihiki. Ich hatte das Kopftuch im Auto gelassen, nachdem ich stundenlang die Leute beobachtet hatte, die in das Hotel gingen, aber darunter war keine einzige Muslima ohne Begleitung gewesen. Jetzt näherte ich mich dem Eingang des Kilimandscharo also im langen dunklen Rock und mit einer Schultasche und hochgekrempelten Ärmeln: eine leicht exzentrische Frau aus der westlichen Welt, die in einem exotischen Land Urlaub machte, vielleicht hatte sie einen reichen Vater oder einen älteren Ehemann (aber bestimmt keinen Geliebten, denn sonst wäre sie eleganter angezogen gewesen).

Ich ging an mehreren Wächtern in grauen Anzügen vorüber. An der Glastür wurden die Gäste von einem Mann mit Zylinder und schicker grüner Kleidung begrüßt. Als ich auf ihn zurauschte, machte er einen Schritt nach vorn und musterte mich von Kopf bis Fuß. Ich grinste über das ganze Gesicht.

»Guten Tag!«, sagte ich, ohne mein Tempo zu drosseln.

Er runzelte die Stirn und öffnete den Mund, um etwas zu sagen, aber da befand ich mich bereits im Wirkungsbereich der Klimaanlage. Der Fußboden war so spiegelblank wie eine windstille Meeresoberfläche, aus Angst, darauf auszurutschen und auf den Hintern zu plumpsen, wagte ich kaum aufzutreten. Abgesehen von der St. Paul's Cathedral war diese Lobby der größte Raum, den ich je gesehen hatte. Die niedrige Decke verstärkte diesen Eindruck. Eingebaute Deckenspots bildeten Lichtinseln.

Langsam bewegte ich mich an der Wand entlang. Hier gab es wirklich jede Menge Personal. Viele Hotelangestellte standen hinter Theken und Empfangstresen, andere saßen an Schreibtischen mit großen Telefonen. In einem Gang sah ich die Toiletten, vor denen tatsächlich Frauen in Uniformen standen und saubere Handtücher verteilten. Auf bequemen Sofas saßen Hotelgäste und lasen Zeitung oder tranken Cocktails, die auf eleganten Tischen standen, in der Ecke glänzte eine blank polierte Bar. Die Lobby mündete in einen Durchgang zum Pool, der von Liegestühlen und bunten Sonnenschirmen umgeben war. Ich ging daran vorbei und gelangte zu den Fahrstühlen. Daneben war eine schmale Feuertreppe, und dahinter lag der Konferenztrakt.

»Kann ich Ihnen behilflich sein, Fräulein?«

Eine Frau hinter einem Schreibtisch lächelte mich an. Neben ihr auf einem Ständer waren zahllose Touristenbroschüren aufgereiht, ich sank auf einen Stuhl und lächelte zurück.

»Gerne«, sagte ich.

»Sind Sie mit einer Gruppe hier?«, fragte die Frau. »Haben Sie einen Pauschalurlaub gebucht?«

»Ich bin nur mit meinem Vater unterwegs«, sagte ich. »Er hat geschäftlich hier zu tun, und ich habe die Gelegenheit genutzt, ihn zu begleiten.«

»Ah.« Die Frau grinste noch breiter. »Wie nett. Das erste Mal in Tansania?«

»Für mich, ja«, sagte ich. »Für meinen Vater nicht.«

Die Frau klatschte entzückt in die Hände, ich sah kurz hinter mich in den Konferenztrakt. Dort passierte nichts.

»Oh, da stehen Ihnen viele fantastische Erlebnisse bevor! Welche Art von Safari interessiert Sie denn am meisten?«

»Safari?«

»Auf Suaheli bedeutet es ›Reise‹, das Wort wird aber mittlerweile für Entdeckungsreisen in die Natur und zu den Wildtieren verwendet.«

Die Frau streckte den Arm nach einer der Broschüren aus und überreichte sie mir, während sie redete.

»Hier in Tansania gibt es die besten und bekanntesten Nationalparks der Welt. Die Serengeti hat die höchste Dichte an wilden Tieren in ganz Afrika, die Savanne ist wirklich endlos, die müssen Sie sich ansehen. Zurzeit ist die Tierwanderung in vollem Gang, die einzige, die es auf unserem Planeten noch gibt, Millionen von Tieren machen sich in der Regenzeit auf die Wanderschaft, ganze Herden von Gnus …«

Ich dachte an den König der Löwen, den kleinen Zeichentricklöwen, dessen Vater von einer Herde Gnus totgetrampelt wird. Die Frau musste die gleichen Worte schon unendlich oft gesagt haben, denn sie merkte gar nicht, wie ich ihre Stimme ausblendete und ihre Werbebotschaften nur noch mechanisch über mich ergehen ließ, während ich meine Aufmerksamkeit auf den Konferenztrakt richtete.

»… Afrikas höchsten Berg, den Kilimandscharo, kann eine junge und starke Frau wie Sie bestimmt besteigen. Dafür fliegt man nach Arusha, auch eine sehr interessante Stadt …«

Eine Gruppe von Männern in dunklen Anzügen und mit Kabeln, die an Ohrstöpseln hingen, betrat die Lobby drüben im Konferenztrakt. Sie kamen auf dem Weg zu den Fahrstühlen an mir vorbei, aber keiner von ihnen hatte Ähnlichkeit mit den Männern in den Autos, die von Yinhang Dengi Finance weggefahren waren. Ich riss mich zusammen und hörte der Frau wieder zu.

»… und Stone Town wird möglicherweise zum Weltkulturerbe erklärt, Freddie Mercury, der Sänger der Rockband Queen, ist dort geboren, man kann sein Elternhaus besichtigen, das mittlerweile ein Museum mit Souvenirladen im Erdgeschoss ist …«

Sie überreichte mir eine Broschüre über die Insel Sansibar. Ich nahm sie und stand auf.

»Danke«, sagte ich, »das war wirklich anregend.«

Ihr Redeschwall und das Lächeln versiegten.

»Möchten Sie jetzt gleich etwas buchen?«

Ich schob den Besucherstuhl an den Tisch und steckte die Prospekte in meine Schultasche.

»Das bespreche ich lieber erst mit meinem Vater.«

»Natürlich«, sagte die Frau. »Ich bin bis 22 Uhr hier.«

Ich kaufte »Die grünen Hügel Afrikas« von Ernest Hemingway, das Buch hatte sie ebenfalls im Angebot, und setzte mich auf eins der bequemen Sofas. Versuchte zu lesen, aber es ging nicht. Ich guckte schnell zum Konferenztrakt rüber, sobald sich dort etwas bewegte.

»Interessante Lektürewahl«, sagte ein Mann auf dem Sofa gegenüber. Er sprach wie Laura, sah aber aus wie Clay (oder besser gesagt Frank). Offenbar stammte er aus Großbritannien oder hatte zumindest dort gewohnt.

Ich sah das Buch an, als wüsste ich gar nicht genau, was ich da zu lesen versuchte.

»Ich dachte, es wäre ein Roman«, sagte ich, »aber es scheint darin nur um die Erfahrungen des Autors als Großwildjäger zu gehen.«

Der Mann nickte und faltete seine Zeitung zusammen.

»Über diese Jagdreise hat Hemingway auch eine Kurzgeschichte geschrieben, ›Schnee auf dem Kilimandscharo‹, die ist viel interessanter. Es geht darin um einen Schriftsteller, der mit reichen Frauen verheiratet war und als Autor seine Fähigkeiten nie voll ausgeschöpft hat. Am Ende stirbt der Schriftsteller am Fuß des Kilimandscharo an Wundbrand. Wussten Sie, dass der Berg auch ›Haus Gottes‹ genannt wird?«

Er stand auf, ging um den Tisch herum und setzte sich neben mich.

»Sind Sie oft hier in Dar?«

Ich murmelte irgendetwas und rückte von dem Mann ab, mir war ein eisiger Schauer über den Rücken gelaufen, rotes Haar und weiße Zähne flimmerten an meinem geistigen Auge vorbei.

»Wie gefällt Ihnen denn mein Land?«

Er war also kein Brite.

»Es ist … interessant.«

Der Mann seufzte.

»So kann man es auch ausdrücken. Wir haben große Probleme, das lässt sich nicht unter den Teppich kehren …«

Er rutschte etwas näher zu mir.

»Wissen Sie, woran das liegt?«, fragte er. »Afrika ging es immer ein wenig zu gut. Wir mussten nie kooperieren. Hier gibt es keine demokratische Tradition, die Leute brauchten sich nie zu einigen. Man hatte alles direkt vor der Tür; Obst, Gemüse und Wild, nichts musste angebaut oder aufbewahrt werden.«

Er beugte sich über mich.

»Wenn Sie wollen, zeige ich Ihnen den Jachtclub«, sagte er. »Da ist Roald Dahl immer hingegangen. Wussten Sie, dass ihn eine Zementfabrik hier in der Stadt zu ›Charlie und die Schokoladenfabrik‹ inspiriert hat?«

»Danke.« Mit der Schultasche in der einen und dem Buch in der anderen Hand stand ich auf. »Ich muss jetzt zu meinem Mann.«

Als Clay zurück zum Auto kam, wartete ich auf der Rückbank auf sie (das Kopftuch hatte ich wieder umgebunden). Ich schämte mich ein wenig, aber nicht sehr. Niemand hatte mich gesehen, da war ich mir ganz sicher. Allerdings war Clay unter ihrer dunklen Haut ganz blass und brachte mich zum Schweigen, als ich sie mit Fragen bestürmte.

»Das muss warten, bis wir im Zimmer sind«, sagte sie.

Der Mann an der Rezeption wollte das Geld für eine weitere Woche. Diesmal protestierte Clay nicht, sondern legte einfach ein Bündel von meinen Schillingscheinen auf den Tisch. Dann schleppte sie sich wortlos die Treppe rauf. Kaum war die Zimmertür zu, drehte sie sich mit weit geöffneten Augen zu mir um.

»Sie verhandeln mit Mobutu«, sagte sie, als ob das irgendetwas erklärt hätte.

Ich machte vermutlich ein fragendes Gesicht, denn Clay setzte sich neben mich auf das Bett und sah mich durchdringend an.

»Der Diktator von Kongo-Kinshasa«, erklärte sie und zeigte in eine Richtung, in der möglicherweise Westen lag. »Das Nachbarland ist das zweitgrößte Land Afrikas. Pickepackevoll mit Kupfer und Gold und Öl und anderen Bodenschätzen. Mobutu regiert das Land seit Mitte der Sechziger, ich muss rausfinden, was er hier macht.«

Sie stand auf.

»Woher weißt du, dass sie mit ihm verhandeln?«

Clay blinzelte.

»Ich habe ihn in das Zimmer gehen sehen, umgeben von Leibwächtern.«

»Aber«, sagte ich, »wieso bist du dir so sicher, dass es dieser Mo-, Mo-, Mobu… war?«

»Ich habe ihn erkannt, an der Leopardenmütze und allem Drum und Dran.«

Moana hätte sicher gewusst, wer er war, aber ich hatte von so wahnsinnig vielen Dingen keine Ahnung.

»Und er heißt … Mobutu?«

»Sein voller Name lautet ungefähr Mobutu Sese Seko Koko Ngbendo Wa Za Banga, ganz genau erinnere ich mich nicht. Es bedeutet jedenfalls Der allmächtige Krieger, der ohne Angst von Eroberung zu Eroberung schreitet.«

»Wie bescheiden«, sagte ich.

»Er war mit Nicolae Ceauşescu befreundet«, sagte Clay, aber als nicht einmal da der Groschen bei mir fiel, machte sie die Tür hinter sich zu und ging wieder hinaus in die Nacht.

Ich aß ein wenig von dem Obst, das wir gekauft hatten (auf Clays Anweisung spülte ich es vorher mit dem Wasser aus den Flaschen ab, die wir gekauft hatten, was mir extrem übertrieben vorkam, aber sie war welterfahrener als ich).

Dann lag ich auf dem Bett und wartete. Das Buch über die

grünen Hügel Afrikas war ziemlich langweilig, im ersten Teil ließ sich Hemingway über verschiedene amerikanische Schriftsteller aus, von denen ich noch nie gehört hatte, und ich hätte selbst dann Schwierigkeiten gehabt, mich auf den Text zu konzentrieren, wenn ich nicht bei jedem Geräusch in meiner Umgebung aufgesprungen wäre. Den zweiten Teil, eine Rückblende auf irgendeine Jagd, überblätterte ich, aber im dritten Teil ging es um Schriftsteller, die ich gelesen hatte: Tolstoi (fantastisch, ich liebte »Anna Karenina«) und Dostojewski (ziemlich weitschweifig, ich hatte »Verbrechen und Strafe« zur Hälfte gelesen und dann aufgegeben, aber vielleicht hätte ich das Buch interessant gefunden, wenn ich nicht so rastlos gewesen wäre).

Schließlich legte ich das Buch weg und widmete mich den vielen Prospekten, die ich bekommen hatte. Es war unglaublich, was man alles machen konnte, um sich zu amüsieren. Am spannendsten waren die Safaris zu den Wildtieren in der Savanne. Die Natur dort sei vollkommen unberührt, stand in den Broschüren, und sei noch nie vom Menschen ausgebeutet worden. Sie sehe so aus wie seit Millionen von Jahren, und wir seien dort, in der Wiege des Homo sapiens, entstanden.

Ich dachte an all die Tiere da draußen im endlosen Grasland, die genauso ums Überleben kämpfen wie wir, und an die Unbarmherzigkeit der Natur. Die Antilopen lieben und beschützen die Kälber, die sie zur Welt gebracht haben, und die Löwen tun alles, was in ihrer Macht steht, um ihre Jungen zu ernähren, und damit ein Individuum überlebt, muss ein anderes sterben. Was hatte dieses ganze Streben eigentlich für einen Sinn? Das Überleben der Art, klar, aber für das einzelne Tier? Und gab es eigentlich einen Unterschied zu uns Menschen? Wir arbeiten und bringen Kinder zur Welt, wir geben uns äußerste Mühe, von unserer Gruppe akzeptiert und respektiert zu werden und jemanden zu finden, den wir lieben und der uns lieben kann, aber darüber hinaus?

Ich setzte mich im Bett auf und schaute über die Dächer von Daressalam. Irgendwo da draußen war Erik, in derselben Stadt wie ich. Meine Kinder und meine Eltern waren zwei Ozeane entfernt an dem Ort, an dem ich zu Hause hätte sein sollen. Hatten meine Bemühungen irgendeinen Zweck? Waren meine Erlebnisse, egal, ob Erfolge oder Misserfolge, überhaupt irgendetwas wert? Hatten sie ein Ziel, abgesehen von dem flüchtigen Gefühl, das ich im Moment empfand? War das alles? Konnte es so einfach sein? *Was war dann der Zweck des Ganzen*?

Natürlich verstehen wir seine Wege dort oben besser, aber es wäre ein Segen gewesen, es jetzt schon zu wissen.

Der Gedanke, dass es auch genau umgekehrt sein könnte, dass es die pure Hölle sein könnte, den Sinn des Lebens zu kennen, ging mir als Letztes durch den Kopf, bevor ich einschlief.

Clay rüttelte mich wach.

»Zieh dich westlich an«, sagte sie. »Wir gehen ins Hotel Kilimandscharo.«

Wir machten uns nicht die Mühe, auf ein Taxi zu warten. Unsere Koffer bräuchten wir nicht, sagte Clay, und daher ließen wir sie in unserem Zimmer (für das wir ja sowieso bezahlt hatten, und außerdem lag es im vierten Stock). Außerdem verlangte Clay von mir, meine »hässliche Handtasche« zurückzulassen (ich war zwar mit ihr schon einmal problemlos ins Hotel Kilimandscharo reingekommen, aber das band ich ihr nicht auf die Nase). Sie selbst nahm eine kleine schwarze Aktentasche mit, in der nur ihr Pass und das Portemonnaie waren, mehr nicht. Meine Schultasche steckte ich am Fußende des Bettes unter die Matratze.

Als wir durch die leeren Straßen gingen, brach urplötzlich die Morgendämmerung an.

»Hat was vom stalinistischen Zuckerbäckerstil«, sagte Clay, als wir uns der gigantischen Glasfassade des Hotels näherten. »Muss Mitte der Sechzigerjahre erbaut worden sein.«

»1965«, konnte ich bestätigen, da ich die Prospekte gelesen hatte. Einhundertachtzig Zimmer und Suiten, entweder mit Aussicht auf die Stadt oder aufs Meer.

Es gab reichlich freie Zimmer, wir baten um eins mit Blick auf die Stadt. Clay wies sich mit dem Pass aus, in dem sie Rita Hollingworth hieß, und aufgrund der späten (oder besser gesagt frühen) Stunde fiel es dem Mann an der Rezeption nicht auf. Nachdem er uns einen massiven Schlüssel und die Tageszeitungen überreicht hatte, fuhren wir mit dem Fahrstuhl ins zweite Obergeschoss. Clay legte ihre Aktentasche auf das Bett, stellte sich hinter den Vorhang und sah aus dem Fenster.

»Perfekt«, sagte sie.

»Was?«, fragte ich.

»Die Aussicht auf den Eingangsbereich und die Auffahrt.«

»Aber was machen wir hier?«

Sie ließ den Vorhang wieder vors Fenster fallen und legte sich auf das Doppelbett.

»In der Lobby oder irgendeinem anderen öffentlich zugänglichen Bereich kannst du dich nicht mit Erik treffen«, sagte sie. »Ich verspreche gar nichts, wirklich nicht, aber *falls* ihr überhaupt miteinander sprechen könnt, dann nur in einem der Zimmer.«

Sie breitete die Arme aus. Mir blieb das Herz stehen.

»Glaubst du?«, flüsterte ich.

»Generell glaube ich gar nichts«, sagte Clay. »Aber wir können es versuchen. Ich habe mir gedacht, du solltest Erik eine Nachricht schreiben.«

Verwirrt sah ich mich nach Papier und Stift um.

»Auf dem Schreibtisch.« Clay zeigte mit dem Finger darauf.

Das Briefpapier war mit dem Hotellogo und der Adresse

bedruckt. Der Stift in meiner Hand zitterte, in meinem Kopf herrschte Stillstand.

»Was soll ich schreiben?«

»Du musst ihm zu verstehen geben, dass du es bist, ohne Namen zu nennen.«

Mein Puls kam zur Ruhe. Ja, klar.

Wenn du ein Meer wärst, wär ich eine Welle.
Wenn du der Himmel wärst, hätte ich Flügel.
Du kannst Clay vertrauen.
Ich bin hier und muss dich sehen.

Clay las rasch, was auf dem Zettel stand, und steckte ihn ein. Dann schnappte sie sich einen Stift und Briefpapier und steckte beides in die andere Tasche ihres Jacketts.

»Was Mobutu angeht …« Sie signalisierte mir, dass ich mich setzen sollte, ich nahm im Sessel Platz. »Ich habe mich bei einem alten Bekannten gemeldet und ein paar Hintergrundinformationen von ihm bekommen.«

Ich wunderte mich einen Augenblick, dass Clay überall »alte Bekannte« hatte. Sie missdeutete mein Schweigen und dachte, ich hätte vergessen, wer Mobutu war.

»Der Diktator von Kongo-Kinshasa«, sagte sie. »Er hat 1965 mit Hilfe des amerikanischen CIA die Macht im Land übernommen. Seitdem paktiert er heimlich mit jedem Staat und jeder Organisation, die bereit ist, irgendwelche Absprachen mit ihm zu treffen.«

»Wieso heimlich?«, fragte ich.

»Eigentlich wäre von ihm eine gewisse Loyalität gegenüber den Vereinigten Staaten zu erwarten, weil sie ihn auf den Thron gesetzt haben, aber ihm ist es offenbar eine Ehre, ausgerechnet die USA zu verärgern. Er macht mit allen Geschäfte und unterstützt jede Form von Ideologie, die ihm irgendwie nützt.«

»Was denn für Geschäfte? Und wieso ist er umstritten?«

»Wie gesagt, Kongo-Kinshasa hat enorme Bodenschätze, seltene Mineralien, Diamanten und Öl, Gold und Kupfer, und Mobuto verkauft an jeden. Internationale Embargos, UN-Sanktionen und sonstige Abmachungen, er ignoriert alles, und das Ding ist: Mobutu regiert Kongo-Kinshasa wie ein privates Unternehmen. Alle Einnahmen, die das Land erwirtschaftet, steckt er in die eigene Tasche, und das seit fast dreißig Jahren. Er ist einer der reichsten Männer der Welt, auf jeden Fall einer der reichsten Diktatoren.«

»Aber wieso machen die USA das mit?«, fragte ich.

»Deswegen ja heimlich«, sagte Clay. »Es würde ihm niemals in den Sinn kommen, seine Geschäftspartner im eigenen Land zu empfangen. All diese Geschäfte macht er auf neutralem Boden, in Daressalam im Hotel Kilimandscharo.«

Die Wirklichkeit geriet ins Wanken.

»Er ist hier und macht illegale Geschäfte? Mit Erik?«

»Mit Yinhang Dengi Finance.«

»Was für welche?«

»Es hat irgendwas mit dem Dollar zu tun«, sagte Clay. »Und es muss irgendeinen Einfluss auf die amerikanische Zentralbank haben, sonst bräuchten sie Erik nicht.«

Clay warf einen Blick auf ihre Armbanduhr.

»Es wird eine Weile dauern, bis sie eintreffen.«

Sie ließ sich auf das Bett plumpsen, streifte die Schuhe ab und knuffte das Kopfkissen zurecht. Ich sah aus dem Fenster, es wurde genauso schnell hell, wie es abends dunkel wurde. Die Sonne war aufgegangen, genau wie in Kongo-Kinshasa. In dem Land lebten Millionen von Menschen, die von ihrem Oberhaupt betrogen und ausgenutzt wurden: Was taten wir einander bloß an, wir Vertreter der Gattung Homo sapiens.

Ich sah Clay an und fragte mich, was in ihrem Kopf vor sich ging.

»Machst du dir Sorgen um die Mädchen?«, fragte ich.

Sie dachte lange nach, bevor sie antwortete.

»Ja«, sagte sie. »Das tue ich. Ich mochte sie schrecklich gern. Hoffentlich kümmert sich jemand um sie.«

»Glaubst du, das tut jemand?«

»Beverly kommt schon zurecht, aber die beiden anderen? Ganz ehrlich? Nein.«

In ihrer Stimme schwang eine unerträgliche Nüchternheit mit. Sie erklärte mir, dass Bongo wahrscheinlich nach Hause zu ihrer kranken Mutter geschickt würde, falls nicht mittlerweile aufgeflogen war, dass sie Bongos Geschwisterchen ebenfalls misshandelte, und Bianca in einer neuen Pflegefamilie und dann wieder auf der Straße landen würde.

»Aber aus den Jahren bei dir haben sie etwas mitgenommen«, sagte ich. »Selbstwertgefühl. Sie können jetzt Nein sagen, wenn jemand sie ausnutzen will.«

»Schöner Gedanke«, sagte Clay, »aber unrealistisch.«

Ich dachte an Erik, der in diesem Moment vielleicht auf dem Weg ins Hotel Kilimandscharo war. Würde ich ihn treffen? Oder war das auch unrealistisch?

»Und King?«, fragte ich. »Was wird aus ihm? Und aus Laura?«

»King bleibt in dem Pflegeheim in Santa Monica. Es wird ihm nicht gefallen, aber er ist nicht der einzige Lebenslängliche dort. Irgendjemand muss ihn regelmäßig mit wissenschaftlichen Texten versorgen, dann hält er die Klappe. Laura kommt ins Gefängnis, falls sie ihren Dealer nicht verpfeift, was sie aber selbstverständlich tun wird. Sie hat geradezu verblüffend wenig Rückgrat. Abgesehen von ihrem ausgeprägten Narzissmus ist das ihre hervorstechendste Charaktereigenschaft.«

Ich dachte eine Weile über Clays scharfe Beurteilung von Lauras Charakter nach.

»Aber warum hast du sie dann bei dir einziehen lassen?«, fragte ich. »Warum hast du dich um sie gekümmert, wenn du doch wusstest, wie sie ist?«

»Wir können Dinge, die uns nicht gefallen, nicht einfach aussortieren«, sagte sie. »Toleranz bedeutet, Menschen und Dinge zu akzeptieren, die anders sind als wir. Sonst wäre es ja keine Kunst.«

Ich dachte an Oma Vaine, die Weiße nicht mochte, aber kein Problem mit Barbie oder den anderen Jungs hatte, die sich wie Mädchen anzogen, an Mama Evelyn, die vielleicht nicht das Leben lebte, das sie sich erträumt hatte, aber jeden medizinisch versorgte, der ihre Hilfe brauchte, und an King, der seinem Land den eigenen Körper geopfert hatte, bevor er überhaupt dem Teenageralter entwachsen war.

Und dann fragte ich Clay: »Warum machst du das hier? Warum hilfst du mir?«

In ihrem unförmigen Anzug lag sie eine Weile stumm auf dem Bett.

»Es ist kein Opfer für mich«, sagte sie schließlich. »Es ist ein Anlass. In den Vereinigten Staaten hätte ich nicht bleiben können, in einem Bundesgefängnis würde ich nicht überleben. Ich bin zu schräg. Du hast mir einen Grund gegeben, weiterzumachen.«

Wieder sah sie auf die Uhr, setzte sich auf und schnürte sich die Schuhe.

»Ich gehe runter und warte auf einer der Herrentoiletten.«

»Glaubst du, er kommt?«

An der Tür drehte sie sich um.

»Gestern ist er zweimal aufs Klo gegangen, immer in Begleitung von zwei Wachmännern. Sie sind aber nicht mit reingegangen, sondern haben auf dem Gang gewartet. Ganz hinten ist eine Behindertentoilette mit einer richtigen Tür. Ich werde versuchen, ihn da hineinzulocken, damit wir reden können. Ich gebe ihm unsere Zimmernummer. Vielleicht kann er hierherkommen.«

»Es muss klappen«, sagte ich lautlos.

»Den Schlüssel nehme ich mit«, sagte Clay. »Mach nur auf, wenn viermal fest angeklopft wird.«

Dann verschwand sie im Flur.

Ich saß im Hotelzimmer mit Blick über die Stadt am Schreibtisch und wartete, aber es klopfte niemand. Als ich Hunger bekam, nahm ich mir eine Flasche Wasser und eine Tüte Nüsse aus dem Kühlschrank. Von Osten zogen schwarze Wolken herüber, es sah nach Gewitter aus. Ich wollte weinen, aber meine Augen waren heiß und trocken.

Eine der Tageszeitungen, die wir an der Rezeption bekommen hatten, war in englischer Sprache. Ich fand darin einen langen Artikel über eins der Nachbarländer von Tansania, es hieß Ruanda. Ich verfolgte die internationalen Nachrichten zwar nicht besonders aufmerksam, hätte aber vielleicht wissen sollen, was in diesen Monaten im Jahr 1994 in Ruanda passiert war. Doch ich tat es nicht. Ich war vollkommen unvorbereitet auf den Inhalt des Artikels und die Beschreibung des Mordes an Nachbarn, den eine Gruppe von Menschen in diesem Land begangen hatte. Man weiß nicht, wie viele Menschen gestorben sind, aber es ist mindestens eine halbe Million, vielleicht sind es sogar doppelt so viele. Ich musste den Satz noch einmal lesen, aber ich hatte mich nicht getäuscht. Mit hasserfüllten Radioansprachen war die Volksgruppe, die Hutu heißt, dazu aufgerufen worden, die Minderheit, die Tutsi heißt, auszurotten. Eigentlich gehören sie demselben Volk an, sind Nachbarn und Kollegen, aber aufgrund von politischen Konflikten kam es zu einem Krieg um Macht und Einfluss. Das Ganze hatte am 6. April begonnen, drei Tage bevor ich in Los Angeles gelandet war. Präsident Juvénal Habyarimana hatte in der tansanischen Stadt Arusha (laut Touristenprospekt fliegt man dorthin, wenn man die Tiere in der Savanne sehen will) Friedensverhandlungen geführt, und als sein Flugzeug auf dem Heimweg in Ruanda zur Landung ansetzte, wurde es abgeschossen, und alle an Bord kamen um. Ein Völkermord brach aus. Eine Frau namens Elizabeth berichtete, sie und ihre Familie hätten in der Kirche Schutz gesucht, weil sie glaubten, im Gotteshaus sicher zu sein, aber die Männer hätten sie mit Benzin übergossen und Menschen mit Knüppeln und Macheten getötet. Fünftausend Menschen starben in dieser Kirche, aber sie versteckte sich in einer Bananenplantage und überlebte. Eine andere Frau mit Namen Sarah erzählte, sie habe im Kirchenchor ihres Dorfes gesungen, und eines Tages habe der Pastor über die Tutsi gesprochen, denen sie auch angehörte, und diese als Kakerlaken bezeichnet und gesagt, sie seien Tiere ohne menschliche Eigenschaften. Auf dem Weg nach Hause wurde Sarah von den Männern erwartet. Sie hackten ihr einen Arm ab und erschlugen ihr sechs Monate altes Baby. Eine andere Frau, Rebecca, hatte zwei Töchter gehabt, zehn und zwölf Jahre alt. Ihr Mann und die beiden Mädchen waren jetzt tot, sie selbst war bis zur Bewusstlosigkeit von den Milizionären vergewaltigt worden und nun schwanger. Sie würde das Baby töten, wenn es auf der Welt war, sagte sie. Mit tauben Händen legte ich die Zeitung weg. Wie war so etwas möglich? In einem Gotteshaus, unter Dienern Gottes, Nachbarn, Kollegen?

Regen prasselte gegen die Fensterscheibe, und niemand klopfte an die Tür. Stattdessen ging sie mit leisem Quietschen auf.

Gefasst, aber bleich kam Clay ins Zimmer. Ich stand auf, meine Hände hingen wie abgestorben herunter.

»Kiona.« Sie drückte mich wieder auf den Sessel am Schreibtisch. »Deine Nachricht hat funktioniert. Wir waren auf der Behindertentoilette und hatten ungefähr drei Minuten. Er kann sich nicht mit dir treffen, es ist unmöglich.«

Ich versuchte aufzustehen, sie legte mir eine Hand auf die Schulter.

»Bleib bitte sitzen. Erik hat Fieber und war nicht richtig klar im Kopf. Wortwörtlich hat er gesagt, warte, ich habe es mir anschließend gleich aufgeschrieben …«

Sie zog den Briefblock aus der Tasche und las ab:

»Sie denken, die Urkunde wäre weg, aber sie ist im Banktresor. Das Konto und der Code sind im Tresor in Lund.«

Sie sah mich an.

»Weißt du, was Lund ist?«

Ich schloss die Augen.

»Lund ist eine Stadt«, sagte ich. »Erik hat dort seinen Doktor gemacht. Es gibt da eine Kathedrale, die aber Domkirche genannt wird. Was hat er noch gesagt?«

»Sie kommen nicht an das Geld auf dem Konto ran, sie denken, der Code wäre weg.«

»Sie denken, es ist alles mit dem Schiff untergegangen«, sagte ich.

»Welches Schiff?«

»Eriks Jacht, die Santana.«

»Sie brauchen neues Kapital, um das Projekt mit einem anderen Konto durchzuführen. Deshalb ist Mobutu hier.«

Clay riss das Blatt Papier in Stücke, ging ins Bad und spülte die Fetzen in der Toilette runter.

»Mobutu hat einen Beweis dafür verlangt, dass sie eine richtige Bank sind, daher die Attrappe in der Mali Street. Außerdem macht er aus Prinzip keine Geschäfte mit Mittelsmännern. Da ihm mitgeteilt worden war, Erik sei im Besitz der Urkunde, ging er davon aus, dass er oder, besser gesagt, Sebastian Andersson Geschäftsführer der Firma ist, mit der Mobutu Geschäfte macht, also Yinhang Dengi Finance Tansania.«

Ich verstand kein Wort.

»Welches Projekt denn?«

»Sie wollen fünf amerikanische Großbanken kaufen«, sagte sie. »Es hat etwas mit der Kontrolle der Fed zu tun, mehr konnte er aus Zeitgründen nicht sagen. Weißt du, was das für eine Bank ist, auf der diese Konten sein sollen?«

Ich stand auf, mir war nach Weinen zumute.

»Warum lässt Erik sich darauf ein? Warum hilft er ihnen?«

»Sie zwingen ihn. Er hat keine Familie mehr, Kiona. Seine Mutter und seinen Vater haben sie getötet, aber es gibt ja noch andere Menschen …«

Draußen toste der Wind, Wolken rasten über den Himmel, sie hatten seine Mutter getötet? Und seinen Vater? Ich hielt mich am Schreibtisch fest.

»Erinnerst du dich an das Flugzeug, das im März abgestürzt ist«, fragte Clay, »auf dem Flug von Frankfurt nach Moskau? Kurz vor der Landung stürzte es aus unerfindlichen Gründen einfach ab. Der Flugschreiber wurde nie gefunden.«

Ich ging rückwärts zur Tür, nein, von einem Flugzeugabsturz hatte ich noch nie gehört, weder von diesem noch von Präsident Juvénal Habyarimanas, wieso redete Clay dauernd über Flugzeugabstürze?

»Sie haben gesagt, das sei ihr Werk gewesen, und es hinge von Erik ab, ob es weitere Abstürze geben würde.«

Ich musste lachen, das Ganze war absurd.

»Kiona.« Clay kam einen Schritt auf mich zu. »Erik hat gesagt, wir müssten hier weg. Wir müssen tun, was er sagt, und zwar sofort.«

Ich wich zurück und schlug die Hand weg, die sie mir entgegenstreckte.

»Kiona, wir können hier nichts mehr tun, Erik wird Dar

auch verlassen. Sie sind jetzt fertig, es müssen nur noch ein paar Dokumente unterschrieben werden, hör mir zu, Kiona …«

Panik riss mich ins Dunkle. Erik würde Dar verlassen?

»Wo bringen sie ihn hin?!«, schrie ich.

»Beruhige dich, Kiona, nicht schreien …«

Sie versuchte, mich festzuhalten, aber ich riss mich los, verließ fluchtartig das Hotelzimmer, rannte durch den Flur und die Feuertreppe runter, erreichte die Lobby. Clay lief hinter mir her, aber ich war schneller, ich raste an den Fahrstühlen und der Frau mit den Urlaubsprospekten und den Sofas mit den Kaffeetischchen vorbei, und dann sah ich sie, sie waren bereits auf dem Weg zu dem großen Mercedes und dem olivgrünen Jeep. Ich war kurz davor, ihn zu verlieren, ich wusste, dass ich ihn niemals wiederfinden würde, wenn er jetzt verschwand, und deshalb stürzte ich raus in den strömenden Regen und brüllte, so laut ich konnte:

»Sebastian! Sebastian! Warte!«

Rings um die Autos erstarrten alle und sahen mich an. Erik, der schon fast eingestiegen war, richtete sich noch einmal auf und sah mich mit vollkommen leerem Blick an.

»Sebastian.« So außer Atem, dass ich kaum sprechen konnte, blieb ich vor ihm stehen. »Erinnerst du dich nicht an mich? Bianca Rockford aus Los Angeles?«

Er schloss für einen Moment die Augen.

»Kiona …«

»Genau!«, kreischte ich. »Kiona Bar, Venice Beach! Da haben wir uns kennengelernt! Ich habe mir doch gleich gedacht, dass du es bist. Was machst du denn hier?«

Im Augenwinkel sah ich Clay, oje, geh wieder rein, du Dummkopf! Sie haben keine Ahnung, dass du mich begleitest, und brauchen es auch nicht zu wissen!

»Sie müssen Bianca entschuldigen.« Clay legte mir den Arm um die Taille und lächelte die Menschen um uns herum bedauernd an. »Wir werden uns medizinische Hilfe suchen, Bianca geht es nicht gut.«

Zwei der Männer in Tarnfarben kamen zu uns, nahmen uns zwischen sich und sahen die Frau mit dem gelben Haar fragend an.

»Es tut uns wirklich leid.« Clay drehte mich in Richtung Hotel. »Wir wollen Sie nicht länger aufhalten. Du weißt doch, dass du keinen Wodka trinken darfst, wir besorgen dir jetzt erst mal eine Tasse Kaffee …«

Sie machte ein paar große Schritte und schleifte mich praktisch mit, dann schubste sie mich unsanft durch den Eingang und die Lobby. Ich stolperte und wankte auf die andere Seite, wir stürmten an den grellbunten Sonnenschirmen vorbei, ich drehte mich um und sah, dass die gelbhaarige Frau und drei der Männer uns folgten. Clay zog mich in die Herrentoilette, die bis auf einen Mann, der am anderen Ende des Raums ins Pissoir pinkelte, leer war.

»Warum bist du mir gefolgt?«, flüsterte ich zornig.

Sie schloss einen Moment die Augen, dann sah sie mich an. Jetzt war ihr Blick leuchtend und klar.

»Schätzchen«, sagte sie, »wir sind nicht für die Ewigkeit gemacht.«

In der nächsten Sekunde wurde die Tür der Toilette aufgestoßen, und einer der Männer zerrte Clay von mir weg. Ein anderer packte mich entschieden an den Schultern. Die Frau mit den gelben Haaren deutete mit dem Kopf zuerst auf Clay und dann in Richtung Eingang und sagte auf Englisch zu den Männern:

»Nehmt ihn mit zur Bank! Und die da …«

Sie zeigte auf mich und dann auf die Lobby.

Die Männer hoben mich hoch und trugen mich wieder ins kühle Hotel. Im Augenwinkel sah ich, wie die anderen mit Clay die Lobby durchquerten und das Hotel durch den Haupteingang verließen. Ich wollte protestieren, bekam aber keinen Ton raus, und bevor ich wusste, wie mir geschah, saß ich in einem fensterlosen Raum in der Konferenzabteilung allein auf einem Stuhl. Ich sah Erik so deutlich vor mir, als ob er neben mir am Schreibtisch gelehnt hätte, sah seine wasserfarbenen Augen und das kurz geschnittene Haar, seine Haut, die Arme, und fühlte, wie er mich damit umfing.

Die Tür ging auf, und die Frau und die Männer kamen herein, ich steckte die Hände unter die Oberschenkel.

»Bianca Rockford.« Die Frau setzte sich auf die andere Seite des Tisches. »So heißen Sie?«

Ich nickte.

»Und Sie kennen Sebastian Andersson?«

»Ja«, sagte ich, »ich kenne ihn.«

Und dann stellte sie mir die gleichen Fragen wie der Kripobeamte in der Savile Row in London, die Wirklichkeit wiederholte sich (mit Ausnahme des intimen Details). Clay hatte recht, die Bankfrau hatte mit der Polizei gesprochen, denn ich sah an ihren Augen, dass sie meine Antworten kannte, bevor ich sie aussprach, sie wusste alles über mich. Deshalb erzählte ich, wir hätten uns vier Jahre zuvor in einer Bar in Venice Beach in Los Angeles kennengelernt und ein paar Wochen miteinander verbracht, ich berichtete von den Büchern, die wir beide lasen, und den Filmen, die wir zusammen sahen, und dass ich in London gewesen sei, um Kathedralen zu besichtigen, und dort beschlossen habe, ihn zu besuchen.

»Und wo in London haben Sie nach ihm gesucht?«, fragte die Frau.

»Zuerst ging ich zu der Adresse, an der ich seinen Arbeitsplatz vermutete, aber ich musste wohl etwas missverstanden haben, denn da war keine Bank«, sagte ich. »Dann war ich bei ihm zu Hause, das war ein bisschen peinlich, weil er verheiratet ist und ein Kind hat, aber dann hörte ich, er habe in Daressalam eine Firma gegründet, und da dachte ich mir, ich könnte ihn ja hier besuchen ...«

Ich merkte selbst, wie hirnverbrannt das Ganze klang, blieb aber auf meinen Handflächen sitzen und sah der Frau in die Augen.

»Wer hat Ihnen erzählt, dass Sebastian in Daressalam ist?«

»Das britische Firmenregister«, sagte ich.

Die Frau sah mich lange an.

»Wissen Sie, wo Sebastian gearbeitet hat?«, fragte sie schließlich.

»In einer Bank«, sagte ich. »Yinhang Dengi Finance, das ist ein Finanzinstitut.«

»Was macht er in der Bank?«

Ich schaukelte auf meinen Händen vor und zurück.

»Von Wirtschaft verstehe ich nichts. Ich bin Krankenschwester.«

»Was hat er über seine Arbeitgeber gesagt?«

»Dass sie nach ihm suchen. Ich dachte, er hätte sich vielleicht etwas zuschulden kommen lassen, Geld geklaut oder so.«

»Haben Sie öfter mit Kriminellen zu tun?«

Ich zuckte mit den Schultern.

»Ich habe mal in einem Pflegeheim für Kriegsveteranen gearbeitet, da hatte ich den ganzen Tag mit Leuten zu tun, die darauf trainiert waren zu töten. Ich habe sie alle in mein Herz geschlossen.«

Die Frau gab einem der Männer hinter mir ein Zeichen. Er trat vor und riss mich am Oberarm hoch. Die Frau stand ebenfalls auf, und dann verließen wir gemeinsam das Hotel und stiegen in das Auto, das mittlerweile zurückgekommen war. Sie stieg vorne ein, die Männer setzten sich rechts und links von mir auf die Rückbank. Der Regen hatte aufgehört, schwarz und glänzend erstreckten sich die Straßen in der Dunkelheit. Draußen flimmerten Menschen vorbei, ein Paar Augen oder eine winkende Hand, eine Gruppe von Beinen um eine Feuerstelle oder bläuliches elektrisches Licht aus einem kleinen Laden. Es gab keine Ampeln wie in London, jedenfalls sah ich keine. Das Auto fuhr schnell und schien vor keiner Kreuzung zu halten oder auch nur langsamer zu werden. Niemand sagte etwas. Das Autoradio war stumm. Die Unebenheiten der Fahrbahn hallten im Innenraum wider.

Wir fuhren zu der Bankfiliale von Yinhang Dengi Finance in der 102 Mali Street, bogen in die Gasse hinter dem Haus und parkten vor einer blau gestrichenen Hintertür. Die Frau stieg als Erste aus, der Mann neben mir hielt meinen Oberarm noch immer fest umklammert. Die blau gestrichene Tür wurde geöffnet, und ich wurde ins Dunkle gestoßen. Jemand drückte auf einen Lichtschalter, und die Welt war in weißblaues Licht gebadet, Insekten verzogen sich raschelnd in Schlupfwinkel und Schatten. Im Lichtkegel der Lampe stand der Mann, den Clay und ich den Kommandanten nannten, er sagte etwas auf Suaheli zu den Männern und zeigte nach links. Dort war eine Kellertreppe, die ich runtergeführt wurde. Sie endete vor einer abgeschlossenen Tür. Ich musste warten, bis der Schlüssel zu dem schweren Vorhängeschloss gefunden war, was mehrere Minuten dauerte. Nach einer halben Ewigkeit kam ein magerer Kerl mit schütterem Bart und offenem Hosenstall angerannt, fing sich eine Ohrfeige vom Kommandanten ein, schloss dann aber die Tür auf und verschwand wieder.

Der Mann schubste mich in den Raum und machte die Tür hinter mir zu.

Eine Glühbirne unter der Decke verbreitete spärliches Licht. Erik kauerte auf einer Matratze. Clay saß an der gegenüberliegenden Wand auf dem nackten Fußboden. Es herrschte eine Gluthitze, beide hatten die Anzugjacken ausgezogen und die obersten Hemdknöpfe geöffnet. Erik starrte mich an, als ob ich durchsichtig oder konturlos wäre, ich ging ganz vorsichtig zu ihm. Er war kantiger, als ich ihn in Erinnerung hatte, seine Züge wirkten markanter und älter. So behutsam, als ob er sich jeden Moment verflüchtigen könnte, sank ich neben ihn und legte mich in seinen Arm. Ich nahm seinen Geruch in mich auf, seine Mandelhaut und sein rührend weiches Haar, die sehnigen Arme. Er legte sie um mich und hielt mich fest, es war genau wie immer.

»Du hättest nicht kommen sollen«, flüsterte er.

»Ich weiß«, sagte ich.

Ich küsste ihn, seine Lippen legten sich zitternd auf meine, dann erwiderte er meinen Kuss. Ich strich ihm über das Haar, legte die Hände auf seine Schultern. Sein Körper war vom Fieber glühend heiß.

»Ich habe an dich gedacht«, keuchte er müde. »Die ganze Zeit.«

»Ich weiß«, flüsterte ich.

»Was ist mit den Kindern?«, fragte er leise wie ein Lufthauch.

»Es geht ihnen gut«, atmete ich in sein Ohr. »Sie sind bei Amiria und Oma Vaine.«

Wir hielten einander in einer wiegenden Bewegung umschlungen, ich schloss die Augen und war wieder in dem Raum über der Perlenwerkstatt. Rings um uns herum schwebte die Lagune, in der Tiefe schimmerte das Mondlicht.

»Sie haben eine Kopie«, keuchte er, »aber sie wissen nicht, welches Fach.«

»Keine Sorge«, flüsterte ich, »das macht nichts, denk nicht mehr darüber nach.«

»Mobutu hat das Geld.« Er schaute an die Decke, das Haar klebte ihm schweißnass an der Stirn. »Das Geld wird überwiesen, es ist schon unterwegs.«

»Ich weiß, ich weiß, es ist jetzt vorbei.«

Sein Atem war sanft und federleicht.

»Das zweite von unten links. Sie werden uns nicht gehen lassen.«

Ich hielt ihn so fest, dass mir die Arme wehtaten, und ich glaube, ich weinte, weil ich wusste, dass er recht hatte, und hinter uns ging die Tür auf, seine Lippen waren an meinem Ohr.

»Ich habe versucht, sie aufzuhalten. Du kannst doch nichts für dieses ganze Elend. Es tut mir so leid.«

»Wir sind fertig mit ihnen«, sagte die Frau. »Du kannst sie wegschaffen.«

Ich atmete Eriks Geruch ein, seinen warmen Hals und sein nasses Haar, ich fühlte seine Hände unten auf meinem Rücken, wir waren eins.

Der Kommandant ergriff das Wort, seine tiefe Stimme ließ die Luft erzittern.

»Wo sollen wir sie hinbringen?«

»Sieh zu, dass du sie loswirst!«, sagte die Frau. »Schaff sie hier weg und erschieß sie.«

Ich kauerte mich in Eriks Armen zusammen, meine Hände vergruben sich in seinen. Der Kommandant stöhnte auf.

»Man kann in Afrika keine Weißen erschießen. Das gibt ein fürchterliches Bohei.«

Seine Stimme kam von weit her, aber seine Ausdünstungen legten sich auf mich wie eine nasse Wolldecke. Die Frau antwortete mit gepresster Stimme.

»Dann vergrab sie eben.«

»Weißt du, wie viele Tiere es hier gibt und wie schnell die eine Leiche ausgebuddelt haben?«

Die Tierwanderung … Millionen von Tieren machen sich auf die Wanderschaft.

»Was ist mit dem da, der ist doch gar nicht weiß. Tu was!«

Ihre Stimme überschlug sich. Ich drehte den Kopf und sah

den Kommandanten auf Clay zugehen, prüfend betrachtete er ihren unförmigen Körper.

»Hat er was mit der Sache zu tun?«

»Er ist nur ein loser Faden.«

»Aber dann …«

»Er muss weg! Alle losen Fäden müssen gekappt werden!«

Der Kommandant nickte seinen Männern zu und sagte etwas auf Suaheli. Die Männer näherten sich Clay. Die gelbhaarige Frau rannte die Treppe rauf, ich hörte das Klackern ihrer Absätze und den dumpfen Knall, als die Tür zur Gasse hinter ihr zufiel.

»Sir«, sagte Clay zu dem Kommandanten. »Ich habe nicht vor, freiwillig diese Treppe raufzugehen.«

Der Kommandant zog einen schweren Revolver aus seinem Holster.

»Sie sind zu schwer zum Tragen«, sagte er. »Stehen Sie auf!«

»Bedaure, aber ich werde Ihnen die Arbeit nicht erleichtern.« Clays Stimme war so ruhig, wie wenn sie Bianca sachlich dazu aufforderte, den Abwasch zu machen.

Die Männer packten Clay an Armen und Beinen, sie sperrte sich, trat um sich und machte sich so schwer wie ein Sack Zement, die Männer brüllten sich gegenseitig an und mussten sie schließlich loslassen. Der Kommandant schrie irgendetwas, und die Männer wichen zurück. Clay sah zu mir, unsere Blicke trafen sich inmitten all dieser Schatten und Menschen, ich weiß nicht, ob sie mir etwas sagen wollte, aber sie schien zu lächeln. Ich spürte, wie mir die Luft ausging, plötzlich war kein Sauerstoff mehr da. Der Kommandant richtete den Revolver auf Clay, entsicherte ihn, und nach einigen ewig langen Sekunden drückte er den Abzug. Der Raum explodierte. Der endlose Knall löste eine Art Erdbeben aus und zerfetzte mir die Trommelfelle. Clays Kopf sank zur Seite, ihre Hände fielen zu Boden. Ihre Augen starrten in dieselbe Richtung wie das

Loch in ihrer Stirn. Geheul in meinem Kopf. Der Kommandant wedelte mit der Waffe herum, ich sah, dass seine Lippen sich bewegten, dann traten zwei der olivgrünen Männer vor, jetzt wurden sie mit Clays Gewicht fertig, oh, süß ist der Sieg. Sie schleiften sie auf dem Rücken über den Estrich, die Treppe würde trotzdem mühselig werden. Das Geheul in meinem Kopf wurde leiser, Tränen fluteten mein Bewusstsein.

»Die beiden da.« Der Kommandant zeigte auf uns. »Ertränkt sie im Meer!«

Wir gingen eng nebeneinander zu den Autos und wehrten uns nicht. Ich spürte Erik neben mir zittern, vielleicht war es Malaria oder auch das Denguefieber. Clay sah ich nirgendwo. Die Autos erwarteten uns in der Gasse. Der Kommandant hatte den Revolver eingesteckt, sprach leise mit den Männern und gestikulierte dabei beherrscht, aber mit Nachdruck.

»Ihr zwei«, sagte er auf Englisch und wandte sich uns zu. »Rein in den Jeep!«

Wir gehorchten. Der Kommandant und die gelbhaarige Frau stiegen in den Mercedes und fuhren los. Ich fragte mich, wo Clay war.

Die Männer fuhren uns im Jeep aus der Stadt raus, wir hatten rechts und links von uns je einen Wächter, es war eng auf der Rückbank. Erik wollte etwas sagen, aber bevor ich es verstehen konnte, schrie schon der eine Wächter: *Ilikuwa kimya*, und schlug ihm mit der geballten Faust ins Gesicht. Dann war es still.

Ich weiß nicht, wie lange wir fuhren, es könnte eine Viertelstunde oder eine Ewigkeit gewesen sein. Die Männer um uns herum rückten in den Hintergrund, ich saß neben Erik und hielt seine Hände. Wir wurden im selben Rhythmus durchgeschüttelt, unsere Körper zitterten gemeinsam auf dieser dunklen Landstraße am Indischen Ozean. Seine Augen waren matt wie das Meer im Sonnenuntergang, wir sahen einander an, es gab nur uns, und alles hat sich mir eingeprägt, die Straße, die Dunkelheit, der Ozean, diese aus der Zeit gefallenen Augenblicke.

An einem verlassenen Steinstrand blieb das Auto stehen, der Motor hüstelte und erstarb. Die Nacht war undurchdringlich. Die Männer sprachen Suaheli miteinander, ich weiß nicht, was sie sagten.

Eriks Augen waren groß vor Angst, sein Haar vom Fieber nass. Es gab Dinge, die ich vielleicht hätte sagen können, aber ich tat es nicht. Ich hielt ihn im Arm und strich ihm über die Wangen, ich glaube, er weinte ein bisschen. Vielleicht hat er gesagt, dass er mich liebt.

Sie verfrachteten uns in ein Boot und ruderten uns zu einem Fischkutter mit Netz und Ankerkette. An Bord erwarteten uns ein Mann und ein Junge, dessen Augen vor Angst oder vielleicht auch Aufregung weit aufgerissen waren. Irgendwo unter dem Rumpf begann sich wummernd der Propeller zu drehen, der Kapitän steuerte direkt auf die Wellen zu.

Wir hielten uns umschlungen. Ich atmete Eriks Wärme ein, schmiegte mich an seine Brust.

Die Nacht war lau und feucht. Der Wind blies scharf, der Dieselmotor jaulte, wir fuhren mit fast fünf Knoten nach Osten. Auf einer Insel im Süden blinkte ein Leuchtturm, dann waren wir auf dem offenen Meer. Erik fiel eine Weile in fiebrigen Schlaf.

Nach einer knappen halben Stunde drosselte der Kapitän die Geschwindigkeit, drehte den Kutter in den Wind und ließ den Motor im Leerlauf tuckern. Das Schiff legte sich auf die Seite und schaukelte auf der rauen See. Die Männer kamen zu mir und Erik, trennten uns und wickelten mich in eine Kette. Erik wachte mit einem Schrei auf, der Wellen und Wind und

Motorgeräusche übertönte, er rief nach mir, aber einer der olivgrünen Männer schlug ihm mit einer Art Schraubenschlüssel auf den Kopf. Ich versuchte, seinen Blick aufzufangen, als könnte ich ihn auf diese Weise festhalten, aber er sackte auf dem Deck in sich zusammen, während aus einer Wunde am Haaransatz das Blut quoll. Unfähig, mich zu bewegen, weil die Hände der Männer meine Oberarme umklammerten, nahm ich all das wie am Ende eines langen Tunnels wahr. Noch einmal schlug der Mann zu und dann immer wieder, die anderen versuchten brüllend, ihn davon abzuhalten, und schließlich wich der Mann mit dem Werkzeug zurück, aber es war zu spät, das konnte ich sehen, dort auf dem Achterdeck hörte Erik auf zu existieren. Sein Schädel war zersplittert, das Gehirn war zu sehen. Im Schein der bleichen Lampen wich das Leben aus Erik, seine Seele loderte noch einmal auf, bevor sie starb und die Erde ein anderer Ort wurde, der nie wieder derselbe sein würde wie vorher.

Die Männer waren merklich gestresst, das Boot hob und senkte sich, und zwei von ihnen verloren das Gleichgewicht und fielen hin, dann banden sie mir den losen Anker locker um die Taille und warfen mich über die Reling.

Ich verließ das Schiff rückwärts, wie ich es gewohnt war; die Ellbogen eng am Körper und die Knie zum Kinn hochgezogen, ließ ich mich von den sanften Armen des Meeres umschließen und ins Dunkle sinken. Wenige Sekunden später sah ich Eriks Körper, der die Wasseroberfläche durchbrach und umwickelt mit dem Rest der Ankerkette zum Grund schwebte.

Ich konnte nichts mehr für ihn tun.

Nachdem ich ungefähr zehn Meter gesunken war, hätten die Männer mich nicht einmal mehr mit starken Scheinwerfern sehen können, wenn sie denn welche gehabt hätten. Ich strampelte mit den Beinen, um meinen Körper zum Rotieren zu bringen und die Kette abzuwickeln, die mich noch weitere zwanzig Meter in die Tiefe zog, bevor sie abfiel und für immer verschwand.

Eriks Körper schwamm außerhalb meines Sichtfelds an mir vorbei, in einem Meer aus Tränen spürte ich die Bewegung wie einen Luftzug.

Er war weg, er war weg, er war weg.

Ein paar kurze Sekunden lang schwebte ich schwerelos, bis mich das Meer zornig anbrüllte, dann musste ich aufsteigen. Sechs Meter unter der Oberfläche hielt ich an. Sie schienen keine Scheinwerfer, sondern nur schwache Taschenlampen an Bord zu haben. Ich sah die Lichtkegel planlos zuerst auf der einen und dann auf der anderen Seite des Rumpfes herumirren. Vermutlich sprachen die Männer miteinander, aber ich konnte ihre Stimmen nicht hören. Es vergingen vier, fünf Minuten. Der Motor vibrierte im Leerlauf. Die Dunkelheit war groß, aber warm, ich musste nicht frieren. Sechs Minuten, sieben. Allmählich verlor ich das Bewusstsein, das Adrenalin beschleunigte den Sauerstoffverbrauch. Vor Schwindel spürte ich Stiche und hatte Sterne vor den Augen, so war das Ende, und plötzlich war ich wieder in der Lagune, und Moanas Haar schlang sich um meinen Brustkorb. Ngarus Harpune durchbohrte meine Lunge, aber das machte nichts, am Himmel blitzte es, denn nun war es wirklich fast vorbei.

Oben an der Wasseroberfläche veränderte sich plötzlich das Motorgeräusch. Kurz bevor mein Bewusstsein endgültig aussetzte, die Lichtkegel dort erloschen und der Fischkutter Kurs auf die Küste nahm, spürte ich es wie eine leichte Veränderung der Strömung.

Zögerlich und beinahe ohnmächtig stieg ich so vorsichtig wie möglich auf.

Ich durchbrach die Wasseroberfläche als Tote.

HADES

Die Welt war pechschwarz. Es war fast Neumond, und die Sterne wurden von Wolken verdeckt.

Im Westen jedoch glommen die Lichter Daressalams am Horizont, ein Hinweis auf Entfernung und Richtung.

Das Tuckern des Fischkuttermotors drang über die Wellenkämme bis zu mir, aber Lichter sah ich nicht, das Schiff lief dunkel den Hafen an.

Allein auf der neuen Welt ohne Erik wartete ich, bis die Geräusche verstummt waren.

Die See war ziemlich rau, aber sie trug mich an den Strand. Nachdem sich der Sauerstoffgehalt meines Blutes stabilisiert hatte, schwamm ich.

Der Kutter war mit einer Geschwindigkeit von zehn Knoten eine halbe Stunde gefahren, ich hatte also neun bis zehn Kilometer bis zum Ufer vor mir (das war genauso weit wie von der *motu* Porea bis zum Dorf Tukao). Hin und wieder legte ich mich auf den Rücken, um mich auszuruhen, ließ mich von Wellen und Strömungen treiben. Wenn ich drei Kilometer pro Stunde schwamm, würde ich vor dem Morgengrauen in Dar ankommen.

Eriks Grab wiegte mich. Überall in der Tiefe des Meers hörte ich ihn singen. Seine Stimme klang so flehentlich und heiser wie die des Mannes, den ich in dem Laden auf Rarotonga gehört hatte. Als der Frühling am schönsten war, kamst du zu mir. Ich seh dich noch am Fenster stehen, nach unserer letzten Nacht. Es war etwas passiert, und am Morgen war alles vorbei.

Über mir tobten die Wolken, die Sterne konnte ich nicht erkennen, aber fühlen; wenn ich nicht so erschöpft gewesen wäre, hätte ich zu ihnen hinaufgerufen: *Der Herr ist mein Hirte, mir wird nichts mangeln.*

Ich erreichte das Ufer nicht weit entfernt vom Sitz des Premierministers, ein paar Hundert Meter von der Hafenbucht entfernt. Die Wolken hatten sich verzogen, der helle Sandstrand leuchtete schwach im Sternenlicht. Einen guten Kilometer von der Küste entfernt ragte das oberste Stockwerk des Hotel Kilimandscharo in den Nachthimmel. Arme und Beine waren schwer wie Blei, ich stolperte, als ich losgehen wollte. Zwischen den Häusern angelangt, legte ich mich einige Minuten auf die Straße und ruhte mich aus. Der Wind strich lau über meine nackten Beine. Lauras schwarzes Kleid war im Meer versunken, aber Bongos T-Shirt mit dem Stacheldraht vorne drauf hatte ich immer noch an. Ich schaute zu den Sternen hinauf und fragte mich, ob dort oben jemand meinen Blick erwiderte, eine andere Kiona in einem Paralleluniversum, die andere Entscheidungen getroffen hatte und jetzt vielleicht neben Erik lag, weil sie zusammen nach London gefahren waren, wo Kiona im King's College Hospital eine Facharztausbildung zur Kinderärztin machte, und sie jetzt in Daressalam Urlaub machten und morgen nach Arusha fliegen würden, um die Tiere in der Savanne zu bestaunen.

W. H. Auden. I thought that love would last forever: I was wrong.

Ich hatte keine Zeit, mich auszuruhen, am helllichten Tag konnte ich nicht in der Unterhose rumspazieren. Mir war schwindlig, ich hatte schon lange nichts mehr gegessen oder getrunken. Ich machte einen großen Bogen um das Hotel Kilimandscharo.

Barfuß und mit gesenktem Blick lief ich durch die Straßen und zu dem rosa Haus mit der abgeblätterten Fassade, in dem Clay und ich zuerst übernachtet hatten.

Der junge Mann an der Rezeption schnarchte. Ich beugte mich über den Tresen und angelte unseren Zimmerschlüssel von dem Brett hinter ihm, ohne dass er aufwachte. Dann stakste ich auf tauben Betonbeinen die Treppen rauf.

Die Welt mochte untergegangen sein, aber das Zimmer sah noch genauso aus, wie Clay und ich es vierundzwanzig

Stunden zuvor zurückgelassen hatten. Niemand hatte sauber gemacht, es war heiß wie in einem Backofen. Ich legte mich seitlich aufs Bett, zog die Beine an und atmete stoßweise, als wäre ich tot und begraben. Ertrunken und weg.

Es gab mich nicht mehr.

Yinhang Dengi Finance würde all unsere Spuren verwischen. Clays Leiche würde, aller individuellen Merkmale beraubt, tot in einer Gasse liegen, ein toter Mensch mehr in einer Stadt auf einem Kontinent, wo die Leute von ihren Priestern Kakerlaken genannt wurden. Sie würden unser Zimmer im Hotel Kilimandscharo und Clays Aktentasche mit dem Pass und dem Geld finden. Also würden sie wissen, wer sie war, nämlich *Rita Hollingworth*. Sie würden ihre Adresse ausfindig machen und schließlich in die Wohnung in der 1336 North Citrus Avenue in Los Angeles eindringen und alle Schubladen, Schachteln und das Bücherregal durchwühlen, und Kings Tagebuch würde ihnen in die Hände fallen …

Mir wurde eiskalt.

Hat ihre Kinder auf einer Südseeinsel zurückgelassen und sucht einen Kerl, der sie sitzen gelassen hat.

Ich setzte mich auf, o Gott!

Sie würden begreifen, dass ich es war. Dass Erik Kinder hatte. Eriks panische Stimme in unserem Zimmer über der Perlenwerkstatt: Du darfst *auf keinen Fall* zugeben, dass du mich kennst. Versteck die Kinder, vor allem Iva. Clay im Zimmer des Hotels Kilimandscharo: *Er hat keine Familie mehr, Kiona. Seine Mutter und seinen Vater haben sie getötet*. Die gelbhaarige Frau im Kellerraum unter der Attrappe einer Yinhang-Dengi-Finance-Filiale: *Er muss weg. Alle losen Fäden müssen gekappt werden!*

Wie viel Zeit hatte ich?

Hektisch holte ich die Schultasche unter der Matratze hervor und überprüfte, ob alles da war: das restliche Geld vom

Perlenerlös, der Umschlag mit dem Schlüssel, mein Pass und das Rückflugticket nach London, das ich nie benutzen würde (weil ich tot war). Ich raffte die Kleidungsstücke zusammen, die ich dabeihatte, und stopfte sie in Lauras Koffer. Das Kopftuch und Bongos T-Shirt steckte ich in die Schultasche, und die langen dunklen Sachen, die Clay für mich gekauft hatte, zog ich an. Clays Koffer stand bereits fertig gepackt an der Tür. Ich spülte die letzten Früchte mit Wasser aus einer Flasche ab und packte auch sie mit dem Brot und einem Stück schwitzenden Käse in die Tasche, die nun so voll war, dass eine Orange rausfiel und über den Fußboden kullerte, ich kümmerte mich zunächst nicht darum, sagte mir dann aber, ich müsste doch …

Mit der Hand an der Klinke hielt ich inne.

Nicht in Panik verfallen, sonst verheddert man sich in den Tauen und stirbt.

Ich schloss die Augen und holte tief Luft, wartete ab, bis mein Pulsschlag sich normalisierte, und ließ die Schultern sinken.

Was hätte Clay getan? Sie verschaffte sich Informationen und verließ sich auf die Fakten, aber wo kam ich an welche? Erik hatte sich vier Jahre vor Yinhang Dengi Finance versteckt, wie hatte er das gemacht?

Ich ließ die Klinke los, streckte den Rücken.

Wo war ich? Dar. Was war ich? Tot. Wo wollte ich hin? Nach Hause. Was wollte ich erreichen? Gerechtigkeit.

Gerechtigkeit?

Wirklich?

Sie hätten Erik nicht töten dürfen.

Wie einen Lichtstrahl, der mir von den Füßen durch den Schoß bis ins Gehirn schoss, spürte ich es im ganzen Körper.

Ihre Dollars konnten mir gestohlen bleiben, aber meinen Mann hätten sie wirklich nicht töten dürfen.

Ich ging zurück ins Zimmer, setzte mich aufs Bett. Mein Herz hatte sich beruhigt und schlug gleichmäßig wie sanfte Wellen gegen das Riff.

Wie erreichte ich Gerechtigkeit? Was meinte ich überhaupt damit?

Ich wusste nicht, was Erik getan oder zu tun versucht hatte, ich wusste nicht, warum er geflohen und wohin er unterwegs gewesen war. Wie fand ich es raus?

Die wichtigste Voraussetzung für logisches Denken: Geh von dem aus, was du weißt.

Was für Anhaltspunkte hatte ich?

Clay hatte mit Erik gesprochen. Er hatte gesagt, es gebe ein Schließfach in einer Bank in Lund, wie ich wusste, eine Stadt mit einer Domkirche, die keine Kathedrale ist. Und in meiner Schultasche lag ein seltsamer Schlüssel in einem Umschlag mit dem Logo von Yinhang Dengi Finance, einer Bank, die keine richtige Bank war, sondern ein Finanzinstitut mit Niederlassungen in London und Daressalam. Was war die logische Schlussfolgerung?

Der Schlüssel zu einem Schließfach in Lund.

Wie von der Tarantel gestochen, stand ich auf. Einige Sekunden lang hörte ich das Blut in meinem Kopf rauschen, dann setzte ich mich wieder.

Was wusste ich?

Ich schloss die Augen.

Wusste Yinhang Dengi Finance, wie ich wirklich hieß?

Hoffentlich nicht. Meinen vollständigen Namen, Kiona Matavera, hatten sie nie gehört. Ich wusste nicht, ob Papa Tane ihnen gesagt hatte, wie wir hießen, als sie Erik von der Insel abholten, das hatte ich zu fragen vergessen. Und Erik hatte zwar »Kiona« gesagt, als er mich vor dem Hotel Kilimandscharo sah, aber sie mussten es nicht mitbekommen haben. Kiona war in der westlichen Welt kein verbreiteter Name: Der Mann mit den weißen Zähnen auf der Rückbank des großen Autos in Los Angeles: *Was hast du gesagt? Key Houna?*

Die Frau mit den gelben Haaren hatte ihn auch nicht erwähnt, als sie mich verhörte. Trotzdem war ich besser vorsichtig. Am besten legte ich mir einen anderen Namen zu.

Allerdings wussten sie, dass ich einen neuseeländischen Pass hatte, und das war nicht gut. Auch wenn ich selbstverständlich nicht die Einzige war, dürfte die Anzahl neuseeländischer Staatsangehöriger, die zu dem Zeitpunkt in Ostafrika unterwegs waren, begrenzt sein.

Ich öffnete die Augen, vor dem Fenster rötete sich der Himmel. Ich durchsuchte mein Gedächtnis nach Worten und Fakten, Fragmenten und Bruchstücken.

Clay über Eriks Ankunft auf Manihiki (in dem Restaurant in London, in dem wir frittierten Fisch aßen): *Er muss geglaubt haben, dass diejenigen, die hinter ihm her waren, Zugang zu den Passagierlisten der Fluggesellschaften haben. Er wollte ungesehen reisen.*

Tief durchatmen.

Okay.

Ich durfte Daressalam also nicht mit dem Flugzeug verlassen.

Wobei … konnte Yinhang Dengi Finance wirklich alle Flughäfen und alle Passagiere auf der ganzen Welt gleichzeitig kontrollieren? Es erschien mir unwahrscheinlich.

Und Erik war nach Papeete auf Tahiti geflogen und war folglich davon ausgegangen, dass sie *bestimmte Flughäfen* kontrollierten, nämlich diejenigen, die sich an seinem eigentlichen Zielort befanden, und deswegen hatte er sich eine Jacht gekauft und war das letzte Stück gesegelt.

Wenn diese Schlussfolgerung richtig war, durfte ich nicht vom Flughafen in Daressalam aus fliegen, wohl aber von einem in den Nachbarländern …

Ich sprang auf und durchwühlte Clays Koffer, bitte, bitte,

sag, dass sie ihn eingesteckt hat, dass er hier irgendwo in dem Durcheinander … yes! Da war er. Der Ostafrika-Reiseführer.

Mit zitternden Fingern fuhr ich über das Register und fand, wonach ich suchte.

Kenyatta International Airport in Nairobi, der Hauptstadt von Kenia, war nicht allzu weit entfernt. Ich las, dass es einer der größten Flughäfen in Afrika mit zahllosen interkontinentalen Abflügen pro Tag war. Ich schlug die Landkarte im vorderen Teil des Buches auf.

Nairobi lag im Inland, gleich nördlich von Arusha, der Stadt, in die man flog, wenn man sich die Tiere in der Savanne anschauen wollte (und in der der ruandische Präsident Juvénal Habyarimana Friedensverhandlungen geführt hatte, bevor sein Flugzeug abgeschossen wurde und der Völkermord begann). Es führte eine Straße von Daressalam nach Arusha, ich fuhr mit dem Finger die gelbe Linie entlang. Auf Straßen verkehrten Busse, und für Busse brauchte man doch wohl keinen Pass, oder?

Ich bedeckte das Gesicht eine Weile mit den Händen und wartete, bis mein Atem ruhiger geworden war.

Dann machte ich Clays Koffer wieder zu und schleppte ihn und meinen eigenen Koffer nacheinander runter zur Rezeption. Den Zimmerschlüssel hängte ich wieder an das Brett hinter dem jungen Mann. Bevor die Eingangstür hinter mir zufiel, hörte ich das Scharren von Stuhlbeinen auf nacktem Beton und dann die schlurfenden Schritte des Mannes, der offenbar aufs Klo musste.

Die Sonne war groß und stand tief über den Dächern. Es rauchte aus den Schornsteinen der Bäcker, die Füße früh aufgestandener Frauen wirbelten über den federleichten Staub auf den Gehsteigen. Begleitet von einem allgegenwärtigen

Husten, war der scheppernde Verkehr so mühsam angesprungen wie der Motor des Traktors im Dorf Tukao.

Die Koffer ließ ich ohne Vorhängeschloss in einer Gasse in der Nähe des Hotels stehen, sie würden nicht lange dort bleiben. Dann stellte ich mich mit Clays Karte in den Händen unter einen Flamboyant und suchte fieberhaft nach der Kreuzung, an der wir auf dem Hinweg vorbeigekommen waren, weil es dort nur so von *daladala* wimmelte, den öffentlichen Kleinbussen, die kreuz und quer durch die Stadt fuhren, was ich aus den Touristenprospekten wusste. Ich sah mich um, orientierte mich an den Himmelsrichtungen und ging dann mit gesenktem Blick zur Mororogo Road. Als ich die Kreuzung mit der Bibi Titi Mohamed Road erreichte, war die Stadt erwacht und lief im höchsten Gang. Zunächst musste ich mich durchfragen, doch dann entdeckte ich einen Minibus, der mich zum großen Busbahnhof brachte. Dort wartete ich eine halbe Stunde, bis der Fahrer des Kilimandscharo-Express endlich der Ansicht war, alle Sitze wären bepackt genug. Niemand fragte nach meinem Pass. Ich holte mein Essen aus der Schultasche und steckte mir die Schultasche mit dem restlichen Inhalt, Bongos T-Shirt, meinem Pass, dem Geld und dem Umschlag mit dem schweren Schlüssel zum Schließfach in der Bank in Lund, unter den Pulli.

Und dann ließ ich sie hinter mir, die Wiege der Menschheit.

Mit Eiskristallen gesättigt wehte der Wind von den Hängen des Kilimandscharo. Der Berg war gewaltig, er verdeckte den Himmel und verschwand in den Wolken. Der Gipfel thronte über den Wolken. Dort oben in der gleißenden Sonne erahnte ich etwas, was ich noch nie gesehen hatte: Schnee.

Wir hatten am Rand der Stadt Moshi gehalten, um zu tanken, und alle Fahrgäste nutzten die Gelegenheit, sich die

Beine zu vertreten, obwohl es unangenehm nach Benzin roch. Die Straße erstreckte sich gerade und endlos von Osten nach Westen, der Verkehr donnerte an uns vorüber. Kurz hinter Dar hatten drei junge Männer versucht, auf Englisch mit mir ins Gespräch zu kommen, aber da bissen sie auf Granit, mit Supermännern war ich fertig. Mit der Schultasche unter dem Pulli hatte ich fast die ganze Zeit geschlafen.

Die letzten zehn Kilometer nach Arusha ruckelten wir durch immer röter werdendes Licht.

Als wir in Arusha ankamen, einer Stadt mit niedrigen Häusern und Straßen aus Lehm, waren die Schatten lang geworden. Frische lag in der Luft, die Leute bewegten sich mit Leichtigkeit im lauen Wind. Mount Meru, ein anderer riesiger Berg, erhob sich im Norden. Ich ging direkt am Busbahnhof in ein kleines Hotel, das eine ähnliche rosa Fassade wie Clays und mein Hotel in Daressalam hatte, bezahlte bar und bekam ein Zimmer zum Hinterhof. (Der Mann an der Rezeption warf einen Blick in meinen Pass, trug mich aber in kein Buch ein, sondern steckte das Geld vermutlich in die eigene Tasche.)

Das Fenster meines Zimmers ließ sich nicht schließen. Die Nachtluft war kühl, beinahe kalt. Draußen jagten sich die ganze Nacht Katzen. Es war meine zweite Nacht als Tote.

Im Morgengrauen nahm ich ein *daladala* nach Namanga und ging zu Fuß in Richtung Kenia. Am Grenzübergang wurde mir ein Visumsantrag ausgehändigt, in den ich mich schlecht leserlich als Piana Nalauera eintrug. Der Beamte kniff die Augen ein wenig zusammen, als er das Formular mit meinem Pass verglich, stempelte dann aber beides ab und gab mir den Pass zurück.

Jetzt hatte ich ein sechsmonatiges Touristenvisum für Kenia, aber mein Name war in den kenianischen Archiven nicht registriert. Mit meinem frisch gestempelten Pass ging ich zum Busbahnhof.

Von Namanga fuhren Busse direkt nach Nairobi. Ich musste eine knappe Stunde auf den nächsten warten. Suchte mir einen Fensterplatz ganz hinten und sah die verdorrte Landschaft in der sengenden Sonne vorbeisausen. Mehrmals sah ich Giraffen und Zebras am verbrannten Gras nagen. Für eine Weile schlief ich ein.

Nairobi war bewölkt und stickig. An einem großen Kreisel musste ich aussteigen und in einem *matatu* weiterfahren, Kenias Entsprechung zum *daladala*. Der energiegeladene junge Fahrer füllte den Bus bis zum Rand, ich bekam einen dreijährigen Jungen und einen Hühnerkäfig auf den Schoß, und dann machten wir uns auf den Weg zum Kenyatta International Airport. Gegen Ende der Fahrt lichteten sich die Reihen. Die Mutter mit dem Jungen und dem Käfig stieg aus, ich hatte Hühnerkacke auf dem Pulli.

In dem Moment, als wir ankamen, fing es an zu regnen.

Es wäre problemlos möglich gewesen, nahezu direkt von Nairobi nach Südschweden zu fliegen, man hätte nur einmal umsteigen müssen, aber für den Fall, dass die Bank wirklich Einblick in den internationalen Flugverkehr hatte, war es besser, ein wenig Verwirrung zu stiften.

In der Abflughalle kaufte ich mir an einem Schalter ein Ticket nach Auckland. Ich entschied mich für einen Flug mit zwei Zwischenstopps: einem in Amsterdam und einem in Hongkong (um Los Angeles machte ich bewusst einen Bogen). Das Flugzeug nach Europa ging um Mitternacht, ich hatte Zeit, ordentlich zu essen und Einkäufe zu machen.

Der Flughafen war groß, dunkel und baufällig, ein kreisförmiges Gebäude mit verschiedensten Bodenbelägen und Wandverkleidungen. Er erinnerte mich an Tangas Haus auf dem Flugfeld in Tukao, das er aus Treibholz, Resten von abgerissenen Häusern und den vom Bau des Flugplatzes übrig gebliebenen Materialien gebaut hatte.

Sobald ich die Passkontrolle hinter mir hatte, kaufte ich mir in einem kleinen Laden einen neuen Pulli, zog mich auf einer der Toiletten um und warf das vollgekackte Teil in den Mülleimer. In einer Buchhandlung entdeckte ich einen Reiseführer für Europa, und dann setzte ich mich in ein Café und kaufte mir vier große Sandwiches. Während ich aß, las ich den Abschnitt über Eisenbahnfahren in Europa. Man konnte mit dem Zug von Amsterdam bis in die dänische Hauptstadt Kopenhagen fahren und von dort mit einer Fähre nach Schweden. Vom schwedischen Malmö kam man mit dem Zug oder dem Bus nach Lund.

So einfach war das Reisen, wenn man nicht auf das Schiff warten musste.

Die Kabine war nur halb voll. Ich hatte drei Sitze für mich allein, konnte mich hinlegen und während des gesamten Flugs von Nairobi nach Amsterdam schlafen. Die Stewardessen servierten sowohl Abendessen als auch Frühstück, und ich konnte mir meine restlichen Sandwiches aus dem Café auf dem Flughafen aufsparen. Falls die Bank wirklich die Passagierlisten der interkontinentalen Flüge einsehen konnte, würden sie also merken, dass Kiona Matavera für einen weiteren Flug eingecheckt war, der aus Europa wegführte, aber ich ging am Flughafen Schiphol durch die Passkontrolle und stieg in einen Zug zum Zentralbahnhof in der niederländischen Hauptstadt (die Fahrt dauerte siebzehn Minuten).

Im Zug nach Kopenhagen war es sehr heiß. Jugendliche, kaum jünger als ich, tranken Alkohol in rauen Mengen und hörten mit Ghettoblastern laut Musik. Einen Song erkannte ich wieder, wir hatten ihn in Los Angeles auf dem Weg ans Meer in Wladimirs Auto gehört: ›*I saw the sign and it opened up my mind and I am happy now, living without you, I've left you oh, oh, oh …‹*

Ich schloss die Augen und hörte Clays falsche Töne neben mir, spürte die weiche Federung des Wagens und die holperigen Pflastersteine unter den Reifen, Wladimir war noch in den Vereinigten Staaten, und King versauerte noch nicht in irgendeinem Heim für kriegsverletzte Veteranen in Santa Monica. *Life is demanding without understanding*.

Am Abend kam ich in Dänemarks Hauptstadt an. Die Fähre nach Schweden fuhr ab, sobald ich sie betreten hatte, und zwanzig Minuten später war ich in Eriks Heimatland.

Der Reiseführer hatte recht. In Schweden funktionierten die Dinge. Der Bus nach Lund fuhr zur angegebenen Zeit und an genau der richtigen Haltestelle ab. Wir waren nicht viele Fahrgäste, außer mir waren zwei Muslimas und ein paar Jungs mit Sporttaschen eingestiegen. Das Mittelklassehotel in Lund, das im Reiseführer empfohlen wurde, war nicht voll belegt, und ich konnte ohne Probleme einchecken und brauchte auch nicht für Wochen im Voraus zu bezahlen. Mit dem Stadtplan, den man mir gratis anbot, ging ich in mein Zimmer. Es war groß und sehr komfortabel.

Ich schlief unruhig.

Am nächsten Morgen gab es im Hotel ein unglaubliches Frühstücksbüfett, ein Festmahl, das dem feierlichen Sonntagsessen in Tukao in nichts nachstand: alle möglichen Brot- und Käsesorten, Aufschnitt, Säfte in vielen Farben und Joghurt mit verschiedenen Geschmacksrichtungen, Butter und Marmelade, eingelegten Fisch und Rührei, knusprigen Frühstücksspeck und fettige Würstchen und gegrillte Tomaten, weiße Bohnen in roter Soße, gebratene Pilze und Waffeln, und alles war im Preis inbegriffen.

Pappsatt und übernächtigt ging ich mit der Schultasche quer vor dem Bauch, den Schließfachschüssel im Innenfach, in die Stadtbibliothek. Sie lag im Zentrum, ein moderner Flachbau an einer alten Kopfsteinpflasterstraße.

Eine Bibliothekarin erkundigte sich leise, ob sie mir weiterhelfen könne, und zog, als ich sie fragte, welche Banken in Lund Schließfächer hätten, möglicherweise ein wenig die Augenbrauen hoch, forderte mich aber auf, mich hinzusetzen, und holte ein Telefonbuch.

»Ich weiß nicht genau, welche Banken Schließfächer haben«, sagte sie, »aber das hier sind die Banken, die es im Stadtzentrum von Lund gibt: Nordbanken, Skandinaviska Enskilda Banken, Svenska Handelsbanken, Sparbanken Skåne und Föreningsbanken.«

Sie reichte mir eine Liste der Namen und Adressen.

»Gibt es auch welche am Stadtrand?«, fragte ich sicherheitshalber.

»Na ja«, sagte die Frau, »diese Banken haben im ganzen Land Niederlassungen. Dachten Sie an eine bestimmte?«

Ich bedankte mich für ihre Hilfe und ging zu einem Tisch neben dem Eingang, wo ich die Banken auf meinem kostenlosen Stadtplan von der Hotelrezeption markierte, und machte mich auf den Weg zu der, die am nächsten lag, Sparbanken Skåne.

Sie befand sich direkt neben der Kathedrale.

Ich blieb davor stehen und starrte an dem Gebäude hinauf, es war wirklich eine Kathedrale, und zwar eine richtige, mit zwei Türmen, die in den Himmel aufragten, einem lang gestreckten Mittelschiff und gewölbten Fenstern. Auf einmal sang rings um mich herum die Lagune, Menschen strömten wie Fische vorüber, die Korallen tanzten, und die Wellen donnerten ans Riff.

Drinnen war es kühl, beinahe kalt. Die Frauen, die in der Bank arbeiteten, trugen Schuhe mit leisen Sohlen und dezenten Schmuck. Alle Männer hatten Krawatten um.

Ich musste ziemlich lange warten, bis ich an der Reihe war. Mit hämmerndem Puls zeigte ich meinen Schlüssel vor.

»Er gehört zu einem Bankschließfach in Lund«, sagte ich. »Das Problem ist nur, dass ich nicht weiß, welche Bank.«

Ein Krawattenmann warf mir einen kritischen Blick zu, nahm den Schlüssel in die Hand und studierte ihn eingehend.

»Wieso kommen Sie darauf, dass dieses Schließfach ausgerechnet hier bei uns sein könnte?«, fragte er bemüht locker und mit erhobener Stimme.

»Sie waren am nächsten dran«, sagte ich nur, ohne zu präzisieren, woran.

»Darf ich fragen, wie Sie sich diesen Schlüssel verschafft haben?«

Verschafft?

Ich erklärte ihm, dass ich ihn von meinem Mann bekommen hatte.

»Und Sie haben nicht etwa in Erwägung gezogen, Ihren Mann zu fragen, wo sich das Bankschließfach befindet?«

Sein Ton war eindeutig herablassend.

»Mein Mann ist tot«, sagte ich.

Der Krawattenmann gab mir den Schlüssel zurück, als ob er sich daran verbrannt hätte.

»Es tut mir schrecklich leid«, sagte er. »Der Schlüssel gehört zu keinem unserer Schließfächer.«

Ich ging, ohne mich für die Auskunft zu bedanken. Drecksack.

Die Nordbanken war die nächste auf meiner Liste. Sie lag, nicht weit entfernt, in einer Straße mit Schuhläden, Boutiquen und Geschäften auf beiden Seiten. Ich beschloss, eine andere Masche auszuprobieren: die trauernde Witwe.

»Mein verstorbener Mann hat mir diesen Schlüssel hinterlassen.« Ich tupfte mir die Augenwinkel ab.

Der Krawattenmann vor mir sah dem in der Sparbanken verwirrend ähnlich, der gleiche missmutige Gesichtsausdruck und Geheimratsecken, allerdings roch dieser hier nach Zigarettenrauch.

»Er sagte, der Schlüssel gehöre zu einem Bankschließfach in Lund.« Ich lächelte traurig. »Wissen Sie, er hat hier studiert und seinen Doktor gemacht, und Lund lag ihm immer am Herzen, obwohl wir in Los Angeles gelebt haben. In den USA.«

»Danke, ich weiß, wo Los Angeles ist«, sagte Krawattenmann Nr. 2 und wog den Schlüssel in der Hand. »Und der soll zu einem Schließfach hier in der Nordbanken passen?«

Seufzend fuhr ich mir über das Haar.

»Er hat den Namen der Bank gesagt«, erklärte ich, »aber ich habe ihn mir nicht aufgeschrieben. Ich weiß nur, dass sie hier in Lund ist.«

»Wie hieß ihr Ehemann?«

Ich sah dem Krawattenmann in die Augen und beendete das Rührstück.

»Passt der Schlüssel oder nicht?«

Er gab ihn mir zurück, ich stand auf und ging.

In der dritten Bank, der Skandinaviska Enskilda, bediente mich kein Krawattenmann, sondern eine Dame mit Schluppenbluse. Während ich mein Anliegen vortrug, starrte sie angewidert auf mein T-Shirt (ich hatte an diesem Morgen das von Bongo mit dem blutigen Stacheldraht drauf angezogen). Auch hier passte der Schlüssel nicht.

Ich beschloss, mich umzuziehen, bevor ich zur nächsten Bank ging. Bongos Stacheldraht verlieh mir offenbar eine unseriöse Ausstrahlung.

Also betrat ich die Föreningsbanken, die zwischen Blumenläden und Restaurants in einer Seitenstraße lag, in einer weißen Hemdbluse der Marke H&M und einer Jeans mit vielen Taschen. (Bongos T-Shirt steckte ich in meine Schultasche.)

Dieser Krawattenmann war sehr viel entgegenkommender. Ich gab die trauernde Witwe, die vergessen hatte, sich den Namen der Bank zu notieren, er drückte mir sein Beileid aus, sein herzlichstes sogar, aber Schließfächer hatten sie leider nicht.

Nun war nur noch eine Bank übrig, Svenska Handelsbanken. Die musste es sein, alles andere war ausgeschlossen. Erik log nicht.

Es war Nachmittag geworden, als ich auf den Eingang zuging. Das Gebäude war aus Beton und hatte schmale Fenster. Erstaunlicherweise war ich wieder hungrig.

Mit knurrendem Magen gab ich meine letzte Vorstellung als trauernde Witwe und fing diesmal wirklich an zu weinen. Der Krawattenmann war eine Schluppenblusendame, die mir mit einem parfümierten Papiertaschentuch hilflos Trost spendete.

»Es tut mir ungeheuer leid«, sagte sie, »aber unsere Schließfächer haben andere Zylinder. So einen Schlüssel habe ich noch nie gesehen. Sind Sie sicher, dass es der richtige ist?«

Ich weinte vor Enttäuschung und Empörung, putzte mir die Nase mit Rosenduft.

»Nein«, sagte ich, »vielleicht habe ich mich geirrt. Es könnte ein anderer Schlüssel gewesen sein, ich muss das zu Hause überprüfen, vielleicht weiß es sein Vater.«

»Es tut mir so schrecklich leid«, sagte die Schluppenbluse. »Verzeihen Sie die Frage, aber wie ist Ihr Mann gestorben?«

»Er ist in Los Angeles mit dem Auto verunglückt«, sagte ich. »Auf einer Auffahrt zur Autobahn 405, kennen Sie die?«

Sie schüttelte den Kopf.

»Direkt am Flughafen.« Ich stand auf. »Hinter dem Marriott Hotel links ab.«

Wir gaben uns die Hand, ich verließ die Bank. Der Boden

schwankte unter meinen Füßen wie das Boot auf dem offenen Meer zwischen Manihiki und Rakahanga, mir war kotzübel. Wie unter Wasser hallten Gelächter und klackernde Absätze mit Verzögerung in meinem Kopf wider. Ich ging den gleichen Weg zurück und kam an allen Banken noch einmal vorbei, bis ich wieder vor der Kathedrale stand. Die Tür war offen, geräuschlos trat ich ein und setzte mich im Mittelschiff auf eine Bank weit hinten, das Glockenspiel der Astronomischen Uhr spielte.

Erik log nicht. Er sagte nicht immer die ganze Wahrheit, aber er war ehrlich. Der Schlüssel gehörte zu einem Bankschließfach in Lund, denn das hatte er zu Clay gesagt.

Konnte Clay ihn missverstanden haben? Nein, sie hatte seine Worte sofort auf dem Briefpapier des Hotels notiert und sie mir laut vorgelesen, bevor sie das Blatt in Stücke riss und in der Toilette runterspülte.

Konnte ich Clay missverstanden haben? War meine Erinnerung falsch?

Ich schloss fest die Augen und hielt den Atem an. *Das Zimmer im Hotel Kilimandscharo, aschfahl im Gesicht kam Clay herein, ich hatte gerade etwas über den Völkermord in Ruanda gelesen und fühlte mich wie betäubt, Clay sagte, Erik könne sich nicht mit mir treffen, es sei unmöglich. Sie las von dem Blatt Papier ab: »Sie denken, die Urkunde wäre weg, aber sie ist im Banktresor. Das Konto und der Code sind im* Tresor *in Lund.«*

Ich öffnete die Augen, starrte zum Altar und der Kanzel vorne. Das hatte sie gesagt, da war ich mir ganz sicher.

Das Bankschließfach in Lund enthielt »Konto und Code«, aber die »Urkunde«, was immer damit gemeint war, lag zwar auch in einem Bankschließfach, aber nicht unbedingt in Lund. Konnte es so sein? Gab es zwei Schließfächer, eins in Lund und ein weiteres, zu dem der Schlüssel gehörte? Hatte ich die verschiedenen Informationen vermengt und die falschen Schlüsse gezogen? Möglich. Der Schlüssel, den ich hatte, passte in das andere Fach, den Schlüssel zu dem Fach in Lund hatte ich nicht.

Eine asiatische Reisegruppe kam in die Kirche, alle hatten Kameras in der Hand und sprachen schnell und mit hellen Stimmen.

Wenn es tatsächlich so war, wo konnte dann der Schlüssel zu dem Bankschließfach in Lund sein? Er war nicht in dem glänzenden Metallkoffer gewesen, den Erik von der Jacht mitgebracht hatte, da war ich mir vollkommen sicher, denn darin hatte er alle anderen Wertsachen aufbewahrt. Erik hatte den Schlüssel zu dem Bankschließfach in Lund also woanders deponiert.

Aber wo?

Hatte er jemanden gehabt, dem er sich anvertrauen konnte?

Und wenn ja, wer konnte es sein?

Die asiatischen Touristen gingen, die anschließende Stille war erstickend.

Erik log nicht.

Er wusste, dass Yinhang Dengi Finance alle losen Fäden kappte, und schützte daher seine Angehörigen. Abgesehen von einer zufälligen Erwähnung (*meine Mutter war Sprachlehrerin*) hatte er mir nie von seinem Vater oder seiner Mutter erzählt.

Er hatte gesagt, er hätte nichts mehr in Schweden (*keine Familie, nichts*), und offenbar wollte er uns auf diese Weise schützen. Ich sollte so wenig wie möglich wissen, weil es für alle sicherer war, für mich und meine Familie und für unsere Kinder.

Doch einmal hatte Amiria ihn unter vier Augen gefragt, warum er unserem Sohn den Namen Johan gegeben habe, und da sagte er in einem Moment, als er nicht wusste, dass ich ihn hören konnte: *Das ist der Name meines Bruders*.

Einmal hatte ich ihn nach diesem Bruder gefragt, aber da hatte er nur gesagt: Ich habe keinen Bruder. Für einen Bruder namens Johan war es sicherer, wenn niemand wusste, dass es ihn gab.

Und ich erinnerte mich auch an Eriks Worte in dieser Nacht, als seine Augen im Dunkeln glühten: *Hier haben wir alles. ALLES. Alles, was du im Leben jemals brauchen wirst, gibt es auf dieser Farm, in diesem Haus hier.*

Johan Andersson oder vielleicht auch Johan Bergman.

Ich atmete einige Male tief durch. Erik hatte mir von seinem Land erzählt. Wo alles transparent war. Alles war öffentlich: wie die Politiker das Geld der Bürger verwendeten, alle Angaben zu Personen und Firmen, was sie verdienten und wie viele Steuern sie zahlten, sogar Schulzeugnisse konnte man einsehen.

Wenn Erik einen Bruder hatte, musste er in den öffentlichen schwedischen Registern zu finden sein.

»Geschwister? Nein, solche Verzeichnisse haben wir nicht«, sagte die Bibliothekarin.

Es war dieselbe Frau, die mir am Morgen die Adressen der Banken rausgesucht hatte.

Die Enttäuschung versetzte mir einen Hieb, ich musste mich an meiner Schultasche festhalten, um nicht mit der Faust auf den Tisch zu schlagen.

»Ich dachte, die schwedische Gesellschaft ist vollkommen transparent«, sagte ich so beherrscht wie möglich.

»Na ja.« Die Frau schaute mich über den Rand ihrer Brille hinweg an. »Bestimmte Verwandte findet man, Ehegatten und Kinder und Eltern von minderjährigen Kindern, aber erwachsene Geschwister sind nicht verzeichnet. Aber man kann natürlich nach Menschen mit dem gleichen Nachnamen und Wohnort suchen, das Alter vergleichen und daraus seine eigenen Schlüsse ziehen. Können Sie mir einen Namen sagen?«

Sie zog die Tastatur zu sich heran, die mit einem Computer und einem Bildschirm verbunden war, und gab einen Befehl ein, die gesamte Apparatur begann zu schnaufen und zu pfeifen.

»Ich logge mich mit Hilfe eines Modems in das Staatliche Personen- und Adressregister ein.« Stolz deutete sie auf den Bildschirm. »Hier sind alle Schweden registriert. Wie heißt der Mann, den Sie suchen?«

Konnte Yinhang Dengi Finance verfolgen, wonach eine Bibliothekarin in Lund in einem schwedischen Register suchte?

»Ist das, was Sie da eingeben, auch öffentlich?«, fragte ich.

Sie sah mich verblüfft an.

»Darüber habe ich noch nie nachgedacht«, sagte sie. »Wer sollte sich dafür interessieren?«

Ich war kurzatmig geworden.

»Johan Andersson«, sagte ich. »Vielleicht auch Johan Bergman.«

Ihre Hände verharrten wie Baggerschaufeln über der Tastatur.

»Johan Andersson. Das ist einer der verbreitetsten Namen in Schweden. Wo soll er wohnen?«

»Weiß ich nicht.«

Sie warf mir über die Brille hinweg einen vorwurfsvollen Blick zu, tippte etwas und schnalzte mit der Zunge.

»Es gibt 4 317 Schweden mit dem Namen Johan Andersson. Wissen Sie, wann er geboren ist?«

Ich wusste nicht einmal, ob er Andersson hieß.

»Können Sie es mit Johan Bergman probieren?«

»Die Suche kostet jeweils zehn Kronen«, sagte die Frau.

Ich stieg von einem Fuß auf den anderen, um nicht gegen irgendetwas zu treten.

»Völlig in Ordnung, ich bezahle natürlich.«

Während sie tippte, pfiff und schnaufte das Gerät.

»Nicht ganz so viele«, sagte sie nach einer Weile. »326 Johan Bergmans. Tut mir leid, aber näher kommen wir nicht an ihn ran.«

»Geronimo«, sagte ich. »Johan Geronimo Andersson oder Johan Geronimo Bergman. Können Sie das mal ausprobieren?«

Sie klapperte eine Weile.

»Kein Johan Geronimo Bergman«, sagte sie. »Aber dafür ein Johan Geronimo Andersson, zweiundvierzig Jahre alt, unverheiratet, keine minderjährigen Kinder.«

Sie blinzelte mich an.

»Wohnt in der Föreningsgata 61 in Malmö.«

Das Haus sah aus wie eine Burg oder ein Palast. Klobige braune Backsteinfassade mit verzierten Balkonbrüstungen und Erkerfenstern aus zahlreichen kleinen Scheiben, in denen das Abendlicht aufblitzte.

Wenn dieser Johan Geronimo Andersson wirklich Eriks Bruder war und hier wohnte, musste es ihm ziemlich gut gehen. Der gesamte Stadtteil wirkte mit seinen großen Parks, den dicht belaubten Bäumen und den Stuckfassaden recht wohlhabend. In der Nähe war eine hübsche Kirche, die St. Pauli hieß, so ähnlich wie die Kathedrale in London. Auf der anderen Straßenseite ein riesiger Friedhof, viel größer als die Stadt der Toten auf Rakahanga.

Die Eingangstür der Föreningsgata 61 war abgeschlossen.

Ich war direkt bei der Bibliothek in Lund in einen Bus gestiegen, der unglücklicherweise in die falsche Richtung fuhr, und daher hatte ich sehr viel länger als erhofft gebraucht, um die verhältnismäßig kurze Strecke nach Malmö zurückzulegen. Die Sonne stand jetzt tief, es wurde allmählich später Abend, von der See wehte eine laue Brise herüber.

Was sollte ich sagen?

Wenn Johan Geronimo Eriks Bruder war, und wenn er auch nur das Geringste über Eriks Arbeit wusste, würde er eine verwandtschaftliche Beziehung niemals zugeben. Dann würde er wissen, dass es zu gefährlich war. Vermutlich würde er annehmen, ich käme von der Bank, würde mich wegschicken und so schnell wie möglich fliehen.

Wie sollte ich das verhindern?

Ich sah mich um. Es war Freitagabend, aber auf den Straßen waren nur wenige Menschen unterwegs, irgendwie kam es mir seltsam leer vor. Warum feierten die Leute nicht das Wochenende? Redeten, tranken und tanzten miteinander. Es war, als ob die Welt den Atem anhielt.

Dann ging die Eingangstür der Föreningsgata 61 auf, eine alte Dame schob eine Art Stuhl auf Rädern vor sich her, ich hielt ihr die schwere Holztür auf, sie bedankte sich vermutlich dafür, ich war im Treppenhaus.

An der Wand hing ein großes Schild, auf dem alle Bewohner aufgeführt waren.

Im zweiten Stock gab es jemanden namens J. Andersson. Ich nahm nicht den Fahrstuhl, sondern ging die Treppe rauf. Es roch nach Essen und Putzmitteln. Hinter mehreren Wohnungstüren hörte ich Gelächter und Applaus aus Fernsehern.

Die Wohnungstür von J. Andersson war verschnörkelt und hatte, wie die Kirche im Dorf Tukao, ein Fenster aus farbigem Glas. Ich betrachtete es als gutes Omen. Mit hämmerndem Pulsschlag klingelte ich.

Nichts passierte.

Ich klingelte noch einmal.

Keine Bewegung in der Wohnung, nichts. Kein Fernseher, nur Stille.

Er war nicht zu Hause.

Ich holte tief Luft.

Was sollte ich jetzt tun?

Zumindest war ich im Haus. Vielleicht konnte ich hierbleiben, ich hatte kein Hotelzimmer. Allerdings konnte ich mich nicht direkt vor die Wohnungstür setzen, sonst hätte ich Johan Geronimo zu Tode erschreckt. Auf derselben Etage gab es noch eine Tür, hinter der die Nachbarn B. und R. Persson wohnten, und die sollten mich nicht sehen.

Auf leisen Sohlen erkundete ich das Treppenhaus.

Eine halbe Treppe weiter oben war ein Absatz, der von den Stockwerken, in denen die Wohnungen lagen, nicht zu sehen war. Ich nahm an, dass die meisten Leute, die noch weiter nach oben wollten, den Fahrstuhl benutzten. Hier konnte ich in Ruhe ungesehen auf Johan Geronimo warten. Ich lehnte mich an die Rückseite des Fahrstuhlschachts.

Die Frage war, ob Johan heute Nacht überhaupt nach Hause kommen würde. Es war ja mitten im Sommer, vielleicht war er verreist. Vielleicht hatte er irgendwo eine Verlobte und übernachtete bei ihr. Vielleicht wohnte er gar nicht hier. Vielleicht war er nicht einmal Eriks Bruder.

Ich streckte mich auf dem kalten und harten Fußboden aus. Legte mir die Schultasche unter den Kopf.

Kurz darauf schlief ich ein.

Bläuliches Licht leuchtete mir ins Gesicht. In meinem Rücken das Brummen eines vibrierenden Motors.

Jemand hatte das Licht im Treppenhaus angemacht und war mit dem Fahrstuhl auf dem Weg nach oben. Hellwach setzte ich mich auf und kam auf die Beine. Beim Aufstehen tat mir die Hüfte weh, wie manchmal, seit ich mir das Becken gebrochen hatte.

Ich hielt die Luft an und drückte mich an die Wand. Man konnte mich von keinem Stockwerk sehen.

Eine halbe Treppe weiter unten, auf Johans Etage, hielt der

Fahrstuhl an. Die Tür quietschte beim Öffnen, Schlüssel klimperten. Ein Mann seufzte. Die Fernseher der Nachbarn waren verstummt, man war wohl ins Bett gegangen.

Er war es. Er musste es sein. Mein Puls raste.

Ich ging um den Fahrstuhlschacht herum und zwei Stufen runter in Richtung zweiter Stock.

Er stand mit dem Rücken zu mir und versuchte schwankend, mit dem Schlüssel das Schlüsselloch zu treffen. Einen Augenblick lang sah ich Tanga vor mir, sie waren sich nicht unähnlich. Halblanges Haar, leicht untersetzter Körper mit kräftigen Beinen und langen Armen.

»Johan Andersson?«, fragte ich leise.

Mit einer Geschwindigkeit, die ich nicht erwartet hatte, drehte er sich um, Brillengestell aus Metall und erschrocken geöffneter Mund.

»Sebastian hat einen Sohn nach dir benannt«, sagte ich. »Johan Geronimo. Er ist drei Jahre und drei Monate alt.«

Die Hände des Manns zitterten. Auf einmal stocknüchtern, drehte er sich wieder um, steckte seinen Wohnungsschlüssel ins Schloss, riss die Tür auf und knallte sie wieder zu. Ein hallendes Klicken, als er die Tür von innen verriegelte.

Ich hatte ihm wirklich einen Schreck eingejagt. Erleichtert zog ich mich wieder auf den Treppenabsatz zurück und setzte mich. Es bestand zwar die Gefahr, dass Johan Andersson die Polizei rief, aber ich hielt es für unwahrscheinlich. Was hätte er sagen sollen? Eine junge Frau habe ihn im Treppenhaus angesprochen?

Ich schlief nicht in dieser Nacht. Mir ging so vieles durch den Kopf, ich dachte an meine Kinder und weinte ein bisschen, rief mir Oma Vaines schaurige Geschichten ins Gedächtnis und lächelte im Dunkeln über das schöne Mädchen Ina, das vom Gott Tinirau geliebt wird und auf dem Rücken des großen weißen Hais zur geheimen Insel Motu-Tapu fährt, über die Legende vom Fischer Paikea, der von Rarotonga nach Aotearoa segelt, das Land der langen weißen Wolke, das wir heute Neuseeland nennen, die Geschichte über die Brüder Tangiia und Tutapu, die sich über Macht und Einfluss streiten, bis Tangiia lernt, seine Wut im Zaum zu halten, und zur Belohnung die grüne Meeresschildkröte an die Seite gestellt bekommt.

Kurz vor dem Morgengrauen schlief ich vielleicht kurz ein, aber als Johan sich hinter der Wohnungstür mit der farbigen Glasscheibe allmählich zu rühren begann, war ich seit Stunden wach. Der Fahrstuhl war mehrmals rauf- und runtergefahren, aber niemand hatte die Treppe benutzt, auf dem Absatz hatte ich meine Ruhe.

Es war kurz vor zehn, als das Türschloss von Johans Wohnungstür vorsichtig umgedreht wurde. Ich wartete, bis er leise und zögerlich die Tür öffnete, sie hinter sich wieder zumachte und abschloss. Da lief ich fast geräuschlos die Stufen runter und stellte mich neben ihn.

»Ich komme nicht von der Bank«, sagte ich.

Er starrte mich an, als hätte er ein Gespenst gesehen.

»Keine Angst«, sagte ich. »Ich habe eine Nachricht von Sebastian für Sie, auch wenn er für mich Erik ist.«

Der Mann antwortete nicht, sondern rannte die Treppe runter und verschwand, verflucht! Ich hatte gedacht, er würde neugierig werden, was Erik ihm zu sagen hatte, aber da hatte ich mich verkalkuliert. Vielleicht war ihm sein Bruder vollkommen egal. Vielleicht wusste er nur, dass Erik in Schwierigkeiten war. Vielleicht dachte er, Erik wäre ein zweifacher Mörder, der seinem Arbeitgeber Geld gestohlen und seine Frau und den behinderten Sohn in einem Reihenhaus in Camberwell ihrem Schicksal überlassen hatte, Menschen glaubten ja die merkwürdigsten Dinge.

Ich kehrte auf meinen Treppenabsatz zurück, brauchte aber nicht lange zu warten. Nach einer Viertelstunde kam er mit einer Papiertüte zurück, die nach frisch gebackenem Brot roch.

»Sie haben Sebastian vor dem Ertrinken gerettet«, sagte ich zu seinem Rücken, als er wieder den Schlüssel ins Schloss gesteckt hatte. »Er sagte, es sei ein Freund der Familie gewesen, aber in Wirklichkeit haben Sie ihn gerettet. In Mölle, wo Sie ihm das Schwimmen beigebracht haben. Er war vier oder fünf Jahre alt. Und Sie waren neun.«

Johan schloss die Tür auf und ging in die Wohnung, ohne sich umzudrehen, Mist, Mist, Mist!

Ruhelos stapfte ich die Treppe wieder rauf. Aus irgendeinem Grund musste ich plötzlich an Laura Branningham denken, deren ichbezogene Gier nach Drogen und Bestätigung das Leben aller Menschen, die bei Clay wohnten, kaputtgemacht hatte, weil eine einzige unbedachte Handlung (Kokain bei der falschen Person zu kaufen) Bongo und Bianca den Wölfen zum Fraß vorgeworfen, King in ein Pflegeheim eingesperrt und letztendlich Clay das Leben gekostet hatte. Oder hatte möglicherweise nicht Lauras Unüberlegtheit Clays Tod verursacht, sondern meine eigene?

Ich musste aufstehen und auf und ab gehen und war so mit meiner eigenen Unzulänglichkeit beschäftigt, dass ich Johann zunächst gar nicht bemerkte. Plötzlich stand er neben mir.

»Wer bist du?«, fragte er leise.

Vor Schreck wich ich einen Schritt zurück und schnappte nach Luft. Wartete einige Augenblicke, bis sich mein Herzschlag normalisiert hatte.

»Ich heiße Kiona«, sagte ich. »Ich bin Eriks Frau.«

Die Wohnung war groß, viel größer als Clays, und er wohnte allein dort. Die stuckverzierte Decke schwebte hoch über meinem Kopf. Drei Zimmer nebeneinander gingen zur Straße und dem intensiven Grün im parkähnlichen Friedhof hin, große Erker ließen Sonne und Licht herein. Die Fenster hatte er schon lange nicht mehr geputzt. Es gab noch ein Zimmer zum Hinterhof, ein Bad und eine geräumige Küche. Ich begriff nicht, wozu er so viel Platz brauchte.

Er fragte, ob ich Kaffee wolle, und ich sagte Ja und wartete in einer Bibliothek mit Büchern vom Boden bis unter die Decke. Das alte Ledersofa knarzte unter meinem Gewicht. Nach einer Weile kam er mit einem Tablett herein, auf dem eine Kanne und zwei Tassen standen.

»Ich habe frische Croissants mitgebracht«, sagte er.

»Woran hast du gemerkt, dass ich nichts mit der Bank zu tun habe?«, fragte ich.

»Du hast mich nicht umgebracht.« Er setzte sich in einen der Sessel.

Die Spannung löste sich, er wusste Bescheid.

Er drückte die Brille auf der Nasenwurzel fest und schaute mich an. Sahen sie sich ähnlich? Nicht besonders.

»Schieß los«, sagte er. »Was wollte Sebbe mir sagen?«

Kurz und intensiv atmete ich ein und aus.

»Sebastian ist tot«, sagte ich. »Sie haben ihn umgebracht.«

Einige Sekunden war er vollkommen still, dann nahm er die Brille ab und bedeckte das Gesicht mit den Händen. Ich sah ihm regungslos zu. Seine Schultern bebten. Der Wind peitschte die Baumkronen auf dem Friedhof. Es war sehr heiß. Er seufzte tief, wischte sich das Gesicht mit dem Hemdsärmel ab und setzte die Brille wieder auf.

»Wie?«

»Sie haben ihn erschlagen«, sagte ich. »Und dann ins Wasser geworfen.«

»Wie Ivan und Isabel«, sagte er.

Die Kollegen in London kannte er also auch. Ich nickte.

»Wo ist es passiert?«

»Indischer Ozean«, sagte ich. »Vor der Küste Tansanias, ganz in der Nähe von Daressalam.«

Seine Augen wurden schmal, er sah mich prüfend an.

»Woher weißt du das?«, fragte er.

»Ich war dabei«, sagte ich. »Sie haben mich mit ihm zusammen ins Meer geworfen, allerdings ohne mir vorher auf den Kopf zu schlagen. Ich habe es geschafft, an Land zu schwimmen.«

»Wissen Sie, dass du lebst?«

»Wenn, dann nicht mehr lange.«

Wir saßen schweigend da. Er schenkte Kaffee ein.

»Ist das wahr?«, fragte er, nachdem er das Gebräu probiert hatte. »Hat Sebbe einen Sohn? Der Johan heißt?«

»Und eine Tochter, Iva«, sagte ich. »Sie ist ein gutes Jahr alt.«

Da weinte er ein bisschen.

»Wo?«, fragte er. »In Tansania?«

»Auf Manihiki«, sagte ich.

Und dann erzählte ich ihm von der Jacht, die an jenem Morgen mitten in der Perlenernte auf das Riff gekracht war, von Eriks schweren Verletzungen und davon, wie Mama Evelyn und ich ihn in der Klinik gesund gepflegt hatten, dass wir im Dorf Tukao jemanden brauchten, der sich mit Finanzen auskannte, und dass er und ich zwei Kinder bekommen hatten. Johan holte einen Weltatlas, in dem Manihiki zwar nicht eingezeichnet war, aber die Cookinseln waren gut zu erkennen, und da zeigte ich ihm, wo Manihiki lag, und erzählte von Tukao. So gut ich konnte, beschrieb ich die Perlen, die Lagune, die Kirche mit den farbigen Fensterscheiben und die Menschen, die jedem Vorbeikommenden zuriefen: »Willst du was zu essen, wir haben *ika mata*.« Erzählte ihm, dass Erik die gesamte Buchführung übernommen und für alle im Dorf Bankkonten eröffnet hatte.

»Er konnte gut mit Zahlen umgehen, aber er war ein miserabler Segler«, sagte ich.

»Miserabel? Ist er nicht mit einem 35-Füßer mitten durch einen Zyklon gesegelt, und zwar ganz allein? Dafür muss man ein hervorragender Segler sein.«

Ich schloss die Augen, Erik konnte also nicht nur mit Zahlen gut umgehen. Mir schossen Tränen in die Augen. Sie liefen mir übers Gesicht und am Hals runter, ich musste den Mund aufmachen, um atmen zu können, schnappte nach Luft wie ein Fisch auf dem Trockenen. Türen wurden aufgestoßen, hinter ihnen verbarg sich ein Abgrund aus völliger Verzweiflung, der mich wie ein reißender Fluss aus Trauer und Schmerz hinunterzog in undurchdringliche Schwärze. Ich glaube, ich schrie, aber ich bin mir nicht sicher, vielleicht war der Schrei nur in meinem Kopf, in meinem Inneren rief ich nach Erik, meinem geliebten Mann, aber meine Stimmbänder gehorchten mir nicht mehr. O Herr, mein Gott, warum hast du ihn mir genommen? Warum durfte er nicht leben? Gab es etwa zu viel Liebe auf der Welt? Johan hielt mich fest und wiegte mich und weinte in mein Haar, denn wir hatten Erik am meisten geliebt, wir beide liebten einen Menschen, der tot war, was aus Sicht der Evolution vollkommen irrational und sinnlos war.

Wir aßen die Croissants auf, luftiges Buttergebäck, das unheimlich krümelte. Johan kochte frischen Kaffee, weil der alte kalt geworden war.

»Wir waren Halbbrüder. Derselbe Vater, aber ich bin bei meiner dänischen Mutter in Kopenhagen aufgewachsen. Trotzdem standen Sebbe und ich uns sehr nah, vielleicht weil wir beide Einzelkinder sind. Im Sommer war ich immer mit Sebbe und Papa und Kerstin oben in Mölle, tolles Haus, direkt am Wasser. Eigener Steg, genau wie Sebbe es beschrieben hat.

An dem Abend, als er ins Wasser fiel, habe ich ihn tatsächlich in letzter Sekunde rausgezogen, es wäre beinahe schiefgegangen. Aber er ist darüber weggekommen, lernte schwimmen und wurde ein verdammt guter Segler.«

Ich grinste.

»War Kerstin Eriks Mutter?«

»Linguistikprofessorin an der Uni Lund. Sie war eine geborene Bergman, daher Sebbes neuer Nachname. Unser Vater, Einar, war auch Wirtschaftswissenschaftler und hat am Nationalökonomischen Institut gearbeitet. Sie wohnten in einer unglaublichen Gründerzeitvilla direkt neben der Uni …«

Mit einem Hauch von Sehnsucht oder auch Verbitterung in der Stimme verstummte er. Er selbst arbeitete in einem großen Bauunternehmen namens Skanska. Ich ließ ihm ein bisschen Zeit, seinen Erinnerungen an eine Familie, zu der er nie wirklich gehört hatte, nachzuhängen. Sah hoch zu der schönen Stuckdecke und fragte mich, ob er die Privatwirtschaft deshalb der Wissenschaft vorgezogen hatte. Um etwas zu kompensieren.

»Eriks neuer Name«, sagte ich dann. »Wie kam es dazu?«

Johan schenkte Kaffee nach, schwieg eine Weile und trank.

»Das ist ganz einfach. Ursprünglich hieß er Sebastian Erik Andersson. Er hat einfach den ersten Vornamen gestrichen und den Mädchennamen seiner Mutter angenommen, das kann in Schweden jeder mit Hilfe einer einfachen Meldung bei den Behörden. Er kam zu mir, nachdem er aus London geflohen war, änderte seinen Namen und beantragte einen neuen Pass. Das Ganze dauerte keine zwei Wochen.«

»Aber warum?«, fragte ich.

Mit der Kaffeetasse in der Hand saß er eine Weile schweigend da.

»Wie viel weißt du?«, fragte er leise, ohne mich dabei anzusehen.

»Ich weiß einiges«, sagte ich. »Erik hat extrem wenig erzählt, er wollte uns schützen. Ich weiß, dass er an der Universität Lund seinen Doktor mit einer Dissertation gemacht hat, die etwas mit der amerikanischen Notenbank zu tun hat, der amerikanischen Zentralbank. Dann hat er in London für Yinhang Dengi Finance gearbeitet …«

Ich zögerte einen Moment und rief mir Clays Überlegungen und Theorien ins Gedächtnis, wollte nichts äußern, was ich falsch verstanden hatte. Johan wartete geduldig.

»Das meiste beruht auf Vermutungen, ich weiß nicht, wie viel davon stimmt. Yinhang Dengi Finance ist eine Kombination aus Chinesisch und Russisch und bedeutet so etwas wie Geldfinanzbank, wobei Yinhang Dengi Finance keine gewöhnliche Bank, sondern ein Finanzinstitut ist, das noch vor Ende des Kalten Krieges gegründet wurde, deshalb ist das Ganze eigentlich total unrealistisch …«

Ich hüstelte und sprach mit deutlicherer Stimme weiter.

»Sie haben Erik eingestellt, weil er sich mit dem amerikanischen Dollar oder dem amerikanischen Bankensystem auskannte. Vermutlich haben sie wegen des Dollars auch ihren Sitz in London. Sie wollten mit Dollars handeln, aber chinesische und russische Firmen dürfen das nicht oder durften es zumindest damals nicht, ich weiß nicht, ob das geändert worden ist. Erik hat irgendetwas getan oder aufgedeckt, was ihn zwang unterzutauchen. Ende 1989 hat er London verlassen. Er hatte zweihundertzwanzigtausend Dollar bei sich, aber ich weiß nicht, wie er an dieses Geld gekommen ist. Zwei seiner Kollegen wurden ermordet, vermutlich nachdem man sie vorher gefoltert hatte. Seine Eltern, Kerstin und Einar, wurden auch ermordet. Vielleicht wollte die Bank ihm Angst machen oder ihn zu irgendetwas zwingen, was er nicht tun wollte, ich weiß es nicht. Du bist davongekommen, weil sie von dir nichts wussten …«

Ich sortierte meine Gedanken, Johan wartete ab.

»Ungefähr zu dieser Zeit muss er seinen Namen geändert haben«, sagte ich. »Er wurde Erik Bergman, besorgte sich einen Pass mit dem neuen Namen und flog nach Los Angeles und von da nach Papeete auf Tahiti. Er konnte nicht direkt dorthin fliegen, wo er hinwollte, weil die Bank den Flugverkehr beobachtete. Auf Tahiti kaufte er sich eine 35-Fuß-Santana und segelte nach Westen, geriet mitten in einen Zyklon und blieb an einem Riff auf Manihiki hängen …«

»Total unwahrscheinlich.« Johan zog erneut den Atlas zu sich heran und betrachtete die blaue Leere, in der sich Manihiki verbarg. »Er fährt über diesen gewaltigen Ozean und knallt ausgerechnet am einzigen Ort auf der Erde, wo ihn diese Verbrecher von der Bank nicht finden können, auf ein Riff.«

Ich nickte.

»Du glaubst nicht an Gott«, sagte ich.

Er sah mich verwundert an.

»Nein, wirklich nicht.«

»Gott hatte etwas mit Erik vor«, sagte ich. »Der Herr hat ihn aus einem bestimmten Grund gerettet. Erik hatte eine Aufgabe, die er zum Wohl der Menschheit bewältigen musste.«

»Glaubst du das im Ernst?«

Jetzt erinnerte er mich ein wenig an Clay. Ich lächelte.

»Ich glaube, dass der Herr die Welt nach seinem Abbild und zu seinem Wohlgefallen erschaffen hat«, sagte ich. »Jedenfalls stellte Erik für die Bank ein großes Problem dar. Sie haben ihn überall gesucht und irgendwie seinen neuen Namen herausgefunden, und schließlich entdeckten sie ihn, weil in einem Lokalblatt auf Rarotonga über ihn berichtet wurde …«

»Rarotonga?«, fragte Johan.

Ich zeigte auf die Karte.

»Die Hauptinsel der Cookinseln.«

Johan starrte auf den Stillen Ozean.

»Rarotonga«, sagte er. »Diese Verbrecher haben das Lokalblatt von Rarotonga gelesen. Die Wahrscheinlichkeit, dass das passieren würde, muss doch gegen null gegangen sein.«

Ich verstand nicht, was er meinte.

»Da wollte Sebbe hin«, sagte er. »Er hat gesagt, er wolle die Stiftung auflösen. Verdammt, da hat sie natürlich ihren Sitz.«

Johan stand auf, sein Gesicht hatte rote Flecken bekommen.

»Du wusstest nicht, wo die Stiftung war?«, fragte ich.

Er schüttelte den Kopf und ging dabei auf und ab.

»Aber mit den Cookinseln kenne ich mich ein wenig aus. Sie hatten Probleme mit ihrer Wirtschaft. Um sie anzukurbeln, wollte die Regierung die Inselgruppe in eine Steueroase verwandeln, eine Art Versteck für große Vermögen. Soweit ich weiß, hat es abgesehen von der Ansiedlung geheimer Stiftungen nicht besonders gut geklappt. Sebbe war das klar, verdammt …«

Schlagartig erinnerte ich mich, wie Onkel Matini mir, als wir bei Regen auf der Veranda vor dem Haus in Matavera saßen, von dem katastrophalen Sheraton-Spuk erzählt hatte: *Unsere ganze Nation wäre beinahe bankrottgegangen. Um zu überleben, mussten wir sehr erfinderisch sein. Auf einem internationalen Markt gibt es da ja die verschiedensten Möglichkeiten, aber es ist nicht leicht, gar nicht leicht …*

Johan setzte sich wieder, er hatte Schweiß auf der Stirn.

»Entschuldige«, sagte er. »Ich habe dich unterbrochen. Die Bank hat also einen Artikel über Sebbe beziehungsweise Erik Bergman in einer Lokalzeitung auf Rarotonga gefunden. Was ist dann passiert?«

»Sie kamen mit einer großen Jacht nach Manihiki und holten ihn ab. Erik hatte noch Zeit, uns zu warnen. Er hat uns allen eingebläut, niemals zu verraten, dass wir ihn gut gekannt haben. Ich habe mich mit Iva versteckt, sie haben uns nicht gesehen.«

»Sie wissen also nicht, dass er verheiratet war und Kinder hatte?«

Ich schüttelte den Kopf.

»Was immer du tust«, sagte Johan, »sorg dafür, dass es so bleibt.«

Ich schluckte.

Hat ihre Kinder auf einer Südseeinsel zurückgelassen und sucht einen Kerl, der sie sitzen gelassen hat.

»Sie brauchten zusätzliches Kapital«, sagte ich. »Deswegen haben sie in Tansania eine Tochterfirma gegründet und mit Mobutu verhandelt ...«

Er horchte auf, seine Augen weiteten sich.

»Mobutu?«, fragte er. »Aus Kongo-Kinshasa? In Tansania?«

»Umstrittene Geschäfte macht Mobutu immer auf neutralem Boden«, sagte ich, »im Hotel Kilimandscharo in Daressalam. Und er verhandelt nie mit Mittelsmännern.«

Johan zog die Augenbrauen genauso hoch, wie Erik es immer getan hatte.

»Was heißt das?«

»Meine Freundin Clay hat Erik im Hotel Kilimandscharo getroffen, und da hat er ungefähr Folgendes gesagt ...«

Ich schloss die Augen und konzentrierte mich.

»Sie glauben, die Urkunde wäre weg, aber sie ist im Banktresor. Das Konto und der Code sind im Tresor in Lund: Sie kommen nicht an das Geld auf dem Konto ran, sie denken, es wäre alles weg. Sie brauchen neues Kapital, um das Projekt mit einem anderen Konto durchzuführen. Deshalb ist Mobutu hier.«

Nervös sprang Johan auf, holte eine Packung Kaugummis, drückte mehrere heraus und warf sie sich in den Mund.

»Hab mit dem Rauchen aufgehört.« Er kaute wie verrückt. »Nikotinkaugummis, weißt du. Die Scheißdinger machen genauso abhängig wie Zigaretten.«

»Aha«, sagte ich, obwohl ich es nicht verstanden hatte. Ich war unschlüssig, ob ich weitersprechen sollte. Johan saß da und kaute.

»Sebbe war Geschäftsführer einer Bank in Tansania?«, fragte er schließlich.

»Yinhang Dengi Finance Tansania«, bestätigte ich.

»Wie konnte er sich auf so was einlassen?«

»Ein Passagierflugzeug«, sagte ich, »auf dem Flug von Frankfurt nach Moskau. Es stürzte kurz vor der Landung ab, der Flugschreiber wurde nie gefunden.«

»Der Absturz im März? Was? Wie meinst du das? War das etwa Yinhang Dengi Finance …?«

»Ich weiß nicht, aber Erik haben sie es offenbar weisgemacht.«

»Meine Güte«, sagte Johan.

»Sie hatten die Absicht, fünf amerikanische Großbanken aufzukaufen. Es hatte irgendwas mit der Kontrolle über die amerikanische Notenbank zu tun«, sagte ich.

Er sah mich ungläubig an.

»Hast du Sebbes Doktorarbeit nicht gelesen?«

»Wie denn?«, fragte ich.

Er stand auf, ging zum Bücherregal in der Ecke, zog einen ziemlich schmalen Band heraus und sah auf seine Armbanduhr.

»Ich gehe uns etwas zu essen holen«, sagte er. »Heute Abend findet in Pasadena die Entscheidung statt, das willst du doch wohl sehen, oder?«

Ich nahm ihm das Dokument aus der Hand, der Titel lautete »Buying the Dollar – Scenario of a Hostile Takeover of the Federal Reserve System«. Den Dollar kaufen – der mögliche Ablauf einer feindlichen Übernahme der amerikanischen Zentralbank.

Ich atmete schwer, plötzlich war er mir wieder nah. Hier

war sie, Eriks Doktorarbeit, an der er jahrelang gearbeitet haben musste. Er hatte geforscht, geschrieben, diskutiert, verschiedene Thesen gegeneinander abgewogen, sich mit seinem Doktorvater oder seiner Doktormutter beraten, ich hatte einiges über Promotionen gelesen.

»Sie spielen um den dritten Platz«, sagte Johan. »Schweden hat durchaus eine Chance.«

Verwirrt blickte ich vom Titelblatt auf.

»WM in den Vereinigten Staaten«, sagte er. »Hast du die nicht gesehen?«

»Welcher Sport?«, fragte ich.

Buying the Dollar
Scenario of a Hostile Takeover of
the Federal Reserve System
by
Sebastian Andersson

Zusammenfassung

Da die amerikanische Zentralbank, fälschlicherweise als »The Federal Reserve System« bezeichnet, im Grunde in privatem Besitz ist, besteht theoretisch die Möglichkeit, dass sie, wie jedes Privateigentum, von kapitalstarken Außenstehenden erworben wird. Dies könnte, unter bestimmten Umständen, auch mittels einer sogenannten feindlichen Übernahme bewerkstelligt werden.

Diese Dissertation hat es sich zum Ziel gesetzt, die möglichen Verfahren und die Risiken eines solchen Vorgangs zu ermitteln, zu untersuchen und zu beurteilen.

Nach sorgfältiger Analyse des Aufbaus der Zentralbank und der Untersuchung der verschiedenen Akteure im System auf ihre Marktchancen hin lautet mein Fazit, dass die amerikanische Währung zu einem Preis von 20 Milliarden Dollar (auf Grundlage des Marktwerts von 1988) aufgekauft und damit kontrolliert werden könnte.

Erläuterung des Fazits

The Federal Reserve besteht aus drei Teilen:

- Teil 1. Ein Vorstand mit sieben Mitgliedern, die vom amerikanischen Präsidenten ernannt und vom amerikanischen Senat in ihrem Amt bestätigt werden müssen.
- Teil 2. Zwölf regionale Bundesbanken im Besitz der größten amerikanischen Privatbanken, welche Erstere kontrollieren.
- Teil 3. Federal Open Market Committee, üblicherweise mit FOMC abgekürzt. Besteht aus den Vorstandsmitgliedern der Federal Reserve sowie Vertretern von fünf der Regionalbanken. Der Posten des Vizepräsidenten des FOMC ist immer dem Präsidenten der regionalen Bundesbank von New York (also der Wall Street) vorbehalten. Der Posten ist von entscheidender Bedeutung. Er wird von den Vorständen der größten Anteilseigner der Federal Reserve Bank von New York ernannt.

Aufgrund des Besitzes von 51 Prozent des Aktienvermögens der fünf größten amerikanischen Banken hat sie die Befugnis, den Wahlausschuss zu ernennen, der diesen Posten besetzt.

Die fünf größten Banken sind (1988, nicht nach Rang geordnet): JPMorgan Chase, Bank of America, Citigroup, Wells Fargo und Goldman Sachs. Diese haben zum genannten Zeitpunkt einen gemeinsamen Aktienwert von etwa 40 Milliarden Dollar. Somit würde nur die Hälfte dieses Wertes für eine Übernahme benötigt. Damit würde, was möglicherweise das Kernziel der Annexion wäre, auch der Posten des Vizepräsidenten im Federal Open Market Committee erlangt werden – die stabilste und zweitwichtigste Position in der globalen Finanzpolitik.

Eine solche Übernahme ist mittels öffentlicher Geschäfte nicht möglich.

Daher wäre eine denkbare Alternative der Kauf durch eine Reihe von kleineren Akteuren, die allesamt einem Auftraggeber unterstehen, der verdeckt handeln kann. Eine Stiftung mit einem Sitz außerhalb des Kontrollbereichs der USA wäre hier am wahrscheinlichsten …

Ich ließ die Dissertation sinken. Das Ganze war nicht leicht zu verstehen. Erik hatte also untersucht, auf welche Weise ein außenstehender Akteur die Weltwirtschaft an sich reißen könnte und was das kosten würde.

Ich blätterte weiter, überflog sperrige Formulierungen, aus denen ich nicht schlau wurde.

»… Das FOMC hat Einfluss auf die kurzfristige Zinspolitik und die amerikanische Staatsverschuldung, es bestimmt, wie viele Dollars es zu einem bestimmten Zeitpunkt gibt, und hat somit, zumindest indirekt, die entscheidende Kontrolle über die internationale Weltwirtschaft …«

»… Inflation, Zinsen und Wechselkurse sind Instrumente, die das FOMC einsetzt, um …«

»Das Ziel wäre vermutlich, die besagten Großbanken mit Hilfe des Aufkaufs von kleineren Einheiten nach und nach zu erweitern und auf diese Weise einen immer größeren Teil des amerikanischen Finanzmarkts zu beherrschen …«

Johan kam mit zwei flachen Kartons zurück, in jedem war eine Pizza.

»Du isst doch Schweinefleisch?«

»Ich liebe Schweinefleisch.« Plötzlich dachte ich an Papa Tanes *umukai*.

Das Fußballspiel fand auf einer sonnigen Rasenfläche nicht weit von Los Angeles statt. Ich hatte noch nie ein Fußballspiel im Fernsehen gesehen und verstand nicht genau, was da vor sich ging, aber Schweden spielte jedenfalls gegen Bulgarien und gewann vier zu null. Johan freute sich unheimlich und sprang jubelnd vom Sofa auf, während sich draußen die Straße mit hupenden Autos und Menschen füllte, die blau-gelbe Fahnen schwenkten.

Johan machte mir auf dem Sofa im Fernsehzimmer mit dem Erker ein Bett.

Am nächsten Morgen weckte er mich mit noch mehr krümeligem Buttergebäck und einem ganzen Stapel frischer Tageszeitungen. Alle berichteten ausführlich über das Fußballspiel. Ich ließ Johan lange ganz in Ruhe lesen, bevor ich das Thema Yinhang Dengi Finance wieder aufgriff.

»Weißt du, was wirklich passiert ist?«, fragte ich.

Er faltete die Zeitung zusammen und seufzte tief.

»Das meiste hat Sebbe mir erzählt. Das Ganze basiert auf dem Szenario, das er in seiner Doktorarbeit beschreibt. China und Russland haben beschlossen, gemeinsam die Herrschaft über den amerikanischen Dollar zu erlangen.«

»Sie wollen den Dollar kaufen? China und Russland?«

»Unter dem Deckmantel des Finanzinstituts Yinhang Dengi Finance.«

Ich nahm Eriks Dissertation in die Hand.

»Und hier steht drin, wie man das macht?«

»Es war natürlich nicht Sebbes Absicht, aber im Grunde ja.«

»Kannst du es mir so erklären, dass ich es verstehe?«

Er putzte seine Brille.

»Es ist eigentlich nicht so schwierig oder kompliziert, aber man macht es nicht mal eben in der Kaffeepause. Es erfordert Zeit und Vorbereitung. Der Akteur, in diesem Fall Yinhang Dengi Finance, hat eine Reihe von kleineren Investmentfonds gegründet, die auf dem Papier harmlos aussehen. Wir sprechen hier von Hunderten von Fonds, um genau zu sein, an die fünfhundert, mit ganz verschiedenen Strukturen, die jeweils für sich belanglos wirken, aber gemeinsam viel Macht haben ...«

»Geht das?«

»Die Finanzinspektion im jeweiligen Land muss jeden Fonds genehmigen, und sie brauchen Kapital. In vielen Ländern werden Eigentümer oder Vorstand nicht überprüft ...«

»Haben sie deswegen mit Mobutu verhandelt?«, unterbrach ich ihn. »Weil sie Kapital für ihre Fonds brauchen?«

»Gut möglich«, sagte Johan. »Sobald sie liquide sind, können die Fonds bei amerikanischen Banken Kredite aufnehmen, und anschließend ist es folglich möglich, die Banken mit ihrem eigenen Geld zu kaufen.«

In meinem Kopf drehte sich alles.

»Man kann eine Bank mit ihrem eigenen Geld kaufen?«

»Jeder, der an der amerikanischen Börse handeln darf, kann amerikanische Bankaktien kaufen. Es gibt sogenannte Lombardkredite oder auch Wertpapierkredite, wie wir hier in Schweden sagen. Man kann also zum Beispiel Bankaktien kaufen und sie zu siebzig Prozent oder sogar mehr beleihen, weil die Banken selbst ja behaupten, ihre Investitionen wären bombensicher. Auf diese Weise bekommt man mehr Kapital, kann noch mehr Bankaktien kaufen und beleihen und so weiter. Die Aktien werden an der New Yorker Börse gekauft und verkauft ... Verstehst du, was ich damit sagen will?«

»Lombard Street«, sagte ich. »Dort ist der Londoner Sitz von Yinhang Dengi Finance.«

»Was?«

»Lombardkredite«, sagte ich. »Sind sie nach dieser Straße in London benannt?«

»Ich habe nicht die geringste Ahnung«, sagte Johan. »Was hat es mit der Sache zu tun?«

Meine Wangen wurden heiß.

»Nichts.« Ich senkte den Blick. »Sprich weiter.«

Er lehnte sich vor, sah mir in die Augen und sprach langsam und deutlich.

»Das Federal Reserve System als die US-Notenbank und ihr Offenmarktausschuss FOMC. Die mächtigste wirtschaftliche Institution der Welt. Sie beherrschen die Zinspolitik, die Dollarmenge, die weltweit in Umlauf ist, und lenken alle offenkundigen Marktbewegungen. Mit anderen Worten, sie haben die Kontrolle über die Weltwirtschaft.«

Langsam und verständlich erklärte mir Johan, warum das so war. Die privaten Banken in den USA, die also den reichsten Familien des Landes gehörten, waren selbst wiederum die Besitzer der lokalen Bundesbanken. Und wenn man im Besitz von einundfünfzig Prozent der Aktien der fünf größten Banken der USA war, saß man dem Wahlausschuss vor, der die Bankrepräsentanten im mächtigen FOMC ernannte. Der Vorsitzende der New Yorker Bundesbank war automatisch Vizepräsident des FOMC.

»Und das ist der Trick«, sagte Johan. »Das FOMC praktiziert das Konsensprinzip.«

Er sah mich an, als hätte er eine Bombe platzen lassen.

»Und?«

»Die Mitglieder des Komitees müssen sich immer einig sein. Sobald eine Person gegen einen Vorschlag stimmt, gilt er als abgelehnt.«

»Aha«, sagte ich.

»Außerdem besetzen die anderen Bundesbanken vier weitere Posten. Sie haben also entscheidenden Einfluss.«

»Man muss also Vorsitzender der Bundesbank von New York sein?«, fragte ich. »Um die Macht über die wichtigste Währung der Welt zu haben?«

»Jedenfalls indirekt.«

Ich strich mir das Haar aus der Stirn, es war also ganz simpel. Eine einfache Kettenreaktion, die dazu führte, dass der Reichste die Macht hatte und am Ende gewann. Johan sah aus dem Fenster und betrachtete die großen Bäume auf dem Friedhof gegenüber.

»Sebbe nahm an, auf lange Sicht würden die Banken versuchen, so viel Kapital und Vermögen wie möglich anzuhäufen. Kleine lokale Banken aufkaufen, sich konsolidieren und wachsen. Das Kapital wird sich immer freier über nationale Grenzen hinwegbewegen, sich zunehmend dort anhäufen, wo Besteuerung und Kontrolle nicht greifen, und schließlich die Nationalstaaten ersetzen …«

Er lächelte mich müde an.

»Aber das ist ein ganz anderes Thema. Hast du Hunger?«

Er aß wirklich fast genauso viel und so oft wie Clay.

»Keinen besonders großen«, sagte ich.

Er stand auf.

»T-Bone hat sonntags geöffnet«, sagte er. »Ich brauche jetzt ein Entrecôte.«

Wir gingen in ein Restaurant gleich neben der Kathedrale, wo es riesige Fleischstücke mit fettigen gelben Soßen gab. Ich schaffte gerade einmal ein Drittel von meinem. Hinterher schlenderten wir die Kungsgata entlang, einen breiten Boulevard mit einem Park aus riesigen Laubbäumen in der Mitte. Der Wind war trocken und scharf. Es gab Schaukeln und bunte Klettergerüste, Kinder tobten und spielten im Schatten der

Baumkronen. Ältere Menschen gingen mit Hunden an der Leine spazieren, Teenager aßen Eis. Der Verkehrslärm war nur ein entferntes Meeresrauschen im Hintergrund, es war wirklich sehr friedlich.

Hier hätte ich mit Erik leben können. Wir hätten in einer großen Wohnung mit Stuck an der Decke und Fischgrätparkett auf dem Fußboden gewohnt. Hätten gebratenes Fleisch gegessen und im Fernsehen Fußball geschaut. Unsere Kinder hätten auf diesen grün gestrichenen Autoreifen geschaukelt und wären um die Wette die breiten Rutschen runtergesaust …

Ich ging schneller, der Gedanke schnürte mir die Luft ab. Die Stimmen der Kinder waren unerträglich geworden, beinahe stieß ich mit einem Fahrradfahrer zusammen. In einer Laube aus Blumen sank ich auf eine Bank. Johan setzte sich neben mich und wischte sich den Schweiß von der Stirn.

»Mann, ist das heiß! Es müssen fast dreißig Grad sein.«

»Fast wie zu Hause«, sagte ich. »Aber die Luftfeuchtigkeit ist niedriger.«

Ein paar Frauen mit Kopftüchern schoben ihre Kinderwagen an uns vorbei und unterhielten sich dabei in einer Sprache, die nicht Schwedisch war. Es gab viele Muslimas in Malmö. Ich erinnerte mich, dass Clay in Tansania gesagt hatte, man würde sie nicht anschauen, und das traf auch hier zu. Sie bewegten sich in gewisser Weise am Rande der Gesellschaft, blieben unauffällig und für sich. (Auf Manihiki waren alle Christen, Katholiken, Siebenten-Tags-Adventisten, Mormonen oder wie ich Mitglieder der Staatskirche.)

»Ich will nicht aufdringlich sein«, sagte Johan, »aber was ist da passiert?«

Er deutete auf die violette Narbe an meinem rechten Unterarm.

»Autounfall«, sagte ich. »Eins verstehe ich nicht. Was haben die Cookinseln mit Yinhang Dengi Finance und der amerikanischen Notenbank zu tun?«

Johan blickte hinauf in die Baumkronen.

»Die amerikanischen Banken wollen auf keinen Fall von Russen oder Chinesen aufgekauft werden.«

So viel hatte ich auch verstanden.

»Die Übernahme muss also unbemerkt vonstattengehen, daher die fünfhundert Fonds. Allerdings müssen sie von einer Oberaufsicht gelenkt werden. Am besten erteilt man diese einem ›Trust‹, den die amerikanischen Behörden nicht kontrollieren können. In Schweden werden sie Stiftungen genannt, das ist zwar nicht genau das Gleiche wie ein Trust, aber etwas Ähnliches. Die Cookinseln haben einige der besten oder, je nachdem, wie man es betrachtet, der schlimmsten.«

Ich dachte an Onkel Matini, der sich mit Finanzen auskannte, an die Männer, die abends auf seiner Veranda leise und verbissen miteinander gesprochen hatten, kein Wunder, dass er keine Zeit gehabt hatte, sich um die Buchführung unserer Perlenfarm zu kümmern.

»Wieso eignen sich die Cookinseln so gut dafür?«

Ein Fußball kam auf uns zugeflogen, Johan fing ihn auf und warf ihn einem langhaarigen kleinen Jungen im Regenbogentrikot zu.

»Dafür, dass ihr Dritte Welt seid, habt ihr eine außergewöhnlich stabile Regierung und ein hoch entwickeltes Rechtssystem nach britischem Vorbild.«

Dritte Welt? Was meinte er damit? Wir waren doch nicht Dritte Welt.

»Es gibt viele Alternativen, die Anzahl der Steueroasen wächst ständig, Inseln sind besonders beliebt. Kaimaninseln, Marshallinseln, Britische Jungferninseln …«

Aus seinem Mund klang es, als wären wir eine Bananenrepublik.

Der Junge war mit einem anderen kleinen Kerl im gleichen T-Shirt davongerannt, sie waren wahrscheinlich Brüder. Sie riefen sich mir unverständliche Dinge zu, die meine Kinder verstanden hätten. Erik hatte Schwedisch mit ihnen gesprochen. Johan und Iva hätten mit diesen beiden Jungs spielen können.

»Und was genau ist eine Stiftung?«, fragte ich.

Die Jungs liefen zu einer jungen Frau mit weißer Haut und langem dunklem Haar, sie hätte ich sein können.

»Eine juristische Einheit ohne Eigentümer, im Prinzip gehört sie sich selbst. Sie dient der Verwaltung und Kontrolle von Vermögen. An der Spitze gib es einen Vorstand oder einen Verwalter, und der genaue Stiftungszweck wird in der Satzung festgehalten, die in einer Stiftungsurkunde schriftlich …«

Sie denken, die Urkunde wäre weg, aber sie ist im Banktresor.

»Was passiert, wenn diese Urkunde weg ist?«

Johan wartete, bis ein älteres Paar mit seinem Hund vorbeispaziert war.

»Denkst du speziell an Yinhang Dengi Finance?«, fragte er leise.

Ich nickte.

»Sebbe hat darüber gesprochen. Die Urkunde ihrer Stiftung wurde von den Staatsoberhäuptern beider Länder, also Russland und China, unterzeichnet. Sollte sich herausstellen, dass die Bankdirektion die Urkunde verschlampt hat, wäre das Hochverrat.«

»Und das heißt …?«

»In China Nackenschuss. Russland bringt seine Spione nicht ganz so förmlich zur Strecke.«

Die Sonne knallte mir auf den Hinterkopf, ich konnte die Mündung einer Waffe fühlen, die mir an einer Tür in Venice Beach in den Nacken gedrückt wurde.

»Aber warum war Erik so wichtig für die Bank?«

»Er verwaltete die Stiftung. Außer ihm hatte niemand einen Einblick in alle Prozesse, die für einen Zugriff auf die Konten nötig waren.«

Johan erklärte mir, dass man mittels eines alten schweizerischen Systems aus Kontonummern und Nummerncodes an die Konten aller Investmentfonds herankam. Sie waren nicht an eine bestimmte natürliche oder juristische Person gebunden, sondern wurden von allen verwaltet, die einen Zugriff auf Konto und Nummer hatten. Änderungen an der Stiftung konnte nur vornehmen, wer im Besitz der Urkunde war, und auch nur in Abstimmung mit dem Verwalter oder seinem Bevollmächtigten. Erik hatten die Männer in der Bankdirektion nur aus Unwissenheit so viel Macht übertragen. Sie hatten keinen blassen Schimmer von kommerziellen Banken, weil sie allesamt Politoffiziere aus kommunistischen Regimes waren. Dafür waren sie geübt darin, Leuten ihren Willen aufzuzwingen und sie in Schach zu halten. Erik dachte, er wäre auf der sicheren Seite, er formulierte die Urkunde, gründete die Stiftung und sorgte dafür, dass er die volle Kontrolle darüber hatte. Er glaubte, ihm könnte nichts passieren.

»Mit der Brutalität dieser Leute hatte er nicht gerechnet«, sagte Johan.

Seine ermordeten Kollegen.

»Ivan und Isabel«, sagte Johan. »Ivan hatte eine Frau und einen behinderten Sohn, Sebbe hat mehrmals über sie gesprochen.«

»Heißt sie Christina und ist Krankenschwester?«

Wieder Johans Augenbrauen.

»Nachdem er verschwunden war, hat die Bank sie als Wachposten in Eriks Haus platziert«, sagte ich. »Sie hatte vermutlich keine andere Wahl, als sofort Bericht zu erstatten, wenn Erik sich meldete oder jemand nach ihm fragte.«

Wir schwiegen eine Weile.

»Ich verstehe es trotzdem nicht. Warum hat Erik das gemacht? Wie konnte er sich in so etwas hineinziehen lassen?«

»Er hat lange geglaubt, die Aktivitäten von Yinhang Dengi Finance wären Teil der neuen Offenheit, eine Möglichkeit für China und Russland, sich der westlichen Welt anzunähern. Als ihm aufging, welches Ziel die Institution wirklich verfolgte, beschloss er, sie zu stoppen. Vielleicht hatte er Schuldgefühle, weil er dabei mitgeholfen hatte. Zwar nicht mit Absicht, aber doch in erheblichem Umfang.«

Während der Weihnachtsfeiertage 1989 handelte Erik. In Europa herrschte Chaos, der Eiserne Vorhang fiel, die Bankdirektion hielt in Peking und Moskau Beratungen ab, eine bessere Chance hätte er nicht bekommen. Die Daten des Kontos und der Code waren nur einem sehr kleinen Kreis innerhalb der Bank bekannt. Er löschte sie aus allen Verzeichnissen, steckte den Schlüssel des Bankschließfachs mit der Urkunde ein und ergriff die Flucht.

»Und Ivan und Isabel …?«, fragte ich.

»Seine Assistenten. Sie wussten von nichts. Er hat geschworen, sich das niemals zu verzeihen.«

Ich schluckte.

»Nach Sebbes Einschätzung konnte die Direktion das Stiftungskonto noch einsehen, kam aber nicht mehr an das Geld heran. Sie hatten die Nummer, die ließ sich nicht vollständig löschen, aber sie hatten keinen Zugang zum Code, keinen Verwalter und keine Urkunde.«

»Hätten sie nicht einfach eine neue Stiftung gründen können?«

»Doch, aber dann hätten sie, wie gesagt, ihren Regierungschefs gestehen müssen, dass sie die erste Stiftungsurkunde verschlampt hatten.«

Die Sonne brannte mir im Nacken.

»Es blieb ihnen also nichts anderes übrig, als irgendwie

mit der ursprünglichen Stiftung weiterzuarbeiten, aber dafür brauchte man den Verwalter. Sie müssen Sebbe buchstäblich überall gesucht haben.«

»Er wollte also eigentlich nach Rarotonga, um Yinhang Dengi Finance zu stoppen, als er auf Manihiki landete?«

»Sebbe wollte die Konten leer räumen, denn wenn eine Stiftung kein Vermögen mehr hat, kann sie aufgelöst werden.«

Ich saß eine Weile schweigend da, sah, wie die Mutter mit dem langen dunklen Haar ihren kleinen Sohn in einen Buggy setzte, den älteren Jungen an der Hand nahm und auf einen Supermarkt zuging.

»Was braucht man dafür?«

»Um die Stiftung aufzulösen? Vier Dinge: den Ausweis des Verwalters, die Urkunde, das Konto und den Code. Sebbe hatte sich alle Nummern eingeprägt und sie zur Sicherheit aufgeschrieben und in einem Bankschließfach in Lund deponiert. Anschließend konnte das Geld einer Firma oder einer in der Urkunde genannten Organisation überwiesen werden.«

Deswegen hatte er in dem Metallkoffer also seinen alten Führerschein aufbewahrt, Sebastian Andersson konnte sich damit ausweisen.

»Und wohin überweisen? An welche Firma?«

Johan fuhr sich durch das dünne Haar.

»Den Wortlaut hat Sebbe in der Urkunde bewusst vage und ziemlich schwammig formuliert. Beide Staatsoberhäupter haben die Formulierung akzeptiert, wie lautete sie denn bloß? Irgendwas in der Art von: Die Stiftung solle Frieden, Demokratie und wirtschaftliches Wachstum für eine bessere Zukunft fördern.«

»Wo ist diese Stiftung? Wohin gehört die Kontonummer?«

»Wenn er dorthin unterwegs war, zu einer Bank oder einem Finanzinstitut auf Rarotonga.«

»Zu welcher?«

»Keine Ahnung.«

Im Geiste ging ich durch die Hauptstadt Avarua, es befanden sich dort ein paar Banken, aber nicht viele. Auf den meisten Schildern standen, wie bei unserer eigenen Bank, der Avarua Rarotonga Bank ARB, Abkürzungen, aber vielleicht gab es ja auch andere Arten von Finanzinstituten, die keine großen Schilder zur Straße hatten.

»Das Geld kann also an irgendeine Firma oder eine Organisation überwiesen werden, die das tut? Sich für die Zukunft der Menschheit einsetzen?«, fragte ich.

»Im Grunde ja.«

»Ich habe einen Schlüssel zu einem Bankschließfach«, sagte ich, »aber er passt zu keinem Safe in Lund.«

»Nein.« Johan stand auf. »Denn den habe ich.«

Wir gingen zurück in die Föreningsgata, die Stimmen der Vögel und der Kinder wurden leise. In der Wohnung angekommen, holte Johan eine Packung Haushaltszucker aus der Küche.

»Ich dachte, ich verstecke ihn lieber sorgfältig.« Er fischte das Metallstück aus der Zuckertüte.

Er hielt ihn mir hin.

»Fahr hin und sieh es dir an, wenn du willst«, sagte er. »Ich habe es mir schon angeschaut, es ist eine ellenlange Nummer mit einigen Buchstaben. In der Handelsbank in der Stora Södergata, die öffnet morgen früh um zehn.«

Ich nahm den Schlüssel in die Hand.

»Schließfach Nr. 1336«, sagte Johan.

Clays Hausnummer, das war ein gutes Omen. Ich spürte es.

»Noch etwas«, sagte ich. »Das Geld, das er bei sich hatte. Die zweihundertzwanzigtausend Dollar. Wo kam das her?«

»Es war sein eigenes Geld«, sagte Johan. »Er hatte es in einem Fondsdepot bei der Bank in Lund. Was ist damit passiert?«

»Ich habe im Namen der Kinder zwei Konten eröffnet«, sagte ich. »Mit jeweils hunderttausend Dollar.«

Johan nickte, ging in die Bibliothek und machte die Tür hinter sich zu. Er blieb den ganzen Tag dort. Ich setzte mich im Fernsehzimmer in den Erker und schaute auf den Friedhof: eine Ruhestätte für die Toten, erbaut für die Lebenden.

Der Bus fuhr ein kleines Stück entfernt am Värnhemstorg ab. Er brauchte eine knappe halbe Stunde und hielt ein paar Hundert Meter vor der Svenska Handelsbank in Lund, dem Betonbau mit den schmalen Fenstern.

Wieder war die Schluppenblusendame am Schalter, die mich am Freitagnachmittag mit einem parfümierten Taschentuch getröstet hatte.

»Sie hatten vollkommen recht«, sagte ich. »Ich hatte den falschen Schlüssel dabei. Das hier ist der richtige.«

Ich hielt ihr den Schlüssel hin, den Johan mir gegeben hatte.

»Haben Sie vielleicht einen Ausweis des Inhabers?«

Ich gab ihr Sebastian Anderssons Führerschein, hielt den Atem an und hoffte, dass er das Bankschließfach vor dem Namenwechsel angemietet hatte. Die Dame beäugte den Führerschein und sah mich prüfend an.

»Wissen Sie die Nummer des Fachs?«, fragte sie. Sie wirkte ein wenig reserviert auf mich.

»1336«, sagte ich.

Sie machte ein Häkchen in einem großen Buch.

»Hier entlang.« Sie stand auf.

Wir gingen eine graue Treppe mit Steinstufen runter. Das Treppengeländer war aus blitzendem Metall. Am Fuß der Treppe war die Luft feucht, unter der Decke brummte ein Ventilator. Die Dame öffnete einen großen Kassenschrank.

»Bitte sehr.« Sie signalisierte mir, dass ich vorangehen sollte.

Es war wie in einer Grotte tief unter dem Korallenriff. Die Luft war kalt. Schier endlose Reihen von kleinen Rechtecken bedeckten die Wände, dahinter die Schließfächer. Die Dame ging zur Nr. 1336 und steckte einen eigenen Schlüssel in das eine Ende des Fachs.

»Wenn Sie jetzt bitte mit Ihrem Schlüssel das andere Schloss öffnen würden.« Sie zeigte darauf.

Ich steckte den Schlüssel rein und drehte ihn um. Die Dame zog eine längliche Kiste, die ziemlich leicht wirkte, aus der Wand und stellte sie auf einen Tisch in der Mitte des Raums.

»Nehmen Sie sich so viel Zeit, wie Sie brauchen.« Dann ließ sich mich in der feuchten Luft allein.

Ich starrte die graue Blechkiste an. Mein Herz raste. Ich zog den Inhalt heraus.

Ein Blatt Papier war darin, sonst nichts. Zwei Zahlenreihen, ganz unten drei Buchstaben. Ich nahm den Zettel in die Hand, drehte ihn um, hielt ihn gegen das Neonlicht. Ziffern in zwei verschiedenen Reihen. Drei Buchstaben. Das war alles.

Ich nahm Papier und Stift aus meiner Schultasche und schrieb die Zahlen sorgfältig ab. Dabei achtete ich auch auf die Größe und die Zwischenräume, ich fertigte eine genaue Kopie an. Überprüfte zweimal, ob ich mich nicht verschrieben hatte. Legte das Blatt Papier wieder in die Kiste. Die Buchstaben brauchte ich nicht abzuschreiben, es war nicht notwendig. Ich wusste auch so, was sie bedeuteten.

ARB. Avarua Rarotonga Bank. Erik kannte sie. Deshalb hatte er dort die Konten für die Inselbewohner eröffnet.

»Ich bin fertig«, rief ich der Dame zu.

Sie kehrte zurück und verstaute die Kiste, die nun wieder eine von vielen in einer Grotte voller Geheimnisse war.

Ich verließ Lund, ohne der Kathedrale noch einen Besuch abzustatten.

Zurück in Malmö, erahnte ich die Sirenen bereits, als ich am Värnhemstorg aus dem Bus stieg. Je näher ich der Föreningsgata kam, desto lauter wurden sie.

Die Kreuzung mit der Sankt Pauli Kyrkogata war von Rettungsfahrzeugen mit blinkenden Blaulichtern blockiert. Ich blieb stehen, ein Mann knallte von hinten gegen mich, alle Geräusche klangen plötzlich anders, *nein, nein, nein*.

»Was ist passiert?«, fragte ich eine Frau, die auf mich zukam.

»Ein Mann ist überfahren worden«, sagte sie. »Anscheinend von einem geistesgestörten Raser.«

»Wer ist es?«, fragte ich. »Wer ist überfahren worden? Hat er überlebt?«

Die Frau zuckte mit den Schultern und ging an mir vorbei in Richtung Värnhem.

Ich trat näher, bewegte mich wie durch den Schlamm auf dem Grund der Lagune. Auf dem Gehweg parkte ein Krankenwagen, zwei Streifenwagen sperrten die Fahrbahn ab. Daneben stand eine Gruppe Menschen, die die Hälse reckten und leise miteinander redeten.

»Was ist passiert?«, fragte ich noch einmal. »Wer ist überfahren worden? Hat er überlebt?«

Ein älterer Herr mit einem kleinen Hund an der Leine schüttelte den Kopf.

»Er war sofort tot. Flog in die Luft und landete unter dem Auto, man konnte nichts mehr machen.«

In den Fensterscheiben blitzte die Sonne, auf dem Friedhof krächzten Vögel. Ich hielt mich am Arm des Mannes fest.

»Sind Sie sicher?«

Die Lippen des Mannes zitterten, seine Augen waren rot und verängstigt.

»Ich habe es gesehen«, sagte er. »Ich wohne hier und kam gerade mit Charlie aus dem Haus.«

Er deutete auf den Hund.

»Es ist schrecklich, das Auto kam aus dem Nichts und fuhr direkt auf ihn zu, er hatte keine Chance.«

»Wer ist es?«, fragte ich. »Wer ist der Tote?«

»Der Nachbar unter mir«, sagte er. »Johan Andersson.«

Ich ließ den Arm des Mannes los und ging zurück zum Värnhemstorg. Die heiße Luft war asphaltgeschwängert, man konnte nicht mehr atmen. Ich musste mich mit dem Kopf zwischen den Knien auf eine Bank setzen, um nicht ohnmächtig zu werden.

Vielleicht war es nicht die Bank gewesen, sondern ein Unfall. Glauben heißt nicht wissen.

Ich zog das Kopftuch, das Clay mir gekauft hatte, aus der Schultasche und wickelte es mir ums Haar, nun war ich eine junge Muslima am Rande der Gesellschaft. Ich tastete mich durch eine Stadt im Nebel zum Fähranleger und erreichte gerade noch ein Schiff nach Dänemark. Während der Überfahrt las ich in Clays Europaführer den Abschnitt *Getting there and away*. Auf dem Bahnhof in Kopenhagen nahm ich das Kopftuch ab und kaufte mir eine Fahrkarte nach Frankfurt am Main. Meinen Pass musste ich nicht zeigen. Bis zur Abfahrt wartete ich in einer Ecke des Bahnhofsgebäudes.

Der Zug fuhr um 16:35 Uhr ab. Ich hatte keine Liege im Schlafwagen reserviert, sondern saß die ganze Zeit aufrecht am Fenster. Europa raste an mir vorüber. In Hannover fing es an zu regnen.

Lag es an mir, dass die Bank Johan gefunden hatte? War es meine Schuld? Hatte ich sie zu ihm geführt?

Warum lebte ich dann noch? Von allen losen Fäden musste ich doch der loseste sein.

Oder überschätzte ich meine eigene Bedeutung? War ich etwas zu eingenommen von meiner eigenen Cleverness? Wenn ich Johan finden konnte, konnte die Bank es auch. Oder war es nur ein Unfall gewesen? Ein alkoholisierter Fußballfan auf dem Heimweg?

Unwahrscheinlich, aber ganz sicher war ich mir nicht.

Etwa eine Stunde nach Tagesanbruch war ich da. Nahm ein Taxi zum Flughafen, einem der größten in Europa, er war wirklich riesig. Kaufte mir an einem 24-Stunden-Schalter ein Hin- und Rückflugticket nach San Francisco und buchte ein Zimmer im Elan Hotel in Los Angeles, 8 435 Beverly Boulevard. Für den Flug am selben Vormittag gab es nur noch Plätze in der Business Class, ich bezahlte bar mit amerikanischen Dollars.

Das Flugzeug startete pünktlich. Meinen Sitz konnte man zum Bett umklappen, aber ich schlief fast gar nicht. Der Mann neben mir trank Schnaps aus kleinen Fläschchen, mit denen ihn die Stewardessen versorgten, bis er einnickte und laut zu schnarchen begann.

Der Flug dauerte ewig. Da ich keinen Fensterplatz hatte, starrte ich in den leeren Monitor an der Rückenlehne vor mir. Suchte Trost in den Worten, die Wladimir vor dem Haus im Auto gesagt hatte, als William gestorben war: *Verdammt, nichts währt ewig.*

Die Schlange vor der Passkontrolle war in San Francisco genauso lang wie in Los Angeles. Ich sagte dem Beamten am Schalter, ich würde eine Woche lang gute Freunde in Kalifornien besuchen und dann zu meinem Mann in Frankfurt zurückkehren, ich hatte ja das Rückflugticket, das bewies, dass ich in acht Tagen zurück nach Europa fliegen würde. Er erteilte mir ein dreimonatiges Touristenvisum.

Vom Flughafen nahm ich ein Taxi zum Busbahnhof und stieg dort sofort in einen Fernbus nach Los Angeles. Ich hatte vom legendären Highway One gehört, der sich an der Küste des Stillen Ozeans entlangschlängelt und dabei so sagenumwobene Orte wie Carmel, Monterey, Big Sur, Santa Barbara passiert, aber wir fuhren eine andere Strecke. Wir rasten die Autobahn entlang und hielten nur, um zu tanken und zu pinkeln.

Spät am Abend kamen wir an. In Los Angeles war es heiß und stickig. Der Busbahnhof lag in einer relativ zentralen, aber heruntergekommenen Gegend mit viel Müll auf den Gehwegen und flachen Gebäuden voller Graffiti. Ich musste ziemlich lange auf ein Taxi warten. Als endlich eins kam, bat ich den Fahrer, mich zur 1336 North Citrus Avenue zu bringen und dort auf mich zu warten, während ich ein paar Sachen holte. Der Mann schien mich nicht ohne Bezahlung gehen lassen zu wollen, aber als ich ihm meine (leeren) Koffer und das Rückflugticket nach Europa als Pfand hinterließ, durfte ich aussteigen.

Die Straße war leer, meine Schritte hallten auf dem Beton wider. Ich ging die Treppe rauf, eine gelbliche Lampe beleuchtete den Laubengang. Ich lauschte aufmerksam, um keinen Nachbarn über den Weg zu laufen. Obwohl es nach Mitternacht war, brannte in mehreren Fenstern Licht, in Hollywood gingen die Leute spät ins Bett. Vor der Wohnung Nummer sieben blieb ich stehen, drinnen war es dunkel und still. An den Fingern zählte ich ab, dass sieben Wochen vergangen waren, seit Clay und ich hier weggefahren waren (erst sieben Wochen?). War die Wohnung an jemand anderen vermietet worden? Die Miete wurde quartalsweise bezahlt, das wusste ich, weil Wladimir einmal gesagt hatte, er habe die Miete für das kommende Quartal bezahlt, der ganze Krempel musste also noch da sein, auch wenn Clay tot und alle anderen weg waren.

Wusstest du, dass man das Fenster von außen öffnen kann? Wenn man gegen den Fensterrahmen drückt und gleichzeitig die Scheibe zur Seite schiebt …

So hatte es mir Laura in dieser Nacht, als sie ihren Schlüssel verloren hatte, erklärt. Ich musste mehrere Versuche unternehmen und wurde aus Angst, der Taxifahrer könnte wegfahren, immer nervöser und verschwitzter, aber schließlich klickte es, und die Scheibe ging auf. Ich stieg durchs Fenster ein und machte es hinter mir zu. Im Schein der gelben Lampe draußen auf dem Gang lief ich zum Bücherregal und holte Kings Notizbuch. In der Küche machte ich das Licht an der Dunstabzugshaube an, die Tomatenpflanzen waren alle vertrocknet und verwelkt. Ich blätterte bis zum Abschnitt über die Vogelscheuche, die ihre Kinder zurückgelassen hatte, um einen Kerl zu suchen, der sie auf einer Südseeinsel sitzen gelassen hatte. Ich riss diese Seite und noch einige andere Stellen heraus, damit sich niemand wunderte, dass nur eine Seite fehlte. Knipste das Licht an der Dunstabzugshaube aus und stellte das Buch zurück (es wäre am einfachsten gewesen, das ganze Buch mitzunehmen, aber ich brachte es nicht über mich, es zu stehlen, King hätte mir nie verziehen). Dann nahm ich die drei Pässe von Clay aus der grünen Schachtel, die Bank wusste vermutlich nicht, dass sie mehrere Identitäten gehabt hatte. Steckte die Brille mit dem klobigen schwarzen Gestell, Clays Bibel und »Unter Null« in meine Schultasche, sie würde das Buch nicht mehr brauchen. Einen Moment lang stand ich da und betrachtete den Esstisch, an dem Clay und ich an jenem unerträglich heißen Sonntagnachmittag Lauch geschnitten und Kartoffeln geschält hatten. Kurz zuvor war Wladimir gestorben, Clay war schlecht gelaunt und traurig, aber ich plapperte über Demokratie und Meinungsfreiheit, bis Clay mir ins Wort fiel und sagte, Menschenrechte seien mittlerweile auch eine Art Religion geworden, die genauso fundamentalistisch und intolerant sei wie alle anderen. Ich widersprach ihr sofort, sie konnte ja vieles als Unsinn oder Erfindung hinstellen, aber nicht die Menschenwürde.

»Wenn die sogenannte Toleranz zur fundamentalistischen Religion wird, die nicht hinterfragt werden darf, ist sie genauso wertlos wie alle anderen Sekten«, sagte sie.

Ich hörte ihre Stimme von den Wänden widerhallen und legte die Hand auf die kalte Tischplatte.

»Die Leute glauben, sie wären besser als ihre Mitmenschen, weil sie angeblich tolerant sind. Sie selbst haben nämlich das Licht gesehen und sind daher eine überlegene Gruppe. Der Rest, also alle anderen, die nicht genauso denken wie sie, sind rassistische oder homophobe oder schlicht und einfach barbarische Idioten, die keine Ahnung haben. Schneid jetzt endlich diesen Lauch fertig, ich mach schon mal die Pfanne heiß.«

Ich schloss die Augen und sah, wie sie mir den Rücken zuwandte und in die Küche ging.

»Der Humanismus betet den Menschen an«, sagte sie. »Der Humanismus behauptet, der Homo sapiens sei allem anderen im Universum überlegen und dürfe sich daher alles andere nach Lust und Laune zunutze machen. Tiere können ihr Leben lang in engen Käfigen eingesperrt, ihrer Nachkommen beraubt und dann getötet werden, weil wir glauben, das Recht zu haben, immer zu essen, was wir wollen. Pflanzen und Tiere in der Natur haben keine Rechte, wenn der Mensch beschließt, ein Stück Land urbar machen zu müssen. Alle, die diese Weltordnung infrage stellen und bekämpfen, gelten als gefährlich und destruktiv …«

Draußen hupte das Taxi. Rasch packte ich meine Sachen, eilte zur Tür, sah mich noch einmal um und warf einen letzten Blick auf die Schatten in den Ecken, das Sofa und das Bücherregal, den Esstisch und den Fernseher, bevor ich die Tür hinter mir zuzog. Die gelbliche Lampe flimmerte in der Nachtluft.

Der Taxifahrer brachte mich zum Elan Hotel, 8 435 Beverly Boulevard. Es lag wirklich direkt neben dem Beverly Center, dem großen Einkaufszentrum, in dem Bongo und Bianca so gern shoppen gegangen waren.

Mein Zimmer war reserviert und bereit.

Ich schlief ein, als ob mir jemand einen Knüppel auf den Kopf geschlagen hätte.

»Sind Sie sicher?«, fragte die Friseurin.

»Vollkommen«, sagte ich.

»Ihr Haar wird großen Schaden nehmen«, sagte sie. »Die Qualität wird sich erheblich verschlechtern. Sie haben doch eine schöne, glänzende Farbe, die könnten Sie hervorheben …«

»Machen Sie es, oder soll ich woanders hingehen?«, fragte ich.

Die Friseurin (auf ihrem Namensschild stand »Chrystal«) kniff die Lippen zusammen und rührte die Blondierung an.

Vor mir lag Clays Pass, in dem sie Rita Miller hieß, eine Blondine mit üppigen Locken und einer dicken schwarzen Brille. Ich hatte Chrystal erklärt, dass ich genauso aussehen wollte, exakt die gleiche Frisur und die gleiche Farbe. Die Brille hatte ich zum Optiker am anderen Ende des Einkaufszentrums gebracht, wo neue Gläser ohne Sehstärke eingesetzt wurden.

Chrystal ging unnötig unsanft mit der Bürste auf mein Haar los, die Blondierung brannte auf der Kopfhaut, der einzige Friseurbesuch meines Lebens ist keine schöne Erinnerung, aber blond wurde ich jedenfalls.

Mit schwungvollen neuen Locken kaufte ich die größte Golftasche, die der Golfshop auf Lager hatte, und in einem Taschengeschäft besorgte ich mir einen gigantischen Metallkoffer von derselben Marke wie Eriks Aktenkoffer. In einer Parfümerie kaufte ich dunkelbraunes Make-up und künstliche Wimpern, in der Buchhandlung »Die Säulen der Erde« als Taschenbuch. Eine Boutique, die ziemlich billige Kostüme für die moderne berufstätige Frau anbot, trug mit einem dunkelblauen Rock, passendem Blazer, unbequemen Pumps und einer hässlichen Handtasche zu meinem Outfit bei. In einem

Reisebüro am Ausgang buchte Rita Miller ein Hotel und ein Hin-und-Rückflug-Ticket von Los Angeles nach Rarotonga. Der Hinflug ging noch am selben Abend. Während mir das Reisebüro ein Hotelzimmer reservierte, sah ich auf die Straße, und die Menschen, die sich dort draußen bewegten, sie alle waren irgendwohin unterwegs, hatten es eilig, hatten ein Ziel. Autos gaben Gas und bremsten, ein Kind radelte neben seinem Vater her, zwei lachende Mädchen machten Kaugummiblasen, alles floss zu einem harmonischen Rauschen, einer Symphonie des Wohlstands zusammen. Ich erinnerte mich an die letzten Worte, die Johan und ich gewechselt hatten, bevor ich nach Lund gefahren war, um in das Schließfach zu schauen:

»Was passiert, wenn China und Russland es wirklich schaffen, den Dollar zu übernehmen?«

Er dachte ziemlich lange nach.

»Mit Insiderwissen über die Entwicklung des Dollars kann man auf dem internationalen Finanzmarkt viel Geld verdienen«, sagte er, »aber das scheint mir nicht das Hauptziel dieser Bankdirektion zu sein. Hier geht es um Politik. Sie wollen Chaos erzeugen. Teilen und herrschen. Die amerikanische Wirtschaft sabotieren, damit ihre eigenen Gesellschaftssysteme besser dastehen. Stabiler wirken. Am liebsten wäre es ihnen, wenn die USA zerfallen.«

»Und wenn Erik es geschafft hätte, sie zu stoppen, wenn er die Stiftung und das Konto aufgelöst hätte, was wäre dann passiert?«

»Hochverrat«, antwortete er kurz und knapp.

Mit anderen Worten: Nackenschuss.

Auf dem Rückweg zum Hotel dachte ich darüber nach.

Bevor ich auscheckte, rief ich in New York an der amerikanischen Ostküste an. Zunächst hatte ich eine Telefonzentrale in der First Avenue Ecke 43. Straße dran. Ich wurde mit einer Frau verbunden, die mir gerne weiterhalf.

Die Urkunde formulierte das Stiftungsziel: *Die Förderung von Frieden, Demokratie und wirtschaftlichem Wachstum für eine bessere Zukunft.*

Dann war ich fertig mit den USA.

In Gestalt der amerikanischen Staatsangehörigen Rita Miller landete ich in einem dunkelblauen Kostüm und Schuhen mit hohen Absätzen bei völliger Dunkelheit auf Rarotonga. Ich verließ das Flugzeug als eine der Letzten, weil ich an der Passkontrolle eine lange Schlange vor mir haben wollte. In der Ankunftshalle spielte ein Mann mit einem Blumenkranz um den Hals Ukulele, und eine etwas kürzere Schlange, als ich gehofft hatte, bewegte sich zum Glück ziemlich langsam zur Grenzpolizei vorwärts. Es war halb sechs Uhr morgens, im Osten war ein schmaler Streifen Morgengrauen zu erahnen. Die Passagiere aus Rarotonga, die weiter nach Auckland wollten, stiegen ins Flugzeug, die Scheiben schepperten, als die große Maschine abhob und weiterflog. Ich hoffte, dass der Passkontrolleur vor lauter Müdigkeit nicht merken würde, dass mein Pass abgelaufen und ich ein 1932 geborener Mann war.

»Wo werden Sie auf der Insel wohnen?«, fragte mich der tatsächlich sehr müde Mann und blätterte hastig meinen amerikanischen Pass durch. Rita Miller war schon überall auf der Welt gewesen (Clay musste in ihren Jahren als Stewardess Rita gewesen sein).

»Moana Sands.« Ich bemühte mich um den Tonfall und die breite amerikanische Aussprache von Clay.

Der Mann stempelte meinen Pass, ein einmonatiges Touristenvisum.

Hinter dem Zoll erwartete mich ein junger Mann mit einem Schild, auf dem Rita Miller stand, der Transfer zum Hotel war im Preis inbegriffen. Während der Fahrt auf die Südseite der Insel sagte er kein Wort. Ich musste mein Gepäck selbst zum Auto tragen, was gut war, denn er hätte es sicher ziemlich seltsam gefunden, dass ich mit leeren Koffern Urlaub machte.

Als wir am Dorf Matavera vorbeikamen, schaute ich besonders aufmerksam aus dem Fenster, aber Onkel Matinis Haus war von der Straße aus nicht zu sehen.

Ich hatte ein Doppelzimmer mit Meerblick im Moana Sands gebucht, das ich für eine Nacht im Voraus bezahlte. Es war wahrscheinlich das schönste Zimmer, das ich jemals hatte. Ich trug meine Koffer selbst rein und schlief eine Weile auf dem Bett.

Als ich aufwachte, stand die Sonne hoch am Himmel, ich ging zur Rezeption und fragte, wann der Bus nach Avarua fuhr.

»Wollen Sie im oder gegen den Uhrzeigersinn fahren?«, fragte die Frau hinter dem Tresen, ohne aufzublicken.

»Der im Uhrzeigersinn kommt sechsundzwanzig nach hier vorbei und der gegen den Uhrzeigersinn sechs Minuten vor«, antwortete sie, wobei sie mich noch immer keines Blickes würdigte (was ich zu schätzen wusste).

Während ich auf den Bus im Uhrzeigersinn wartete, frühstückte ich getoastetes Brot und tropische Früchte, die so köstlich schmeckten, dass mir fast die Tränen kamen.

Der Bus war pünktlich. Um zehn vor zwölf erreichte er die Endhaltestelle bei Cooks Corner, gleich neben der ARB Bank.

Bereit, Geschäfte zu machen, stieg Rita Miller aus.

Auf den Cookinseln haben wir ein Gesetz, dass kein Haus höher als die höchste Kokospalme sein darf. Daher haben die Gebäude in der Regel höchstens zwei Stockwerke, doch die ARB im Zentrum von Avarua war eine Ausnahme.

Bei meinem vorigen Besuch war ich nur im Erdgeschoss gewesen, den Räumlichkeiten, in denen die normalen Bürger ihre Ersparnisse einzahlen, aber jetzt wurde ich auf das zweite Obergeschoss verwiesen. Dort oben unter dem Dach gab es ein großes Büro mit Blick auf den Markt und den Hafen. Mein Puls schlug ruhig und gleichmäßig, der Weg zum Abgrund lag vor mir wie eine schnurgerade Autobahn. Der Bankangestellte hieß Mr Bishop.

»Rita Miller, ich komme im Auftrag des Verwalters einer Ihrer Stiftungen«, sagte ich in breitestem Amerikanisch, nachdem wir uns die Hand gegeben hatten.

Meine blonden Locken hatten so viel Sprungkraft, dass sie bei jeder Bewegung hüpften, und die viel zu große Brille rutschte mir die ganze Zeit die Nase runter. Von den Pumps hatte ich jetzt schon wund geriebene Füße.

»Um welche Stiftung geht es?«, fragte der Mann.

Er war um die sechzig und trug Shorts und ein lässiges helles Hemd.

Auf dem Tisch zwischen uns lagen der merkwürdige Schlüssel aus dem Umschlag in Eriks Aktenkoffer und sein auf den Namen Sebastian Andersson ausgestellter Führerschein.

»Hier ist der Ausweis des Verwalters. Es handelt sich um ein Nummernkonto mit Code. Ich möchte eine Überweisung machen.«

Klang ich wie Clay? Ich zog die Mundwinkel noch weiter auseinander.

»Selbstverständlich«, sagte der Mann. »Um welches Konto geht es?«

Ich nannte ihm die Nummer, die ich auswendig wusste.

»Und der Code?«

Ich schrieb ihn auf einen Zettel und schob ihn über den Tisch.

Der Mann schaltete einen Computer an. Dann nickte er.

»Welcher Betrag soll überwiesen werden?«, fragte er.

»Der ganze«, antwortete ich.

»Der ganze?«

»Korrekt«, sagte ich.

»Es handelt sich um eine sehr große Summe«, sagte er.

Ich lehnte mich zurück, schob die Brille wieder hoch bis zur Nasenwurzel und schlug die Beine übereinander.

»Seien Sie versichert«, sagte ich, »das ist mir durchaus bewusst.«

Der Mann wischte sich mit einem Taschentuch den Schweiß von der Stirn, blätterte in seinen Unterlagen und drückte eine Taste. Dann saß er längere Zeit still und stumm da. Mein Puls hämmerte.

»Bevor ich eine Transaktion dieser Größe vornehme, muss ich Rücksprache mit dem Bankdirektor halten.« Er stand auf.

Panik lief mir wie ein Eiswürfel am Rückgrat hinunter, und ich konnte mich nicht bewegen. Meine Güte, wie hatte ich nur so dumm sein können, zu glauben, dass ich mit dieser Masche durchkommen würde? Da meine Stimme mich im Stich gelassen hatte, nickte ich nur. Er verließ den Raum und ging offenbar ein Stockwerk nach unten, ich hörte Stimmen, aber was gesprochen wurde, konnte ich nicht verstehen. Dann wieder Schritte auf der Treppe, diesmal zwei Paar Füße. Ich hielt den Atem an wie vor einem Tauchgang und kam mühsam auf die Beine. Der Bankangestellte hatte einen grobschlächtigen Kerl mit spärlichem Bartwuchs im Schlepptau.

»Das ist Bankdirektor Ngatangiia«, sagte Mr Bishop.

Wir gaben uns die Hand, und der Druck auf meiner Brust fiel von mir ab wie ein Gummiband. Ngatangiia war das Nachbardorf von Matavera. Der Direktor war auf die gleiche Weise wie meine eigene Familie zu seinem Nachnamen gekommen. Er war also eine lokale Größe vom selben Schlag wie alle anderen Inselbewohner, ob Onkel Matini, Papa Tane oder Police Officer Everest. Ich zeigte beim Lächeln die Zähne.

»Nett, Sie kennenzulernen«, sagte ich. »Ich bin gekommen, um eine Überweisung von einem Nummernkonto zu tätigen.«

»Davon habe ich gehört.« Der Bankdirektor erwiderte mein Lächeln nicht. »Vielleicht sollten wir zunächst einmal die Urkunde holen.«

»Natürlich.« Ich nahm den Schließfachschlüssel in die Hand. Dann folgte ich den Männern in einen Nebenraum, der Ähnlichkeit mit dem Keller der Handelsbank in Lund hatte, aber viel kleiner war. Genau wie dort bedeckten Rechtecke mit zwei Schlüssellöchern die ganze Wand, es gab nur einen Unterschied: Sie waren nicht nummeriert. Die Fächer hatten überhaupt keine Aufschrift. Ich blieb in der Tür stehen, während die Männer mit in die Seite gestemmten Armen in den Raum gingen. Das Blut sackte mir in die Füße, was sollte ich jetzt tun? Ich hatte keine Ahnung, welches Fach das richtige war.

»Haben Sie eine Kopie oder das Original?« Bankdirektor Ngatangiia deutete auf meinen Schlüssel.

Ich betrachtete das Metallstück, was meinte er? Kopie oder Original? War das eine Fangfrage? Alle glaubten doch, Eriks Schlüssel wäre im Meer versunken.

Sie haben eine Kopie, aber sie wissen nicht, welches Fach.

Eriks Keuchen unter der Bankattrappe in der Mali Street. Sein Geruch nach Salz und Mandeln.

»Eine der Kopien«, sagte ich.

»Mobutu hat das Geld. Das Geld wird überwiesen, es ist schon unterwegs. Das zweite von unten links. Sie werden uns nicht gehen lassen.«

»Verzeihung.« Ich zwängte mich an Bankdirektor Ngatangiia vorbei. Steckte den Schlüssel in das Rechteck ganz links in der zweituntersten Reihe. Mr Bishop kam mit dem entsprechenden zweiten Schlüssel, und dann drehten wir gleichzeitig beide Schlüssel.

Die Zylinder klickten, die Tür ging auf.

Da lag sie, die Urkunde. Unterzeichnet von den Staatsoberhäuptern Chinas und Russlands. Ich trug sie in das Büro mit Blick über Hafen und Marktplatz.

Der Stiftungszweck war von Erik genauso formuliert worden, wie Johan ihn in Erinnerung gehabt hatte. Die Begünstigten sollten Firmen, Institutionen und internationale Organisationen sein, die sich für Frieden, Demokratie und wirtschaftliches Wachstum für eine bessere Zukunft einsetzten. Ich legte die Urkunde mitten auf den Tisch und ließ mich wieder auf den Besucherstuhl sinken. Mr Bishop nahm vor dem Computer Platz, der Bankdirektor stand hinter ihm.

»Und wer ist der Empfänger?«

Ich schrieb die lange Zahlenkombination auf, die mir die Frau, die an der Ecke zwischen der First Avenue und der 43. Straße arbeitete, am Telefon genannt hatte. Der Mann beäugte die Nummer einige Sekunden.

»Unicef in New York«, sagte ich. »Das Kinderhilfswerk der Vereinten Nationen.«

Beide Männer starrten mich an.

»Na ja«, sagte Bankdirektor Ngatangiia, »aber laut Stiftungszweck …«

Ich umklammerte die Handtasche auf meinem Schoß.

»Unicef ist eine internationale Organisation«, sagte ich. »Sie ist in mehr als einhundertachtzig Ländern tätig. Und aus der Charta der Vereinten Nationen geht hervor, dass sich die Organisation für den Weltfrieden und internationale Sicherheit einsetzt, es steht sogar im ersten Artikel. Demokratische Zusammenarbeit zwischen Nationen wird darin auch definiert als Ziel, genau wie, unter anderem, die Lösung von wirtschaftlichen Problemen. Das Kinderhilfswerk setzt sich ausdrücklich für eine bessere Zukunft und insbesondere für Kinderrechte ein.«

Der Bankdirektor hielt sich an der Rückenlehne von Mr Bishops Drehstuhl fest.

»Mein Eindruck ist aber, dass die Stiftung gegründet wurde, um …«

»Der Wortlaut der Stiftungsurkunde ist von allerhöchster Stelle unterschrieben worden«, sagte ich langsam und leise. »Haben Sie Einwände?«

Ngatangiia schluckte angestrengt. Mr Bishop warf ihm über die Schulter einen Blick zu. Sekundenlang war es völlig still.

»Natürlich nicht«, sagte Ngatangiia.

Er ließ die Rückenlehne los, trat ein paar Schritte zurück und deutete mit einer Kopfbewegung auf den Computer.

»In Ordnung.«

Mr Bishop holte tief Luft und schritt zur Tat. Er überwies das Geld von Yinhang Dengi Finance an Unicef in New York. Der Bankdirektor verabschiedete sich. Papiere wurden gefaxt, mehrere Telefonate waren nötig.

»Es wird ein paar Tage dauern, bis das Geld auf dem Konto in den USA verbucht ist«, sagte er.

Wann würde Yinhang Dengi Finance merken, dass das Geld von dem Konto bei der ARB verschwunden war? Vermutlich würde bis dahin sehr viel weniger Zeit verstreichen, als die Männer nach New York brauchten.

Der Countdown lief. Die Bombe tickte.

Einen Moment lang fragte ich mich, welches Schicksal dem Mann mir gegenüber blühte, wenn Yinhang Dengi Finance erfuhr, was die ARB gemacht hatte? Würden sie ihn und den Bankdirektor verhören? Garantiert. Würden sie Gewalt anwenden? Wahrscheinlich nicht. Sie konnten ihre eigenen losen Fäden kappen, aber nicht die von anderen. Was würden ihnen die beiden Männer in der Bank auf Rarotonga erzählen? Eine junge blonde Amerikanerin namens Rita Miller habe das Konto leer geräumt. Das Geld sei an Unicef überwiesen worden. Die einen würden sagen, was sie wussten, und die anderen würden ihnen glauben, das tun Menschen für gewöhnlich. Die Flugbuchung bei Air New Zealand, falls Yinhang Dengi Finance denn nun Einblick in dergleichen hatte, würde ihre Aussage bestätigen. Rita Miller war am Morgen in Rarotonga eingetroffen, hatte die Insel am Tag darauf verlassen und war zurück nach Los Angeles geflogen.

Sie würden nach ihr suchen. In einer ausufernden Großstadt mit mehr als fünfzehn Millionen Einwohnern, die in einem Land mit mehr als einer Viertelmilliarde Einwohnern lag. Würden Sie realisieren, dass sie Frank Hollingworth war, ein gut sechzig Jahre alter Mann, den sie zwei Wochen zuvor in Daressalam hingerichtet hatten? Hoffentlich nicht. Würden sie sie mit Bianca Rockford in Zusammenhang bringen, die in derselben Nacht im Indischen Ozean ertrunken war? Unwahrscheinlich.

Die wichtigste Frage: Würden sie begreifen, dass sie Kiona Matavera aus Manihiki war?

Ganz ausschließen ließ es sich nicht. Sie würden noch einmal zum Dorf Tukao fahren. Wieder würde eine Jacht vor dem Riff ankern, Männer würden an Land gehen. Nicht mit Waffen, aber mit Fragen bewaffnet. Sie würden Papa Tane aufsuchen und mit den anderen Dorfbewohnern reden. Überprüfen, ob es lose Fäden gab, ob irgendjemand etwas wusste, aber wenn Papa Tane sagte, dass alle den Mund halten sollten, dann hielten auch alle den Mund. So war das. Die Zielscheibe war ich, aber solange ich nicht da war, war Manihiki sicher. Doch irgendjemand hatte das Konto leer geräumt. Das würde die Bank nie vergessen. Die Suche würde niemals enden.

»Demzufolge verfügt die Stiftung momentan nicht über Vermögen«, sagte der Mann.

Vielleicht ahnte er, dass etwas nicht stimmte, aber er hatte den Bankdirektor in Kenntnis gesetzt und sich somit jeder persönlichen Verantwortung entledigt. Aber was meinte er mit »momentan«?

»Ich nehme an, Sie haben das andere Konto im Sinn«, sagte ich. »Das neu eröffnete, auf dem noch kein Geld ist.«

Der Mann räusperte sich.

»Bei unserem letzten Gespräch mit dem Verwalter war mein Eindruck, eine Einlage würde kurz bevorstehen.«

Mobutus Geld, es war unterwegs.

»Das neue Konto soll aufgelöst werden.« Ich schob dem Bankangestellten den Schlüssel rüber. »Das Schließfach brauchen wir auch nicht mehr. Die Stiftung hat ihren Zweck erfüllt. Wie löse ich das Konto auf?«

»Auflösen? Das ist nicht nötig. Sobald neue Mittel eingezahlt werden …«

»Darüber bin ich mir im Klaren«, sagte ich etwas zu laut. »Wie muss ich vorgehen?«

Er räusperte sich erneut und schwitzte jetzt stark.

»Da müssen Sie Kontakt zu einem Notar aufnehmen und bei der Aufsichtsbehörde einen Auflösungsbeschluss beantragen.«

Er erläuterte mir den juristischen Vorgang, der mühsam und langwierig klang. Immer gestresster hörte ich zu, die Zeitbombe tickte. Schließlich unterbrach ich ihn, indem ich die Urkunde in der Mitte durchriss. Der Mann schnappte nach Luft und schluckte. Dann riss ich die beiden Hälften noch einmal durch, legte die Stücke übereinander und machte so weiter, bis der Stapel zu dick geworden war, um ihn durchzureißen.

»Ab jetzt liegt die Verantwortung für die Auflösung der Stiftung in Ihren kompetenten Händen.« Ich steckte die Papierfetzen, die von der Urkunde übrig geblieben waren, in meine hässliche Handtasche und verließ die Bank. Meine Absätze klackerten auf den Holzstufen. Dann war ich auf der Straße.

Hochverrat.

Nackenschuss.

Ihre Dollars waren mir scheißegal, aber sie hätten *wirklich nicht* meinen Mann töten sollen.

Im Kaufhaus CITC kaufte ich eine Schere und schwarzes Haarfärbemittel, drei grüne *pareus* und ebenso viele olivgrüne T-Shirts, fünf große Streichholzschachteln (eigentlich brauchte ich viel mehr, aber aus Angst, es könnte auffallen, wagte ich nicht, noch mehr zu kaufen) und sechs grüne Kunststoffbecher. In einer Ecke des Kaufhauses gab es eine Apotheke, wo ich ein Desinfektionsspray für Wunden und chirurgische Kompressen kaufte. Und Pflaster, eine große Familienpackung. Chirurgischen Faden, um Wunden zu vernähen. Zwei Packungen Breitbandantibiotikum und fünf Schachteln Paracetamol. Zehn stapelbare wasserdichte Plastikdosen, die normalerweise für die Aufbewahrung von Essensresten im Kühlschrank gedacht sind.

Dann fuhr ich mit dem Bus gegen den Uhrzeigersinn zurück zum Hotel. Schnitt mir das Haar dicht über der Kopfhaut ab und färbte den Rest schwarz. Die Überbleibsel (schwungvolle blonde Locken), Clays Brille und alle Pässe, das dunkelblaue Kostüm, die leere Handtasche und die schrecklichen Schuhe steckte ich in eine Papiertüte, die ich in der Golftasche verstaute.

In *pareu* und T-Shirt verließ ich das Hotel mit Golftasche, Koffer und Schultasche und marschierte einen knappen Kilometer nach Osten. Dort checkte ich in den Matenga Beach Bungalows ein, einem kleinen und etwas einfacheren Hotel, das ich vom Bus aus gesehen hatte, und bezahlte eine Nacht im Voraus.

Anschließend spazierte ich mit der Papiertüte und dem schwarzen Koffer in die Stadt, bis mich der Uhrzeigerbus einholte und mit nach Avarua nahm. Die Papiertüte warf ich in einen fast vollen Müllcontainer bei Cooks Corner.

Im Reisebüro in unmittelbarer Nähe kaufte ich mir ein Inlandsflugticket nach Atiu und zurück. Der Hinflug war am nächsten Tag um elf Uhr vormittags. Der junge Mann am Tresen wollte keinen Ausweis sehen und buchte das Ticket auf den Namen Christina Kautai (in Erinnerung an Ivans Ehefrau in London und die Familie, die mit mir zusammen auf der Lady Moana zur Enthüllung des Grabsteins auf Atiu gefahren war). Er empfahl mir ein Hotel, das aus Bungalows für Selbstversorger bestand, ich reservierte für zwei Nächte. Während er die Buchung abschloss, nahm ich einige Prospekte aus einem Ständer an der Tür, weil sich diese Art von Informationsmaterial schon in Tansania als hilfreich erwiesen hatte.

Wie schnell konnte jemand von Yinhang Dengi Finance nach Rarotonga kommen?

Von Afrika und Europa aus beträgt die Zeitverschiebung zwölf Stunden, und ein Flug dauert mindestens vierundzwanzig Stunden. Hatten sie Mitarbeiter an der amerikanischen Westküste? Wenn ja, konnten sie schlimmstenfalls schon morgen früh hier sein.

Dagegen war nichts zu machen.

Ich bekam mein Flugticket und den Hotelvoucher ausgehändigt. Ging in den Baumarkt hinter dem Punanga Nui Market und kaufte vier große, aber ziemlich dünne grüne Plastikplanen. Ein sehr langes und ein kürzeres Seil. Einen kleinen Spaten, eine Hacke, eine Machete und einen Kompass. Ein Set von Messern in verschiedenen Größen, einen Wetzstahl und eine etwas größere Schere. Zehn große Streichholzschachteln. Vier grüne Eimer. Eine starke Taschenlampe und Ersatzbatterien. Ich bezahlte und rollte dann die Taschenlampe in eine Plastiktüte ein. Dann stopfte ich alles in den großen Koffer, der nun proppenvoll war.

Die Sonne stand schon sehr tief, als ich mit dem Bus zurück in mein neues Hotel fuhr.

Als ich ankam, war es dunkel. Ich stellte den Koffer in meinem Zimmer ab und aß in einem Restaurant in der Nähe zu Abend, *mahimahi* mit *taro* und *ika mata*, es war köstlich.

Nachdem sich der Verkehr auf der Straße gelegt hatte und in den Häusern ringsum die Lichter ausgegangen waren, ging ich mit einem Messer und meinem Spaten im Mondschein raus. An der Liputa Road, einer der Querstraßen, an denen ich im Laufe des Tages vorbeigekommen war, hatte ich Reihen von kleinen Zitronenbäumchen gesehen. Jetzt ging ich dorthin und bahnte mir vorsichtig einen Weg durch die Zitronenplantage, bis ich am Rand des Felds ein sehr kleines Bäumchen fand. Ich grub es aus der harten Erde aus, schnitt die längsten Zweige ab und steckte den Wurzelballen in die Plastiktüte vom Baumarkt. Auf dem Rückweg zum Hotel sah ich mich sorgsam um. Ein Hund bellte, aber ich glaube nicht, dass mich jemand bemerkte.

Das Zitronenbäumchen verstaute ich in der Golftasche. Nachdem ich die längsten Zweige ein wenig umgebogen hatte, passte es genau hinein.

Ich legte mich aufs Bett und hörte draußen das Meer ans Riff schlagen. Im Schein der Nachttischlampe blätterte ich die Prospekte durch.

Auf Rarotonga wohnen zehntausend Menschen, las ich und ließ die Broschüre sinken.

Selbst wenn Yinhang Dengi Finance morgen früh eintraf, würden sie sich vor elf kein Bild der Lage machen können.

Würden sie den Flughafen überwachen?

Ja, ganz bestimmt.

Auch Inlandsflüge zwischen den örtlichen Inseln?

Nicht unbedingt.

Atiu.

Ich suchte den Prospekt über Oma Vaines Horrorinsel Atiu

raus und las, was darin über die nadelspitze *makatea* stand, die Schlammlöcher, die Menschen und Tiere verschlangen, die Höhlen voller Skelette von Hunderten verspeister Feinde (die also nicht Omas Fantasie entsprungen waren). Das Hotel für Selbstversorger wurde als exotisches Erlebnis angepriesen, das ich nie vergessen würde, was mir aus irgendeinem Grund Unbehagen bereitete.

Es wurde auch für Mangaia geworben, die südlichste der Cookinseln, der Flugverkehr war gerade erst aufgenommen worden.

In einer der Broschüren wurde Takutea erwähnt, die unbewohnte Insel zwanzig Kilometer nordöstlich vom Hafen von Atiu. Sie war gefährliches und nahezu unzugängliches Sperrgebiet. Eine Organisation auf Atiu verwaltete die Insel. Um sie zu besuchen, brauchte man eine Genehmigung dieser Organisation und ihres Vorsitzenden, Häuptling Rongomatane Ariki. Es gab sogar eine kleine Landkarte der Insel, ein ovaler Korallenrest, der fast vollständig von undurchdringlichen Riffen umgeben war. Ich kniff die Augen zusammen und sah mir die Karte genauer an.

Ganz im Westen, an der Spitze des Ovals, schien das Riff einen Spalt zu haben. Konnte das stimmen? Hatte der Kartenzeichner einen Fehler gemacht?

Um zehn Minuten nach fünf Uhr morgens hörte ich den großen Jumbojet von Air New Zealand landen.

War jemand von Yinhang Dengi Finance an Bord?

Es ließ sich wirklich unmöglich sagen, und mit diesem Gedanken im Kopf schlief ich endlich ein.

Ich fuhr mit dem Bus zum Flughafen und gab meine Sachen bei der Gepäckaufbewahrung ab. Spazierte zurück in die Stadt und ging in den Dive Shop.

Wie bei meinem ersten Besuch stand der Schwede am Tresen. Damals vor vier Monaten hatte er das Lied gespielt, das Erik immer für mich gesungen hatte, aber jetzt lief keine Musik.

Ich trat ein, der Mann blickte kurz auf und begrüßte mich, wendete sich dann aber wieder seiner Arbeit zu (er schrieb etwas in ein Buch voller Spalten und Ziffern). Ich hatte mich bereits eine Weile bei den Kleidungsstücken und der Schnorchelausrüstung umgesehen, als er seinen Stift weglegte.

»Kann ich dir helfen?«

Würde er sich wundern, wenn eine Frau ein Harpunengewehr kaufte? Die Alternative wäre gewesen, es zu stehlen, aber das schien mir eine noch schlechtere Idee zu sein.

»Ja, gerne. Zwei Harpunengewehre bitte, ein kurzes und ein langes.«

Eins, das sich im Wasser leichter manövrieren ließ, und eins mit größerer Reichweite.

Ohne eine Miene zu verziehen, drehte der Mann sich um und verschwand im hinteren Bereich des Ladens.

»Für den Transport kann man sie auseinandernehmen.« Er kam mit einem Gewehr in der Hand zurück, die Speere blitzten in der Morgensonne.

»Wie praktisch«, sagte ich.

»Soll ich sie liefern?«, fragte ich.

»Nein, ich nehme sie gleich mit«, sagte ich. »Ich fliege nachher nach Mangaia.«

»Ah.« Der Mann schraubte die Gewehre auseinander, sodass sie genau in die Golftasche passten. »Noch was?«, fragte er, während er sie mit dünner Pappe umwickelte.

»Vier Taucherbrillen und vier Schnorchel, und je zwei Paar Riffschuhe und Schwimmflossen«, sagte ich.

»Wenn du schon mal hier bist«, sagte der Mann. »Ich lege dir auch ein paar Spanngummis für die Harpunengewehre dazu.«

»Danke«, sagte ich.

»Und Gummiriemen für die Taucherbrillen, die gehen ja immer als Erstes kaputt.«

»Genau«, sagte ich. »Hast du Streichhölzer?«

»Nein, aber Benzinfeuerzeuge. Die halten viel länger.«

Ich kaufte fünf Stück.

»Hast du die hier gesehen?« Er zeigte mir eine kleine Taschenlampe. »Sie ist wasserdicht und aufladbar, ein kleines Solarzellenmodul gehört dazu.«

Obwohl sie nicht besonders stark war, nahm ich zwei mit, eine gelbe und eine blaue. Dann bezahlte ich alles in bar mit amerikanischen Dollars, bedankte mich und erwischte gerade noch den Bus zum Flughafen.

Durch das Busfenster sah ich, wie der Mann sich wieder über seine Buchhaltung beugte: Geld, das toleranteste Phänomen auf der Welt.

Am Flughafen holte ich mein Gepäck aus der Aufbewahrung und packte auf der Behindertentoilette um. Die Harpunengewehre, die Taucherbrillen und das Zitronenbäumchen in die Golftasche, die Planen und die anderen Sachen in den Metallkoffer (auf den ich mich setzen musste, damit er zuging).

Falls Yinhang Dengi Finance hier war, würden sie vermutlich alle Reisenden im Auge behalten, die von hier abflogen.

Mit wummerndem Herzschlag durchquerte ich die Abflughalle.

Vor dem Check-in wartete etwa ein Dutzend Leute. Von meinem Platz am Ende der Schlange sah ich mir die Leute genauer an: drei ältere Touristen, darunter ein Paar und eine Frau, die allein unterwegs zu sein schien. Zwei stark tätowierte Frauen mit Piercings im Gesicht, zwei einheimische Männer und eine Frau in einem hellblauen Polohemd mit Firmenlogo. Zwei

Männer in Badeschlappen und Unterhemden, sie hatten Kühlboxen dabei.

Keiner von ihnen sah aus wie ein Bankangestellter, aber andererseits würde auch selbst den Mitarbeitern nicht Yinhang Dengi Finance auf die Stirn geschrieben stehen.

Zum Glück hatten alle Unmengen von Gepäck dabei. Die Touristen reisten mit mehreren Gepäckstücken pro Person. Offenbar nahmen sie alles mit, obwohl sie auf Atiu selbst nur ein paar Tage verbringen würden. Die Einheimischen hatten Kühlboxen (*chilly bins* genannt) voller getrockneter und tiefgefrorener Lebensmittel dabei.

Der Check-in begann. Die Gepäckstücke wurden gewogen, aber nicht geöffnet. Niemand wunderte sich über meine Golftasche.

Da das Flugzeug Verspätung hatte, wurde uns gesagt, wir müssten noch eine Weile warten. Ich kaufte mir ein Sandwich und die aktuelle Ausgabe von Woman's Weekly, setzte mich und begann zu lesen.

Im Flughafengebäude war es still und dämmrig. Es wurden keine anderen Flüge erwartet. Das große Dach schirmte die Sonne ab, der Wind blies feuchtwarm über den Steinfußboden. Ich spürte die Kälte der Stahlbänke durch den *pareu*.

Das ältere Paar präsentierte sich der Welt mit kerzengerader Haltung, lebhaften Augen und einem erwartungsvollen Zug um den Mund, der anscheinend zum Ausdruck bringen sollte, wie entspannt die beiden mit der Situation umgehen konnten, weil sie offen und tolerant waren, geübte Reisende, die die Unterschiede zwischen den Menschen, wie verrückt sie auch sein mochten, nicht nur akzeptierten, sondern sogar zu schätzen wussten. Waren sie von der Bank? Wohl kaum.

Die Alleinreisende wirkte in sich gekehrt, sie sah niemanden an und las in einem Buch. Sie konnte eine Mitarbeiterin der Bank sein. Mein Puls wurde schneller.

Die tätowierten Frauen standen mit dem Rücken zu mir. Die mit dem großen roten Skorpion auf der rechten Wade machte Tanzschritte und schien intensiv Musik zu genießen, die nur sie selbst hörte. Von der Bank? Vielleicht.

Die anderen Reisenden, die alle von den Cookinseln zu stammen schienen, konnte ich ausschließen.

Ich blickte auf. Über die Startbahn rollte ein kleines Flugzeug von dem Typ, wie es auch manchmal auf Manihiki landete. Die Dinge kamen in Bewegung, Gepäck wurde auf großen Wagen nach draußen transportiert, darunter die vielen Kühlboxen, die Nylontaschen der Tattoo-Frauen, die etwas abgenutzten Koffer mit den vielen Aufklebern des älteren Paars, meine Golftasche und ein schwarzer Metallkoffer.

Christina Kautai hatte den Platz 5G.

Wir gingen an Bord.

Das Flugzeug surrte los wie eine riesige Wespe. Niemand sprach vor dem Start ein *pure*.

Unter mir entfernte sich Rarotonga, ein ovaler Smaragd in einer Welt aus Blau.

Die Australierin mit dem roten Skorpion am Bein beschrieb während des gesamten Flugs lautstark und überdreht alles, was sie sah, und machte mit einer kleinen Kamera die ganze Zeit Fotos, vor allem von sich und ihrer Freundin.

Mich schien niemand zu beachten.

Nach knapp vierzig Minuten in der Luft tauchte auf der rechten Seite Atiu auf, eine extrem grüne Vulkaninsel ohne Lagune. Ich reckte mich und versuchte, über den australischen Schreihals hinwegzuschauen, und da war sie, ganz links, ein grüner Streifen am Horizont: Takutea.

Die Räder knallten etwas versetzt auf die Landebahn. Fest zusammengepresster gräulicher Korallensand, durchbrochen von spärlicher Vegetation, Kies am Rand und ein niedrig bewachsener Wall zum Meer hin, mir wurde einen Moment lang schwindlig von dem Gedanken, ich sei wieder auf Manihiki.

»Herzlich willkommen!«

Donald schüttelte uns außerordentlich freundlich die Hand. Er war der Manager unseres Hotels und teilte uns mit, dass uns ein unvergessliches Erlebnis bevorstehe (was ich schon wusste, weil ich den Urlaubsprospekt gelesen hatte). Das ältere Paar wohnte auch hier und wollte eine ganze Woche bleiben, ihr Reiseabenteuer schien eine ungeheuer belebende Wirkung auf sie zu haben.

Wir fuhren in einem Auto mit Ladefläche über löchrige Straßen. Die Insel war merkwürdig. Sie hatte keine Lagune, das Riff war direkt am Strand. Die Wellen schlugen mit ohrenbetäubender Wucht dagegen. Am Hafen bogen wir ab zu dem Hochplateau, auf dem die Menschen ihre Siedlungen gebaut hatten.

Während der Fahrt über die Insel bombardierte das Paar David mit begeisterten Fragen. Sie buchten sofort eine Führung durch die Höhlen voller Totenschädel, eine historische Wanderung, eine Vogelexpedition mit Birdman George, einen Besuch in einer Kaffeerösterei und einmal *tumunu*, das örtliche Bierfest.

»Und welche Touren möchten Sie buchen?« Donald warf einen Blick in den Rückspiegel.

»Ich würde gerne die Kirche sehen«, sagte ich.

Die Kirche von Atiu war die älteste und größte auf den Cookinseln, wusste ich aus den Prospekten. Hier war James Cook an Land gegangen, und die erste christliche Gemeinde der Inselgruppe war hier gegründet worden.

»Das kriegen wir hin«, versprach Donald, und ich glaubte ihm.

Es stellte sich heraus, dass er das Hotel ganz allein betrieb, das Paar und ich waren die einzigen Gäste. Mein Zimmer war eine kleine Hütte. Der Küchenschrank war voller Konservendosen. Auf der Veranda saß eine kleine Katze und maunzte. Ich stellte mein Gepäck ab, schloss die Tür ab, lieh mir ein Fahrrad und radelte über die Insel zum Hafen. Es war weiter, als ich während der Autofahrt gedacht hatte, fast zehn Kilometer.

Ich verschnaufte erst einmal und sah mich um. Kein Mensch war zu sehen.

Rund um den Hafen lagen etwa zwanzig Kanus im Sand. Einige waren aus schwerem altem *tamanu*, dem Südseemahagoni, aber die meisten Boote waren aus modernem Glasfasermaterial. Auf der rechten Seite stand ein großer, leerer Hafenschuppen, die unabgeschlossene Tür klapperte im Wind. Ringsherum erhob sich die Vegetation wie eine quietschgrüne Wand. Ich fragte mich, ob Schlammlöcher dahinter verborgen waren.

Am Hafenbassin blieb ich stehen und sah aufs Meer.

In der Ferne war der schnurgerade Horizont von flimmernden Zacken unterbrochen: Takutea. Zwanzig Kilometer entfernt in Richtung Rakahanga.

Ich fuhr zurück ins Dorf, wo es zwei Läden gab. Ich kaufte von jeder Frucht und jeder Gemüsesorte, die ich finden konnte, zwei Exemplare: Paprika in verschiedenen Farben, Tomaten, Gurken und Auberginen, Papaya und grüne Bohnen, Sternfrüchte und Passionsfrüchte, Mangos, Äpfel und Birnen, Zwiebeln und Knoblauch, *taro* und Pfeilwurz. Eine Rolle Klarsichtbeutel, einen Zehnerpack Notizbücher und eine Packung Kugelschreiberminen. Mückenschutz und Tampons. Drei Paar Badeschuhe.

In meiner Hütte aß ich das gesamte Dosenfleisch aus dem Küchenschrank. Was ich nicht schaffte, gab ich der Katze.

Nachdem das Paar das Licht ausgemacht hatte und Donald

mit seinem Auto weggefahren war, zog ich meine Jeans an und steckte mir ein kleineres Messer in die hintere Hosentasche. Mit der Golftasche ging ich zurück zum Fahrrad. Mit Hilfe des kürzeren Seils befestigte ich die Tasche zwischen Sitz und Lenker und machte mich auf den Weg.

Ich brauchte fast drei Stunden, um das Fahrrad bis zum Hafen zu schieben. Meine Arme waren steif und übersäuert, der Kopf tat mir weh. Am Waldrand ruhte ich mich eine Weile aus, bevor ich das Messer rausholte und ein Loch in das dichte Gestrüpp schnitt. Dahinter waren die Bäume spärlicher belaubt, ich konnte meine Golftasche durch die Öffnung hieven und im Unterholz verstecken.

Dann fuhr ich zurück.

Die Katze erwartete mich bereits.

Am Tag darauf hatte Donald frei. Er war nach Aitutaki zu einer Hochzeit gefahren, und für das Hotel war eine Frau zuständig, die Soraya hieß. Während sie das Paar zu der Expedition mit Birdman George kutschierte, durchsuchte ich den Gartenschuppen und hatte Glück: Es gab eine Schubkarre mit aufgepumpten Reifen.

Ich machte einen Spaziergang, verließ das Dorf, und hier waren sie: die Schlammlöcher und die *makatea*. Haufen von ausgeblichenen Kokosnüssen, die an »Killing Fields« erinnerten.

Mittags aß ich Obst und Gemüse und bewahrte alle Samen sorgfältig auf.

Der Himmel hing voller dunkler Wolken. Nach einer Weile fing es an zu regnen.

Ich saß unter dem Verandadach und sah das Wasser über den Rasen strömen. Die Katze suchte Schutz vor den Sturzbächen und kauerte sich auf dem Stuhl neben mir zusammen.

Ich weiß nicht, warum, aber ich erinnerte mich an den Regen in Los Angeles, der auf die Straße hinter Clays Wohnung prasselte, an das gelbliche Licht nachts im Laubengang, die stehende Luft an heißen Tagen, die tropfenden Eiswaffeln der Mädchen. Die Diskussionen über Wissenschaft und Glauben, Kings Überheblichkeit, wenn es um Evolution ging. Mir fiel wieder ein, wie wir am Esstisch gesessen und über die Frage gesprochen hatten, ob Jesus eine historische Person war oder nicht.

»Stell dir Jerusalem vor«, sagte Clay. »Eine Woche vor Ostern. Es muss ein unglaubliches Durcheinander gewesen sein. Die Leute kamen von überallher, Hunderttausende von Menschen, vielleicht sogar Millionen, Juden aus Griechenland und Italien und Afrika und dem Nahen Osten.«

»Woodstock ohne Rockband und Dixi-Klo«, sagte King.

Ich erinnerte mich ganz genau an diesen Nachmittag. Clay und King saßen gemeinsam am Tisch und füllten Formulare aus, die vermutlich etwas mit seinem Pflegeheim zu tun hatten. Clay stand dann auf und packte alles auf einen Stapel und räumte die Stifte und die schmutzigen Teller mit derselben gedankenverlorenen Selbstverständlichkeit weg.

»Die Römer hatten Palästina ja besetzt«, sagte sie. »Es gab diverse selbst ernannte Messiasse im Land, die Aufstand und Unabhängigkeit predigten, aber da man sie und ihre Aktivitäten ungefähr einschätzen konnte, bestand kein Grund, etwas gegen sie zu unternehmen, solange sie keine allzu großen Schwierigkeiten machten. Kaffee? King?«

»Gerne«, sagte er.

Ich weiß noch, dass ich das Angebot ablehnte. Wenn ich zu spät noch Kaffee trank, konnte ich nicht schlafen. Genau in diesem Moment flog die Wohnungstür auf, die Mädchen kamen mit ihren Eiswaffeln herein, und der Duft von Biancas klebrigem Erdbeermund erfüllte den Raum.

»Jesus von Nazareth war einer der unwichtigeren«, rief Clay aus der Küche.

»Worüber redet ihr?« Bongo ließ sich neben mich auf das Sofa fallen, ihr Eis tropfte auf meinen verletzten Arm, erstaunlich, dass ich den Unfall mittlerweile fast vergessen hatte.

»Wir fragen uns, ob Jesus Christus eine historische Person oder eine Erfindung ist«, sagte King.

»Jesus Christ Superstar«, sagte Bianca. »Ich habe die CD.«

Clay kam mit zwei Kaffeebechern zurück ins Wohnzimmer und stellte den einen in Kings Reichweite und nahm den anderen mit an ihren Platz. Bianca setzte sich neben King und trank aus seinem Becher.

»Jesus hatte einige Jahre im Norden verbracht, ohne in den zivilisierteren Gegenden viel Aufsehen zu erregen.« Clay setzte sich bequem hin. »Doch in diesem Jahr machte er sich vor Ostern auf den Weg in die Stadt und hatte einen ganzen Rattenschwanz von Anhängern dabei.«

»In welche Stadt?«, fragte Bongo.

»Jerusalem«, sagte ich.

»Wir haben schon öfter darüber gesprochen.« Clay nickte Bianca und Bongo zu. »Es geht um die biblische Geschichte, Jesus von Nazareth, den die Christen für Gottes Sohn halten.«

»War er das?«, fragte Bongo.

»Das diskutieren wir gerade«, sagte King.

»Jedenfalls rief er sich zum König der Juden aus und sagte, er wolle den Tempel dem Erdboden gleichmachen. So langsam wurde das Ganze beunruhigend. Bei seinem Einzug in Jerusalem eine Woche vor Ostern gab es regelrecht Aufruhr …«

Das Paar kehrte von seinem Ausflug mit Birdman George zurück, die beiden trugen farbenfrohe Regenjacken im Partnerlook und winkten mir fröhlich zu. Ich winkte zurück und dachte an diesen Palmsonntag in Jerusalem und an meinen Wunsch, Clay mit meinem Wissen zu beeindrucken.

»Sie wollten die Leute zum Schweigen bringen«, sagte ich. »Und Jesus hat gesagt: Wenn sie schweigen, werden die Steine schreien.«

»Lukasevangelium«, stellte King fest, »Kapitel neunzehn.«

»Wo habt ihr das Eis gekauft?«, fragte Clay.

»Beim oberen Türken«, sagte Bongo. »Wieso gab es Aufruhr? Hat die Polizei einen Unschuldigen getreten?«

»Höchstwahrscheinlich«, sagte Clay. »Und all diese Leute, die nach Jerusalem kamen, mussten Geld wechseln und Opfertiere und Wein und Weihrauch und alle anderen notwendigen Dinge kaufen, und das tat man im Vorhof der Heiden.«

Da waren also die Händler. Pastor Boyd hatte immer erzählt, Jesus habe Tische umgeworfen und mit einem Seil nach ihnen geschlagen, um sie aus dem Vorhof zu vertreiben.

»Mein Haus soll ein Haus des Gebets genannt werden, aber ihr habt eine Räuberhöhle daraus gemacht«, sagte ich.

»Er hat bestimmt keinen großen Schaden angerichtet«, sagte Clay, »denn sonst wäre er sofort verhaftet worden. Man wartete bis zum Abend und nahm ihn fest, als die Feierlichkeiten begonnen hatten.«

Aus ihrem Mund klang es so trivial, als wäre es ein Donnerstagabend wie jeder andere gewesen, an dem ein paar Soldaten einen Unruhestifter abholten. Gleichzeitig hatte an diesem Abend eins der wichtigsten Ereignisse der Weltgeschichte stattgefunden: die letzte Mahlzeit Jesu, bei der er seine Jünger lehrte, das Brot zu brechen und den Wein zu trinken, das erste Abendmahl, und dann hatte Judas Ischariot ihn für dreißig Silberstücke verraten. (Geld! Für Geld machten die Leute alles!)

»Am folgenden Tag wurde Jesus von Nazareth der Prozess gemacht«, sagte sie, »und wie der ausgegangen ist, weißt du ja.«

»Sie haben seine Hände mit Nägeln durchbohrt«, sagte Bongo.

»Er ist für unsere Sünden am Kreuz gestorben«, sagte ich.

»Weil er sich mit dem Kapital angelegt hat«, sagte King.

»Gibt es noch Kaffee?«, fragte Bianca.

Clay zeigte in Richtung Küche.

»Wasserkocher, Kaffeepulver, bitte sehr.«

Bianca verschwand in der Küche. King hingegen war noch nicht fertig.

»Schade, dass die Evangelien zensiert worden sind«, sagte er.

Clay lachte, ich hörte ihre glucksende Fröhlichkeit bis zu dieser Veranda auf Atiu, es war so heiß gewesen in Wohnung Nummer sieben, ein paar Fliegen surrten um mich herum, ich merkte, dass mir die Tränen runterliefen. Die Katze sprang von ihrem Stuhl auf meinen Schoß, rollte sich zusammen und leckte meine Hand, als wollte sie mich trösten.

Ich saß ganz still und schaute in die Dämmerung, während die Tränen trockneten.

Jesus hatte sein Leben für die Menschen hingegeben, aber viele gewöhnliche Sterbliche hatten das Gleiche getan. Clay zum Beispiel. Und Johan. Und Erik.

In dieser Nacht brachte ich den schwarzen Koffer in der Schubkarre bis zum Hafen. Zweimal hörte ich Autos und musste mich im Gestrüpp am Straßenrand verstecken. Als ich endlich ankam, hatte es erneut zu regnen angefangen. Die Schultern taten mir weh, ich war ausgerutscht und hatte mir das Knie aufgeschlagen, und ich hätte vor Müdigkeit geweint, wenn ich noch die Kraft dazu gehabt hätte. Auf dem Rückweg versenkte ich die Schubkarre in einem Schlammloch am Straßenrand, weil ich es einfach nicht schaffte, sie wieder zum Hotel auf der Hochebene zu schieben.

Dort angekommen, duschte ich ausgiebig und schlief ein paar Stunden, bis die Sonne aufging.

Als Sorayas Auto vorfuhr, ging ich sofort raus und bat sie, mich zum Flughafen zu bringen.

»Aber die Maschine nach Rarotonga geht doch noch lange nicht«, sagte sie.

»Ich weiß«, sagte ich, »aber ich bin gerne rechtzeitig da.«

Sie seufzte hörbar, fügte sich aber meinem Wunsch.

»Na gut, dann hole ich Ihr Gepäck, und dann fahren wir los.«

»Ich habe alles schon hier.« Ich hielt meine Schultasche und eine Plastiktüte voller Gemüse aus dem Dorfladen in die Höhe.

Ich setzte mich auf die Rückbank. Schweigend fuhren wir zum Flugplatz. Als wir darauf zusteuerten, fragte sie, ob ich mich wohlgefühlt hätte, und ich beteuerte, es sei wunderbar gewesen, ein unvergessliches Erlebnis.

»Sie brauchen natürlich nicht zu warten«, sagte ich, als sie mich vor dem verwaisten kleinen Abflugterminal absetzte.

Nachdem das Motorgeräusch verklungen war, ging ich in Richtung Hafen.

Ich saß im Dickicht oberhalb des Hafenbeckens und beobachtete die Wolken, die über den Himmel rasten. Insekten krabbelten an meinen Beinen hoch, Mücken umschwirrten meinen Kopf. Drei Männer fuhren mit einem Aluminiumboot raus und kamen Stunden später mit Netzen und Fischen zurück, mehr tat sich im Laufe des gesamten Tages nicht. Niemand benutzte die Kanus. Es war sehr heiß, ich schloss die Augen.

Ich war niemand, ich war tot. Kiona Matavera war von Rarotonga abgereist und nie wieder aufgetaucht. Bianca Rockford war vor der Küste Daressalams ertrunken. Rita Miller hatte sich in Luft aufgelöst, nachdem sie zurück nach Los Angeles geflogen war, Christina Kautai verließ Atiu, kam aber nirgendwo an.

Ich ruhte in der Ewigkeit.

»Am Anfang gab es jede Menge Evangelien«, hatte Clay damals gesagt. »Mindestens zwölf: die von Petrus, Nikodemus, Thomas, Philippus, Bartholomäus und Maria Magdalena und viele mehr. Sie sind aus verschiedenen Gründen nicht in die Endfassung der Bibel aufgenommen worden.«

King lachte gackernd in sich hinein, aber ich konnte mir das Lachen verkneifen.

»Hab dich nicht so, Kiona«, sagte Clay. »Das Thomasevangelium liest sich sehr vergnüglich. Er hat eine Menge Geschichten über die Kindheit von Jesus erzählt. Er soll ein richtiges Früchtchen gewesen sein, das schon als Kind magische Kräfte hatte. Er hat aus Lehm Spatzen geformt und seine Freunde in Ziegen verwandelt.«

Bongo lachte, ihr Eis tropfte immer mehr.

»Sehr witzig«, sagte ich.

»Die vier Evangelisten, die es bis in die Fassung geschafft haben, die veröffentlicht wurde, beziehen sich alle auf dieselbe Quelle.« Clays Stimme klang so freundlich. »Und zwar auf das Markusevangelium oder möglicherweise eine mittlerweile vergessene Vorlage. Markus, Matthäus, Lukas und Johannes haben Jesus nicht persönlich gekannt. Alle Evangelien wurden lange nach seinem Tod verfasst, sogar lange nach den Briefen von Paulus, und Paulus selbst erwähnt nahezu überhaupt keine Details aus Jesu Leben.«

»Jesus war lieb zu Kindern«, sagte Bongo.

Dicke Regentropfen auf meinem Gesicht weckten mich. Es war fast dunkel.

Die Wolken verdeckten Mond und Sterne. Die Nacht war pechschwarz, ich wartete, bis der Regen nachließ und wieder Umrisse hervortraten. Leise und unsichtbar ging ich zu dem hellblauen Kanu mittlerer Größe, das ich mir ausgesucht hatte, es lag auf einem Stapel vor dem Hafenschuppen. Ich durchschnitt das Tau und zog das Kanu zum Wasser. Im Vergleich zu Opa Tanes Mahagonikanus, die ich aus Manihiki gewohnt war, wog es fast nichts. Ich holte die Golftasche und den Koffer, die Schultasche und die Plastiktüte und platzierte den Kompass genau so, wie Captain Mareko es auf dem Weg nach Rakahanga immer machte, in meinem Badeschlappen. Die Taschenlampe legte ich daneben.

Im flachen Wasser belud ich das Boot. Der Koffer kam nach hinten, die Golftasche verstaute ich im Bug. Die Schultasche wickelte ich in die Plastiktüte ein und klemmte sie unter den Sitz, zur Sicherheit nahm ich noch ein Extrapaddel mit und schob das Kanu ins Wasser.

Zwanzig Kilometer. Fünf Kilometer pro Stunde, das gleiche Tempo wie bei einem Spaziergang.

Pünktlich zum Sonnenaufgang würde ich da sein.

EPILOG

Niemand weiß, dass ich hier bin. Niemand wird es je erfahren.

Im Hades, dem Totenreich, lebe ich von Regenwasser, das ich im Kanu sammle, Fisch aus dem Meer, Kokosnüssen von den Palmen und dem Gemüse, das ich selbst anbaue (wie ich es dünge, überlasse ich der Fantasie des Lesers). Das Zitronenbäumchen hat es allerdings nicht geschafft, wahrscheinlich hatte ich zu wenig Wurzelwerk mitgenommen.

Eigentlich habe ich alles, was ich brauche. Mein Körper kann hier jahrzehntelang überleben. Und die Einsamkeit ist mit der Zeit in den Hintergrund gerückt, der Hades ist dicht bevölkert. Clay ist hier, Johan und Moana, William und Ngaru sind bei mir und natürlich Erik. Ich spreche die ganze Zeit mit ihnen, über Glauben und Hoffnung und über Bildung. Über Liebe zu den Toten, die evolutionär keine Bedeutung hat.

Zweimal haben Boote vor der Insel geankert, und Menschen sind tauchen und schwimmen gegangen. Einmal kamen Ornithologen auf die Insel, aber sie beobachteten nur die Vögel am Strand und drangen nicht in den Busch ein. Selbstverständlich haben sie mich nicht gesehen. Mein Lager mitten auf der Insel ist von dichtem Gestrüpp und Hibiskus verdeckt. Feuer mache ich nur sehr vorsichtig und bei Tageslicht, ich verbrenne immer nur winzige Mengen von trockenen Kokosnussschalen, deren Rauch hell und luftig ist. Sonntags ziehe ich zur Feier des Tages Bongos Stacheldraht-T-Shirt an und lese laut aus der Bibel. Die ganze Gemeinde hört mir zu, ich spreche ein *pure,* und dann beten wir alle zusammen.

Hinter dem Riff ist das Wasser sehr fischreich, aber es gibt dort auch Weiße Haie. Meine Raubzüge mit dem Harpunengewehr sind kurz und intensiv. Wenn ich verunglücke, wird es an den Haien liegen, ein Tod, der mich in gewisser Weise mit Moana verbinden würde.

Irgendjemand hat die Stiftung aufgelöst und das Konto leer geräumt, die Bank sucht noch immer nach der Person. Noch haben sie nicht aufgegeben. Die Organisation existiert zwar nicht mehr, aber die Rache überdauert, sie ist ein Bestandteil der Staatsapparate, aber hier werden sie mich nicht finden. Johan Geronimo und Iva sind sicher, und Papa Tane, Amiria und ihre Kinder, falls sie welche bekommt, sind es auch.

Ich schmiede Pläne für die Zukunft. Mein kurzfristiges Ziel ist, Kokoskrabben zu finden. Noch ist es mir nicht gelungen, aber ich weiß, dass es hier irgendwo welche gibt, ich muss nur weitersuchen. Langfristig beabsichtige ich, wieder aufzutauchen. Im Menschenreich Luft zu holen und mit den Lebenden zu sprechen.

Denn wie schon W. H. Auden und Wladimir sagen, jeder auf seine Art:

Nichts währt ewig.

Eines Tages werde ich nach Manihiki zurückkehren.

DIE AUTORIN DANKT

Das Manihiki, in dem Kiona aufgewachsen ist, gibt es nicht mehr. Abgesehen von ein paar Kirchen wurde die Insel vom Zyklon am 1. November 1997 zerstört. Neunzehn Personen kamen zu Tode, alle aus Tauhunu (wenn Kionas Kinder und Verwandte zu dem Zeitpunkt also noch in Tukao lebten, haben sie vermutlich überlebt). Fast alle Inselbewohner wurden nach dem Zyklon evakuiert, und die Siedlungen, die anschließend allmählich entstanden sind, werden nie wieder so sein wie jene, die von den Flutwellen fortgerissen wurden. Es gibt sehr wenige Fotos von Tukao und Tauhunu aus der Zeit vor der Katastrophe, und daher ist das Dorf, das ich im Roman beschreibe, keine exakte Nachbildung der Gebäude und der Infrastruktur Anfang der Neunzigerjahre. (Jenen, die mehr über die Katastrophe erfahren möchten, lege ich das Buch »Matini – The story of Cyclone Martin« von Rachel Reeves ans Herz.)

Denn dies hier ist ein Roman. Alle Charaktere (inklusive Staatschefs und Diktatoren, auch wenn deren Namen täuschende Ähnlichkeit mit realen Vorbildern haben) sind meiner Fantasie entsprungen, die Handlung ebenso. Einzelheiten, die das Bankwesen, bestimmte Hotels, Restaurants und den Schiffsverkehr betreffen, basieren möglicherweise auf Fakten, manchmal aber auch nicht. (Die Lady Moana zum Beispiel lief Manihiki Anfang der Neunziger nicht an, sondern erst siebenundzwanzig Jahre später.)

Die Angaben zum Völkermord in Ruanda sind authentisch und verschiedenen offiziellen Quellen entnommen.

Wer sich intensiver mit der US-Notenbank auseinandersetzen möchte, dem sei der Dokumentarfilm »Century of Enslavement« von James Corbett empfohlen (gibt's auf YouTube). Clays Kenntnisse auf diversen Gebieten waren in den Neunzigern vielleicht noch nicht Allgemeingut, aber da sie eine außerordentlich scharfsichtige Person war, wusste sie das alles damals schon. (Wer sich in ihre Wissensgebiete vertiefen möchte, sollte, genau wie ich es zu Recherchezwecken getan habe, vorzugsweise Bücher von Yuval Noah Harari, Lasse Berg, Richard Dawkins, Stephen Hawking, Nick Bostrom sowie die Bibel und den Koran lesen.) Das im Roman zitierte Gedicht aus »Vier Hochzeiten und ein Todesfall« ist von W. H. Auden und heißt »Funeral Blues«.

Der Weltmarktpreis von schwarzen Perlen ist seit Beginn der Neunzigerjahre gesunken. Während es früher bis zu zweihundert Perlenfarmen auf Manihiki gegeben hat, sind heute nur noch an die zwanzig übrig.

Der Preis amerikanischer Großbanken hingegen ist seit Ende der Achtzigerjahre enorm gestiegen. Die fünf größten Banken der USA haben Eriks Zukunftsvision tatsächlich wahr gemacht: Sie haben so viele Banken und andere Unternehmen wie möglich aufgekauft und verfügen seit 2014 über fast die Hälfte des Industriekapitals in den USA. Eine feindliche Übernahme der amerikanischen Notenbank dürfte somit für immer ausgeschlossen sein (aber was weiß ich schon?).

Alle eventuellen Irrtümer sind jedenfalls volle Absicht.

Ohne die Hilfe einer Reihe von Personen (Titel und Wohnorte waren zumindest zum Zeitpunkt der Interviews aktuell) hätte ich dieses Buch allerdings nicht schreiben können.

Ken Hallin und Nida Mirabel, Matavera, Rarotonga, seit vielen Jahren meine guten Freunde.

Tamuela Karaponga, Tukao, Manihiki, Perlenfarmer und Perlentechniker, zertifizierter AVAKI-Klassifizierer bei Sameula Pearls Services, der mir ein Zimmer über der familieneigenen Perlenwerkstatt an der Lagune von Manihiki überlassen hat, sowie seine Frau Nitika und ihre Kinder Bella, Giana und Tamuela Junior.

Mehau Johnson, Perlenfarmer und Perlentechniker, zertifizierter AVAKI-Klassifizierer bei Manihiki Pearl Techs, der Anfang der Neunzigerjahre ein Teenager auf Manihiki war.

Niki Rattle, Sprecherin des Parlaments in Rarotonga, die Anfang der Neunzigerjahre Krankenschwester auf Manihiki war.

Charles Little, Rechtsanwalt, Rarotonga, ein guter Freund, betrauert und vermisst.

Raymond Newnham, in den Achtzigerjahren einer der ersten Perlenfarmer auf Manihiki, mittlerweile wohnhaft auf Rarotonga.

Vikar Samson, stellvertretender Pastor im Dorf Tukao, Manihiki.

Michael Tavioni, Kanubauer und -experte, Rarotonga.

Tina und Micael Edler, meine guten Freunde in Daressalam.

Jacqueline Tanga, Hotelmanagerin, Atiu.

Niklas Strömstedt, Musiker, der mir seine fantastischen Songs »Om« (deutsch: »Wenn«) und »Sista morgonen« (deutsch: »Letzter Morgen«) geliehen hat.

Erik Nordgren, guter Freund, Zürich.

Ein großes Dankeschön geht an das britische Handelsregister, Companies House, dessen Öffentlichkeitsabteilung ihr Bestes gegeben hat, um meine Fragen zu beantworten (ich kann gut verstehen, dass ihr meine Mails irgendwann nicht mehr beantwortet habt). Außerdem möchte ich mich bei Amanda Aspeborg, Anna Laestidius Larsson, Annika Sandahl, Katarina Görts Öberg, Mikael Aspeborg, Nina Brodin, Thomas Bodström, Tove Alster und Wiwi Wahlström bedanken.

Beim Übersetzer Neil Smith.

Bei Niclas Salomonsson, meinem Agenten, und allen Mitarbeitern der Salomonsson Agency.

Bei Ann-Marie Skarp, meiner Verlegerin, den Mitarbeitern des Piratförlaget sowie vor allem dem Regisseur und Autor Ronnie Sandahl.